U0638538

青岛出版社
QINGDAO PUBLISHING HOUSE

图书在版编目（CIP）数据

江山之世间始终你好 ：完结篇 / 叶阳岚著. -- 青岛 ：
青岛出版社，2017.3

ISBN 978-7-5552-4073-0

Ⅰ. ①江… Ⅱ. ①叶… Ⅲ. ①长篇小说—中国—当代
Ⅳ. ①I247.5

中国版本图书馆CIP数据核字(2016)第138046号

书　　名　江山之世间始终你好·完结篇
著　　者　叶阳岚
出版发行　青岛出版社
社　　址　青岛市海尔路182号（266061）
本社网址　http://www.qdpub.com
邮购电话　010-85787680-8015　13335059110
　　　　　0532-85814750（传真）　0532-68068026
责任编辑　那　耘
选题策划　孙红彦
封面设计　小　贾
版式设计　孙顾芳
印　　刷　三河市南阳印刷有限公司
出版日期　2017年3月第1版　2017年3月第1次印刷
开　　本　16开（700mm×980mm）
印　　张　35
字　　数　506千
书　　号　ISBN 978-7-5552-4073-0
定　　价　59.80元（全二册）

编校质量、盗版监督服务电话　4006532017
青岛版图书售后如发现质量问题，请寄回青岛出版社出版印务部调换。
电话：010-85787680-8015　0532-68068638

之 世间始终你好

完结篇 目录【上】

CONTENTS

世间始终你好

完结篇 目录［下］

CONTENTS

第一章　旧爱新欢，父女恶斗

是夜，三更过半，御花园中一片寂静，秦菁换了身宫女服，带着灵歌直奔长春宫。

长春宫地处整个宫殿群的最边缘，因为多年未经修葺，屋舍衰败倾颓，和皇宫其他部分相比，显得格格不入。

这边的关系是白天的时候墨荷已经提前打点疏通过的。守门的太监方公公年事已高，因为冷宫这里鲜有人问津，再加上墨荷出手阔绰，他便十分尽心，不仅留了门，还特意准备了一篮子吃食带着。

“老奴给殿下请安！”方公公行礼。

“不必拘礼。大晚上的，有劳公公了。”秦菁淡淡一笑。

“岂敢岂敢！”方公公忙道，赔了个笑脸，也不废话，直接掏出钥匙递过来，“殿下顺着这条回廊往前走，穿过前面的园子就是了。”

灵歌接过钥匙，又看他递过来的食盒，神色困惑。方公公便有些神秘地笑道：“姑娘带着吧，总有用处的。”言罢，径自将那食盒塞到灵歌手里，自己颤巍巍地提着灯笼走了。

灵歌手里提着食盒，一脸莫名其妙。秦菁的目光落在她手上，眼底隐约闪过些了然，拢了大氅往里走：“走吧！”

灵歌提着灯笼，主仆两个沿着回廊走过去，最后穿过一小片花园，果然看到两扇褪了漆的木制大门，上面半边匾额被风雨腐蚀，完全看不清字迹，再加上此时正是晚上，整座宫殿看上去更显阴森荒凉。

而此时本该夜深人静，可隔着门板都能听见，里面沸沸扬扬闹成一片，女人的哭喊声、狂笑声、哀号声不绝于耳，听得人汗毛倒竖。

灵歌倒是不怕这些，只是担忧地回头看了秦菁一眼：“公主……”

“去吧！”秦菁颔首，接过她手里的灯笼，淡淡道，“如今天寒地冻，她们闹了半宿，是该垫垫肚子了。”

灵歌一愣，低头看了眼手里的食盒，顷刻了悟，转身走上台阶去开门。

那锁头也是年代久远，里面大约是锈住了，灵歌捣鼓了好一阵才把门打开，厚重的门板摩擦声响过后，露出里面破败的一个大院。

那院里残留着很多巨大的花盆，只是花卉树木早就没了踪影，院内地砖残缺了好些，剩下的一些也满是裂痕，冬日里许多枯萎的草屑隐藏其中。

正面望去是一座门脸体面的大殿，门口廊柱也跟着脱了漆，正殿和两边偏殿的房檐下各有两盏残破的灯笼，惨淡的火光隐约映出院里的一切。

大约是怕那些女人夜里玩火烧了房子，三面殿里都没有半丝火光，只能听见黑暗中一群女人或哭或笑的叫骂声，偶有一两个赤脚从里面追逐着奔出来，竟然疯子一般，互相厮打谩骂，恨不能将对方生吞活剥。

灵歌站在大门口，冷不丁打了个寒战，抬头却已经有两个疯妇发现了她，狞笑着扑过来。

“狐狸精！狐狸精！你们快看有狐狸精来了！”那疯女人嘿嘿怪笑着扑上来，伸出尖锐的指甲就要去抓灵歌的脸。

灵歌秀眉一拧，一脚将她踹下台阶。灵歌力气奇大，那女人摔在地上，惨叫一声，殿内的其他人听得动静，一拥而出。十来个女子，衣不蔽体，蓬头垢面，连年龄都看不出，却个个眼睛血红，野兽一般疯狂地扑过来。

这样的人，哪里还是人？即使曾经杀人无数的灵歌，也觉得一阵胆寒。她微微愣怔，随后回过神来便是目光一凛，抽出腰间软剑，剑锋所到之处，映出她眼中暴戾的光。那些女人像是受了极大的惊吓，突然止步，面面相觑，不作声了。

灵歌款步走下台阶，冷眸一横，厉声道：“全都滚进殿里去，谁再出声，我就杀了她！”说话间，她手腕翻转，挽出一朵剑花，旁边一个废弃的巨大瓷花盆应声而裂，碎成两半。

女人们眼中瞬时现出惊惧，也不知是谁带了个头，煞有介事地嘘了一声，然后所有人都跟着嘻嘻笑着，争先恐后地转身往正殿里跑去。

灵歌始终皱着眉头，弯身将那食盒放在地上，顺势一脚，食盒就跟着飞进了殿里，引来女人们的疯抢和谩骂。

秦菁提着灯笼从门外进来。灵歌这才从极大的震撼中回过神来，一筹莫展道：“公主，您怕是白来了，这些女人全都疯了！”

秦菁静默不语，站在门口看了一阵，却是淡笑着摇了摇头：“那倒未必！”

灵歌循着她的视线看过去。那殿中的疯妇因为争抢吃食而哭号打骂成一片，不时有人举着糕点冲出来，又有人追出来争抢，两个人厮打着倒在地上，把对方咬得鲜血淋漓，有几次推打，几乎碰到右侧偏殿屋檐下呆坐的一个女人。那女人面无表情地看过去，她们便像是遇到了洪水猛兽般跑远了，像是生怕触了禁忌，不敢去招惹她。

自进门起，秦菁的目光就锁定在这个女人身上。她也同其他人一样衣衫破败，满脸污垢，却自始至终一动不动，不去争抢食物，也不哭闹。

灵歌心中微微一动，走过去，试探着问道："您是姝嫔娘娘吗？"

女人呆坐不动，只是不住摇头晃脑地去掐头发上的虱子，似乎是个聋子。

毕竟，长春宫里没有一个人是正常的，灵歌越发不确定秦菁找的究竟是个什么人，再次开口道："姝嫔娘娘，您能听见奴婢说话吗？长公主殿下来看您了。"

那女人仍是不动不语，自顾自摆弄着拖地的头发，神色漠然。灵歌无计可施，退后一步，为难地看向秦菁："公主，她……好像听不见？"

秦菁摇头，似笑非笑地牵了牵嘴角走过去。灵歌不敢大意，站在旁边，小心防备地盯着两人。秦菁走到那女人面前站定，从容地仰天呼出一口气，神色幽远地慢慢道："我知道你都听得见，本宫什么也不想多说，你点头，不出一月我可以让你堂而皇之地从这里走出去，重新拿回原本属于你的一切；你若不想，也便只当今日本宫不曾来过，我自己走了便是。"

说话间，她一眼也没有再去看那个女人；而那女人也是一直无动于衷，只是木然地坐着。灵歌看着，眉头越皱越紧。却不想下一刻，在秦菁转身的那一瞬，冷不防黑暗中一道阴冷嘶哑的声音响起："你要我做什么？"

眼前的女人仍在低头摆弄头发，没有半点异样。许是此间风声太冷，这个声音突兀响起，灵歌一时反应不及，竟有些茫然，不知道它是从何而来，下意识张了张嘴，讶然无声。

下一刻，秦菁却笑了。她昂首看天，眸子里映着天上星光，明亮而清冷地字字说道："本宫什么都不用你做，你只要放开手脚去做你自己想做的事情就行！"

显而易见，她今夜是来讲条件的，但居然什么条件都没有提？

蓝月仙是到这时才有些按捺不住，缓缓抬起眼睛看她。眼前的少女一身侍女服，腰身纤细，清丽生动的脸孔映着夜色，显出几分清冷矜贵的模样，整个人竟然在无形中给人波光潋滟之感，让人过目不忘。

秦菁幼时她是见过的，前后十年，当初那么粉雕玉琢的一个小人儿，已经长成这般亭亭玉立高贵端庄的少女了。无非因为有显赫的身份作衬，有庞大的母族支撑，才有了今日的荣光，反观自己，却是人不人鬼不鬼的死样子。

出去？她当然是想的，这十年间她无时无刻不想着有朝一日从这里走出去，把蓝家人和蓝月湄给她的轻视、侮辱统统还给他们。

最初那一瞬间的心潮澎湃之后，蓝月仙忽而收敛目光，阴恻恻地看着秦菁，讽刺道："长公主居然纡尊降贵前来此处见我，想必我不在的这些年里，蓝月湄那个贱人母凭子贵，混得不错吧？"

秦菁唇角带着淡淡的笑容，波澜不惊，回过去一眼，却是不再多言一句，转身就走。蓝月仙一愣又一恼，但再到后面清醒过来便有些急了，冲着她的背影喊道："你要怎么帮我出去？

他不会答应的。”她口中所谓的他，是景帝。

“这个你不用管，回头等一切部署好了，本宫会再着人过来，到时候你只要照着我的吩咐做就行了。”秦菁道。

蓝月仙见她没有滞留的打算，眼神阴了阴，但没再勉强，只安静垂下眼睛，掐头发上的虱子卵。

“对了，有件事本宫觉得还是应该让姝嫔知道的……”这边秦菁走了两步，突然想起了什么，又回头，目光萧索地看了蓝月仙一眼道，“素心她——去了！”

蓝月仙骤然抬眸，目光却只在她脸上停留片刻，又垂下眼睛去做自己的事了。

秦菁此时提到素心，分明是在暗示她，自己今天会来这里是与素心有关的，可是这个女人居然对素心的死讯全无反应？

灵歌心里一怒，就要回头与她理论，却被秦菁不动声色地按住了手腕。

“公主——”灵歌低低开口。

秦菁无声地冲她摇了摇头，径自往外走，只是临出门时又忽而止步，侧头看向那屋檐底下的蓝月仙。

灵歌察觉她神色有异，狐疑道：“公主，怎么了？”

“这里有问题！”秦菁咬了下嘴唇，语气笃定。

那院子里阴森凄凉，仍是不时就有几个疯女人跑出来，互相追赶叫骂。

灵歌不解：“您是说这姝嫔娘娘有问题吗？”

“她的确是有问题的，你再仔细瞧瞧。”秦菁勾唇，露出一个饶有兴致的笑容。

灵歌回头，那女人邋遢又阴郁，看着和这里的环境也无多大出入。

灵歌盯着蓝月仙，打量许久，突然脑中灵光一闪，猛地瞪大了眼睛：“她——”

“嘘！”秦菁一笑，冲她晃了晃手指，继续走出门去。

灵歌赶紧跟出去，动作有些仓促地锁好门，再追上秦菁的时候迫不及待道：“公主，这到底是怎么回事？被送到这里的女人，因为知道再难翻身，日积月累下来全被逼疯了，却只有姝嫔挺过来了？”

秦菁但笑不语，只是自顾自前行，故意吊着她的胃口。灵歌思索着，继续追问：“还有您不是说她被关在这里已经快十年了吗？您看她虽然浑身污垢，但还是体态丰腴，容貌姣好，跟那些女人都不一样。”她自己说着，又兀自忖度，“难道是素心姑姑一直在暗中接济她？”灵歌的话只到一半，就突然住口。

秦菁不再为难她，这才淡淡开口道：“当年出事之后，蓝月仙就成了父皇面前的禁忌。我记得那是在六年前吧，父皇十分宠爱的一位贵人无意中提到了这个女人的名字，父皇勃然大怒，褫夺了她的封号，当场赐死。再加上皇祖母也不待见蓝家的人，所以在这宫里，就算素心有心，也绝对没能力叫开这冷宫的大门。”

“那会是谁？竟能违逆皇命，把手都伸到这冷宫里来？”灵歌百思不解，想了想道，“要不奴婢去问问那位方公公？”

秦菁莞尔，侧头看她一眼：“算了。为了这么点小事，何必为难他？你回去跟苏沐交代一声，让他找两个人来这附近盯着就是。”

如果真的有人在暗中接济蓝月仙，那么他们之间就一定要互通消息，只要顺藤摸瓜，还怕找不到蛛丝马迹？

“好！”灵歌谨慎应道。

长春宫毕竟是禁地，主仆两个也不再耽搁，还了方公公钥匙，又原路回了乾和宫。为防止风声走漏，夜访长春宫的事秦菁并没有透露给旋舞和苏雨两个小丫头知道，只让墨荷守在她的寝殿里，以备不时之需。

“公主，你们怎么才回来，可担心死奴婢了。”墨荷本来等得心急如焚，从门缝里见到两人回来，赶紧开门。

秦菁回头看向灵歌：“你先去找苏沐吧。”

“是！”灵歌领命，转身又往外走。

墨荷把秦菁让进门，秦菁任由她替自己解下大氅，道：“我不在的这会儿，宫里没出什么事吧？”

“没有。就是您走后不久皇后娘娘派人来问过，您昨儿个一夜未归，娘娘怕您在外面染了风寒。奴婢推说您已经歇了，把人打发了。”墨荷道，把大氅抱到旁边收好。

“嗯。今天没抽出时间来，我的确是该去给母后请安的，明儿个一早你记得提醒我。”提起萧文皇后，秦菁心中就略有几分愧疚。

“奴婢记下了！”墨荷颔首，“公主您先休息会儿，奴婢叫人给您备水沐浴。”

墨荷带上门走了出去，秦菁弯身在桌旁坐下，给自己倒了杯水，不多时灵歌就回来复命。

“我交代你的话都转告苏沐了？”秦菁问道。

“是的。公主放心，苏沐已经派心腹过去长春宫附近埋伏了。”灵歌道。

秦菁一直埋头看着手里的杯子，表情并不见怎样波动。

灵歌心下奇怪，犹豫了一下，就试着开口：“公主，您这是怎么了？”

秦菁笑笑，侧头看向了她。她唇角带了浅浅的一点笑意，眼底却是少见的严肃，看得灵歌没来由地心头一抖。

“灵歌，你是个聪慧通透的人，当初我要你和旋舞到身边的原因你应该是知道的，对吧？”秦菁开口，有些意料之外。

灵歌一愣，却是用力抿住了嘴唇，没有出声。秦菁也不介意，只继续慢慢地说道：“羽表兄对我的戒心很重，我留你们在身边，一则看中了你们的身手，能为我所用，最重要的目的，还是为了取信于他……”

这件事，其实大家都是心照不宣的，可是现在秦菁突然挑明了说出来，灵歌反而无所适从。她面色略有尴尬，扯了下嘴角："公主我……"

秦菁摆摆手，打断她的话："我既然敢留你们在身边，当然会考虑后果。你放心，我今天和你说这些话，并非要兴师问罪，只是有些事要告诉你。你也看到了，经过昨夜的事，本宫和父皇之间就算是彻底撕破脸了，虽然碍着彼此的脸面身份，他一时也不能明着拿我怎样，但是在这宫里到底也是他一个人说了算的。母后做不得主，就连皇祖母那里也被压制得有些强弩之末的意思。从今往后，这乾和宫里就不可能再太平无虞了。"

"公主……您是有什么事要交代奴婢去做吗？"灵歌隐约明白了些什么，试着问道。

秦菁点头："苏雨和旋舞都还是孩子心性，而墨荷又是个弱女子，有些事情她做不了，所以以后本宫需要你去做的事情有很多。你是羽表兄的人，而表兄远在千里之外，又是处在和西楚短兵相接的关键地方，他那里万事不容有失，本宫也不希望他分心。而你，既然来了本宫的身边，本宫今天就要你一句话，本宫需要你从今以后，事事都能以本宫的命令为先，你能做到吗？"她的语气很平和宁静，却隐隐透出一种沉稳而强大的力量。

灵歌眉头紧蹙，咬着牙，一时间有些无所适从。秦菁等了她片刻，见她实在为难，也不勉强，又道："当初羽表兄既然把你们两个给了我，就应该想到了会有山高皇帝远这一说。我不为难你，你也不必急着回答，今天晚上回去想想清楚，再给我答复不迟。如果你做不到，本宫也不会强求，我可以让苏沐去办。"

虽然白奕安排在她身边的人不少，但真要运作起来，她还是只能靠自己的人。苏沐手下的确还有一些可用之才，但终究不如灵歌这种可以随时带在身边的丫头方便。

秦菁这样说，虽是让步了，灵歌却还是不能平静，态度上越发显得小心翼翼。

为了缓和气氛，秦菁岔开了话题道："方才从长春宫回来的路上，本宫见你几次欲言又止，你是有话要说？"

"哦！"灵歌猛地回过神来，迟疑了一下道，"奴婢是在想那个姝嫔娘娘，公主觉得她真的可用吗？"

"那人你也见过了，你觉得呢？"秦菁反问。

灵歌抿抿唇，还是颇多顾虑道："可是一个在冷宫里待了十年还能不疯不傻活着走出来的女人，公主觉得那还是个人吗？"

这个女人的灵魂该有多阴暗，才能让她抵御住比死亡更可怕的夜以继日的折磨，在有进无出的冷宫里清醒挨过十年光阴？

想着方才在长春宫里蓝月仙那阴冷晦暗的眼神，灵歌还是难免觉得颈后发凉。

秦菁闭上眼，缓缓吐出一口气，一字一顿说道："本宫要的不是一个活着的人，而是一头被仇恨吞噬、会吃人的野兽！"

当年的蓝月仙已经是一个为达目的不择手段的蛇蝎毒妇，经过十年光阴的洗礼，她怕是连最后一点人性也尽数泯灭了吧！

灵歌听着暗暗心惊，虽然秦菁是想要拿蓝月仙去对付蓝淑妃母子，可……

“公主，如果诚如您方才所言，这个女人已经到了丧心病狂的地步，您若是救了她出来，万一有一天她倒戈相向的话……”

蓝家人的秉性实在不能让人放心，而且灵歌虽然进宫时日不久，但关于当年蓝淑妃和这姝嫔之间的事，也从墨荷处知晓一些。

蓝月仙原是蓝礼的妾室白姨娘所出，白姨娘是个佃户之女，虽然生得国色天香，是一等一的美人，但因为身份低贱，人又木讷不懂得讨老夫人和大夫人江氏的欢心，所以她在府中的日子并不好过。

而这白姨娘生下蓝月仙的第二年，不知道什么原因，突然暴毙，江氏就将蓝月仙抱到膝下亲自抚养。

而那时候，江氏自己已经有了八岁的女儿蓝月湄，这一嫡一庶的差别就极大。许是在这样的环境中长大，蓝月仙虽然表面乖巧八面玲珑，很懂得讨江氏的欢心，到底心里还是有些不忿的，而这种不满的情绪，更是在她十四岁那年的春天攀升到了极致。

那时的蓝月湄还是景帝的贵人，赶上她的生辰，蓝月仙随家中女眷一同进宫为嫡姐贺寿，在宫中偶遇了景帝。那时候的景帝刚过而立之年，倜傥俊逸，富贵逼人，却不知道是真的情投意合，还是看准了这样一个草鸡变凤凰的机会，御花园中蓝月仙以一曲清箫赢得景帝慧眼相看，后来便隐晦地对蓝月湄提起，想要将她纳入宫中。

蓝月湄其人跋扈骄纵，而且时年她正得帝宠，怎么可能平白无故答应把一个生得天仙一般的庶妹接进宫来跟自己争宠？她是蓝家的嫡女，又生了华泰公主秦苏，蓝家人的指望都在她的身上，虽然蓝礼也有意将蓝月仙送进宫中多一重保障，但江氏坚持不肯，最后也只得作罢。

为了彻底断了景帝的念想，江氏又做主火速给蓝月仙定了一门亲事，只等她及笄之后就送过门去，如此一来，蓝月仙与蓝家嫡支之间的嫌隙就算是落下了。

一切板上钉钉，江氏母女原以为高枕无忧，也不知道是什么原因，景帝竟然也就对这个小了自己一轮的青涩少女念念不忘，甚至不顾蓝家人为其定下的亲事，直接将人带进了宫，并且越过她的嫡姐蓝月湄，封了个姝嫔的封号。自那以后，这两姐妹就算是彻底结了仇，明里暗里争宠夺爱，可偏偏景帝一门心思都在蓝月仙身上，蓝月湄与她几番明争暗斗下来，慢慢被景帝冷落。

这蓝月仙在宫中春风得意，很是恃宠而骄了一段时间，好在萧文皇后淡泊，并不与她计较。她正在得意之时，适逢蓝月湄意外有孕怀上了秦洛。

景帝膝下子嗣单薄，对蓝月湄这一胎看得极重，那时萧文皇后也不过刚刚有孕，腹中胎儿男女未知。蓝家人铆足了劲扑在蓝月湄身上，指望她能诞下皇子稳定大局。

蓝月仙彼时已与蓝家彻底翻脸，自感地位岌岌可危，就不知不觉动了狠心思，对蓝月湄下了手。那时候蓝月湄怀孕刚刚三个月，胎象并不十分稳固，被她一帖寒药下下去，差点一尸两命，太医院众太医救治了两天两夜才脱险。

蓝家人不依不饶地找上门来，景帝也心疼自己的孩子，而也许是景帝原本对她期望太高的缘故，失望之余，脾气和手段都较对别人更狠厉些，当即一纸诏书废了她的封号，驱散了她宫中所有人，将其打入冷宫，并且自那以后，再不准任何人提起蓝月仙或是姝嫔有关的一字一句。

上一世，其实秦菁一直都不明白景帝何以会偏爱秦洛到那般地步，现在才隐约知道——

他也许并不是真的喜欢秦洛，而是通过这种举动，在为他心爱的女人赎罪。

他不准人提起她也不是因为绝情，而是因为软弱，那个女人才是他的软肋，否则以当年她谋害皇嗣的罪名，是大可以将其处死的。可是他没有，只是选择了一种自欺欺人的方式，瞒过所有人的耳目，并用一种特殊的方式在回味她。

对于自己的这个父亲，秦菁可以说是彻底死心了，既然是这样，她也就没了顾虑。

当年的蓝月仙恨的只是蓝家人，而如今却是未必了。虽然她自己不能对景帝做什么，至于别人,她也实在是管不着的！蓝礼、蓝月湄，甚至蓝玉衡——

秦菁目光凌厉一闪，冷漠地摇头道："本宫还是那句话，在这宫里，父皇最大，其他人都不足为惧。本宫既然找上了她，自然就是有把握的。"

听她如此斩钉截铁的语气，灵歌也就稍稍安心，正要再说什么的时候，墨荷已经带人提了洗澡水进来。

"这里有墨荷服侍我就行，你先下去吧。"秦菁道。

"是！公主！"灵歌应道，还是有些心有余悸的样子，匆匆退下了。

墨荷带人把热水调到澡盆里，笑着回身来请秦菁："公主，奴婢替您更衣。"

"不急！"秦菁却是隔开她的手道，"苏沐这会儿应该还没睡，你去把他给我找来。"

"现在？"墨荷诧异。

"对！现在！叫他马上来见我！"秦菁重复。

墨荷心里突然就紧张了起来，再不敢耽搁，赶紧去了。

秦菁坐在桌旁闭目养神。桌上一盏琉璃宫灯映出点点温润的光，落在她轮廓精致的面孔上，隐约晃动的光影，如点缀凡间的精灵，顽皮又快乐。

墨荷的动作很快，不一会儿就带了苏沐过来。

"公主，您这么急传奴才过来，是有差事交代奴才去办？"因为是在晚上，苏沐只站在门内，恭敬行礼。

"嗯！"秦菁直言不讳，简短道，"灵歌刚从本宫这里出去，这会儿应该还没睡，你从暗中盯着她点，看她今晚会做什么。"

灵歌是萧羽的人，但自从将她收在了身边，秦菁还从不曾对她疑心过什么。

墨荷和苏沐都明显意外，面面相觑。

片刻，苏沐赶紧敛了心神，拱手道："是！如果公主没有别的吩咐，奴才就先行告退了！"

"去吧！"秦菁挥挥手，想了想又道，"记着，不要惊动她，也千万不要与她交手。"

"奴才明白！"苏沐心中疑虑更重，却仍是慎重地点头，转身退了下去。

秦菁起身回到屏风后面，脱了衣服走进浴桶里。

寒冬腊月的天气，这屋子生了地龙，一点都不觉得冷。她半眯了眼靠在黄花梨木的浴桶边，解开一头长发，浓黑的发丝披散下来，成缕漂浮在水面上，半掩着水下如玉的身子。宫灯映照下，水面波光影动，是让人沉醉痴迷的旖旎风景。

因为下午睡过，这时候她倒不很困，只闭目养神，时而掬一捧温水洒在面上，温热的清水滚过每一个细小的毛孔，再成股沿着下巴的弧线滚落水中。

她抬手去擦拭脖子上残存的水珠，却在触到肌肤的一瞬止了动作，莫名其妙又想起早上那会儿和白奕拥抱缠绵的那个吻，当时那家伙还恬不知耻地在她颈边嗅了半天。

这么一想，秦菁面上不觉一阵燥热，下意识双手捧住脖子，像是这样便能藏住他留下的味道。

白奕？白奕！怎么这一刻，脑海中突然不可遏止地频频出现他的影像？平心而论，她其实并不排斥他或讨厌他，只是一想到景帝和如今自己所处的位置、朝堂的形势，又难免心烦意乱。秦菁烦躁地往脸上泼了两捧水。

墨荷是这时候才慢吞吞地从屏风后面跟过来，挽了袖子给她按背，有些忧虑地说道："公主是在为姝嫔的事情烦心吗？都是奴婢无能，也帮不上什么忙。"

她手无缚鸡之力，很清楚自己的能力，有些事，灵歌和苏沐能做，她却不能。现在秦菁明明是不信任灵歌的，却还不得不用这个人，墨荷想来便有些自责。只是关于灵歌的事，秦菁没细说，她也本分地并不多问。

"不是。"秦菁明显也没准备解释，只是靠在浴桶边缘闭目养神，"那件事真要处理起来，其实也没有想象中那么难。"她不再说话，眉心却依稀烦躁地拧成了疙瘩。

墨荷低头看她，几次话到嘴边，最终还是选择了沉默。秦菁感觉到了她的心不在焉，就回头看了她一眼："怎么，你不舒服？"

"不是。"墨荷心里慌了一下，立刻否认。

秦菁不解，递过去一个询问的眼神。墨荷咬着唇，犹豫再三，这才迟疑着开口："公主，今儿个一早您和四公子在窗边……我都看见了，您对他……"

秦菁的性子，对谁都能狠下心肠翻脸无情，尤其是和那个远日无怨近日无仇的苏统领，每回见了还苦大仇深的，却唯独对白家的这位四少爷有所不同，而且她又不是敢做不敢当的性子，背地里却对白奕绝口不提，像是讳莫如深一样。

“本宫对他怎样并不重要，重要的是父皇！”秦菁不耐烦地打断她，话到一半又忽然止住，闭上眼道，“这里今晚不用服侍了，你下去吧！”

“是！”墨荷见她面有愠色，再不敢言，顺从地退下了。

一夜好梦。

次日一早墨荷已经忘记了前夜的不快，手捧着秦菁喜欢的腊八粥，笑吟吟地带人进来给她摆膳：“公主，我娘刚刚让香儿传了话来，说是皇后娘娘去万寿宫陪着太后娘娘一起用膳了。您先用了早膳，晚些再去吧。”

自从送走了秦宣，秦菁恐萧文皇后孤单，至少每天都要往她的寝宫走一趟。再者重活一世，她也格外珍惜这种母女共叙天伦的好时光，所以渐渐成了习惯。

“嗯，那就摆膳吧！”秦菁道，插好发簪自寝殿出来。

墨荷得了她的应允才叫人把饭菜摆上桌，这边秦菁拾了筷子刚吃到一半，就看见门外苏沐疾步走进院子。

秦菁手里端着碗没放，墨荷已然会意，招招手，带着几个宫女退出了寝殿。

苏沐在门槛内单膝跪下，禀告道：“公主，昨夜奴才听您的吩咐去盯灵歌，四更天的时候她出宫了，没有从宫门走。”

秦菁手下捏着调羹的动作略一凝滞，脸上神色却无半分意外，只道：“她去了哪里？”

“走的城西方向，奴才跟了她一段，后来她好像是有所察觉，我便没有再继续跟下去。”苏沐道，“后来一直守在宫墙外头，看着她回来，这才过来给您复命。”

秦菁微垂了眉眼玩味一笑，抬头见苏沐还跪着，就笑了笑道：“你去吧，这事儿就此揭过，不要对任何人提起！”

“是！”苏沐拱手道，起身退了出去。

秦菁低头，慢慢搅着碗里的腊八粥，有些心不在焉起来。昨夜她才让灵歌表态，这丫头不飞鸽传书去跟萧羽请示，却是去了哪里？真有意思！

用过早膳，秦菁正在寝殿更衣，准备去秦宣宫中看望时，灵歌就来了。秦菁抬眸看她一眼，见她微垂了眼睛站在门口，与往常神情无异，也就没说什么。

墨荷跟苏雨两个服侍她穿好衣服，临出门时，秦菁才招招手叫了灵歌道：“你也跟着去吧！”

“是，公主！”灵歌应道，福了福身，跟着一并出了门。

秦宣那里，但凡人在宫中，秦菁是每日必定要去的，一则为了做戏，二来——那个孩子虽不是她的亲弟弟，但有时候看着他天真烂漫无忧无愁的模样，心里也会觉得安定。

这宫里的环境是她和秦宣都选择不了的，有时候看着别人，也算是种慰藉。

这日又是天晴，寝宫后头的花园里，秦菁抱着绒团儿坐在石凳上喝茶，不远处那孩子正趴在一个鱼缸前专心致志地看着里面两条小鱼自在嬉戏，眼睛睁得大大的，不吵不闹十分专注。

苏雨蹲在屋檐下看墨荷跟晴云做绣活儿，三个人其乐融融的模样，晴云偶尔回头去看一眼那孩子，不时叮嘱："殿下小心些，现在天寒，记得别去玩水。"

那孩子也不知道有没有听到，总之是不说话，还是一动不动地趴在鱼缸边往水里看。

秦菁微笑着低头抿了口茶，然后稍稍侧头看了眼侍立在她身后的灵歌道："昨夜本宫与你说的事，你可想好了？"

灵歌本来正在看着远处那孩子失神，闻言先是一愣，然后赶忙屈膝跪下，正色道："奴婢想好了，当日公子叮咛奴婢的便是一定要护卫公主殿下的安全，奴婢既然来了公主身边，就没有存过二心，公主信得过奴婢，有事但凡吩咐就是，奴婢姐妹定然万死不辞。"

说到底，她与萧羽本是一体，一荣俱荣，一损俱损，她若有什么闪失，朝中失去平衡，萧羽在外便很难玩得转了。

灵歌这说辞的确在情在理，无可挑剔，既没有背弃自己真正主子的嘱托，也不妨碍她对秦菁尽忠。

"你定下了主意就好！"秦菁满意点头，抬手将她扶起，"放心吧，你跟旋舞在本宫身边，本宫都视你们为自己人，不到万不得已，本宫也不会让你们以身犯险的。"

既然为人奴仆，自己的生死灵歌已经看得很轻，妹妹旋舞却是她的心头肉。

"谢谢公主！"灵歌感激道，说着却又像是想起了什么，再次咬牙开口，"公主，您可不可以也答应奴婢一件事？"

这个丫头一向懂得分寸，这会儿竟然主动和自己讲起条件来了？秦菁玩味着，心里就起了些兴致："说说看！"

"奴婢知道这宫里的形势凶险不输战场，虽然您一直都思虑周全，可是奴婢可不可以求您，不管有什么事，都一定要以自己的安全为先？"灵歌垂下眼睛，语气坚定。

秦菁有些微愣，旋即明白过来，笑了笑道："既然这是表兄交代给你们的任务，本宫自然也不会刻意让你们为难，放心吧！"

"谢谢公主成全！"灵歌道，郑重其事地跪地磕个头，再仰起脸时，面上神情就更刻意地坚毅了三分。

"起来吧。"秦菁淡淡说道。

于是主仆便再无话，各自移开目光去这院子里寻些风景。

那日，自蓝淑妃被景帝圈禁以后，宫外又传来消息，说是蓝玉衡因为急怒攻心吐了血，之后就连着卧床不起，早朝也跟景帝告假缺席了。

秦菁闻言，不过一笑置之，只是随后白奕那边又着人传了信来，说是莫如风旧疾复发，他要在府中照料一阵，怕是接下来得有几日不得空进宫了。

少了他在，就少了好些热闹，于是之后的几日秦菁也关了宫门在乾和宫中休养，只每天早起去萧文皇后处请安，或是去秦宣宫里坐坐。

这日午后，她闲暇，就命人移了闲置已久的棋盘到院子的凉亭里，左右手分执两色棋子，自己和自己对弈。

苏雨喜滋滋地凑过来要瞧热闹，却被墨荷挡了："你别在这里吵着公主了，叫上你大哥，去门口守着吧，一会儿要是有客人登门，也好拦着点儿。"

苏沐成天板着一张脸，苏雨不乐意和他待在一处，不满地嘟囔："门口有小路子他们看着呢，而且公主又提前放了话出去，说咱们宫里闭门谢客，难道还有谁会这么不识趣？"

墨荷拿眼角余光看了秦菁一眼，见她心情正好，就只催促苏雨道："叫你去你就去，哪儿来的这么多废话？"

苏雨对她，从来都像姐姐一样尊重，倒也听话，撇撇嘴，去侍卫房里拖着苏沐一起去了大门口。

适逢灵歌从偏殿端了茶水过来，见状便是好奇："出什么事了吗？是谁要来？"

墨荷与她倒是不绕弯子，接了她手中茶具道："西华门传了口信过来，说是……"话音未落，已经听到大门口吵闹了起来。

这是在宫里，又是在风头正盛的荣安长公主的寝宫外面，居然就有人敢公然登门闹事？灵歌大为意外，一时间错愕地瞪大了眼睛。

门口有苏沐坐镇，来人自是进不来的，就听着苏雨和她大声争执。

"我家公主有令，今天不见客，殿下您还是请回吧。"许是有苏沐撑腰的缘故，苏雨的声音很响亮。

随后就听另一个女人恼怒骂道："你是个什么东西？也敢挡本宫的路？荣安呢？是心虚了吗？她以为这样躲起来不见人就能了事？本宫是堂堂的皇室公主，她的皇姑，那个乳臭未干的死丫头竟然要在本宫面前摆谱吗？马上叫她出来见我！"

这个声音是——

灵歌反应了一下，随后了悟："是锦绣公主？"

墨荷一笑，刚要说话，却是坐在亭子里的秦菁先开了口，闲闲道："离着灵隐寺出事已经有四天了，三皇姑能捺着性子等到今天才登门，这拖得已经够久了。"

锦绣公主本来就是个火暴脾气，苏雨又不相让，可想而知，外面争执得越发激烈了。

想到那天晚上的事，灵歌还是心里恼火，不悦道："她怎么还有脸找上门来兴师问罪？"

所有的一切，都是秦宁咎由自取，秦菁还没去找她们算账，现在却是锦绣公主闹上门来了？这对母女脑子里到底都在想些什么？

提起这事，墨荷也是气愤，忍不住道："公主，奴婢就不明白了，怎么出了这么大的事您也不追究？既然锦绣公主找来了，那刚刚好，太后和皇上那里不好声张，我们去请皇后娘娘……”

灵歌立刻就要点头附和，却听秦菁气定神闲道：“三皇姑喊了这么长时间也该累了，苏雨太不懂事。墨荷，你去请皇姑进来喝杯茶吧。”

墨荷愣住，不由得和灵歌对看一眼。

秦菁见她不动，催促道：“去啊！”

“是！”墨荷这才咬着唇，极不情愿地小声应了，转身往外走。

灵歌走进亭子里，刚给秦菁沏好茶，外面锦绣公主已经气势汹汹地直闯而入。

为了进宫，她穿了件深红绣黄色牡丹花的王妃朝服，整个人就多了股杀气腾腾的气势，直奔着凉亭的方向疾走过来。人才刚进亭子，伸手就要来拽秦菁肩膀：“荣安，你给本宫出来！”

秦菁没动，灵歌一个箭步上前，也不管她是谁，抓住她的手腕反手一扭。

“哎哟！”锦绣公主痛得眼前发晕，本能尖叫，然则还不等她回过神来，灵歌已经又抬手，将她往外一推。

锦绣公主才刚上了台阶，倒退出去，连着踉跄了好几下，才勉力稳住了身子，没让自己摔倒。

她定了定神，站在凉亭外面，眼睛血红地瞪着堵在凉亭门口的灵歌，嘴唇翕动了好几次，居然是一句话也说不出来。

她自恃身份，这么多年来，不管是在宫里还是宫外，可从没受到过这样粗野的对待。这一刻，已经不仅是愤怒，更是震惊和束手无策。

就那么愣愣反应了好一会儿，后面苏雨几个也跟了进来，满是气愤地禀报道：“公主，锦绣公主执意要见您，奴婢们无能，没拦住！”闻言，锦绣公主一个激灵回过神来。

这一天，大概是她有生以来所受冷遇最多的一天。她脾气上来，指着秦菁怒吼道：“荣安你好啊，本宫怎么都是你的皇姑，你居然纵仆行凶，对本宫无礼！”

她是个兴师问罪的意思，不想秦菁闻言，却只是云淡风轻地一笑。她搁了手中棋子，回眸。那一笑，气定神闲，波澜不惊，自有一种运筹帷幄、宠辱不惊的气度。锦绣公主心中怔愣了一瞬，不由得微微皱眉。

“我的这个丫头是乡间长大的，不懂宫里的规矩，我说了她许多次，她却总是不长记性。她是冲撞了皇姑，可皇姑您身份尊贵，有容人雅量，就不要与她一个宫婢一般见识了吧？”言辞之间居然全是对灵歌的维护。

锦绣公主大怒，想冲进亭子里和她理论，可灵歌冷面门神一样戳在那里，她心里没来由地犯怵，便暗中稳了稳身形，只怒气冲冲地盯着秦菁质问道：“本宫过来，不是为了和你打口水官司的。我问你，你到底对宁儿做了什么？竟把她吓成那模样？”

秦宁的事，秦菁自是知道的，那日从灵隐寺半山上被苏晋阳送回去，她却是受了刺激，醒来之后就战战兢兢地整天躲在屋子里哭，也不肯见人，锦绣公主过去逼问，她也什么都不说，只是瑟缩着裹在被子里叨念苏晋阳的名字。

锦绣公主大怒，直接去了鲁国公府上，和国公夫人大闹一场，偏生苏晋阳那小辈的见了她也装作没看见，哪怕敷衍的解释都没有。

秦宁是她重新振兴荆王府的唯一希望，看着女儿人不人鬼不鬼的样子，她也实在无计可施，这才闹到了秦菁这里。

"没做什么啊，就是应表妹之邀，去灵隐寺的禅房里和她见了个面。"秦菁道。

"你还装蒜？"锦绣公主怒道，"我知道老祖宗宠你，可你也别仗着有老祖宗给你撑腰，就真当自己有什么了不起的，本宫就不信了，这宫里还能轮到你这个死丫头只手遮天不成？有本事你别躲着，今天这事情你要是不给我一个满意的交代，咱们这就去见老祖宗！今天本宫一定要给宁儿讨一个说法！"

秦菁却不应她的挑衅，只回身，信手抽出压在棋盘一角的信封。

墨荷过来接了，呈到锦绣公主面前。

锦绣公主迟疑了一下，待她接过去，秦菁才语气悠悠地继续说道："表妹的字迹，不用我说，皇姑你也认得出来。我和表妹之间能有什么事？她不过就是叫我过去说几句私房话，过了我也就忘了，可是皇祖母为人素来严厉，又重规矩，她要追问的话，我自然没办法瞒她。所以，皇姑你真的确定要和我一起去她那里论个输赢吗？"

虽然这几天秦宁什么也不肯说，可事发当天她是被苏晋阳送回去的，再加上之前秦菁当众点了苏晋阳陪同去祈宁……

自己女儿那点小心思，锦绣公主心知肚明，所以哪怕是用猜的，她也能料到那天的事情会很不光彩。

她的心里还对秦宁的婚事抱有很高期望，想着秦宁居然为了一个苏晋阳就争风吃醋做出不检点的事来，就气得浑身发抖。

只是没办法，在秦菁面前，为了面子，她也只能克制，咬着牙，狠狠捏着手里的信纸，态度却是犹豫了。

秦菁看在眼里，脸上浮现出一抹淡淡的笑容。于是，她起身。灵歌侧身让开。她款步自那亭子里走出来。素影翩跹，身姿袅娜，就那么盈盈地往锦绣公主面前站定。

看到秦菁落在脚下的影子，锦绣公主才回过神来，随后便是神情一冷，强作镇定地梗着脖子看向她道："怎么，你到底还是心虚了？那天到底发生了什么事？苏家那个小子也在场？"

她突然有些明白秦菁这么束手束脚的原因了，不管那天晚上发生了什么事，只那天深夜苏晋阳也出现在灵隐寺附近，一旦传扬出去，秦菁的声誉也要跟着受到莫大的冲击。

秦菁抿抿唇，脸色隐晦地闪过一丝掩饰不住的尴尬。然后，她重新对上锦绣公主的目光道："表妹对我，是有些误会的。"

这个丫头到底还是怕了！毕竟太子之位已经不是秦宣的了，一旦景帝驾崩，换了秦洛上位，秦菁这个所谓长公主的分量也就没那么重了，所以她现在才会有所顾虑，不想在自己的身上留下污点。

锦绣公主的底气足了些，端着架子冷哼了一声。秦菁顿了一下，正色道："既然皇姑您今天亲自登门了，那么就恕侄女逾矩问一句，和婉表妹和苏统领的事，您还是不赞成吗？"

"这是我荆王府的家事！"锦绣公主当即冷了脸，不悦斥责，"几时轮到你一个小辈来品头论足了？"

秦菁笑笑，语气颇为无奈："表妹心思单纯，怕是轻易过不了这个坎儿。这一次的事虽然侥幸瞒过了宫里各方的眼线，可我也实在不想再有下一次了。"

秦宁对那苏晋阳，就是一条心思的。

"你——"锦绣公主一口闷气噎在胸口，刚想发怒，秦菁已经继续说道："其实苏统领有鲁国公府做后盾，自己又是青年才俊文武全才，年纪轻轻就在父皇跟前当着这么要紧的差事，您就这么见不得他与表妹成其好事吗？"

"你那么精明一个人，有什么不明白的？还要在我面前装蒜？那小子终究是姓苏而不是姓何的！"锦绣公主反唇相讥，瞪她一眼，讽刺道，"鲁国公府有多大？而且就算他鲁国公府再怎么威风八面，将来轮得到姓苏的什么事？"

鲁国公再怎么器重苏晋阳，最后爵位也不可能传给一个外姓。

秦菁敛眸沉默了一瞬。锦绣公主见她示弱，就起了幸灾乐祸的心思，挑眉道："既然你把话说开了，那本宫今天也问你一句话。"

秦菁抬眸看她，一瞬间心领神会，反问道："三皇姑是想问，如今宣儿的储君之位已然不保，将来这朝廷指定是要落在蓝淑妃母子手里，本宫又何故与他们蓝家人为敌，这般不给自己留退路是吧？"

"你这股子狂劲儿是该收敛了！"锦绣公主道，神情透着鄙夷，"总不至于还对那个傻弟弟留着指望吧？"

在前世，傻子两个字便是秦菁的心结所在，即使如今她逆转了局面，听到这个词的时候，心里还会闷闷地疼。

她悄然掐了下手心克制情绪，仍是不温不火地看着锦绣公主道："不到最后一步，谁能轻易论断输赢？三皇姑你如今这般笃定与本宫过不去，难道不也是不计后果地在赌这江山的最后归属吗？"

锦绣公主愣住。秦菁微笑，款步踱到一旁，站在一丛花树前面。她神色静远，淡泊冷静得有些过分。锦绣公主盯着她的背影半晌，却发现自己看不懂她，但她从来都不是个擅长隐忍情绪的人，想不通也就不想了，直接冷讽扬眉："你不会还真对那傻子抱着幻想吧？皇上他是疯了才会把这好端端的秦氏江山交到他手里！"

“父皇还健在呢，皇姑此时与我讨论这些，是不是有点早了？”秦菁淡淡反问。这个话题，的确是不能随便拿出来议论的。

锦绣公主暗暗一惊，不由得四下扫视一圈。好在秦菁早有准备，苏沐守着门口，这院子里只有她的几个心腹丫头在。

锦绣公主心下稍稍放松了一瞬，然后秦菁已经转身面对她道：“且不论将来天下谁主，但至少有一点是不会变的，这天下，总归是姓秦的。三皇姑，你此时看好蓝氏并没有错，但那也只是因为秦洛是父皇的儿子，可如果硬要将和婉表妹推到梁氏的族谱里，这件事你怕是还要三思的。”

她的语气沉稳，明明波澜不惊，却有种隐隐的威压之势。锦绣公主防备地盯着她，神色阴郁：“你说这话是什么意思？”

“三皇姑，你不是很看好魏国公府的四公子梁明岳吗？”秦菁道。

锦绣公主屡次进宫求见梁太后，为的都是此事，大家心知肚明，只是梁太后不松口，便没人敢捅破这层窗户纸罢了。

锦绣公主心中羞愤，脸色就越发难看起来。秦菁也不管她，只从容不迫地继续说道：“三皇姑你不在朝堂，有些事情看不分明也情有可原，但是这一年之间发生的事，你却应该有所耳闻。梁氏一脉眼前看着是风光，手里五十万兵权在握，堪称我大秦朝独一份的功勋伟业，可你难道忘了，他手上兵权已经在这半年之内失掉了二十万，这意味着什么？”

朝堂之事锦绣公主的确是不懂，她只知道在这宫里梁太后只手遮天，魏国公府一脉又握了整个大秦半数的兵权，在这天底下，什么官职爵位都是虚的，唯有兵权才是实打实，能够给人保障的东西。

只要手里握着兵权，魏国公府的滔天富贵就不会轻易断绝，而她荆王府若能依傍上这棵大树，也就可以避免被景帝废止收回爵位的危机。

此时被秦菁骤一提醒，她却是吓了一跳。景帝和梁太后之间的嫌隙她没有看到，现在却突然想起来，这一对母子即使再怎么同仇敌忾亲密无间，到底也不是亲骨血。这样想着，她心里便开始迟疑，只是嘴上却不肯服软，仍是冷声冷气拿眼角余光打量着秦菁道：“你到底想说什么？”

“我不想说什么，只是想要帮着三皇姑你想一想。”秦菁道，目光沉静，语气平和，“梁家显然已经开始走下坡路了，既然父皇可以一句话移出他们手上二十万的兵权，保不准下一次再开口，就连那剩下的五十万也保不住了。三皇姑你再想想，这世道就是这样，任何一个世家大族都是盛久必衰的，就譬如你们荆王府，当年辅佐太祖皇帝登基，受万民朝拜，是何等的风光，还不是落得今日这般惨淡经营的下场。作为被冠以国姓的开国功臣之家尚且如此，更何况一个外姓的梁氏，对不对？”

锦绣公主的脑子一时转不过来。秦菁顿了一下，继续道：“而同样的，有的家族落败倾颓，就必定会有人青云直上，取而代之。表面上看，梁家失掉的那二十万兵权是给了萧羽，可也诚如三皇姑方才所言，既然父皇不看好宣儿，又怎么会任由萧家人掌权？这部分兵权，就只能是个风光一时的幌子。”

锦绣公主也不算太蠢，细想之下不难发现，除了平步青云的萧羽之外，此间最大的受益者就是鲁国公府何家了。所以呢？景帝这是在变相从梁家手里夺权了？锦绣公主顿时就有些心惊肉跳起来，不由得紧张地攥了攥袖子。

秦菁将她的情绪变化看在眼里，便微笑着再道：“三皇姑，你好好想想。和婉表妹的事，我不是不能和你一起到皇祖母那里去说清楚，可是咱们有这个必要吗？”

锦绣公主浑浑噩噩地抬头看向她，触及她眼中深刻的暗示之意，心里就再起了一股怒火。

“你不用在这里危言耸听，哼！”她说着转身就往外走，但又觉得这样走了很有些落荒而逃的意思，就忍着回过头来，狠声撂下话道，“你等着，宁儿要是因此落下病根，本宫还是跟你没完！”言罢，这才找回些气势，一扭头又匆匆往门口杀去。

秦菁目送她的背影，脸上没有任何的表情。待到锦绣公主出了门，墨荷才凑过来，不满道：“公主，您何必跟她说这么多？锦绣公主要和梁家攀亲，您就让他们自生自灭好了。”对于秦宁做的事，几个丫头全都意难平。

秦菁但笑不语，转身回到亭子里，把棋盘上散落的棋子一颗一颗捡起来放回瓮里。

灵歌秀眉微蹙，看着她从容淡漠的样子，慢慢有所了悟：“苏统领对和婉郡主已经生了嫌隙了，莫说锦绣公主回过味来想要促成这门婚事，他会不会答应还是两说，暂且退一步讲，就算是迫于太后的压力和皇上的赐婚，他应了，日后真要过起日子来，和婉郡主怕是也不能太如意。”

正因为秦宁对苏晋阳这般情根深种，让他们这样在一起才是最大的伤害，这一点秦菁感同身受，自然是明白得很。她虽是把对苏晋阳的感情放下了，但这并不妨碍她略施手段，给这两人添堵。说起来，她还真不是个大度的人。秦菁自嘲地摇头一笑，还是没有接茬。

灵歌等了她半天，越发觉得怪异，就试着道：“公主，您这样大费周章和锦绣公主说了这么多，目的——应该不会仅限于此吧？”

秦菁这才抬眸看她，眼中带一点赞许的光。灵歌触到她的目光，还有些不太习惯，不由得悄然捏紧了袖子。墨荷左右想了想，一头雾水，就也盯着秦菁看。

秦菁被两人盯着，慢慢地，唇角那一点很淡的笑纹就逐渐散了。她拿帕子擦了擦手，又百无聊赖地将帕子扔到一边，容色冷静地盯着花圃里孤寂的一角，语气平平道：“你们真的以为那天的事就是秦宁和蓝玉华两个志同道合，联手起来做下的吗？”

两个丫头闻言一惊，不由得互相对望一眼。秦菁也没想等她们回答，又冷冷地继续说道：“蓝玉衡后来火急火燎地出现，的确证明和秦宁合谋的人就是蓝玉华，可我与秦宁打小就认识，她是什么样的性子，有多大的能耐，我全都一清二楚。她是个足不出户的大家闺秀，性格又内向懦弱，就算是和蓝玉华合作，她又是怎么做到的呢？”

是啊，以秦宁的背景和性格，这件事的确本身就存着巨大的疑点。

两个丫头立刻紧张起来，略一思量，还是灵歌的反应快些。

“是——华泰公主！”她愕然，但也只是一瞬，神情和语气马上变得笃定而愤怒，“蓝玉华一直对华泰公主言听计从，如果由她出面从中撮合，那就再容易不过了。”

秦菁无声地勾了下唇角，却构不成一个微笑的表情。墨荷的脑子里有点乱，想了想，还是疑惑：“公主不是说蓝大公子对蓝淑妃方面下了禁令，最近都不会允许她轻举妄动了吗？怎么华泰公主她……”

“许是蓝玉衡太过自信了，反而忽略了自己这个任性的表妹吧！”秦菁接口道，“封号被废，又被父皇罚了禁足，她却居然就这么逆来顺受安静下来了？以本宫对华泰的了解，她可不是这样的人。”

最重要的是，秦苏也有这样做的理由。前世的时候，她们刚好都心仪苏晋阳，秦苏出了这个主意，一旦秦宁的事成，那么她必定马上去景帝面前揭发秦宁谋害皇家公主的罪行，秦宁必死无疑，届时苏晋阳就只能是她秦苏的了。只是后来阴错阳差，秦宁自食恶果，羞愤自尽了，秦苏虽没能得到如意郎君，却还是成功造成了苏晋阳和秦菁之间十年的误会和怨恨。这结果和她最初的计划也算有着异曲同工之妙了。

而这辈子，秦菁不确定秦苏是不是又对苏晋阳暗生情愫，可就只冲着双方前面的那些过节，秦苏就有理由把上辈子的毒计再用一次。

“这样说来，华泰公主的心思就实在可怕了。”墨荷道，忧虑都写在了脸上。

“她这个人自幼要强，半点亏都不吃，这事儿怕是远没这么简单。”秦菁微微呼出一口气，不以为然地摇头道。

灵歌也警觉起来，上前一步道：“公主是说她还会有后招？”

“可能吧。”秦菁摆弄着手指淡淡应了声，顿了下，又转头对灵歌道，“传本宫的命令下去，这段时间暂且断了荣华馆和外界的一切联系，多防范着他们一些，不许任何人通过任何渠道和蓝月湄来往。”

蓝淑妃虽然愚蠢，却是蓝家在这宫里至关重要的一颗棋子，蓝家一定不会放弃。

“奴婢明白，马上就吩咐下去！”灵歌正色点头，“那华泰公主那里呢？是不是也要限制她的举动？”

“不！她那里只要安排两个得力的人盯着就行，不用管她做什么！”秦菁果断地抬手制止，却是意味深长地笑了起来道，“她被父皇关得久了，年关是个机会，本宫这个做姐姐的也该帮她一把。墨荷，回头你去母后那里一趟，就说是本宫的意思，年关将至，将华泰一直关着也不吉利，请母后去和皇祖母商量着，早些放了她出来，好歹一起吃了年夜饭。”

秦苏这样心思歹毒地算计她，秦菁非但不计较，反而赶着帮她脱困？这么一个心思歹毒的女人，一旦放开了手脚，指不定又要出来兴风作浪，自家公主的心思越发让人难以捉摸。

虽然不解，但墨荷只是恭敬领命，应了声，和灵歌一前一后退出了亭子。

彼时，绒团儿刚好在园子里逛了一圈，玩够了又蹿回来，落到桌上，优雅地迈着步子踱来踱去。

秦菁抬手搔搔它的肚子，脸上的笑容更深了。

这天稍晚的时候苏沐过来，把锦绣公主之后的行踪对秦菁简单地说了。她倒是没有马上去见梁太后，而是从乾和宫出去就风风火火回了荆王府，想来这么大的决断，她是要好好消化一段时间的。

“由她去吧！”秦菁早知如此般点点头，“不过为了以防万一，这几天还是叫个人去荆王府外面盯着吧。”

“奴才已经安排人去了。”苏沐道，他向来话不多，这次却没有马上离去，而是攥着拳头很是犹豫了一下，主动开口道，“公主，奴才知道您之前没有把和婉郡主做的事透露给锦绣公主知道，是怕她对您心存防备，后面就不肯照着您的暗示去做了，可是和婉郡主那里……您确定她也不会透露？”

秦宁做的那件事，算是把秦菁得罪狠了，换成另外随便什么人，估计都恨不能活剐了她。一旦锦绣公主知道她们之间结了仇，就不可能不怀疑秦菁撮合秦宁和苏晋阳的意图了。

苏沐的担心不无道理，秦菁却很笃定：“她不会！”

苏沐心中虽然还有疑虑，但也着实不习惯质疑她，转身退了出去。

这边的荆王府，锦绣公主回府之后就直接去了秦宁的院子。

她刚在秦菁那里受了气，再加上因为魏国公府的事心绪不定，脸色就十分难看。

“见过公主！”雪英带着另一个丫头线儿一起坐在廊下做绣活，见她风风火火赶来，两人都吓得白了脸，噌的一下站起来，线儿更是胆小地往后缩了缩。

锦绣公主看了一眼面前紧闭的房门，脸上怒气更甚，沉声道：“她还在里头？”

“是……是！”雪英使劲低垂着脑袋，声音虚弱。

锦绣公主嫌恶地看她一眼，直接一把推开了房门。屋子里，秦宁正伏在床上独自饮泣。

锦绣公主胸口压着的火气就在这一瞬间攀升到了顶点。她冲过去，一把将秦宁扯起来：“你这副半死不活的鬼样子是做给谁看的？还不给我起来！”

秦宁摔在地上，磕得膝盖生疼，却不敢哭，身子瑟瑟发抖，直接瘫坐在地上，低低地唤道：“母……母亲！”

两个丫头站在门外，连护主都不敢，只怕得想哭。

跟着锦绣公主过来的汪嬷嬷会意，警告地瞪了两人一眼，合上了房门。

一扇门板隔绝了外面的光线，屋子里的气氛显得更加压抑。锦绣公主面上余怒未消，盯着瘫坐在脚下的秦宁，冷冷道：“你还好意思哭？一个女儿家居然不知廉耻，你看看你都做了些什么？我怎么会生出你这样败坏门风的东西来？”

秦宁自知理亏，咬着唇，脸色发白，几乎不敢和她对视，只是很小声地唤：“母亲，我……”

锦绣公主根本就不管她，只是发泄一样径自质问道：“你还不跟我说实话，你那天去灵隐寺是去干什么了？”

“我……”想到那日所见漫山遍野的死人，秦宁脊背生寒，忍不住又哆嗦了一下，再转念一想，这一次自己和秦菁之间的梁子是结大了，就惶恐起来，也顾不上惧怕锦绣公主的责骂，爬过去，拽住她的衣角，声泪俱下地哀求道，“母亲，母亲你帮帮我！我好怕，你帮帮我，帮帮我啊！我也不知道怎么会这样，我不知道事情怎么会变成这个样子的。啊！晋哥哥……”

再想到苏晋阳当时冷漠又痛苦的神情，秦宁一下子阵脚大乱，语无伦次起来，死死抓着锦绣公主的裙摆，泪流满面道：“母亲，不是我，真的不是我，你帮我去跟晋哥哥解释好不好？他……他……”

他不会从今以后都当她是个蛇蝎心肠的女子，再也不理她了吧？恐惧像潮水，顷刻间汹涌着将她整个吞没，秦宁目光凌乱地四下乱飘，脑子里也暂时断了思考。

秦菁说得没错，果然还是因为苏晋阳！她苦心栽培出来的名门闺秀、堂堂荆王府的小郡主，怎么竟是这么个下贱坯子？一个未出阁的姑娘家，为了争抢一个男人又哭又跪，还不要脸地找上门去和人理论，如果不是她身边就这么一个女儿可以依靠，她真恨不得直接将她溺死。

“哭什么？我的脸都被你丢尽了，你还好意思哭？”锦绣公主恶狠狠地吐出一口气，回头一屁股坐到旁边的凳子上。

“母亲……”秦宁怕她，纵然觉得心里千般委屈，也不敢大声哭出来，神情惊惧而混乱。

锦绣公主瞧一眼她那魂不守舍的样子就觉得气闷，可横竖事情已经发生了，她就算打死了秦宁也于事无补。

不得已，她便缓了语气，叹道：“行了，你也别哭了。就算你再不懂事，我也就你这么一个女儿，还真能放着你不管吗？既然事情都已经这样了，那苏家的小子……好歹他在御前还有那么个差事……罢了，你要真喜欢他，母亲便成全了你吧！”

秦宁的哽咽声戛然而止，两眼通红地抬头看她，不可置信道：“母亲……”

从宫里回来这一路上，锦绣公主已经把事情都想明白了，梁家人和景帝之间到底还是隔了一重，的确是不怎么靠得住，而鲁国公夫妇偏爱苏晋阳却是众人皆知的。苏晋阳年轻又有实权，鲁国公府无论是跟蓝家还是萧家都没有利益冲突，将来不管是谁登上帝位，都影响不到他们。而最重要的一点是，秦宁这次闯了祸，和苏晋阳之间有了小辫子抓在秦菁手里，如果她非要促成和梁家的婚事，将来一旦此事败露，那就不得了了。而如果秦宁就嫁给苏晋阳，将来这事再被提起，即使私相授受不体面，传出去最多也就是件让人谈得一时的风流韵事，不会激化什么大的矛盾。

锦绣公主这样定了心，秦宁反而更加惶恐，一脸茫然："母亲，您不是一直不喜欢我和他……您怎么……怎么……"

"还不是你自己不争气？谁叫你私底下又去见他了？那天他三更半夜送你回来……"锦绣公主怒道，骂到一半也觉得无趣，索性也懒得再计较，直接话锋一转，软了语气道，"难道母亲还能看你走投无路不成？那天晚上发生的事，我虽然禁了府里下人的口，但你的婚事也不能拖了，必须快刀斩乱麻。你好好养着，不许再生事，过两日我便进宫请旨，替你定下来吧。"

这件事必须抢得先机，而且在秦宁和苏晋阳正式完婚之前，她不能再跟秦菁起冲突，省得那丫头挟私报复，再把秦宁的闺誉声名搭进去。

锦绣公主暗暗下了决心，起身就往外走。

秦宁还呆呆地坐在地上，半晌，雪英和线儿进来搀扶她起身："郡主，您还好吧？"

"没事！"秦宁迷迷蒙蒙道，想着锦绣公主方才的话，还觉得云里雾里不真实。

不过听锦绣公主那话，就只是因为苏晋阳深夜送她回来，怕对她的名声不好才妥协的？嗯，这样就最好不过，她和蓝玉华一起谋害秦菁的事，必须瞒下来，一旦让锦绣公主知道，指不定又要怎样责骂她。

可是苏晋阳那里……想到那天晚上苏晋阳最后看她的眼神，秦宁心里就忍不住浮现一抹冰冷的绝望。

锦绣公主是个雷厉风行的人，既然打定了主意，便暂时压下所有的顾虑，先去说服了自己的婆婆老荆王妃，让她代为去鲁国公府同国公夫人通了气儿，虽然那边的态度很模糊，随后她也还是进了宫，去向梁太后提及此事，顺便探探口风。

之前她一直扒着梁明岳不放，已经扰得梁太后不胜其烦，这回虽然她的转变让人有些猝不及防，但横竖荆王府就剩了一座空架子，不管秦宁嫁谁都与政局无意，所以梁太后也就懒得再与她周旋，应允来日会召见国公夫人替她问问。

苏晋阳父母双亡，自幼就寄居在鲁国公府，他的亲事自然只要鲁国公夫妇点头便可。

此时临近年关，梁太后的本意是等过完年再说，但锦绣公主怕夜长梦多，软磨硬泡逼得她松了口，三日后便在万寿宫召见了鲁国公夫人和苏晋阳。

婚姻大事，听从的不过就是父母之命媒妁之言，而且既然宫里太后插手了，所以这样的"召见"，其实就是走个过场。

鲁国公常年镇守边关，劳苦功高，宫里对他的家眷一向礼遇有加，事后梁太后留了鲁国公夫人同用午膳，苏晋阳不方便逗留，就独自一人先行告辞出来。

"姑姑请回吧！"华瑞姑姑亲自送他到门口，苏晋阳与她颔首道别，随后转身，脚下步子有些茫然，慢慢往御花园的方向走去。

他有官职在身，进出宫门不受限制，随便走动倒也无妨。

就这样默默走了一阵，忽闻鼻下一股异香浮动，苏晋阳抬头，却发现自己竟在不知不觉中走到了御花园北角的回廊底下。

那回廊沿路遍植梅树，如今正是花开时节，或红或白或粉的花朵缀满枝头，远远望去连成一片，竟是生生将这三九寒天的冬日点缀得如同山花烂漫的春天，阳光洒下，也有种暖融融的感觉。

他眯了眼睛看过去，便一眼看到前面几丈开外的地方有一株红梅长势特别旺盛，旁枝斜逸而出，往回廊里侧探出一大截，一簇红梅迎风怒放，浓烈如火的颜色，映着地上积雪和天上灿烂的阳光，有着惊心动魄的美丽。

那梅树旁边的女子，一身红色鹤氅婷婷立在风中，娇颜如花，眨着眼睛缓缓微笑，容颜绝丽，与旁边花色相呼应，美得如同置身画中一般。

这条梅花小径算是宫中冬日一景，他依稀记得很多年前，他偶尔赶在年关回京一趟，也时常会见到秦菁裹着厚厚的裘衣站在这花树下面默默失神。

那个时候，他看到她总是习惯性地绕道而行，在她发现之前已经远远避开。

事隔经年，现在重新走在这条回廊上，苏晋阳突然就有些明白——他去启天殿上朝，这里便是回乾和宫的必经之路。

事实上那时候一直代替秦宣处理政务，秦菁确实是没有这样的时间和心情在外凭栏赏花的，只因为知道他会来，她在等他，而且在他转身之前她也未必就不曾发现，只是她不说，只在他离开后再默默转身回去。

苏晋阳不由得有些恍惚，脚下步子顿了片刻，然后撩起袍角，举步沿着那回廊走过去。

“你在等我？”这样的一句话问出口，他突然就后悔了，时隔两世，很多事都变了。

“是啊，我在等你！”秦菁回过身来，落落大方地回他一个笑容。

苏晋阳一愣，旋即明白她是曲解了自己的意思，心里便有些不是滋味，一种莫名酸涩的味道涌过喉头，他侧过脸去苦声一笑：“我……是不是来晚了？”

他问的是前世，不是还抱着希望想再去挽回什么，只是突然心中五味杂陈，有了那么一种强烈的不甘。

她等了他一辈子，他曾经有过无数次的机会可以执她之手，与之偕老，到头来偏是他一点机会都没给自己，眼见着她在他面前饮恨而亡，将他恨到了骨髓里。

这一世重来，他对她本就充满矛盾、爱恨交加，可前两天秦宁一事真相大白，硬是将他推到了那样一个尴尬的境地，成就了一场滔天的笑话。

“不！是皇祖母召见你，为的又是那样的要紧事，主次有别，本宫多等一会儿也是应该的。”果不其然，秦菁还是没有多想，只是心平气和地笑道，“昨日本宫在皇祖母处偶然听她提起，说三皇姑好像是想开了。今日皇祖母传召国公夫人进宫，本宫就估摸着应该为的是这事儿，却不知道婚期将要定在哪一日？”

苏晋阳和秦宁的婚事，因着曾经国公夫人亲自登门对老荆王妃提过，虽然当时被锦绣公主阻了，但也毕竟是先有过这一茬的，所以现在老荆王妃再登门旧事重提，反而将了国公夫人一军。他们两家本就是姻亲，再有梁太后介入，所以结果毫无悬念，现在也就差景帝一道正式赐婚的圣旨做做样子了。

两世的婚姻，到头来却全都由不得他自己做主！袖子底下的拳头不觉攥紧，苏晋阳冷冷看着秦菁，一字一顿咬牙道：“如果我不答应呢？”

“你为什么不答应？”秦菁像是听了什么笑话的样子，讶然道，“两世的夙愿终于可以达成，苏统领为什么会不答应？”

若在前世，或者说哪怕是在前几天，苏晋阳都不会抵触和秦宁之间的这门婚事，即使很早以前他便知道，已经有另一个女子在他的心里生了根，可是对于秦宁，他总是带着一份怜惜与歉疚，他并不介意照顾她。

而现在，他也不知道自己对秦宁究竟是一种什么样的感情，谈不上恨，也说不上失望，只觉得越来越远，再不想出现在同一片天空下，只想着眼不见为净。

秦菁这般无辜的表情着实让他狠狠噎了一下，苏晋阳的目光中终于染上一丝怒意，他愤然盯着她道：“秦菁，那日锦绣公主硬闯乾和宫，是你对她说了什么对不对？这件事有你推手？”

锦绣公主大闹乾和宫的事，秦宁想不到，也不会去查，却肯定瞒不过苏晋阳的眼睛。

“举手之劳而已，苏统领实在是不必特意向本宫道谢。”秦菁垂下眼睛温婉一笑，重新抬起头来，便是肃穆了神色，认真地看着他的眼睛，“当年是本宫年少无知，做下了许多的错事，这一次便当是我补偿于你。你去娶你喜欢的女子，一起携手白头。而你我之间，从今往后，一笔勾销吧，前世种种谁都不要再提。”

一笔勾销？前尘尽忘？

可是那些存留于血脉骨肉之中的爱与恨，要如何放下，如何遗忘？

当日在启天殿外，她拉着他共赴黄泉的那一刻，苏晋阳就知道，她已经不再爱他了，可是如果连“恨”也一笔勾销，他们之间的牵连还将剩下什么？

“我们之间真的可以一笔勾销吗？”苏晋阳狠狠闭了下眼，唇边笑意蔓延，竟然多了几分凄惶的味道。

他的这般质疑让秦菁微微心惊，她知道自己的所作所为都瞒不过他的眼睛，可就算他知道她是别有用心又怎样？她太了解他了，以他的为人，在所有真相揭开之后，就算知道她在算计他，也不会轻易对她出手的。

如果没有秦宁的事，她或许是真的不愿意再和他继续纠缠，可是秦宁又将她心里那些竭力忘记的仇恨拉起来了——

一笔勾销谈何容易？她要的是血债血偿，不死不休！

“咱们也算是故人，如今苏统领就要得偿所愿，本宫就是过来和你说声恭喜的。”这样想着，秦菁便又笑了，美目流转，落落大方，“至于将来你们新婚的贺礼，本宫自然也不会吝啬。”

虽然明知道她不怀好意，但是听着她这般字字圆润、大度慷慨说辞，苏晋阳突然就没了脾气。

“你还有别的计划对不对？如果只是针对她，何至于让你这般大费周章？”苏晋阳道，深吸一口气，压下胸中蠢蠢欲动的情绪，字字肯定。

“苏统领你实在是多想了，本宫只是觉得上一世让你们天人永隔憾恨一生，这一世重来，总要让你们彼此都得偿所愿才能安心。”秦菁往旁边走了两步，迎风而立，淡然微笑着侧头去看苏晋阳，“毕竟，和婉表妹爱你的心是没有变的。”

上一世为了守住苏晋阳，秦宁做了力所不及之事，这一世也未能幸免，只是阴错阳差，结局不同而已。

苏晋阳从她的话里听出了讽刺的意味，脸色青白交加，十分难看。他咬着牙，终于忍不可遏地低吼一声：“可是我对她不是！”

这“不是”二字，他原以为自己可能永远都不会说出来，可真吐出来的这一刻，竟会有种如释重负的感觉。

“秦菁……”他上前一步，眉宇间有明显挣扎的痛苦。

可是秦菁没有细看，直接冷冷打断他的话：“你们之间的事，不需要对本宫言明。”

两个人，四目相对，气氛一瞬间僵持到了近乎尴尬的地步。

“马上就是年关了，皇上一旦宾天，这宫中的局势就不好把握，依照你的个性，是不会坐以待毙的。此时你这么急于促成我同和婉的婚事，私怨的成分必定不多。说到底当初是我一意孤行葬送了你苦心经营的一切，如今就权当补偿吧！不管你的目的是什么，我会配合你来演完这场戏！”沉默片刻，还是苏晋阳先开口，眼中复杂难辨之色略一晃动，再开口声音就带了几分难掩的暗沉和沙哑，“既然你想我娶她，那我答应了就是！”

按照前世的轨迹，景帝活不了太久了，秦菁这才突然想起来，这份未卜先知的本事，苏晋阳也有啊！

可是这算什么？苏晋阳的所谓补偿，听起来她只觉得可笑。

“演戏？”秦菁哑然失笑，凌厉道，“不必了，说句实话，苏统领你逢场作戏的功夫本宫实在不敢恭维，和婉你爱娶不娶，不用平白送一个人情来给本宫充好人！”言罢，她转身就走。

“秦菁！”苏晋阳一个箭步上前，原是想去拉她的手腕，但是抬眸间忽然看到远处回廊尽头倚栏斜靠的一个人影，手下动作一滞，生生僵在了半空。

秦菁狐疑地顺着他的目光看去，却见白奕一身翠色衫子，姿态悠闲地抱胸靠在回廊尽头拐角处的廊柱上正往这边看。

也不知道来了多久，而且隔得远，秦菁也看不到他脸上的表情，却几乎下意识地微微皱眉，脚下往旁边挪出去了小半步，意在和苏晋阳之间拉开距离。

就是这微小的一个动作，苏晋阳心里突然一空，再一次有了当日心脏被刀剑贯穿置于冰天雪地当中的错觉。他眼睛有些涩，水光涌出来，到了最后，强撑着从喉头挤出来的笑声里几乎带了一丝悲悯的乞求："只做补偿，只要你讲，我为你做任何事！"

秦菁恍惚发现了他眼底那种不正常的情绪涌动，就在电光石火间她像是猛地明白了什么，不过那个荒唐的念头只在脑海中一闪而过。

她下意识再次扭头去看白奕，就在这一来一回之间，那个恍惚的念头已经烟消云散了。

"我不需要！"秦菁道，语气斩钉截铁，没有丝毫动容地转身，快步朝着回廊尽头走去。

苏晋阳站在原地，甚至来不及去看她的背影。曾经一度，她离他那么近，这一转身竟然就是天各一方的陌路天涯。秦菁完全没有理会身后苏晋阳的反应，只目不斜视地一路疾走，朝着白奕走去。

白奕懒散地靠在那里纹丝不动，一点也没有主动迎向她的自觉，待到两人之间的距离慢慢拉近，秦菁才终于清楚捕捉到他脸上闲适干净的笑容。

"如风怎么样了？你怎么招呼也不打又跑来了？"秦菁牵动嘴角，微微露出一个笑容，走到他面前才要止步，冷不防却被他拉了一把，还没等反应过来，只觉得眼前光影一晃，再定下来，已经被他扯到了旁边的墙壁后头。

也不知道是不是偷香窃玉惯出来的毛病，这次见面，白奕的胆子竟又大了许多，一声不吭就先凑上去轻啄了下她的唇。

秦菁这样被他骤然一拽，急忙抬手推开他的脸，紧张地往旁边看了眼道："你做什么？这里可是御花园，快放手，别让人瞧见。"

白奕将她压在墙壁间，脸上挂着坏坏的笑容，却是故意逗她着急似的就是不肯让步，就着她压在他唇边的手背吻了吻，口齿不清地呢喃道："不会的，这后面就是宫墙了，平时不会有人过来。"

这宫中眼线何其多，莫说是一道宫墙，就是十道，也防不住有心人的窥探。

"你先放手，我有话要同你说！"秦菁急了，随手推了他一把，他却纹丝未动。

"那就说吧！"白奕随手拈起她肩头一缕发丝把玩，脸上的笑容却无半分收敛。

"白奕，你别闹了！回头真让人看见了。"秦菁越发急了，又推了他几把没推动，脸上忍不住燥热起来。

"我可是巴不得让人看见呢，保不准到时候陛下为了遮丑，也就同荆王妃一样，要强嫁女儿了。”白奕看着她红透了的脸颊，将下巴往她脖子上一抵，越发欢畅，说着又像是突然想起了什么，忽而板起脸道，“对了，方才你和他在那里站了许久，都说什么了？”

他这话意有所指，秦菁倒不觉得他真会往歪处想，但也许是因为她本就心虚，此时便有些欲盖弥彰，连忙辩解道：“没什么，就是他们的婚期近了，客套了两句。”

“我不信！”白奕死赖着在她肩窝里蹭了蹭，声音软软的，带了点儿酸，“我早看出来了，他看你的眼神有问题，真让人不放心。”

虽然只是句玩笑，但秦菁听了，还是胆战心惊起来。

她不能让任何人洞悉她和苏晋阳之间的关系，否则事情只会变得更加复杂。

“你想多了！”这样想着，她不由得分了神，白奕明显感觉到了，大约也真对苏晋阳起了戒心，便惩罚般狠狠一捞，扣住她的腰身又往自己身边带了带。

压在自己腰后的手臂骤然收紧，秦菁心下一慌，却又听白奕哼哼着继续道：“还有那个姓付的跟蓝家的小子，肯定都没安好心。”

秦菁原先绷紧的神经骤然放松，忍不住笑了出来。说她跟苏晋阳之间有猫腻这话不假，至于付厉染和蓝玉衡，简直就是莫名其妙了。

白奕听她骤然发笑，困惑之余才自她肩头缓缓抬起下巴，再去看她的脸。

“好了，别闹了，我们先说正事！”秦菁敛了笑容，眼底多少还是透着丝不及彻底平复下去的明媚。

白奕也有分寸，略略往后移开了身体道：“如风的身子还没有大好，我就是不放心你，过来看看，一会儿就走。”

秦菁借着这个机会一弯身，自他臂弯下面溜出来。白奕笑笑，紧跟着转身往那墙壁上一靠，仍是好整以暇地看着她，眼中笑意倦懒而柔和。

“你也太大胆了！”秦菁嗔怪地看他一眼，“我本来想着明日让苏沐出宫去见你，现在虽然父皇的圣旨还没下来，但是最近宫里都在准备过年的事情，肯定腾不出手来给秦宁办婚事，三皇姑那边必定也不肯将就，不出我所料的话，他们的婚期应该会推迟到年后，这样在时间上就刚刚好了。我这边一切都顺利，应该可以按照原定计划走，不过华泰那里可能稍微会有点麻烦。”

“嗯？”白奕略一挑眉，递给她一个询问的眼神。

“有了秦宁和蓝玉华的前车之鉴，她现在谨慎得很，虽然我让母后过去暗示皇祖母解了她的禁足令，但大约也是本着置身事外的原则，她也就只在当日往万寿宫和父皇那里各自请了安，这两天便开始称病不出。”秦菁道，“看这样子，初一的晚宴她也有可能推掉，不会现身的。”

“这样一来确实有些麻烦，到时候如果硬将她自寝宫里绑出来也不合适。”白奕思忖着摸了摸下巴，“实在不行……我回去再问问如风，看他有没有办法。”

"不行，用药太明显了，绝对不能在父皇面前露出破绽！"秦菁神色凝重地否决了他的提议，想了想又道，"还是我来想办法吧，总得要她自己甘愿走出寝宫才行。而且既然是她自己一手谋划的这场好戏，她想保得万全，手不沾血，哪有这么便宜的事。"

秦苏的心机虽然是有的，但也是那个嚣张跋扈的性格使然，这类人最吃不消的就是激将法。

"好，那你就自己看着办吧，回头我也问问如风，总得做好两手准备。"白奕道，并不勉强。

"嗯！最迟三天，成与不成我都让苏沐给你消息。"秦菁点头，说着抬眼看了看天色，"这段时间白夫人的身子一直在调养，已经不怎么进宫了，你也别再滞留，快些回去吧！"

秦菁本以为他至少再赖上一会儿，不想白奕真就四下打量了一圈，赞同道："是啊，这个地方确实不好。那我走了。"

这痛快得倒不像是他了，秦菁心里一阵狐疑。

"下一次，"不想白奕走了两步忽又回头，暧昧不明地眨了眨眼睛，用口型无声道，"我去你宫里找你！"

言罢转身，飞快消失在重叠的梅花影里。

秦菁站在原地愣了半晌，方才明白过来他话中所指，脸上不觉又有些发热，想再拽他时连片衣角都看不见了。

接下来的半个月白奕仍然不常进宫，而荆王府唯一的小郡主出嫁，锦绣公主果然也是不肯马虎，在得了景帝赐婚的圣旨之后，硬是将婚期压到来年的正月里。

日子按部就班地过，很快就转过一年。除夕当日，宫中举行的是家宴，只有皇亲国戚和皇室本族成员参加，时间设在初一晚间。

为了应这个节日的景儿，每年萧文皇后都会下旨，把京城最有名的三个戏班子一起请进宫来热闹热闹，初一一早命妇小姐们就穿戴一新盛装进宫。

御花园里设了三处台子，两处文戏、一处武戏交替着唱。

梁太后近来越发见不得吵闹，白日里便没有露面，只传召了几位老资格的命妇去她宫里说了会儿话就遣散了，直接等着出席晚上的宴会。

御花园里，萧文皇后带着众人在听戏，御膳房准备的各式点心源源不断地送过来。秦茜对台上那些唱词没兴趣，手里捧着一碟杏仁玫瑰酥吃得眉飞色舞。

"瞧瞧你，多大的人了，怎么还是吃没吃相？"秦菁笑着递了帕子给她擦拭嘴角。

"母妃总说这些甜食吃多了不好，平日里看我可紧了，我可不是就要趁这个机会多吃？"秦茜扯过帕子草草擦了下嘴，往桌上扫了一眼，又两眼放光地捧过一碟宫女刚端上来的枣泥云片糕往嘴里送。

陆贤妃隔着两张桌子瞪了她一眼，秦茜知道在这种场合之下，陆贤妃不能拿她怎样，顽皮地吐了吐舌头，埋头继续吃。

秦苏坐在旁边一桌冷眼看着，竟然与以往嚣张跋扈的样子判若两人。

从梁太后突然想起来要放她出来的那天，她就已经起了疑心，总觉得事有蹊跷，而今天这个宴会她本也是不准备出席的，只是捺不住梁太后打发华瑞姑姑亲自送了衣裳过去。如今蓝淑妃的日子不好过，她更不敢“给脸不要”，这才跟着一起来了。

秦菁看见她也只作没看见，却能明显感知到她不时飘过来的目光，两个人都心照不宣，互不理睬。

秦茜吃完了半碟云片糕就喊吃撑了，要去散步，秦菁拗不过她，只得起身相陪，随行的还有安国侯府的六小姐赵水月。

三个人和萧文皇后知会过一声就先行离席，往旁边的小径上散步。秦茜是个闲不住的，边走边不时折些花朵树叶在手中把玩，走了没一会儿，已经往赵水月的发髻上别了两朵开得漂亮的白梅。

赵水月是典型的大家闺秀，知书达理，温柔娴静。因着生母不在，性格有些谨小慎微，出门在外也不招摇，这日一身浅粉色的宫装，发间插了两支白玉簪子，未免显得素净，此时点缀两朵小花，看上去就活泼不少。

秦茜很满意，回头再见一簇红梅开得正艳，就踮起脚尖折了要往秦菁发间去簪。

“你这丫头，可不要拿本宫取笑。”秦菁笑着推拒，两人正在嬉笑间，适逢苏晋阳带了一队禁卫军从旁边巡视而过。

自从那次回廊上分手之后，秦菁便没有再见过他。他看过来的时候，秦菁手下的动作就有了一瞬间的迟疑，趁着这个空，秦茜已经得手，把那花朵别在了她的发髻一侧。

秦菁抬手要去取下，秦茜就不高兴地大声嚷道：“不许拿下来，要不然我今天都不理你了。”

秦菁拿她没办法，无奈笑笑，只能妥协。

“这就对了嘛！”秦茜笑着从花圃里回到小路上，亲昵地去拉她的胳膊，谄媚笑道，“皇姐，他们都说三姐姐生得娇媚，衬这种艳色，我倒是觉得皇姐穿大红才好看，既高贵端庄，又、又……”

她说着便有些词穷，挠了挠头皮皱着眉思索。

秦菁忍俊不禁，迎面又是一队往戏台子方向送瓜果酒品的侍女走来，停下行礼：“见过两位殿下！”

“起来吧起来吧！”秦茜笑嘻嘻地摆摆手，示意她们快走。

几个人又福了福身，正准备往前走，不想走在第二排左侧这边的宫女动作稍慢，冷不防就被后面的人踩住了裙摆。她迈开一步，身子失去平衡，尖叫着刚好朝秦菁这边倒过来。

“小心！”赵水月低声惊呼，急忙拽了一把秦菁的袖子。秦菁较之平常女子机敏些，已经快速往旁边错开小半步。那宫女没撞到她，扑在了石子路上，手上托盘摔出去，酒水溅了满地。

“呀，我的裙子！”秦茜惊叫一声，抖着自己的裙摆跺脚。

“公主、公主息怒，奴婢不是故意的！”那宫女见她裙裾上一大片水渍，连忙爬起来就拿袖子给她擦，可她那袖子同样沾了酒水，又在泥地上扫过，秦茜水色的裙裾上顿时就沾了大片污渍。

“奴婢该死，奴婢该死！”那宫女一惊，也是吓坏了，脸色惨白。

“你们该干什么都干什么去吧。”秦茜不悦地皱眉。

秦菁微笑着上前打圆场道：“脏了就脏了，我陪你回宫去换一件就是，横竖现在也是无事可做。”

秦茜性子烂漫，有时候是要强了点，为人却不苛刻，嘟着嘴道：“就一点点远，还是我自己回去吧，皇姐你们等着我，我一会儿就回。”

“去吧！”陆贤妃的寝宫离此处确实不远，秦菁见她这般说话，也就不坚持，目送她离开。

赵水月与她单独相处难免尴尬，于是稍稍垂下头去想要找句话来说，不想再一回头却见秦菁背影匆忙地追着另一个人影往花圃另一侧跑去。

“公主！”她低呼一声，连忙提了裙子去追，但明显脚程不够快，绕过几丛花树之后已经完全失去了前面两人的踪影。

兜兜转转又找了好一会儿，对着前面陌生的院墙，举目四望周边无人，赵水月觉得害怕，后退两步刚要离开，冷不防就听到有人断喝一声道：“什么人？”

同时身后传来声势浩大的脚步声。

赵水月吓了一跳，惊魂甫定地转身看过去，却是苏晋阳带人巡视至此。

“赵六小姐？”前不久才见她和秦菁一道，这会儿见她孤身出现在这里，苏晋阳心头一紧，眉心也没来由地跟着剧烈一跳。

“苏……苏统领！”赵水月小声道，刚要问回去的路，秦茜却拽着陆贤妃的手，排开人群从后面挤进来。

“咦？赵家姐姐，你怎么在这儿？让我好找呢！”秦茜惊讶。

“我……”赵水月眼神中闪过一丝慌乱。

秦茜察觉她脸色不对，四下看了眼没见秦菁，不由得更加困惑道：“方才你不是同皇姐在一起吗？我只离开了一会儿而已，她人呢？怎么不见她？”

“我……”赵水月的眼神有些闪躲，支支吾吾道，“我也不知道，我们本来是在一起，可是你刚走……”

赵水月努力试图平复下来语气做解释，然则不等她说完，苏晋阳已经一步越过她去，弯身自地面捡起一朵被踩烂了半边的红色梅花。

秦茜瞅着那梅花看了两眼，还不等她说什么，忽而听得旁边一道院墙后面传来女子尖锐的惊叫声。

苏晋阳脸色一沉，不由分说一个箭步冲进门去，循着声音传来的方向一脚踹开旁边偏殿的大门。

第二章　齐人之福，覆水不收

“皇姐？”秦茜六神无主地惊呼一声，不由分说甩开陆贤妃的手，跟着冲进了院子里。

门口滞留的侍卫也着了慌，迟疑着却不敢直接往里闯，都忐忑地扭头去看陆贤妃。

因为这里不是别处，正是陆贤妃寝宫嘉和宫的偏门，虽然单独辟出一座小院，却还是归在嘉和宫的管辖范围之内。

陆贤妃也是被这突如其来的一声尖叫惊得不轻，再听着秦茜唤皇姐，更是心头猛地一跳，抬脚就往里走：“都还愣着干什么？还不快进去看看到底怎么回事。”

“快快快，快进去！”禁卫们得了她的吩咐这才敢动，二十余人剑拔弩张地快步冲进院子里。

苏晋阳第一个闯进门去，而待看清里面的情形时脸色铁青，猛地往旁边别过头去，沉声怒道：“全都退出去！”

诚然，方才情急之下他那一脚踹过去是用了极大力气，而门闩又是从里面插着，门板砰的一声直接脱落半边倒在地上，此时院外的禁卫蜂拥而至，哪里拦得住？

因为担心秦菁，秦茜是第一个越过他闯进门去的，顿时俏脸一红，捂着脸倒退了一步。禁卫们更是个个满脸猪肝色，恨不能立时瞎了了事。

那房内原是一双男女在纠缠，苏晋阳踹门进去的时候，两人正衣衫散乱地抱在一起。

两个人奋力揪打，旁边凳子被踢腾得满屋子乱滚，桌上茶具也都砸得满地都是。男子满面潮红，急切喘息着将女子压在屋子当中的一张桌子上，一手撕扯女子的衣衫，一边埋头急匆匆地去吻她，完全是饿虎扑食的架势。女子惊叫着厮打，但因为彼此力道相差悬殊，根本撼动不了他。

彼时，她襟前衣衫早就被撕开了大片，散落下来，露出大半个圆润的肩头和背后大片白花花的皮肤，衬着褪到一半的紫色罗衫，更显得肌肤赛雪，春意逼人。

而这个人不是别人，恰是刚刚被景帝解了禁足令放出来的华泰公主秦苏。

“你放手，放开我，蓝玉华你疯了！”惊惧之下，秦苏失声尖叫，凄厉得让人汗毛倒竖。

苏晋阳正是在这个时候踢门进去目睹了一切，屋子里的两人显然也是始料未及，被惊了个不轻。

蓝玉华的动作戛然而止，双目赤红地回头看过来，一手仍是死死攥着秦苏裸露在外的肩。

初见苏晋阳出现，秦苏本是生起一丝希望，然则还不等她反应过来，后面秦茜连带着一整队的禁卫军已经蜂拥而至。

门板脱落在地，一时间想要遮掩也无从下手。秦苏整个人木头一样僵在那里，心间不断盘桓着一句话——完了！这一次是真的什么都完了！

苏晋阳自知被算计，铁青着脸甩袖而去。

陆贤妃手忙脚乱地赶紧命人把刚才冲进来的二十四名禁卫全部押起来，然后又叫人把眼睛赤红、明显状态不对的蓝玉华给架开了。

被吓傻的秦苏是这时候才捂住脸，哇的一声哭了出来。

陆贤妃脑子里嗡嗡作响，手足无措地左右环视一圈，勉强定了定神，急急地道：“快！快去请皇后娘娘过来！”这里是她的嘉和宫，出了这样的事，她怎么都要负责，想来就是一个头两个大。

“是！”她身边的黄嬷嬷应了，转身就往外跑。

“慢着！”陆贤妃想起了什么，又叫住她，紧张嘱咐，“别声张，就说……就说本宫刚得了件稀罕物，请皇后娘娘前来观赏。”

“是！奴婢明白！”黄嬷嬷会意，转身跑了出去。

陆贤妃焦头烂额，回头见秦茜和赵水月都小脸绯红，羞窘无措地站在门边，又道：“你们两个先回前头的正殿里去，暂时不要到处乱跑了。”

“哦！好！”秦茜小鸡啄米似的赶紧点头，拉着赵水月逃也似的跑了。

陆贤妃心乱如麻，这才看到瘫坐在地上的秦苏，虽然心里暗恨，也只能压制住情绪命人将她扶起来：“还不把华泰公主扶起来，先把衣裳穿好。”

秦苏脑子整个蒙了，这时候就像木偶一样任人摆布。

她也着实不明白怎么会出了这样的事，本来她是见秦菁离席，没了束缚，想回自己的寝宫避风头的，不想走到半路迎面却见自己的心腹大宫女采兰行色匆匆地跑来找她，说蓝玉华想见她。

这几天她本就在谋算一件大事，不想节外生枝，但是自从上回灵隐寺那事儿蓝玉华办砸了，她已经冷着对方好长时间了，但对她而言，蓝玉华还是很好用的一个帮手，想着便有些敷衍地跟着采兰去了。

毕竟采兰是她的心腹，再加上陆贤妃这嘉和宫的布局与别处宫殿略有不同，主殿两边各在外围墙上开了宫门，开辟出两个小院，一个充当小厨房和柴房，另一处也就是眼前这里，是宫里下人的住处。像这种下等人出没的地方，秦苏平时从来不会多看一眼，所以采兰一路引她过来，她也只觉得这地方与嘉和宫在同一个方向，并没有多想，却不想进了门，就被蓝玉华扑了个满怀，出了这档子事儿。

这时候，采兰当然是寻不见了。

秦苏脑中飞快地将整个事情过了一遍，更是愤恨到了极点，眼中凶光毕露，刚刚稳住心神想要回身去找采兰，却听一个嬷嬷沉稳地大声道："皇后娘娘到！"

陆贤妃匆忙转身相迎："臣妾给皇后娘娘请安！"

一抬头，却见秦菁亲自搀扶着萧文皇后的手，竟是一同来了！那少女一身大红宫装，明明年纪不大，站在萧文皇后身边，却有种强悍的气势，让人隐隐心生敬畏。

陆贤妃心里生出不安，明明是这样的场合，秦菁的神情虽也肃然，可那双眸子太明亮，光彩太盛，竟叫陆贤妃清楚地看出一丝冰冷微笑的痕迹。

怎么回事？是秦菁？陆贤妃脑子里乱糟糟的，而萧文皇后已经跨进门来，扫视一眼这间屋子，表情严肃道："方才苏统领去御花园里求见本宫，说是你要他请本宫过来嘉和宫一趟？这里出什么事了？"

秦苏刚刚裹上衣服，还没来得及收拾，发丝散乱，衣衫上面也满是褶皱和被蹂躏过的痕迹，萧文皇后是过来人，自然一眼就看出了其中猫腻。

她也是意外，当即就变了脸色，扭头看向陆贤妃，沉声斥道："贤妃，这到底是怎么回事？"到底是稳居后位二十余年，真发作起来也是不怒自威。

陆贤妃心里叫苦不迭，连忙跪下请罪："是臣妾失职。"她侧头过去招招手，站在里间门边的一个宫女就小心翼翼地打起帘子。

萧文皇后皱眉往那门内看去，赫然发现衣衫不整的蓝玉华被两个太监挟制住，跪在里间的大炕前面。

萧文皇后心头一颤，陆贤妃有口难言，只能硬着头皮把事情经过说了，末了看了脸色通红的秦苏一眼，小声道："应该是有什么误会吧？这是在宫里，这两个孩子就算再怎么不懂事也不至于……"

"贤妃你闭嘴！"这种事情被抓包，即使她自己问心无愧，这场面也不是一个姑娘家能撑住的，秦苏早就无地自容，带着吃人一样恶狠狠的表情冲着贤妃大吼，"我的事情不要你管，也轮不到你来品头论足！"

她现在是有气没处撒，使劲拢着衣襟站起身来，羞恼之余已然失去理智，没头苍蝇似的在屋子里乱转一圈，指着陆贤妃和蓝玉华道："是你们陷害我！是你们联合起来陷害我的！你们等着，本宫不会善罢甘休的，父皇一定会替我做主的！"说着，她便往院子里跑去,神情慌乱，衣衫不整，像极了失心疯病人。她到底是晚辈，陆贤妃被骂了个狗血淋头，整个人都蒙了。

萧文皇后不悦地拧眉，肃然道："还不拦下她？"

"是！娘娘！"两个嬷嬷迎上去阻拦。

"滚开！"秦苏整个人都发了狂，狠甩了两人一巴掌，将人给推开。

秦菁冲身边的灵歌使了个眼色，灵歌会意，身形一闪，就冲上前去牢牢握住秦苏的手腕将她卡住。

"你这贱……"秦苏眼睛赤红，叫骂着就要挣扎。

灵歌手下略一施力，她就痛得浑身麻痹，惊呼一声："啊——"

"三皇妹这是怎么了？怎么像是魇着了？"秦菁这才拧眉开口，神色间带着恰如其分的担忧，看向萧文皇后。

萧文皇后现在对蓝淑妃母女也满是敌意，只是身为后宫之主，她也不好表现出什么来，只冷冷道："这件事关乎皇家体面，这院子里的人一个也不准离开。李嬷嬷，你马上去请皇上过来定夺。"

她不是不能做主处理好这件事，只是事关秦苏和蓝家，这烂摊子还是要扔给景帝才好，省得蓝家人说她挟私报复。

"是！"李嬷嬷恭敬应诺，福了福身就快步去了。

这边秦苏缓过一口劲来，她拗不过灵歌，又知道这丫头是被秦菁指使的，于是气急败坏地冲着秦菁嚷："你们敢对我动强？秦菁，你……"

萧文皇后见不得她辱骂自己的女儿，当即目光一厉，盯着她道："华泰，本宫念你受了刺激，姑且不与你计较。你再胡闹，是逼着本宫把你绑起来交给皇上吗？"她是皇后，处置后妃公主全然不在话下。

秦苏如被人兜头浇了一盆冷水，这才猛然意识到对方的身份是她抗衡不了的，并且眼前的这对母女和她是死对头。现在她落在对方手里，眼前的情况更加凶险。她咬着牙，却是真的不敢再放肆。

萧文皇后也是一肚子火，冷着脸，站在那里不再言语。陆贤妃跪着，更不敢随便作声，心里却很没有底：蓝玉华和秦苏在她这里出了事，后面她和蓝家还有蓝淑妃方面的和气就怎么都没法维持了，而这种平衡一旦被打破——

她没有儿子，虽然没有争权的可能，可是人在后宫，以后的日子也要受到影响。

一屋子的人各怀心思，气氛沉寂。景帝最近头风经常发作，白天只要不上朝，大部分时间都在后宫，是以来得很快，不多时就听到管海盛吊着嗓子唱："皇上驾到！"

"恭迎皇上/父皇！"众人不敢怠慢，纷纷行礼。

陆贤妃知道此事她脱不了干系，暗暗掐了下手心，决定先发制人："皇……"

她才刚开口，景帝已自众人身上扫过一圈，语气森冷地下了命令："管海盛，你还等什么？把这院子里的人，全部杖杀！"已然瞬间引爆了雷霆之怒。

秦苏本来酝酿好了说辞，这一刻，触及他脸上阴森的神情和冰冷的杀意，只觉得从脚底心开始，浑身上下都被冻住了，一个字也说不出来。

管海盛有分寸，不会动几个主子真正贴身的人，但院子里之前跟进来的奴才就遭殃了，他们大都是嘉和宫的宫人。

众人哭天抢地，连忙跪地求饶："不要！皇上饶命！奴婢们冤枉！"

景帝的脸色实在太可怕，无奈之下，他们只能转向陆贤妃求救："娘娘救命！救命！"

陆贤妃死死掐着手心，却是爱莫能助，也不知道是跪得久了还是心生恐惧，手心里都是冷汗。

管海盛神色肃然地挥挥手，那十来个宫女嬷嬷很快被拖了出去，景帝面色却不见丝毫缓和。

他目光晦暗，突然移到秦苏身上，冰冷的刀锋一样。

秦苏一抖，脱口低呼："父皇——"

"呵——"景帝怒极，却是由鼻息间哼出一声冷笑，甩袖就走。

秦苏慌了，不知道自己会落得怎样的下场，再也顾不得其他，匆忙爬过去拽住他的袍角，惊慌道："父皇，儿臣冤枉，是有人陷害我，他们买通了采兰害我，您要替我……"

话音未落，景帝已经狠狠横过来一眼。

秦苏只觉得浑身血液被冻住，想缩回手来，可是身体完全不听使唤，然后下一刻，景帝已经嫌恶地一脚将她踹翻在地。

这一脚，他用力不轻。秦苏哇地惨叫一声，扑在地上，只觉得喉间腥甜，竟是生生被踢得吐了血。从小到大，景帝对她都十分宠爱，就算最近几次被秦菁挑拨得大不如前，这却是头一次景帝对她动粗。

胸口痛得火辣辣的，但是这一刻，她更多感受到的却是来自内心深处的恐惧，茫然无助地歪在地上。

景帝眼神阴森，眼见着又要杀人，秦菁悄悄扯了下萧文皇后的衣袖。萧文皇后飞快收摄心神，走上前去，打圆场道："皇上息怒，再怎么样您也要先顾着自己的龙体。华泰是有些不懂事，可是这里的情况瞧着也的确是蹊跷，您看那蓝家的小子，臣妾瞧着好像不太对。"

不管内情如何，现在事实已经摆在眼前，景帝看到的就是皇家颜面因秦苏的所作所为而受到前所未有的损伤。

他正在气头上，自然谁的话也听不进去，也是一把推开萧文皇后的手，讽刺冷笑："朕为皇，你为后，朕把后宫交给你来管束，你就是这么给朕管束的吗？"

却是连萧文皇后都一并迁怒了。

萧文皇后的面色微微一变，再不多说，立刻提了裙子跪下："臣妾无能！臣妾惶恐！"

陆贤妃这个时候是不敢说话的，使劲把脑袋垂得很低，恨不能找个缝隙钻进去，但是很遗憾，景帝还是发现了她，脸上阴郁的情绪更重，冷笑道："贤妃，你也是年纪越长就越不中用了？区区一座嘉和宫你都管不好？"

"臣妾无能！"陆贤妃一颗心简直要从嗓子眼蹦出来，赶紧请罪。

景帝的脾气却没有任何收敛，阴阳怪气地继续道："既然知道自己没那个本事，那年后就不要到处走了，朕给你三个月的时间，好好把你宫里的奴才管管好！"

这便是要……禁足了？简直就是遭了无妄之灾了。陆贤妃心间的一口老血直接顶到胸口，却根本连辩驳的余地都没有。景帝正在气头上，她不敢，于是只能咬着牙，继续伏低做小，一个字一个字很是谦卑地道："是！臣妾领旨！"

景帝冷哼一声，抬脚往外走，一面却是看都懒得多看秦苏一眼，命令道："把这两个混账东西带着，再传蓝礼到御书房见朕。"

"皇上！"管海盛追上去，低眉顺眼地提醒，"您忘了，世昌伯已经告老养病多年，今儿个不曾进宫。奴才去请蓝光威蓝大人和蓝夫人过去？"

景帝烦躁地皱眉，没吭声。发生了这样的事，最好的解决方法就是联姻了，让秦苏嫁给蓝玉华，把这件丑事盖过去。

说起来，景帝哪怕是在盛怒之下，都没想过要灭了这个女儿的口，可见他待秦苏的确是很有几分父女情意在的。

管海盛叹一口气，招呼了人进来架起蓝玉华。蓝玉华的状态是显而易见不对劲，脑子似乎有些浑浑噩噩，被小井子和小连子一起架着，还是眼睛赤红地盯着秦苏，口中喃喃道："表妹，表妹！"

"三公主，"管海盛身边的只有内侍，他不好随便动秦苏，就有些为难地开口，"您请……"

话音未落，秦苏突然反应过来，明白了景帝的意思。她忍无可忍地一把推开管海盛，冲上去，再一次牢牢地抱住景帝的腿，摇头道："父皇，不要把我嫁给三表哥！他疯了，他要羞辱我！父皇，我不嫁给他，我不嫁！"

她是铁了心地抱着景帝的腿。景帝甩了几次无果，本想发怒，一低头却瞧见这个曾经他最喜欢最乖巧的女儿满脸泪痕，狼狈又惊慌地看着他。那一瞬间，他心中突然百感交集，一时不舍，一时又越发痛恨。

秦苏抓着最后一根救命稻草，拼命摇头恳求："父皇，别把我嫁给他，我不要！"

景帝的迟疑，萧文皇后看在眼里，突然就遍体生寒。说到底，他待蓝淑妃那母子三人都比对待自己要亲厚，这就是她的结发夫君，那个应该护她和他们的孩子的男人？这一刻就好像拿到他的废太子诏书时一样，前所未有地失望和绝望。

秦菁瞧见她微微颤抖的唇，心里突然也跟着有些疼。于是她在袖子底下握住了自己母后的手。萧文皇后一愣，下意识一低头，正好瞧见女儿给她的一个笑容。

秦菁的笑容从来就不张扬，甚至平淡温和得有些过了分，有时候看着会叫人觉得不那么真实，可是她懂得，这是女儿在安慰她，鼓励她。从秦宣出事到现在，一直都是女儿在替她支撑，掌控局面，给了她前所未有的力量。

是了，这里是皇宫，她的夫君是一国之君，同时拥有后宫佳丽三千，这一点从当初进宫的时候她就知道，也从没奢求过他的爱情。而如今，既然连相濡以沫都做不到，那就各安天命，多抓一些权力在手。她还有女儿，还有儿子，只要儿女平安，别的她早就不在乎了。

刚刚动摇崩塌的信念再次缓慢凝聚起来，萧文皇后也不动声色地反握住女儿的手指，冲她微笑着摇了摇头。

这边秦苏抱着景帝的腿，声泪俱下地哀求。

景帝与她对峙良久，心里余怒未消，就有些负气地冷笑道："那你要朕怎么做？"他的目光转过去，落在蓝玉华的身上，阴暗的眸子里慢慢凝聚了一层杀气。

蓝玉华还傻傻地没能领会。

秦苏顺着他的目光看过去，反应了一下，待到明白他的暗示之后，却是浑身剧烈地颤抖，更加用力地抓住了他的衣袍。

景帝盯着蓝玉华，复又看向秦苏，字字冰冷道："你要朕杀了他灭口吗？"

秦苏猛地一个激灵，脸色惨白。

杀了蓝玉华？不！她从没想过！即使她不喜欢他，那也是从小就对她言听计从的小表哥。可是如果一定要她嫁给这个人的话……事关性命前程，她也根本没的选择，捏着拳头狠狠一咬牙，点头，继而又悲愤地控诉："是他要侮辱儿臣，儿臣是无辜的。"

景帝显然没想到她会做出这样的选择，闻言不由得愣住。就在所有人都目瞪口呆的时候，院子外面突然有人冲了进来。

"不！你们别动我的儿子！"蓝李氏不顾礼数地闯进来，慌慌张张地一把将蓝玉华抢过来，死死搂在怀里，凶狠含恨地死瞪着秦苏。显然，前面秦苏和景帝之间的对话她听到了。

秦苏始料未及，一时间还没来得及做出反应，院外蓝光威也黑着一张脸走了进来。

不过他却没有像蓝李氏那样失态，进来就直接一撩袍角跪在了景帝面前："微臣教子无方，犬子顽劣，冲撞了公主殿下，微臣代他领罪。只是念在世昌伯府三代忠良，华儿他又大病初愈的分上，请皇上网开一面，饶恕犬子吧！"

蓝李氏爱子心切，这时候已经发现了蓝玉华的不对劲，急切地摸着儿子的脸，也顾不得景帝在场，心急如焚地冲蓝光威喊："老爷，华儿他好像不太对劲，你看他这是怎么了？"说着，又惊恐地去摇蓝玉华的肩膀，"华儿？你说话啊？到底发生了什么事？你别怕，母亲在这里！"

蓝玉华的表情愣愣的，眼珠子转了转，看看她，好像完全不认识，转过头去还是盯着秦苏，这时候眼底才看出一些真实的光彩来。秦苏被他盯得浑身汗毛倒竖。

蓝李氏本来已经恨上了她，此刻要不是碍于景帝在场，恨不得撕碎了她。

秦苏缩了缩脖子。

这时候，秦菁才跟着萧文皇后走过来，拧眉道："父皇，蓝家三公子的状况的确有些反常，我们过来的时候他就这个样子了，好像根本不认人。今天的事，可能真有什么误会，要不先找个地方缓一缓，传太医来看看吧！"

她们母女和蓝家的立场就是敌对，虽然是站出来打圆场了，可蓝光威夫妇都对她有所防备，也不可能领情。

蓝光威死死咬着牙，腮帮子的肌肉都鼓起来了，一语不发。

蓝李氏却唯恐有人会把她的儿子带走，死死抱着蓝玉华不撒手。

世昌伯府毕竟不是普通官宦人家，就算看秦洛的面子，景帝也要留余地。这会儿冷静下来，他的脾气也好了些，只是脸色仍然不见放晴，不耐烦道："都到正殿去吧！"

他率先举步往外走。蓝光威夫妇松了一口气。

萧文皇后上前两步，吩咐小井子："你去请林太医到嘉和宫来，记着别声张。"

"是！娘娘！"小井子应了，转身跑出去。

萧文皇后不能滞留，又让小连子帮忙扶住蓝玉华，先带着蓝光威夫妇一行往嘉和宫的正殿去。

这边秦菁却没急着走，立在院子里没动。

那间屋子里，陆贤妃一直跪到了这会儿才敢起身，双腿又痛又麻，扶着门框跨过门槛，见到秦菁站在那里，眼底就浮现一抹复杂的目光，心里似乎斟酌了一下，然后举步走了过去。

"这件事，是你的手笔吧？"她问得直接，连弯都没拐，只是语气有些无力。

秦菁回过身来看她，眼底笑容灿烂。

陆贤妃觉得自己被灼伤了眼睛，胸口也堵得慌，平白遭了无妄之灾，若说她没脾气，那是假的，只是不知道为什么，哪怕秦菁默认了，她也当面发作不起来，而是攥着拳头压抑了半天，苦涩道："荣安，你对本宫一定是有什么误会，之前皇上头风发作的那一次，不是本宫刻意隐瞒不报，而是当时陛下他……"

她指的就是秦菁和蓝玉衡遇袭之后回宫的那一天。

那天景帝头风发作，而且病得很严重，后来秦菁问过萧文皇后，萧文皇后说她压根不知情。做丈夫的病得那么严重，妻子却不闻不问？别说景帝本来就因为秦宣的事而对萧文皇后心生不满，就算本来没事，这么搞两次，也是要生出嫌隙来的。

陆贤妃果然也心知肚明，秦菁喜欢和聪明人打交道，见她切中要点，也不和她兜圈子了，坦然一笑道："贤妃娘娘是聪明人，那就当是本宫误会了吧。最近一直忙着照料父皇，娘娘辛苦了，最近几个月刚好可以歇一歇。"

她说得极客气，警告的意味却是显而易见的。

陆贤妃从没想到自己会在一个黄毛丫头面前受制，可是经此一事，她是真的受了教训：宫人去了一半，身边的心腹，除了刚好去御花园里寻萧文皇后的黄嬷嬷，被一扫而光，这就意味着在新的心腹培养出来之前，她在这宫里会举步维艰。

秦菁会选在她的嘉和宫里对秦苏出手，无非就是顺手给她施压，但偏偏她居然真的栽了。

这个丫头，不仅手段了得，而且心够狠，只这一次她就受了教训，再不敢随便招惹。

陆贤妃咬着嘴唇，知道多说无益，停顿片刻就略一颔首，一个人径自离开了。

秦菁目送她的背影，唇角始终带着淡淡的笑容，随后也跟着走了出去，只是不想前脚才刚出了院门，却见秦苏虎视眈眈地等在那里。

秦菁脚步一顿，神色泰然。秦苏阴沉着脸，死死地盯着她，从牙缝里挤出几个字："你陷害我？！"她问，却是笃定的语气。

管海盛的人都还没派出去，蓝光威夫妇却来得那么及时？这一切根本就是有人蓄意安排的。

"是啊！"秦菁扬眉，神采奕奕地笑了。这一笑，直接让秦苏愣在当场，完全不知道该作何反应。这个贱人是疯了吧？居然这样有恃无恐？

"秦菁你——"回过神来，秦苏就彻底失去理智，方才受到的羞辱和惊吓全部转化为愤恨的杀意，张牙舞爪地朝秦菁扑了过来。

萧文皇后等人走的时候灵歌就跟着一起离开了，此刻秦菁身边无人，眼见着就要被她扑倒在地，却是眼前人影一闪，灵歌不知道从哪里突然冒出来，一抬手，稳稳捏住了秦苏的手腕。这一次她倒是没用重力，只堪堪将人拖住了。

"秦菁你这个贱人，你设计害我，我要告诉父皇，你害我……你居然害我！"这一次的事对她的打击太大，秦苏拳打脚踢，只想抓住秦菁扭打。

秦菁面不改色，站在她面前，盈盈勾唇一笑道："就算是我做的又怎么样？作为上一次你撺掇和婉和蓝玉华来设计本宫的回礼，皇妹难道还不满意？"

秦苏如遭雷击，身子瞬间僵住，脸色也以肉眼可见的速度一寸一寸惨白。

那件事是秦宁出面去做的，她从没想过秦菁会发现，所以这一刻，心虚之余，突然就不可避免地慌了。

"你胡说什么？"定了定神，秦苏脱口辩驳，却是底气不足。

秦菁看着她脸上显而易见的狼狈就知道自己猜得没错，却是不温不火，笑吟吟道："而且就算这一次本宫出手狠了一点，你也不该抱怨，毕竟有一句话叫先下手为强，不是吗？"

秦苏目光一闪，正要开口，秦菁却继续说道："本宫猜测，如果皇妹你不是因为此事被绊住了脚，眼下这个时间要被父皇扣起来审讯过问的人，就要换成本宫了吧？"

那天灵隐寺后山上发生的事，秦苏其实并没有太放在心上，只是之前偶然瞧见秦菁、秦宁和苏晋阳三个在启天殿外像是有什么纠葛的样子，她就去试探了秦宁，继而又突发奇想的神来之笔罢了。

所谓十年磨一剑，今天她所谋划的事，才是重中之重。可是这件事她连对采兰都不曾透露，秦菁这是在诈她？秦苏心神一恍，有些惊疑不定，满眼防备地瞪着秦菁。

“我不明白你在说什么！”半晌之后，她冷哼一声，语气强横。

“是吗？”秦菁也不逼问她，不甚在意地轻笑一声，忽而抬眸朝她身后看去，扬声道，“皇妹说她不明白本宫在说什么，那么赵六小姐知道吗？”

秦苏如又被谁打了一闷棍，心跳都滞了一瞬。她有些难以置信地缓慢回头，视线寸寸上移，却发现赵水月不知何时已经站在了身后不远处。那少女身姿薄弱，脸色苍白得没有一丝血色，双手死死掐着一方丝帕，那种柔弱的模样，仿佛风一吹，她就要晕倒一样。

秦菁的目光移过去，脸上还带着明媚温和的笑。赵水月惨白着一张脸，连退数步，一直贴到墙根底下。

“臣女愚钝，也……不知道。”她轻声地回，到了最后几个字，就弱到微不可闻。

秦苏脑中又有几道奔雷轰隆隆砸下来。这时候她才真的害怕起来，方才被人捉奸在场时都不曾这般慌乱过，她突然明白，自己苦心谋算多时用来孤注一掷扳倒秦菁的棋，尚来不及落子就已经露了败象。

明明是天衣无缝的计划，为了不让秦菁怀疑，她甚至用了赵水月这样最不可能与她牵扯上的人，即使秦菁再怎么多疑，也不该联想到赵水月身上的，为什么？为什么？为什么？

不甘！愤恨！绝望！胸中千般感情汹涌翻卷在一起，让她脸色变幻不定，时而阴暗，时而狰狞。

“赵水月！”飞快地权衡之后，秦苏忽而目光一厉，一把甩开灵歌的手，奔过去就给了赵水月一记耳光，怒吼道，“你这个贱人！你出卖我！”

“我……”赵水月惊慌失措地捂着脸，下意识想要辩解，却在触及旁边秦菁眼中的嘲讽时突然改了主意，两眼含泪地咬牙道，“三公主您在说什么？臣女……臣女不明白！”

她不蠢，这一局秦苏已经一败涂地，虽然秦菁已经发现了她，但是这个时候她仍庆幸，方才在院子里她没有按照秦苏的吩咐，抢先跳出来指证秦菁。

她虽是秦苏的棋子，但好在还没来得及出手，希望事后求得秦菁网开一面，不予追究。

所以这一刻，哪怕秦菁看穿一切，她也是咬紧了牙关，不肯承认。

秦苏眼睛通红，因为愤怒而凝结了无数血丝，秦苏既然认定了是赵水月背叛，又哪能放过她？秦苏揪着对方又连着甩了好几个耳光，一边泄愤一样恶狠狠地怒骂：“贱人！你敢坏我的事！贱人！”

赵水月不敢还手，脸上都是鲜红的指印，而她也不哭，一直咬牙忍着，一声不吭，任由眼底的泪汇聚眼眶，看上去可怜又凄凉。

秦菁早就没了菩萨心肠，更不会对一个意图陷害自己的人心生怜悯，只是这样的闹剧她也没什么兴趣，从旁看了两眼就冷冷地说道：“你们要算账就慢慢算，父皇还在前殿等着，本宫先行一步了。”

她和蓝玉华被捉奸的那出戏还没有完！秦苏心里咯噔一下，手下不觉就失了力气，又甩了赵水月一巴掌，道：“你等着，本宫不会放过你的！”言罢，她飞快地整理好仪容，匆匆追着秦菁的背影去了。

赵水月被她推了一下，靠着墙，脸上都是巴掌印子，火辣辣地疼。

她也是名门贵女，却一而再再而三像个下贱的奴才一样被人侮辱践踏，心里不是没有不甘和愤恨，并且因为姐姐赵水秀的事，她对秦苏的恨意也从来没消止过，可是，她没有办法。在安国侯府里，继母不会给她出头的机会，亲眼看到了赵水秀的前车之鉴，她很害怕，越是心疼赵水秀，她就越是害怕，同样的，她也不想像赵水秀那样毁了自己的一生，她要寻找依靠，需要一个出头的机会。

秦洛已经是太子了，秦苏找上她的时候，她以为终于可以翻身，可万万没想到秦苏会败，还未出手就先败了个莫名其妙。真讽刺啊！这人啊，果然是不能作一点点恶的，因果循环，总会有报应的。这样想着，她到底也是没哭，只是闭上眼，拿袖子狠狠擦干眼角积蓄的泪水，然后站直了身子，从那个肮脏的墙角走出来。

秦菁和秦苏先后进了嘉和宫，不一会儿林太医也来了，诊断之下却发现蓝玉华是患了失心疯，这样一来他前面做的事情景帝反而不好过分追究了。

蓝李氏抱着儿子哭得死去活来，甚至蓝光威都声泪俱下地陈情了。蓝家的三个儿子，蓝玉桓惨死，蓝玉衡又重病不起，景帝冷静下来也是根本就不能把蓝玉华怎样，于是就由萧文皇后做主，准许他们夫妻先带着蓝玉华回府医治去了。

可蓝李氏记恨上了秦苏，临走还不忘恶狠狠地瞪她一眼。

景帝被吵得头风又隐隐有了复发的趋势，而秦苏出了这样的事，晚上的宫宴她肯定就不适合再露面了，萧文皇后匆忙安排了一下，让陆贤妃回去戏台子那边看着，又让李嬷嬷带人送秦苏回去，自己则是陪着景帝回了正阳宫。

这边，秦菁刚自嘉和宫的正门出来，白奕已经悠闲地笑着从门口一侧的石狮子后面走出来。

这会儿陆贤妃宫中没什么人，他倒也随意不少，只是需要防着的太多，终究还是规矩些，站在离秦菁一步开外的地方道：“都处理妥了吗？”

“差不多了。”秦菁道，抬了抬下巴，示意他边走边说。

白奕与她隔了半步的距离并肩而行，往前走了一会儿，还是忍不住扭头去看她道：“摊牌了？”

他们之间仿佛有种默契，很多事并不需要秦菁言明，白奕就能心领神会，而同样，白奕的话再含蓄，秦菁也能听出话中所指。

“她是个聪明人，会想明白的。”秦菁道，目不斜视地继续往前走，唇角微微翘起一个不易察觉的冷酷弧度，“这宫里的女人哪有一个是真正安分的，谁不是想方设法地往上爬？陆贤妃自然也不例外。不过好在她还有些分寸，这一次的警告她收到最好，再到下一次，她就没这么容易脱身了。”

白奕笑笑，不置可否，随后却是一副悠然之态地抬头看了看天色，感慨道：“过了今夜，何止是一个陆贤妃，怕是这宫里所有的女人都要寝不安枕咯。”

“这宫里也平静了这些年了，是时候该好好热闹热闹了！”

秦菁侧头看他，白奕感知到她看过来的目光，跟着回过头来，两人相视一笑。

“对了！”秦菁突然想起了什么，忽而庄重了神色，停了步子道，“早前那会儿让苏沐塞给你的纸条，我还没来得及看，上头写的什么？”

白奕闻言，眼底飞快闪过一丝冷色。秦菁瞧见了，心跳便骤然慢了半拍。

他见她如此，就一抿唇，洋洋洒洒地笑了，摸摸她的头发道：“那锦囊里的东西我已经让人送回正阳宫，放回陛下的书案上去了，他不会发现的，你不用担心。”

秦菁闻言，目光更是一沉：“这一次的事情不一般？”

“岂止是不一般，简直就是要命！”白奕说着便有些唏嘘，“我都在怀疑这次的事到底是不是秦苏那个脑子想出来的了。”

“你这是存心要让我着急是不是？到底怎么回事？”他还在卖关子，秦菁却急了。

白奕四下看了看，抬手一指前面不远处的凉亭：“这里不方便，我们去那亭子里坐会儿。”

那座亭子临水而建，地基打得也较高，视野开阔，只要有人走近，马上就能发现。

“嗯！”秦菁没心思同他计较，两人绕过一条小径进了亭子。

白奕脱下罩在外面的白狐裘小背心垫在凳子上，示意她坐，然后一撩袍角坐在旁边的位子上。秦菁有些紧张地等着他开口，他却探手过去，将她的两只手都捧在掌中焐着，这才正色道：“近日你同征西大将军之间的书信往来一直没有间断过吧？”

征西大将军是当年景帝追封萧衍的谥号，后来萧羽接管兵权之后便承袭此号。

“嗯？”秦菁敏锐地嗅到一丝不同寻常的味道，脱口道，“华泰这次谋算的事情和祈宁有关？”

白奕深深地看她一眼：“你之前想得没错，那锦囊里的东西的确是出自陛下书房的军机要案，而且相关之事正是边城祈宁和你表兄萧羽，是军中有人呈给陛下禀报他言行举动的密信，还有，近期和西楚之间可能要有一场恶战了。”

如此一来，秦苏处心积虑设计的那个大阴谋也就彻底浮出水面了：她先是派人窃取了景帝书房中的军机要案存于锦囊中掩饰，然后交予赵水月，之前赵水月随同秦菁和秦茜一道在御花园中散步，那宫女意图撞上秦菁也是有人预先设计的，正好在关键时刻赵水月拽了一把她的袖子，借着将她拉开的空当，偷偷把那锦囊塞到她的袖子里。

这个场景也许赵水月提前演示过无数次，当时秦菁还真就一点也没察觉到异样，只是，她不信赵水月！从一开始就不相信！

重活一世，她比任何人都多疑。从赵水月第一次对她示好的时候，她就对那个女子存了戒心，只是找不到证据，便也按捺不提，但在关键时刻正是这戒心起了作用，于悬崖边上救了她一回。

赵水月和秦茜交好，当时三人站在一起，明明赵水月离着秦茜还要近一些，关键时刻她却未去推开秦茜，而是舍近求远地来拉了自己一把，这个举动就是赵水月最大的破绽。

诚然那时候，秦菁还没有想到秦苏的真实意图，但她本就谨慎，一旦有了疑虑便不会坐以待毙，所以只待秦茜一走，她便马上撇开赵水月溜了，在赵水月被灵歌引开的同时，她便找了个隐秘的地方搜罗全身，继而发现了那个本不属于她的锦囊。

因为随后还要去嘉和宫配合着景帝演戏，那锦囊她肯定不会冒险带在身上，而时间紧迫之下她也来不及细看，就让苏沐暂且转交给白奕处理了。

好在发现及时，否则一旦被当场搜出，后果不堪设想。

私下盗取军机秘要，与通敌叛国的罪名差不多，都是罪无可恕，绝对容不得她再翻身，甚至整个萧氏一脉都要被颠覆。

秦菁突然隐隐有些后怕，随后却冷不丁笑了一声。

“这场战事的引爆，和父皇有关？”她问，却是笃定的语气。

白奕察觉到她语气里突如其来的冷凝味道，不禁用力握了握她的手。

秦菁心中瞬间了然，景帝已经迫不及待地想要设法收回他移给萧家的兵权了。

“秦菁！”白奕轻叹一口气，语气故作轻松地慢慢说道，“从一开始你就知道他必定是存了这样的心思，来早来晚，并没有多大区别。”

对于景帝做的任何事，秦菁的确已经无所谓了，只是气愤多少还是有的。

“他准备做什么？”暗暗提了口气，秦菁稍稍往旁边侧过脸去，避开他的目光。

“秦菁！”白奕有些不忍地低声道，刚要抬手去触摸她的脸颊，眼角余光却瞥见远处的花圃后面有道人影正寻寻觅觅地往这边逼近。

“有人来了！我晚点再找你。”白奕敛神起身，想到了什么，又飞快地说道，“哦，还有，你用的那个叫采兰的丫头我已经送出去了，陛下后来派出去的人肯定找不到她，你放心就行。”

“嗯！”他办事，秦菁从不多问。

白奕于是冲她眨眨眼，挤出一个笑容，然后闪身出了亭子，一拐弯就消失在了御花园里。

守在稍远地方的灵歌快步进了亭子，秦菁起身，她便将白奕落下的背心一卷，只当是秦菁自己的坎肩，捧在了怀里。

主仆两个一前一后走出亭子，没走几步就和对面过来的人打了个照面。那人却是赵水月。

赵水月显然也十分意外，微微愣住。秦菁面无表情地看她一眼，并没有兴师问罪的意思，直接错过她身边继续前行。

灵歌存心使坏，错肩而过的时候故意撞了下赵水月的肩膀。赵水月一个踉跄，回过神来。

"长公主！"她找了秦菁好一会儿了，好不容易碰到人，见着对方要走，心里一急，又不敢上前去拦，便一扭身，冲着对方的背影直挺挺地跪了下去。

灵歌本来觉得新奇，此时忍不住扯了下秦菁的袖子："公主！"

秦菁止了步子回头，仍然没有质问的意思。

"长公主，臣女自知有罪，请公主给臣女一个戴罪立功的机会！"赵水月跪在那里，也算是个心思玲珑的，明白到了这会儿求饶也于事无补，但她也不想死，便这般硬着头皮往秦菁面前来求一线生机。

这个女子黑心是有的，也敢拼敢杀，这份胆气却不是一般闺阁小姐能有的。秦菁盯着她半晌，慢慢有了些兴致，笑道："那么你能为本宫做什么？"

对于这个有心算计她的女子，要想再博得她哪怕一丝一毫的同情都是不可能的。她跟她，就只讲条件。

赵水月心里一阵发冷，仍是谦卑肯定地说道："臣女知道自己人微言轻，不能替长公主殿下分忧，但是斗胆请殿下开恩给臣女一次机会，日后不管殿下您有什么吩咐，臣女定当万死不辞为殿下效命，以偿今日殿下宽厚之德。"

这个女人有把柄在自己手里，暂时留一留，秦菁倒也不担心会拿捏不住她。毕竟待到蓝月仙出来以后，这宫里的形势势必更加复杂，她多存一颗棋子，总归不是什么坏事。

"你起来吧。"秦菁这样想着，淡淡开了口。

赵水月大为意外，愕然抬头，不可置信地瞪大了眼："长公主……"

"起来吧！"秦菁也不想为了这么个人浪费太多时间，只重复了一遍，"记着今天你说过的话。"

她说完，转身继续前行。

赵水月本来只是抱着试试看的心态，根本没想到她会这样轻易就放过自己，震惊之余再度惊慌失措地冲着她的背影道："长公主，今日之事是臣女一时糊涂，求您救我一次。"

秦苏那里，不会放过她的。

秦菁本就是个记仇的，虽然她很清楚秦苏如今自身难保，暂时不可能分身来把赵水月怎样，可是这个女人既然有胆子和秦苏一起算计她，让她担惊受怕一段时间也算是个教训。

赵水月在后面期期艾艾地跪着，她却只当没听见。待到走出去一段距离，灵歌才问："公主真的就这么放过她吗？"

“先留着吧，保不准以后还能用上。”秦菁也懒得再为这事儿多说什么了，只抬头看了看天道，“走吧，时候不早了，回宫更衣，准备晚上的国宴。”

晚间盛宴，秦菁选了套黄色宫装换上，胸前襟口和堆叠如画的裙摆上都绣着大朵洁白的牡丹花，红色丝绦层层叠叠系在腰间，更衬得她腰身纤细，一路带着灵歌和墨荷两个去了中央宫。

白天的事因为压得紧，所以并未在朝臣和命妇中传开，宴会上的气氛倒也十分融洽，只是景帝的脸色有些暗沉不悦。不过他本就是个喜怒无常的脾气，是以倒也没人觉出什么。席间歌舞升平其乐融融，真是一派新年的欢乐祥和之气。

秦菁坐在萧文皇后和景帝下首的位子上，秦茜惧怕景帝，这天倒是十分规矩地坐在陆贤妃身边，没来找她。

新年伊始，宴会办得十分喜庆，只是蓝淑妃以养病为名被圈禁，蓝家人又带着蓝玉华狼狈离宫，这会儿连本该出现的秦苏都不见踪影……

群臣目光雪亮，很快就发现了异常，不时交头接耳。

秦菁横竖视而不见，可是总有人频频往这暖阁里张望，秦洛就有点扛不住了，召了路喜上前低声吩咐：“你去皇姐宫里看看是不是有什么事，别惊动了其他人。”

“是！”路喜机灵地点点头，然后退回柱子旁边又站了会儿，趁着有人进来向景帝敬酒的机会，一猫身往侧门的方向溜去。

秦菁低头抿一口酒，唇角浮现一点笑纹。

灵歌弯身来给她斟酒时刚好瞧见，就皱眉往斜对面秦洛那桌看去，不解道：“公主在看什么？”

秦菁晃了晃手里的酒杯，她刚喝了酒，唇瓣润湿，映着这殿中灯光，有种妖冶而明艳的感觉，这一笑就是满殿生辉。

墨荷有意提醒她，但又不太好开口。过了一会儿，却听秦菁突然没头没脑地问了句：“你们猜，之前父皇书案上的东西是谁拿出来的？”

殿中喧嚣，众人欣赏歌舞之余又在互相攀谈，她的声音本就不高，也就服侍在侧的两个丫头听得见。

墨荷正在给她布菜的手一顿，下意识紧张地四下看了一圈，好在没人注意这边。

这个问题，灵歌之前也是没想过的，这时候循着秦菁的目光看过去，骤然一惊：“是太子！”

那么重要的东西，又是军机要案，秦苏就算有心，可她一介女子根本就沾不上手，更不可能盗出。而秦洛——

景帝近年来身体不好，开始积极地栽培秦洛，让他参与学习理政。无论是御书房还是寝宫里的书房，他都来去自如，要拿点儿什么东西出来易如反掌。

所以，这件事并不是秦苏一个人挟私报复，而是他们姐弟串谋，要将整个萧氏一族满门全灭，推入万劫不复的境地？太可怕了！

真是，万幸！

两个丫头都忍不住微微白了脸，瞬间出了一身的冷汗，只有秦菁容色淡淡，镇定从容地饮酒用膳。

秦苏寝宫离这边不近，路喜去了差不多一个时辰才回，神色有些慌张地摸回秦洛身边，低声禀报了两句话。

本来他们主仆这一点互动并不起眼，不想秦洛听完，却是勃然变色，手里的银筷子都脱手一根，叮咚落到了手边的汤碗里。

内殿暖阁里本来就是后宫的专座，再加上景帝今天心情不好，所以每个人都谨小慎微，控制自己的言行，而这一声银筷坠落，相对就显得突兀了。

几十道目光齐刷刷聚焦过来。路喜一怕，赶紧伏在地上，以头触地。秦洛猛地激灵，抬头刚好和景帝阴霾的目光撞了个正着，心跳猛地一滞，赶紧离席跪地，请罪道："儿臣失态了。"

所有人都在盯着秦洛，可是不知道为什么，陆贤妃却突发奇想，把目光落在了秦菁身上。

秦菁唇角一直带着若有似无的浅笑，仪态端庄，许是察觉到了她的视线，忽而勾唇一笑道："昨夜守岁，皇弟大约是没睡好，累着了，今晚记得早睡吧。"

由她起了个头儿，其他嫔妃也就跟着附和。

景帝并没有表态，不冷不热地扫了一眼秦洛，还是没说什么，又若无其事地往旁边移开目光。

路喜察言观色，连忙上前去扶了秦洛起身。虽然只这么一会儿，起身的时候秦洛却明显感觉到双腿有些发软，手心里都是冷汗。几乎出于本能反应，他悄然抬起眼睛，暗中朝秦菁看过去，可对方只专心盯着桌上精致的菜肴，根本就没往这边看。

路喜扶他坐回席上，宫婢很快送了新的筷子来，可是整个后半席，他虽然极力控制不再叫自己失误，也还是如坐针毡，食之无味，只盼着这宴会快点结束，好去问一问秦苏到底出了什么差错。

酒宴进行到二更时分，景帝就借故醉酒离席，被瑜嫔抢着扶走了。

梁太后自从荣登太后宝座，就不再喜欢饮宴，但因着初一国宴是大场合，她勉强又坐了半个时辰就起身了。

这里的宴会还要人主持，萧文皇后脱不开身，秦菁就主动请缨："孙女也吃好了，不如我送皇祖母回去吧。"

梁太后看她一眼，没说话。

萧文皇后想了想便点头应允，亲自把两人送到门口，又叮嘱了秦菁几句，方才折回殿中。

秦菁命人叫了辇车，一行人浩浩荡荡到万寿宫，待伺候梁太后睡下，她也没再回宴会上，而是直接折返乾和宫。

"公主，您回来啦！"候在门口的苏雨快步跑下台阶相迎。

秦菁自辇车上下来，一抬头，却见旋舞也和她一起等在大门口。两个丫头都欢欢喜喜的，看上去没什么特别。灵歌了解自家妹子，就冷着脸瞪了旋舞一眼，旋舞也不怕她，挤眉弄眼嘿嘿一笑。

秦菁看在眼里，没说什么，径自举步上台阶。

墨荷打发了辇车离开，又拉过苏雨耳语了两句，然后快跑着追上秦菁，见着四下无人才小声道："公主，四公子在等您。"

"嗯！"秦菁脚下步子不停，仍是目不斜视地往里走。

墨荷也不等她吩咐，直接拦下苏雨和旋舞两个，带着她们守在了院子外面。

秦菁推开殿门，没见到白奕，就直接往里走，随手拨开垂了一半的翠色帐子，果然就见那人正睡眼惺忪地自屏风前面那张美人榻上翻身坐起。

"回来了？"白奕打了个哈欠，问，"前面的宴会散了吗？"

"还没有呢，我提前回来了。"秦菁回答，解下大氅走过去搭到屏风上，回头却被白奕借机拽住了一只手，就势拉坐在他的大腿上。

他笑着伸手去环她的腰，秦菁羞恼地一下拍在他手背上："先别闹，我们说正事。"

"那就说嘛，我又不耽误你！"白奕就势抓住她的右手凑近唇边吻了下，语意轻快，就是不肯放手。

彼时她的脊背就贴在他的胸膛上，透过衣物甚至能感知到他强劲有力的心跳，这样的情况下怎么能定下心来跟他说正经事。

秦菁试着挣扎了一下，奈何他困她太紧，根本无济于事。他分明就是故意的！

"白奕！"秦菁耳后有些发热，还是勉强稳定心神，加重了语气提醒他道，"下午的话还没说完呢。"

白奕能够分辨出她声音里明显的羞恼情绪，也知道她这会儿正着急，所以不再逗她，忽而将她拦腰一横。秦菁还不及惊叫一声，他已经两步走过去，将她安置在前面的那张圆桌旁边坐好。

双脚落地，秦菁这才反应过来，不悦地瞪他一眼。

白奕毫不在意地咧嘴一笑，撩起袍角，仍是坐在她旁边的凳子上。

秦菁没有心情同他置气，神色是少有的凝重，率先开口道："下午的话只说到一半，那封密信到底是怎么回事？"

“那已经不是第一封信了，陛下在军中有人，随时随地监视萧羽的一举一动，而且他们之前就着此事应该有过计较，这封信里只说是一切妥当，十五之前他会将战事拉开。”白奕闻言，这才稍稍庄重了神色，说话间还有些愠怒，“且不说这次所谓的战事有何内情，好在今天你先发制人，逃过一劫，否则后果不堪设想。”

那件事横竖已经对付过去了，秦菁倒是没太放在心上，只是神色有些慵懒地转着手里的空杯把玩，思忖道：“那你觉得今天这事儿，背后的控盘者到底是谁？会是蓝家人吗？借秦苏出手？是蓝礼？蓝玉衡？还是……”

蓝礼是只老狐狸，而蓝玉衡又很有远见和谋略，这件事秦洛也参与了，秦洛可是他们蓝家的王牌，以这两人万全的心思，不可能随便为了扳倒区区一介女子，就让秦洛手上沾血。

可这封信已经牵扯到军中还有西楚，对景帝来说很不光彩，如果说是他故意安排的，也说不过去。

难道……是她自己想多了？其实事情很单纯，就是秦苏和秦洛两姐弟的作为？秦菁心里千头万绪。

“这不打紧。”白奕微微摇头，继而话锋一转道，“我觉得当务之急是你需要派个妥实的人走一趟，去跟萧羽言明此事，最好让他近期就对军中内部进行一次彻底大换血，省得关键时刻被人倒戈相向。”

“那支队伍从一开始就是鲁国公一手带出来的，现在突然易主，想让他们在短时间内就对新主效忠，是不可能的。”提及此事，秦菁也是一筹莫展，蹙着眉头道，“之前这事儿萧羽也曾对我提过，现在他军中大部分人私底下还是唯鲁国公留下的副将马首是瞻，这件事须等一个时机。”

这件事白奕也是知道的，鲁国公留下的副将齐岳是一员战功卓著的老将，在军中威信甚高，并且又得过景帝封赏，即使他挡了萧羽的路，这个人也不能以非常手段除掉，否则一定会引起轩然大波，弄不好就适得其反了。

何况，现在也没有证据表明那个在萧羽身边帮着景帝算计他的人就是齐岳。

“可是现在陛下那里明显等不及了，这个时机怕是要我们自己造了！”白奕深以为然，用力抿紧唇角。

西楚的那个七皇子楚越本来就不好对付，何况现在还有景帝在算计。

秦菁心中飞快地权衡，一时举棋不定。

白奕见她着急，就抬手去蹭了蹭她的脸颊，安慰道：“别想了，我们现在远在千里之外，对他那边的具体情况不了解，你想再多也是枉然。”

“父皇最近的脾气越来越难捉摸，就连初元都不能完全拿捏住他，我怕……”秦菁心乱如麻地长出一口气，忽而脑中灵光一闪，表情瞬间僵住，一寸一寸抬起头看向白奕。

白奕对她露出一个大大方方的笑容，点头道：“事不宜迟，一会儿我回去准备一下，明日一早就启程。”

秦菁恍然大悟，其实他已经定了主意——他要亲往祈宁，替她化解此事！

萧羽那里的具体情况不明，凶险万分，而且自从蓝玉衡卧病以后，蓝家人便在暗中将白奕也死死地盯上了。

“不，你不要去！”秦菁想也不想，果断地抬手制止他，“这件事，我安排苏沐去办。”

苏沐身手是好，对她也是忠心耿耿，但说到军中之事和生死大局，他却是远远帮不上忙的。

所以这话出口，连秦菁自己都觉得敷衍，心虚地别开眼睛，不与他对视。

“好了，你也知道苏沐去了顶不了事。”白奕笑笑，但见秦菁还是不肯回头看他，又不觉软了语气，双手将她搁在桌上的右手抓起来裹在掌中，商量道，“我保证快去快回,将此事了结之后马上就回来。”

秦菁紧绷着唇角不说话，白奕知道她是担心自己，心里愉悦起来，跟着笑弯了眼。

他起身绕过去，在她面前蹲下，仰视她道：“蓝玉衡现在只剩下半条命了，难不成你对我就这样没有信心？”

这不是信心的问题，而是她丝毫都不想让他置身险境，就像每次她有麻烦，他都会无条件地站出来为她解决一样。

白奕的目光带了戏谑，眨着眼睛去看她。秦菁避无可避，只得略略抬眸，迎着他的视线看过去，目光复杂道：“其实你完全不必为我去做这些。”

他喜欢她是一回事，对她好是一回事，而为了她屡次罔顾安危以身犯险就是另外一回事。

“我喜欢为你去做这些。”白奕道，将她的两只手都抓握在掌中。两个人四目相对，白奕眼底眉梢每一处都带着浓厚的笑意，明媚得让人不敢逼视。

“白奕……”秦菁犹豫再三，还是紧皱着眉头不肯松口。

白奕在她面前蹲得累了，起身坐回凳子上，拉着她的手让她转过身来面对面。

“要不我们做个约定？”这一次两人之间的距离又近了些，他以指尖轻弹她额前细碎的刘海，眉目灿烂，声音慵懒而带了笑意，“等我回来，我们便成婚如何？”

秦菁眼中的忧虑瞬间凝滞，片刻之后却是别过脸去，就势将额头抵在他的肩上轻笑：“哪有像你这般无赖的。”

这样直白的话她早就想过白奕会说，而她也是准备好了这般委婉的拒绝之词。

诚然白奕所言不过一句玩笑，见她这般笑了才长舒一口气，就势揽住她的肩头，哄道：“我这一趟出去，来回怎么也得个把月，我不在的时候，宫里这边你自己小心些，所有的事能缓就暂时缓一缓，尽量等我回来和你一起。实在迫不得已，我安排在你寝宫附近的人苏沐差不多都知道，必要的时候就吩咐他们，不要怕暴露他们的身份，他们都听你的。”

他这般絮絮叨叨着，声音褪去了惯常的顽皮和大意，听起来颇有几分沉稳和踏实，字字句句落在心头，像是温润的泉水淙淙流淌，透着暖意和湿气。

秦菁嘴角弯了弯，喉头有些发涩。

白奕这样细致地叮嘱完，确定她听见了，也不指望她回答，只重新坐直了身子扳过她的肩头，看着她的眼睛，再度露出一个笑容道："好了，我该出宫去了。下半夜你这儿肯定睡不好，一会儿赶紧上床眯会儿去！"

秦菁一动不动地看着他，死抿着唇角不说话。

白奕自顾说完，又随手拨弄了一下她额前刘海，便径自起身往门口的方向走去。

秦菁沉默地看着他的背影渐行渐远，再回味着他方才那些叮咛，眼前不觉氤氲了一层水汽。

上一世她迫着他一再转身，对他视而不见，这一世他却是自觉，默默无闻地在她身边来来去去。他的背影一直都是她所熟悉的，可是这一刻在他越走越远的时候，她突然就开始想念这个背影另一面灿若星辰的笑脸。

"白奕！"这样想着，秦菁站起身来。

她的声音出乎意料地带了一丝拔高的颤抖，白奕脚下步子略一迟疑，便听见她细碎空灵的声音从背后轻轻飘过来。

"我……等你回来！"

白奕闻言，肩膀不易察觉地微微一震，脚下却像冻住了，直挺挺地站在那里，半晌都不曾挪动分毫。

秦菁站在桌旁，按在桌面的一只手五指慢慢收紧，抓握成拳，然后一步步朝着他的背影走过去。

身后宫灯的光线穿过翠色的纱帐照射过来，慢慢将她纤细的影子打在旁边的墙壁上，随着她脚步的移动，一点一点和白奕先落在那里的影子交替在一起，再到慢慢重合。

白奕一直没有动，因为是背对着她，秦菁看不到他脸上的表情。她只是循着自己心里真实的想法走过去，一步一步主动靠近他，最后在他身后半步之遥的地方稳稳地站住。

"白奕！"再开口时，她慢慢探出手去，揽在他的腰际。白奕身子僵直，仿若一尊石像，完全失却了动作。秦菁深吸一口气，然后微合双眼，将脸孔贴靠在他宽厚的脊背上。

"我等你回来！"这一次，她的声音已经恢复了平常的果敢和冷静，每一个尾音都咬得清楚且肯定。

白奕突然略一震颤，半晌才慢慢有了反应，低头看向环在腰间的那双柔荑。

恍若置身梦境，他试着小心翼翼地去握那双手，引导着它们从自己腰际一点一点移开，又似乎怕梦会突然惊醒，呼吸几乎没了。他一点一点回过身去，目光仍是从他握在掌中的那两只纤纤玉手沿着手臂，再到肩头，一点一点慢慢上移，直至再度与站在他面前的女子四目相对。

灯影下，女子脸上的笑容带了迷离的光晕，眼底光影闪烁，却是那样真实而深刻地落在他的眼眸深处。

这一刻似乎是他一直都在想，又一直小心翼翼把持着，不敢让自己奢望得到的时刻。

一声浅笑漫过喉头，白奕封冻的表情融化了般生动起来，嘴角含笑，试着轻声问了一遍："你说什么？"

同样的话重复两遍？其实秦菁确信他听到了，只是她便是这样一个人，一旦下定决心，就不会有丝毫犹豫退让。

爱一个人是这样，恨一个人也是这样！

"我说，我等你回来！"也许是白奕的目光太过灼烈，再开口时，秦菁还是下意识垂下眼睛。

白奕是到了这个时候才颇有些得色，不过心情大好的时候，他那孩子心性便又暴露无遗，再度眨巴着眼，无辜地问了一遍："我好像……没听清楚！"

秦菁有些恼了，咬了下嘴唇，背过身去不理他。

白奕却不自觉，又死皮赖脸地贴上来，从背后将她锁在怀里，仍是不依不饶地追问："你刚说什么了？再说一遍，我刚刚好像有点没反应过来。"

秦菁想着他方才刻意的刁难就记了仇，偏过头去往旁边闪躲，冷下脸来道："你不是要出宫了吗？再磨蹭，宫门就要关了！"

"那我就等明天一早宫门开了再走。"白奕的声音懒懒的，带了戏谑。

秦菁从他怀里挣脱出来，他便将她一把捞回去，仍是拥在怀里牢牢锁住，秦菁便不再与他费力气。

"秦菁？"两个人静默无声地依偎片刻，秦菁又听见他在头顶轻声唤她的名字。

"嗯。"她小声地应，有些心不在焉地卷了他垂于胸前的一缕发丝在指上把玩。

"你这一句话，我等了许久！"白奕道，声音里带了丝秦菁可以感觉到的羞涩。

"我知道！"她埋首在他胸前淡淡微笑。

你等了我许久，久到远比你所知道的那段时日长久，前后两世加起来，那几乎算作一个人一辈子的光阴。我知道，我知道你在等我！因为你，我的生命不再被那些黑暗的仇恨满满占据，所以贪心也好，偿还也罢，这一次我允许自己这般自私地握着你的手，让它带着我走出阴霾，重新站到阳光之下。

夜色中，两个人静默相依，也许是这个拥抱来得太晚，让人有想将时间拉缓的冲动。

三更更鼓响过，外面骤然响起巨大的爆破声，色彩斑斓的光线透过窗棂映射进来。秦菁自白奕怀中退出来，一边替他整理襟前皱了的衣料，一边轻声说道："宴会散了，你快去吧！如果明日一早就走，我可能抽不出时间出宫送你，万事小心，量力而为，千万不要勉强。"

这一回换了白奕嘴角带笑，安静地听她絮叨，一直到她说完，他才抬手揉了揉她脑后发丝，道："我倒是更担心你，蓝月仙其人我也有所耳闻，你这次冒险弄了这么个白眼狼在身边，保不准她什么时候会反咬一口。”

“那你便早些回来吧！”秦菁笑笑，“这宫里和她苦大仇深的人多了去了，她一时半会儿还找不到我这里来。”

“那你没事也别去惹她了。”白奕还是不很放心，又嘱咐一遍才依依不舍道，“那我可真走了！”

“嗯！”秦菁点头，忽然想起了什么又叫住他，“你等等！”言罢，转身快步进到里面卧房，从柜子里找出白日他落下的那件毛皮背心帮他穿上，满意地退后一步。

白奕嘴角溢满笑容，静默不语地看着她。秦菁等了片刻，见他还没有离开的意思，正在奇怪，他忽而抬手，以食指指腹自她唇瓣上轻轻擦过。

秦菁脸上一红，顿时又有些羞恼，但见他一副理所应当的模样，便也气不起来，暗暗提了半天的劲儿，终于一咬牙，踮起脚尖凑上去轻啄了下他的唇。

白奕探出舌尖舔了舔被她吻过的地方，带了丝餍足的神情，凑过去宠溺地蹭了蹭她的脸孔，低声道：“照顾好自己！”

“我知道！”秦菁躲着他的呼吸，小声地应。

白奕于是不再多说什么，转身推开门出去。

送了他走，秦菁又在原地站了会儿，然后转身进了里面的寝殿，简单收拾了下便上床养神。

外面不断传来烟火的爆裂声，扰着夜色的宁静。她本来没准备睡，正在迷迷糊糊打盹儿的时候，忽而听到外面喧嚣的人声。

是了，这一刻终于来了！

外面的鞭炮声还在此起彼伏，间或夹杂的那些呼喊声和尖叫声就被冲淡不少。

秦菁起身，才穿鞋下地，灵歌已经推门进来，正色道：“长春宫那边有动静了。”

“嗯！”秦菁点头，匆匆穿了衣裳，再裹上大氅就带着一群丫头浩浩荡荡地出了门。

彼时长春宫的方向已经火光冲天，黑色的浓烟夹杂着张牙舞爪的火花直冲天际，将那一片天空都映红了。无数宫人的尖叫声混在一起，但是因为长春宫离此处甚远，根本听不分明。

后宫的三座主殿，正阳宫、永寿殿和万寿宫都相距不远，以正阳宫为中心，呈三角状分布在整个宫殿群中心的位置。

秦菁一路疾走，往景帝正阳宫的方向而去，沿路各宫的嫔妃也都被吵醒，慌慌张张出来看状况。

秦菁神色凝重目不斜视地走过去，特意拐了个弯，从永寿殿的门前过，恰巧迎着萧文皇后从宫门内出来。

“母后！”秦菁脚下一顿，然后迎上去。

萧文皇后也是刚刚被人从睡梦中吵醒，披头散发地穿了衣服就赶着出来。

"菁儿！"见着秦菁过来，她心里才有一丝安定，急忙快走两步过去握了女儿的手，焦急道，"我好像听着外头他们喊走水了？是哪里走水了？"

过了这么半天，消息早就传开了。

秦菁这天就纯粹抱着看戏的心态，这会儿便撇撇嘴，垂着眸子没有作答。

萧文皇后张望了一阵，再见她这副神情，脑中突然灵光一闪，神色却分外凝重，匆忙拉着她退到永寿殿门口的台阶下，捏着她的手嗔道："你这孩子……你怎么……"话到一半，却是无可奈何，最终硬板起脸来斥道，"你真是太胡闹了！"

"过年嘛，怎么不该热闹热闹？"秦菁眉毛一扬，却是跟她耍赖。

萧文皇后拿她是完全没办法的，这时候跟在身后的李嬷嬷扯着脖子观望半晌，突然喃喃道："那个方向是不是离着长春宫很近？"

萧文皇后的表情瞬间凝住，秦菁已经露出一个笑容道："可不就是长春宫的方向？父皇既然对她念念不忘，女儿只是帮衬着送她一个人情罢了，难道她出来了，还不会记得我的好？"

萧文皇后原以为因为蓝家，她才迁怒于冷宫里的蓝月仙，乍一听闻她是要将蓝月仙自冷宫里带出来，又是狠狠一愣。倒不是怕蓝月仙出来争宠，而是怕秦菁为此触怒了景帝。

她的面色微微一白，冷不丁一个颤抖。

"母后，这件事我已经打算好了，你不必担心。"秦菁握着她的手劝慰道，"我事先没有对您提过，就是因为知道您心中必有顾虑，不会同意我这么做，可是父皇的脾气您比我要清楚，近来的情况您也看到了，蓝家人那里已经是等不得了，而父皇却一直虎视眈眈，这个时候我做什么，落在别人手里就是把柄，随时会被反咬一口，如果借这个女人的手就不一样了。用来对付蓝家人，她会是一把难得的好刀。"

"话是这么说，可那蓝月仙的为人你怎么知道……"萧文皇后还是满面焦灼，虽然过去很多年了，可是只要一想到当年蓝家姐妹争宠时无所不用其极的惨烈，她心里还是没来由一阵胆寒。

"我知道！"秦菁打断她的话，神色肃然，"如果没有将她了解透彻，我怎么会随便用她？女儿心里都有数，母后你就放宽心吧！还有我这会儿过来就是有句话要嘱咐您的，您千万记着，今天晚上无论父皇要做什么，一定都要听之任之，千万不要试图阻止他，哪怕是为全着礼仪规矩的假意劝诫都不可以提一个字。"

今日之事，景帝究竟会作何反应，谁都不知道，可想而知，肯定会掀起一层惊涛骇浪，只怕是谁触了他的逆鳞，谁就要被扫进海里，尸骨无存的。

"这个我知道！"萧文皇后焦躁不安地叹一口气，心里还是七上八下难以平静，"可是……"

她张了张嘴，刚要再说什么的时候，就见前面御道上浩浩荡荡一群人簇拥着景帝和瑜嫔过来。

秦菁用力握了一下萧文皇后的手，扶着她迎向景帝，抢先道："父皇，儿臣刚刚听见外头有人喊着走水，正要过去正阳宫看您呢，没有惊到您吧？"

"亏你有心，朕没事！"景帝面无表情地应了声。他最近身体不好，神情格外倦怠，眼底乌青，映着夜色里忽明忽灭的火光，看不到几丝活人的生气。

整个皇宫占地太大，虽然能够大体上辨认出着火宫殿的方向，一时间却很难确定火到底是从哪座宫殿中起的。

瑜嫔扶着景帝的胳膊，也是见着他神色不好，说话也细声细气的："许是哪个奴才放烟火时落了火星子，好在那边靠着宫墙外围，没有落到这里来。"

"宫里今夜是苏统领在值夜吧？想来这会儿他应该已经带人过去了。这天寒地冻的，皇上还是先回去歇着吧，别伤了身子。"萧文皇后也劝。

从这里已经可以清楚分辨起火的方向，这会儿景帝脸上虽然还是没什么表情，目光却已然锁定那里。宫婢手里的宫灯被北风吹得摇摇晃晃，光芒落在他阴暗的瞳孔里，看着十分诡异。

他似是没有听到其他人的话，站了一会儿，又直直举步继续前行。

"哎！皇上！"瑜嫔赶紧追上去。

萧文皇后自从知道了秦菁的计划，心里总是不安，她想了想，故意回头对秦菁道："本宫陪你父皇过去看看。今天闹出的动静不小，万寿宫肯定也被惊扰了，你别跟着了，去看看你皇祖母，告诉她宫里没事，让她老人家不必担忧。"

看景帝的反应，他应当很清楚那个方向代表着什么。她不确定后面还会发生什么事，所以干脆就把秦菁支开了。

秦菁心里一暖，也不拂她的意，只柔顺地点点头："那我去了，夜里天寒，母后也注意点，别着凉。"

眼见着景帝走远了，萧文皇后也不多说，匆忙又用力握了下她的手，转身追了去。

秦菁站在深夜的冷风里，却没有马上转身。

灵歌知道她在担心，试着道："公主，您如果担心皇后娘娘，要不要奴婢也跟过去看看？"

"不用。母后应付得来，先什么都不用管，由着他们闹腾。"秦菁却是拒绝，从远处收回了目光，拢了拢大氅转身，"走，我们去万寿宫给皇祖母压压惊。"

自从上回秦霄和柳太妃的事情过后，景帝和梁太后之间就变得十分微妙，两人虽然表面上母慈子孝相安无事，但是秦菁很清楚，这段时间景帝再不曾晨昏定省，时时往梁太后处问安了。而梁太后对景帝也不再如往常般事事周详嘱咐，只在有要事相商的时候，才会着人去请他。

魏国公府失掉的二十万兵权只是一个引子，却也说明这对母子表面上和谐了四十余年，如今一朝告破，而且以秦菁对景帝和梁太后的了解，这重关系也再不会有转圜的余地。

秦菁去到万寿宫时，华瑞姑姑有些意外："长公主？都这个时辰了，您怎么来了？"

"本来已经睡下了，后来听着外面吵嚷说是走水。"秦菁道，抬眸看了眼她身后紧闭的殿门，"皇祖母还睡着？没有被惊扰到吧？"

"殿下有心了。"华瑞姑姑笑道，"也是被闹醒了，奴婢进去给您通传一声。"

"有劳姑姑！"秦菁并不拒绝。

华瑞姑姑有些意外，面色如常，转身进去。

秦菁站在台阶下面等着。梁太后现在的立场虽然是向着她的，但这次起用蓝月仙的事她却没有跟对方打招呼，所以这趟过来，倒也不是因为萧文皇后的嘱咐，而是她原先计划中的一部分，她必须在今晚见梁太后一面。

华瑞姑姑进去不多一会儿又出来："殿下，老祖宗请您进去！"

"好！"秦菁略一颔首，只点了墨荷一个丫头带着进了大殿。

彼时梁太后只着中衣靠在暖阁的炕上，脸色不大好，孙嬷嬷沏好茶递过去，她挥挥手，没有接。

"长公主！"孙嬷嬷放下茶碗，给秦菁行了礼便悄然退下。

"你来啦。"梁太后淡淡开口，对秦菁这个时候到访似乎也不意外。

秦菁挨着她在暖炕上坐下，笑问道："皇祖母脸色不好，是不舒服吗？方才孙女来时迎着父皇和母后了，走水的地方是长春宫，父皇和母后已经先行过去了，想必不会有什么大事。"

梁太后脸色不变，目光却有一丝冷凝。秦菁平静地抬眸与她对视，神色坦荡。

眼前少女眸子清澈明亮，自有一种果敢沉静的光芒映射出来。面庞年轻充满朝气，每一个动作、每一个眼神都自信无比。梁太后默然看着她沉静的眸子，看着那两汪深潭之下自己皱纹斑驳的影子，突然就有了那么一刻的无力——不得不承认，她是真的老了！

她纵横在这血腥的宫廷之中整整一生，年轻时候也如眼前的少女这般凌厉无惧，而到头来却不得不承认，那些繁华真的已经不在，她终其一生培养出来的儿子到底还是别人的儿子，她亲手巩固了送到他手里的江山，终于还是跟她没有半分瓜葛，而她一直呼风唤雨屹立其上的这座后宫，如今她已经没有力气把持下去了。

"他们是不是又对你做了什么？"双方相视良久，最后梁太后这般问道。

"孙女无恙！"秦菁抿唇微笑，一副不想多说的模样。

傍晚那会儿，嘉和宫别院里发生的事已经传到了梁太后的耳朵里，虽然最后倒霉的是秦苏，但她心里多少有数。

"那对母女，从来就不是个安分的。你要怎样就怎样吧！"梁太后叹一口气，稍稍往旁边偏过头去，伸手往枕头底下摸出那串紫檀木的佛珠挂在手上才觉得安心。

她这样便是个完全放手的纵容态度。

“谢谢皇祖母成全！”秦菁感激一笑，起身郑重福了一礼。

“行了，这大晚上的你也不嫌累得慌。”梁太后摆摆手，重又拍了拍身边示意她坐过去。

秦菁挨着她坐下，梁太后抬起皮肉松弛的右手握住她细白的柔荑，像是有些留恋地摸了又摸，半晌之后才感慨良多地慢慢开口道：“丫头，祖母老了，有些事不是我不想帮你，而是力不从心。之前该说的话我也都对你说过了，可是你执意要走这样一条路，真的不怕吗？”

这一次她没有自称哀家，秦菁听得出其中的差别。

秦菁蹙眉，目光中不觉带了丝惶然，脱口道：“皇祖母的意思是我该放弃？”

“你的路，你自己走，旁人谁能左右？”梁太后却是笑了，略带几分苦涩地微微摇头，语重心长道，“祖母是过来人，年轻气盛时也曾如你这般坚定抉择过。如今你这般年纪，正是女子一生最美好的年月，年轻、美貌又聪慧，好好觅一个知心男子远远嫁了，与他相携一生过日子才是正经道理。这朝堂毕竟是男儿的天下，这般殚精竭虑算计到最后，唉！”

她话到一半却是戛然而止，一声沉重的叹息，仿若穿过了一生的光阴，从她风华正茂的青葱岁月一路辗转浮沉到了今日白发苍苍的寂寞宫廷里。

也许是她这声叹息太过沉重的缘故，不知道为什么，秦菁突然觉得心弦被人猛地挑动了一下，眼眶就有些发酸。

上一世她走的也不是寻常女子该走的路，批阅奏章处理朝政，她耗尽了毕生心血，苦苦支撑着风雨飘摇的江山，但是临终一刻，还是徒劳拱手他人。

她又何尝不知道这朝堂天下都不该是她涉足的领地，她又何尝不想依着白奕的性子，与他鲜衣怒马逍遥一生，可是她不能，前后两世她都不能！

这一世她可以重新选择一个珍惜自己的男人去依靠，重新试着去爱，却唯独在天下江山这件事上，没有半分选择的余地。

若不能步步为营拿下这江山，就是红颜枯骨死在别人的马蹄践踏之下。

“皇祖母，孙女与您一样都别无选择！”这样想着，秦菁逸出喉头的笑声里就带了浓厚的嘲讽，“父皇的心思，皇祖母清楚，蓝氏一族的目的，皇祖母也明白。我谋的不是江山，也不是天下，而是我母后和弟弟能够安存于世的依凭。我不能看着他们被人欺凌任人屠戮，所以，在算计人和被算计、杀人和被人杀之间，我都只能选择前者。”

同样的痛苦，经历过一次就够了！

梁太后看着她眼底一闪而过的冷厉光芒，不由得暗暗心惊，沉默良久才又握了握她的手。

“罢了！前朝的争斗不比后宫，不是你有手段就能赢，朝中最重要的除了人脉，还有兵权。虽然现在征西大将军手里有二十万军队作保，到底也不是很牢靠，你不能不多想一步。魏国公府里头我那兄长最是个有主意的，哀家做不得他的主，不过他这个人最大的弱点也就是凡事总要瞻前顾后，顾虑很多，你有什么手段就都看运气吧。”

这么久以来，虽然知道她的意图，但梁太后一直选择袖手旁观，此时却这般推心置腹地为她出谋划策，指引她从魏国公府为自己多布下一条后路。

秦菁诧异之余，心头更是剧烈一动，不可置信道："皇祖母……"

"你去吧！"梁太后摇摇头，闭着眼靠回身后软枕上，拒绝继续交谈。

她容颜苍老，如今连神态都显出掩藏不住的老迈气息，想来是被景帝一事伤得深了。

秦菁看着眼前这个苍白憔悴的女人，心中万般滋味，只觉得苦涩无比。她在那里默默地站了许久，然后转身，离开的脚步依然坚定。

"殿下！"孙嬷嬷和华瑞姑姑都守在殿外。

"好好照顾皇祖母！"秦菁道，一步一步走下台阶，离去的时候没有回头。

几个丫头都察觉到她情绪不对，却不敢多话。待到从万寿宫出来，走到寂静的花园里，墨荷才小心翼翼地开口："公主，太后娘娘今日都这般推心置腹了，您怎么还不高兴？"

"推心置腹？"不想秦菁却是凉凉地冷笑一声，随后眼中浮现一抹哀凉的情绪淡淡，"不过卖人情罢了！"

几个丫头不解，面面相觑。

又往前走了一阵，她却好像终于气不过，狠狠闭了下眼道："说到底，她到现在还是无法完全忘记那段所谓的母子情。"

梁太后卖给她的人情，她领情。只是这一刻她却悲愤，替那个女人觉得不值得。

景帝那般无情无义，无论是对萧文皇后母子还是梁太后都如出一辙，可是时至今日，梁太后都还想着要为他留一寸余地。她送给秦菁的人情，只是为了提醒对方，让对方能想起来这朝堂争斗之中抹不去的血脉牵连，说到底，那是她亲手带大的孩子，哪怕他不仁不义，最终这个女人也不舍得让他输得太过凄惨难看。

秦菁的心情突然变得很糟，也没了兴致再去跟进长春宫那边的进展，直接回宫睡了。

折腾了大半夜，她睡得有些沉，次日醒来已经接近晌午。

"公主醒了？"旋舞笑吟吟地端着洗脸水进来。

"怎么是你来了？墨荷呢？"秦菁披衣下地，就着她递过来的热帕子焐了焐。

"哦！"旋舞献宝一样，扬扬自得地刚要说话，外面灵歌已经推门进来，板着脸道："这里我来伺候，你出去吧！"

旋舞扁了嘴，憋了一肚子的话，可是不敢跟她对着干，像一只斗败的公鸡，耷拉着脑袋慢吞吞地走了。

灵歌接过秦菁手里的毛巾，又递了漱口水过去，言简意赅道："公主放心，昨晚长春宫方面一切进展顺利，苏沐一直在暗中盯着，人已经被陛下带回正阳宫了。"

秦菁吐了漱口水，面上笑容寡淡又透着嘲讽，轻声道："哦。看来父皇对她还真是与旁人都不同。"

好在现在萧文皇后看开了，否则，将要受到多大的伤害啊！

秦菁说着一叹，倒只是个看戏的心态。

灵歌也不妄自揣测她的心思，伺候她洗漱完毕，秦菁坐下喝茶的时候又问："对蓝月仙的事，其他各宫都是什么反应？"

"闹着呢！"灵歌道，她对这些事没兴趣，所以只是一板一眼用最简短的话禀报事实，"瑜嫔闹得最凶，被皇上废了封号，关起来了。其他人本来也很激愤，要去正阳宫陈情，这会儿受了惊吓，都转去万寿宫和永寿殿了。不过太后娘娘和皇后娘娘都避着没见人，这会儿整个后宫是炸开锅了，所有人都在暗地里较劲呢。"

自古至今，没听说哪个废妃在冷宫里关了十年还能被皇帝亲自迎出来的，蓝月仙复位复宠都毫无悬念，也难怪那些女人紧张。

"荣华馆里还不知道消息吧？"秦菁的反应淡淡的，问道。

"嗯！"灵歌点头，"荣华馆的消息被我们封锁了，公主觉得有必要去知会一声吗？"

秦菁想了下，晃了晃手指："来日方长，算了。"

灵歌也不多言，端了脸盆出去倒水，开门，却刚好迎着墨荷从殿外进来。

"公主！"墨荷错开她，直接往里走。

秦菁挑眉："有事？"

"奴婢刚得了消息，今天一大早华泰公主就在正阳宫外长跪！"墨荷道。

秦菁端着茶碗，表情没有太大的变化，沉默片刻，又继续若无其事地饮茶，一面漫不经心道："她的反应速度比本宫预期的要快一点。"

灵歌不解，就顿住了脚步，回头看过来。

秦菁埋头又抿了口茶，才问墨荷道："她已经想到苏晋阳了？"

这回连墨荷也惊呆了，张了张嘴，又甩甩头，看着她的眼睛里全是新奇："公主您怎么知道华泰公主是去为她自己请旨的？昨晚姝嫔才刚……"话到一半，她就语无伦次，不知道该怎么表述了。

"这还用想？"秦菁反问，"蓝淑妃的处境和蓝家的布局，她几时当回事了？"

无论何种情况下，秦苏最先看到的，只是她自己的前程和利益。虽说人都是自私的，可这一次蓝家面对的局面不一样。

两个丫头若有所思，都沉默了。秦菁也不再说话，沉默着喝完一盏茶，起身道："吩咐摆膳吧！"

正阳宫。

景帝一夜未眠，此时坐在外殿的榻上。他单手撑着几案，手指压在眉心，一次比一次力道更重，眉心揉红了犹自不觉。

里面的寝殿里，蓝月仙还没醒，几个太医大气不敢出，沉默着忙碌。

太阳缓缓升起，明媚的光落在宫殿门口。管海盛抱着拂尘走进来，看景帝不像是睡着了，就试着唤他：“陛下？陛下！”

他连着唤了两声，景帝才睁开眼，缓慢地抬起浑浊无神的眸子。他也不说话，管海盛就主动回道：“陛下就不要再烦心了，各宫主子都已经回去了，您整夜没合眼了，奴才先服侍您到偏殿歇会儿吧？”今天早朝景帝都没去，但是管海盛直接忽略不提。

景帝坐着没动，这时候才像是慢慢清醒过来，眼底有了些神采。他扭头往内殿的方向看了眼里边忙碌奔走的人影，声音沙哑地冷冷开口：“万寿宫里没动静？”

萧文皇后在他面前根本构不成压力，所以这件事他也压根没把对方的态度和反应考虑在内，但是梁太后不同。

管海盛顺着他的意，谄媚笑道：“陛下您多虑了，太后娘娘年纪大了，最近身子又不好，哪有精神理会旁的？瞧您这一晚上，黑眼圈都出来了，奴才先扶您去歇着？”说着就上前要去搀扶景帝起身，不想景帝却一把打开他的手，就是一动不动地坐在榻上，重又闭上了眼。

他的心情其实很不好，管海盛当然看得出来，于是也不再主动往上凑，轻手轻脚地退到门边垂首站着。

景帝闭着眼，眼前飞快闪过昨夜见到的那一幕画面。

他赶到长春宫时，火势已经很大，很多女人尖叫着四处奔跑，几座宫殿烧成火海。周围很喧嚣，到处都是烧焦的味道，他吸入肺腑，心里突然有些慌了，完全顾不得九五之尊的身份，直接往里闯，可是一连拽了五六个疯跑的女人，也没找到他想要的那一个，正在六神无主的时候，突然听到前面宫门外头一个老太监声音嘶哑地冲着院子里喊：“娘娘，姝嫔娘娘，这院子着了，老奴进不去，你快出来啊！”

彼时那大门上面斑驳的红漆已经被火苗引燃，门檐下的灯笼烧得只剩残骸，火星随着风声噼里啪啦地往下飞。他排开众人直冲过去，目光穿越火海看过去，那一瞬间整个灵魂、整个思想都要脱体而出。

那记忆当中的女子再不是当年那般活泼明媚的模样，披头散发衣衫褴褛痴痴地坐在屋檐下，四下火花飞溅，她呢呢喃喃的在念叨着些什么。

人们都慌了，没人有空去细听她到底在说什么，可是他站在门外，却能很清楚地辨别出那些破碎的字字句句。

“细雨罗裘冷风起，寒塞烟花入夜飞，喜烛晕染红丝被，落花影里念君归。”

她在笑，却笑得有些癫狂，凄凉而绝望，隔着尘埃火光定定望着他，有怨，也有恨。

人都道他帝王荣光无限尊崇，却不知这些年他存活于梁太后庇佑之下所受的压力，有生身母亲而不能认，却要依靠另一个冷血无情的女人来巩固自身的地位和权力，站得越高，那种憎恶感就越强烈。

他的这种心情从来不敢对任何人透露，但是她懂他，她说她能看懂他郁郁寡欢的笑容，她说他再有心事可以悄悄说给她听。

他喜欢她琴棋书画样样精通的才情，也怜她寄人篱下与自己一般压抑愤恨的生活。

可他想留她在身边，不敢对梁太后明言，那只不过是他第一次想要拥有一个自己真心喜欢的女子罢了，却不得不处心积虑绕了那么大一个圈才勉强将她留下。

也许就是在那个时候，他对梁太后那个强势跋扈的女人抵触到了极致，也深知那女人身后有一座庞大的魏国公府支撑，让他束手束脚什么都做不了。

好在月仙陪着他，她说，只要在你身边就好！这世间种种，只有这个女子才让他感觉美好，只有他们能彼此依靠取暖，可也许就是这种过度的执迷和依赖，让那个纯真美好的女子发了狂。为了独占他，她设计毒害自己的亲姐姐，不惜谋杀他的孩子以博专宠。

那一年东窗事发，看着她阴鸷怪笑地看向自己的时候，他忽而觉得这个女子竟与梁太后那般神似，他突然怯懦，再不敢面对她，忍痛将她打入冷宫，眼不见为净。

这么多年，再怎么强迫自己，他也忘不了他们执笔写下的缠绵，于是他用对蓝淑妃母子数倍的纵容和宠爱来掩饰这种心虚。

十年，整整十年，这一刻隔着烈焰火海，重见这个让自己魂牵梦萦的女子时，他心里突然尖锐地痛，于是罔顾所有人的阻拦，冲进去将她带了出来。

这些年他这般孤独，这些年他这般痛苦，却在失而复得时找到了一丝解脱。

梁太后如何？魏国公府又如何？唯有这个女人的存在，才能证明他是真真切切存活于世的。那一刻，他疯魔了，谁都挡不住。他是九五之尊，不需要再看任何人的眼色，这一次他要自己做主，把心爱的女子带回身边。

当时，是一时冲动。而现在，这种信念越发坚定。

这些年来景帝这种扭曲的心境秦菁早已揣摩透彻，所以她布下这个局，虽然简浅，但水到渠成，毫无悬念。

接下来的两天，秦菁闭门不出，自己找了两本兵书关在房间里研习。

因为萧羽那边的事情紧急，白奕赶路也紧，来不及随时寄信回来给她报平安，看兵书实在无聊的时候，她偶尔也发会儿呆，顺带想想这会儿白奕走到哪里了。

这天她将自己关在屋子里整个下午，傍晚的时候正对着书本走神，墨荷就推了门进来。

“公主，这屋子里光线暗，您这样看书可是要伤眼睛的。”墨荷心疼道，放下手里的托盘，取出火折子去掌灯。秦菁回过神来。

彼时已然黄昏，斜对面半开了一扇窗户，傍晚的风有些凉意，带着院子里的梅花香气扑面而来，让她混沌的神思瞬间清明起来。

“现在是什么时辰了？”舒活一下筋骨，秦菁问道。

“马上酉时了。”墨荷道，转身把茶水递给她，“晚膳奴婢已经吩咐小厨房备好了，要现在传膳吗？”

秦菁喝了两口茶提神，没说话。墨荷说道：“这两天各宫都很安静，就是华泰公主一直在正阳宫外头跪着。”

秦菁抿唇想了想：“这是第三天了？”

“嗯！三天三夜了！”墨荷点头，“也难得她能坚持这么久。”

秦菁笑笑，未置可否。

蓝玉华好的时候她都看不上，更何况现在疯了，她不想嫁给蓝玉华，当时第一个冲进屋子看到她身子的苏晋阳，就是她最好也是唯一的退路。

墨荷去把屋子里的另外几盏灯全部点燃，想了一阵，还是忍不住问道：“公主，您说皇上会答应吗？之前他可是下旨给和婉郡主指了婚，如果现在反悔……”

“人有亲疏内外，你真当秦苏是毫无把握地在赌？”秦菁叹一口气，站起身来往外走，“父皇这两天晾着她，一则心烦，二来也是在做戏，他才刚给和婉赐婚，总不能自己打脸。而且又赶在蓝月仙这事的当口，他心里应该会对蓝淑妃母子过意不去，这个时候当然要补偿在华泰身上了。”

墨荷愕然，随后恍然大悟。她紧跟着秦菁追出去，神色有些复杂，忍了又忍，最后还是开口：“这两件事的时机，也是公主您提前计划好的？”

秦菁边走边侧头看她一眼，只是笑了笑，没承认，也没否认。

守在院子里的旋舞迎上来：“这个时辰，公主要出去？”

“三天了，再继续下去，华泰的身体未必吃得消，本宫这个做皇姐的索性送佛上西，再去推她一把，给父皇布置个台阶吧。”秦菁淡淡说道，语气中却带了轻松的戏谑。说话间，她已经往大门口走去。

“快去拿公主的大氅来。”墨荷赶紧喊。

主仆一行慢悠悠地往正阳宫的方向走，天色渐渐暗了，眼见着前面灯火辉煌的宫殿就在眼前，却忽听得女子尖锐粗鄙的咒骂声传来。

正阳宫外，还有人敢这样放肆？墨荷一愣，扭头看秦菁：“是……锦绣公主？”

秦菁止了步子，迎着冬日的冷风站定。

远处正阳宫外，两个影子纠缠厮打，锦绣公主疯狂的叫骂声穿透凄冷的空气飘过来：“你这个贱货，你起来！你以为不说话就行了吗？自己和男人苟合做了丑事不说，这会子还有脸来求皇上？天下的男人都死绝了吗？我呸！”

说话间，她似是啐了秦苏一脸，扯着对方的头发尖叫怒骂，管海盛带着两个徒弟出来想拦，也跟着挨了她的巴掌。

而秦苏却居然一反常态，一句话也不与她争执，任由她口出狂言，始终保持一个姿势，面朝正阳宫，稳稳地跪着。

因为距离有点远，没人看得到她的神情。

秦菁远远地看了一会儿，然后拢了拢身上的大氅道：“我们回去吧！”

“公主，您不去见皇上了？”墨荷先是一愣，赶紧小跑着追上去。

“有三皇姑在，事半功倍！”秦菁道，唇角弯起一抹笑，“她这么一闹，就是送上门的理由，父皇本来是不太好意思对她开口的，这会儿反而变成理所应当了，谁叫她理亏呢？”

锦绣公主羞辱并且殴打了秦苏！

这件事的结局已然全无悬念，秦菁回到乾和宫，事不关己安心用膳，饭后正要往书房去，却见墨荷苦着一张脸从外面进来，老大不高兴地说道：“公主，锦绣公主到访。”

锦绣公主登门，可是任何人都拦不住的。秦菁倒是不怎么意外，只斟酌了一下，就冲她露出一个宽慰的笑容：“请皇姑进来吧！”

锦绣公主正在气头上，放她进来，指不定会出什么事呢。墨荷心里其实不愿意，可就这么让她堵在门口闹反而更扎眼，犹豫着还是去了。

秦菁坐回椅子上，突然觉得异样，一低头就见绒团儿正扒着她绣鞋的尖儿拿了爪子拼命地挠。

这家伙是山野之物，并不是太喜欢冬日里这屋内地龙所生的热气，所以晚间秦菁总会把外间临近后花园的窗子留条缝隙，待它在外面玩腻了就自己进来。

这会儿它毛发上沾了不少的冷霜，被热气一烘就化作了水珠，湿漉漉的一片。

“又去哪里疯了，弄得这一身！”秦菁笑着弯身将它抱起，取了干净帕子到圆桌旁边要给它擦，它却不让，只站在那桌面上一躬身子，秦菁还不及闪躲，就被它甩了一身的水渍。

秦菁冷了脸刚要斥它两句，它却不自觉，纵身直接扑到她怀里。

秦菁无奈，只得拢了手臂将它抱着，刚一坐下，外面锦绣公主已经一阵风一样卷了进来。

她带了满脸怒气，神色近乎狰狞，进门冲着秦菁吼：“荣安，你给本宫出来！”

“三皇姑何故发这么大的脾气？难道侄女又有什么地方得罪您了？”秦菁迎着她的目光没动。

“你还给我装糊涂？”锦绣公主两眼一瞪，但是对着秦菁，她多少有些不敢随便动手，便是按捺着冷哼一声，怒道，“上回你跟我说的什么来着？一个劲儿撺掇我去给宁儿定下了和苏晋阳的婚事，这才几天，现在你那个不要脸的妹妹就闹到皇上那里，硬要招那姓苏的小子做驸马。”

“哦？”秦菁皱眉，是一脸意外加震惊的表情，“怎么还有这种事？我没听到风声啊。”

事情是刚刚在正阳宫景帝才定下来的，秦菁说不知道，这很正常。

锦绣公主被她噎了一下，随后更是勃然大怒，嘶声吼道：“你别装蒜，我问过秦苏了，那小贱人说是你算计的她。我就说你怎么会那么好心替宁儿打算，原来一开始就居心不良，你……你……”话到最后，她却是词穷。

她打交道的人，从没有秦菁这样的，其实她打从心底里不愿意相信这一切都是秦菁的安排，可是这会儿气昏头了，是真恨不能把秦菁和秦苏这两个臭丫头都撕成碎片。

秦菁的神情十分严肃，站起身来。她举步朝锦绣公主走去，锦绣公主本来下意识想要迎上去一步，无意中瞥见她怀里抱着的绒团儿，却又防备着退了回来。

“你还有什么话说？”她的气势弱了些，死死地盯着秦菁，恨不能将对方生吞活剥，“我荆王府到底哪里对不起你了，你居然这样处心积虑和我们过不去？”

“皇姑！”秦菁郑重其事地看着她，却难以抑制地苦笑出声，“我真的没有做过，三皇妹一直和我不对付，这您又不是不知道，她的诋毁之言您怎么能信？更何况之前我就与您说过，苏统领前途不可限量，又是鲁国公的外孙，如果真是我算计的三皇妹，那您的意思是我故意撮合蓝家，帮他们争取到了鲁国公府的助力吗？”

锦绣公主认定了是她算计自己，本来对她的话嗤之以鼻，可听到最后，整个人却愣住了。

是啊！鲁国公府是棵大树，促成了秦苏和苏晋阳之间的好事，那就等于给她自己使绊子，秦菁根本就不可能这么做。

锦绣公主神色惶惶，突然就没了底气，她突然意识到，这件事真的不是女子之间争风吃醋的小伎俩，而是关乎朝堂局势。怪不得方才在正阳宫的时候景帝的态度那么强硬，其实或许不是秦菁做了什么，而是景帝要借这一次联姻来替秦洛铺路?

如果是这样，她还能争什么？而且也没有必要去争了，否则坏了景帝的事，会是个什么下场?

锦绣公主回府之后突然就敛了脾气，开始低调地闭门不出。而随后的几日之内，后宫格局却发生了翻天覆地的变化。

先是景帝力排众议，直接越过了梁太后，举行了一场排场盛大的册封大典，正式迎回蓝月仙并且册她为妃，封号不变，而位分上，却直接越过她姐姐蓝月湄，一举晋为贵妃之尊。

朝堂后宫之中，一片哗然，有耿直的老臣上书陈情，景帝却大发雷霆，闹到不欢而散。

而这场动荡还没过去，他紧跟着又颁下一道圣旨，给苏晋阳和秦苏赐婚。只是赐婚，并未取缔之前的那道圣旨，命苏晋阳以平妻之位同时迎娶三公主秦苏和和婉郡主秦宁，唯一的区别是秦苏是皇女，她的婚期仓促提前，定在了正月十二，而之前秦宁的婚期定在本月廿八。

有关儿女嫁娶之事，言官倒是没有插手，而出乎整个贵妇圈子的意料，锦绣公主居然忍气吞声，就这么默许了。

一场风暴席卷后宫，并且悄无声息地蔓延到朝堂之上，每个人都嗅到了不同寻常的气息。

一时间，朝堂后宫，风声鹤唳。

苏晋阳进宫领旨谢恩的那天是初八，赶上天上飘雪，天寒地冻。秦菁裹了厚厚的狐裘，没让任何人跟着，独自一人出了乾和宫。

她穿一身白色狐裘大氅站在雪地里实在是不显眼，但苏晋阳健步如飞迎着宫门过来的时候，还是一眼就发现了她站在高高角楼上的那一剪背影。

厚实的裘衣裹在身上，其实每个人的背影都差不多，但他还是一眼就认出来，脚下步子略一迟疑就变了方向，拐过一处宫墙，从那角楼另一侧的台阶拾级而上。

秦菁是提前算准了他出宫的时辰，故意等在这里的，而且她认得出他的脚步声，听了动静，毫不吝啬地露出一个笑容："数日不见，苏统领别来无恙！"

苏晋阳站在楼梯口，脸色阴沉地看着她。

其实从那日嘉和宫中出事他就知道，自己又被她算计了一遍，宫里那么多的侍卫，那么多的人，好巧不巧，为什么偏就是他出现得那么及时？她落在门口的那朵红梅，就是为了误导他，让他第一个闯进门去的。

先是怂恿锦绣公主去向梁太后请旨赐婚，扭头又把秦苏算计进来，这样一来，要报复秦宁就完全不用她自己出手了。

两女共侍一夫？不管秦苏爱不爱苏晋阳，都绝对不会容忍这种局面，少则数月，多则半年，秦宁只怕是不死也要在她手里脱层皮。

"你一早就算计到了这一步？从那天在灵隐寺，你不动声色地放她回去，就做好今天的打算了是不是？"

苏晋阳眸子里染了浓厚的怒色，脸色阴沉得仿佛要滴出水来，出口的每一个字，说是质问，其内笃定的语气让他自己都觉得寒凉。

"是啊，这一切都在本宫的算计之内，同时娶得两位美娇娘，苏统领欢喜吗？"秦菁这般笑道，脸上笑容迎着风雪，自有那么一种清冷中又明媚的高傲，"和婉表妹是你一生所爱，华泰为了你也费了不少的力气，这一次本宫索性就成全了你们所有人，让你们夙愿得偿，想来还真是花了本宫不少的心思呢。"

她这般幸灾乐祸的语气对苏晋阳而言，无异于火上浇油。

一个秦宁已经让他万分无力，如今再加一个秦苏，不能说是有多恨，他自己都觉得可笑至极。

"秦菁，够了！"苏晋阳苦笑，因为极力压抑着脾气，额角青筋隐隐跳动，"当初是我辜负了你，你恨我哪怕是一剑杀了我都无话可说，为什么一定要逼我到这种地步……"

"没办法，谁让她喜欢你呢？"秦菁冷了目光打断他的话，冷漠地说道，"这一次我不是对你，想想当年我母后的死，再想想后来我与宣儿的下场，难道本宫今日这般回敬于她算是过分吗？"

这一切都是因为秦宁，自从真相揭开的那一刻起，秦菁就发现她对秦宁那个女人憎恶到了极点，甚至比对苏晋阳更甚。

秦苏的坏是写在脸上的，就算技不如人她也无话可说，可是秦宁那张永远无辜的脸……

秦菁眼底越发冰冷。

“就是为了借华泰公主的手来折磨她，所以你布下天罗地网引我入瓮？”苏晋阳想笑，声音漫过喉头就成了无声的愤怒。

这件事，如果换成其他任何一个人，他都不会这样，可是秦菁不一样。

“也不算是吧？最起码，除了苏统领你，也没有人会觉得本宫就那么十恶不赦。”秦菁漫不经心地笑着，伸出手来低头打量着自己细白的五指，一边慢慢说道，“蓝玉华被我下了药，其实他真的什么也做不了，谁让苏统领你那般心急就闯进去了呢？平白无故见了华泰的身子……”

苏晋阳看着眼前笑靥如花的女子，心口猛地刺痛了一下，目光中有种晦暗的光彩闪过。

秦菁被他眼中的厉色惊了一跳，不觉防备地往后退了一步，却不想还是慢了，苏晋阳忽而一个箭步上前，手臂一环，已经将她纤细的腰肢尽在掌握。

秦菁使劲往后倾了身子，意图拉开与他之间的距离，目光却带了冷冷怒意，直视他幽深的瞳孔，一个字一个字冰冷地说道：“苏晋阳，这里是皇宫大内，你信不信只要本宫一声令下……”

“你要将我碎尸万段？”苏晋阳牵动嘴角，唇边笑容带了丝邪魅的冷酷，同样一个字一个字压在她耳畔轻声回道，“只要是你动手，我甘之如饴！秦苏的事你威胁不了我，别忘了，你我之间，即使比那更过分的事也做过不少！”

上一世，他们是夫妻，即使不恩爱，也曾缠绵！

苏晋阳是个君子，这种小人行径的话，秦菁从未想过会出自他口，恍然从他的话中听出了些异样。

“放开我！”她突然就不想再同他讲道理，奋力挣扎之下，用了全力，抬手给了他一记响亮的耳光。

前世今生，这是她第一次真正意义上与他动手，苏晋阳防备不及，溢出了血。

秦菁的心跳有些乱，后退一步，一边防备地瞪着他，一边飞快整理好襟前乱掉的衣衫。苏晋阳偏头过去，舔干净嘴角的一丝残血，重新回头看她的时候嘴角仍然挂着残忍的笑。

“秦菁，”他语气凄婉，眼中却带了近乎疯狂的执迷，“不要再考验我的耐性了，即使你不再爱我，即使得不到，我也真不介意这辈子再继续和你纠缠下去。”这是一种威胁，赤裸裸而不加掩饰。

他的这种表情，是秦菁第一次见到，仿佛带了一丝玉石俱焚的决绝。不知道为什么，那一刻秦菁突然怕他，本能地往后退出半步。她冷冷地看着他，又是这一步之遥，让苏晋阳心底万般情绪翻涌，笑得更加放肆无忌。

苏晋阳疯了！几乎是落荒而逃，她匆忙避过他身边，头也不回地沿着堆满积雪的台阶快步走下角楼。苏晋阳转身回望她的背影，白色的狐裘大氅在冷风中翩然翻飞，她的脚步那般果决刚烈，没有半分迟疑。

他站在原地，忽而忍不住再度发笑。这一生他自知欠她良多，自知没有资格去争，坦然接受她安排给他的所谓命运，可是不甘心！

天空中艳阳高照，风雪交加，这场雪却是越下越大，很快就将眼前的整个世界掩埋，把谁和谁来过的痕迹遮掩得干干净净。

风起了，天渐寒。

第三章　深宫血案，养虎为患

苏晋阳离宫之后就以筹备婚礼为由向景帝告假，接下来的几天再不曾入宫门半步。

秦菁也是足不出户守在乾和宫，有时回想起那日角楼上他邪魅残忍的一笑，也会觉得心有余悸。

好在婚期不变，正月十二，宫中张灯结彩，送秦苏出嫁。

皇室大婚都是在晚上举行，白日里已经张灯结彩，鞭炮声声，十分热闹。

午后，秦菁就早早换了织锦宫装，对镜描眉，打扮妥当了便带着灵歌和旋舞出门。

旋舞这几天憋坏了，左右张望着，奇怪道："不是说大婚仪式要在晚上举行吗？公主今天怎么这么早出门？"

秦菁好脾气地笑笑，却故意卖了个关子，没有回答。

灵歌嫌她多嘴，瞪她一眼。旋舞吐吐舌头，想了下，又回瞪过去。

从乾和宫去启天殿，必须要从荣华馆的门前过，两人正打着眼神官司呢，前面的御道上却有一队宫人款步行来。

为首的是位三十几岁面容庄肃、举止得体的姑姑。

秦菁瞧见了，眼底无声划过一丝了然的笑意，转眼双方就在荣华馆的大门前狭路相逢。

"奴婢见过长公主！"那位姑姑率先带着身后的人行礼，态度恭敬，却不卑不亢。

"兮墨姑姑，怎么这么巧在这里遇到？"秦菁微笑颔首，假装看不到宫女手里捧着的东西。

"三公主大婚，可是淑妃娘娘还被关着，我们娘娘慈悲，看不过去，就跟皇上求了情。"王兮墨道，使了个眼色，后面就有两个宫女捧着托盘上前。

两只托盘，一只摆着衣裳，一只收着首饰。

秦菁淡淡看了眼，没有接话。

王兮墨也不觉得尴尬，反而安之若素地继续道："在这里遇到长公主殿下，实在是太好了，您知道，这次三公主出嫁的事，皇上交给贵妃娘娘负责打点了，我们宫里人手不够，奴婢不能离开太久，如果殿下得空，奴婢能否提个不情之请？您能不能帮奴婢把这衣裳和首饰给淑妃娘娘送去？皇上的意思是，今晚暂时放她出来参加仪式，也算全了三公主的脸面。"

她既然已经到了这里，其实并不差往荣华馆走一趟的工夫。

秦菁面上带着婉约的笑，略一颔首："灵歌！"

"是！公主！"灵歌会意，和旋舞一起上前接了托盘。

"奴婢谢过长公主！"王兮墨屈膝行礼。

"举手之劳。"秦菁道。

"那奴婢就先回了。"王兮墨仍是周到地行了礼，然后一挥手，转身带着几名宫婢原路返回。

旋舞低头看看托盘上的东西，不满地嘟囔："姝贵妃真是不得了，这才上位几天，身边的人尾巴就翘上天了，居然支使起咱们公主来了。"

"旋舞，别瞎说！"灵歌低声斥责她。

秦菁倒是不介意，扫了眼两人捧在手里的东西，感慨道："你们都怕蓝月仙倒打一耙，可本宫倒觉得她挺会做人的。"

方才王兮墨分明早有准备等着她，毕竟蓝淑妃被景帝下令禁足之后，整个荣华馆就几乎封闭起来了，她想要上门找碴都不方便。现在有这么好的机会在眼前，蓝月仙自己没舍得用，反而送给她人情，难得啊！

灵歌明白她话中所指，并不敢放松警惕，心里反而对蓝月仙更加忌惮。

旋舞一头雾水，秦菁也不解释，脚下转了个方向，走向荣华馆大门。

"见过长公主！"守门的侍卫赶紧跪地行礼。

"开门吧！今天三皇妹大婚，父皇开恩，请淑妃娘娘一同前去观礼，本宫来给她送衣裳。"秦菁道。

"是！"侍卫们识趣得很，虽然最近姝贵妃风头最盛，但明眼人都看得出来，本应该和她势不两立的皇后一党没有受到半分波及，当然也不会有人为了这种小事来追究长公主殿下。

侍卫开了门，几乎是殷勤地给秦菁指路："殿下请，淑妃娘娘就在里面。这是娘娘的寝宫，奴才们不方便进出，就不给您引路了。"

"嗯！"秦菁含糊应了，带着两个丫头往里走。

蓝淑妃被禁足，只是限制了自由，宫里的下人却都还在，所以庭院收拾得很干净，只是不知道为什么，总给人一种十分萧索清冷的感觉。

"这儿怎么有点瘆人呢！"旋舞缩了缩肩膀，四下打量一圈。

秦菁但笑不语，直接往里走。

因为知道不会有人登门，所以下人们都偷懒，大白天的院子里都没人把守，秦菁一行长驱直入，脚刚踏进里院，就听见殿内碎瓷落地的爆裂声。

“废物，全是废物！”蓝淑妃的声音透过窗棂传出来，“连一点消息都打听不到，本宫还养着你们做什么？这外头这么大动静，不是封妃就是嫁娶，怎么可能一点风声都不透？”

“娘娘息怒！”随之而来是一个内侍惶恐的磕头声，“这些天奴才们什么办法都用尽了，可是皇上下了令，不准咱们进出宫门，头两天夜里小印子想要翻墙出去探听状况，可是不知道被谁暗算了，腿摔断了都请不到大夫来瞧，奴才们实在没有办法……”

“本宫不听，再去给我想办法，本宫一定要知道外头到底发生什么事了！”蓝淑妃暴躁地大喊大叫，里面紧跟着又是噼里啪啦一阵响动，“这里过的是什么鬼日子，他凭什么把本宫关起来，这是要把我逼疯吗？去！快去！快去给本宫查清楚了！”

“是，是，是！”那内侍带着哭腔忙不迭应道，爬起来就往外跑，一时慌不择路，险些撞到秦菁身上。

灵歌空出一手，及时扯住他的衣领将他提到一边。

那内侍年纪不大，当场就吓傻了，满头冷汗却忘了发声。

秦菁也不和他计较，从容地举步跨过门槛走进去，笑吟吟道：“还以为这一次淑妃娘娘受到教训会改改脾气了，怎么这是以为关起门来就不怕隔墙有耳了？”

她声音清脆，因为态度散漫，又有点婉转的余音。

这几个月，荣华馆无人问津，蓝淑妃更不知会有人来，闻言，几乎一下子就从椅子上蹦了起来。

她慌乱地回头，待到看清来人是秦菁，表情奇迹般化作狰狞的愤恨，咬牙切齿道：“荣安！你居然还敢出现？”说着，就要往上扑。

这对母女真是一个脾气，一点也不知道收敛。

灵歌目色一寒，抢上前去一步挡在秦菁面前。

蓝淑妃隐隐知道，秦菁身边的两个丫头都会武功，而且秦菁既然能进来，必定是有依凭的，她心里有所顾忌，倒是不敢太过分，掐了掐手心，生生刹住了步子。

秦菁料准她没胆量动手，在她面前款款踱步，打量起这座宫殿来。

蓝淑妃站在那里，视线阴恻恻地胶着在她身上，见她登堂入室居然没有半点自觉，心中更是大为光火，冷冷道：“做什么？你今天特意跑到这里，是来看本宫的笑话的吗？”

秦菁止步，冲她盈盈一笑。

蓝淑妃还没反应过来，却居然见她煞有介事地点头：“是啊！要不然我为什么要来？”

蓝淑妃语塞，被她噎得半天说不出话。

秦菁也懒得和她浪费时间，等了片刻，就冲灵歌和旋舞一扬眉。两个丫头把托盘放到桌上就退开了。蓝淑妃狐疑地看着，但是为了死撑面子，也故意忍着不肯开口相问。

“蓝淑妃你这些天足不出户，消息自然不甚灵通，你方才不是在追问这宫中有何喜事吗？”秦菁也不管她，径自开口道，“今日皇妹出嫁，因为她是淑妃娘娘的亲生女儿，所以父皇恩典，特命本宫送了衣裳首饰过来，淑妃娘娘早些换上了，回头天黑之前应该会有轿子过来接您前去观礼的。”

蓝淑妃心里对她的敌意很重，一直防备，所以直到听她说完才慢慢领会了意思。秦苏要嫁人？她的第一反应是不信，然后觉得荒唐。她的女儿嫁人，她居然是最后一个知道的？可是秦菁没必要说这样的谎话。

蓝淑妃愕然，在原地站了半晌，突然腿一软，后退两步，跌坐在了椅子上。

秦菁话说完，却也不急着走，反而含笑站在那里等着。蓝淑妃不想对她服软，但是这件事太突然，她又两眼一黑，实在忍不住内心慌乱，手指用力掐着座椅扶手，一直掐到关节发白才说服自己，尽量缓和语气，简短地问道：“你……说什么？”

“皇妹要出嫁了。”秦菁倒是乐意为她解惑，微笑道，“蓝淑妃你的乘龙快婿是禁卫军统领苏晋阳。你看，就算没有你这个生身母亲在身边，父皇对皇妹也是十分宠爱的，是不是？”

苏晋阳是禁军统领，蓝淑妃并不觉得他配不上秦苏，但说到底这件事太突然了，她完全接受无能。她神色恍惚，想问前因后果，又实在不想向秦菁开口。秦菁就耐心地等着，待到她差不多把前面的消息消化好了，就再开口：“苏统领本来已经被赐婚给和婉表妹了，可是皇妹十分坚持，跪在正阳宫外求了几天，父皇是真的疼她，这才松了口，许了她平妻之位。”

“什么？”蓝淑妃脑中轰然一声，不可置信地猛然站了起来。平妻？秦苏堂堂公主之尊的身份，即使有什么不得已的原因，须得与人共侍一夫，也只有秦宁做妾的。到底发生了什么事，居然叫秦苏不顾脸面，为了这种事情自己去求了景帝？

蓝淑妃脑子里嗡嗡作响，再也顾不上什么自尊，只冲着秦菁有些崩溃地大声嘶喊：“到底怎么了？苏儿她到底出什么事了？”她眼睛通红，已然接近崩溃。

秦菁对她的反应还算满意，低头弹了弹袖口的褶皱，慢慢道：“倒也不是什么大事，就是您的外甥蓝家三公子初一进宫的时候和皇妹私会，两人都有些情不自禁。后来皇妹大约是觉得这样嫁出去很没面子吧，所以……”她说着，故意顿了顿，闲适地摆摆手，“都是过去的事了，苏统领手里握着一半禁军的掌控权，又有鲁国公府做后盾，前途不可限量，的确是比蓝家三公子强多了不是？”

情不自禁？蓝淑妃如遭雷击，脚下一软，又是一个踉跄，撞到旁边的桌子，茶具落了一地，她却失了魂似的，完全没有察觉，空壳子一样愣愣戳在那里。

即使不知道内情，如果秦菁说的都是真的，那秦苏一辈子也是完了。怎么办？怎么办？她脑中不停地想，可是完全无计可施。

秦菁看着她失魂落魄又无限绝望的样子，突然想，当年母后被逼为了秦宣自缢的时候，是不是也是这种愤怒又无力的模样？想着想着，心又隐隐痛了。她赶紧深吸一口气，掐断这种软弱的心情，然后神色如常地转身走了出去。

外面阳光晴好，打在脸上暖暖的。

那名内侍还跪在旁边，把身子伏低。这时候蓝淑妃突然大喊着从殿内追出来："本宫要去见皇上！传辇车，本宫要去见皇上！"

秦菁不太可能跑到这里有理有据地说这么一番谎话来诓她，但如果她的话都是真的，秦苏和蓝玉华一起闯了祸却拒绝了蓝家，转而求了苏晋阳做夫婿，可想而知，蓝家人是一定会震怒的。这样打脸的事，谁都不能忍，如果就这么把蓝家给得罪了……

她被关在这里，一双儿女岂不是完全孤立无援了？秦菁这个死丫头，毒辣得很，他们怎么跟她斗？

蓝淑妃疯狂地自大殿之内冲出，秦菁没回头，只是目光冷厉地往回一睨。灵歌立刻鬼魅般闪身迎过去，抓住她的手腕，似乎没用什么力气，蓝淑妃已经惨叫一声，重重摔在旁边巨大的陶瓷花盆上，疼得五脏六腑都在翻滚。

"荣安，你竟敢……"她伏在地上，五官因为疼痛而扭曲，话更是字字艰难颤抖。

她怎么都是景帝的妃子，秦菁是晚辈，居然敢私下对她动手？

"我知道你是为什么，可是没有用！"秦菁的声音响起，冷漠而不带感情，"秦洛是你的儿子，你为他打算没有错，可是推己及人，别人的儿女就可以用来肆意践踏牺牲吗？你们到底对宣儿做了什么，心里都清楚。所以你不用跟我讲道理，我今天过来也不是听你讲道理，真要比起来，咱们谁的手都不干净。反正都是一样的人，那就各安天命，比手段吧。"

蓝淑妃听得阵阵胆寒，也知道和她多说无益，只不甘心地咬牙道："我不与你说，我要见皇上，皇上……"

"想见他？"秦菁闻言，忽而闭目笑了笑。

她转身，笑容带着等着看好戏的嘲讽，一字一顿道："可是等晚上真见到他的时候，你或许就后悔了。"她的目光，意味深长。

蓝淑妃看不懂，不安却像海啸，一层一层止不住地袭来，铺天盖地地淹没了所有。她嘴唇动了动，想说话，又觉得和秦菁这样的人说什么都多余。秦菁也懒得和她再废话，转身带着两个婢女扬长而去。

回到乾和宫，天色尚早。

先用了点糕点垫肚子，秦菁就把自己关在房间给白奕回信。白奕的书信是头天夜里由他安插在宫中的一个暗卫转交的，很简短的几个字，只是报平安，再就是说那边的事情有点棘手，可能要比预期中晚几天回。

给他回信，秦菁也很随意，只大致将宫中事情与他说了，让他安心。

待到书信写好交给灵歌递出去，天色已经开始慢慢转暗，秦菁换了衣裳，还是提前一点出门，准备往启天殿观礼。

因为时间充裕，她就走得很慢。途经御花园时，很多命妇都聚在一起小声说话，她一路与人寒暄着走过去，路过那条梅花小径旁边的回廊时，却意外看见花影里头站了一个人。一身月白锦袍，身形颀长，背影却萧条。

这个背影乍看上去有些陌生，秦菁还是一眼可以分辨——

是蓝玉衡。

这段时间，他一直称病在家休养，连宫中统率禁卫军的差事都暂且搁下了。秦菁本以为他至少撑到初一国宴就会进宫来，却不料他的耐性真就这样好，居然一直拖到今天才露面。

“蓝大公子，别来无恙！”他会在这里，自然就是等自己，所以秦菁也不绕远，直接走了过去。

蓝玉衡听到她的声音才从那梅树下转身，虽然全身上下和往常无异，但脸色很是见出些病态的苍白来。

短短一月，原本丰神俊朗的脸颊也跟着消瘦不少，再没有了当初那个意气风发的世家公子模样。

这时候秦菁才算明白，看来初一那天不是他不想进宫，着实是病得太重不能来。

其实当日莫如风的那味毒，真的不至于伤他至此，却偏生他自己一再动怒激发了毒性，再加上这段时间他更是不甘心，日日殚精竭虑忧思成疾，便加重了病情。

“过了这么多天，怎么大公子的病还没有好吗？”秦菁这样问着，却是明显心口不一，眼中泛起的笑意灿烂明媚得仿佛要将人的眼睛灼伤。

“让长公主失望了，一时半会儿我还死不了！”上一次蓝淑妃的事，再加上随后发生的蓝月仙的事，两者加起来对蓝玉衡的打击是致命的，这些天他卧病在床，到了此刻脾气也已经压抑到了极致，“蓝某愚钝，这些天我想了许久，有件事还是百思不得其解，今天特意进宫向长公主求教。”

他是个十分骄傲的人，从来只有他谋算别人的份儿，几时吃过这样的亏？可偏生就是败在了秦菁这小女子的手上，这让他如何能够甘心？

说话间牵动了心结，他便压抑着咳嗽了两声，脸色涨红一片。

“如果是关于晋国师的，大公子还是不要问了，毕竟我不能把所有的底牌都抖给你知道！”趁他咳嗽，秦菁已经果断拒绝，“本宫还有事情，就不奉陪了。”说罢，也不等他开口，决绝地转身就走。

这件事到了现在已经成了蓝玉衡的心病，压在心口一日解不开，他便一日不得解脱。秦菁的态度无疑再度刺激到他，心里刚一动怒，他便又觉得喉头被什么挠了一下，撕痛之余，一口气提不上来又掩嘴一阵咳嗽。

秦菁转瞬已经走远，他的小厮赶紧从远处跑过来，拍着背给他顺气：“公子，您还好吧？”

“没事！”蓝玉衡摆摆手，刚一说话，灌了口风，又是一阵撕心裂肺的干咳。

“公子，公子！”那小厮心急，随手招呼了一个正从旁边路过的宫人道：“这里可有什么闲置的房间，我家公子受了风，借我们暂时歇歇脚。”

“蓝统领不舒服吗？”那宫婢自然认得蓝玉衡，并不敢怠慢，忙点头，“旁边的园子里有处偏殿，随我来吧。”

蓝玉衡咳得脑袋嗡嗡直响，那小厮半扶着他跟着宫婢拐下回廊，路上也有遇到熟人，蓝玉衡精神不济，只勉强应付一二，很快就找到了那处偏殿。

“就是这里了，里面的屋子应该都是空的，二位随意。”那宫婢将二人引到门口，就福身告退。

小厮道了谢，扶了蓝玉衡推门进去，扑鼻却是一阵浓烈的血腥味。

蓝玉衡的第一反应就是自己被人算计了，转身欲走，隐隐却听到黑暗中女子压抑的哭声，入耳竟是那般熟悉。

“母亲？”蓝玉衡不可置信地低喃一声，再也顾不得算计不算计，疾步走进屋子里，怒而吩咐身后的小厮道，“给我火折子！”

这个时候他不敢说点灯，只想就着点光亮找到蓝李氏并且把她带走。

“是，公子！”那小厮连忙应道，手忙脚乱地在身上翻找，却是迟了。

隔着整个院子，外面有灯光一闪，然后就听一个宫婢的声音道：“咦？娘娘，这院子里有人！”

蓝玉衡暗道一声不妙，还不及做出反应，几个人已经快步走了进来。为首的不是别人，正是刚被暂时解除了禁足令的蓝淑妃。

她面上慌张又有些不耐烦，进门第一眼看到蓝玉衡，先是意外一愣，皱眉道：“玉衡？你……”话音未落，跟在她身后的宫女就是一声惨叫：“啊——”其声凄厉，把所有人都吓了一跳。

那宫女却是腿软，直接跪倒在地，一手捂着嘴，防止自己再次尖叫，一手颤抖着指向屋子里的某个方位，忍着哭声道：“公主……是三公主！”

众人一脸迷茫，不约而同循声望去，这才发现这屋子里桌椅乱七八糟倒了一片，靠近里面的墙根底下，钗环散乱横倒了一个人。是秦苏！

她牙关紧咬，双目紧闭，身下大片血迹蔓延，双手捂着胸口的某个位置，还有源源不断的鲜血从指缝间往外冒。

蓝玉衡脑中嗡的一声，立刻明白是怎么一回事了。

“苏儿！”蓝淑妃几乎魂飞魄散，尖叫一声就扑过去，揽着秦苏的身子把人抱在怀里，慌张地冲着外面喊，“太医，快去传太医！”

"哦！"随行的内侍这才有人反应过来，拔腿往外跑。

蓝淑妃死死抱着秦苏的身子，自己却先抖得无法遏止，但随后反应过来，又觉得不对劲。这是在宫里，谁敢公然对秦苏下杀手？

她心中且悲恸且愤怒，隐隐听到另一个女人压抑颤抖的哭音，声音有点怪，抬头看去，却见旁边不起眼的角落里，蓝李氏手里死死握着一把短刀，神情有些癫狂，正瑟瑟发抖。

蓝淑妃一时没反应过来，看看她手里的刀，又低头看看秦苏胸前冒血的伤口，脑中突然闪过一个念头。

"你——"所有的愤怒都化作凄厉的一声咆哮逸出胸口。

蓝玉衡不能等，赶紧撑着走过去，面色冷凝地往蓝李氏跟前一挡，正色道："淑妃娘娘息怒，此事必定是有什么误会，先问……"

蓝淑妃哪里有心情和他讲道理，当即放开秦苏冲过去，隔着他就想去揪蓝李氏："有什么好误会的？她竟敢在宫中行凶？"

蓝玉衡不能和她动手，虽然因为被暗算而愤怒，此时却不能发作，只能竭力挡住她。

蓝淑妃吵得厉害，蓝李氏这才像是被吵醒。她满面恐惧地一寸一寸抬起头，看到手里染血的短刀，哇地叫了一声，飞快将那刀扔了，拼命踢开。

"母亲！"蓝玉衡见她受了惊吓，赶紧回身去扶她。

"衡儿！"蓝李氏见到他，却是猛然一把抓住他的手臂，眼泪流了满脸，魂不守舍地摇头道，"我不是故意的，我只是气不过，华儿……华儿他……"

想起蓝玉华，她却再度崩溃，扑在蓝玉衡怀里失声痛哭。

因为秦苏毁了蓝玉华，蓝李氏气不过，所以偷藏兵刃入宫行凶报复。

蓝淑妃急怒攻心，瞬间红了眼："枉费本宫叫了你这么多年的嫂嫂，亏你还是苏儿的长辈……"她大声尖叫，正待冲上去把这女人撕了的时候，就听院子外面一个小太监高声唱道："贵妃娘娘到！"

贵妃？哪里来的贵妃？蓝淑妃如遭五雷轰顶，浑身血液像是冻结了一样，完全反应不过来。半晌，她定了定神，回头。

门口挂着的红色灯笼迎风而动，光影迷离，月光和灯光交映出来的光影里，一个女子身穿绛紫色绣着金凤的贵妃朝服，仪态端庄，举止雍容地朝着黑黢黢的房间款步走来。她身上穿着的，真的是贵妃朝服，而那张脸——

柳叶弯眉，凤目流转，赫然就是蓝淑妃这辈子最为深恶痛绝的噩梦。

"蓝月仙？"蓝淑妃脱口道，表情始终带着不可置信，就恍若真是见了鬼一般，脸色青白交替，变幻得万般精彩。

蓝月仙出不来的，她这一辈子都注定要困死冷宫！

她总觉得是自己产生了幻觉，所以一直未动，就那么呆愣愣地盯着门口。那一段路本来就没有几步，在蓝淑妃觉得无限漫长的时候，蓝月仙已经跨过门槛走了进来。

“你们在这里吵闹什么？”蓝月仙声音冷肃，不怒自威，媚眼如丝，轻轻一转，带出的不是风情，而是冷厉。

这位传说中的姑母，蓝玉衡已经多年未见，但对于这个女人的手段，他却是不敢小觑。

“给贵妃娘娘请安！”满屋子的奴才这才如梦初醒，纷纷伏地请安。

蓝淑妃孤身一人站在屋子中间，茫然四顾之下，醍醐灌顶般连着后退了好几步，不可置信地一遍一遍摇头，口中喃喃低语，却没有人听得见她在述说什么。

蓝月仙似乎没有兴致与她为难，冷眼扫了一遍屋子里乱糟糟的场面，目光在昏迷不醒的秦苏身上略一滞留，道：“请太医了吗？”

“已经有人去请了！”伏在地上的宫婢不敢抬头。

“行了，都起来吧！”蓝月仙的情绪并不外露，有条不紊地吩咐，“兮墨，吩咐人把三公主暂时安置到旁边的卧房里，再叫人去把大门关上，不许把消息漏出去。你在这里守着，本宫去见皇上。”说着，她有些不满地叹了口气，“怎么赶在这个节骨眼上出事？启天殿那里都准备好了……”说完，径自转身，出门。

她全程目不斜视，就好像做了半辈子的死敌，这一刻蓝淑妃根本没有再入她的眼。而在场众人都不是瞎子，这两个女人站在一起，胜负立判，几乎一目了然。

蓝玉衡和众人一起跪在地上，王兮墨带人把秦苏抱了进去，又不动声色地过来搀扶蓝李氏起身。她什么也没说，也看不出任何态度倾向。

蓝玉衡跪着，脸上几乎没什么表情。

院子里，蓝月仙的背影渐行渐远，其实明明不过几步路的距离，他心里已经起伏不定，似乎跋涉过一段艰难的旅程。

然后他起身，步子稳健地跨入外面茫茫夜色中。

秦菁和蓝玉衡打了个照面之后就去了御花园里散步，等时间差不多了就去启天殿外等候观礼，可是左等右等，一直到吉时过了也没见新人前来，就连景帝和蓝月仙等人也全都没出现。

这样的大事，怎么可以错过吉时？

在场的百官命妇不好随便议论，黑压压的一片人影，死一般的寂静。

秦菁意识到事情不对，但一时间束手无策，只能捺着性子等，一直到吉时过了一刻钟，管海盛才匆匆赶来，说是景帝旧疾复发，三公主体谅，不舍他操劳奔波，决定将大婚仪式从简了。

景帝最近身体不好，众人皆知，虽然大婚仪式从简是有点过了，但这个理由还是能够让多数人信服的。

管海盛神态自若地安排大家移去中央宫吃喜酒，秦菁落在后面，神色凝重地慢慢走。

墨荷跟在她身边，心里也是暗暗着急，一遍遍安抚道："公主先别急，灵歌和苏沐去打听了，应该很快就有消息。"

秦菁并不接话。她有一种预感，这次的事情绝不简单。

主仆两个随着人流慢慢地走，可灵歌和苏沐迟迟没有出现。

景帝称病，喜宴就由萧文皇后出面主持，进行到一半的时候蓝月仙来了，可是蓝玉衡和蓝李氏没有出现，蓝家只有蓝光威在场。秦菁暗中观察，蓝月仙神色如常，完全无迹可寻。

一席酒宴吃完，秦菁回到乾和宫已经是深夜。

"公主！"灵歌和苏沐两个都等在院子里，苏沐环胸靠在柱子上闭目养神，灵歌却显得心神不宁，一个人在庭前转来转去，见她回来，赶紧迎上来。

苏沐听了动静，也马上睁开眼，站直了身子。

"都跟我进来。"秦菁脚下步子不停。

灵歌赶紧把话咽下去，两人跟她一起进了正殿。

墨荷从外面合上大门，秦菁直接往桌旁一坐，吐出两个字："说吧！"

"事情的经过奴婢和苏沐已经打听清楚了，宴会上人多不方便，所以那会儿就没有马上去找您。"灵歌言简意赅地解释，随后马上切入正题，"因为蓝家三公子的事，蓝夫人暗藏刀刃入宫，把华泰公主刺伤了。"

有些意外，秦菁一直冷着脸，没有作声。

灵歌顿了一下，继续道："当时现场被蓝淑妃刚好路过撞破了，后来姝贵妃去皇上那里求情，具体不知道都说了什么，总之最后皇上没有追究。他们动作很快，把所有的风声都捂住了，奴婢和苏沐费了点周折，最后还是从蓝淑妃身边人那里探到消息。"

秦菁一直没有打断她，这时候想了想，却是抬头看向苏沐："你呢？还有什么话要说？"

"蓝大公子！"苏沐一语中的，"事发第一时间，他也在场，后来也是他亲自护送蓝李氏回府的。"

蓝玉衡？！

是了，在蓝家现存的阵营里，只有蓝礼和蓝玉衡才是最值得关注的人物。

如果不是有人放水，蓝李氏没那么容易携带刀刃混进宫；如果不是有人暗中操控，蓝淑妃也不会那么巧第一时间就撞破了现场；如果不是有人部署周密，消息也不会盖得这样密不透风……

行刺当朝公主，不管蓝李氏有什么样的理由，这都是大逆不道的死罪，搞不好整个世昌伯府都要被牵连。蓝月仙能安抚住景帝，这一点并不奇怪，而纵观全局——

这么多的巧合串联得严丝合缝，必定是有人从背后布局，而这整个后宫之中，有能力也有理由来做这件事的，唯有蓝月仙一人。

这个女人，果然手段了得。

秦菁想着，突然冷不丁笑了出来："是本宫疏忽了。"

语气之中，不无挫败。

灵歌忧心忡忡地侧头瞄了苏沐一眼，道："之前奴婢和苏沐一起分析过了，如果是姝贵妃，那么她设这个局的目的，就是为了控制蓝大公子？"

"何止蓝玉衡？"秦菁不以为然地再度冷笑，语气冰凉，"如果今天蓝李氏真的被追究，整个世昌伯府，哪个跑得了？"

灵歌听得暗暗心惊。

苏沐眉心一直拧着疙瘩，突然道："姝贵妃对世昌伯仇恨很深，现在强行施压拉拢……"

"为了秦洛！"秦菁打断他的话，"以父皇目前的身体状况，蓝月仙指望着自己怀孕生子几乎是没可能了，她这是想要效仿当年的皇祖母，利用秦洛上位了。"

秦洛还小，想要顺利登位，只能靠蓝家，而现在蓝家阖族力量加起来也不敌一个蓝月仙。只是蓝月仙再得宠，也只是在景帝在时，她要为自己的将来打算，自然也没办法赤手空拳打天下。

从一开始，秦菁就不信蓝月仙会安分，只是没想到这个女人的动作如此之快。

眼前的局面因为今晚的这个局而陷入了空前紧张的状态，主仆三个各有心思，各自沉默了半晌，最后还是秦菁先缓过来问道："对了，华泰呢？"

"哦！"苏沐赶紧收摄心神，"据说伤得不轻，皇上不让声张，虽然没办仪式，但今天这场大婚的仪典也还是作数的，她人也直接让苏统领带回去了。至于蓝淑妃，也被送回荣华馆重新关起来了。"

"想也该是这样。"秦菁道，抬手揉了揉眉心。

苏沐见她神色困倦，就道："事情应该还有转机。今天太晚了，公主先歇了吧。"

"嗯！"秦菁心不在焉地应了，"容本宫再想想。"

"那奴才先行告退！"这么晚了，苏沐不便在她寝殿里滞留，故而先行离去。

目送他离开，灵歌回头，瞧见秦菁一筹莫展的神情，想了想，突然蹦出一个大胆的主意来："公主，既然姝贵妃的野心如此之大，将来只怕越来越难掌控，是不是趁着现在她羽翼未丰……"

话只到一半，不必说得太直白。

秦菁心里也很明白，可是这一局，即使蓝月仙不好掌控，也唯有拿她做制胜的王牌了。

她是不在乎名声和悠悠众口，却不能让这些污点烙在秦宣身上，她没办法直接针对景帝，所以蓝月仙必须要留着。

"留着她！"秦菁态度坚决，过了一会儿，又问，"傍晚那会儿我给你的信送出去了吗？"

灵歌反应了一下："奴婢已经转交四公子的暗卫了，应该已经送出去了吧！"

“哦！既然送出去那便算了！”秦菁沉吟一声，想了想，忽而露出一个笑容，“回头你下去打点一下，过两日咱们也离京去看看羽表兄吧！”

“嗯？”灵歌怔愣片刻，还有些摸不清楚状况，“这个时候……公主要去祈宁？”

“谁说的？本宫只是觉得宫里憋闷，想去行宫小住几日。”秦菁眨眨眼，回她一个笑容。

因为白奕的介入，祈宁方面的战事并没有如预期中那样在十五之前拉开。

十五，上元节。

宫中盛宴。

头一天夜里，萧文皇后已经命内务府的人开始准备，整个御花园中张灯结彩，挂满了各式各样的花灯。戏台子拉开，咿咿呀呀的唱腔在高矮不一的宫墙之间蜿蜒徘徊，到处都很热闹。

用早膳的时候飘了雪，好在雪势不大，短短半个时辰已经完全放晴，就是温度低些，但是因为热闹，大家聚在一块儿听戏，倒也不觉得冷。

秦菁是临近中午才裹着大氅出来的，彼时前面靠近戏台子的几张桌子都被占了。

“长公主，您瞧这儿都坐满了人，要不奴才另外给您添张桌子，或是……皇后娘娘那桌还有地方呢。”管事太监眼尖，立刻就笑吟吟地迎上来。

这会儿刚好台上唱到精彩处，人群里爆发出一阵热烈的掌声，气氛出奇地好。

秦菁左右看了眼，笑道：“算了，不用麻烦，省得扰了大家的兴致，再有个把时辰就该用午膳了，本宫……”她抬手一指，“那儿不是还有地方吗，本宫随便坐坐就好！”

这位长公主脾气好，尤其不会随便苛责宫人。

那管事本来觉得不妥，但转念想想，也就释然了，赔了笑脸道：“奴才谢恩，还是殿下您的心肠最好，心疼奴才。”

“你倒是嘴巧！”墨荷忍俊不禁。

那人又贫了两句，一边殷勤地引秦菁过去。

看戏的人大都挤在靠前的位子，这边靠后，又在角落里，周围都没几个人，反衬之下就显得格外冷清。

秦菁挥挥手，示意那管事不用再跟，自己带了丫头走过去。

坐在那里的赵水月是一早就看到她了，见她朝自己走来，更是紧张，连忙起身：“见过长公主！”

“坐吧。”秦菁淡淡说道，盯着前面的戏台子，漫不经心道，“永乐不是最喜欢凑这样的热闹吗？怎么没见她？”

因为一直拿不准她对自己的态度，这会儿听她主动和自己说话，赵水月心里更加紧张，轻声道：“回长公主的话，臣女方才正是从嘉和宫过来的，说是安绮郡主昨夜受凉染了风寒，永乐公主便不得空过来了。”

秦薇出事以后，安绮就被寄养在了陆贤妃那里。

赵水月回得规规矩矩，她不想让人看出她在秦菁面前的心虚和胆怯，但又不清楚对方的意图，故而一直低垂着眼睛，袖子底下的手用力捏了又捏，更是一个多余的字也没有。

秦菁似乎对她兴趣不大，盯着戏台子看了会儿，四下扫视一圈人群，又道：“安国侯夫人身边的是你妹妹？本宫记得好像她和你差不多年纪。”

赵水月匆忙抬头，安国侯夫人母女坐在和这里隔了两三桌的位子，周围几桌都是命妇千金，一群人一边看戏一边小声谈笑，场面和谐。

赵水月心中涌出难言的苦涩，还是强撑着挤出一个笑容道：“是的。妹妹比我只差了一岁，今年就及笄了。”

“哦。”秦菁对她的家事兴致也不大。

一个丫头把茶汤捧着递过来：“长公主请喝茶！”语气谦卑，态度也十分得体，是赵水月的丫头。

秦菁接过茶碗，随口又问了一句：“就及笄了……那现在应该已经在商量着议亲了吧？”

“是……”赵水月尽量心平气和地回，可是有些委屈日积月累，像是陈年的伤疤，被揭开了，哪有不疼的。

她的声音越发低了，甚至不敢多说一个字，怕暴露了不该有的情绪。

可秦菁像是根本就没注意，垂眸抿了口茶，问道：“那你呢？婚事定了吗？”

“没！”这一次，赵水月几乎就要哭出来，却还是勉力维持着体面，轻声解释，“最近年关，家里都忙。”

头年里，安国侯赵栋本来是预备为她定了左丞相司徒南的嫡次子结亲，风声一闪，转眼却莫名其妙不了了之。这件事赵家瞒得很隐秘，最终传出来的消息说，司徒家已经下聘定下赵家十妹赵水倩，只等她及笄就娶过门。

赵水月不确定秦菁是不是已经知道了这件事，可不管对方是不是故意的，她都没有回嘴的余地。

秦菁笑笑，仿佛就只是随口一提，继而低头品茶。

赵水月心中委屈，更是无地自容，一直垂着眼睛不叫情绪外泄。

秦菁喝了两口茶，岔开了话题道：“咦，你这丫头烹茶手艺不错啊，这茶汤乍一入口不觉得怎样，却是越品越有些滋味儿的。”

“长公主谬赞，奴婢不敢当。”站在赵水月身后的丫头喜上眉梢，连忙上前一步，喜滋滋地福了一礼。

“你这手艺是跟谁学的？可比墨荷强多了。”秦菁晃了晃手里的茶杯，问。

“回长公主的话，是奴婢的娘。只是雕虫小技，当不起长公主的夸赞。”那丫头语气虽然谦卑恭敬，却有掩饰不住的骄傲。

秦菁弯了弯唇角："这也是门手艺啊，本宫就嫌墨荷的手艺差。"说着，她抬眸看向赵水月，"赵六小姐能把你这丫头借我两天吗？"

赵水月一惊，眼中有掩饰不住的错愕和慌乱，很快定了定神，为难道："妙莺是府里的家生子，她的卖身契都压在公中，我……"

秦菁却不当回事，直接回头对墨荷道："那你带她过去跟安国侯夫人打个招呼吧，就说这丫头本宫借用两天。"

"是！"墨荷弯着眼睛，笑得十分和气。

妙莺那丫头更是大喜过望，赶紧道："奴婢谢长公主抬爱。"

墨荷带着她往前面去寻安国侯夫人，赵水月却惶惶不安地盯着对面的秦菁，欲言又止。秦菁只是低头摆弄着茶杯，不说话。

旁边的灵歌冷哼："安国侯夫人调教的人，真是不懂规矩。"

赵水月一愣，回头看时才发现她自己的丫头因为见到秦菁过来，早就本分地远远退开了，而这个安国侯夫人安排在她身边的妙莺为了监视她，却一直寸步不离。

只这一点反常，秦菁就看出妙莺是她继母的人了？赵水月暗暗心惊，干吞了两口唾沫："长公主，我……"

说话间，墨荷已经带着妙莺回来，仍是和和气气地笑道："公主，安国侯夫人真是好说话呢，说难得公主能看上这个丫头，回头她就叫人把卖身契给您送来，人您尽管留下来用。"

秦菁笑笑，也没再理会赵水月，径自起身："你先带她回去安顿吧，本宫四下里走走。"

"是！"墨荷招招手，妙莺又欢欢喜喜地谢了恩跟着走了。

赵水月原以为秦菁是要用她才换掉妙莺，那后面自然就该在她身边安插两个人做内应，可秦菁只字未提，好像和她就是萍水相逢，就那么一声不响地走了。

她更加摸不清对方的意图，心里越发惴惴。

这日晚间的宴会并不如初一国宴那般隆重，只大家陪着景帝和萧文皇后等人在中央宫用了膳便早早散了，各自去御花园中游园赏月猜灯谜。

景帝这天心情似是不错，散席后竟然没有直接回寝宫，反而主动和后妃们去御花园中逛逛。其实秦菁明白，他也就是为着蓝月仙罢了，毕竟蓝月仙自打从冷宫出来以后，要么独来独往，要么就是陪在他身边，极少能赶上这样热闹的场合。

那一行人浩浩荡荡地走在花园里，秦菁懒得凑那热闹，就带了丫头们在回廊底下一盏一盏花灯地看灯谜。

几个丫头兴致勃勃，四散在周围，彩衣乱飞，笑声响成一片。

秦菁看着，也是心中欢喜，唇角不觉扬起一个弧度，刚要伸手去揽稍高地方的一盏灯，却见前面拐角处一人盛装而来。

蓝月仙身边只带了王兮墨，看到她便笑了：“长公主好兴致。”

秦菁收回手，知道她有备而来，不冷不热地顶回去：“比不得贵妃娘娘独得盛宠，自己找点消遣罢了。”她的语气不善。

王兮墨眉心一跳，明显不悦，不想蓝月仙却是面色如常，没有半分忌讳。她款步上前，也抬手碰了碰旁边廊下挂着的一盏灯。

秦菁耐性好，就跟她耗着，并不主动开口。周围都是女孩子们的谈笑声，反衬之下，这两人之间的沉寂就显得格格不入。

静默地相对片刻，最后还是蓝月仙先开了口，没解释之前蓝李氏的事，反而开门见山地问道：“听说过完节长公主要去行宫小住？这天寒地冻的还赶着出京，莫不是故意躲着本宫吧？”

她设计蓝李氏又胁迫蓝玉衡的事自知不可能瞒过秦菁，甚至本来都已经做好此事之后秦菁马上与她翻脸的准备，可是等了两天，秦菁那边毫无动静，不仅没有采取行动，甚至连质问一句都没有。

虽然她这种人远不会为了自己过河拆桥的行径有丝毫愧疚，可秦菁明明对她心生不满还这么沉得住气，却让她对这个少女越发忌惮，忍不住出面试探。

“当然了。”秦菁从远处收回目光，看着她的眼睛，“贵妃娘娘最近风头太盛，本宫这个人好成人之美，就不想掺和了，我这般识趣地避开一段时日，贵妃娘娘难道不高兴？”

蓝月仙一直盯着她，虽然她不信一个刚刚十七岁的小丫头心机能深到哪里去，但是这个荣安公主，从头到尾都让她摸不透。而这种感觉很不好，她也很不喜欢。

蓝月仙隐隐有些烦躁，不经意地抬头，却看到隔着一片湖水对面的景帝和萧文皇后等人。她目光隐晦一闪，又气定神闲地笑了，半真半假道：“你这样走了，难道就不怕本宫对你母后做些什么吗？”

“你会吗？”秦菁轻笑一声，不以为意，“本宫一直觉得姝贵妃会是个恩怨分明的人，好歹到目前为止咱们不是敌人，你总不至于这么打本宫的脸吧？”

萧文皇后心机不深这是事实，如果蓝月仙要算计她，估计她十有八九会中招，可是她背后还有一个萧澄昱和萧家，远在千里之外的萧羽更是妥实的保障，目前在重新下了萧羽手中兵权之前，连景帝都不敢妄动。

这个丫头，居然心明如镜，怎么都不中计。

蓝月仙自知从她这里也套不出什么来，也就兴致缺缺。

“本宫不过开个玩笑，长公主不必当真。”她抬手理了理鬓边发钗，敷衍道，继而把手递给王兮墨，“光顾着说话了。兮墨，快走吧，陪本宫回去加件衣裳，别让皇上久等。”

主仆两个施施然款步离开，走出去两步，蓝月仙悄然拿眼角余光往后瞄了眼，秦菁已经移开了视线，专心致志地取了廊下的花灯继续看灯谜。

蓝月仙的脚步略一迟缓，眼神莫名阴了阴，但只是微光一闪，她便挺直了脊背，目不斜视地继续往前走。

因为担心白奕那边的进展，秦菁这次安排出行的动作很快，两天以后已经打点好一切，一行十几辆马车声势浩大地出了城门。

苏晋阳新婚，蓝玉衡又在病中，所以这一次景帝便没能指派一个有身份的人护送，而是由白爽从江北大营抽调了左翔过来代职，护送他们一行前往行宫，并且担任他们暂住行宫期间的护卫一职。

有上一世的好印象作保，再者他又是白奕的发小，秦菁对左翔倒没什么戒心，车队刚一出京城，她就跟左翔打了招呼，带上旋舞和苏沐悄然离队，和灵歌带着的几个暗卫会合之后，直奔祈宁。

一行八人乔装改扮快马加鞭，日夜兼程，前后不过四天已经进了祈宁县城。

现在萧羽常驻军中，他祈宁的府邸暂时交给管家照料，而秦宣的身份不能暴露，萧羽就给他重新置办了住处。

为了节省时间，秦菁没去萧府，命旋舞直接去开源典当行拿了秦宣住处的地址。

秦宣在祈宁所居的宅子位于城南，秦菁只带了两个丫头，三人串街溜巷找过去。那宅子不算太大，却是个十分雅致的地方，远远地隔着院墙已经能够看到里面生长的常青竹，偶也有梅花香气若有似无地飘出来。

旋舞上前去拍门，很快里面一个小厮探头出来开门。

“月七？”旋舞一愣，大为意外。

“小舞姐姐？”月七也是吓了一大跳，一抬头，看到站在台阶下面的秦菁，更是惊得下巴都快掉在地上。

灵歌走上前去，警觉地左右观望一眼，沉声道：“长公主到了，此处说话不便，先让我们进去。”

月七使劲揉揉眼睛，然后下一刻，突然脑袋往后一缩，砰的一声又合上了门。

灵歌始料未及，险些撞到那门板上，狼狈地后退两步。

“他跑什么啊？”旋舞更是一脸迷茫。

那院子里，月七脚步凌乱，飞奔而去。秦菁大致能猜到是怎么回事，安静地等了片刻，很快那串脚步声又折了回来。

月七拉开门，灵歌不悦地刚要上前，却见白奕自门内出来，一把拽了秦菁的手腕就往里走：“先进去。”

“哎！少爷！”月七要追，却被灵歌一把扯回来：“别添乱。”

白奕拉着秦菁一路疾走，这座院子的结构很特别，只有内外两重院落，最前面是一处大花园，后院分为三个小院，花木很多，设计也好，秦菁一路上看得津津有味，冷不防眼前光线一暗，就被白奕塞进了一扇门内。

眼前景物突变，秦菁心生不满，一抬头，眼前又是一暗。

他的唇压下来，吞没她的声音。秦菁吓了一跳，下意识屏住呼吸，白奕已经理所应当地顶开她的齿关，舌尖长驱直入，攻城略地，最大限度地索求她唇齿间那些令人迷醉的芳香。

方才一路被他拉着进来，秦菁本就气息不畅，此时防备不及，险些昏倒，忙双手搂住他的脖子支撑身体。

白奕转身把她压在门板上，一手扣着她的后脑，一意孤行地把这个缠绵悱恻的吻进行到了极致，直至两人都喘不过气来才稍稍退开。

“怎么招呼也不打就跑来了？”他还是将她困在自己的身体和门板之间，呼吸间带着微喘，仿佛是惩罚性的，说话间又轻轻含了她的半片唇瓣在齿间噬咬。

秦菁双手揽着他的脖子轻笑：“本来是想说来着，后来想着等人把信送到了，我也过来了，就给他们省了事了。”

白奕抱了她，往后转了个身，退到内外两间屋子的雕花门框上。

这一回他脊背抵着后面门框，双手锁住她的腰背，唇齿间仍是舍不得与她分开，闭上眼，含糊地调侃：“怎么，想我了？”

秦菁面上一热，抿了唇角抬手往他肩上推了一把：“上次说得那么严重，后来你寄回去的信也不肯将这里的情况说明白，我是不放心表兄……唔……”话到一半，白奕忽而恶狠狠地吻上来。秦菁生吞了后半句话，原以为他一时兴起，却不想步步紧逼，又吻得她喘不过气来才肯罢休。

秦菁赶紧低头，把脸使劲藏在他胸口。白奕探手蹭了蹭她醉酒般酡红的脸颊，俯首在她耳边恶狠狠地警告道：“以后我们在做这种事的时候，不准提别人的名字。”

这种事？哪种事？秦菁微愣，旋即反应过来，扑哧一声笑了出来。她抬手去推他：“不跟你耍嘴皮子，我大老远过来，你也不让我先见见宣儿！”

“我就知道你不是冲着我来的！”白奕哼了一声，拉着她的手到桌旁坐下，又倒了杯水递到她唇边。

秦菁就着他的手抿了一小口，放下杯子，白奕才正色说道：“昨天他带着李简刚走，不在祈宁。”

秦宣和李简在一起？那肯定是出大事了。

秦菁呼吸一滞，拧眉道：“他去哪儿了？”

“沧河府。”白奕道，“萧羽那里最近比较紧张，正在暗中筹集军备，朝廷拨的款项一时间很难到位，宣王便带了李简去沧河府替他押运粮草了。”

萧羽手下生意遍布各个行业，茶馆、酒肆、银楼、当铺应有尽有，当然也有米铺、绸缎庄子之类。

离此处四十里外的沧河府，是大秦境内水土最肥沃的水稻产地之一，四海旗下最大的粮仓就设在那里，萧羽这边紧急筹集军需，景帝那里指望不上，从自家粮仓运米过来也是无奈之举。

白奕说到这里，秦菁已经心知肚明——

如果不是萧羽自己财力雄厚，大战在即，他军中此刻恐怕早就人心涣散，岌岌可危了。两军交战，最重要的便是稳固军心士气。宁肯将这二十万大军的性命付之一炬，也不让萧家人掌握，她这个父皇，果然不是一般人。

秦菁心中冷笑。白奕知道她的心情必定不好，唇角一勾故意调侃："你那位表哥却是个守信之人，他掌握军权之后，手里的生意就全都移给了宣王。以后四海旗下尽在掌握，其实宣王这个皇帝做与不做，在我看来还真就无所谓了。"

"你明知道不可能！"秦菁横他一眼。

现在不是秦宣要不要做这个皇帝的问题，而是和秦洛一方水火不容，只为日后太平，也只能孤注一掷夺下那个位子。

白奕笑笑，这才敛了目光道："你千里迢迢跑过来，到底是为了什么事？"

"放心吧，宫里那边左翔带着晴云、苏雨她们去了行宫，一时半会儿没人会注意到我。"秦菁道，心里斟酌了一下，不由得庄重了神色，"你和梁明岳之间近年的交往可还算频繁？"

白奕和左翔、梁明岳都是同庚，再加上几家长辈私底下也有来往，几人的交情都很不错。

只是前两年，梁明岳随他父亲梁旭到军中历练，左翔也去了江北大营谋了个职位，唯一游手好闲的白奕就落了单。

一听她提及梁明岳，白奕先是愣了下，随后也马上反应过来："你想见他？"

"是！"秦菁点头，"蓝月仙比我想象的要厉害，趁着现在她还没站稳脚跟，我得想办法把梁家人拉拢过来，否则只靠萧羽手里二十万军队，将来若有什么变数，怕是风险很大。"

白奕闻言，立刻明白他离京之后宫里肯定又出事了。

不过秦菁人在这里，说明局面还在她控制之中，所以他也没细问，反倒是恍然大悟地挑眉，挖苦道："怪不得你要一力促成荆王府和鲁国公府之间的联姻，却原来打着这样的主意，我还以为苏晋阳怎么得罪你了，让你下了那样的狠手去整治他。"

给苏晋阳添堵是顺手，其实秦菁真正的目的是梁家。这么一块肥肉，怎么可以随随便便落到锦绣公主手里？

秦菁并不理会他的调侃，眼中笑意微冷，问道："梁明岳那里你有多大把握？"

"十成十吧！"白奕莞尔，颇有些漫不经心地撇了撇嘴。

"咦？"秦菁一愣，狐疑道，"你手里握着他的把柄？"

"我从不揭人疮疤。"白奕轻哂一声，搬了凳子绕过去，抱了她坐在自己的腿上，才又继续说道，“梁家那位四少爷与我还有左翔都不同，横竖你肯定是舍得出本钱的，只要彼此条件谈得拢，没什么不好说的。”

这一点倒是让秦菁颇为意外。

她迟疑了一下，沉吟：“这个人，野心很大？”

“嗯，很大！”白奕借机轻啄了下她的唇，眉目绚烂地缓缓笑道，“不过话虽如此，分裂魏国公府的主意你暂时还是别打了，梁四那个人，也就是不满他祖父和父亲现在秉承的中庸之道，并不会对梁家起二心。只是年少轻狂嘛，总会有些别的想法。”

如果说梁明岳对建功立业一事有些别的想法，那这事儿倒是水到渠成了。

秦菁沉吟片刻，转而再想到白奕方才说话时老成持重的语气，不禁失笑，偏过头去问他道：“那你呢？别人都想着建功立业写一番功勋伟绩，你还这么游手好闲混着吗？”

白奕不肯入仕，其实一直到现在，秦菁也不知道到底是白穆林的授意，还是他自己不肯。

“我有比那更重要的事。”白奕并不在意她的调侃，抬手蹭上她的脸颊，唇边笑意蔓延，“你高兴就好。”

这半年间，他帮着她谋划算计了很多，却半点不为自己的前程打算。秦菁心下动容的同时，忽而又有些愧疚——自己对他，确乎真是关心得太少了。

“白奕！”秦菁抿抿唇，重新调整了一个姿势，往他怀里靠了靠，一手揽上他的脖子，认真道，“你都没有自己想要去做的事吗？其实你真的不必这样事事都迁就我。”

“我想要的，你不是已经答应我了吗？”白奕眨眨眼，狡黠一笑，低头再去吻她。

秦菁攀着他的脖子轻轻回应了一下，神色有些黯然：“可是我不知道……”

“将来的事谁能知道？”白奕打断她的话，“等到这次的事了了，我便让父亲进宫去向陛下请旨，好不好？”

即使未来充满变数，这一路也要我陪着你，风雨相随一起走。

这样想着，秦菁唇角也勾勒出一个笑容，把脸贴在他怀里用力点点头。

白奕将下巴抵在她的头顶蹭了蹭，半晌，秦菁忽而想到了什么，抬头看他：“白丞相那里……不怕跟父皇之间生出嫌隙吗？”

“父亲也是性情中人，他会成全我们的。”白奕目色宁静，抬手轻抚她脑后发丝，却没有多说。

白氏夫妇对白奕的用心绝对可以用宠溺二字来形容，所以他一直活得自在洒脱。

秦菁把脑袋抵在他的肩头，以五指为梳，慢慢梳理他散于肩头的黑发。

“白奕，是不是我坏了你这一世清净？”她这样问，心里想的却是前世的那十年。

那时候他远走边陲，十年未娶，她甚至不知道后来他用了多少时间才从自己留给他的阴影里走出去。再或者，他本来就是个死心眼的人，之前可以为她执迷不悟守候整整十年，后半生，便要困在那场噩梦里，再也走不出去。

“赶了几天的路，你累了！”白奕垂眸看她，见她失神，只当她一路颠簸精神不济，于是起身抱了她，将她安置在里面的大床上。

冬日里没有开窗，卧房里光线略显昏暗。他把她放下，想要抽身退开，才发觉她的双臂还环在他的脖子上没有移开。白奕微愣。

两个人的脸孔近在咫尺，秦菁静静注视他，从眉眼到鬓角的每一根发丝都归拢于自己的记忆。是的，就是这个男子，他为她倾尽一生，耗尽所有。

上一世她幡然醒悟的时候，却没有来得及抓住他最后的一片衣角。

“还能这样看着你，真好！”秦菁弯了弯嘴角，双臂缠着他的脖子，忽而凑上前去蹭了下他的唇瓣，然后偏过头，把脸埋在他的颈项间偷偷笑，“白奕，对不起，我想我是你这一辈子的劫数了。”

既然命运让我们这般相遇并纠缠，那就这样吧，抓牢你，作为我这一生的依靠，所以在我不主动放手之前，你可能永远都走不掉了！

白奕身子半倾，秦菁自己闷着笑了一阵，发现他僵住了一样一动不动，不禁奇怪，悄然抬头，却愕然发现他的神情不知何时已经慢慢转变，再没了方才戏谑轻松的模样，微抿着唇角，目光深不见底。

记忆里，她从不记得他曾用这样深刻而厚重的目光与自己对视过，这一刻的白奕，看上去有那么一丁点的不同——

但到底是哪里不同，秦菁又说不上来。

“白奕？”她有点不确定是不是自己眼花，试着小声开口，想说什么的时候，他却突然隔着被子将她抱住，紧紧地拥在了怀里。

“秦菁，如果有一天，我也像别人那样去争去夺去抢了，你也一定相信我一次好吗？”他这样说着，随后闭眼，在她散乱开来的发丝间用力嗅了嗅。

以前他不争不夺不抢，过得随意自在，现在他不是已经在帮着她谋划争夺了吗？

秦菁的脑子一时转不过弯来，白奕轻轻吻了下她的额头，道：“你说得对，你是我的劫，这一生，对我而言，没有什么比你更重要。”这样说着，他便于眉目深处绽开一个明媚的笑容。

秦菁被他的笑蛊惑了，怔怔地盯着他。

“休息吧，我约了萧羽，已经迟到了。”他又吻了吻她的鬓角，然后放开她起身，一边整理衣物一边道，“军营里还有些事，我暂时不能离开，萧羽这三两天之内应该也不得空过来，反正你要等宣王，就先住两天吧，如风就在城里，梁四那儿……回头我陪你走一趟。”

他飞快整理好衣物，又回头给她一个笑容。秦菁歪了歪脑袋，拥着被子，也回他一个笑，他便转身匆匆地走了。

秦菁一觉睡到傍晚，起床时天色已经擦黑。

白奕去了军营，一直没回。用过晚膳，她就带了两个丫头出门，本来是要去莫如风的医馆，可是到了街上才知道，祈宁这里整个正月主街道上都有夜市。

人群熙熙攘攘，混迹其中也走不快，秦菁索性也不急了，带着两个丫头边走边逛。

道路两旁有各式各样的摊位，特色小吃应有尽有，香气四溢，小贩们的吆喝声不绝于耳，远处隐约还有杂耍班子行进时候惊起的大片欢呼声，这种热闹不像宫里，更肆意，更真实。

旋舞的性子到底活泼，走着走着就蹲在一个卖兵器的摊位前面，眼睛发光地挑挑拣拣。

“你不是有兵器吗？看这些做什么？”秦菁站在她身后，也不催促，反而好脾气地笑。

“主子您不知道，这里靠近两军战场，经常会有些好东西呢。”旋舞头也不回地道，继续在一堆破铜烂铁里挑挑拣拣，过了会儿，突然眼睛一亮，指着单独摆在角落里的一把短匕首道，“那个，给我看看。”

那匕首应该有些年月了，刀鞘颜色十分黯淡，很不起眼。

“小姑娘真是有眼光！”摊主笑眯眯地赞道，却是面有难色地搓着手，“不过这把匕首之前有位客人已经看上了，但是他的钱袋被偷了，说是拿了银子就回来取的。”他说着，手就搓得更勤了，同时拿眼角余光不住地偷偷打量秦菁主仆的装束。

秦菁将他的小动作看在眼里，心里便有些反感，直接对旋舞道：“既然都有主了，咱们就走吧！”

旋舞却没多想，只对那摊主道：“他说回去拿钱了，还不定回不回来呢，我多出一倍的银子，你卖不卖？”

那摊主闻言，眼睛立时一亮，刚要说话，就听到人群里一个女孩子清脆甜腻地嚷嚷道：“大哥你快点走嘛，磨磨蹭蹭的，怎么跟外祖父似的。”她语气娇嗔，分外动人。

秦菁回头，虽然街上人群拥挤，但那迎面过来的一双兄妹却极为显眼。

男子看上去也就二十岁上下，相貌清俊，举止儒雅，一身绯色长袍包裹着颀长俊朗的身形，翩翩行来，脚下步子从容且稳健，自有一股子大家公子的风范气度。

他身边一个十四五岁的娇俏少女，额前厚厚的刘海儿将她巴掌大的俏脸遮去一半，就更显得玲珑娇小，身上裹着厚厚的大氅，露出里面的鹅黄衫子和一角裙裾。

彼时她整个人几乎是挂在绯袍男子的右臂上，脸蛋儿皱得不像样子，拖着他使劲从人群里挤过来，直接奔到这兵器摊子前面，话也简单明了：“我的匕首呢？”

那摊主脸上飞快闪过一丝尴尬的神色。他先下意识去看秦菁，想着这方出价高，如果秦菁开口，他肯定就顺着台阶下了。可是没有。

秦菁虽没有急着离开，却也没说话，唇角噙了一抹淡淡的笑，疏离又冷淡地看着。那小姑娘却很着急，就往兄长的腰间去摸荷包，一面继续抱怨：“快点啊，你把银票放哪儿了？”

那男子始终一脸宠溺的笑容，由着她折腾，只是匆忙间却察觉到一道不同寻常的视线落在他们兄妹身上。

他是习武之人，天性警觉，不动声色地略一抬眸，刚好和秦菁望过来的视线撞了个正着。

对面的少女，只是一般富贵人家的装扮，容貌清丽，却不至于一眼惊艳，只是灯影下那种从容淡泊的笑容仿佛压下了整条街上的喧嚣，让人过目之处仅剩她一人身影独立。

男子的目光微微凝住，甚是诧异，他也算阅人无数，却从没有人有这么强大的存在感，能一眼就引起他的注意。

他心思微动，然后下一刻秦菁已经若无其事地移开了视线，冲旋舞道："小舞，我们走了！"

"哼！"旋舞恼怒地瞪了那摊主一眼，悻悻地跟着秦菁走了。

身后男子微愣，这一会儿的工夫，少女已经付了银子，转过身来却是笑容明媚地把匕首转送给他："父亲老说哥哥你这趟出门差事不好办，让你小心些，这把匕首我送你的，带着防身吧。"

男子的思绪被拉回，失笑，抬手弹了下她的额头："你好像是从我的荷包里掏的银子？"

"你是我哥哥嘛！"少女胸脯一挺，理直气壮。

男子看着妹妹天真烂漫的笑脸就跟着笑了。

那少女对街上的东西都很感兴趣，说了两句话就开心地挤到旁边的摊位看面具和风车。

男子的目光一直留了一线，追着人群里秦菁主仆一行渐行渐远的背影，这时候脸上的笑容慢慢敛起。他招招手，一直隐在旁边人群里的一个随从凑过来，絮絮地与他说了些什么。

这边离开那摊位老远，旋舞还一脸不高兴。

"行了你，又闹什么脾气呢？"灵歌无奈地数落。

旋舞扭头瞪她："那把匕首成色不错，又很轻巧，主子最近老是遇到事儿，带着可以防身嘛。"她是一片好心，灵歌被噎了一下，头一次理亏似的闭了嘴。

秦菁喜欢看她们姐妹斗嘴，也不掺和，就抿着唇角偷偷笑。

莫如风的医馆不在主街上，往前走了一阵，三人就进了旁边一条小街，穿过僻静的巷子，医馆赫然在目。

"哎！是莫大夫！"旋舞扯着脖子惊喜道。

彼时门前刚停下一辆车，莫如风的小医童扶着他正从那车上下来。

他的身体似乎还没有完全复原，行动间小心翼翼，甚至有一丝不易察觉的迟缓，听了动静一回头，看见秦菁，他也愣了一下，然后便牵动唇角，露出和煦的笑容来。

秦菁快步迎上去，微微一笑："我是前些天才听白奕说你没留在京城过年，怎么这么晚了还出去看诊？"

"有位病人得了急症，只能连夜走了一趟。"莫如风道。

也许是冬日天寒，也许是他的病确实没好利索，这样近距离对视，秦菁惊讶地发现他苍白皮肤下那些细小的青色血管竟然比以前还要明显，即使在晚间这般晦暗的光线下都遮掩不住。

他的憔悴几乎是显而易见的，可脸上笑容温和安静，完美得不带半分瑕疵。

秦菁忽而觉得心里堵得慌。有关他的病因，秦菁记得当初她在祈宁问过一次，可是被他搪塞过去了。

“如风……”此时她脑中灵光一闪，刚要开口，冷不防就听见背后一个女孩子雀跃的声音肆无忌惮地传来：“莫家哥哥——”

那少女飞奔而来，像是一阵风，转瞬已经到了跟前。她盯着莫如风，眼睛里莹莹有光，下意识伸出手，似乎想给他一个拥抱，但很快又发现不妥，赶紧打住，把手放了下去。而这一忍，就忍出了委屈的情绪，眼角一湿，开口就抱怨：“莫家哥哥，这两年你都到哪里去了？也不回去看我，让我好找。”

莫如风笑笑，眼底温润清明的神色不改，情绪也没有什么波动，片刻之后，落在后面的男子也款步走了过来。

“颜儿又长高了。”莫如风这话是对他说的，虽然保持着一贯的谦和温柔，不知道为什么，秦菁竟然从他的眼底眉梢品出一种刻意疏离的味道。

那男子面上也带着温和的笑，道：“就是这性子不好，总也长不大！”

他这话也是和莫如风说的，可是秦菁感觉，他眼角那一点审视的目光一直落在自己身上，而这句话说完，他就名正言顺把视线全部移过来，探究的意味显而易见。

秦菁安静地站着，一直没有主动开口。

“这两位是颜大公子和颜小姐，都是我的故交。”莫如风神色平静地介绍，转而对秦菁歉疚地略一颔首，“阿菁，我与颜大公子要叙叙旧，今天怕是没时间招待你了。”

“没关系，我就是出来走走，顺便过来。”秦菁点头，“既然你有事，那我回头再来吧。”

“好！”莫如风点头，回头对医童道，“天色晚了，你驾车送她们回去吧！”

“是，公子！”医童应声，绕过去打开车门。

莫如风这是怕有人跟踪她？秦菁的目光微微一闪，没有拒绝，转身上了车。

莫如风这驾马车很朴素，完全比不得她在京中的车驾奢华，只有车厢一侧摆放了一张很小的矮桌，桌角上放着他适才看过忘了收拾的一本医书。

秦菁信手翻了两页，忽又想起他的病，沉吟问道：“如风到底生了什么病？听白奕说上回他旧疾复发的时候很凶险。他和羽表兄早有交情，你们两个跟在表兄身边，可有听表兄提过？”

“这个倒是没有。”灵歌和旋舞对视一眼，摇头。过了一会儿，灵歌又道：“只是偶然一次听他和公子闲谈的时候提起，说是娘胎里带出来的毛病，一直都有。不过莫大夫心性豁达，好像已经看淡了。”

莫如风身上的确是有这么一种气韵，不华贵，不奢靡，似乎每一步都很随心，从来不被外物影响，只是他的这种随性又似乎占了两个极端。他悬壶济世，有医者的慈悲，可随手的一帖药又能轻而易举杀人于无形。

莫如风！如风？如风！他到底是个什么样的人啊！秦菁想着就有些心烦意乱，搁了书本闭目养神。

正如白奕所说，萧羽一直很忙，虽然知道秦菁来了祈宁，但是后面连着几天都没露面。白奕倒是每天都回，却也早出晚归停不下来。

他做的事情都不瞒她，秦菁知道他们最近是在忙着加固城墙，为开战做准备。她的身份不便公开露面，是以也不掺和，虽说此地凶险，她却比在宫里更清闲更放松，每天只去莫如风的医馆坐坐，两人探讨琴艺或者对弈。

第五日傍晚，秦菁刚从莫如风那里回来，走进院子却意外发现这天白奕居然早早回来，人就站在她的院子里，见她走进来，还很是神秘地冲她露出一个笑容。

秦菁一时摸不着头脑，还在发愣，就见一个身穿墨绿锦袍的小小少年自白奕身后走了出来：“皇姐！”

相较于半年前，秦宣又长高了不少，只是因为在外奔波，肤色便不如在宫里时那样白皙，慢慢有了男孩子该有的阳刚。

秦菁的眼圈忽而有些湿，勉强挤出一个笑容，克制着轻声开口：“回来了？”

秦宣本想往她身上扑，但被她这般疏离矜持的表情震慑着，便生生忍了下来，举步慢慢地走了过去。

与前世不同，他们姐弟此时走着的，都不再是当初的那条路。看着一步步朝自己走来的弟弟，秦菁知道，她此时的心情再没有第二个人能够理解分享。

可哪怕孤身一个人，她也依旧满足而感激，眼眶微湿，笑容欣喜。

白奕看了姐弟俩一眼，自觉地转身走了。

这天晚上，萧羽也暗中潜回了城里，难得大家聚在一起吃了顿饭，不过席间谈论的也都是最近朝中的局势和祈宁军中的近况。

现在西楚的军队虎视眈眈，萧羽不敢离营太久，连夜就要赶回去。

秦菁还有些话没来得及跟他说，就亲自出门送他。

白奕悻悻起身跟着，秦宣也很乖地低头走在后面，待到出了门，秦菁和萧羽在巷子里说话，他两人并肩站在台阶上，本来是各站各的，井水不犯河水，白奕正百无聊赖地盯着远处数星星，就听见旁边那少年冷冰冰的声音响起：“你在打我皇姐的主意是不是？”

虽然背地里白奕是时不时就撒泼耍赖占点便宜，可明面上循规蹈矩得很，尤其是当着这小千岁的面儿，真就连秦菁的衣角都不曾碰过一下。

白奕微微抽了口气，挑了眉毛侧头睨他一眼："怎么？你想搅局？"

秦宣冷哼一声，重又别过眼去。

白奕在等他的后话，可半天见他都没动静，嘴角不由得抽搐了一下。

白奕上下打量他，他那小身板儿是挺得笔直，可分明就是个半大的孩子。

这是未来的小舅子，白奕虽然不是很愿意搭理他，但也勉为其难，态度很是良好地侧身撞了撞他道："哎，你不看好我啊？"

秦宣嫌恶地拍了拍肩膀被他撞过的地方，往旁边挪了半步，愣是拉开和他的距离。

白奕突然觉得有点牙疼，用力地磨了两下，正琢磨对策呢，就听旁边那少年带着疏远和防备的声音再度传来。

"我皇姐喜欢才是最打紧的。"秦宣道。

言罢，他又是冷哼一声，看都没看白奕一眼，率先转身，翩翩出了院子。

这么多年，秦菁身边从不见有谁这般形影不离过，并且毫不避讳。即使年纪不大，秦宣也能够感觉到，自家皇姐对这个游手好闲的白家四少有那么点不同。

他对白奕虽然说不上讨厌，但是一想到这家伙对自己皇姐这般亲近，总也喜欢不起来就是了。

白奕微愣，站在台阶上眯眼看着这小孩儿臭屁的背影，额角也跟着跳。

见过秦宣，秦菁心里的石头也落了地，又在祈宁滞留了一日，就和白奕一同赶往大晏边境的军营，约见梁明岳。

从西北边境到西南边陲，两人带了仆从策马而行，也足足走了二十余日。

和大晏的交界处又与西楚不同，这里一望无际，全是相接的森林和草原，百里内并无大的城池，双方军队都选了有利的地势，直接在草场上安营扎寨。

两人在大军驻地二十里外的地方找了户农家落脚，安顿好，白奕就让人传信梁明岳，约他出来见面。

梁明岳在魏国公府小辈中排行第四，也是梁家除梁明翰外唯一的嫡孙。不同于他兄长身上的书卷气，梁明岳自幼习武，性格颇有些桀骜不驯，就是为了打压他的脾气，这两年魏国公便将他带到军中历练。

这天他应邀而来，秦菁和白奕正铆足了劲在那农户庄园后面的草场上赛马。

这里的气候比北方温和很多，虽然是二月，也可以脱掉厚重的裘袍。

白奕一身烈焰如火的红色锦袍，身下一匹通体雪白的骏马，错开半个身位在前，秦菁身下黑电的速度也不慢，湖蓝色的裙裾逆风飞起，带着她如墨的发丝映在碧草蓝天之间，那景致可以说惬意又奔放。

梁明岳在远处，半眯着狭长的凤目看了良久，却因为距离太远，一直没能看清楚那马上女子的容貌，只觉得远远看去，眼前一亮，风采逼人。

白奕会突然跑来还约他见面这事儿，本来就欠琢磨，他身边再有佳人相伴，这事儿吧……

梁明岳玩味着摸了摸下巴，忽而狡黠一笑，抬手道："弓箭！"

"公子！"身后随从立刻取了弓箭递到他手上。

梁明岳接弓在手，顺手又从箭囊里取出一支箭。

彼时秦菁和白奕刚刚赛完一圈，白奕只以半个马身的优势险胜。随后他放缓了速度，秦菁策马上前，就在两人并驾齐驱的瞬间，梁明岳眸中闪过一丝精光，毫无征兆地放了箭。

一支响箭破空而出，甚是突然。白奕反应快些，目光一冷，同时一把按下秦菁的脊背，自己再弯身，那羽箭便紧贴着两人的背部穿透空气而去。

仓促间，他一眼寻到远处的始作俑者，心里堪堪一怒，耳边又是风声犀利。

唰！唰！唰！三声连响。

场外的梁明岳射完一箭，本就好整以暇地等着看白奕的笑话，手都没来得及放下，就见对面三箭连发，杀气浓郁的冷箭已经直击而来。

"公子小心！"他身后的随从魂飞魄散地大声惊呼。

梁明岳毕竟是在军中历练过的，临敌经验颇丰，只在千钧一发之际，脚下一个轻旋，连着躲过两箭，最后抬手一捞，虽然捉住了最后一支，箭锋却擦着他飞舞中的袖口划过，将他锦袍的袖子射穿了一个大洞。

秦菁人在马上，有人突袭，白奕按下她时她的第一反应就是去摸马背上的弓箭。她那三箭连发是反击，带着浓厚的杀意，可对面那人居然避过了？

她也不气馁，射空之后立刻重新搭箭，动作流畅，出手果决，应变速度居然不输战场上驰骋的战士。

远处梁明岳才刚稳住步子，抬头看见，脸色就不由得变了。

"秦菁！"白奕见她又要发箭，连忙策马上前，一把扣住她的手腕。

他怕自己一时拦不住她，抓着她手腕的同时直接用力一带，把人拉到自己的马背上，然后掉转马头朝梁明岳这边疾驰过来。

彼时梁明岳正扯着袖子上的两个洞哭笑不得，听闻迫近的马蹄声，抬头就见白奕温香软玉在怀，容光焕发地策马而来。

他怀中女子眉目间尚且带了薄怒，一张清丽绝伦的脸孔，因为这个微微皱眉的表情而显得清冷几分。

秦菁，梁明岳自是认得，而以他和白奕的交情，白奕打小就有的那点心思他也知道，可是他万没想到，白奕会把秦菁带来了这里。

他再不复方才玩笑的心思，当即冷了脸，趁着两人还没到近前，冷声命令随从道："你先去前面的农庄等着。”

“是！”他的随从还没从惊吓中醒过味来，转身就走了。

白奕策马走到近前，翻身跃下的同时，顺手一揽秦菁的腰肢，把她带下来。

“梁子筠，两年未见，你这替人接风的方式还是符合你一贯的作风——别具一格啊。”白奕开口。

虽是玩笑，却分明透着不善。

“呵！”梁明岳干笑一声，却未还嘴，而是先恭谨了仪态对秦菁拱手一礼，“微臣见过荣安长公主，不知殿下銮驾到此，失礼了，还请殿下恕罪！”

秦菁余怒未消，只淡淡道：“少将军真客气。”

梁明岳也知道自己玩得有点过，但不好意思说不知者无过，心中飞快权衡，眸子里就闪过一丝狡黠，笑道：“如果早知道长公主銮驾到此，微臣应该通知祖父亲自来接驾的，这会儿不凑巧，祖父帐中另有贵客到访，想来也不得空了。”

魏国公帐中有贵客到访？看梁明岳的态度，那应该是她认识的人，会是谁？

看着眼前梁明岳笑得意味深长的一张脸，秦菁眉头微蹙。

第四章　秦宣遇刺，怒焰焚天

秦菁不说话，白奕搂紧她的腰肢，明目张胆地往怀里一带，仍是笑吟吟地看着梁明岳道：“梁子筠，你可是越来越不厚道了，跟我还兜什么圈子？如果都是老熟人，你就引我们去见见呗？”

他这话说得轻巧，就好像魏国公的军营是他家后院一样。

梁明岳额角一跳，却没理他，璀璨生姿的凤眼却是不时去瞟他扣在秦菁腰际的那只手，目光流转，也说不上是暧昧还是讥诮。

过了一会儿，他才笑着看向秦菁：“怎么，长公主也有兴趣吗？”

他想卖关子，秦菁却懒得奉陪，也不管他那暧昧不明的打量，落落大方道：“本宫这个人好奇心重，如果梁四公子愿意引见，本宫不介意走一趟。”

她是能屈能伸的，而且刚刚在生死之间走了一遭，却居然稳稳控制住脾气，不被个人情绪所影响。

梁明岳以前从不觉得她有什么特别，这时候不得不起了戒心。

“那走吧！”他笑了笑，虽然还是表情轻松，但无形中已经缓缓收了试探调侃的心思。

梁明岳那个随从其实是不认识秦菁的，三人一行回到农庄，梁明岳就先吩咐了他两句话让他先走了。

出入军营，为了不引起注意，当然是目标越小越好，所以秦菁也没带随从，就她和白奕两人，跟着梁明岳一道出门。

魏国公的大军驻扎在离此二十里外，快马加鞭也不需要多少时间。

白奕和梁明岳是发小，久别重逢，自然有很多话说，所以路上也不无聊，不知不觉那一大片帐篷已经赫然在望，梁明岳却突然收住了缰绳。

白奕控马回头，挑眉递过去一个询问的眼神。

梁明岳摸摸鼻子，却是冲秦菁笑道："抱歉，不知道长公主殿下会来，衣裳我只准备了一套。"说着，他从马背上的褡裢里掏出一套普通士兵的衣裳递给秦菁，"委屈长公主一下？"

秦菁当然知道她和白奕不能这个样子就进军营，她也不矫情，径自接过衣裳，倒是颇为感激道："多谢少将军替我们想得这样周到。"

"应该的！"梁明岳嘿嘿一笑。

秦菁的态度始终不冷不热，她翻身下马，抱着衣服进了旁边的小树林。

去取衣服的随从还没回，白奕和梁明岳就也下了马，在树林外头等着。

梁明岳双手环胸靠在一株大树上，上上下下把白奕打量了无数遍，最后一挑眉，调侃道："怪不得，人逢喜事精神爽，你这一身……够喜庆的啊！"

白奕的眉毛挑得比他还高："怎么？嫉妒啊？"

这人，怎么就这么不要脸呢？

"咳！"梁明岳被噎得半死，干咳了好几声才勉强找回点面子，还是不怕死地继续泼冷水，"怎么着，如愿以偿了还这样患得患失啊？好歹这是在外面，你搂那么紧，合适吗？"

白奕吊着眼角上下瞄了他一遍，然后冷嗤一声，别开视线没理他。

梁明岳面上讪讪的，这才直起身子走到他身边，手臂搭在他肩上，语重心长道："兄弟，你今天把她带过来是几个意思啊？真想好了？之前我就跟你说过，咱们这些世家子弟，娶妻娶的就是助力，你说你费这么大气力好不容易把人哄到手，就为了调情、拉手、生孩子？怎么想着都不划算啊！"

他的语气吊儿郎当，说出来的话却再实在不过。

白奕嫌弃地往旁边走开两步，又回头和他面对面道："梁子筠，你不会是因为荆王府的那门婚事躲掉了，就以为可以高枕无忧作壁上观了吧？"

就荆王府那么个破落户的烂摊子，就算秦宁是个公认的美人坯子，他也消受不起。

"哪儿能呢！"提起这事儿，梁明岳倒是心有余悸，稍稍敛了神色，"说起这个，我还真要谢谢你们。不过话又说回来……"他嘶嘶抽了口气，努努嘴示意树林那边，"你要娶这个媳妇可得下大本钱，以前的逍遥日子就没有了。你真想好了？"

他今天说话总是说一半藏一半，硌硬得很。白奕不耐烦："所以呢？你还想撺掇着我去接我父亲的位子，然后和你狼狈为奸？"

"那不是早些年年轻，太过异想天开了吗。"梁明岳又是一阵干笑，"论及权谋智慧，你半点都不输你那三个哥哥，我原来是想如若你能坐上右相之位，总能给我点儿方便的，可是现在……"梁明岳说着一顿，继而摇头，"右相一职，我还是比较看好你大哥！"

白奕冷嗤一声，死死地盯着他看。他死扛了一阵，后面实在被盯得难受了，这才没什么正经地说道："你这个人，明显靠不住啊。你看你今天就把她带过来给我下套了，你为了她，可以去生去死，去争去抢，就算现在我们目标一致，可以坐同一条船，可万一哪天我跟你女人意见不合，你肯定二话不说直接一脚把我踹下水。右相一职，位高权重，我还是觉得在你大哥手里我们梁家会更安全些。”

这么些年了，梁明岳的这项优点仍然在，说得好听，就是一语中的句句精辟，说得直白了，就是嘴贱欠抽。

他今天就是存心挤对，白奕懒得和他逞口舌之快，干脆眼睛一闭，靠在树上养神，不再理他。

等秦菁换好衣服回来，梁明岳的随从已经从军营里带了另外一套衣服回来，白奕三两下穿戴好。

梁明岳只对秦菁道：“你们委屈一会儿。”

军中士兵不可能认识秦菁，他说话很隐晦，没有暴露对方的身份。

“少将军客气了。”秦菁淡淡说道，几人于是不再耽搁，上马回营。

“少将军回来了！”远远地看见梁明岳，士兵赶紧搬开路障相迎。

梁明岳一马当先，带着白奕他们一直穿过前面的练靶场才收住马缰，自马背上跃下。

“你先去吧！”他翻身下马，给随从使了个眼色，然后迈开大步带着秦菁和白奕往一堆林立的帐篷走去。

自年前景帝收回了梁家驻守南疆的二十万兵权转交鲁国公以后，梁明岳的父亲梁旭就从南疆军中退出，来到这里协助魏国公打理军务，现在他们是一家三代都在军中。

梁明岳的帐篷紧挨着他父亲梁旭，再旁边是魏国公的帅帐。他一路目不斜视，直接去的就是梁旭的帐篷。

“少将军！”门口把守的小兵上前行礼，“您是要找将军吗？之前国公爷派人来说他今天不得空，将军就代为去校场点兵了。”

“哦。”梁明岳沉吟一声，继续往里走，“那我在帐篷里等他一会儿，你去给我沏壶茶来。”

“是！少将军！”那小兵也没多想。

“进来吧！”梁明岳带着秦菁二人进了帐篷，直接走到最里边的小书柜旁边，然后轻车熟路地将书柜往旁边移开半尺，露出后面被遮掩了大半的缺口，再回头招呼两人道，“我那里视野不好，在这儿会看得更清楚些。”

白奕挺讨厌他这样卖关子的，故而没什么好气，拉着秦菁过去，顺势把他撞到一边。

梁明岳也不见怪，耸耸肩，片刻之后听到外面有脚步声，就走出去，接过小兵手里的一壶茶：“给我吧！”

那小兵也听话，转身又身姿笔直地在门口站好。

这边，白奕和秦菁挤在那小窗户后面，他们时机得当，就在梁明岳出去取茶水的空当，正好一人在帅帐外同魏国公道别。

那人穿一身宝蓝色的粗布袍子，举止低调不张扬，甚至不等他回转身来，只看那个背影，秦菁心里已经咯噔一下。

显然也是防着隔墙有耳，那人谨慎得很，并不与魏国公多加寒暄，匆匆告辞离开。

他才一转身，白奕已经眼疾手快地拉下毡皮将那窗口遮掩起来。

外面的脚步声正是从帐篷外头一路行过，一直待那人去得远了，白奕才勾了勾唇，侧头深深看了秦菁一眼道："还有人跟你打着同样的主意？看来我们是来晚了一步？"

除了各地散布的小股兵力，魏国公手上这五十万大军几乎占据了中央直接操控军队的一半，即使现在只作闲散军队压在大晏边境，实则谁都明白，他手里握着的就是大秦的半壁江山。

秦菁眼底晦暗几分，抿抿唇没有说话，片刻之后却是唇角一扬，扭头看向梁明岳道："那倒也不见得，少将军你说是吗？"

"呵！"梁明岳正坐在旁边的桌子后头斟茶，闻言干笑一声，也不抬头，散漫说道，"好吧，看在和白四的交情上，回头我安排两个人，不会让他活着回去的。"

他懂得攻心之术，秦菁自认也不会输他，一闻便知他这话不是真心。

"哦？"秦菁漫不经心地轻笑一声，走过去，就着那张矮桌在他对面坐下，却回头看向白奕道，"怎么你和蓝大公子还有这般血海深仇，我都不知道？是什么大不了的事，竟然非得让他客死异乡才能解决？"

"怎么会？我与蓝大公子素无交集，哪至于下这样的狠手？大约是子筠会错意了吧。"白奕漫不经心地撇撇嘴，也走过来挨着秦菁坐下。

这二人一唱一和，分明还是在激他的话。

梁明岳哪这么容易上当，讪笑一声就低下头去佯装品茶，淡笑不语。

他不说话，秦菁就不动，只是眸底带一丝薄笑，静静地看着他。

梁明岳低头看着桌上杯盏半晌，终于还是被她的注视盯得发毛，缓缓抬起眼来笑道："祖父那里我虽然没问，但是想来蓝家人此时过来这里的意图，长公主殿下也是有数的，既然殿下来了，那么择日不如撞日，我也一并引您前去见了祖父就是，你再这般盯着我看下去……回头蓝玉衡不死，微臣若是被白四一剑抹了脖子，就冤枉大了。"

他就是绕着弯子不肯松口。

"少将军你再这般说话，怕是才死得更快些。"秦菁丝毫不去理会他的调侃，只目色幽远地看着杯中水，淡淡一笑道，"本宫今天既然第一个来找你，显然就不是冲着国公爷的。至于蓝玉衡方才在帐中同国公爷说了什么，你能猜出个八九分，本宫则能辨出十成十，而你我现在还能这般心平气和地面对面讲条件，更是因为国公爷的心意咱们彼此都有数，所以就打开天窗说亮话吧。"

一路上，梁明岳都在不动声色地观察她，这会儿听了这席话，才当真慢慢有了刮目相看的感觉。

他斟酌着抿了抿唇，然后正色点头，却没有先开口。

秦菁并不介意他的傲慢态度和明显戒心，正色说道："本宫知道，朝中这一场大位之争，不到万不得已，你们梁家都不想介入。同样，本宫也知道，今天你肯给本宫这个面子，把我带到这里说话，全然是看白奕的面子。"她说着，侧头看了白奕一眼，神色之间并不见感激，却有明显一动的温柔，但也只是彼此心领神会的一瞬，紧跟着，她又恢复了冷漠严肃的表情，继续道，"事关你们整个魏国公府的前程性命，本宫不会不自量力强人所难。既然你们暂时还没在这赌局中下注，那本宫就算不虚此行，今天我不要求少将军一定承诺我什么，既然国公爷还有顾虑，那你们就不妨再等等看。"

她的态度，却只是要求魏国公府继续保持中立？

梁明岳靠在椅背上，仰天吐出一口气："可是朝中太子的地位似乎不可撼动……"

秦宣磕坏了脑袋，所以这个局面是根本就无法逆转的。

即使白奕掺和了，其实直到现在梁明岳也只当他是被美色蛊惑的举动。

"那又怎样？"秦菁反问，"国公爷虽然远在千里之外，但对近来宫中大事想必也有所耳闻。姝贵妃上位意味着什么，你心里自有计较。你若就是不放心，大可以再观望一两个月，或许秦洛可以上位，但本宫可以向你保证，这大秦朝局，绝对不会再有蓝家。"

她语气冷厉，带着强悍又暴戾的气势。

这不是应该出现在女子身上的气质，而坐在对面的少女看上去明明那么瘦弱单薄，只是这种力量却从她坚定的眼神中透露出来，居然还带着惊人的感染力。

梁明岳盯着她的眼睛，听着她字字铿然的陈述，浑身血液竟然慢慢沸腾。

秦菁也不觉得和他这样的对视有何不妥，为了增加这些话的可信度，她推开面前的茶杯，站起来，双掌压在桌面上，稍稍往前倾了身子，近距离和梁明岳对视，仍是字字清晰且有力地继续说道："鲁国公心思耿直，一直都只忠于陛下，在这场争斗中几乎没人可以撼动他的立场，所以即使新帝上位，也找不到理由动他。如果将来上位的是秦洛，而蓝家尚在，那就肯定要逐渐掌权，皇祖母还在宫中，这就是你们甩不掉的包袱，你说蓝家将来的兵权要从哪里得来？"

山高皇帝远，军营里的事，帝王通常很难精准操纵，可如果从后宫入手设局，那就太容易了。

巫蛊案？谋逆？甚至各种不能对外人道的私密理由？从一个后宫女子入手，九族之中谁能逃脱？如果新帝要培植自己的力量，为了夺权，那么这就是他们梁家的必经之路。

虽然明知道秦菁这话不乏威胁的意思，梁明岳还是心头一颤，忍不住脊背生寒。

他用力攥着袖子底下的拳头。

秦菁逼视他的目光："也许本宫左右不了新君的人选，但我可以保证，我能灭了蓝氏！如果少将军觉得这个筹码够分量了，那么这段时间就请代本宫多安抚一下国公爷，请他少安毋躁。"

其实梁明岳以为蓝玉衡前来是游说魏国公站他们蓝家的队的，但秦菁更清楚，蓝玉衡也不打无把握的仗，明知道魏国公府现在处于自危之中，他根本就不会夸下海口，开出来的条件无非也和她一样，就是想方设法拖住梁家人，不叫他们这么快加入夺嫡之争。

梁明岳用力攥着拳头，唇角紧绷。

这会儿他的心有些乱了，虽然秦菁的话引燃了他血脉里的某种冲动，但是，她能做到吗？

看着眼前的她，他根本不可能不顾一切地信她。

帐篷里的空气已然冻结，让人分外不自在。白奕看了半天白戏，这会儿看时间差不多了，就抬手拍了拍梁明岳的肩膀道："子筠你一向果决，总不至于去信了那八竿子打不着的蓝家人而驳我的面子吧？来之前我可是有言在先，你别让我下不来台。"

这样的大事，稍有不慎就是抄家灭族的重罪，哪里是一句话的人情就可以还清的？

不过白奕这话却是给梁明岳找到了台阶。

袖子底下他攥紧的手指缓慢松开，然后又一次一根一根慢慢握紧，直至完全压下心间起伏不定的情绪。

他看着秦菁，一脸阴沉，若有所思。

"这个地方，本宫留得久了怕是会有不便，今日这茶便不喝了，来日云都再见，肯定会有机会回请少将军的。"秦菁和他静默地对视片刻，径自站起身来，率先掀开毡门走了出去。

白奕叹了口气，又拍了拍梁明岳的肩膀："我先走了！"

言罢也起身往外走。

"阿奕！"身后梁明岳突然出声叫住了他。

白奕止步回头。梁明岳抬头，视线缓缓上移，最后盯着他的眼睛，一字一顿道："咱们兄弟一场，我现在要你一句实话，你不是开玩笑的吧？"

他们魏国公府本来就是保持中立的，如果只是为了这个，秦菁根本不必走这一趟。虽然方才一番言论，她言之凿凿，一口一个不确定新君会是何人，可她现在来拉拢梁家，却分明为了替将来铺路，在新帝登基之前，先要一个他们会忠于皇权的承诺。

她根本就没打算看着秦洛上位。

可是秦宣……梁明岳的手，在袖子底下隐隐发抖。

"她的事，我什么时候玩笑过？所以你最好也别笑。"白奕唇角勾勒出一抹笑容，眼中神色却是极为认真，"你应该已经看出她此行的真正目的，横竖又不需要你现在就去做什么，先等等吧。"他说着，顿了一下又笑道，"咱们相交多年，我必然不会坑你，但如果将来真能走到那一步，我希望你也不要拆她的台。"说完，他又是勾唇一笑，转身走了出去。

回到农庄天色已晚，大家又留宿一宿，次日清晨才启程赶路，往京城云都的方向去。

苏沐和行宫方面一直保持着联络，知道晴云那里一切顺利，路上秦菁也不着急，和白奕走走停停，顺带着游览了一些沿途的景致，却不想一路走下来，等回到行宫别院时已经是四月初。

竟然走了足足一个多月。

暖春时节，正是行宫周围桃花盛开的时候，白奕便赖着不肯走，一直磨磨蹭蹭又在这里住了十几天，最后实在熬不过白夫人的再三催促，才恋恋不舍打包了行礼准备回京。

晚间，他又约了秦菁出去骑马。

行宫后面有一片草场，正是他们儿时时常相约玩耍的地方。

晚膳过后，秦菁换了衣裳，牵着黑电独自赴约，去的时候映着夕阳的余晖已经看见白奕等在那里。

他这日仍是穿一身红色锦袍，略显宽大的袍子裹在身上，一如既往将他那神情衬托得慵懒起来。夕阳斜照下来，他微眯了眼睛看过来，身后白马打着响鼻踟蹰在原地，那画面一眼看去有种旷古幽远的质感，反而有些不真实。

秦菁抬手挡了阳光，牵着黑电慢慢地走过去，站在他面前，微弯了眼睛露出一个笑容："不是说晚上见吗，怎么这么早就到了？"

"我等你总好过你等我不是？"白奕抬手去揉她脑后发丝。

因为约了赛马，秦菁出门时就特意换了干净清爽的骑马装，发髻下面散乱的发丝也编成一条松松的辫子，用和衣裙同色的丝带扎好。

她这样笑着的时候看上去纯真美好，任谁也不会把她和乾和宫里那个工于心计狡诈冷酷的荣安长公主联想到一处。

白奕像是甚为满意的样子，拉了她的手将她托上马背，紧跟着自己也翻身爬上来，从后面圈了她在怀里。

"驾——"他扬鞭策马，往前慢慢行去。

秦菁忍着笑意回过头去看他："不是说赛马吗？这么走，我可是一直在你前头，稳赢的。"

"就是想带你出来走走，找个借口。"白奕也笑，垂眸看她，眼底都是毫不掩饰的眷恋，"我这次回去可能要在云都多待几日，正好也跟父亲商量一下我们的事，等处理完了就回来找你。"

这次回京以后，就去找白穆林，让他进宫请旨赐婚，这是他们之间早就约定好的。

"可是……"秦菁还是有点不放心，"这个时机合适吗？是不是等到蓝家的事先做一个了断之后？"

“我是怕夜长梦多，你看，这才不过几日你便要反悔了。”白奕挑眉，神色之间仍是一片认真，“既然是迟早的事，就不要拖了。你不知道，即使是现在这样，我也很不放心。”

他不是这样的人，可是在她面前就是控制不了自己，也许因为想要得到的愿望太过强烈，就患得患失起来。此时此刻这般拥着她抱着她，能够真实触摸到她的身体，能够听到她略显急促的心跳，他也总是不能安心，仿佛还是怕有一刻，她忽然从身边错开，再也抓不牢靠。

“为什么不放心？”秦菁嘴角噙着笑，仰头去啃他的下巴，“就算这世间变数再多，至少这一刻没有。就像十年前我们在这里，十年之后我们还是在这里一样，不是很好吗？”

“可是十年太久。”就着她向后仰头的姿势，白奕低头去吻她的唇，后面的声音便有些含糊，“一定要时刻把你放在我触手可及的地方看着你，我才能安心。”

这样的姿势确实不太好受，秦菁却未回避，往后倾了身子去回吻他。

十年太久，是的，正因为有过那错开的十年，这一次才变得弥足珍贵。既然你喜欢，那便这样吧，至于别人是喜是悲、是愁是苦，谁在乎呢？这样想着，她便坦然合上眼眸，反手攀上白奕的脖子。

天边赤红如血的残阳慢慢沉下去，马儿悠然小跑着，马背上两个重叠的影子便是这般轻柔地被夜色缓缓覆盖。

那天晚上，两人在草地上漫步很久，回去的时候已经是深夜。院子里很静，想着方才约定的事，秦菁就有点儿心不在焉，一步一步慢慢地走上台阶。

推开房门，看着屋子里漆黑一片，她才有些清醒，回头刚要喊墨荷进来掌灯，冷不防手腕被人从黑暗中猛地一把扯住。秦菁心跳一紧，下意识要开口喊人，却被一把捂住嘴强行拉到了屋子里。她竟然毫无还手之力？

这夜阴天，空中无月，屋子里漆黑一片，完全分辨不出来人的样貌，只能从他的身高勉强识得，应该是个身材高大的男人。

那人的动作极为迅捷，显然是个高手，一手捂住秦菁口鼻，另一手拉着她的手腕一个转身，便将她卡在了旁边门板和花架堆叠而成的角落里。

这所有的动作一气呵成，从头到尾，秦菁脑子还没有转过弯来，下一刻他忽而撤了压在她唇上的手。

感觉呼吸刚一顺畅，秦菁脑中清醒片刻，准备出声叫人，便觉得唇上一热。那男人的唇仿佛带了毁灭性的欲念，狠狠在她唇上肆虐。秦菁脑中嗡的一下，下意识咬紧牙关，朦胧的熟悉感迎面袭来，完全不假思索地，她右腿腿弯一提，抽出藏在短靴中的匕首，迎着那人贴靠在她面前的左胸刺进去。动作稳、准、狠，没有一丝一毫的手软和犹豫，整个动作竟也行云流水般顺畅。

利刃切入骨肉，发出细微的声响。她能够清楚感觉到那个压靠在她面前的男人有一丝震动，却也不知她这一刀到底伤了他哪里，下一刻秦菁便感觉两人贴合在一起的双唇间有一丝腥甜滑腻的液体淌过。

犹带着那人体温的新鲜血液从他的口腔渡到她的唇瓣上，因为她死咬着牙关不得深入，而一点一点沿着她的唇角滚落下来。

她手上仍然稳稳抓着匕首，在黑暗中以最为清明冷酷的眼神，静静注视着对面那人。那人身子僵了好半天，当一口血漫过喉头的时候，他才动了一下。

秦菁感觉到他用力将那口鲜血吞咽下去，下一刻她以为他会退让，却不想他没有，反而再度将微微发颤的嘴唇贴上她的，辗转摩挲着一路轻轻吻下来。秦菁没有闪躲，不哭不闹，甚至连反抗都没有。因为她知道，以他的力气，自己再怎么闪躲都是徒劳，只是他往前逼近一寸，她手下便徐徐发力，将那匕首往他的身体里更用力刺进去一点。

利刃一点一点穿插在鲜活躯体的血液骨肉之间，在这寂静的夜色里，那种细微的声响攀上神经，让人有头皮发麻的感觉。

秦菁就那么木然地站着，那人却像完全感知不到疼痛一般，吻得像是极动情的模样，任由那把锋利的匕首，一点一点穿透他的血肉，一点一点将他的身体贯穿。

当血液浸满五指指缝的时候，不知道为什么，她突然有点想哭，可是手下动作那般果决坚定，没有半分容情。

那人的唇在她唇上摩挲许久，她死咬着牙关不松口，他也不逼她，只一点一点汲取着，最后又以舌尖慢慢舔净她唇上沾染的血污。

黑暗中他们看不见彼此的表情，只有血滴从高处点点坠落，发出的滴答声充斥着这个陌生的空间。

“为什么是白奕？”也不知道过了多久，苏晋阳微弱低哑的声音才穿透夜色传递过来。那语气说不上是愤怒还是讽刺，最后漫过喉头的是一声自嘲的讽笑。

傍晚时候在草场上的那一幕他看到了，只是此时听闻他这般质问，秦菁觉得荒唐。

两人正在对峙，许是彼此精神都太过集中的缘故，竟然没有察觉院外缓缓逼近的脚步声。

“公主，是您回来了吗？怎么也不点灯？”晴云说着已经推门进来。

屋子里一股血腥味扑鼻而来，她下意识扭头看去，待看清秦菁手中深入到苏晋阳身体里的半截匕首时，脸色一白，手上灯笼就落在了地上。

灯火一晃，瞬间就熄灭了。

“别出声，把门关上！”秦菁怕她喊，立时沉声喝道。

这个时候，她是真的不想为此惊动了白奕。

“哦！”晴云还处在震惊之中，被她一语喝醒，慌忙抬手捂了嘴，缓了一口气才勉强定下心神快速转身合上门。

“把灯点上！”秦菁深吸一口气，松开了手中匕首。

苏晋阳微微一晃，忙抬手撑住旁边的墙壁。

晴云慌慌张张地点了灯，因为搞不清楚眼前的状况，便束手束脚地站在屋子当中不知何去何从：“公主……”

“这里的事情不准声张，就当什么也没有看到，出去打盆水来把血迹清理干净。”秦菁烦躁道，转身往里面的卧房走去。

三更半夜有男人出入自家公主的屋子，还见了血，这样的事情传出去后果会有多严重，晴云十分明白。

“是，奴婢明白！”她心有余悸地又看了眼虚弱地撑着墙壁站在那里的苏晋阳，然后快步推门走了出去。

秦菁回到卧房，从旁边衣柜的角落里取了一小瓶金疮药出来，塞到苏晋阳手里，并没有正眼看他。因为失血和疼痛，苏晋阳整张脸孔都是青的。他抓了那个小瓷瓶在手，却在秦菁转身的瞬间再次一把扣住她的手腕。

秦菁止步，却不回头，只冷漠道：“你马上走，本宫不希望明天会有禁卫军统领死在荣安长公主闺房的消息传出去！”

“是吗？”苏晋阳苦笑，却未放手，低头去看抓握在手里的那只皓腕。

方才因为持刀，秦菁的掌上全是血，纤细修长的手指被血色浸染，那颜色明艳刺眼，如同即将开败的罂粟花。他知道，她要杀他的时候根本没有丝毫犹豫。可是即便心知肚明，一遍遍纠缠下来，始终舍不得放手。

白奕，为什么是白奕？这世上男子何其多，为什么偏偏是白奕？亲眼看着他们那般亲密地沐浴在夕阳之下，他也说不清充斥在心里的感觉究竟是嘲讽还是愤怒，可是她随性而张扬的笑刺痛了他的双眼，却是无可否认的。

“你可以不要命，本宫可不想陪你声名狼藉，最好你自己走，别逼着我叫苏沐进来。”秦菁无暇理会他此时的心情，只烦躁地开口催促。

她这样迫不及待赶他走，苏晋阳其实是明白的，于是再开口时语气突然刻薄起来：“你到底是怕消息传出去沦为天下人的笑柄，还是单单为了避讳他？”

说实在的，天下人怎样都与她关系不大，这样一番算计下来，与景帝势不两立撕破脸她都无所顾忌，难道还怕这一两件风流韵事辱没了什么不成？

秦菁承认，她这般急切地想要苏晋阳消失，怕的就是白奕。她什么都不在乎，却不能不顾他的颜面和感受——尤其是她和苏晋阳之间的过往，虽然已经是上辈子的事了，但在面对白奕时，她也总有种下意识的心虚。

隐藏的心事被苏晋阳一语道破，秦菁的目光不觉又添三分阴冷。她猛地回头与他对视：“我早就跟你说过，我和他之间的事，不用你管。”

苏晋阳的唇角慢慢爬上一抹近乎残忍的笑意，不可置信地低声吼道：“因为他前世最后帮了你的忙，你便要这般回报于他吗？”

“你这么不愿意我同他在一起，也是因为记了上辈子的仇？”秦菁毫不留情地反唇相讥，紧跟着话锋一转，抬手指向门口道，“我不管你今天出现在此的意图到底是什么，总之我不想再见到你，你马上走。”

苏晋阳张了张嘴，还想再说什么的时候只觉得心口翻腾，又是一口血漫过喉头涌上来。他猛地闭了下眼，想再将这口血咽下去却没来得及，一口喷了出来。殷红瑰美的颜色沿着嘴角蜿蜒而下，越发衬得他那张脸孔没有血色。

门外再次传来晴云匆忙的脚步声。最后看一眼秦菁眼底的讳莫如深，苏晋阳苍凉一笑，转身按着伤口跌跌撞撞地奔出门去。

“苏统领……”晴云愣了下神，匆忙端着铜盆往旁边避开。

苏晋阳出了门，确乎没有张扬的意思，并未走正门，而是转身钻进旁边一小片竹林里，很快隐没了身形。

他像是伤得不轻，晴云又往他消失的方向担忧地看了一眼，然后赶紧收摄心神跨进门去。

彼时秦菁还站在门边，表情晦暗不明，左手一动不动地指着门口的方向。

她右手上还有血迹未干，好在之前刺在苏晋阳身上的匕首未及拔出，衣服上倒是没沾血，只是双方对峙那会儿持续的时间太长，指缝里渗出来的血液把右边袖口染红了一大片。

晴云本来还想问苏晋阳的事，见状吓了一跳，赶紧湿了帕子给她擦手：“手上都是血，公主快擦擦吧！”

“不用管我！”秦菁就着悬空的左手一把挡开她的动作，一步一步往卧房的方向挪，“赶快把屋子里的血迹都擦干净，回头去我院子里看看，不要留下任何痕迹。”

“是。”晴云不敢多问，就着那湿帕子伏在地上擦拭。

晴云收拾完又去打了洗澡水来，秦菁这才脱掉脏衣服，浸在澡盆里把自己浑身上下泡了个通透。

她沐浴的时候没有让晴云陪，可是晴云不放心，四更天的时候忍不住又过来看了眼，却发现她泡在澡盆里就那么睡着了。

“公主，公主快醒醒！”晴云忙取了外袍过来将她推醒，再探手一试水温，冰凉。

秦菁扶着太阳穴缓缓睁开眼，晴云的眼泪就滴滴答答落在澡盆里，一边扯了她出来一边小声责难道：“公主怎么这就睡着了，这水都凉了，回头染了风寒可怎么办！”她絮絮叨叨地给秦菁披了件衣服在身上，帮她擦头发，不放心道，“奴婢去请大夫过来给您瞧瞧吧！”

“不用，我没事！”秦菁露出一个笑容，扭头去看外面的天色道，“现在是什么时辰了？”

“四更过半，离着天亮还早，公主快去床上睡会儿。”晴云道，抬手去探了探她的额头，“好像有点发热了。”

“没关系！”秦菁摇头，“白奕不是五更天就要启程吗？别在这个时候咋呼了，省得他又多想，等他走了再说。”

晴云见她脸上笑容十分自然，也就没再坚持，帮她绞干头发，又伺候她梳妆更衣，等收拾好，时间就差不多了。

晴云给她裹好斗篷，出门前秦菁却拦住了她道：“别跟了，你先去趟苏沐那里，让他晚些时候过来这里等着，本宫有事情要吩咐他去办。”

晴云见她神色肃然，就没敢反驳。

秦菁拢了拢领口，独自出门往白奕的住处去。

这个季节，行宫里没有外人，两人居住的宫室之间只隔了一处小花园。

彼时天还未亮，白奕正好也收拾妥当了准备去看她，见着她来，便有些诧异：“这么早，起来做什么？”

“刚好醒了，就过来看看。”秦菁道，微微牵动嘴角露出一个笑容，抬头见到月七手里只提了个包袱，不禁奇怪，“好歹也是出来这么长时间了，一点行李也不带，白夫人不该疑心了？”

“不会，我人回去了就好。”白奕笑笑，竟然完全不避讳月七在场，忽而倾身下来在她唇上浅啄了一下，“那我先走了，等着我回来。”

“嗯！”秦菁面上飞红，声音极浅地应了声。

看着天色差不多了，白奕也不再多说什么，带了月七大步往行宫大门的方向走去。

黎明的光线之下，他行走如风的影子渐行渐远，一阵冷风吹过，秦菁头脑中的影像就开始朦胧。

晴云去找了苏沐后赶来，见她独自站在原地，就上前握了她的一只手，惊愕之余匆忙探手去摸她的额头，不由得大惊失色：“公主，您真是着凉了，烧得不轻！”

秦菁一动不动地站着，像是根本没有听到她的话，只盯着白奕适才离开的方向，朦朦胧胧地看着，喃喃道：“晴云，陪我去角楼上再送送他吧！”说完，也没等晴云答应，抬脚就走。

晴云没办法，赶紧去追。

黎明过后，天色逐渐转亮，白奕带了月七策马直出宫门。

秦菁站在高高的角楼上，从高处划过的风带起她身后白色的斗篷，即使光线未明，那一剪素白的影子也极其醒目。

因为走得安心，白奕一直没有回头，秦菁悄无声息地站了很久，一直到他的背影消失在天地相接处。

清晨的第一缕阳光洒上面颊，她忽而觉得晕眩，头脑里空空的，有些不清楚。

“公主，您的状况真的不大好！”晴云焦急地上来扶她，“要不，把四公子追回来吧！”

“不用，染了点风寒而已，不要惊动他，我休息一下就好。”秦菁摆摆手，转身扶着她的手往楼梯口走去，“苏沐还在我那里吧，我们回去。”

苏晋阳不会无缘无故跑到这里来，昨天晚上他一定是有什么事，可是最后没有说。

一定是有什么要紧事，或许很快就会有什么大事发生了。

脑子里努力地思考，秦菁试图打起精神往前走。

“公主！”晴云察觉她身形一晃，才往她腰上扶了一把，她的身子已经失去支撑，滑软下去。

云都，苏府。

日色微醺之时，秦苏带着贴身丫鬟一路火急火燎地从花厅往苏晋阳的书房去，眉心紧蹙，一副十分不悦的模样。

“公主，宫里头已经着人来问了三遍了，再这样下去怕是要出事的。”侍婢叶依小心翼翼道。

“知道了！知道了！”秦苏烦躁地摆摆手，一路目不斜视地继续前行，“好端端的，他不进宫去，这一天到晚的到底都窝在书房里做什么？”

当初是她自己死乞白赖求着景帝赐婚苏晋阳的，只想着宁死也不能嫁给蓝玉华，再者秦洛的皇位是十拿九稳的，区区一个秦宁，她根本就没看在眼里。当时是想着绝境逢生，总是个不错的选择，却怎么也没料到，到了苏府之后更成了笑话。

开始的半个月她一直卧床养伤，后来好些了，苏晋阳居然也没来过她房里。她当时的第一反应就是秦宁那个狐狸精使了手段。而更可笑的是，苏晋阳和秦宁大婚当天她找去秦宁那里居然也没见到他，新房里红烛高照，只有秦宁一个人默默垂泪。

大婚当夜，苏晋阳喝得烂醉如泥，睡了书房，并且从那天以后还直接在书房里落了户。秦宁那里一次没去，对她更是退避三舍，连院门都是绕着走的。

整整三个月，她见他的次数屈指可数，还全都是在花园里偶然遇上的，一个错肩，连招呼都不打。

这个男人，秦苏着实看不透他到底在想什么，只是这样日积月累下来，怨气积了一肚子，偏偏这节骨眼上他还出了这样的幺蛾子，让景帝一日派了三拨内监往府上寻人。

秦苏心情不好，走得很快，可到了苏晋阳的书房门口又迟疑了。苏晋阳平时那个态度实在让她难以受用。

“公主……”叶依从旁扯了下她的袖子，小声道，“奴婢问过了，这已经是第四天了，洒扫的丫头说驸马爷一直没从书房里出来，大概是心情不好吧。”

秦苏一旦和苏晋阳撞上肯定会闹，那场面让人想想就觉得害怕。

秦苏猛地回过神来：“你说他四天没出房门了？”

“是！”叶依低着头，说话也不敢大声。

秦苏心里也有些发怵，可不管怎样，宫里景帝的面子不能驳，她咬咬牙，用力推了房门一把。原以为会吃个闭门羹，不想那房门居然没有从里面关上，她用力过猛，直接就撞了进去。

屋子里所有窗子都是关着的，隐隐有种奇怪的味道弥散开来，再加上时值日暮，整个屋子里阴沉沉的。

苏晋阳趴在里面的书桌上，一动不动，他手边有两个酒坛，一个歪着，已经见底，另一个尚且圈在臂弯里，隐隐有酒气弥散。

“苏晋阳！”秦苏见状，气就不打一处来，一个箭步冲上前去，本来是预备夺他抱在手里的酒坛，没想到衣袖一扫，放在桌角的一把匕首铿然坠地，差点砸到她的鞋尖上。

她惊叫着往后跳开，匕首落地，蹭在大理石的地面上，激起无数细碎的石头末子，细看之下，却发现地上竟也凝了一层已经干涸的血迹。

秦苏脸色唰地一白，大着胆子去扶苏晋阳的肩膀，入目却是对方苍白如纸的脸和唇角半干的血痕。

此时他胸前衣衫半敞，伤口血肉模糊。

“啊——”叶依惊恐地叫着，眼泪就涌了出来。

可苏晋阳的身体明明有温度，秦苏扭头恶狠狠道：“鬼叫什么！还不赶紧传太医？”

“哦！”叶依忍着眼泪转身要走，秦苏打了个寒战，又叫住她：“先别声张，也别找太医了，找个口碑好的大夫就行。”

虽然不知道出了什么事，可苏晋阳被伤成这样，直觉上不可能是小事。

叶依去找大夫，秦苏试了试苏晋阳的鼻息，确定人还活着，又悄悄去叫了自己房里另一个丫头过来，两人合力把人扶到里面的床上。

大夫很快找来，苏晋阳一直昏迷不醒，秦苏就压着消息，主仆几个忙活了整夜，黎明时分才悄悄送走了大夫。

秦苏脸色阴沉地坐到床沿上半晌，苏晋阳一直不醒，她就有点慌，这才想起景帝那边还忘了回话。

她仓促起身，推开门，迎面却见秦宁带了个丫头过来。

“你来做什么？”秦苏本就心烦，这会儿见着她更是火上浇油，直接斥责。

忙了一夜，这会儿她的衣服上都是褶皱，秦宁盯着看了两眼，又去看她身后的房门，眼泪就开始在眼圈里打转儿，她费了最大的力气忍着没哭，很小声地说：“我……没……没什么。”

秦苏最看不上她这动辄就哭的毛病，脸色一沉，再细看她目光的落点，突然茅塞顿开，知道她是误会了。

不过这种误会秦苏乐见其成，郁闷的心情一扫而空，当即绽放一个笑容，故意很大幅度地整了整衣襟道：“驸马累了，这会儿还睡着呢，说了不叫人打扰。”

秦宁的眼泪越发忍不住，声音就更是小得可怜：“我只是做了点甜汤……”

“他不喝！刚才说了不让人吵他！”秦苏打断她的话，这会儿她正心烦，连整治这个小贱人的耐性都没有，直接一挥手，将丫头捧在手里的汤盅扫落在地，冷冷道，“滚！”

秦宁被泼了一身的汤水，眼泪终于再也压不住。

可是她不甘心，还是期期艾艾地盯着秦苏后面那扇紧闭的房门，多希望她的晋哥哥能从那门内走出来，像往常很多次那样解她的尴尬和困境。

她不信这动静里面的人听不到，可就这么盼着，里面却没有任何的响动。

等着等着，心都凉了，再被秦苏嘲讽地一瞪，她终于难以忍受，捂住嘴巴，转身冲出了院子。

秦苏看着她落荒而逃的背影，随口骂了句贱人，也抬脚往外走。

行宫别院。

秦菁在高烧昏迷了整整两天之后，终于在第三天的夜里转醒。

屋子里的宫灯点了数盏，光线明亮得让她很不习惯。她虚弱地抬了手去挡，恰是惊动了坐在旁边打盹的晴云。

“公主，公主您醒了！”晴云睁开眼，喜极而泣。

这两天几个丫头都急坏了，尤其是晴云和苏雨几个，只要一想到去年上元节过后她的那场大病，就心有余悸，两日之内，每个人都把眼睛哭肿了。

“嗯！没事！”秦菁牵动嘴角，露出一个虚弱的笑容。

因为高烧发热，此时她嗓子发涩，每说一个字都撕扯着生生地疼。

“公主您等等！”晴云见她皱眉，马上起身把小火炉上一直温着的银耳汤盛了一碗端过来。

昏睡了两天两夜，因着粒米未进，秦菁想要抬手都没有力气，就靠在那里由她喂着喝了半碗。

温润清甜的汤水入喉，她便觉得舒服不少，抬手挡开晴云的手道：“我睡了多久了？”

“公主不再用些了吗？”晴云端着汤碗，皱着眉回，“您睡了整整两天，现在是二更天，可把奴婢们吓坏了。”

“两天，那他应该已经到云都了。”秦菁呢喃着理顺思路，忽而想起了什么，目光一敛，猛地抬头看向晴云道，“苏沐在吗？马上叫他来见我！”

苏晋阳！苏晋阳！苏晋阳那么莫名其妙地跑到行宫，一定是有什么事发生，怎么自己偏偏就在这个时候生病了？

秦菁只觉得心烦意乱，掀开被子就要穿鞋下地。

晴云被她突如其来的举动吓了一跳，忙放了手里的瓷碗将她拦下：“公主，您才刚醒，不能再受凉了。您叫苏沐是吗？奴婢去给您叫。”

“不用，我自己去！”秦菁再次挡开她的手，不由分说地穿了鞋袜就摸下床。

“公主！”晴云急得几乎要哭出来，赶紧去柜子里抱了那件大斗篷出来，正要给她往身上披，秦菁却是眉头一皱，忽而轻声道：“你听，外头是不是有什么声音？”

晴云本来一门心思都放在她身上，这会儿竖了耳朵细细听，正疑惑着什么也没有听到，下一刻夜色中果然像是有人声从很远的地方传过来。

“好像……是有打斗声吗？”晴云不很确定地揣测。

秦菁心头一紧，一把抢了她手里的斗篷，正要往外走，却见旋舞慌慌张张地两步抢进来，满头大汗道：“公主不好了，小殿下遇刺了！”

秦菁脸色一白，只觉得天旋地转。

黎明时分，皇宫内院鸡飞狗跳，一片喧嚣。

西华门的守卫被人强行冲开，一行二十余人的车驾疾驰而入，马蹄声起，践踏在所有人一夜安枕的好梦上。

“长公主，长公主！宫里的规矩，请您下马换了宫轿前行吧，否则……”

荣安长公主离宫数月，此时没有半点风声突然连夜折返，还强闯宫门而入。

守门的侍卫惊慌失措地试着上前阻拦，秦菁高居马上，扬鞭扫过，将那侍卫迫开。

白色的斗篷划过漆黑夜色，一行人很快在她的带领下闯过二道宫门进了内廷。

“快！快去禀告陛下！”守门的侍卫如梦初醒，大声嚷道。

西华门外乱成一片，随着侍卫惊慌失措的叫嚷声，风声很快传开，各宫灯火纷纷燃起，夜色弥漫的皇宫内城瞬间灯火辉煌，连成一片。

景帝早起更衣完毕，本来正在前往上朝的路上，冷不丁听见一个侍卫来报。

他初时有些没反应过来，将信将疑之下还是命人掉头，直接带着前往启天殿的盛大排场直奔乾和宫而去。

荣安长公主闯宫，并且罔顾宫规带着侍卫在宫中纵马，还打伤了试图上去阻拦的禁卫军？

自己这个女儿的心思最是周到不过，这桩桩件件怎么听都不像出自她的手笔，可是前来报信的侍卫信誓旦旦，完全不掺假。

这个丫头，难道突然失心疯了不成？景帝心里憋了一口气，赶到乾和宫外时，刚刚好就迎着秦菁策马带人从对面的御道上疾驰而来。

马背上那少女姿容清丽、眉目清冷，一张精致漂亮的脸孔却蒙了层霜，带着说不出的冷厉味道，姿容之下，竟有种让人仰视的压迫感。

这个孩子，从何时起，竟然会有这样的气度风华？景帝心下暗惊，一时失神，直至辇车停下才恍然惊醒。

彼时不少嫔妃和宫人已经闻讯赶到乾和宫外，见着景帝的銮驾到来，众人纷纷屈膝见礼：

“参见陛下！”

景帝径自下了辇车，管海盛随后跟上，匆匆甩着拂尘：“都起来吧，都起来吧。”

不管这荣安公主今日唱的究竟是哪一出，怕是得出事儿啊！

秦菁目不斜视地打马从远处过来，一直到逼近景帝才收住缰绳，利落地从马背上翻身下来。

景帝等着她上前来给一个解释，奈何她见到他却如未见一般，只甩了马缰转身往身后跟着的马车走去。

同行的侍卫跟着纷纷下马，秦菁语气冰冷地吩咐道：“苏雨、墨荷，你们两个马上带人去请太医，把现下不在宫里的所有太医都一并宣进来，马上去。”

“是，公主！”两个丫头跳下马车，招呼了几个侍卫匆忙往太医院的方向跑。

秦菁没有去管他们，目光一转，两手一撑，跃上马车。

车厢里，晴云将那孩子的脑袋抱在怀里，焦躁不安道：“公主，快，小殿下昏死过去了，怎么叫都叫不醒。”

秦菁抬手碰了碰那孩子血色全无的一张小脸，深吸一口气，忙闪身跳下车来招呼了一个侍卫，道：“快把殿下抱进去！”

侍卫跃上马车，自晴云怀里小心翼翼地接过那孩子，下车时旁边围观的众人才看清楚，那孩子的外袍上面全是血，胸口插着半截断箭，嘴角流出的血竟隐隐泛着黑。

被陆贤妃扯着在一旁的秦茜见状，连忙跑过来，惊慌道：“这……皇弟这是怎么了？”

怎么了？放箭暗杀犹嫌不足，还变本加厉用毒！

对一个孩子都能下这样的毒手，简直就是丧心病狂。

秦菁冷眼扫过，显然没有闲工夫回她的话，只对那侍卫道：“送进去吧！”

“是！”侍卫抱着怀里的孩子快步进了乾和宫。

所有人目瞪口呆地看着眼前这一幕，露出不可置信的神情。景帝站在当场，显然也是受惊不小，直愣愣的，半晌没有说一句话。

打点好一切，秦菁方才深吸一口气走到景帝面前。她的目光冷毅阴沉，语气肯定道：“父皇，这件事，我需要一个交代！”字字句句，掷地有声。

这是个质问的语气？景帝一愣，还以为出现了幻觉，看着自己的女儿，这个少女脸上却没有半分玩笑的意味，神色冷毅而倔强。

“交代？”景帝脸色发青，冷不防嗤笑一声，“你是跟朕要这个交代吗？”

“儿臣人微言轻，做不得主，可父皇您是一国之君，难道也像儿臣这样无能吗？行宫是皇家别院，却有十几个刺客神不知鬼不觉地潜进去，并且又能精准无误地找到宣儿的住所，埋伏得密不透风，狠下杀手。父皇觉得这正常吗？而这幕后凶手又会是什么人？”秦菁道，语气桀骜而轻狂，再没有半分平日里面对景帝的分寸和度量，说着便是话锋一转，冷然笑道，“当然了，如果父皇金口玉言给我一句话，这个交代儿臣也是可以自己去找出来的。”

行宫里出了这样的事，的确是匪夷所思。如果刺客做得这么全面周到，那么至少证明，第一，他们在行宫里有内应，帮忙放了他们进去，并且告知秦宣的住所位置；第二，他们一定是拿到了行宫里的兵力布防图和侍卫的巡逻路线。这两点缺一不可，而普天之下能做到这两件事的人，绝对是在皇城边上。

景帝听得也是一阵后怕。如今对方刺杀的只是秦宣，如果赶在他去行宫避暑期间动手，那么……他的脸色骤然一变。

秦菁知道是为什么，可是这一刻，他的儿子性命垂危，他都不想进去看一眼吗？眼前的景帝，神色变幻莫测。

秦菁本是被怒火冲昏了头脑，亟待发泄，这时候看着眼前这个自私又冷情的男人，她突然都懒得计较了。于是，她也不再等景帝的后话，深吸一口气，回转身去对旋舞道：“你去一趟白丞相府上，不知道如风最近在不在京城，如果他在，就把他也请来。”

“是！”旋舞颔首，转身飞奔而去。

乾和宫外，气氛诡异。

众人的目光全在秦菁和景帝的身上打转，谁都知道荣安长公主今天犯了大忌讳，当着景帝的面出言不逊，罪名不轻。宫里捧高踩低，这是棒打落水狗的绝佳机会，明明每个人都跃跃欲试，可是不知道为什么，却又没有任何一个人敢率先发声。

仿佛这是一道禁忌，结界后面藏着洪水猛兽，谁第一个跳出来，就会被咬得粉身碎骨。

诚然，这时候并没有人意识到他们心里畏惧隐藏着的野兽就是面前的荣安公主，潜意识里他们都在怕她。

这边秦菁根本就没把这些人看在眼里，转身刚要往宫门里走，就听远处传来仓皇的脚步声，片刻之后，萧文皇后挤过人群跌跌撞撞地跑过来。

“菁儿！”她冲过来，一把握了秦菁的手，脸色发白，指尖颤抖，惶惶道，“本宫听说宣儿出事了？他人呢？怎么样？”

因为心悸，萧文皇后的情绪便有些控制不住，握着秦菁的手腕用了自己都想不到的力气，生生在她腕间掐出一道苍白的指痕来。

同样是面对亲生儿子的生死，这是母亲的态度，对面站着的是她的父亲。

“我已经派人去请太医了。”秦菁心生悲悯，把她的手递给晴云，“带母后进去！”

萧文皇后也顾不上和她多说，转身又跌跌撞撞地奔进了乾和宫。

这么一耽搁，墨荷已经带了几个太医回来，秦菁根本等不得他们行礼，直接让墨荷把人都带了进去，再一回头，不期然看到紧随着一众太医过来的秦苏。

显然，今天这样的场合之下，她这位皇妹是改了性子的，竟然默不作声地想往人群里缩？

秦菁眸光一冷，直直地看过去：“这个时间了，你怎么会在宫里？”

秦苏没想到她会一眼就看到自己，微微一个哆嗦，紧跟着飞快稳下心神，不慌不忙道：“驸马偶感风寒，发了高热一直不退，本宫是进宫来请太医的，结果不想人全都被皇姐召了来，既然是皇弟有事，那便先就着他吧。”

苏晋阳重伤，秦苏会在这个时候进宫，也解释得过去，可是这样一来，是不是也就可以解释苏晋阳突然出现在行宫别馆的原因？

秦菁目光中不觉凝满浑厚的杀气，虽未再接话，却是死死地盯着她。

秦苏注意着她的神色，即使强作镇定，也隐隐有些胆寒。

只是这个时候，她不能避让，一梗脖子冷笑道：“不过看来我今天来得也真是时候，听说皇姐你纵马闯宫，威风得不得了，还把父皇惊动了呢。”

说话间她得意地扬眉，反正所有人都知道她和秦菁不对付，这时候落井下石很正常啊。

而且景帝本就已经恼了秦菁，这时候就等有人率先烧一把火了。

秦苏的意图明显。

景帝阴暗的瞳孔里，隐晦爆裂出一片细小的火花，几乎是下意识地，他脚下微微挪动了半步。

可是，秦菁已经先发制人，转头看向他，态度桀骜地冷冷开口道：“父皇，今夜违犯宫规和冲撞父皇，都是儿臣不对，可是宣儿的性命要紧，儿臣现在没有时间招待您，稍后自会去您宫中请罪，您先请回吧！”言罢，也不等景帝反应，她便转身快步上了台阶。

景帝看着她这般放肆无忌的举动，额上青筋突突直跳。

“皇姐的威风都耍到父皇面前来了吗？”秦苏不死心，冲着她的背影讽刺地大声道。

她就是存心让景帝下不来台，今天这么好的机会，绝对要将秦菁治罪！

秦菁听到她的话，却置之不理，走上台阶对守在门口的苏沐冷声下令：“把这座乾和宫给我围死了，堵住门口，没有本宫的命令，不准任何人擅自进出，否则……格杀勿论。”

她没有刻意针对谁，声音也不太高，但是每一个字落地，都带了冰冷嗜血的戾气，不怒自威。在场众人无不被震慑，暗暗心惊。

秦苏更是恨得牙根痒痒，上前一步：“父皇……”话音未落，台阶上的秦菁却忽而转身。她目光凌厉，带着锐不可当的寒意扫过门前众人的脸，更是完全无视景帝的存在，字字阴狠道：“宣儿的事，本宫不会就这么算了，你们最好求神拜佛祈祷他没事，否则，我不保证这里的每一个人还能看到明天的太阳。”这是威胁，也是警告。当着景帝的面。说着，她目光一转，再次打量一遍在场众人，最后视线停在蓝月仙面上。蓝月仙的脸色微微一变，却未想到当着景帝的面她竟敢出此狂言。

景帝这会儿已经气得脸色铁青，可是秦菁完全没给他发作的机会，直接一转身进了乾和宫，然后轰然一声，大门关上了。

死寂！现场的气氛死一样沉寂！所有人都觉得荣安公主是不是疯了，居然在景帝面前这般为所欲为。

秦苏费了好大的力气才压制住想要仰天狂笑的冲动，竭力让自己表现出一个气愤的表情，快步奔到景帝身边，盯着乾和宫紧闭的大门道："皇姐简直太放肆了，根本就没把父皇……"话音未落，啪的一声。在场众人又是始料未及地齐齐一愣。

秦苏歪着脑袋，反应了好一会儿才抬手去捂脸，同时难以置信地慢慢回头，瞪大了眼睛朝景帝看过去。

景帝眼睛里带着戾气，脸上乌青一片，映着暗夜里的火光，仿若修罗恶鬼。

"父……皇……"秦苏哽咽着有点儿想哭。

"管海盛，把她带到朕的书房里去。"景帝却不等她开口，又恶狠狠地瞪她一眼，声音里压抑着刺破心肺的气息。

说罢，景帝骤然转身，头也不回地大步穿过人群，往正阳宫的方向快步走去。

秦苏才觉得腿软，缓慢地瘫坐在了地上。

管海盛叹一口气，知道这位金尊玉贵的公主今天怕是躲不过去了，不过这样的事他见得多了，也没多大感觉，直接一挥手："小井子！"

"是！"小井子应了，和另外一个内侍一起把秦苏拉起来，半拖半拽地往正阳宫的方向去了。

乾和宫外围观的众人还在，管海盛却是犯了难，赔着笑脸走到蓝月仙面前道："贵妃娘娘您看这……"

蓝月仙目光一冷，沉声斥道："这大半夜的，都散了吧，记得管好你们的嘴巴，宫里可最见不得那些嚼舌头的。"

近来她独得圣宠，这话便相当于替景帝传的。

众人不敢怠慢，纷纷点头称是，待她离开，也急忙作鸟兽散。

管海盛引着蓝月仙一路往正阳宫的方向走，从景帝登基以后，他就一直服侍身边，还从不曾见景帝发过这样大的火。

这会儿他心里突突直跳，忖度再三还是凑近蓝月仙身边，忧心忡忡道："娘娘，您看今天这事儿闹得，皇上那里老奴还是头次见他发这样大的脾气，一会儿您可得多担待着劝一劝啊！"

"劝什么？"蓝月仙淡然牵动嘴角，目光之中竟然有些幸灾乐祸的笑意。

管海盛只当自己眼花，使劲揉了揉眼睛再看，却发现这笑意越发深了。

管海盛一愣，不知道为什么，看着眼前这个端庄高贵妆容美好的女人，一阵胆寒，讪笑着道："娘娘您这是……"

"横竖这闯祸的不是本宫，受灾的又另有其人，你说本宫现在该是何心情？"蓝月仙冷笑一声，眉目之中连以往那种冷淡和矜持也荡然无存。

管海盛一窒，再没敢多说半个字，忙垂下头去，小心翼翼地跟着她往前走，心里却在叫苦不迭——

疯了疯了，这一夜之间，从景帝到荣安长公主，这会儿连带着冷冰冰的姝贵妃都跟着疯了。

景帝回到正阳宫，直接进了书房，刚一屁股坐在案后，秦苏就被拖了进来。

在景帝面前，小井子不敢太放肆，只是秦苏这会儿自己腿软，两个内侍一松手，她就站不住，直接跪坐在了地上。

她下意识惶惶地抬头去看景帝，景帝却是阴着脸命令："你们全都出去！"

在场的宫婢和小井子等人哪还有想待在这里的，一溜烟散了个干净。

偌大的书房里燃着未及熄灭的烛火，天才蒙蒙亮，光线很诡异，景帝的脸色看着更诡异。

从刚才在乾和宫外开始，秦苏的一颗心就不住发抖，这时候她撑着身子跪好，忍着哭声道："父皇，不知道儿臣做错了什么，惹您震怒？"

景帝坐在椅子上，阴恻恻地看着她。

这个女儿嚣张跋扈、心肠歹毒，他都是知道的，原也只觉得女孩儿家，任性骄纵一点无伤大雅，却不想她总是做些自作聪明的蠢事。

腮边肌肉抖动半晌，景帝才极力压抑着情绪开口："说吧，这件事里头还有谁？朕会赐你一个全尸。"

好端端的，上来什么也不问就要赐死？秦苏脑中嗡的一下，满脸不可置信，但景帝眼中并无半分玩笑之色。她仔细观察片刻，就有点慌了："儿臣不知道父皇在说什么！"

景帝明明也极其厌恶秦菁那两姐弟，现在手里一点确凿的证据都没有，就要拿自己去给秦宣那个短命的垫背吗？简直就是滑天下之大稽。

景帝已经认定这件事是她做的，表情并无半分松动，只是语气更加冰冷地重复一遍："这么大的事，你一个人做不了，说吧！"

方才秦菁给了他气受，对这个男人而言是前所未有的打击，这个节骨眼上，谁撞在枪口上都得死。

秦苏不傻，分得清楚形势，再也不敢心存侥幸，拼命摇头："儿臣真的不知道父皇在说什么。"

"不知道？"景帝冷笑一声，秦苏便觉得眼前人影一晃，下一刻景帝冲过来，卡住了她的脖子，提小鸡一样将她从地上抓起来。

景帝额角青筋暴起，眼神凶狠地盯着她。

秦苏手脚乱蹬极力挣扎，但是气都喘不过来，只瞪着一双惊惧过度的眼睛，不可置信地看着眼前这个狠毒的男人。

景帝的动作没有半分容情，若在平时，他也许不会有这般力气，但是这一晚真的被秦菁刺激得狠了，只死死掐着秦苏的脖子，当真没有半分容情，想要将她一把掐死。

秦苏脸色先是涨红，然后慢慢青紫，她突然想改口了，可是景帝这般，完全没有给她重来的机会。就在她以为自己便要这般死去的时候，思绪涣散间，忽而听得身后大门吱的一响。

管海盛推门送了蓝月仙进来。

“娘娘，慢点，小心……”管海盛殷勤道，可是话到一半却被殿中场面震住，声音戛然而止，动作也僵在半空。

蓝月仙也看见了，不过没慌，依旧从容地走过去，抬手握住景帝青筋暴起的手腕，蹙眉劝道：“皇上，对自己的女儿何必动这么大的火气？”

景帝嘴角肌肉抽搐一下，扭头看到她眼中的沉静幽深之色，不知道为什么，忽而手下力道一松，就那么放了手。

秦苏的身子失去支撑，砰的一声摔在地上，缓了片刻才提起一口气来，捂着脖子一边流泪一边剧烈咳嗽。

景帝的手犹在半空，蓝月仙攀着他的手背，一点一点移过去，将他的手指根根握住，然后拉下他的衣袖，帮他收住这个杀机突显的动作。

景帝木头人一样站在原地不动，只目光阴霾地盯着地上哭泣不止的秦苏，慢慢道：“杀了她吧，这样的废物留着已经无用，何况现在连话都不听了。”

他这话是说给蓝月仙听的，漠然而冷酷，不带丝毫感情。

秦苏心头剧烈一颤，马上爬起来，回头一把抱住蓝月仙的大腿，仰头哭诉道：“贵妃娘娘，姨母，你救救我，我不想死，你劝劝父皇让他放过我吧，我这可全都是按照你的吩咐做的啊！”

蓝月仙静立不动，脸上表情也纹丝未动。

景帝听了秦苏的话，偏过头去看她，目光之中却无半点质疑的意思。

“这孩子大约是吓糊涂了！”蓝月仙笑了，神色一片坦然，“折腾了这么半天，皇上累了吗？要不就先歇着吧。”

景帝看她一眼，又移开目光去看了眼跪在她脚边声泪俱下的秦苏，突然冷声道：“宣世昌伯进宫！”

这么多年，世昌伯蓝礼早就告老在家，已经多年不曾进宫半步，景帝这个时候传召他，究竟意欲何为？

秦苏心下又是一个颤抖，两眼惶然，可是她不敢问，更是什么话也不敢说。

管海盛乘机走了出去，远离是非之地。

蓝月仙扶景帝回案后坐好，自己站在他身后，容色淡淡，分外镇定。

时间无声无息流逝，约莫一个时辰过后，管海盛又把殿门推开：“陛下，世昌伯到了！”

蓝月仙侧头看了景帝一眼，景帝缓缓睁开眼，点头道："传！"

管海盛应声退出，片刻之后蓝礼走了进来，脸上始终是万年不变的沉稳表情。

殿中跪着满脸泪痕的秦苏，主位上并肩坐着景帝和蓝月仙。

他的目光自蓝月仙面上缓缓扫过，虽然不想承认，但也的确无可否认，当初一念之差，他确实押错宝了！

"老臣参见陛下、姝贵妃娘娘！"蓝礼俯身拜下，态度恭谨而庄重，然而还不待任何人说话，他又是一个响头郑重其事地磕在地上，"老臣一时糊涂，做下谋害皇嗣这等祸事，其罪当诛，请陛下责罚！"这般跪伏下去，便再没有起身。

景帝身后的蓝月仙表情淡淡的，秦苏则浑身剧烈一震。

"外公……"她干吞了口唾沫，扭头去看蓝礼，突然很想笑。

这件事，明明就是蓝月仙给她提的醒儿，让她出头去做，蓝礼不知道，蓝光威不知道，蓝淑妃不知道，就连蓝玉衡都没告诉。

那些刺客杀手是蓝月仙交代给她的人，她只不过选好时机把人派出去了。

此刻蓝礼这样一番信誓旦旦的言辞下来，若不是她对自己做了什么心知肚明，怕是真的也要信了这告罪之言了。

"不，不是这样的！"几乎是下意识地，秦苏开口辩解，抬手愤然一指蓝月仙，凄声嚷道，"这件事与我外公无关，是她，父皇，是姝贵妃她指使儿臣去做的，与其他任何人都没有关系！"

蓝月仙不语，神色一派坦然，不见半点心虚和急切。

蓝礼伏在地上狠狠闭了下眼，对于秦苏，他本来是不想管的，但是无可否认，蓝淑妃这对母女真是如出一辙，败事有余。

"殿下，事到如今，还是认了吧！"蓝礼说道，语气中尽是叹息，仍是毕恭毕敬地冲着景帝再磕一个头，"是老臣糊涂，不该听从公主殿下一个妇人的怂恿，做下这等大逆不道之事，此事全乃老臣一己之私，请陛下明鉴，赐老臣一死，莫要牵连了世昌伯府其他人。"

"外公，你在说什么？"秦苏尖叫，抬头去看蓝月仙，再收回目光去看身边一脸虔诚之态的蓝礼，只觉得脑中嗡嗡作响，思绪混乱，忍不住发笑。

蓝礼会心甘情愿为蓝月仙送死？这太荒唐、太可笑了。

听着蓝礼的供词，景帝始终沉默，这会儿摆摆手道："拉下去，鸩酒赐死。"

他没说要株连。

蓝礼袖子底下一直紧紧攥着的手这时才悄然颤抖了一下，然后松开。

"带下去吧！"管海盛一招手，门外马上冲进来四名禁卫军，分别将蓝礼和秦苏架了出去。

蓝礼从头到尾都是听之任之，毫不反抗，秦苏却还像完全没有反应过来的样子，只一声接着一声哧哧笑着被带了出去。

蓝月仙幽幽一叹，上前扶住景帝的手道："皇上累了，先去榻上眯一会儿，臣妾这便命人传膳过来。"

"去吧！"景帝颔首，却是轻轻推开她的手，自己转身进了里面的寝殿。

蓝月仙目送他略显佝偻的背影一步一步走进去，素来平静无波的脸上忽而现出一个诡异的笑容来，转身往殿外走去。

门口，蓝礼居然还在，两个侍卫等在台阶下面稍远的地方，管海盛和其他宫女内侍不知所终。

她带上殿门，款步走过去，与蓝礼并肩而立。

此时太阳已经完全升起来，是个晴空万里的好天气。阳光之下，她身上描金的凤袍映射出夺目的光辉，整个人看上去有种压制不住的风采。

两个人十分默契，谁都没有看谁，先开口的是蓝月仙。

"父亲觉得冤枉吗？"她这般问道。

蓝礼在刺目的阳光下闭了下眼，面色阴沉，无喜无悲："你觉得痛快了吗？"

从蓝月仙用蓝李氏胁迫了蓝玉衡而没有直接找他的时候，蓝礼就隐隐感觉到了，他迟早会有这么一天。而如果他死，能换她和蓝氏一脉同气连枝，值了。

此刻，他在等蓝月仙的一句话。蓝月仙目不斜视，迎着阳光微微一笑："父亲走好！"

既然你当初可以那般无情地断我所有退路、推我下地狱，那么这些疑问，你便留着到阴曹地府里去找答案吧。

第五章　父女断义，楚国来使

世昌伯蓝礼和三公主秦苏因为合谋刺杀宣王，被景帝以鸩毒赐死。

消息传回世昌伯府，蓝光威慌乱之下急欲进宫求情，却被宫门守卫拦下，他一时气恼拔剑将人砍伤，景帝震怒，再一道圣旨将其革职移交大理寺。

蓝玉衡坐守家中，半天之间接连两道噩耗，却是不闻不动，没有做出任何应对措施，只在出事第二天进宫请罪，顺便要求把蓝礼的尸体带回去安葬。

乾和宫中，掌灯时分。

萧文皇后一直守在偏殿床前，那孩子还在昏睡，小脸苍白而不见一丝血色。

莫如风连同杜明远等一众太医合力，救治了整整一天，才勉强将他身上的毒素暂时压制住，而要完全清除，却需要一个相当漫长的过程。

萧文皇后眼中带了血丝，握着那孩子的小手一直不放。

秦菁从小厨房带人端了食物进来，看见灯影下她悲伤的脸，情绪就压抑得厉害，略一斟酌，侧头使了个眼色。墨荷会意，把托盘放在桌上，带着几个宫婢退了出去。

秦菁走过去坐在床边，伸出一只手压在萧文皇后的手背上，轻声道："太医说已经没有大碍了，母后你也守了一天，去吃点东西休息一下吧。"

萧文皇后并未看她，抿抿唇像是犹豫了一下，终于还是开口："你到底把你弟弟藏到哪里去了？"

想来这话她是压在心里多时，一直强忍着没有问的，而秦菁又哪有不明白的。

萧文皇后对秦宣是什么样的感情，她再清楚不过，这个孩子在样貌上虽然与秦宣像了七八成，再经晴云的巧手修饰，在旁人看来是无破绽，但是对于生身母亲的萧文皇后而言，左右也就是一眼的事情。

秦菁垂眸不语，萧文皇后的眼中便带了丝怒色，暂且放开那孩子的手，扭头看向她：“从去年你去祈宁的时候开始，人就已经被你调了包，我之前一直不问，是想你连我都瞒着必定是有不得已的理由。这段时间，我也极力与你父皇疏远，就是怕宣与他接触频繁了露出端倪，可是现在，出了这样的大事，你还准备继续瞒着我吗？”

萧文皇后生性温和，即使是对外人，也极少有这般疾言厉色的时候。

秦菁知道自己对不住她，以前是不想她跟着担风险，但是现在和景帝撕破脸就不一样了——

她什么都不知道，反而更危险。

“他在祈宁！”秦菁道。

“什么？”萧文皇后一惊，难以置信地瞪大了眼。

原先她只以为秦菁是把人藏着暗中保护起来了，却怎么都没想到，她居然直接把人送到千里之外的祈宁去了。

那个地方处于两国交界地，常年战祸不断。

“菁儿你……”萧文皇后起身，脸色都白了，没头苍蝇似的在原地转了两圈，最后还是带了丝薄怒道，“你真是太胡闹了！”

“我也不想这样，可是没有办法！”秦菁苦笑，语气很平静地低头看着被子上的花纹，“母后你看到了，即使宣儿让出太子之位，即使我带着他远远避开，不理朝纲，也总有人这般处心积虑地不肯放过他。我也不愿意去争，不愿意去抢，可眼前的形势就是这样，我不杀人，回头你我、宣儿，乃至外公一家，必定沦为别人的刀下亡魂。母后你深居宫中多年难道还看不清这样的现状吗？成王败寇，我们从一开始就没的选择。”

“可是你父皇……”萧文皇后脱口道，想到那个男人的薄凉和冷酷，突然心生惶恐，“你这样在他的眼皮子底下使手段，万一被他知道……”

“母后你不要再对他心存幻想了，他连皇祖母都可以舍弃背叛，更何况是我们这样对他本身就毫无助力的人？”秦菁面无表情，语气冰冷，“这次发生的事你也看到了，已经一整天了，他甚至都没叫人过来问上一句。如果可以选，我会选择没有他这样的父亲，可是身为他的女儿，我从一开始就是没有退路的！”

她说着，突然无限凄凉地闭上眼，唇角缓缓咧开的笑容更像一道鲜血淋漓的疤，看在眼睛里，触目惊心。

萧文皇后是个很传统的女人，虽然这些年也渐渐对景帝寒了心，但那人是一国之君，又是她的夫婿，她连反抗都要思量着来，更何况是公然与之为敌。

不是不怨不恨，只是不能不敢。

可是她做不到的事，她的女儿却做了，义无反顾地和那个高高在上的男人决裂，为了护她，为了护她的儿子，为了护她母族满门。她明明也才十七岁，是无忧无虑的年纪，可是，她用她薄弱的肩膀撑起了这么多。作为母亲，这一刻，萧文皇后心里最真实强烈的感情，不是骄傲，而是心疼。

秦菁兀自笑了半晌，又缓缓敛起神色看向她，仍是淡淡地说道："萧羽会照顾宣儿，母后你别担心。我知道我在做什么，即使我不在乎，可是为了宣儿，我也永远不会亲自对他出手的。"

所以蓝月仙，我继续容忍你！你就放开手脚在这后宫朝堂里为所欲为吧，在我的目的达到之前，这天下，是你的！因为心里情绪起伏得太快太激烈，只在顷刻之间，秦菁眼底就飞快变化了几次。

萧文皇后张了张嘴，虽然有许多的话想说，却又无从说起。

"罢了！凡事你心里有数就好，母后虽然无能，但也总是和你一起的。这里没什么事，你去休息。我这就去你皇祖母那里一趟，好歹把今日之事跟她通个气。"最后，她只能颓然叹了口气。

"母后去吧！"秦菁点头，对她露出一个宽慰的笑容。

因为刚刚大病一场，再加上整日奔波，她的脸孔呈现出一种异样苍白的颜色，这微微一笑之下的容颜，脆弱得让人心疼。

萧文皇后眼圈一红，忽而抬手揽过她的脑袋，将她的额头抵在自己的肩上用力抱了抱。秦菁埋首在她肩头，嗅着她身上特有的味道，唇角微扬，露出一个心安的笑容。没什么好怕的，再惨痛的局面和后果她都经历过，哪怕身在地狱，她也无惧于从堆垒的白骨之中再爬出来。

送走了萧文皇后，秦菁回了后面的寝殿。夜色浓郁，因为整天所有人都在为秦宣的事情奔走，她这里反而分外冷清。屋子里没有点灯，秦菁推门进去，仅凭记忆一步一步走到里面的圆桌旁边坐下，素手一扬，打落发间两支凤钗。钗环落地，发出清脆的声响，如墨的发丝散落下来，她双手抱头坐在桌旁，不再动弹。

蓝月仙的用心和手段她是知道的，并且这样的事情也一早就在她的防范之中。她原以为自己可以做到，却不想最后还是百密一疏，出了这样的纰漏。

即使真正受伤的人不是秦宣，但在这一天一夜之间，她仿佛又经历了一遍前世的那些残忍，惊惧绝望，被亲人遗弃背叛之后的痛苦，尤其是站在景帝面前和他针锋相对、据理力争的时候。

其他所有人的敌对和仇视她都能坦然面对，唯独景帝这般置身事外的态度，让她忍受不了。

天知道日积月累下来，她对那个男人的仇恨有多深，可偏偏不能出手。

一个人在黑暗中也不知道坐了多久，直至窗棂上照下的月影也淡了，身后靠着墙角的那盏宫灯被人无声无息地点燃。秦菁仍是双目紧闭抱头坐在桌前，声音沙哑道："你来了？"

"嗯！"夜色宁静，就连白奕的声音也显得很轻，他从后面慢慢地走过来，坐在她旁边的凳子上拉过她的手。

秦菁缓缓抬头，虽然灯光昏暗，睁眼时她还是被这光线刺了一下，稍稍偏过头去躲避。

黑色的发丝披散肩头，遮掩住她大半素颜的面孔，白奕探手拢了她，将她拉坐在自己怀里，哄孩子似的，修长指尖穿过她的黑发，用力将她苍白的脸孔压靠在自己唇边。

“是我不好，不该留下你一个人离开！”他的声音细弱又带了明显的颤抖，说不上是恼恨还是心疼。

这件事原就不是他的错，却不知是不是犹自带着病痛的缘故，听着他这般柔软的声音，伪装了整整一天之后，秦菁莫名落下泪来。温热带着咸涩味道的液体自她眼中缓缓滑落，漫过脸颊，落在白奕的唇边。白奕的身子剧烈一震，皱了眉缓缓抬头看向她。

“白奕你说得对，这世界上的变数太多，不是你的错，而是我欠考虑的地方太多。”秦菁的脸上带了笑，笑颜极盛，那般无遮无拦地看着他，“这条路从一开始就是我自己选的，可是到头来，这分量好像远远超出我的想象，你说我是不是做错了？”

“不要这样，你只是太累了。”白奕的目光中有些水润的微光闪过，双手捧着她苍白的脸孔，一点一点吻干她脸上的泪痕，“实在觉得辛苦，就什么都不要再想，安心休息一阵，剩下的事我帮你做完！”

他声音不高，也不见得有多少刚毅和狂放，只是字字句句缠绵入骨，硬是让她深信不疑。秦菁破涕为笑，沙哑的声音里带了丝玩笑的味道：“这件事，我去做是据理力争，不一定是错；你做了，就是乱臣贼子，错得离谱！”

她的指尖在他面上游鱼一般缓缓扫过他的眉峰，目光迷离地看着他，神色间有种倦懒的妩媚。白奕心跳一滞，忽而觉得自己就这么陷进了她柔和的眼波里。

“我的面前没有对错，只有你！”他这般回她，“有些事……”

“我知道！”秦菁忽而出声打断他的话，指尖轻点压住他的唇，因为头天夜里的高热还没有完全退去，此时她指尖的温度还有些微微发烫。

秦菁能够感觉到他眼中一闪而过的情绪，却故作不察地别过眼去，目光稍稍上移，落在他束发的玉簪上，忽而玩味地笑了笑。

白奕不明所以，一眨不眨地看着她。秦菁也觉得拘束，探手过去取下那发簪放到桌上，十指穿插在他浓密的黑发之间，随意梳理了两下，再垂眸看看两人各自披散下来的发丝，眼中跟着闪过些顽皮笑意。

最后她也学了他方才的样子，双手捧了他的脸颊在面前端详，而在她终于欺身上去想要吻他的时候，白奕已经心里一凉，恍然明白了她心中的想法。

她去吻他的唇。他下意识偏头躲过。秦菁的唇落在他腮边，两个人的发丝交缠在一起，明明离得那么近，像是牢不可破，但下一刻白奕发现他还是听到了他最不想听到的话——

“我答应你的事……恐怕暂时不能兑现了！”

秦菁的声音很轻，带着柔和的叹息，但是每一字落下来，都让白奕的心莫名被重锤击打一下。他追随她的脚步这么久，原是不该计较这一时半刻的温存，可是这突如其来的变故还是让他猝不及防。

下一刻，秦菁已经从他怀里退出来，弯身捡起地上散落的发钗，手下动作利落地将头发绾一个髻，以凤钗粗略固定，再回头时眼中笑意已经瞬间烟消云散。

“我没有时间了，必须尽快了结这件事。蓝月仙已经出手，一旦失去蓝家人的牵制，她做起事来只会越发肆无忌惮，在这之前，我必须把朝中所有能争取过来的助力控制住。”

白奕还保持着原来的姿势没有动，眉峰微敛，看着眼前神色清冷与方才判若两人的女子，费了好大的力气才让自己平复下来，稳稳道：“需要我做什么？”

“梁明岳！”秦菁道，每一字都果决干脆，“付厉染那里，之前与我有盟约，虽然断了联系，但那人行事素来诡异莫测，应该还有争取的机会。西楚方面战事紧张，萧羽手里的二十万兵权本就吃紧，是肯定不能动的。到时候只能从魏国公处暗中运作一部分人回来，以备不时之需。如果能争取到付厉染和魏国公的配合，想要掩人耳目会容易得多。”

“我明白！”白奕道，“我会马上帮你通知萧羽，让他早作打算。”

“为免夜长梦多……”秦菁沉吟，粗略估算了一下时间，“告诉萧羽，不管用什么方法，一个半月之内，我要他拿下那二十万军队的绝对统率权。”

“万事俱备，应该是可以的。”白奕点头，又等片刻，见她再没有别的事情嘱咐，就站起身，抖平了袍子往外走。

秦菁看了眼他的背影，目光冷涩地侧过身去。这几步白奕并没有刻意放缓脚步，两个人都能明显感觉天光漫长。

在即将推门出去的那一刻，白奕还是止了步子，停顿片刻，他开口：“宫里这边我留下的人手一共有二百人，除了必要的安置点，剩下的人我会吩咐下去，全都给你调到乾和宫附近，以备不时之需。”

在这宫里，每一个人的身份背景都经过再三核查和检验，外人想混进来其实是极不易的。

虽然一早就知道白奕在她身边安排了人手暗中保护她，但是二百人这样巨大的阵容还是让秦菁暗中一惊。

“嗯！”她点头，关于他们之间的那个约定，她终究还是没有再说什么。

白奕便不再逗留，推开门，很快消失在茫茫夜色中。

接下来的日子，秦菁仍是命人封锁乾和宫，把那孩子留在自己宫中养伤。而不过短短数日时间，外面坊间已经流言四起，将秦宣遇刺一事传得沸沸扬扬。

即使蓝礼主动赴死，蓝月仙也没打算为蓝家人遮着掩着，秦菁更是顺水推舟，命人煽风点火，将此事大肆宣扬出去。接连半个月，街头巷尾的谈资，无不围绕此事。

堂堂世昌伯，为一己之私做出这样大逆不道的事来，整个世昌伯府声名狼藉。

当然了，事出有因，有人刨根问底追究下来，秦洛不可避免地流入视线，还有蓝淑妃……甚至因为景帝对蓝家不轻不重的处置，他都不可避免地遭到非议。当然，只是背地里。

所谓人言可畏，这样的风声在外愈演愈烈，以至半月之后秦菁第一次前往御书房求见景帝时，刚好撞上他的雷霆之怒。为的是祈宁，萧羽的军队失去战场，被困祈宁城内不得出。而他发作的对象，是秦洛。

秦菁去时，蓝月仙早到一步，王兮墨跟在身边，手里端一个托盘，上面放着瓷盅和玉碗。

因为景帝发火，蓝月仙便没有进去，正端端正正地站在门口的台阶上等候。秦菁款步走过去，在离着台阶十步之外的地方摆摆手，示意两个丫头原地等候。

这段时间她很谨慎，但凡出门，带的一定是灵歌和旋舞，这也是白奕的意思。

王兮墨看向蓝月仙，见到对方的眼色就悄然往旁边退开几步。

秦菁不急不缓地走上台阶，和蓝月仙并肩而立，唇角带了丝笑，目不斜视地看着眼前紧闭的大门道："多日不见，贵妃娘娘气色不错，想来是事事顺心。"

"一切都是托长公主的福，本宫只不过是运气略好一些罢了。"蓝月仙不动，也是从容不迫地勾唇微笑。

行宫刺杀一事是她主使，打着一箭双雕的主意，一则是对秦菁示威，二则也是借故拉蓝家下水，除掉蓝礼，以报他当年协助蓝月湄打压自己之仇。

她这样的用心，景帝未必就不知道，只是心甘情愿地纵容着自己心仪的女人罢了。正是因为有这一层关系在前，此时的蓝月仙，的确有这样肆无忌惮的资本。

秦菁轻笑一声，稍稍侧头看一眼站在她身边的轻狂的女人，目光凛冽道："贵妃娘娘知道本宫的底线在哪里吗？"

蓝月仙闻言，也是侧头回看她，毫不避讳："本宫记得当初长公主殿下似乎是有言在先，不会干涉本宫要做的任何事。"她这一句话，极为形象地阐明何为引狼入室。

就凭秦菁这个乳臭未干的丫头，想要算计到她，哪有那么容易？她最初对她服软，不过是利用而已。在这深宫之中，从她决意入宫的那一天起，就已经暗暗诅咒发誓，一生绝不立于人下。

当时是世事弄人，蓝礼那些人合谋算计她，存心不让她好过。而如今隐忍十年，她还不是将他们死死制住，生杀予夺全凭她一句话？

蓝月仙承认，这个荣安公主手段是有一些，野心也够大，只是所有的算计都未免青涩了些，她哪会看在眼里。

这样想着，蓝月仙的嘴角便也难得带了丝笑容。

她原以为经过这件事，秦菁对她一定会有所忌惮，却不想秦菁回敬她的仍旧是云淡风轻的一个笑容。

“那你就放手去做吧！”秦菁无所谓道，重新移回目光去看前面紧闭的殿门，“蓝礼和蓝光威两个够了吗？是不是也要把蓝大公子拉上一起垫背？”

蓝月仙心中不悦，顿了一下，眼中带了几分狠厉，冷声道：“你犯不着威胁我，若是你需要，本宫可以先还你一个人情。”

“人情债哪是这么容易还的？”秦菁垂眸而笑，仍是不温不火，“你还是去做你自己想做的事情吧！”

去做你自己想做的事！这句话是当初她到冷宫第一次见蓝月仙时说的，可是到了今时今日，她分明已经领教了养虎为患的后果，怎么还能气定神闲地说出这样一句话？

蓝月仙是这时候才对她起了一丝防备的，本就心机颇深，这样竭尽所能地思忖之下，便失了神，竟连殿内景帝训斥秦洛的声音戛然而止都未曾察觉。

秦菁默然不语，任由她盯了很久才再次扭头看向她。

“这个世界上欠债还钱的事情有很多，都在情理之中。世昌伯虽然去了，可是当年那件事的始作俑者不是还安然无恙地留在宫中吗？”她目光清明带了丝笑，眨眨眼道，“运气这种事真的很难说对不对？当年她不惜以自己腹中孩儿设计陷害于你，结果不仅让你一败涂地，受了这十年冷宫之苦，偏生还让她保住了孩子，谋得一世富贵。不得不说，世事无常，很多事情真的是从一开始就注定了的。”

蓝月仙一直维持良好的气韵风度突然有了一丝裂痕，她沉了脸，眼底有浓厚的怒意：“这些话，是谁对你说的？”

“难道不是吗？”秦菁反问，“如若当初真的是你罪有应得，你恨恨蓝家人也便罢了，何故把这份怨气转嫁到父皇身上？不外乎就是蓝月湄兵行险着陷害了你，而偏偏父皇就那么轻易上当，没有选择相信你！”

这是在御书房外，虽然只是秦菁一厢情愿的揣测，但是这样的话一旦传到景帝耳朵里，也必将酿成大祸。

蓝月仙眼中杀机隐现，冷声道：“东西可以乱吃，话不可以乱说，荣安，你不要在这里信口雌黄，本宫对皇上的用心日月可鉴，断不容你这般歪曲。”

“贵妃娘娘何必如此紧张，今日天阴，日月都不会与你计较。”秦菁笑笑，目光流转，再次从她脸上移开视线。

蓝月仙死死咬了下嘴唇，神色变了数变，还没等她酝酿好情绪，眼前的殿门已经被人从里面推开，站在门口的，赫然正是秦洛。

秦洛穿了一身明黄色的绣袍，脸色阴沉地站在门口，眼中带着不属于他这个年纪应有的阴霾，像是真被景帝训斥狠了，然则看到他出现的那一刻，蓝月仙脑中灵光一闪，不由得倒抽一口凉气。

原来秦菁最后这番话并非针对自己，而是准备说给他听的！

她要秦洛知道当年事情真相？蓝月湄那个贱人现在就和废物没什么区别，即使让他们母子生出嫌隙来又能怎么样？

蓝月仙心里惊疑不定，秦菁却已经微笑着与秦洛打招呼："二皇弟，最近都不得空见你，好像又长高了些！"

"见过皇姐！"秦洛沉着脸对她略一颔首，又再守着规矩转头对蓝月仙也行了礼，"姝贵妃娘娘好！"

说完也不等二人反应，径自从门内出来，错过两人身边匆匆离去。

蓝月仙狐疑地回头看了秦洛一眼，冷笑一声："就那个贱人，现在还值得你费这样的心思？"

"你不懂！"秦菁露出一个高深莫测的笑容，却是避而不答，先她一步走进门去。

蓝月仙站在原地看了眼她的背影，百思不得其解之下也只好收摄心神，快步跟了进去。

御书房里，景帝因为刚刚发了火，将桌上奏章战报扫了满地，管海盛带着两个徒弟正跪在地上重新整理。

"儿臣给父皇请安！"秦菁走上前去，盈盈一拜，眼中神色淡然，态度恭敬有之，礼让不足。

景帝本来正在气头上，见着她来，无疑更是火上浇油，当即冷笑一声："怎么？你现在是得空来给朕请罪了吗？"

自打半月前在乾和宫外见了一面之后，这还是父女二人头次相对。

他不说免礼，秦菁却站直了身子，轻声道："儿臣当时也是情急之下一时失态，宣儿受了那么重的伤，人都说骨肉连心，父皇难道不心痛吗？而且事情过了这么久了，难道父皇还要与儿臣这般斤斤计较吗？"她嘴角扬起，明明是带了笑的，但眼中冷淡无半分笑意，不动声色地反将了一军。

景帝被她噎得够呛，而前后连着这两次，秦菁对他已经在明面上步步紧逼，没有了半分尊重之心，这是个十分可怕的讯号。

这个女儿要做什么？这样不分尊卑，没有轻重，都不考虑后果吗？不！她很聪明，不会因为一时气愤昏了头脑。那一瞬间，景帝脑海里已经乱糟糟地飞闪过了许多的念头。

蓝月仙见管海盛和两个徒弟跪在那里忙活，就弯身捡起落在脚边的一封折子，整理好重新送回景帝的桌上，一面还是贤良淑德地劝慰道："虽说政事要处理，陛下也要先顾着自己的龙体，太子还小，可以慢慢教，别再动怒了。"

景帝阴沉着脸，却只盯着站在殿中的秦菁。秦菁也坦然，便屈膝一福，公事公办道："儿臣此来，是向父皇谢恩的。谢谢父皇为宣儿做主，讨回了公道。只不过太医说他伤势严重，体内毒素彻底清除也还需要一段时间，一时半会儿怕还不能亲自来向父皇谢恩。既然父皇这里还有政事要处理，那儿臣就先行告退了。”说完，她便要往外退去。

说来就来，说走就走？她进门说了这么多话，哪有一句中听的？又哪有一句是把自己当成她的父亲了？

“瞧瞧你萧家人做的好事！”景帝心中前所未有地震怒，刚好看到蓝月仙递过去的折子，一把抓过来就狠狠地往秦菁身上一摔，怒不可遏道，“二十万大军落在他的手上，不过几天就出了这样的纰漏，被人团团围住，身陷囹圄不得出，他就是这么给朕带兵的吗？”

那奏章的两侧封皮都是用实木薄板制成，外头裹了黄绸，他摔过来的时候更是用了十成十的力道。

秦菁未躲，甚至连眼睛都没有眨一下，那纸面上的朱砂蹭到她的前襟，留下一点亮眼的污渍，自始至终她嘴角都带着雅致的笑容，静默地看着景帝。

奏章落地，她又弯身捡起来，规规整整地再次放回景帝面前。

景帝错愕，她更是面不改色盈盈一笑：“行军打仗的事，儿臣不懂。何况儿臣是父皇的女儿，不是萧家的人。父皇若是觉得征西大将军的能力有问题，下了折子撤职查办，或是再派新人过去接任就是了。这样的军国大事，实在不该与儿臣询问。”

这个时候，正是军心不稳、百姓动摇的当口，哪里能说撤换就撤换？即使他原先便带着这样的目的在做事，也要等这场战事休整以后再做。景帝只觉得胸口一闷，险些被她噎得背过气去。

“儿臣此来的目的，已经向父皇禀过，儿臣告退。”秦菁淡淡地看他一眼，又是屈膝一福，礼节周到地退了出去。

景帝再次被她这般桀骜不驯的神气激怒，胸口剧烈起伏，因为急怒攻心，一时间反而忘了发作。

秦菁退出殿外，转身带着两个丫头头也不回地离开了。

“你放肆——”身后的大殿中碎瓷落地，紧接着响起撕裂般很长的咆哮声。

秦菁没有回头，唇角冷笑的弧度十分刺眼。

灵歌悄然往后看了眼，不免担忧：“公主您这样一再和皇上对着干，真的没有关系吗？”

“放心吧，只要你家公子手里的兵权一日在握，我们在这宫里就都是安全的！”秦菁道。

眼下景帝忌惮的已经不是绝境之下萧家人的倒戈相向，而是萧羽卡住了边境虎视眈眈的西楚人。

前方的战场上，萧羽是败了，但败得巧妙，几乎没有损兵折将，只是被西楚人驱逐，退回了祈宁城中。而在那之前，他斥巨资和白奕监督赶工，全面加固了整个祈宁的城墙防御，祈宁现在固若金汤，易守难攻。除非他主动开城门，放西楚人南下。

景帝今天之所以生这么大的气，其实根本就不是因为萧羽在战场上的失利，而是因为他切身体会了一把什么叫弄巧成拙——

本来信誓旦旦想要杀人，现在反被别人掐住了喉咙，卡住了命脉。

虽然被景帝一番责骂，这天秦菁的心情却是出奇地好。

一路无话，回去路过荣华馆门前的时候，她突然顿了下脚步，沉吟道：“这里守门的两拨禁卫一直都没有换过吧？”

灵歌不知道她何出此问，只顺口回：“蓝淑妃已然废人一个，陛下也懒得再费心去管这里了吧。”

“哦！”秦菁低头想了想，过了会儿道，“那你吩咐下去，这就把我们安插在荣华馆附近的人都撤了吧。”说完，继续举步前行。

是夜，大雨。

雨势倾盆，冲刷着夜色，天地间连成一片，仿佛以后再不会有白天。

雨阵之中一行四人，两大两小匆匆而行，借着这雨幕遮掩，往荣华馆的方向而去。

陆涛披了蓑衣站在门檐下还是被溅了一身水，正在心烦意乱的时候，冷不丁抬头就看到眼前几人飞快地走近，他警觉地按住剑柄，给身边侍卫使了个眼色：“去看看。”

“是！头儿！”那侍卫快步走下台阶，迎上几人。

那几个人也在稍远的地方停住脚步，其中一个小个子走上前来，似从袖子里掏出个什么物件给侍卫看了。侍卫匆忙跪下，捧了那东西回去跟陆涛耳语了几句。

雨越下越大，偶有雷声隆隆，但离得太远，并不见闪电，这暴雨冲刷之下的气氛就更让人心烦。

陆涛本就心烦意乱，看了侍卫呈上的东西，又说了两句什么，那侍卫回去把东西还了，就命人打开了荣华馆的大门。

四个人披着蓑衣疾步而入。

大门重又在雨幕中落锁，陆涛仍带着剩下的八名侍卫在屋檐下死死守住。

这一晚天气有些反常，不时会响闷雷，却到处黑漆漆的，仿佛整个世间都被妖魔的黑口袋给裹住了，找不到出口。

雨声哗啦啦的，荣华馆内一片漆黑，如果站在高处，似乎能看到正中大殿和庭院里偶有人影晃动，但是烛火太暗，又仿佛那只是幻觉。

这样大的雨，蓑衣根本挡不住雨水。

从蓝淑妃被禁足之后，荣华馆夜间的守卫就由陆涛负责，很少会遇到这样的鬼天气。前后站了两个时辰，他身上早就湿透了，忍不住暗啐了一口：“这鬼天气！”

又过了一阵，身后有人敲门。他让人开了门，送走那四个人，仍是恪尽职守，带人仔细地守着荣华馆。

那四个人从荣华馆出来，头也不回地快步离开，行过一条僻静的御道，又穿过一座花园，为首的一个小个子才顿住了脚步。

"殿下？"跟在他身后的另一个小个子凑上去，抹了把脸上的水，却是秦洛的心腹路喜。

秦洛头上的斗笠压得很低，走路时他又低着头，这时候就是路喜站在他身边都看不清楚他的脸，只听他声音阴冷低沉地说道："记住，本宫今夜一直在书房温书，哪里都不曾去过。"

顿了一下，他忽而缓慢地抬起头，露出半张脸，明明是一张略显稚嫩的脸，表情却阴森得像是历经沧桑的鬼怪。

他目色森森，死死地盯着路喜，一个字一个字从牙缝里挤出来："你知道该怎么办！"

路喜被他的眼神镇住，牙根打战，反应了一下才找回自己的舌头，拼命点点头："是！"

一行四人，再次融入雨幕当中，鬼魅般消失不见。

这场雨来势凶猛，一直下到四更天才停。

雨幕初歇，五更过半的时候秦菁起来梳洗，墨荷刚刚开了殿门，冷不防就听到荣华馆方向一声凄厉的惨叫冲破云霄，过了一会儿，又是吵闹声忽远忽近地传来。

墨荷一脸狐疑："出什么事了吗？奴婢叫人去看看？"

秦菁没作声，走到盆架前洗脸，墨荷也就没再管外边，伺候她梳洗过后，再打开殿门，灵歌已经满面肃然地快步走进来。

"公主！"

"我听荣华馆那边吵吵闹闹的，知道出什么事了吗？"墨荷问道。

灵歌深深地看她一眼，还是直接迎着秦菁走过来，道："公主，昨天晚上蓝淑妃自缢了！"

自缢？那岂不是跟上一世景帝赐死萧文皇后的死法一样？秦菁玩味着勾了勾唇，墨荷却因为太过震惊，手里端着的脸盆砰的一声落在地上。

她一个激灵，连忙弯身去捡，紧张不已地抬头去看秦菁："公主，事情真会这么简单吗？蓝淑妃那人您知道的，她怎么会……"

蓝淑妃不会轻易想不开，如果她真有这么大的脾气，那么早在景帝圈禁她的时候就已经这么做了。

秦菁心里有数，对这些细节明显不关心。

她低头继续整理好袖口，漫不经心地问："死了吗？"

"是！"灵歌道，"太医已经去查验过了，奴婢是一直等着听了结果才回来禀报的，说是应该死在三更左右，当时正赶上大雨，她宫里的人都不知道，一直到今儿个一早有嬷嬷去叫起床，推门进去就发现人挂在房梁上，已经硬了。"

三更左右，正是雨势最大的时候，那个时间就算有什么响动，也不容易被察觉。

秦菁略微思索了一下，抬头看向院子里："苏沐呢？还没回来吗？"

“嗯？”灵歌和墨荷俱是一愣，却不知道苏沐夜里竟是出了门。

“哦，本宫临时吩咐他去办了点事。”秦菁解释，继而又把目光移向灵歌道，“蓝月湄自缢的事，父皇已经知道了吗？”

“已经有人去了，这会儿消息应该已经传到御书房了！”灵歌话音刚落，外面又见苏雨提着裙子慌慌张张地跑进来。

“又出什么事了？”墨荷又是心跳一紧。

苏雨跑得满脸通红，进门就冲到秦菁面前，喘着气道：“公主……快！去永寿殿！”又累又急，她有些语无伦次。

秦菁的眉头一下子皱起来。

苏雨缓了口气才又勉强继续道：“李嬷嬷刚偷偷差人来报信，说皇上因为蓝淑妃之死震怒，在永寿殿大发脾气，还……还扬言要废后！”

“什么？”墨荷和灵歌齐齐变了脸色。

秦菁手下动作顿住。她倒是没见惊慌，心里已经飞快把整件事过了一遍——

蓝淑妃那里事发才没多久，景帝应该是得了消息就直接杀到永寿殿去了，这中间没有时间给他审查取证，也就是说，听闻蓝淑妃死讯的第一时间，他首先想到的就是借题发挥，迁怒萧文皇后？

这个男人，还能让她再失望一点吗？他的底线到底在哪里？她不着急，可是愤怒。

“公主！”苏雨见她不动，就更急了，跺着脚道，“您快啊！据说皇上气得不轻，皇后娘娘……娘娘她怎么办啊？”

“公主！”墨荷和灵歌也不由得慌了。

秦菁一只手搁在桌子上，缓慢抬头，撑着桌子站起来。这一刻，她平静得近乎不近人情，但是几个丫头都熟悉她，却分明能够感受到她从骨子里透出来的寒意。

“墨荷你去万寿宫，请皇祖母移驾永寿殿。”深吸一口气，秦菁面无表情地往外走。

“是！”墨荷赶紧答应了，灵歌和苏雨小跑着追上去。

灵歌动作快，先行一步去叫辇车。秦菁带着苏雨往大门口走，刚走到前面的院子里，就见苏沐埋头快走进来。

“交代你的事，都顺利办妥了吗？”秦菁直接问道。

“是，奴才幸不辱命！”苏沐拱手，见她脸色不好，又一大早急着出门，也是心神一紧，“主子要出去？”

秦菁脚下步子压根没停，见他转身要跟，直接抬手一挡：“你别跟了，记好了本宫之前交代你的话。”

“是！”苏沐下意识应了，就真的没再勉强。

秦菁赶到永寿殿时，在门口就看到华瑞姑姑。

华瑞姑姑见她的辇车过来，没有上前打招呼，只微不可察地给了她一个笑容，秦菁便知道，没等墨荷去请，梁太后已经到了。

虽说从头到尾她的心就没乱过，不过此时却浮起一丝微微的暖意，也是暗自冲华瑞姑姑略一颔首。

华瑞姑姑是借口回去给梁太后取东西才出来等她的，此时交换完讯息，也不再耽搁，目不斜视地往万寿宫的方向行去。

“公主慢点！”苏雨扶着秦菁下了辇车，主仆一行进了永寿殿的院子。

里面正殿大门敞开，景帝和梁太后并肩坐在主位上，陆贤妃站在梁太后身后，低眉顺眼地给她捶背，蓝月仙则坐在景帝下首的椅子上。

秦洛这会儿也在，只是垂着头跪在旁边，一直没有说话，像个小孩子。

萧文皇后却是跪在大殿当中，秦菁进门就听到她有些愤怒的声音：“宫里出了事，的确是臣妾治理无方，可荣华馆那里是陛下您亲自下令封的宫门，从来不容臣妾插手，淑妃妹妹自己想不开，又不会着人先来禀了臣妾知道，即使臣妾有心，也鞭长莫及，无能为力。皇上您真要为了此事怪罪臣妾，臣妾可以领罪，但这件事最大的错处不在臣妾身上。”

她是个温柔的女人，在后位上坐了这么久，更是最懂得分寸的。

这是第一次，她当着景帝的面爆发出强烈愤懑的情绪来，不屈服，不软弱。

景帝见她居然敢顶撞自己，更是怒气冲天，腮边肌肉抖动，猛地拍案怒吼道：“萧颖！你这是在指责朕的不是吗？”

萧颖，是萧文皇后的闺名。景帝如此这般当众吼出来，当真是半点颜面都不给她留。

一直闭目捻佛珠的梁太后眉心一跳，挤出的疙瘩就再没散开。

萧文皇后的心，突然一凉到底。她看着面前自己的丈夫，本来还愤怒无比的心却在这一瞬间完全冷静下来，不再歇斯底里，反而很平静地看着他，反问道：“所以呢？皇上您今天是一定要臣妾为淑妃的死负责吗？”

景帝突然愣住了。这个女人和他做了二十几年的夫妻，可是这一刻他突然感觉到陌生。

萧文皇后很平静，甚至没有哀莫大于心死的哀凉。如果这是第一次，或许她真的会深受打击，痛苦到活不下去，可是现在，已经不会了。

对一个人死心，其实只需要一瞬，何况之前她已经经历了那么多回。今天，她只知道自己不能示弱，为了她的儿女和家族不被拉下水，她绝对不会违心妥协。

景帝愣了愣，最近不管是秦菁还是萧家都给了他太多的压力，积攒了许久的情绪一瞬间决堤，他眼中泛起近乎狠毒的情绪：“朕……”

他要开口，这时候秦菁却抢先一步跨过门槛走了进来，冷冷地看着他，掷地有声道：“凭什么？”她声音清越，一旦带了情绪，就有种高高在上的气势。

景帝被打断，众人不约而同循声望去。秦菁脊背笔直地从容地走过去，没看萧文皇后，而是先和景帝还有梁太后见礼："见过皇祖母，儿臣给父皇请安！"

她的脚步顿住，所站的位置，不偏不倚，正好是在萧文皇后身后。

此时清晨，殿门大开，有阳光照进来，将一道浅浅的影子打落在地。

萧文皇后跪在那里，心里不是没有委屈的，这一刻，她不能随意回头，可哪怕是低着头，看着落在地上的那一剪素影，心里也感觉到了温暖和力量。

秦菁看着景帝，没等他再开口就先发制人，冷冷道："之前蓝氏以巫蛊邪术诅咒宣儿，虽然父皇惦念旧情没有依法重罪处置她，但她已然是罪妃之身。这样的人，父皇圈禁她是让她反省罪行，可她非但不肯悔改，还变本加厉……"

"皇姐！"秦洛忍无可忍地大声打断她的话，捏着拳头死死地盯着她，眼睛红红的，是哭过的痕迹，"不管母妃她之前到底做错了什么，现在她都以死谢罪了……"

"皇弟你说错了！"秦菁针锋相对，毫不留情地打断他的话，"皇弟你是当朝储君，难道不知道在这宫里自戕就是藐视皇权的大罪吗？蓝氏是对父皇圈禁她的决定有所不满？她这样挑衅父皇，你还替她辩解？就算她是你的生母，父皇还是你的生父！如此轻重不分，是非不明，看来两者相较，皇弟终归还是和蓝氏之间比较亲厚。"

宫规里的确是有这么一条的，如果不是被赐死，后宫嫔妃是不得随意轻生的。

虽然以前也有过这样的事，可那大多是几个女人争风吃醋，有人受了委屈一时冲动，太后和皇帝不追究，也就不了了之，但是现在……

秦洛脑袋一空，脸色惨变。

他当时只是无意中听秦菁和蓝月仙道出当年事情的真相，加上刚被景帝斥责，义愤难平，就去找蓝淑妃质问，双方争执之下，蓝淑妃说漏嘴也承认了，他心里再不能忍这个只知道利用他却又拖他后腿的女人，所以才下了手。

此刻秦菁咬住蓝淑妃自戕一事不放，他顿觉不妙，心里一慌，赶紧朝景帝磕了个头："请父皇恕罪，儿臣只是一时心中悲恸，想不了那么多，她毕竟是儿臣的生母……"说着，就声情并茂地落下泪来。

景帝根本就没听他说了什么，因为从秦菁出现的时候，他的目光就没从秦菁脸上挪开过。

从秦宣遇刺之后，秦菁对他的态度已然彻底改变，而这种改变有时候竟会让他产生一种这个女儿要凌驾于他之上的错觉。现在秦菁和他针锋相对，他心里就格外愤怒不安。

相形之下，别的人和事就不那么重要了。

秦菁的话他找不到理由反驳，但又坚决不能屈从，眼见着场面僵持，剑拔弩张，这时候就听管海盛在殿外禀报道："陛下，陆涛求见。"

景帝看过去一眼，没吭声。管海盛察言观色，招招手，不一会儿陆涛就快走进来，人没进殿，只在院子里跪下，禀报道："陛下，娘娘，淑妃娘娘的遗体……不知道要怎么处理？"

秦菁唇角弯起一个冰冷的笑容，秦洛瞧见，唯恐她又要拿自戕一事借题发挥，赶紧抹了把眼泪给景帝磕了个头道："父皇，儿臣斗胆，替母妃求一份恩典，不管母妃之前做错了什么，念在她养育儿臣一场的分上，能不能请您开恩，也去见她最后一面，给她一点最后的体面？"他面上神情是真的悲痛。

秦菁眼睛眯了眯。她已经给蓝淑妃打上了藐视君上的罪名，秦洛这个时候不是该赶紧撇清吗？果然，有趣！

秦菁没动，安之若素。

蓝月仙从旁已经敏锐地察觉到方才她微微一闪的神情，不管秦洛还有什么打算，但是看秦菁的这个反应，她不敢冒险。

"皇上……"飞快调整情绪，蓝月仙赶忙开口想要劝阻。

这个时候，旁边沉默不语的梁太后突然睁开眼，起身道："既然是这孩子的一片孝心，到底是死者为大，那皇帝就陪着去看一眼吧！"

这样说着，她自己却当先起身往外走。

蓝月仙心知不妙，想着要不要自己使点手段让景帝去不成，可是刚一动心思，就感觉到一道不同寻常的视线落在了自己身上。

她下意识抬头，秦菁挑衅地冲她一扬眉，然后扶起萧文皇后跟着往外走。

蓝月仙一愣。她的伎俩只对景帝有用，最多也只能留下景帝一个，到时候如果蓝月湄那边有什么事情发生，她不在当场，反而更不好办。

这么一想，她便再不敢动歪脑筋，愤恨地咬咬牙也赶紧跟了上去。一群人就这么浩浩荡荡地往外走，等在院子里的陆涛却是一脸被雷劈了的表情，左右看看，不经过大脑般质疑道："陛下，您真要过去？"

景帝不悦，拧眉扫了他一眼。陆涛脸上有一闪而过的心虚，赶紧跪下，像是又仔细斟酌了一下，才刻意压低了一点声音道："太医说淑妃娘娘是三更左右去了的，那会儿……刚好是在您派去的人走了之后。"他言下之意是，蓝淑妃可能是被人言语刺激才想不开的。

景帝闻言，脚步却是骤然刹住。

"父皇！"他还没说话，秦洛已经近乎凄惨地号叫一声，扑通跪了下去。这一声，控诉得好凄厉。

秦菁忍住笑意，只是旁观。景帝被他嚷得头皮发麻，随后一股怒火直冲天灵盖。他转身，死死地盯着跪在那里的陆涛，一字一顿从牙缝里挤出来："你说昨夜有人假传朕的旨意进去过荣华馆？"

"啊？"陆涛惊吓得不轻，讶然抬头，但见他雷霆万钧的气势，更像是吓傻了，脱口道，"来人带了陛下钦赐的金牌，奴才以为是陛下……"

"是什么人？"话没说完，景帝已经暴跳如雷。他额角青筋暴起，整张脸因为愤怒而扭曲，也不知道是不是无心之举，居然狠狠环视了一圈在场的众人。

第一个蹦进他脑海的名字就是蓝月仙，可虽然从冷宫里出来之后，蓝月仙是变了许多，做事手段也狠辣了不少，但是在他面前，她还不至于刻意藏着掖着，即便当初她要对蓝礼下手，也是坦然面对他的。自己的女人，他信得过！那么就只剩下……

他的视线继续游走，最后，在秦菁脸上死死定格，又一字一顿开口："到底是什么人假传圣旨？"

"这……"陆涛脸上一阵惶恐，"当时下着大雨，来人都穿蓑衣戴斗笠，再加上天黑，他们又带着陛下的令牌，属下没有细看他们的脸，但是……但是其中有个人的身形……奴才……奴才似乎认得。"他说得很犹豫，似乎又不是很想说。

景帝的目光只定格在秦菁脸上，冷冷地继续逼问："是谁？"

"是……"陆涛倒抽一口凉气，迟疑道，"如果奴才没认错的话，应该是长公主身边的那个侍卫，叫……好像叫苏沐？"

"你！"萧文皇后勃然变色。

秦洛已经悲愤又伤痛地扭头看过来，质问道："皇姐，虽然你与我母妃不和……"

"去！去乾和宫把那个侍卫给朕绑过来！"景帝已然开口，字字森冷分明，开口都没有半分的犹豫。

萧文皇后根本就没想到今天这一局是冲着秦菁的，她立刻就要上前争辩，秦菁却暗中从袖子底下拽住她的手，用力握住。

她面上镇静，从头到尾都是不避不让。

蓝月仙也很震惊，因为头天御书房外秦菁和她的对话，所以秦洛弑母一事她虽然意外，倒也还在接受范围之内，只是万万没想到，这个孩子居然直接设计到秦菁头上了。

她不确定这一局的结果会是怎样，眼见着场面僵持，还是要站出来打圆场，于是过去扶了景帝的手臂道："事情都还没弄清楚呢，陛下先别动气，这外头日头烈，还是先进殿里去吧。"

景帝没吭声，死死和秦菁对峙。

蓝月仙也不管了，软磨硬泡把他拉着回了殿内。

秦洛爬起来，恶狠狠地瞪了秦菁一眼，仿佛真是秦菁杀死了他的母亲，然后一甩袖，也跟着景帝进去了。

萧文皇后用力握着秦菁的手指："菁儿……"她不知道该怎样形容自己的心情，却真的怕景帝借题发挥，不会再给秦菁生机。

院子里还有陆贤妃等人在，秦菁一句话也没说。

"唉！"梁太后叹了口气，也是什么也没说地回了正殿。

秦菁本是不惧任何人的，可是想着殿内那人的嘴脸，又顾忌萧文皇后，就干脆站在院子里等着了。

陆涛一直跪在那里，低着头。

萧文皇后狠狠地剜他一眼，秦菁却只当没看见他，连一句半句的质问也没有。

因为景帝正在生气，管海盛以最快的速度让人去乾和宫把苏沐绑来了。

“大哥！”苏雨见状，下意识想要迎上去，却被灵歌拽住了。

“主子！”苏沐被推着进了院子，刻意在秦菁面前停住。

“进去吧，父皇等很久了。”秦菁微微一笑，转身跟他一起往里走。

景帝一直盯着院子里，原以为秦菁多少会露出些惊慌和不安，但是看了半天，对方很是沉稳。

这种强大的心态，在遭遇他的雷霆之怒时，他朝中任何一个臣子都没有，可是偏偏这个女儿做到了。她到底是问心无愧，还是根本就没把自己这个皇帝看在眼里？

正在失神，秦菁已经带着苏沐进来，打断他的思绪：“父皇，苏沐来了，您有什么话就尽管问吧！”

景帝回过神来，越发心烦，目光阴恻恻地扫了眼苏沐，冷笑：“说吧，昨儿个夜里你们主子指使你去做了什么好事？”

苏沐皱眉，没说话。

“父皇，他这是心虚了！”秦洛义愤填膺，“陆涛不可能平白无故冤枉人！”

因为秦菁一直没说话，苏沐其实并不知道这里到底怎么回事，这时候才满面肃然地开口陈述道：“皇上是问奴才昨夜做什么去了吗？奴才的确是奉我家主子之命去办了件差事。”

景帝目光一沉，这时候管海盛眼尖，突然上前从苏沐腰间摸了一件东西出来，狐疑道：“这是……”

金光灿灿，是一块做工极为特别的金牌。

景帝想起之前陆涛的供词，眼中更是凝满森冷的杀气。

管海盛上前，将那令牌呈送景帝，景帝手里握着那牌子，嘴角肌肉因为愤恨而抽搐。

“荣——安——”半晌之后，他喉间发出野兽般狂烈的嘶吼，用力一甩，将那令牌砸向秦菁，咬牙切齿道，“你还有什么话说？”

那令牌是纯金打造，分量不轻，景帝甩出去又是毫不容情，于是只听见砰的一声脆响，不偏不倚，刚好砸在秦菁腕间一个玉镯上。

镯子被击破，有些碎屑的断口十分锋利，在她左手手腕和手背上划开许多轻重不一的伤口。

“菁儿！”秦菁还没觉得痛，萧文皇后已经惊叫一声，扑过去抓住她的手并拿帕子按伤口，颤着声音道，“怎么样？伤得重不重？李嬷嬷，快，快去传太医！”

“哦！”李嬷嬷这才回过神来，匆忙应着就要出去。

“不许去！”景帝厉喝一声，表情可以用狰狞来形容。

李嬷嬷腿一软，当场就跪了下去。

萧文皇后又怒又气，还要说话，却被秦菁拦住了。

“没事，母后不必担心！”她微微一笑，用帕子随意裹了裹手。

景帝越看她的模样越是火大，干脆一袖子扫过去，把桌上两个茶碗一起扫落在地。茶水溅了满场。所有人都自发自觉地起身上前，惶惶地跪了下去。

梁太后却突然开了口，皱着眉头道：“去请个太医来！”她语气平平，没有任何倾向于谁的迹象，但景帝还是如遭雷击。

他缓慢地扭过头去，看着这个女人苍老的脸颊，心中那些积攒多年的恨意又一股脑儿涌了上来。他一字一顿道：“母后这是要袒护这个孽障吗？”

梁太后也扭过头来与他相对，十分不愿意看他扭曲又丑陋的表情，可是无奈，她做不了主，所以只是眉眼平静地把目光从他脸上移开，冲苏沐道：“那块令牌，哪儿来的？”

秦洛微微垂下了眼睛：这面金牌不是真的。景帝钦赐的金牌权限很大，总共也没有十块，秦菁不得他的喜欢，当然没有，这面仿造的金牌是方才去绑苏沐的人偷偷塞到他身上的。

自己身上多出这么一件东西，苏沐却一直都没有觉得意外，他一贯都是张冷脸，没什么表情，只道：“陛下和太后能准奴才叫几个人来吗？他们会解释。”

“不要故弄玄虚了！”景帝哪有耐性听他一个奴才废话，刚要下定论，秦菁也不管他，直接转头冲院子里扬声道：“带进来！”

景帝已经不记得今天是第几次被她抢白，怒气一冲，就有点头晕目眩。

“皇上怎么了？”蓝月仙关切道。

就这么一来一去的工夫，外面就进来一队人，为首的侍卫拎小鸡一样拎着个小太监，后面五花大绑的还有两个人，再后面是两扇门板被人抬进来，上面各摆着一具尸体。

“晦气！”一大早就看这个，陆贤妃忍不住嘀咕，拿帕子捂住了嘴巴。

秦洛回头一看，顿时面色惨变。路喜被侍卫扔在地上。

景帝还不及发问，苏沐已经道：“令牌是从那两具尸体身上搜出来的，他们都是太子殿下的侍卫。”

“你胡说！”路喜见他公然撒谎，脱口就分辩，“你分明是从我这儿抢……”

话音未落，他已然发现自己失言，脸上血色瞬间褪得干干净净，一把捂住了嘴巴。

景帝一头雾水，顷刻间被这场面绕晕了。

“父……”秦洛已然方寸大乱。他虽然不知道怎么会变成眼前的局面，却很清楚，他不能让这个局面继续下去了，必须打断。

两具尸体就是跟着他去荣华馆吊死蓝淑妃的帮凶，都是他的心腹，但是为了确保万无一失，事后他就示意路喜去灭口。另外两个被绑来的侍卫对蓝淑妃之死并不知晓，他们只是去帮着路喜灭口，顺便毁尸灭迹的。

他想要挽回局面，秦菁却是无论如何也不会答应的，当机立断抢先道："方才那面令牌父皇已经看过了，是真的，而不是仿造的假货。二皇弟你现在是想说，你遗失了御赐之物吗？"给出这样的理由，实在荒唐。秦洛额上冷汗直冒。

而景帝，被堵得哑口无言。这一刻，即使还没有完全冷静下来，他已经多少能够参透一些事情的真相，可是又只是自欺欺人，不想揭发追究。

就算景帝已经起了疑心，好歹没有证据，何况景帝身边就他一个儿子，也正是因为看透了这样的现实，他才有底气出手。

这样想着，秦洛又多了一些信心，暗暗攥着拳头给自己打气。

蓝月仙是不能让景帝卡在这里难堪的，斟酌了一下道："人不是都被长公主拿住了？送下去严刑拷问，还愁没个水落石出？"

"何必这么麻烦？"可是这个台阶，秦菁不肯下，转身看向管海盛，"大总管能帮本宫个忙吗？给我找几件蓑衣和斗笠送过来！"

管海盛一阵茫然。

秦菁美目流转，远远地看向了跪在院子里的陆涛："父皇相信陆侍卫的忠诚，本宫却更愿意相信更多人的眼睛，别忘了，昨天在荣华馆外当值的可不止他陆涛一个！"最后几个字，她突然语气一厉。陆涛的心肝儿跟着颤了颤，忽地出了一身冷汗。

"这……"管海盛可不敢顺着她来，支支吾吾的，只为难地去看景帝。景帝黑着脸不说话。秦菁也不管他，直接对自己的侍卫道："去取来！"

有人给苏沐松了绑，几个侍卫出去，不多时就捧了七八件蓑衣回来。秦菁冲苏沐一挑眉："你们都穿上！"然后，她从侍卫手里拿过一件蓑衣，目标明确，走到秦洛面前，居高临下地递过去。

秦洛跪着，整个人都落在她的影子底下，即使竭力维持镇定，声音也带了轻微的颤抖："皇姐……这是何意？"

"本宫怀疑你！"秦菁这回是真的撕破脸皮，弯儿都没拐。

秦洛心跳一滞，还不待反驳，她已经话锋一转，继续道："如果你问心无愧，如果你还想证明什么，那就穿上这件蓑衣让侍卫辨认！"

秦洛双手攥成拳头压在地面，地面上已经凝聚了一层汗渍。

秦菁连表面上的和气都不维持了，他就失去了推诿拒绝的机会，嘴唇干涩，眼神慌乱。怎么办？怎么办？难道就这么认了吗？秦宣废了，景帝只可以传位给他，这是他最大的筹码，可是弑杀亲生母亲，这个会不会让景帝心里有什么？如果他承认了，全身而退的几率有多大？

可是秦菁有备而来，今天这件事肯定不会不了了之。秦菁站在面前，冷冷地俯视他，再次咄咄相逼："你心虚？你不敢？"

是的，秦菁一定不会放过他！而现在，能救他的人唯有景帝了！秦洛走投无路，几番挣扎，终于心一横，刚想孤注一掷赌景帝无法选择时，殿外忽而传来怅惘又似恨意很深的一声冷笑，因为太突兀，众人几乎不约而同回头看去，却见陆涛仰着头，闭着眼，脸上带着无限失落叹息道："长公主你不必再用这样的欲加之罪来逼迫太子殿下了，这件事，是我做的！"

"你？"景帝显然根本就不信，脱口就是讽刺的冷笑。

诚然这只是个不经大脑的反应，可秦菁听了，反而越发心如止水。

他早就看透了事情的真相，可就是维护秦洛，不肯点破。

"是！"陆涛深吸一口气，终于一咬牙，睁开眼，迎上景帝的视线，决绝道，"去年因为巫蛊案，奴才奉命去荣华馆还有乾和宫搜宫，却被两宫主子羞辱责罚，所以心生怨恨。是奴才和路喜串谋盗取金牌行的凶，却没想到最后还是功亏一篑。陛下英明，既然事情败露，奴才也不敢强辩，要杀要剐，全凭陛下处置。"

他这样的人，一旦铁了心，是不怕死的，可是路喜不然。

"不是——"路喜吓破了胆，尖叫着就要惊呼。

这是个转折，也是个机会。景帝的心思飞快一转，当即目光凌厉地横过去一眼："大逆不道！拖下去杖毙！"

管海盛更是全神戒备，也等不到再叫别人，自己亲自冲上去，捂住路喜的嘴把他按住了。

路喜拼命挣扎，很快，侍卫冲进来，把人堵着嘴拖了下去。陆涛很识趣，叹了口气，自己站起来，侍卫上前按住他的肩膀，他也没反抗，只是临走回头，还满是不甘又意味深长地看了秦菁一眼："公主殿下果然高明！"

秦洛跪在地上，身上衣裳已经完全被汗水湿透，落汤鸡一样，脑中更是浑浑噩噩，还没有从这个变故里回过神来。

景帝自己理亏，就算有满肚子的火气也不能多说什么，阴沉着一张脸，起身就往外走。

可也不知道是不是坐得久了，猛地一起身，他脚下便是一个踉跄。

"陛下，当心！"管海盛扶住他，蓝月仙也赶紧从地上爬起来帮忙，两个人一左一右扶着他往外走。

陆贤妃也想起身，可是梁太后稳若泰山，还一动不动地坐在那里，她只能使劲垂着脑袋不敢妄动。

景帝脚下有些虚浮，走得不怎么稳当，消瘦又带了几分佝偻，吃力地跨过高高的门槛。

这时候，却突然听到身后梁太后道："方才那个奴才的话，皇帝信吗？"

秦洛脑袋里又是一阵空白，又出了满身的汗。

景帝才刚跨过门槛，似乎没看脚下，又是一个趔趄，直接从台阶上踩偏了脚。

"呀！"管海盛惊呼，和蓝月仙一起用了很大的力气才把他架住。

他稳了稳身形，始终没有回头，一步一步朝大门口走去。

殿内众人没有看到他的脸，只有蓝月仙知道，她的手腕几乎要被他手下发狂的力气掐断了。

可是，她也没吭声，只当什么也没发生。

声势浩大的帝王仪仗从永寿殿的大门内浩荡而出，梁太后一直面无表情地坐着，此刻才抬起一只手交到孙嬷嬷的手里："走吧！我们也回吧！"

与景帝不同，她的脚步很稳，明明年纪更大一些，背影却给人挺拔又笔直的力量。

她没有安慰任何人，也没有责难任何人，很快也消失在大门外。

"呼——"陆贤妃心里绷了许久的弦总算松了，撑着身子也爬起来。

秦洛埋头先走了出去。

陆贤妃则为了撑面子，又过来和秦菁母女说了两句话，只是今天这件事景帝对她们的态度和意图都太明显了，陆贤妃也不想让人误会彼此间有多亲厚，敷衍了两句也匆匆告辞。

虽然险胜一局，但萧文皇后也受到了不小的打击，情绪很不好，并且秦菁知道这并不是单纯的言语所能安慰的，所以只和她说了两句话就先行离开了，不想主仆一行刚拐进御花园，抬眼就看到好整以暇等在前面的蓝月仙。

"姝贵妃在等本宫？"秦菁直接走过去。

蓝月仙唇角牵起一丝笑意，极目远眺，语气却带了轻嘲："长公主这般翻手为云覆手为雨的本事，真叫本宫大开眼界！"

"能得贵妃娘娘的认可称赞，本宫心中甚慰！"秦菁反唇相讥，神情间并无沮丧，说着就是话锋一转，冷笑道，"不过抱歉，二皇弟不懂事，今日闯下此等大祸，您这个便宜儿子要捡起来，怕是要费点事了。"

蓝月仙微微变色，随即无所谓地露出一个冰冷的笑容，缓缓道："无妨！陛下正值壮年，本宫不急！"

"那就好！"秦菁颔首，莞尔一笑之后越过她去，继续前行，待到把人甩得远了，苏沐突然主动开口道："太子弑母的消息，奴才也遵照主子的吩咐命人散出去了，明天早朝上就会有弹劾的折子。"

他办事很稳妥，所以秦菁吩咐他去办的事一般不会特意跟进进展。

现在苏沐主动开口，倒是有些反常，秦菁反应了一下，旋即明白过来，忍不住扑哧一声笑了出来。

这个直肠子的苏沐，大概以为她还在为了景帝的事而伤心愤怒呢，居然还学会安慰人了？

秦菁心情大好，忽而回头看他，正色道："苏沐，本宫觉得是时候给你娶个媳妇了。"

苏沐一愣，本来就没什么表情的脸一下子更木了。

"咦！给我娶嫂嫂吗？"苏雨反应很快，而且当了真，眨巴着眼睛去看苏沐，"大哥你喜欢什么样儿的啊？”

苏沐被她问得绷不住了，脸上爆红，沉声道：“闭嘴！”

苏雨被他骂得一脸愕然，灵歌几个哈哈大笑，压抑的气氛一扫而空。

待到大家都笑过了，秦菁稍稍敛了神色对苏沐道：“还有件事情需要善后，陆涛与陆海兄弟情深，今日陆涛身死，保不准陆海怀恨在心，就要步他后尘，你去处理一下，了却后患吧！”

“是！”苏沐慎重点头，待到行至下一个路口就先一步离开了。

太子秦洛假传景帝旨意夜入荣华馆逼死其母的消息不胫而走，此后不到一天的时间就闹得满城风雨，尽人皆知，前朝更是一片骚乱，甚至没有等到次日早朝，以左相司徒南为首的一干大臣已经跪于御书房外请命，要求景帝和秦洛一同出面对臣民百姓澄清此事，以安民心。

秦洛这会儿吓得七魂八魄都飞了，躲在寝宫里不敢露面。而景帝那里，众人不知道的是，那日他打从永寿殿出来就急怒攻心吐血昏厥了。

蓝月仙不敢声张，秘密让人宣了太医，并且请国师晋天都进宫一并帮着救治。

景帝本就有宿疾在身，这段时间再被秦菁不间断地刺激着，这一次昏昏沉沉的，足足在床上躺了十余日不得动弹，如此一来便错过了澄清这件事的最佳时机。

半月之后景帝大病初愈，勉强能够下地，马上大张旗鼓地召集群臣，带着秦洛出宫祭天，届时才把蓝淑妃因病暴毙之事找了个时机对众人做了交代。加上之前本来就有蓝淑妃深居荣华馆半年不出的消息做引子，这个说辞传出去，倒也不是完全没人信的。

而景帝醒来之后得到的另一个消息，却是西楚边境萧羽和齐岳合谋以障眼法假装粮草短缺诱敌深入，最后在西楚军队疏于防范之时反戈一击，斩杀楚越麾下三万铁骑精兵于城门之下。

祈宁军民士气大振，征西大将军萧羽一夕之间声名鹊起，被祈宁一带的百姓视为天神。接着又是几场硬仗打下来，让楚越军队连连受挫之后，萧羽在军中更是威信大增。

而自那以后，景帝身体每况愈下，不时便要罢朝休养，一时半会儿竟也完全顾不得西楚边境的事了。

七月阳光晴好，秦菁与白奕相对坐在福运茶楼雅间临街的窗前翻看萧羽给她的书信。

“那二十万大军现在应该全在羽表兄的掌握之中了。”收了信纸，秦菁唇边慢慢绽开一个浅淡的笑容。

“这两个月来，西楚方面连连受挫，楚皇陛下已经对七皇子楚越的带兵能力起了怀疑，数日前急下诏书，将他传回京都了。”白奕取出火折子，帮着她把手中信纸引燃。

“又累你往祈宁跑了一趟，这两个月辛苦你了！”秦菁垂下眼睛，手下动作娴熟，将烹好的茶汤滤出一杯推到他面前。

白奕抬手去取的时候却就势一把将她的右手握在掌中。

秦菁抬眸看他，眼底有熟悉的笑意溢出来："怎么了？"

"想见你！"白奕道。

简短的三个字，不加修饰，只是在碰触他眼中深不见底的光彩时，秦菁却是心头剧烈一颤，竟然有种前所未有的悸动。

"快了！"秦菁垂下眼睛，稍微躲过他的注视，轻声道，"我答应你的事，没有忘记！"

"秦菁……"白奕深吸一口气，想要再说什么的时候，秦菁忽而扭头看向窗外，目光一敛，沉声道："来了！"

西楚方面因为这两个月战事吃紧，统治阶层内部分歧严重，早在楚明帝下令传召楚越回京的诏书下来之前，京中以叶阳皇后为首的主和派已经联名上了折子，恳请明帝下国书往云都议和。

西楚边境战事延续数十年，因为双方旗鼓相当，打打停停，从来就没有谁真得了便宜，若说西楚方面成功最大的一次，大约就是十几年前那次险些生擒景帝的雪夜伏击，不过最终还是功败垂成，被萧衍搅和黄了。

这场战事会一直持续，其实现在多是为了双方统治者的面子，互不相让罢了。

而这几十年间，双方互通信件打着议和的幌子派使团来往的次数也不少，这个苦差事，白奕的父亲右丞相白穆林该是最有体会的。

只不过，当年包括他去往西楚的那几趟在内，最终因为双方开出的条件谈不拢而不了了之。而这一次时隔多年，西楚再次主动递出和书，却不知道是福是祸。

谈话被打断，白奕也扭头朝窗外看去。

为了迎接这次西楚使团的到来，云都城内十里长街都修饰一新，张灯结彩，楼下街道两旁早就挤满了看热闹的百姓，到处都是人声。

两人身在高处，视野很好。

景帝为了让秦洛在人前重新树威，虽然心里不喜，还是派他亲自带人接应西楚使臣进城。

这一次景帝存心封锁消息，是以秦菁并未提前拿到西楚使臣的名单。

萧羽那边虽然是在队伍过境时整理出了确切情报，但白奕在那之前返程，再者这次西楚人来得很急，后面他虽派了信使，但西楚的使臣先一步到了。

随着队伍慢慢走近，那马背上几人的轮廓样貌也逐渐清晰起来。让人大感意外的是，这次西楚遣来递交国书的，破天荒是个二十余岁的年轻人。

那人穿一身墨绿色云纹底线的官袍，姿容甚是清俊儒雅，剑眉星目，全身上下透出一股华贵高雅之气。

他面上带了礼貌的笑容，时而侧头与同行的秦洛攀谈，又时而进退有度，冲围观百姓颔首示好。而在他身后跟着的随行官员中间又不合时宜地出现一抹亮色，马背上一个身穿鹅黄衣裳、眉眼清秀娇俏的少女笑嘻嘻地四下张望，一副好奇心过剩的样子。

“是他们？”秦菁拧眉。

白奕就更奇怪了：“你认识？”

“嗯！”秦菁收回目光，神色凝重，“上次去祈宁，我在如风那里遇到的，当时只是觉得这兄妹两人气度不俗，却没想到会在这里再次遇到。”

这个男子年纪轻轻，却能得楚皇信任，独当一面前来云都递送和书，他究竟是什么人？

秦菁百思不解，突然又想到了什么，看向白奕：“莫如风说过，他们姓颜。”

“如果是姓颜……”白奕思忖着，目光飞快扫过那男子腰间佩剑上的图腾，心中便是了然，“那他应该是翔阳侯颜氏的世子颜璟轩了。”

西楚的现任皇帝楚明帝是个非常英明神武又有决断的帝王，为了完全掌控中央集权，他国中兵权都被他一手操控，所有武将出征所持的兵符虽有调令和对这支队伍的指挥权，但楚明帝手中却另有一道兵符，可以随时中断这支队伍现下的所有行动，并且为了防止军中将领营私结伙、笼络下属超出他的掌控，他在三处边境囤积的兵力，最多不过一年便要更换主帅，这样一来即使有人想要动摇军心私控军队，也很难会有时间。

之前楚越虽然拿了他的特权常年坐镇军中和秦人对垒，却是因为有他母妃卢氏和外祖一家常在京中作保，再者大约对这个早年从军的儿子，楚明帝自己心里也有些特殊的感情，便这样放纵了。

相较而言，翔阳侯在西楚是一个另类的存在，与大秦白氏一族颇有几分相似。

他们家族世代居住在翔阳境内，手握三十万重兵，却没有被安排在任何一处边防要塞。这三十万军队，楚明帝并没有控制在手，是因为当年翔阳侯为他登上大宝立下过汗马功劳，作为回报，他对颜氏一族选择了信任。

“翔阳侯颜玮的儿子吗？”关于西楚的政局，秦菁只是粗略有些了解。

“因为手握三十万兵权，兹事体大，翔阳又离西楚帝京不近，这些年颜玮其实是不常上朝参政的，倒是他这个儿子，博闻强记，十六岁时便已经被楚明帝召至左右，论断政事了。”白奕道。

彼时那队人马已经从楼下行了过去，他的目光跟着稍稍迁移，落在那少女纤秀的背影上，继续道：“当初为了助明帝登位，颜氏一脉曾经惨遭屠戮，颜玮第一个妻子和膝下儿女都在明帝登基前被乱党所杀。后来明帝稳定大局登上帝位之后，他重又续娶了新的夫人，所以现在他虽然已经五十有六，膝下可以承其衣钵的嫡子也只有颜璟轩一个，而那个女孩儿，就应该是颜璟轩唯一一母所出的妹妹颜汐了。”

“颜汐？”秦菁沉吟，想着颜璟轩对她宠溺纵容的态度，深以为然，“应该就是她了吧。”

白奕见她目光迷离，便当她对此事感兴趣，于是玩味一笑，继续说道：“颜氏一族在西楚朝中炙手可热，如今他国中最有希望争得帝位的太子楚风和七皇子楚越都铆着劲儿暗中较量呢！”

秦菁回过神来，这回是真的有了些兴趣：“双方都有意求娶翔阳侯的这位千金？”

“换而言之，是有意求娶翔阳侯手中三十万兵权。”白奕意味深长地长出一口气，紧跟着又靠在椅子上不以为然地摇头补充道，“楚明帝对翔阳侯防范得紧，这件事，最终鹿死谁手，还真说不准！”

楚太子和七皇子都对颜氏之女有意？可秦菁脑中不合时宜地掠过那女孩儿见到莫如风时欣喜的眼神，那么明亮，那么美。

她微微失神了一瞬，然后思绪一转，便起身道：“我要马上回宫，必须赶在双方正式会面之前，提前和他们通个气儿。”

她去祈宁的事，不能让颜璟轩兄妹当众抖出来。

她抓了披风往门口快走两步，察觉白奕未动，又回头看他：“晚上宫里有宴会，替他们接风，你来吗？”

“嗯！我去看你！”白奕点头，靠在椅子上神态慵懒地露出一个笑容。

秦菁被他这般看着，心里颇有几分不自在，于是瞋他一眼，转身先一步推门走了出去。

看着她的背影离开视线，几乎是毫无预兆地，白奕眼中的笑意瞬时散去，眸底缓慢地浮上一层寒霜来。

西楚朝中人才无数，如果只是为了议和递交国书，绝对不会需要颜璟轩来。

一定有什么事，是他估算漏了的。

秦菁从福运茶楼后门出来，直接抄近路折返宫中。

秦洛接了颜璟轩兄妹进城，肯定是要直接进宫面圣的。从时间上算，他们中途不会出宫，应该会直接留着等晚上的接风宴，这样一来就找不到单独和两人见面的机会了。

秦菁先回乾和宫换了衣裳，又让苏沐去探听消息。

颜璟轩是西楚使臣，景帝接待他很是花费了一些时间，一直到傍晚时分，苏沐才匆匆回来。

“这会儿离着开宴有一个多时辰，那兄妹两个由太子全程陪着负责招待，公主想要他们落单不是不可以，只是……”苏沐顺带着分析。

“这么点时间，就别费事了。”秦菁重新检查了下自己的穿戴就往外走，“那对兄妹不简单，和聪明人也没必要耍那些小花招。”

她没让苏沐跟，带着几个丫头直奔御花园，远远地看见颜璟轩和秦洛那一行过来，也不多做准备，直接迎了上去。

彼时秦洛和颜璟轩并排走在前面，颜汐因为头次进宫，落在后面左右赏景。

颜璟轩唇角带着礼貌而温和的微笑，仪态大方得体，甚至和身为一国储君的秦洛走在一起也不输什么。

彼时秦洛正在给他介绍御花园的景致，他也很认真地在听，时而点头附和。

最先发现秦菁过来的是秦洛身边的小太监，赶紧扯了下他的袖子提醒。

秦洛一抬头，脚下步子就不受控制地顿住。

颜璟轩有所察觉，沿着他有些怪异的目光看过去，就见对面花圃中间的小径上，一名身穿橙红色宫装的少女被众人簇拥着款步而来。

她眉眼清丽，姿态从容，明明是很寻常的装束打扮，却不知道是不是因为身姿比一般人高挑挺拔，生生给人一种高高在上的矜贵之感。

颜璟轩自然能一眼认出她来，先是意外，随后才转为震惊。

他的瞳孔微微一缩，但也只是瞬间便恢复如常，干脆和秦洛一起止了步子，负手而立，好整以暇地等在那里，眸子里恢复了平和的笑意，但较之方才，那目光更是明亮三分。

“皇姐！”自从上次那件事发生之后，秦洛一直刻意躲着秦菁，也说不上是心虚还是胆怯，此时狭路相逢，他避无可避，只能硬着头皮打招呼。

“这么巧？”秦菁嫣然一笑。

秦洛十分怕她给自己难堪，只想着不给她开口的机会，于是赶紧又问：“皇姐这是要去哪里？一会儿晚上宫中有宴。”

“听说皇祖母最近染了风寒，前面两天我不得空，这会儿刚好有时间，过去看看。”秦菁眸子一转，看向旁边的颜璟轩。

她的神情磊落坦荡，明明目的性很强，表现出来居然真的就好像两人头次遇见一样。

颜璟轩本来还带了几分戏谑的心思等着看她如何打破这个局面，这一刻心里突然就重视起来。

“哦！”秦洛赶紧引见，“这位就是西楚的使臣，翔阳侯府的颜世子。”继而又转向颜璟轩道，“这是我皇姐，荣安公主。”

“是吗？”秦菁面上的笑容适时带了几分惊喜，冲颜璟轩略一颔首，“本来以为要等到晚上的接风宴才能一睹使臣风采，没想到提前在这里遇到了。颜世子远道而来，路上辛苦。”

颜璟轩当然知道她为什么来这里堵自己，其实他们又不熟，他真的没必要非得配合她，但几乎是发自内心的，他没有为难她，微笑颔首：“荣安长公主！”

他笑得温文尔雅，不留半丝破绽，语气随意而不失礼貌，只是秦菁察觉到说完前面两个字之后，他刻意留了一个不很明显的停顿。

两个人的目光交会，各自颔首，又再礼貌错过。

“哥哥——”这时候后面的颜汐才追上来，看到秦菁吓了一大跳，直接惊叫出来，“你……”

颜璟轩赶紧握住她的手腕，含笑道：“这位是大秦的荣安公主，不许没规矩。”说着，他又看向秦菁，有些歉意道：“舍妹顽劣，还请长公主不要见怪。”

说话间，他不动声色地捏了捏颜汐的手腕。

他们兄妹之间这点默契还是有的，颜汐虽然好奇得不得了，有许多问题想问，但是收到兄长的暗示，也还是很乖地安静下来，屈膝行礼：“见过公主殿下！”

“颜小姐真可爱！”秦菁笑笑，再没有多说，径自错开他们继续往前走去。

颜璟轩的这个反应已经表明了态度，她很放心，走过去之后更是没有再回头。

秦洛见她没有为难自己，暗暗松了口气，赶紧重新调整好心态对颜璟轩道：“颜世子，我们继续往前走吧。”

“好！”颜璟轩点头微笑，随他一起继续前行，只是眼角余光往后扫去，看到那一剪窈窕的影子拐过小径的尽头，目光却是一黯。

心里，一声叹息。

第六章　和亲之路，凤上九重

两队人分道扬镳，各自前行。

秦菁回想方才和颜璟轩交锋时的各种细枝末节，试图揣测出点什么来。

虽然翔阳侯颜家的家世摆在那里，颜璟轩其人据说很有才华能力，说到底还是太年轻了。两国对垒多年，这一次议和事关重大，派遣他来，怎么看都不是最佳人选。

除非其中还有别的原因，让这个差事变成非他不可的。

白奕那会儿说，颜家在西楚朝中保持中立，难道就是因为这个？因为他们不是太子一党，也不偏帮七皇子楚越，所以才得到楚明帝更多的信任和重用？

这么说是可以解释的，可是不知道为什么，秦菁总觉得这件事不会这么简单。

身后几个丫头见过颜璟轩之后也都若有所思，每个人都惊叹于他如此年轻就受到器重。

沉默着走了一阵，旋舞脱口一声赞叹："早前就听公子提过颜家的这位世子爷，今日一见，当真仪态不凡，是个人物呢！"

"嗯？"秦菁闻言，意外地回头看她，"羽表兄之前有提到过这个人吗？"

"啊？"旋舞讶然一声，下意识避开她的目光，支支吾吾道，"那个……"

灵歌眼中飞快闪过一丝不易察觉的情绪波动，然后笑着接口道："公子心里一直惦记着二老爷的事，所以对朝中动向一直都有注意，再加上祈宁那个地方与西楚人接触得多，有时候就顺带着问一些西楚方面的事。"

萧羽重回朝堂的野心从来就没有对她隐瞒过，这倒真是他会做的事。秦菁略一思忖道："这样的话……那回去之后你马上传信羽表兄，让他帮忙看看，能不能尽快查明颜璟轩此次前来云都的真正意图。"

"嗯，回去奴婢就飞鸽传书！"灵歌转念一想又不解，"他这次过来不是代替楚皇陛下递和书的吗？怎么公主怀疑他此次前来的目的并不单纯？"

"不知道，就是我这心里总不怎么踏实，说来也是奇怪了。"秦菁想了想，还是一筹莫展，"不管怎么样，先让表兄那边试着查一查吧！"

"好！"灵歌点头应下。

秦菁心思很重，不想多说话，转身继续往前走。

旁边的旋舞半天没再吭声，这时候趁着没人看她，赶紧抬手拍了拍胸口，却收到灵歌明显不悦的一记冷眼。

她这会儿心虚得厉害，吐了吐舌头，老老实实低下头去数脚下的鹅卵石。

晚上的宴会，秦菁只提前了两刻钟左右过去。

现在景帝对她十分忌讳，她在宫里的一言一行都格外小心，所以并不想节外生枝，但是很不巧，还是在中央宫前的花园里遇到了颜璟轩兄妹。

他们兄妹的感情似乎比秦菁料想的还好，几乎形影不离。颜汐好动，这会儿正在一大片假山石中躲着玩。颜璟轩站得稍远，不难看出选好了视角，刚好可以叫妹妹怎么都不会脱离他的视线。

颜汐很顽皮，他并不教导她怎样去做一个大家闺秀，眉目之间带着淡淡的笑，宠溺而温暖。

秦菁虽然对他有戒心，这时候却忍不住突生好感。

她走过去，没兜圈子："颜世子在这里是为了等本宫吗？"

颜璟轩的注意力一直集中在自家妹子身上，反而没发现她过来，闻言赶紧收回视线。

"荣安长公主。"颜璟轩拱手。

秦菁颔首，等着他的后话，颜璟轩却是一愣，反应过来她前面的问话时，脸上竟然出现了一丝不合时宜的尴尬。

一瞬间的不适过后，他就朗声笑了："是啊，因为没想到和长公主还有些意外的缘分，公事公办之余……我觉得还是应该再打个招呼的。"

他用了我这个自称，显然有示好的意思，心里分明清楚秦菁之前是为了堵他的口，这会儿却也没主动提及在祈宁的那一场邂逅。

他们无冤无仇，也不算有交情吧？许是因为秦菁本就是个疑心病很重的人，他这样宽容大度又不管闲事的作风，很容易叫人不安甚至怀疑。

而现在他把话说到这个层面上，不熟络也不敌对，这么不尴不尬，秦菁反而不好接茬。

"傍晚那会儿的事，还要多谢颜世子没有揭穿我。"秦菁道谢，还是开门见山。

"呵……"颜璟轩笑了笑。

秦菁看得出来他并不想和自己深谈什么，可如果不是有话要说，他又何故等在这里呢？

不过他既然有避讳，秦菁也不会强人所难，识趣地岔开话题道："令妹性子天真烂漫，真是可爱得紧。”

颜璟轩闻言，回头去捕捉假山丛中妹妹的身影，道：“被宠坏了。”

说是谦虚，神情和语气里却满满的都是掩饰不住的宠溺。

秦菁看在眼里，忍不住会心一笑：“你们兄妹之间的感情真好。”

颜璟轩听出她语气当中发自内心的善意，不由得一愣，再次把目光移到她脸上。

眼前的女子高贵端庄，明明有种高高在上的气韵，却不叫人觉得讨厌。秦菁到底是个什么样的人，他心里很清楚，甚至比现在秦菁自己心里所认为的还要清楚一些。

传闻中大秦这位长公主有城府、有手段、有野心，即使两次见面她给他的印象都不错，他却不会被表象所迷。

这一刻，看着眼前她真实又平静的一张脸……

颜璟轩的反应其实极快，秦菁还是敏锐地从他的眼神中察觉出一丝刻意的闪躲。

他笑了笑，又回头去寻颜汐，只这么一会儿的工夫，假山群里已经没了少女的身影。

颜璟轩面上表情一僵，左右没看到人，再也顾不上秦菁。

“抱歉！”他拱手，“汐儿可能走远了，她不懂事，我怕她闯祸，先去找找她！”

“颜世子请便！”秦菁颔首。

颜璟轩是真的紧张颜汐，当即一撩袍角，朝假山那边快步行去。

秦菁盯着他的背影，眼底慢慢有了一线晦暗的凝重，正在失神，灵歌悄悄扯了下她的袖子，提醒道：“公主，四公子到了。”

秦菁收拾了散乱的思绪，一回头，果然就在人群里看到了白奕挺拔的身影。

虽然花园里很多人，但是真奇怪，她还是能第一眼在人群里看到他。

唇角不禁弯起一抹笑，秦菁才要举步，却惊觉身后有响动，目光一凝，回头就见一个身着鹅黄衫子的少女提着裙子，做贼一样从花圃里茂盛的牡丹丛中钻出来。

居然是颜汐。

“长公主！”颜汐拍掉裙子上的草屑走过来，这一次倒是规规矩矩地行礼，只是一双眼睛太灵动太有神，反而怎么看都不是那么庄重。

“颜小姐？”秦菁心里有些意外，却也和气地对她露出一个笑容，“你怎么……你兄长正寻你呢！”

那边白奕看到了他，她拿眼角余光看过去，对方居然也知道她有注意，就隐晦地打了个手势，继续和身边人寒暄着往花园里逛去。

这边颜汐站在秦菁面前，有些拘谨地吐了下舌头，低下头，有点脸红，很小声地说：“我看见了。”

秦菁更加诧异：“那……你找我有事？”

“嗯……”颜汐低头踢着脚下的石板路，很有些局促纠结的模样，过了好一会儿她才做好心理建设，抬起头来，脸蛋儿红彤彤地看着秦菁道，“莫家哥哥，你知道他住在哪里吗？”

秦菁没想到她憋了半天居然会问这个，不禁失笑：“怎么来问我？”

被她一笑，颜汐的脸就更红了，一双眼睛闪闪的，像个漂亮粉嫩的瓷娃娃，很不好意思地说道：“这次我路过祈宁的时候，他药堂的伙计说他来云都给人看病了，可是这里我又不认识别人，你知道他住在哪儿吗？”

虽然有点意外，秦菁也不至于怎样震惊，道：“我也不知道他住在哪里。”

颜汐一下子就垮了脸，失望之色溢于言表。

秦菁其实挺喜欢她，可是这个姑娘喜欢莫如风是一回事，她并不确定莫如风是不是也愿意在这里见到这对兄妹。

她低着头，不再说话。

秦菁有点于心不忍，想了下又道：“我虽然不知道他住在哪里，不过现在他每隔几天都要进宫来替我皇弟看病，下次他再来，我记得帮你问。”

“真的吗？”颜汐猛地抬头，一双眸子像是被点亮了，璀璨又夺目。

“嗯！”秦菁笑笑，“等有了消息，我叫人去你们下榻的驿馆告诉你。颜世子在找你呢，你赶紧去！”

“嗯！”颜汐小鸡啄米似的使劲点头，满脸都是真诚的感激，“谢谢你啊！”

秦菁只是笑笑，没再说话。

颜汐太单纯，根本就不会多想秦菁当初去祈宁是做什么的，大概只要她兄长嘱咐一句，她就可以把那点儿不相干的小事抛诸脑后了。

有多久，她没有遇到过这样的人了？

不！这样心思单纯的人，从一开始在这宫里就完全找不见。

不知道是不是颜汐的天真烂漫刚好反衬出她心里的阴暗冷酷，这一刻，秦菁心头突然不可避免地漫上微微失落的情绪。

“长公主殿下！”那边颜汐跑出去几步，突然又顿住，声音清脆地唤她。

秦菁抬头，就见灯火隐约的花间小径上，她冲着自己大力挥挥手，然后转身，还是提着裙子小跑着往假山那边去，很快消失在拐角处。

看到她的笑脸，秦菁的心情又好了起来，也带着丫头转身走了另一条路去遛园子。

这边颜汐绕着花圃跑过去，只见黑漆漆的一片，心里就有点胆怯，刹住步子，原地打了个寒战，迟疑着刚退了一步，冷不防前面一丛灌木后头就蹿出来一个高大的人影。

“呀——”她汗毛倒竖，刚要尖叫，但因为太熟悉了，马上就认出来人，只不过还是受了惊吓，小脸煞白。

颜璟轩款步从灌木丛后面走出来，哼了一声：“这会儿知道怕了？”

“哎呀哥哥！”他没发火，颜汐却知道他生气了，眼珠子转了转，赶紧跑过去抱住他一只胳膊恶人先告状，“我差点被你吓死了！”

颜璟轩垂眸看她一眼，没忍住，还是笑了出来。

颜汐知道雨过天晴，又搂着他的胳膊美滋滋地晃了晃。

颜璟轩任由她挂在胳膊上，不紧不慢地举步往前走：“走吧，时候也差不多了，我们先去殿里。”

颜汐这回倒是很乖，偎依在他身边，突然想起了什么，就眨眨眼好奇地仰头看向他道：“刚才在那边，你和荣安长公主说什么了？”

颜璟轩虽然对她千依百顺，其实并不是十分随和好相处的人，颜汐是知道的。

颜璟轩闻言，平静无波的脸色突然凝住，眉头微微皱了一下。

他脚下步子迟缓了一瞬，颜汐倒是没注意，就只盯着他，等他的回答。

颜璟轩很快察觉自己失态，低头瞪她一眼，用力拍了下她的后脑勺道：“一天到晚的，就知道给我找事儿！”

说完，抬脚就继续往前走。

他其实是舍不得用力，颜汐脖子一缩，退后半步，夸张地娇嗔一声：“痛啊！”然后又赶紧小跑着追上他。

这边和颜汐分手之后，秦菁就打发了丫头，遵照之前和白奕的暗号约定，往南边一处人迹罕至的小花园走去。

这夜为了招待颜璟轩，宫里准备充足，大花园那边灯火通明，所以这边也能借点儿光，不至于看不到路。

她独自在花圃间穿梭，没走几步就隐隐觉得背后有人，可连她都能发觉的跟踪者，秦菁倒也没当回事。

她刻意加快了步子，后面那人应该是怕暴露，并不敢明目张胆地追。秦菁轻车熟路地连着拐了几个弯之后就轻松折回来，绕到了后面，正在迟疑要不要直接追上去，一个分神，腰上就被人一搂一带，被拖到了旁边的花丛里。

秦菁吓了一跳，待到撞进来人怀里才松了口气，恼怒地抬手捶一下他的胸口：“你吓死我了！”

“嘘！”白奕搂着她，低头做了个噤声的手势。

方才他拉她的时候特意弄出了点儿动静，前面那人被惊动，却居然胆子很小，仓皇地回转身来。

借着大花园里透出来的微光，秦菁看到她的脸，顿时心生厌恶：“秦宁？”

秦宁是胆子小，她跟踪秦菁却跟丢了人，本来就有点心虚，这时候再听到异动，左右又没看到人，就吓得脸都白了，慌慌张张地从原路往回跑。

秦菁是真的被她纠缠得不胜其烦，脸色一直不好。

白奕瞧见她的神情，半真半假地打趣："你到底怎么招她了？值得她这么执着地一次次死咬不放？"

能是为什么？无非就是为了那个苏晋阳。

这件事他们之间虽然从没有挑明过，其实白奕心里有数。

"她要做什么我还能管？"秦菁有点心虚，低头去拉他环在她腰际的手，举步往外走。

"秦菁！"白奕靠在身后院墙的暗影里没有动，手却是勾着她的小指不放，眉目之间笑容软绵绵，带着丝慵懒。

秦菁的脚步被他限制住，重新回过头来看他："做什么？"

白奕不语，默默地又看了她半晌，手下忽而用力一扯，重又将她带回怀里。

两个人的身体紧贴着，他就只是牢牢锁着她的腰身按向自己，却不见其他过分的举动，语意轻慢，呼吸吹拂到她的脸孔上："刚刚……其实我应该让她看到的。"

"什么？"秦菁一时没明白，只仰头看着他。

白奕不语，唇角一直噙了丝笑，埋头咬了下她的唇，叹息道："被她看到我们在一起了，她就会闹，然后你就不能再糊弄我了。"

他看着她的眼睛，距离很近，虽然天色很暗，但是他的眸子铿亮清澈，波光粼粼之下，神色倦懒得让人沉迷。

"噗！"秦菁失笑，半晌又去推他，"好了白奕，你别闹了，那边的宴会快开始了。"

他的手臂卡在她的腰际，纹丝未动，仍是注视她的面孔道："这段时间我母亲的身子已经大好了，老头子连带着看我也顺眼许多，晚上回去我就去找他，让他明天早朝过后去跟陛下提。"

他语气散漫，出口的每一个字都没有半点玩笑的意味。

秦菁眼底的笑意不知不觉慢慢淡了，也看着他，两个人对视半晌，她抬手摸了摸他的半边脸颊，也是语气平平却很认真平稳地说道："还是我去吧。"

两个人，谁也没有回避谁的目光。

白奕挑眉。

秦菁故意移过去捏了捏他的手道："等一会儿的宴会结束之后，我自己去找他说。"

就算白奕能说服白穆林，可一旦白穆林出面，景帝就一定会迁怒，甚至怀疑他们白家和秦菁之间早有勾结，必定引发朝局动荡和各种风波。

所以她去开口，承认是她和白奕私订终身，到时候白穆林再去景帝面前摆个态度出来就可以免受波及了。

白奕面上始终是那副表情，弯了弯嘴角："其实不用这样，他们不会因为这个就跟我撇清关系的。"

“那就在大局未定之时，我们自觉一点，主动和他们撇清吧！”秦菁笑笑，以尾指指尖缓缓描摹他的眉峰，“你不是也不想让他们牵扯进来？”

就是这样的平淡，让人觉得踏实和温馨。

白奕拉过她的手，攥在掌中，再次确认：“真要这么做？”

“就这样吧！”秦菁深吸一口气，扬眉一笑，语带调侃，“就是要委屈你，暂时陪着我做一段时间的孤家寡人了。”

他都许她生死相随了，他们之间不可能再有任何变故，既然他不喜欢夜长梦多，那她便迁就他一次。

白奕眼底眉梢的笑意泛滥成灾，如释重负地吐出一口气，牵了她的手往回走：“走吧，先回宴会上。”

也许她不知道，即使他表面上再平静、再玩世不恭，方才旧事重提的那一刻，也是怕惨了遭受再一次的拒绝和打击。

可是，意外之喜啊！

白奕心情愉悦，也顺带着写在脸上。

秦菁侧头看他，瞧见他眼中掩饰不住的光彩，偷偷地抿唇轻笑。

回去的路上，白奕突然想起什么，就问：“那会儿见你和颜氏兄妹在一起站了很久，可是有什么事？”

“没什么，就是遇到了，过去打个招呼。那个人……总觉得挺奇怪的。”秦菁有些心不在焉。

“嗯？”他的脚步迟缓半拍。

“具体的我也说不上来，总觉得他好像几次欲言又止，怪怪的。”秦菁冲他摇摇头，又道，“对了，如风这几天都在京城没有外出吗？”

因为上一次滞留白府为白奕治伤，莫如风这次回来，仍旧带了他那药童住在白穆林府上。只不过他这些年一直惯于四处游历，研习医术和奇花异草，隔段时间便会离京独自出行。

“嗯！这段时间你宫里有事，而他身体也不是很好，就不曾出门了。”白奕敛了敛神，递给她一个询问的眼神，“怎么？”

“是那颜家小姐。”秦菁道，颇为感慨地长出一口气，“我之前不是与你说过，如风与他们兄妹相熟吗？方才那颜汐找了我，询问如风的去向，我没敢应承。回头你问问他，若是方便的话，我再同那颜小姐说吧。”

“颜家的事，我倒是偶然听他提过，似是几年前那颜小姐染了急症，他偶然遇上施了援手。”说起这事儿，白奕倒是颇有所得地扬眉一笑，“晚上我回去问问吧，不过那丫头要是有别的想法，想来还是算了。”

“这是什么话？”秦菁不解。

有人心仪莫如风，怎么就该算了？

面对她眼中的困惑，白奕却是没心没肺地咧嘴一笑："别人的事，你管那么多做什么？要是如风喜欢谁了，他自己难道不会去说？"

秦菁一愣，随后反应过来就是哑然失笑。

是啊，莫如风喜欢谁，那是他自己的事，难道没了他们瞎掺和，人家就不能娶媳妇了吗？

花园里一番耽搁，秦菁去到宴会上就有些迟了。

虽说招待异国使臣的接风宴，她这区区后宫女子来与不来关系都不大，但景帝还是露出了明显不悦的神情。

秦菁只当没看见，安之若素地入席等开宴。

宴会上一团和气，倒是进行得异常顺利，待到酒过三巡，梁太后就照例起身："哀家乏了，先回宫去。皇帝你最近的身子也不好，少喝点酒。"

她和景帝之间的关系如今已达冰点，如果不是因为今天有西楚使臣在，后面一句话她根本就不会多说。

"看着母后的气色是不大好。"景帝拧眉，沉吟了一声，竟是出乎意料地起身离席，亲自过去扶了梁太后的一只手道，"反正儿子也不胜酒力，送您回去吧，顺便叫个太医看看。"

朝臣虚与委蛇，立时奉承了一遍景帝的孝心。

秦菁捏着筷子的手不由得顿住，蛾眉微蹙。

梁太后看了景帝一眼，当然知道他是私底下有话要和自己说，于是平淡地点点头："走吧！"

景帝嘱咐了秦洛两句，无非就是让他好好招待颜璟轩，随后便和梁太后一起离开了。

现如今，景帝根本就没再把梁太后看在眼里，不管大事小事都是一意孤行，并且已经几个月没登万寿宫的门了，今天居然要和她说话？

会有什么事？

秦菁隐隐觉得应该还是和西楚人有关，只是百思不解。整个后半席她都心不在焉，等到宴会散了，她就找了管海盛。

管海盛虽然一直在宴会这边帮忙，但消息还是灵通的，说景帝还没回寝宫，人在御书房。

这时候，白奕正要和白夫人一道出宫，人群里两人遥望一眼，各自会心一笑。

秦菁去到御书房时，门口是小井子守着的，而且很奇怪，所有的侍卫宫女都被支开了，守在台阶下面五丈开外的地方。

秦菁脚下步子不由得慢了半拍，随后就明白过来，梁太后应该还在。

想到自己都答应白奕了，她犹豫了一下，小井子已经下了台阶，快跑过来，殷勤道："都这个时辰了，长公主怎么还来？"

最近宫里的人都对她们母女敬而远之。秦菁的目光隐晦一闪，不动声色地笑道：“有点事情，想要求见父皇。怎么，父皇和皇祖母还在叙话？”

“是啊，太后娘娘还在呢！”小井子挠挠头，像是怕她会说什么一样，赶紧又道，“陛下最近脾气大，奴才人微言轻，可不敢进去给您通传。这会儿中央宫的宴会不是散了吗，那殿下过去那边稍等片刻，奴才去喊大总管过来？”

今夜这里气氛反常，晴云和苏雨都看出来了。晴云立刻往秦菁身边凑了半步，假意劝道：“公主，今天很晚了，反正也不是什么要紧事，既然皇上和太后娘娘有话要说，咱们就先回吧，明天再来求见也不迟。”

小井子一急，忙道：“陛下和太后娘娘说了好一会儿了，应该就快完事了，殿下既然都来了，就再等一等吧。”

“公……”苏雨眼睛一瞪，刚要拽秦菁走，秦菁已经开口：“也好，省得明天还得走一趟。”

小井子眼波一闪，脸上表情明显透出几分轻松，又重新赔了笑脸：“那殿下您先去门口等等？奴才去寻大总管去。”

“好！”秦菁不想揭穿他，既然是景帝安排要她来旁听，就算她今天拒绝了，明天也躲不过去，迟早都要知道。

“你们两个就在这儿等着，本宫见过父皇就回。”不再让两个丫头开口，秦菁直接举步朝大门口走去。

小井子这才彻底安心，一溜烟就跑掉了。

晴云和苏雨互相对看一眼，各自神色凝重。

如今盛夏，御书房大门没关，秦菁没走几步就听到里面景帝拔高了音调的冷笑声。

此时夜深人静，万籁俱寂，紧跟着透出来的梁太后的声音也分外清晰。

“这件事，哀家绝不答应！”梁太后的声音暗沉冷涩，带着余怒未消的沙哑穿透夜色传过来。

这时候，秦菁已经不觉得吃惊和诧异了，而且十分笃定，这会儿他们在里面讨论的事情必定和自己有关。

她直直地往前走，等走到台阶下面，就连里面寻常的说话声也能听清了。

“儿子言尽于此，该说的也都说了，母后您就再体谅儿子一次吧。”景帝的声音也透出争吵过后的疲惫，却是话锋一转，讽刺道，“当年风高浪急之时，母后您在启天殿中与朕说的那些话是不是已经忘了？那时候您对儿子的栽培和用心可不是如同今日这般，同样是为了我秦氏的江山基业，孰轻孰重，母后心里自然也是有数的，难道非要逼着儿子把那些不体面的话都提到明面上来吗？”

之前他虽然已经不再敬重梁太后，但至少还为了面子隐忍，这时候却居然把话说得这样难听了？

秦菁听得不由皱眉，里面梁太后的声音再传来时依旧稳健有力："皇帝，凡事总要留有一线余地，不是哀家偏帮于谁，而是你的心偏得太重了，那一日……"

"母后！"景帝却没有让她再说下去，仿佛怕被人揭了短，急急打断她的话，"今日已经太晚了，那些旧事等到来日有时间了，咱们再坐下来慢慢说。今天儿子请你来……"

"皇帝！"梁太后也被他彻底激怒，以牙还牙，也是态度强硬地冷声打断他的话，"今天的这件事，既然你已经定了主意了，就不该再来问哀家。不过既然你问了，不管是真心也好，做做样子也罢，横竖哀家还是那一句话——这件事，哀家不答应！"

言罢，里头便是一阵急促的脚步声向殿门这边逼近。

秦菁连忙收摄心神，屏息站好。

孙嬷嬷扶着梁太后的手，走得很急，刚走到门口看到秦菁居然在，向来喜怒不形于色的梁太后也是勃然变色。

她张了张嘴，却是回头去看殿内。

孙嬷嬷心急如焚，匆忙给秦菁使眼色，然则已经晚了，远处小井子和管海盛一道过来，远远地就喊："长公主，您还没走呢？"

他的声音很大，片刻之后殿内就传出景帝沙哑沉闷的询问声："是荣安在外面吗？你进来！"

梁太后眼底泛起一丝鲜见的寒意，搭在孙嬷嬷手上的那只手下意识握紧，手背上都现出筋骨的痕迹来。

"是，儿臣有事求见父皇！"秦菁没等她开口就先应了声，然后快步走上台阶，用力握了下她的手。

梁太后眼底有愤怒，但更多的是沧桑和无奈。

秦菁看到了，牵动嘴角微微一笑，轻声道："皇祖母先回吧，该来的总归是躲不过的。"

说完，不再迟疑，径自举步走了进去。

秦菁举步跨过门槛，直接穿过外殿，朝着最里面宽大几案后面的景帝屈膝行礼道："儿臣见过父皇！"

"嗯！"此时景帝端坐在案后，脸上已经完全没有了争吵过后的愤慨模样，只淡淡点头道，"你来得正好，朕刚好有件事要跟你说。"边说边去拿放在案上的一封折子。

秦菁身姿笔直地站在他面前，不动声色地开口："父皇，儿臣漏夜前来是有件事须得向您禀明，求您的一份恩典！"

"你的事，容后再说！"景帝听也不听，直接打断她的话，把那封折子往前一推，"本来朕是想明天再传你，既然赶巧你来了，就先看看。"

那封折子与平时朝臣上奏的折子有所不同，虽然只是在封皮上有很细微的差别，可是上辈子理政十年，秦菁还是一眼就分辨得出。

这封折子来自西楚！是今天颜璟轩将它同议和书一起呈上来的？可是景帝为什么会让她看？

她心下立刻有了一种不好的预感，不过面上表情却拿捏得极好，从容上前将那折子展开来看了。

从头到尾一个字一个字扫过去，她脸上表情依旧不变，眸底那种完全社交性的笑意却是尽数敛去，凝成一层坚冰，掩盖住原本纯澈透明的目光。

“这份折子是今天西楚使臣和国书一起交给朕的。”景帝面无表情地开口，“楚太子风，长你一岁，是正宫娘娘叶阳氏的独子，在朝中地位稳固，品貌和才学也都不差，西楚的叶阳皇后要替他求娶你为太子正妃。刚才朕已经和太后商量过了，西楚这次主动提出议和，很有诚意，书信之中叶阳皇后也说对你很满意，一定会善待于你。两国之间这些年干戈不止，百姓都跟着吃了不少苦，也是时候让他们过几天安生日子了。你嫁过去，将来楚太子登基，你就是一国之母。总之不管于公于私，这门婚事都是利大于弊……”

景帝滔滔不绝地陈述着这桩联姻背后的利害关联，可秦菁一个字也没听进去。她死死捏着那封奏折，因为用力过猛，指关节都凸显出来。

这时候她才恍然大悟，为什么颜璟轩今天见她的时候欲言又止：因为翔阳侯府拒绝了皇室的联姻，所以叶阳皇后突发奇想，她就被推出来顶包了？

她有点想笑，可是想到傍晚那会儿白奕拥着她看着她时那种温柔缱绻的眼神，眼眶一酸，险些就当场落下泪来。

她才信誓旦旦地以为即使皇权之路再如何艰难，她和他之间是不会再有变数的，可是千算万算，竟抵不过别人随口撂下的一句话。

最初一瞬间的愤怒，她几乎被冲昏了头脑，但是那个过程很快，只一瞬间便心如止水了。

“你是朕唯一的嫡女，身份上就和长宁永乐她们几个不一样，何况这一次联姻是两国化干戈为玉帛的基石，朕会交代礼部……”景帝还在一厢情愿地计划着这场联姻的盛况。

秦菁死死捏着手里的折子，冷笑着幽幽道：“你就这么怕我吗？”

景帝的声音戛然而止。

秦菁一寸一寸缓缓抬起头，眼中带着毫不掩饰的轻蔑之意，冷冷与他对视。

景帝还是觉得自己听错了，梦呓般喃喃道：“你说什么？”

“你就这么怕我吗？”秦菁重复，看着他的眼睛字字清晰道，“因为我不再对你所做的那些事保持沉默，因为我顶撞忤逆你，因为我没有逆来顺受听你摆布，因为你觉得现在的我已经脱出你的掌控了，所以你怕我。因为你怕我，才这么迫不及待想要把我扫地出门，赶出大秦？父皇，你贵为一国之君的胆气和担当难道就只有这么多吗？”

她语速不慢，语气越来越重，每一个字吐露出来都掷地有声。

景帝看着她眼中不加掩饰的嘲讽，突然有些乱了心神。

是的，无可否认，他是怕她！不知道从什么时候起，这个女儿的存在已经被他在潜意识里视为了威胁。

她聪慧大胆、沉稳冷静，如今在她一步一步脱离他的掌控的时候，他已经感受到了前所未有的威胁。

“你知道你在说什么吗？”他问，那目光阴霾暗沉，仿若一只困兽，“你信不信，朕现在就下旨将你处死！”

“一个有决断的帝王，从来就不会说这样的话，他唯一会做的，是下令杀人，而不是威吓。”秦菁不以为然地摇头，惋叹之余，字字果决，“父皇，你在这个位子上坐了这么久，难道连这一点领悟都没有吗？而且……”

她说着一顿，下一刻，面上突然生出狂放妖冶的笑容来。

他故意让她听到他和梁太后的对话，也不过是为了恐吓她，告诉她这件事上梁太后也保不住她。

这个男人的心思，真是狭隘又懦弱得近乎可怜！

不再和他逢场作戏，站了这么久，秦菁也觉得累了，转身去旁边随便捡了张椅子坐下，然后平静地用一种对等的姿态看着案后满面杀机的景帝，继续气定神闲地反问：“你要杀我？你怎么杀我？你信不信，今日但凡你动我一根汗毛，不仅这次和西楚的联姻功败垂成，而且不出半月，西楚必定大军压境，一路挥军南下攻过来。”

用作和亲的人选他可以再换，但萧羽此时俨然是祈宁军中的灵魂人物。

景帝并不确定他与秦菁之间到底有多少兄妹情分，却很清楚在家族利益面前，萧羽一定会做抉择。他一旦杀了秦菁，那就是公然宣布他要动手铲除萧家了，到时候萧羽为了自保，就要另谋出路。失去一座祈宁城没什么，怕就怕他会引狼入室，把西楚人放进来。

秦菁每一句话都正中要害，刀刀都割在景帝的神经上。

景帝眼神阴霾，捏成拳头的手已经颤抖得不像样子，咬牙切齿道：“萧羽手里的二十万军队不算多，西北的那一两座城池也不算什么，朕输得起！可是你真要累他们被扣上乱臣贼子的帽子吗？”

“你确定你只会输一座祈宁城？”秦菁冷嗤一声，再次不留情面地一语戳穿他抛出来的自欺欺人的壮胆之言。

景帝简直七窍生烟。

可是他的这个女儿太通透、太聪明了，她不仅胆大妄为，更是把朝中和军中的两方局势都看得清楚明白。

这个时候，景帝已经彻底绝了糊弄她的心思，阴着脸，不再说话。

大殿当中一时寂静非常，烛火的爆裂声轻微入耳，丝丝可闻。

两个人冷冷对峙。秦菁不惧他，再多看一眼他的这张脸都觉得恶心。于是沉默片刻，她深吸一口气，突然开口："好，答应我一个条件，我可以去西楚。"

景帝并不相信，防备至深地冷笑一声："你跟朕讲条件？"

"秦洛的为人，我信不过！"秦菁一个字也不再和他多说，"他连亲生母亲都杀，他日我一旦远嫁，我母后和弟弟岂不马上就要葬身在他的屠刀之下？除非你降旨废了秦洛，把太子之位重新还给宣儿，除此之外，别无妥协。"

说话间，她早已经改了对彼此的称呼，不仅不再将他当成父亲，更是连一国之君的威严都不放在眼里了。

废太子？废太子！自从出了蓝淑妃的事以后，这样的折子景帝每天都会看到，早就不胜其烦。

"这样的话，不是你该说的！"景帝死咬着牙关，额角青筋又开始一突一突地跳。

"是吗？"秦菁微笑，起身拍了拍裙子，然后仰起头来，一字一顿道，"西楚，我不去！"

说罢一抬脚，转身就往门口走去。

"荣安！"景帝的声音再次由背后传来，这一次完全平复下来，带了几分自得的笑意道，"在你走出这道门之前，想想你的母后和弟弟！"

秦菁脚下步子略一迟疑，胸中涌出强烈的愤恨之意。

这个男人，她的父亲，居然有朝一日，会这般理直气壮地拿她母后和弟弟的性命来威胁她！

很可笑是不是？可是面对这个男人的时候，她真是连冷笑的表情都懒得拿出来了。

闭上眼，狠狠吸一口气，秦菁回头，目光凛冽如刀，直直看进景帝幽暗的瞳孔里，一字一顿地清晰道："那两个人，同样也是你的妻子和儿子！"

不等景帝反应，她已经再度转身，脊背笔直地一步一步朝着大门口走去。

身后景帝的怒火铺天盖地而来，笔墨纸砚落地的声音，瓷器碎裂的声音，连带着他呼吸急促发了疯一般的咆哮声，一声高过一声，彻底摧毁了这夜的平静。

晴云和苏雨远远听见御书房里的动静，赶紧往这边跑，见着秦菁面无表情地走出来，都不由得暗暗心惊。

"公主！"晴云抢上前去一步，要扶她的手。

秦菁直直地看着前方无边的夜色，却是猛地抬手挡开了。

晴云被她推了个踉跄，再看她脸上近乎悲壮的冷酷表情，和苏雨面面相觑，一时间不知道如何是好。

秦菁一步一步自那台阶上下来，步子极为缓慢，但是每一次脚步落地，她听到的都是自己因为愤恨而不断加速的心跳声。

因为失神，最后一步迈下来的时候她自己不察，脚下踉跄之余，猛地一把扶住手边汉白玉的石狮子。

她怕的就是夜长梦多，到头来还是夜长梦多！

她和白奕的一步之遥，再次被阻隔到了天边，说到底还是迟了一步！

夜色中那石头触手微凉，一点一点将她的神志拉回来。

身后的御书房里还间歇传来景帝暴跳如雷的咒骂声，她一点一点回过身去看了一眼。

金碧辉煌的殿宇被灯火映衬得恍若仙境，前世今生多少次，她和母亲、弟弟的生死荣辱被人在这里轻易决断？

赐死萧文皇后的圣旨，萧澄昱被迫告老离京的折子，废弃秦宣太子之位的诏书……

好，很好！

你在我面前这般威风八面的日子，这是最后一次了。

下一次再见面，我定会让你悔、不、当、初。

右丞相府，雅苑。

夜半三更，书房里烛火未熄。

莫如风神色淡然，坐在案后借着灯光一封一封翻看桌上青布包袱里存着的信函。

他身后一个灰袍汉子垂首而立，左手提一把长剑，右手按在鞘上，磨出厚茧的拇指指腹一下一下有节奏地点着拍着。

整个屋子里寂静无声，偶有烛火的爆裂声都十分清晰。

"这次西楚那边负责议和的人是颜璟轩吗？"从信封里抖出最后一封信的时候，莫如风素来平和淡漠的眉目忽而微微一变，扭头看向那灰袍人，问道，"为什么是颜璟轩？这么大的消息，舅舅那里之前来信怎么没有提过？"

"或许只是巧合！"他规矩严，灰袍人虽是他的心腹，也只是负责把信捎来，这会儿才敢凑上来看了两眼，继而神色转为凝重，"此次两国停战议和本来就是事出突然，宫里把消息封得极严，就连七皇子那边探子的耳目也全都被避了过去，在他被传召回京的同时，使团就已经秘密出发在路上了。整件事情做下来，咱们那边的消息还不及大秦这里，想来应该是凤寰宫为了避讳卢妃和七皇子而有意隐瞒消息吧。这封信也是萧公子发的，舅老爷那边的消息……应该也快到了吧。"

楚越握着大秦边境的主要兵权，叶阳皇后主和的目的之一，原就是夺他手里的兵权，灰袍人这般揣测也不无道理。

可是，议和的使臣怎么会是颜璟轩？这个人的身份太特殊了。

莫如风眉头紧皱，正在思索其中关联，屋子外面就传来一阵轻微的响动。

莫如风瞬间回神，使了个眼色。

灰袍人点头，身形一闪已经到了门边，侧耳细听片刻就辨出是自己人的脚步声。他开了门，一个黑衣人递了个细竹管过来："头儿，刚收到的，舅老爷的飞鸽传书！"

"你先去吧！"灰袍人打发了他，把竹管里的纸条抽出来递给莫如风。

莫如风将那纸条展开，压平了放在烛火下看。

自上次大病一场之后，他的身体一直没有复原，此时夜间目力也不如以往好，这几十个字的密信他读得极为专注，似乎一个字一个字生怕遗漏一般慢慢地看完。

灰袍人随侍在侧，发现他的眉心一点一点堆叠起细碎的褶子来。

"主子……"他张了张嘴，莫如风却抬手制止，神色越发凝重，把那纸条上的字从头到尾又再细细地看了一遍。

屋子里，两个人的呼吸声不知道从什么时候起消失了片刻。最后，莫如风闭上眼，重重地往椅背上一靠，轻声道："隋玉，烧了吧！"

叫隋玉的灰袍人取过纸条匆匆扫了眼，不由得神色大变："颜氏明确表态拒绝了皇室的联姻，那岂不是要和太子还有七皇子双方都翻脸了？"

"不是翻脸，是投诚！"莫如风似乎十分疲惫，没有睁眼。

颜氏就颜汐那么一个宝贝女儿，对于颜玮的个性，他多少还是知道的，只要颜汐一力反对，这件事就成不了。他同时拒绝了朝中最有权势的两位皇子，那么以后不管颜汐再嫁给谁，都是打楚风和楚越的脸。楚明帝在时还好，一旦楚明帝驾崩，新帝不管是两者之中的谁，翔阳侯府都要万劫不复。

所以，现在的局面是，为了不让爱女受委屈，翔阳侯颜氏终于也打破了中立，被皇后叶阳氏所用了。

放掉颜汐，收服颜氏；求娶秦菁，结盟大秦；等到两国休战无仗可打的时候，楚越手里的兵权也更容易拿下来了……

一箭三雕！叶阳氏果然不可小觑，在这么短的时间之内就想出了这么一条绝妙的应对措施。

隋玉就着烛火把纸条引燃，微弱的火光映在身后莫如风苍白的脸孔上，让他眉尾的那一点朱砂越发明艳，有种夺人心魄的诱惑力，只是他唇角紧紧地抿着，成了一条线。

隋玉看着纸条化作灰烬，再看他的表情，心里莫名不安，试着开口："主子……"

莫如风睁开眼，突然问道："白四回来了吗？"

"还没。"隋玉道，看了眼天色，"应该快了吧。"

这件事白奕应该还不知道，但是秦菁那里……他就不敢保证了。

莫如风盯着桌上拆开的那最后一封信，神色已经恢复了平静，和往常无异，只是许久没有作声，又过了好一会儿他才开口："重新封好，送进宫去吧。"

"是！"隋玉应声，重新把信塞回信封里封好，仔细把曾经拆阅过的痕迹都抹掉。

隋玉去院子里叫手下往乾和宫送信，回来时莫如风已经站在桌旁，就着烛火把其他信函一封一封引燃丢进一个铜盆里。

隋玉盯着那些灰，再看莫如风脸上平静寡淡的表情，犹豫道："主子，这件事……要怎么处理？"

叶阳氏突然决定替楚风求娶秦菁，应该还有另外一个原因。

"不能叫她得逞！"莫如风沉吟着，眉心微微拧了个疙瘩，"秦氏这边我们不方便插手，先什么都不要管，暂且静观其变吧。"

秦菁那里会怎么样？很难想象；而白奕这边会作何反应，却是一目了然。

莫如风弯身提笔，隋玉赶紧为他铺纸，不想他的动作顿了一下又把狼毫放下，淡淡道："你就直接与舅舅说吧，别的都暂且放放，让他马上做准备，提前把京城方面的事情部署好，以备不时之需。"

"好！"隋玉谨慎点头应下，莫如风再要交代他两句的时候，院子里守着的小药童就跑了进来道："公子爷，四公子回府了，说是更了衣马上来找您，有事要说。"

莫如风的眉心隐约一跳，随后挥手："我知道了！"

隋玉不能再留，收拾了桌上的包袱塞进袖子里，从窗口翻出。

莫如风坐回椅子上，随手取过放在案头的一本医书翻开，接着上次的一页继续往下仔细地翻阅。

灯火晕染下，翩翩君子如玉，一派素雅淡泊之姿。

窗外，夜凉如水。

事实上景帝方面对秦菁的确是惧怕得紧，次日的早朝上他就一锤定音颁下圣旨，允诺了西楚太子的求亲之请，以长公主秦菁许之，两国签订和书，化干戈为玉帛。

消息很快传开，白奕是到了这时候才明白前夜秦菁迟迟没有递出消息给他的原因。

宫里乾和宫大门紧闭，荣安长公主没有露面，景帝的圣旨到了，也是婢女接进去的，萧文皇后闻讯过来探望都被拒之门外。

三日之后，宫中再有宴会招待西楚使臣一行，荣安公主开始称病不出。

席间颜汐一直惴惴不安，四下里张望，后半席的时候终于趁着颜璟轩不注意悄悄溜了。颜璟轩本来正在和人应酬，发现的时候已经晚了。

他们在这里人生地不熟，怕颜汐出事，他赶紧跟景帝告罪出来找，一路观望着走过御花园的时候，远远地便见一个纤秀的背影立在前面不远处的亭子里，正盯着脚下一方池塘发呆。

颜璟轩脚下步子略一迟疑，拧眉权衡之下还是举步走了过去。

他没有刻意放轻自己的脚步，秦菁一动不动地站在那里，却始终没有回头。

颜璟轩走过去，在她身后一步之遥的地方站定，调整了好一会儿情绪才试着露出一个笑容道：“殿下怎么会在这里？”

“等你。”秦菁道，目光却未从脚下的水面上移开。

“嗯？”颜璟轩一愣，旋即就有些明白，脸上表情略有几分讪讪，不知从何说起。

秦菁表情淡漠地站在那里，眼底眉梢都没有任何特殊的情绪流露，只单刀直入道：“这一次两国联姻的主意，是你们颜家人出的对不对？”

颜璟轩微微抽了口气，走上前去看着她近乎木然的侧脸，再开口时语气中便多了几分歉疚：“很抱歉，我真的没有想到会是你……”

话到一半，却是戛然而止。

就算知道是她又怎么样？不过萍水相逢罢了。

颜璟轩此时面对秦菁更是心虚，觉得自己该说点什么，又好像什么都不必说。

秦菁却似乎没有追究的打算，得了自己想要的答案，就面无表情地转身往凉亭外面走。

“长公主……”颜璟轩始料未及，连忙追上去一步，脱口就解释，“我知道在这件事上是我们对你不起，可是汐儿……她并不知情。”

秦菁脚步顿住，冷笑：“人总要有一次自主选择的机会，她避过去了，只能说明她运气好！”

不是运气好，而是因为颜汐有一个愿意尊重她的意志、事事以她为先、疼她宠她的父亲，而她秦菁，这一生注定要和那个人不死不休！

说完，秦菁再不多留，头也不回地走了出去。

其实她不恨颜璟轩和颜家人，也不恨叶阳皇后和楚风，那些人都和她毫不相干，要算计自己的利益无可厚非。

可是正阳宫里的那个人，再一次露出了丑陋的嘴脸，突破她的底线。

什么亲情天恩，什么皇命难违？既然你如此这般不给我留余地，我也不怕与你孤注一掷。运气是天定的，命却是自己的，这一生，我不再信天命，只信我自己！

女子脊背笔直，步伐稳健地渐行渐远。

颜璟轩站在原地，虽然秦菁对他没有表现出敌意和恨意，但这个女子不是一般人，如果她嫁到西楚，嫁给楚风……

未来的路，他突然有点隐忧。

秦菁回到乾和宫时，晴云等得已经有些急了，迎上去一把将她拽进门去，道：“公主，您怎么才回来。”

“嗯？”秦菁抬眸看她，“出什么事了吗？”

“皇后娘娘刚刚差了李嬷嬷过来传信，说是……说是……”晴云欲言又止，说着眼圈就红了，“皇上那边好像是已经定下来了，让礼部在抓紧办，说是再过半个月，这月廿八就要送您离京，往西楚去了。”

半个月？他真就是一刻都等不得了！

“是吗？”秦菁无所谓地轻哂一声，径自下了台阶往寝殿走，“这样就不等西楚太子亲自来接人了对吧？”

“是，好像是这个意思。”晴云跟上来，心急如焚道，“这样安排的话，时间上肯定是来不及的，应该是想让您从这边先行出发，然后西楚方面派出人在国境之外接应。”

“嗯，告诉母后，我知道了。”秦菁点头，似乎并没有因为此事而震动，面无表情地走进寝殿。

“公主——”晴云只当她是气得狠了，眼泪簌簌地往下落，奔到她面前去，抓着她的手道，“公主，都这个时候了，您就不要跟皇上置这一口气了，还是听四公子的话吧，让丞相大人去给你们求个情，没准还有转机，您不能去西楚的啊。”

别人远嫁，那是和亲，而以景帝对她的心思和态度，她这一趟却是要被舍弃和放逐。一旦她去了西楚，大秦这里也不再是她的母族和后盾，景帝会断掉她所有的退路，让她一个人远在千里之外的陌生宫廷自生自灭。

而她秦菁不怕死，只是不能把自己的母亲和弟弟单独留在这人间地狱，留在这人面兽心的冷血男人身边。

“圣旨已经下了，没用了。”秦菁淡淡地说，灯火下，眸子里有冰冷刺骨的寒芒一闪，嘴角勾起嘲讽的笑，然后，她拉开晴云的手，走到书案后，一边展纸落笔，一边心如止水地慢慢说道，“这个时候让白丞相去找他，就是公然打他和西楚皇室的脸，白丞相的面子再大，也大不过他口中的天下大义和两国邦交，他不仅不会答应，反而会怀疑白家的忠心，事情只会更糟。”

主要是今时不同往日，景帝的怒火已经在和她的争执中被激到了顶点，偏偏还动不了她，如果这时候白穆林再不顾大局进宫请命，景帝必定会拿他开刀。而届时……

白奕不动声色安插进宫的顶尖高手就有二百余人，用这些人能做多少事，秦菁心知肚明，可现在牵扯到了西楚又不一样了，到时候朝中内乱的同时还要防范西楚人，这种腹背受敌的情况，实在是迫不得已之下的最后打算。

好在，西楚方面还有漏洞可寻，便还有一线生机。

如果连白穆林也无能为力，那就真的完全没有转圜的余地了吗？晴云脸色发白，用力抓着桌案一角，心里是从来没有过的恐惧和绝望。

“别愣着了，你去把灵歌给我叫来！”秦菁一直奋笔疾书着什么，头也没抬。

晴云脑子里浑浑噩噩的，还是强撑着精神走了出去，不多时灵歌就推门走了进来。

“公主，您找我？”

“嗯！”秦菁刚好搁了笔，一边去吹宣纸上的墨迹，一边问道，“议和的条款都协商得差不多了吧，知不知道西楚的使团什么时候回国？”

“公子那边传来的消息，好像西楚方面也催得紧，左右不过这几天之内了吧。”灵歌道，终究还是忍不住和晴云一个心思，又问，“公主真的准备去西楚吗？”

“这已经不是我想去还是不想去的问题了。”秦菁微微苦笑，紧跟着又是话锋一转，道，“西楚方面行动这么迅捷，也是怕夜长梦多，想要借由此事打卢妃一党一个措手不及。楚越其人最是阴狠多谋，肯定不会坐以待毙，等着叶阳皇后一党来削他手里兵权的。”

“公主的意思是……”灵歌心神一凛，瞬间警觉。

“我想不想去是一回事，只怕更有人不希望看我活着踏进西楚帝京。”秦菁抬眸看她，唇角不觉扬起一个残酷的笑容。

灵歌倒抽一口凉气，不由得上前一步：“您是说西楚七皇子一党会在沿路设伏？”

“叶阳氏把消息压到现在，眼见着联姻一事既成定局，楚越想要翻盘，就只能险中求胜。只要沿途我有什么意外，那么不仅联姻不成，两国刚刚缓和下来的关系也会再度全面崩盘，他傻了才会放弃这步打算。”秦菁把信纸折好塞进信封里，递给她，“想办法，把这封信送去西楚传给七皇子楚越。”

灵歌捏着信，一时还没想通，又听秦菁嘱咐了一句：“不要过萧羽的手！”

萧羽是祈宁主帅，她要联络的是西楚皇子，其中关系微妙复杂，一定不能让萧羽沾手。

灵歌狐疑地捏着那信封又迟疑了片刻，抿抿唇，终于还是没有再多问，点点头，转身走了出去。

房门再度合上，秦菁的神色才略微有了缓和，重新回到桌旁坐下，淡声道：“出来吧。”

原本空旷的寝殿里，有一处灯火微晃，白奕沉着脸从那扇侍女屏风后面走了出来。

秦菁从茶盘里捡起一只杯子倒了水，推给他。

白奕走过来，撩起袍子坐下，却不绕弯，直接开门道：“你去见颜璟轩了？”

“是！”秦菁坦白承认，唇边笑容略带了几分轻嘲，低头默默看着杯中微晃的水光，“我本来就不是什么善男信女，既然是颜家人把这个烫手山芋扔到我手里的，我也没有必要对他们太客气，这个时候把我逼进火坑，他们想要抽身而退撇干净了，也总要看我答不答应。”

颜家人是为了一己之私不得已而为之，可这世上迫不得已的并不止他颜氏一家。

颜家既然选择了对太子楚风臣服，楚越还能跟他们罢休？趁着这个时候煽风点火，破他朝中的局势，也不是不可能的。

“楚越那个人阴得很，他未必就会如你所愿听你教唆。”白奕握了面前的杯子在手，脸上神色却再未转晴，“眼见着楚太子和颜家之间联姻不成，其实我是觉得他会再动这方面心思的可能性更大一些，毕竟翔阳侯那三十万兵权不可小觑。”

“那是他们国中的事，我不管，只要他别盯着我不放，把路让开，让我顺风顺水地往西楚走一趟，把这出戏唱完了就行。”秦菁垂着眼睛，沉默了一阵才又轻声道，“颜璟轩这个人不好糊弄，如果楚越不肯动手，回头我们的功夫就要做足了，不能露出破绽。这一路上我会尽量拉缓送亲队伍的行程，一来一去怎么也得两个月左右，这段时间足够蓝月仙他们运作了。”

最终她会放弃抵抗，其实也不全是因为景帝先发制人颁下那道圣旨，而是顺水推舟罢了。她不想再让景帝坐在那个位子上了，而朝中蓝月仙早就按捺不住，只是对她还有忌惮，现在她避开一段时间，蓝月仙才能肆无忌惮地把狐狸尾巴露出来。

“一切……我都会安排。”白奕微微出了口气，语气中却有说不出的生硬和苦涩。

他一直竭力说服自己不要去看秦菁的脸，终于还是忍不住缓缓抬头向她看去。

灯光下，女子容颜如初，只是眉目间那种平淡如水的沉稳和安静让他没来由觉得心疼。

此时此刻，不管她心里有多少权谋算计，总抵不过那些仇恨和伤痛，一次一次，被自己的生身父亲算计着逼上绝路，她却隐忍到了这般程度。

没有愤恨，没有怒意，自始至终一张面孔平静如水，用这种伪装来压下心里的惊涛海浪。

“秦菁！”他探手去触摸她的脸颊。

灯影下的女子不经意抬眸看来，浓密卷翘的睫毛微微颤动，让她眼底一闪而过的光亮有种潋滟的光感。

“让我送你去西楚吧！”简短的几个字，没有人能知道，作出这样的决定需要耗费他多少的心力和挣扎。

以送亲之名，亲自将心尖儿上的女子送到异国他乡，别人的殿堂。

可是他必须看着她，守着她，不能容她一人去那龙潭虎穴，即使这一趟西楚必将成为他此生的噩梦，也在所不惜！

白奕的目光深刻而诚挚，里面融着许多一眼便能看到的挣扎。

“你答应过，为我留守军中，等我回来的。”秦菁勉强露出一个笑容，那笑意却薄弱得让她自己都觉得心虚。

这般对看之下，她甚至觉得自己已然无法承受男子这般深沉的凝视。

为了回避，她站起身来，绕到他身后，倾身下来从背后抱住他，下巴抵在他的肩窝里轻声地道：“萧羽会照顾好我，你答应过，会为我做任何事。我也答应你，这是最后一次，就让我为宣儿和母后再做最后一件事吧，为他们扫平眼下这批障碍。以后，我跟你，无论是天涯海角，也总会走得安心一些，好不好？”

为她做任何事，这是他对她的承诺。

不管这一刻有多么想要反悔，可是这样的话，他终究还是只能咽回肚子里。

有些人，生来就带着这样的责任，不容推卸，他比谁都明白。

“我为你，做任何事！”终究还是只能这般告诉自己。

丞相府，雅苑。

隋玉把新带来的书信送到莫如风的案头，莫如风手里捏着金针在对比一本医案，只抬眸看了他一眼。

"宫里刚送出来的。"隋玉道，"荣安长公主让呈送西楚，转交七皇子的。"

给楚越的？

莫如风的目光微微一动，推开手边的书册，打开信封取了那书信展开。

信函上头秦菁的字迹他是认得的，寥寥不过数语，他看完之后神色未改，又递给隋玉，示意他重新把信封好。

秦菁最终默许了景帝的赐婚，这一点稍稍超出他的意料，但是随后一想也就理解了。

隋玉收了信，迟疑着不知何去何从："主子，这信……要递出去吗？"

"送吧！"莫如风道，已然无心再去钻研医书，起身走到窗前开了窗子透气。

秦菁想要怂恿楚越，挑起他和颜家人的矛盾，白奕和她心意相通，也是这个打算，并且他的意思是如果楚越不中计，就由他这边出手来做。

不管是嫁祸楚越还是楚风，总之只要挑起翔阳侯对他们之中任何一方的敌意，三十万大军稍有动作，西楚朝中必定风声鹤唳。而一旦西楚国中起了动乱，那么秦菁这一行人便可以借机折返。

祈宁边境都是她的人，届时便可以为她掩藏行踪，掩护她回京。这一记回马枪杀回来，必然收获颇丰。回头等到大秦这边局势大定重新洗牌，与西楚方面的这场所谓联姻自然就成了笔糊涂账，没有办法追究了。

这一招，视为置之死地而后生，但是西楚一行，本身就是一步结局未知的险棋。

这个女子，这一次未免太大胆了些！

这样想着，莫如风不由微微叹了口气："西楚那边，她还是不肯松口让白四随行对吗？"

"是的！"隋玉道，"秦景帝虽然不悦，最后还是答应了由萧家公子作为赐婚使，带五千禁卫军，亲自护送荣安公主前往西楚。"

遣走了秦菁的同时，景帝下一步要做的必定是夺下萧羽手中的兵权，而在没有正常渠道可走的情况下，唯一可行的，是刺杀。

秦菁也正是提前想到了这一点，所以主动要求萧羽送她前往西楚，来躲过这接下来的危机，同时白奕暗中运作，让景帝准了他三哥白奇暂代萧羽之职，前往祈宁军中坐镇。

对于白家人，景帝是不会起戒心的，这样一来，再有白奕跟到军营，那二十万戍边大军总归还是捏在秦菁手里的。

"这一次，他们是准备破釜沉舟，成败在此一举！"莫如风闭目浅浅呼出一口气，神情不变，再开口时语气已经带了沉稳决绝之意，"你去安排一下，别用白四动手，楚越来做这件事不合适，还是栽给凤寰宫吧！"

莫如风不是这样冲动的人，他筹谋多年……

"主子？"隋玉倒抽一口凉气，"请您三思，实在犯不着为了不相干的人……"

"隋玉。"莫如风语气淡淡地打断他的话，唇角一点笑容绽放，如血的红唇衬着他苍白绝世的容颜，纯净美好得让人心惊，"或许我没有多少时间可以再等了……"

"主子……"隋玉一滞，看着他的侧脸，再度沉默下去。

少主子的性格最是果决刚毅，和当年的主子如出一辙，他定下来的事，绝无更改。

窗前莫如风重新睁开眼，眼底还是一片倾城绝世的淡泊。

"马上飞鸽传书给舅舅，告诉他所有的暗卫全部提前起用，让他火速准备好一切就立刻回京吧。最迟两个月，我会随大秦的送亲队伍一起过去。"

如果可以，那座帝国皇城，是他这一生都不愿涉足的领地，憎恶的人，憎恶的事，那所有的一切的一切……

可是……

不知不觉，隋玉已经离开了很久，窗前清风阵阵而来，已然是黄昏。

身后的房门被人推开，他的小药童探头探脑地扒在门缝里："公子，白四公子回来了！"

莫如风自窗前转过身来，身后一缕残阳打在他素白的衣袖上，光晕迷离。

他眼底眉梢都带着谦和宽容的笑意，轻轻点头，一个字一个字地说："让他放心！"

半个月转瞬即逝。

荣安长公主，许嫁西楚太子。

大秦景帝十九年七月，圣上下旨钦赐征西大将军萧羽为赐婚使，自云都皇城出发，护送长公主前往西楚帝京。

头天夜里，随行的车马就已经从南华门排到云都南城门外，盛世繁华，红妆百里，百姓沿街观礼，众说纷纭，无不羡慕这帝王之家女儿的身价尊贵。

是日清晨，乾和宫里，秦菁看着堆叠的物品清单，唇角始终带着讽刺的笑。

丰厚的嫁妆，普天之下独一份的排场，景帝给了她这样的殊荣，可谁又能领会她那父皇此时送瘟神一般强颜欢笑背后的悲苦。

"灵歌姑娘，长公主还没有梳妆完毕吗？启天殿那里，文武百官可都等了一个多时辰了。"自五更时分到现在，管海盛已经来了不下五趟，但是无一例外，全被灵歌挡在门外。

"大总管，真的对不住。"灵歌也不多解释，就是死死守住门口。

管海盛完全无计可施，再次铩羽而归。

太阳渐渐升起来，眼见着出宫的吉时都要过了。

为了自己的面子，景帝肯定是不能亲自前来的，可是他大概也知道管海盛降不住秦菁，下一次再有人来，却是蓝月仙。

蓝月仙被王兮墨扶着，带了一队人匆匆而行，她不确定秦菁这样的抗争到底还有什么意义，但也不敢掉以轻心，边走边揣摩防备，不想远远却看到乾和宫的大门打开，一行人已经簇拥了秦菁出来。

那少女脸上的妆容仔细描摹过，身上却未着红装，而是仪态庄严地穿了一件黑底金绣做工的华贵凤袍，衣襟上飞凤起舞，光彩绚烂，头上发丝精心打理过，以一套十八支大小不一的纯金凤钗装点，缕缕盘起，整个人看上去雍容高贵，完全秉具皇家贵胄天之骄女的风采仪容，让人挑不出一点瑕疵。

她不穿嫁衣，那般华美喜庆的色彩，是要和喜欢的男子执手分享的，而她现在要走的也不是一条许嫁之路。

曾经一度，她穿着这身凤袍走上帝国之巅那个人人艳羡的位子，又再穿着它走完自己惨烈绝望的生命，这一次，她依旧穿着它回到那个位子，不再被人踩在脚下，不再被人拿捏掌握。

眼前的这个女子，较之以往又冷厉三分，让人看一眼都觉得心惊胆战。

“殿下的这身喜服是谁挑的？倒也别具一格呢。”勉强压下心中那一点莫名的不安，蓝月仙快行两步，含笑迎上去。

宫门外的轿子已经等着了，秦菁目不斜视地走过去。

蓝月仙受到了冷遇，心里也不恼，反而笑意款款地跟过去，在她上轿之前抬手一拦，道：“你们暂且退开，荣安公主大婚，本宫和她说两句私房话。”

王兮墨立刻带着她的人避开。

秦菁看了蓝月仙一眼，蓝月仙眼底带着掩饰不住的笑意，略一挑眉。

秦菁没和她计较，倒像是妥协了一样，侧头给扶着她手的灵歌使了个眼色。

灵歌往后退开，秦菁就把视线移到远处的天际，冷冷道：“贵妃娘娘有话要说？”

“大恩不言谢！”虽然秦菁没看她，蓝月仙依然笑得妖娆，“殿下此去西楚，路途遥远，虽然咱们后会无期，本宫还是该对你说一声，保重！”

最后两个字，她的咬音刻意加重，嘲讽之意不加掩饰。

秦菁闻言，只是不羞不恼地垂眸而笑。

片刻之后，她仍是抬头看着远处天际的流云，语气森然道：“蓝月仙，本宫可以跟你保证，即使我去了，和西楚的这门亲也结不成，你信不信？”

这一次，她当面对蓝月仙直呼其名。

蓝月仙微愣，但随后反应过来她这是被逼急了，反而好心情地笑了出来，讽刺道：“荣安，即使你有通天之能，但是也别忘了，那里是西楚，而不是由着你翻云覆雨的大秦后宫。本宫承认你这般谋略手段非同一般，但是机不可失，时不再来，连战场都没了，你又有什么资本这般轻狂下去？”

“因为活着！”秦菁毫不示弱地反唇相讥，一直不去看蓝月仙的脸，言谈之间那种越发从容的姿态让人怎么都看不懂，“别忘了，是我把你从冷宫里弄出来的，只要有我一日，你始终都是我的一枚棋子，这是改变不了的事实。”

这样的话，用来刺激刺激蓝月湄还行，对于蓝月仙这种人却是半点作用都没有的。

蓝月仙微笑：“时辰不早了，殿下该上路了。”

“本宫此行，怕是有段时间不能入你的眼了，姝贵妃若是寂寞无聊，不如趁着身在高位多做些事。”秦菁未动，忽而从远处收回目光，定定地看着她，红唇微启，字字清晰而平稳地说道，“如果你要永除后患，本宫倒是可以给你出个主意，提前安排些得力的人在沿途埋伏着，自己动手才能放心，否则等着本宫回来的那一日，怕是三尺白绫少不得你的。”

“殿下，在这样大喜的日子说这样的话不觉得晦气吗？”蓝月仙浅笑，根本就没把她的话往心里去，“而且这般咒着西楚太子的话，本宫劝你还是不要随便说的好。而且退一万步讲，就算殿下您金口玉言，难不成还指望像当初的北静王妃那般，再被人堂而皇之抬回来吗？”

晏婉靖之所以能重返大晏，是天时地利人和促成的结果，而她，景帝只会迫不及待地将她拒之门外。

“你都可以起死回生，本宫因何不能逆天改命？”秦菁不以为然地冷声说道，抬手掩了唇，侧身于蓝月仙耳畔低喃两句，“要在沿途布陷，记得不要亲自动手，省得平白惹了那人怀疑。左相对娘娘情深，十年未曾更改，单凭着这份情意，他再帮你一把也在情理之中。”

冷宫之中还能瞒着景帝将她照料得珠肌玉骨的那人，怎么可能一丝破绽都不露？

蓝月仙这样心思玲珑的一个人，却不知道是对那人真的过于信任，还是百密一疏，以为这世上当真会有永远的秘密？

不过蓝月仙显然没有想到秦菁会突然提起这层关系，心头剧烈一震，已经神色冷然地脱口撇清道：“长公主在说什么？本宫不懂！”

彼时她整个身子已经僵了，说话虽然有条不紊，但明显不受大脑支配。

“娘娘不懂没有关系，但愿有朝一日，父皇能明白本宫话中深意。”秦菁勾了勾唇角就要上轿。

蓝月仙如遭雷击一般戳在原地缓了半天的神，最后猛地回过神来，眼中顿时怒意大盛。

“荣安！”她忽而厉声尖叫，一把抓住秦菁的胳膊。

“放手！”秦菁一把甩掉她的手，随手一推就将她推了个踉跄。

蓝月仙脸上都是掩饰不住的狼狈。秦菁面无表情地看着她，一字一顿警告：“记着，你永远都只是本宫手里的一颗棋子，用、完、即、弃！”

说完，也不等蓝月仙反应，就一弯身坐进了轿子里。

轿帘落下，她冰冷又气势恢宏的声音再次响起：“时间来不及了，我们不去启天殿，直接出宫。”

那天从御书房出来的时候她就发过誓，下一次再见那个男人，必定是最后一面，而此刻，还不到时机。

"是！"灵歌声音响亮地应道，走过去故意拿肩膀轻轻一撞。

蓝月仙被撞开半步，匆忙抬起头。

轿子里隐约可见少女明艳的脸颊如花绽放，那笑容极盛，微冷的目光里仿佛有一条毒藤攀爬而出，爬上蓝月仙的五脏六腑，成了印刻在她脑海深处的一个噩梦。

她怎么会知道？怎么会？怎么会？

这不可能！

蓝月仙整个身子都是木的，王兮墨走上前来扶她："娘娘，您还好吗？"

不想就是这轻轻一碰，蓝月仙却像被谁捅了一刀，脚一软，扑通一声跪在了地上。

秦菁的轿子直奔南华门，启天殿那边景帝是怎么样的颜面扫地或者暴跳如雷，她都没有兴趣知道，只是下轿之后冲等在那里的萧羽微微一笑："让大将军久等了。"

"微臣的本分！"萧羽颔首，自马背上翻身下来，亲自上前为她开了车门。

旁边有等候的太监搬了垫脚凳过来，秦菁扶着灵歌的手踩着凳子上了车。

礼炮响起，锣鼓震天。

随着萧羽一声令下，一行数千人的队伍浩浩荡荡往南城门的方向而去。

身后的角楼上，身着淡青袍子的男子迎风而立，衣衫猎猎，刀雕的面孔上表情僵硬得没有半点活人的生气，定定望着那一身凤袍姿容绝艳的少女攀上马车，再一点点淡出他的视线，与远处喧嚣闹市里的砖瓦城墙融成一片。

西楚！那个方向是西楚！终于，他还是无能为力！

荣安公主的送嫁队伍在七月底离京，但是嫁妆丰厚，随行的车马人员又多，一路上行进得极为缓慢，一直走了二十余日才抵达两国边境的祈宁县城。

在大秦境内滞留的最后一晚，秦菁换了便服，撇了下人爬上驿站后院一处屋檐上晒月光。

为免增离别的愁绪，自她从云都离开以后，白奕便没有再露面，亦没有只言片语给她。

他在做什么？是在祈宁军中还是有别的事？秦菁有时会想，却从不去问。

因为她知道，他此时必定也在某一个地方，带着和她一样的心情，与她殊途同归，至于其中的艰险跋涉……

已然等了那么多年，他们都有耐性。

彼时中秋刚过，而边塞的小城相较繁华帝都节日气氛总要浓厚一些，沿街好多花灯都未及撤去，夜间有贪玩的男孩女孩在街道上追逐打闹，远远看去，灯影迷离，另有韵味。

莫如风从屋后的梯子爬上来，递了一杯新冲的茉莉到她面前。

花香袅袅，氤氲在温润的茶水间，那味道淡而雅致，如同身边这男子，不染凡垢。

"夜里天凉。"莫如风递了茶水，顺手把带上来的一件锦缎披风递给她。

他与她仿佛相交莫逆，从一开始就不存在隔阂，但是从不逾矩。

他是谦谦君子，她是别人眼中的窈窕淑女，与他，很远。

将茶杯放到旁边，秦菁接过他递来的披风搭在肩上：“谢谢！”

莫如风微微一笑，兀自垂下眼去抿茶。

“好在有你随行，也自在不少。”秦菁抿抿唇，捧着温热的茶汤，眸底晕染一抹笑。

身边莫如风不语，秦菁见他沉默，就偏过头去看他。

月色之下，男子的目光清浅透彻，纯净美好，一袭白衣胜雪，衬着他略显单薄的脊背，明明是并肩坐在一起，一转头，看着他时，他又恍若停在遥远天际，随时可能与月光飞纵而逝的谪仙。

这个男子看似平淡无奇，但周身显露出的气质总会由灵魂深处给人若即若离的心悸之感。

秦菁一时失神，莫如风感觉到她的目光，侧过头来看她一眼：“怎么？”

“哦，没什么！”秦菁回过神来，连忙别开眼，“路上不方便，一直没有对你说声谢谢，其实有萧羽在就好，这一趟原是不必麻烦你的。”

“不是为你。”莫如风容色淡淡，捧着茶杯。

他手指细且长，肤色白得近乎透明，落在玉白的瓷器上，那光彩流泻而下，仿佛将两者融为一体。

半晌之后，他再开口，唇角忽而绽开一抹柔光般的笑：“我母亲的忌日就快到了，我回来看她！”

午夜钟声过后就是。

今年，我终于回到她身边。

还好，另有一人可以陪着她。

秦菁心头微震，一时间有些迷茫。

他说话的时候，浑然不是提起一位已逝亲人时应有的悲戚或叹惋，那一点笑恍若回味，温柔尽显。

那一刻，秦菁忽而想起十里湖上他抱琴独奏的那一曲。

他对他母亲的感情，微妙得让人无法捉摸。

“对不起！”恍惚之余，秦菁终于垂下眼去。

“无妨。”莫如风淡淡微笑，眉目间是惯有的温柔样子。

两个人再度垂眸安坐，直至远处长街上灯火尽熄。

“阿菁，不要把我想得太好，我也只是个吃五谷杂粮的凡夫俗子。”莫如风起身，兀自走向屋檐另一头的爬梯，“夜里风凉，早些睡。”

晚风吹起那一角衣袂翩然，语声轻浅，浸染了秦菁心间这一夜好梦微潮。

次日转醒，前事尽忘。

第七章　楚宫风波，身世之谜

次日一早，送亲的队伍离开秦境，穿过之前两军对垒时封锁重重的雷池之地，正式进入西楚境内。

国境之外，黄袍加身的清俊男子仪态雍容地端坐马上，身后万人强兵护卫，声势浩大，红色旌旗连成一片。

西楚太子亲往边城，迎大秦长公主入境。

“微臣萧羽，见过楚太子殿下！”萧羽翻身下马，不卑不亢地给对面马背上的楚风行了大礼。

“征西将军大名，如雷贯耳，免礼！”楚风朗声一笑，打马上前。

他为人倒还算和气，并不十分倨傲，抬眸看了眼萧羽身后紧跟着的华贵车驾，道：“后面便是荣安长公主的銮驾了吗？”

“是！”萧羽为人本就冷情，即使对面是西楚储君也不见热络，只礼貌道，“正是长公主殿下的车驾。”

“本宫过去打个招呼。”楚风颔首，策马迎着秦菁的马车行去。

萧羽挥挥手，车前护卫的仪仗和禁卫军纷纷后退，给他让路。

双方这样尊贵的身份地位，在人前的礼仪自然不能有半分的差池。

马车里，秦菁面无波澜地听着外面的马蹄声，楚风也极有分寸，在她车驾前三丈之外就自觉收住缰绳，朗声道：“公主殿下大驾，本宫恭候多时。此番一路北上，殿下辛苦了。”

温润清雅的男声，彬彬有礼，听来倒也不让人觉得那么讨厌。

“多谢太子殿下关心，本宫感激不尽。”秦菁礼貌地回。

马背上楚风面上始终带着淡淡的笑容，大方得体，并没有半分好奇，只是同时却在侧耳聆听，想要从车内女子的声音里分辨些什么重要的讯息出来。

这么多年，他母后筹谋着，中意的都是颜家的女儿，此番颜璟轩进京之后却巧舌如簧，劝说他一向号称最有主意的母后改了主意，于是他十分好奇，这到底是怎样一个女子，竟然能得他母后另眼相看。

关于秦菁的生平，他自是让人查过了。

这位大秦公主，虽然有着长公主的头衔，在国中又风头大盛，但事实上并不很得秦景帝的喜爱。众所周知，女子婚嫁靠的就是娘家人的声势和支持，娶这么一个不得宠的公主，除了能够暂时压制住边境战事以外，实在是很划不来的。

诚然，楚风贵为一国储君，他并不喜欢被这样利用，偏偏他母后不以为然，深以此女为宝，待他再问时，她却不答了。

对于秦菁，楚风心里多少带着几分轻蔑，表面上却是不动声色："殿下长途跋涉，必定疲累得很。本宫已经命人在军中准备好了大帐，请殿下移步，明天休息一日再启程吧。"

"多谢太子殿下体谅，本宫恭敬不如从命！"秦菁道，继而话锋一转，却是对萧羽："征西大将军，咱们入乡随俗，一切你便听楚太子的安排行事吧。"

"是，殿下！"萧羽上前一步，朝着马车躬身一礼，相较于对待楚风时公事公办的尊重，此刻有种心悦诚服的感觉。

萧羽这样的人，竟会唯小女子马首是瞻？即使他们是表兄妹，萧羽也不可能不清楚秦景帝给秦菁定的这门婚事于她而言是很不利的。

马车里的这个女子……

楚风的目光微微一动，却没失态，掉转马头朝军中走去："公主殿下请！"

西楚军营这边，因为战事暂缓，楚越又被传召回京，军中诸事暂时交给了副将常怀宇处理。

楚风借迎亲之名，提前两天就到了，本来也是有意拉拢军内的关系，只可惜常怀宇是老将军卢艺麾下出身，并不买他的账，虽然态度恭敬、礼让有加，可一涉及敏感话题便直接不应了。

秦菁的住处是一早就安排好的，帐篷很大，用具摆设都是精心准备的，奢华至极，没有丝毫糊弄敷衍。

楚风身边的内侍亲自引路带她看过了住处，又殷勤询问了有没有需要额外添置的东西，这才回去复命。

为了不叫景帝起疑，秦菁出宫的时候是带了晴云她们几个的，只是此行凶险，就把她们都留在了祈宁，这会儿队伍里她的贴身丫头就只有灵歌和旋舞。

"看这里的布置，很是花费了些心思的，西楚方面对这次两国联姻似乎真的很看重。"灵歌说道。

这会儿宫婢正忙着整理秦菁平时的用具，秦菁左右看了眼道：“时间还早，给我找身衣裳来，我去门口透透气。”

这里是军营，虽然为了方便她，他们居住的这一片帐篷是特别分出来的，周围都有守卫，但其实也不太妥当。

“公……”旋舞刚要劝阻，灵歌已经横了她一眼，自顾从门口的一个箱子里找了套不太复杂的便服出来。

秦菁换了衣裳就带着两个丫头出门，周围到处都是侍卫，为了多一重小心，三人就没再说话，一路走到帐篷边缘的一处空旷的草场前面。

秦菁手撑着前面的栏杆赏景，灵歌往回看了眼后面忙着搬行李安置的队伍，这才开口道：“公主，奴婢留意查过了，随行那些人都是当初陛下直接从禁卫军中拨出来的，应该没有藏着姝贵妃的黑手。”

“想也是这样。”秦菁冷然勾唇，也不回头，“她最近都忙着在那人面前演戏，再者她既然已经认定本宫出局了，自然就没那个心思再在本宫的身上浪费时间动用心思了。”

蓝月仙和司徒南啊！

也是上辈子蓝淑妃母子太过顺风顺水了，没给他们发挥的机会，这么大的一条线索，居然藏到十年后都没被挖出来。好在有素心忠肝义胆的护主之心，好在她往冷宫里走了那么一趟，否则这样狼子野心的两个人留到将来……

秦菁如释重负地长出一口气，虽然前途未卜，却并不沮丧。

此时正值晌午，艳阳高照，不过边境之地天寒风烈，站了一会儿也只觉身上暖洋洋的，十分舒爽。

秦菁心情不差，这一站就是将近半个时辰。

旋舞等得有些乏味了，就问：“公主，差不多该用午膳了，您还不回去吗？”

“不急。”秦菁淡淡说道，又狠狠吸了口旷野上的新鲜空气。

这时候，身边的灵歌轻声笑道：“公主，您等的人像是来了，您看，是他吗？”

眼前空旷的草地上，突然平地而起的马蹄声铺天盖地，旋舞一阵莫名其妙，警觉地循声望去。

烈日之下，一群脱了缰的野马撒了欢地在草地上你追我赶地奔跑不休，马蹄过处，溅起草屑横飞，马群当中唯有一个穿藏青袍子的白面少年伏在一匹枣红良驹上风驰电掣而来。

从奔跑的姿势和速度上看，这些马都是万里挑一的绝佳品种，那少年身下的一匹也未套马鞍，他就那么徒手伏在马背之上，身手矫健地攀附着马脖子，稳稳当当朝着这边奔跑过来。

秦菁抬眸看去，因为是逆着光，一直到他走得近了，秦菁才将他认出来。

恰是当初在祈宁城外冒充盗匪，意图劫杀他们的西楚八皇子楚临。

那日里那个只会躲在人后放冷箭又胆小如鼠的粉面少年，居然也有今日这般英姿勃发的气韵风度，当真是士别三日，当刮目相看。

那群烈马横冲直撞，眼见着就要飞越栅栏朝她们碾压过来，灵歌和旋舞俱是戒备，随时准备出手。

秦菁神色如常地站着，就在马群只差丈余就要撞过来的时候，楚临突然抬手吹了一记嘹亮的口哨。

风声过处，行动一致的野马纷纷嘶鸣，紧跟着脚下踟蹰，不过瞬间，已经往不同的方向一哄而散，再次溅起杂草无数。

雷霆之势过后，前面一人一马逆光而立，少年脸上的笑容狡黠而明艳，像是白奕？！

没来由地，秦菁心跳一滞，忽而恍惚了一下。

“臣弟见过太子妃嫂嫂！”楚临翻身下马，当真毫不认生地拱手一礼。

旋舞听他这般称呼，脸一黑，开口就骂：“什么太子妃？谁是你嫂嫂，青天白日的你不要乱说话！”

“嫂嫂，您这丫头的嘴巴好厉害，和你的箭法一般凌厉呢！”楚临却没生气，看一眼旋舞气鼓鼓的模样，居然还带了点儿兴奋。

西楚皇室中出了这么个皇子，倒也算是个活宝。

秦菁哑然失笑，侧头对旋舞道：“不得无礼，这位是西楚的八皇子殿下！”

这人哪里是皇子？分明就是个登徒子！

旋舞还是气，可秦菁的话她不能不听，不情不愿地跟着灵歌一起行了礼：“见过八殿下！”

“免了免了！”楚临眉眼斜飞，显然真没介意旋舞冲撞了他，身子一压便泥鳅似的从上下两根栅栏中间蹭了过来，一抖袍子，端端正正地站在秦菁面前，笑嘻嘻道，“臣弟唐突，太子妃嫂嫂，没吓到你吧？”

他反复强调这个称呼，是故意硌硬人的吧？

秦菁却是不温不火，看向栏杆里面那匹正在打着响鼻的枣红马道：“人都道西楚的八殿下少年顽劣，却不想你这驯马的功夫一流，让本宫刮目相看。”

“嫂嫂谬赞，臣弟愧不敢当！”楚临露齿一笑，脸上微微一红，抬头见秦菁还盯着他的马在看，脑中灵光一闪道，“这些马都是我让人从草原上逮来的野马，训练出来可就大不一样，乖觉得紧。臣弟素闻嫂嫂骑射之术精湛，有没有兴趣跑上一跑？”

野马虽然难驯，诚如楚临所言，一匹资质上乘的野马真若是训练出来，比一般家养的战马有优势得多，白奕送她的金线儿和黑电都是。

看着眼前这个高谈阔论眉飞色舞的少年，秦菁眼底闪过一丝莫名的深意，下一刻，目光却是猝不及防地沉淀下来，声音冷涩道：“机会只有一次，七殿下都交代了你什么话，再不说可就来不及了。”

楚临依附七皇子楚越，这在西楚朝中也不算什么秘密。

眼下楚越被困在京城等着参加楚风的婚礼，也就只有楚临可以名正言顺地接近秦菁。

楚临被她变脸的功夫吓了一跳，脸上笑容一僵，紧跟着就明白过来，扭头就见草场另一边一个明黄挺拔的影子款步而来，是楚太子，风！

他脚下步子其实迈得极快，但偏生天生气度使然，仍然给人一种从容独行之感。

“五哥！”楚临反应极快，立刻兴奋地同他打招呼，同时含了笑的声音低低渡来，传入秦菁耳中，“您的信，我七哥收到了。”

“哦？却不知七殿下给本宫的回信如何传述？”秦菁嘴唇微动，面不改色迎立风中，看着远处那人。

“七哥说，太子蠢钝，配不上您这般品貌胆识，请您另谋打算！”楚临一边还在和远处的楚风眉目传情。

楚太子与我不配？你还一口一声嫂嫂叫得那般亲热？

这话肯定不是楚越的原话，大致意思应该差不多，只是他这口吻听着有点歧义。

忍俊不禁的同时，秦菁飞快权衡了一下，然后目不斜视地微笑颔首：“回去告诉你七哥，本宫无意于楚太子。”

楚临这话暗示的内容太暧昧，旁边灵歌眼底闪过一丝隐忧的情绪。

就这一来一去的工夫，楚风已经走到了近前，站在了那道栅栏的另一边。

“见过太子殿下！”灵歌、旋舞行礼。

“嗯！”楚风负手而立，微微颔首，举止间完全秉承天家贵胄的气宇风度，神态间有种高高在上的冷淡和疏离。

他的目光移过来，先是看了眼楚临，然后又落在秦菁面上。

“太子殿下！”秦菁微微勾唇，礼貌地略一福身。

她容颜清丽，气度和仪态都好，可楚风心中还是微微诧异。

从这个小女子身上，他看不到那种娇俏可人或柔情似水的软糯，展现人前的，是一种铅华洗尽之后超尘绝世的美，有一点点冷，让人过目不忘。

他的父皇也有女儿，他身为太子，那些世家大族精心调教出来的贵女千金更是见了许多，可是眼前的秦菁和其他所有女人都不一样，她身上多了一种气势，肃然内敛，却叫人无法忽视。

就像……他的母后？

不，他母后在后宫中磨砺得久了，又深谙后宫钩心斗角之道，即使再怎么样有魄力，她也不似眼前这女子这般明媚凌厉。

楚风心头不由得微微一动，灵光一闪，似乎明白了叶阳皇后为他选定这位太子妃的真正原因。

他的仪态和表情都控制得很好，微微勾唇一笑道："公主殿下怎么会在这里？是来散步的吗？"

因为楚临在场，灵歌和旋舞背地里都有点紧张。

秦菁面色不改，仍是平静客气道："丫头们在整理帐篷里的东西，本宫嫌她们闹得慌，随便走走。"没等楚风再开口，她顿了一下，跟着又道，"好像是本宫思虑不周，逾矩了，那就不打扰两位殿下了，告辞！"

言罢，又是屈膝微微一福，转身带了灵歌和旋舞往大帐的方向走。

她没再回头，脚步从容，那一抹背影腰肢纤细，说不出来的美好。

这个女子，真的很特别。

楚风心中玩味着，已经收回了视线，转头看向楚临道："父皇都传了你几次了，总也不见你回京，不要在外头野得大了。我们后天启程，你跟着一起走吧。"

"嘿嘿！"楚临一咧嘴，笑得眉眼花花，纯良无害，"五哥你大喜之日在即，到时候我肯定是要回去给你贺喜，讨杯酒喝的。可是我出来一趟不容易，难得七哥也不在这里，你便容我多逍遥几日吧？反正你带着荣安公主也走不快，你放心，我肯定赶在你大婚之前回去亲自给你准备贺礼。"

"油嘴滑舌！"楚风没好气地瞪了他一眼，转身一甩袖仍是原路往回走。

八皇子出身低微，又无母族可傍，是成不了大气候的，就算现在他跟着楚越母子，但是这个弟弟贪玩，胆子又小，楚风多是睁一只眼闭一只眼。当然，他不动手倒也不是就那么大度，而是因为深谙楚明帝的性格，不到万不得已，他们兄弟几个没有一个敢公然同室操戈的。

直觉上，楚风知道楚临出现在秦菁面前不会只是个巧合，不过他自己一直盯着，确信就算他有什么打算，也没机会付诸行动，所以并不太在意。

秦菁回到大帐，用膳之后就没再露面，让旋舞找了两本书出来打发时间。

下午的时候，灵歌端了水果过来，顺口道："公主，西楚的八殿下刚带了一队人马出营了。"

旋舞正在剥葡萄的手一顿，不屑道："那个纨绔？就他？"

楚临那德行，看着就没个正经，他也能带兵？

秦菁就势搁下书本坐起来，倒是有些兴致："他做什么去了？"

"说是附近的山上有土匪出没，伤了前面村子里的几个百姓，他带人剿匪去了。"灵歌道。

让楚临剿匪，不过就是个借口，就是为了支开他。

"哦！"秦菁点了下头，表示自己知道了，"看来我们启程之前他是回不来的。"

大家都心知肚明，楚临是被楚风故意支开的。灵歌也没再多言，把切好的瓜果放在她榻边的矮几上："下午楚太子叫人送来的，说是西面番邦的贡品，比一般的瓜果都甜。"

秦菁用竹签取了一块，一边品一边却是问道："云都的情况现在怎么样了？"

"还跟之前差不多。"灵歌回道，"前段时间因为蓝统领和苏统领先后告病，他们手中的御林军被人暗中运作分出去了大半，现在苏统领手中三万，蓝统领握着两万，剩下的五万余人，已经完全不在陛下的掌控之内了。"

以苏晋阳的为人，不至于对景帝背信弃义，蓝玉衡那里却拿不准。

十万禁军，也就是说现在真正能被景帝所用的只剩下苏晋阳手里的三万，回头真要闹起事来，完全就是寡不敌众。

或许她该助蓝月仙一臂之力，想办法把江北大营白爽的人马拖住，那样一来，她就只需在旁边看着就行，等到东窗事发之时，她那个父皇的脸色想必也十分精彩。

秦菁眼底浮现出淡淡的笑意，想了下又道："宣儿那里，让他一定要谨慎地拿捏住分寸，拖住那些人的步子只是其一，一定不能让对方有所察觉。"

"公主放心！"灵歌点头，"过境之前，昨夜公子又去见过小殿下了，不会出岔子的。"

出宫之前她还故意拿话刺激了蓝月仙，这一次引蛇出洞，必须面面俱到。

景帝，蓝月仙，秦洛，司徒南，还有蓝玉衡，必须一次肃清，把他们一网打尽，永绝后患！

西楚的迎亲队伍和大秦的送亲队伍会合之后，于西楚军中暂缓休息了一天，第三天一早启程上路。

此后十日，随着队伍离西楚帝京越来越近，秦菁心里渐渐没了底。

翔阳侯方面一直没有动静，而自她入楚境以后，为了防止节外生枝，与白奕之间的书信联系也几乎暂停，就这样连着几天没有得到他的只言片语，她甚至疑心病都犯了，怀疑是不是哪里走漏了风声，让蓝月仙方面有所警觉，进而设法掐断了她和大秦的联系。

可是没有办法，这一步已经走出来了，就算如蓝月仙所言，西楚这里不是她的战场，她也只能孤注一掷继续走下去。

这一路楚风亲自护送，每到一处都有当地的百姓官员出迎，城市街道也布置一新，显然为了迎亲一事，叶阳皇后提前做足了功夫。

如此行至第十一日，午间车队正停靠在官道沿途歇脚，忽闻迎面有马蹄声。

侍卫们立刻在队伍最前面拉开一道防线，不多时马蹄声迫近，却是三个内监打扮的人策马而来。

"是海公公！"楚风身边一个近卫最先认出来人，低声提醒。

楚风的眉头不易察觉地微微皱了下，使了个眼色。

那近卫会意，赶紧迎上去，隔着一段距离就把人拦下了。

“来人很急，可能有什么急事，本宫去去就来。”楚风跟身边的萧羽打了个招呼就快走过去。

那海公公对他耳语了两句，他脸色微微一变，然后又交代了来人几句话，转身折回来，抱歉地冲着萧羽道：“萧将军，宫里有点急事需要处理，本宫得先行一步回京，公主殿下那里……”

能让他放弃迎亲这项使命急着先行返京，可见一定是发生了什么了不得的大事。

“殿下请便。”萧羽拱手，细看之下面上是有一丝不悦，不过却没说什么，“公主殿下那里微臣会代为解释的。”

“有劳将军！”楚风也顾不上其他了，转身吩咐了随行的礼部官员路上一定要照顾好荣安长公主，然后就带了一队人先随海公公策马赶回京城。

萧羽负手站在原地，盯着那一行人绝尘而去，眼底慢慢就添了几分凝重。

他转身走到后面的马车前，例行公事地把楚风的行踪交代了下，秦菁也没说什么，大家休息好了就继续启程上路。

“最近这两天，情况有点不太对，当心些。”行至半路，萧羽才找到个隐秘的机会，打马凑近秦菁马车的窗户嘱咐了一句。

“嗯，静观其变吧！”秦菁隔窗对他露出一个处变不惊的笑容。

萧羽皱了下眉，又打马到前面去了。

楚风一去不返，秦菁却还是走得不急不缓，按照原来的行进速度又足足走了两日有余，在第三天下午才正式抵达帝京。

西楚帝京，自然不容许外人持兵器而入，萧羽精心挑选了百名近卫随行，其他人则都被安置在城外十五里的一处营地暂时驻扎。

楚风带着文武百官出城相迎，又亲自送他们一行去下榻的驿馆，那边更有据说是叶阳皇后左右手的古嬷嬷带了人亲自等着接待。

叶阳皇后素来强势，看这个架势，西楚的朝臣私底下都忍不住眉来眼去——

娘娘对这位未来的媳妇看来是真的中意。

楚风不能在驿馆久留，古嬷嬷帮着安排好了一切就随他一起回宫复命去了。

他们刚一走，萧羽就去而复返，借口找秦菁对弈，棋局摆开，两人你追我赶下了半局，他却突然抛出一个惊人的消息：“五天之前，颜家兄妹在山中狩猎时遇刺了。”

秦菁刚要探手去瓮里取棋，手指愕然顿住，片刻之后抬头朝他递过去一个询问的眼神。

“前几天楚太子半途回京，应该就是因为此事。现在消息被封锁了，可能西楚朝中都还没听到风声，我这边的消息也不灵通，那两兄妹的伤亡情况暂时还不太清楚。”萧羽道，神色是鲜有的凝重，“翔阳距离帝京不算太近，约莫在百里以外吧，颜家人处理好自己家里的事，再火速进京来闹……应该也就是这一两日了。早知道我们就应该再拖延两天，届时一旦他们这边朝中有事，我们就有借口直接停在半路，不必进京来蹚浑水了。”

“现在还说这些做什么。”秦菁苦笑，捏了一枚黑子在手，“来都来了。”

虽然步步为营，可终究她还是未能料中全盘，被逼到帝京这个死胡同里来了。

“唉！”萧羽叹一口气，又开始往棋盘上落子，过了一会儿，突然又道，“叶阳氏的情况你应该提前让人查过了吧？”

秦菁倒是没有想到他会问这个，只道：“知道一些，不过都是表面上的。”

西楚的叶阳皇后闺名唤作叶阳珊，是楚明帝的结发妻子，相传她是个十分精明的女人，统管后宫二十年，宫中嫔妃皆唯她马首是瞻，不敢有半分逾矩。

她出身武烈侯府，其父叶阳安早年战功卓著，开疆辟土，为巩固铁血王朝的万年基业立下过汗马功劳，在朝中的地位和声望极高，地位稳固，不容动摇。

母族根基扎得深，也就是说楚太子的地位也牢不可破。所以，秦菁很清楚今日她既然进了城，再想要名正言顺地悔婚而归，便不是很容易了，只能另想办法。

“我也查过。”萧羽已然完全没了对弈的兴致，索性把手里的几枚棋子丢回瓮里，肃然道，“她出身武烈侯府，虽是嫡女，母亲江氏却是其父叶阳安在第一任妻子过世之后续娶的新夫人。他那第一任夫人红颜薄命，进门不过两年就因为生产血崩而亡，留下的唯一血脉是个女儿……”

“叶阳皇贵妃？”秦菁接口道。

萧羽不会闲着无聊去查别人家的家务事，他会说这些，必定事出有因。她索性也不把心思放在棋盘上，看定了他。

“是！”萧羽点头，微微闭目，像在沉思，继续说道，“武烈侯的长女名唤叶阳敏，因为武烈与原配夫人感情甚笃，所以对这个女儿也是宠爱得紧，即使是新夫人进门，也都要看着这位小姐的脸色过日子。不过这位小姐是出了名的好脾气，为人低调，凡事又不张扬，后来被楚明帝以皇贵妃之名抬入宫中，也是个默默无闻的个性，据说，楚明帝十分宠爱她。”

叶阳皇贵妃宠冠一时的名声不是白来的，只从当时楚明帝以皇贵妃之礼迎她入宫便可见分晓。

皇室一直有个不成文的规矩，除了皇后之外，皇帝的嫔妃基本都是选秀入宫，开始位分并不会太高，每个女人都是一步步慢慢往上爬的。就像是蓝月仙，即使景帝对她情有独钟，她才进宫时也不过区区一个嫔。

现在西楚的情况是，在叶阳珊已经稳居皇后之位的同时，楚明帝却直接用巨大的排场，以贵妃之礼迎娶了她的嫡姐叶阳敏。

这已经不是不合规矩的问题，而是他给叶阳家这样的礼遇，打破了朝中局面的平衡，当时他一定非常艰难地平复了朝臣和言官的反对之声。

楚明帝是个明君，按理说，他不该感情用事犯这样的错误，除非另有隐情，或是他真的爱那个女人爱到无法自拔，甚至愿意为她拿江山社稷来赌。

“从年岁上算，叶阳皇贵妃比这位正宫娘娘虚长几岁，而且她又晚了叶阳皇后好几载入宫，似乎是有传闻说……”秦菁道，话到一半又顿住。

有些事是皇室隐秘，天子的忌讳，所以传下来的版本隐晦而不可信。

“据说她是早时定过一门亲，后来未婚夫早逝，便在闺中耽搁了几年。”萧羽接口道，显然相较于秦菁，他把这段西楚宫中尘封的旧事调查得清楚得多，“只是红颜薄命，即使独得帝宠，她在宫里也没能活过两年。”

叶阳皇贵妃的死因和她生母一样，是难产。

据说当年她与叶阳皇后同时有孕，两人的生产时间只隔了半个月，叶阳皇后先诞下皇五子楚风，紧跟着半月之后，叶阳皇贵妃临盆时却遭遇难产，一尸两命。

虽然那个孩子没能得见天光，但楚明帝仍以皇子之礼待之，封肃亲王，更是不顾朝中众人反对，将那对母子分别以皇后和太子之礼下葬，安置于东郊皇陵之内。

“表兄怎么突然想起与本宫说这些了？”秦菁抿着唇角，默默垂下眼睛。

“叶阳氏一门在西楚颇具盛名，我只是觉得这一次事情凶险，所以提前跟你提个醒儿。”萧羽道，微微呼出一口气，站起身来，“好了，时候不早了，你先更衣吧，晚点我来接你。”

他说完，便抖平了袍子径自转身往门口走去。

屋外夕阳的光辉倾泻而下，洒下满室金黄，晃得人眼花。

秦菁手里捏着那一枚黑子，拧眉默默对着棋盘苦思冥想。

她的棋艺确实不精，这一子竟然真就无处可落了。

殚精竭虑筹谋了这么久，到头来终究要身不由己一回。

“呵！”秦菁苦笑，重重将那棋子拍在桌角，起身往里面的卧房走，“更衣！”

高高的城楼上，有漫天席卷的风迎面擦过，举目四望，草场无边，山河壮阔。

男子白衣胜雪，面沉如水地面对手下已经布好的翠玉棋盘。

半晌，落下手中久持的那枚白子。

这一子落定，他后患无穷，步步危机四伏。

却唯要为她，存下这一线生机！

江山天下，穿越万里山河，他见她铜妆镜前，眉心一点朱砂。

入暮时分，西楚皇宫派来的车驾早早在驿馆门外等候。

秦菁着装完毕，被灵歌扶着出门上了车。萧羽蟒袍玉带，面容冷峻，带着禁卫军策马护卫，一行人光鲜亮丽、声势浩大地往西楚皇宫的方向缓缓走去。

皇宫门口早有准备好的软轿轻辇等候，萧羽仍是寸步不离。

西楚皇宫建得不似大秦那般奢华张扬，在设计上比较古朴内敛、庄严肃穆，但这红色宫墙，飞檐鎏金，一眼看去也丝毫不会折损了皇朝天家的气宇风度，反而于冥冥之中增了几分不可侵犯的赫赫天威。

八名内监抬着软轿一路前行，自御花园西侧宫道穿行，一直走了大半个时辰，才远远看见今夜将要举行宴会的延庆殿。

那殿前是一处四处掩映着名贵花木的空旷院子，中间一条宽约三丈的汉白玉砌御道直通殿前大门。

打发了轿夫，秦菁微微敛了目光，回头去看萧羽，刚要开口说什么，远处已经有人飞奔而来。

“臣弟见过太子妃嫂嫂！”那少年今日难得穿了身极为正式的月白锦袍，金冠束发，眉飞色舞，手里风流不羁地握一把折扇，迎面过来便是朝秦菁深深一揖。

依旧是虔诚得体，额头就要触上膝盖。

秦菁嘴角一抽，难得面上还能维持一派泰然处之的表情，淡淡道：“八殿下有礼。”

“嘿嘿，嫂嫂这是要折杀臣弟吗？”楚临咧嘴一笑，丝毫不觉得她态度冷淡，两眼放光地将她上下打量一遍，口中啧啧赞道，“嫂嫂，数日不见，臣弟觉得你风采更盛，这身衣服也好看，啧啧！”

这样的场合之下，秦菁实在没有精力去与他耍这些嘴皮子，只道：“殿下，您好像是来迟了。”

楚临愣了愣，这样的场合他的确应该提前到的。突然想到老头子整天严肃紧绷的那张脸，他眼中闪过点儿心虚，但随后看了眼秦菁，又笑嘻嘻道：“没事，回头等嫂嫂你进殿的时候，我从侧门悄悄溜进去就行了，有嫂嫂你抢风头，不会有人注意到我的。”

无赖成这样！哪有皇室子弟是他这样的？

秦菁哭笑不得，却是谁都没有注意到远处正有一人款步行来，下一刻，就听楚临哎哟一声，被人从后面撞了一下腰。

来人一袭黑色蟒袍，依旧是金丝绲边，月光下，墨发流泻披散于肩头，长眉入鬓，黑色眸子如暗夜宝石，风姿绰约——

正是大晏国舅，付厉染。

他怎么会在这里？而从头到尾自己居然连一丝风声都没有听到。

秦菁微愣，看着眼前那风采卓绝却面冷如冰的男子，心里起了很强的戒备之意。

楚临被撞了个踉跄，揉着小蛮腰不悦地转头看他。

付厉染向来孤傲又目中无人，并未理会他，只看定了秦菁，略一颔首：“公主殿下，别来无恙！”

他唇角像是带了丝笑，眼中却是一如既往，静如水，沉如冰，没有什么情绪显露。

“国舅大人，真巧！”秦菁礼貌地回他一个笑容，略带几分疏离。

付厉染曾往大秦国中任过赐婚使，他们相识不算什么秘密。

楚临的目光在两人之间狐疑地扫了一圈，脑中灵光一闪，猛地往前挤去一步，半点不认生地盯着人家道：“原来是大晏的付国舅，久仰大名，如雷贯耳。”

“八殿下。”付厉染淡淡点头。

秦菁心头微微一动，含笑道：“国舅大人，您来晚了。”

“付某头次进宫，找不到路在所难免。”付厉染眸色淡淡，里面明显蕴含深意，秦菁却不愿意深究。

“好说好说！”果不其然，下一刻楚临已经自告奋勇地拍着胸脯道，“本王陪国舅大人一起进去。”说着，已经大大方方地踏上那段白玉石阶。

这时无人得见，付厉染眼角若有似无飞出一丝浅笑的痕迹。

“未必。”他落语极轻，于夜里微风中微不可闻。

秦菁一时不解，下意识脱口道：“什么？”

“我来得未必就晚。”付厉染道，声音仍然轻且飘忽，仅限于两人之间。

前面楚临走了两步，见他没有跟上来，就回头招呼：“国舅大人？”

付厉染遥遥冲他点头，举步前行。

错过秦菁身边时，他脚下步子未停，深不见底的目光却是再度从眼角斜飘过来，那个倾身的幅度甚至瞒过了萧羽的眼睛，但秦菁就是感觉到了他刻意压向自己的那一点微弱的距离。

“有事，我在驿馆。”飘忽不定的声音入耳，他似乎唇齿未动，转瞬人已经大步流星地走到楚临身边，两人拾级而上，往那灯火辉煌的大殿正门走去。

月色下，秦菁看着那人的背影，目光一线一线慢慢下沉。

为了大晏边境驻兵的事，前段时间她给他传了信，他只轻描淡写地回了四个字：容我考虑。

两军对垒的兵力非同儿戏，之前他肯暗中助她坏了蓝氏和付太后之间的联盟，只因为事不关己，但若要调动大晏边境驻军来配合秦氏内部的夺嫡之争，的确，他是需要考虑的。

而今日他出现在这里，又太不寻常了。

虽说西楚和大秦联姻，大晏作为友邦派人前来递送贺礼乃至参加婚礼都在情理之中，但是付厉染亲自来，就很不对劲了。

他不是个闲得发慌的人。

秦菁垂眸思索，萧羽若有所思地看着那两人的背影进了延庆殿，走上前来在她身后站定，揣测道：“或许，他没有恶意。”

付厉染这个人，亦正亦邪，从不按常理出牌，即使是付太后，也常常拿他无可奈何。

诚然萧羽这样的话不过是安慰自己，秦菁也不与他计较，只随意点点头。

恰在这时，一人怀抱拂尘自殿内出来，站在高高的台阶上大声唱道："传大秦荣安公主殿下、征西大将军觐见！"

秦菁循声望去，那宫殿大门敞开，里面明亮的灯光透出来，她从来就不曾少见，但是十次有八次进去看到的都是满目疮痍。

皇室之家，天潢贵胄，最不缺的就是笑里藏刀的构陷与设计。

"走吧！"冲萧羽微微一笑，秦菁径自转身往那雪白石阶上走去，一步一步走向另一个皇权统治的核心之地。

萧羽站在阶下，并没有马上跟上去，默然看着她单薄却永远挺直的脊背，看着她一步一步往那灯火通明的大殿走去。

皇权之下，埋葬血肉白骨无数，她的步子那般刚毅决绝，就如那日夜风微凉，她与他并肩立于荒郊坟头，默默陪他站了整夜的那种坚韧与泰然。

无论如何，是她成全了他！利用也好，算计也罢，但是无可否认，那日荒郊坟头的那一幕，终于还是让他永远存在了心上。

不管是有意还是无意，终究是她适时地存在，冲淡了他唯一的亲人离去那天的苦恨和凄凉。

"表妹！"萧羽的声音在背后突兀地响起，夜风凉凉，素来冷情冷面的男子，声音里竟然带了一丝急切的微颤。

即使以往为了做戏，萧羽也曾唤过她公主表妹，这却是第一次，他在她面前毫无装饰毫无保留。

秦菁止步，回头的动作干净利落，仿佛早就准备好的，没有丝毫迟疑和犹豫。

她站在阶上，他站在阶下，遥遥相望。

然后，萧羽举步迎着她走过去，一步一步无限逼近，最后在她面前一步之外站定。

男子脸孔清俊，如往常般孤傲清冷，似乎经过了无限艰难的抉择，他的胸口略微起伏。

两个人四目相对，他坚定的声音入耳："今夜过后，无论发生了什么，你走；西楚国中，有我！"

他直视她，没有回避，也没有闪躲，就那么看进她清澈幽深的瞳孔里。

秦菁不置可否，殿外传旨的太监忍不住再唱一遍："传大秦荣安公主殿下、征西大将军觐见！"

尖锐拔高的声音，有些刺疼般贯穿夜色，秦菁终于还是什么都没有说，重新回过身去，一步一步，迎着那万丈灯火走去。

萧羽随在她身后，默然无语。

黑暗之中，女子脊背仍然笔直，笑容于眼角眉梢缓缓绽放。

"大秦荣安长公主殿下驾到！"延庆殿内，随着内侍一声高唱，所有人的目光齐齐射向门口，迎接他们未来的一国之母。

白玉长阶的尽头，秦菁搭着灵歌的手款步跨过高高的门槛，然后松开，迎着殿上并肩而坐的帝后走过去。

从年龄上讲，楚明帝比秦景帝还要年长几岁，但是完全不同于秦景帝的病态和老迈，他虽然身子也显精瘦，鬓角也提前添了白霜，但整个人看上去仍然健朗精神。

宽额头，丹凤眼，长眉入鬓，鼻梁高挺，两片唇抿出威严而庄重的味道，可见年轻时也是位世间难得的美男子。

此时他的目光就定格在秦菁身上，虽然为了配合今日的气氛，脸上刻意挂了喜庆的仪容，但只一眼，秦菁已经捕捉到他伪装成近乎慈祥的双眼之下锐利如鹰的目光。

这个男人所持的才是帝王之仪，第一次见，秦菁心里就肯定，这些年来西楚与日俱增的国势并不是巧合。

楚明帝的身边坐着仪态端庄、凤袍加身的富贵女子，定然就是大名鼎鼎的叶阳皇后了。

深居后宫二十余年，她依旧保养得很好，肤色白皙，眉眼流光，也不知道是不是胭脂的作用，这样透彻的光线之下，秦菁从王座下面一眼看去，她的眼角竟然连一丝细纹都寻不见。

她唇边挂着明显的笑容，态度温和又不失威严，透着浑然天成的大家之风，不骄不躁，有睥睨天下之威。

彼时叶阳皇后也正眉目含笑，不动声色地打量着眼前徐徐走近的秦菁。

那少女目光沉静、仪态雍容，自殿外款步而来，明黄锦缎绣制的凤袍在身后铺开，于明艳的红色地毯上洒下一片夺目的光辉。

那容貌第一眼入目并不是惊艳，但她站在那里，却叫人只看一眼就不能忽视她的存在。

此女擅权术，胆色过人。

颜家人的话，她是不会全信的，自己派出去的探子得来这样的评断却是大出所望。

眼下朝中风云暗卷，娶回这样一个女子，才是对太子日后登位的最大助力，更何况一举两得，还可以借助和秦氏的关系，来限制楚越手中的兵权。

"小女荣安，参见西楚皇帝陛下、皇后娘娘！"就在双方各怀心思的打量之下，秦菁转眼已经到了御前，跪下去朝着上座的楚明帝和叶阳皇后行了大礼。

"平身！"楚明帝颔首，音色有些暗沉，不怒自威。

"谢陛下！"秦菁道，垂着眼睛规规矩矩地不再去看任何人。

"来人，赐座！"叶阳皇后道，声音里都带了笑，稍稍侧过头去，掩着嘴和楚明帝咬耳朵，声音却并没有刻意压低，"皇上，您瞧这孩子，人生得俏丽，仪态也好，秦皇陛下教养出这样出色的女儿，真是叫人羡慕呢。"

她是很满意自己挑媳妇的眼光，同时更将景帝也一起夸了。

这种场合之下，这个女人很有见地。

“你的眼光，自然是没有错的。”楚明帝淡淡说道，言辞间却对这个未来儿媳持了保留意见。

叶阳皇后眼底一闪而过一丝不自在，忙不动声色地端起酒杯来抿了一口酒掩饰过去。

秦菁被宫婢引到帝后下首特定的席位上落座，坦然迎接来自四面八方的各种审视的目光。

楚明帝那里又召了萧羽上前，寒暄了很长时间。

即使今天秦菁才是主角，但终究是一介女子，他在意的只是两国邦交，而他没有给秦菁太多关注和礼遇的这个态度，似乎也是在无声地给叶阳皇后警告。

秦菁手里捧着茶碗，也不多事，只是本分安静地坐着。

萧羽博闻强记，自幼无论是对兵书还是古籍都多有涉猎，而且他本身就是个心思敏捷的人，所以虽是第一次担这种差事，面对楚明帝提出的各种问题，也都对答如流，圆滑得体。

那里楚明帝与他说了好一会儿话，一直到叶阳皇后在旁提醒才罢，命人将他和随行的莫如风还有另外几名使臣一并引着到席间落座。

因为是接风宴，所以需要交涉的事情不多，楚明帝又象征性地说了两句话，旁边一席上楚越的生母卢妃已经含笑命人引了歌舞进殿。

丝竹声起，穿着绯色舞衣的舞姬鱼贯而入，柳腰纤细翩然而动，将殿中灯火的光影映衬得又再明艳三分。

为了表示对秦菁的礼遇，但凡有资格入席的后妃和公主纷纷上前给她敬了酒。

说也奇怪，这楚明帝虽然看上去正值壮年，他膝下子嗣近年来却再无所出，最小的儿子楚越和楚临也都已经十七岁，再就是一个很不得宠的四公主，今日晚宴人也未到。

秦菁一边想着这些无聊的事情打发时间，一边礼貌得体地回答着叶阳皇后偶尔飘过来的问题。

殿中歌舞升平，正是推杯换盏最热闹的时候，不知怎的殿外忽然传来厚重的雷鸣声，其声低缓暗沉，但雄浑有力，震在人心，仿佛这座宫殿都在隐隐颤抖。

明明所有人都听见了，但是殿中歌舞一切照旧，仿佛谁都不关心殿外究竟发生了什么。

上座楚明帝双目微合，惬意地单手在膝上打着拍子，听下面淙淙流水般涌动的乐音，旁边叶阳皇后笑容满面地看他一眼，然后低头品酒的时候略一侧头，站在她身后的海公公就悄然从侧门离开了。

殿中饮宴的气氛热闹不改，但秦菁看得出来，所有人脸上的表情已经慢慢流露出些许不自然，只是楚明帝不动，他们便强忍下来，半点声色都不露。

半晌，直至乐师手下这一曲奏完，丝竹骤停，远处那雷鸣声像是加重数倍迎面击来——

那是鼓音！

是有人敲响了虚设在西楚皇宫大门外，几十年未曾响起过的鸣冤鼓。

殿中所有人屏住呼吸，楚明帝缓缓睁开眼，似乎有些迷蒙地侧头看了叶阳皇后一眼，懒洋洋道："皇后可听见什么声音了？"

叶阳皇后从容地露出一个笑容，回道："臣妾已经着人去宫门口查看了，应该很快就回来了。"

"哦！"楚明帝细吟一声，正要坐直身子，殿外已经有个内侍装扮的人迎着洞开的殿门疾步而来。

叶阳皇后脸色微变——

来人不是她派出去查探消息的海公公，而是楚明帝身边的太监大总管张惠廷。

怎么回事？

叶阳皇后心中巨震，下首的太子楚风与她对望一眼，也不由得露出凝重之色。

张惠廷快步进门来，当众跪拜，脸色不太对劲，还不及说话，门外又是一人疾步而来。

见到海公公，叶阳皇后下意识想松一口气，然则还不等她这口气提起来，脚下张惠廷已经伏首于地，禀报道："陛下，七国舅求见！"

秦菁不明所以，殿中众位西楚朝臣也都面面相觑，只有叶阳皇后的脸色变得最快，瞬间已经沉了下来。

楚明帝拧眉想了想，紧跟着却是倒抽一口凉气，声音紧凑道："你说谁？"

"七国舅。"张惠廷重复，"前骁骑营副都统，叶阳晖叶阳大人！"

叶阳晖？在场老臣们这才茅塞顿开，而叶阳皇后嘴唇一颤，连带着席间的武烈侯叶阳安都跟着骤然变色。

十八年前叶阳敏死后，那个孽障就跟着辞官退隐不知所终了，那么现在他又是从哪里冒出来的？他来求见楚明帝意欲何为？

楚明帝眉心微蹙略一沉吟，紧跟着外面海公公也惊慌失措地奔进来，扑倒在张惠廷身边，颤声道："皇上，娘娘，不好了，翔阳侯让人在外擂鸣冤鼓，这会儿已经不顾侍卫阻挡，砍伤了十余名侍卫，持刀闯进宫来了。"

即使是武官入朝，也不允许携带兵刃，颜玮竟然闯宫？虽然原因未明，但一想到他手上握着三十万大军，众人都禁不住心头一紧，齐齐去看座上的楚明帝。

楚明帝面色如常，甚至没有多看这些臣子一眼，只自己略略思索了点事，就抬头道："把他们都宣上殿来吧！"

"是！"张惠廷匆匆而去，可是刚到门口，外面已经传来一声粗犷的暴喝声："全都让开，我要见皇上！"

张惠廷摔在地上，颜玮一步跨进门来，死沉着一张脸，表情凶神恶煞。

他手里一把精钢打造的厚重战刀，上面有血迹未干，那刀的样子已经有些陈旧了，那些与他同朝为官的老臣都认得，正是当年他为楚明帝出生入死在沙场上用的那一把。

颜璟轩跟在他后面进来，脸色也是凝满了杀气。

在场众人无不心惊，颜玮却是双腿一弯，突然毫无征兆地跪了下去。

“陛下！”他一个响头磕在地上，再抬起头时，这位两鬓添霜的沙场老将眼圈已经红了，他看着御座上的楚明帝，几乎带了丝哽咽，压抑住声音开口，“老臣晚年才得一女，实属不易，现在她无辜枉死，请陛下为臣做主，还我女儿一个公道。”

话没说完，两行浑浊的老泪已经沿着脸颊滚落。

这样的父亲，是秦菁一生都无缘得见的，只是现在她无暇为这老者的爱女之情而生出感慨，所有的思绪都凝结于这个突如其来的消息上。

颜汐死了？

那个明艳鲜活的少女，就这样归为黄土了吗？

白奕不会这么做，他们的目的，不过就是为了挑起翔阳侯与宫中派别之间的矛盾，引他起事大闹京城而已，颜汐死与不死，并不是那么重要。而她对颜家人的祸水东引之举是有不满，却也还不至于要杀人才能泄愤。

事情好像再一次超出她的掌控了。

全殿上下都是此起彼伏的抽气声，连楚明帝也明显一愣：“颜卿此言何意？”

秦菁的目光飞快扫过，唯有叶阳皇后在抽气之余目光沉稳。

“五日前，小女与犬子在翔阳境内一处山中狩猎，突然冒出来十数名武功卓绝的黑衣人，那些人出手狠辣，招招无情，将我女儿刺成重伤，不治而亡。”颜玮神情悲恸，说着已经迫不及待地抬头看向叶阳皇后，铿然怒道，“老臣怀疑，那些人是受了皇后娘娘的指派！”

“颜卿，你不要血口喷人！”叶阳皇后厉声道，表情还是惊大于怒，完全没有想到对方会直接冲着她来。

“颜卿，皇后是一国之母。”楚明帝沉声提醒了一句，却未表态。

“老臣有证据！”颜玮寸步不让，袖下抖落两只信封，“如若不是做贼心虚，娘娘何必一再颁下密旨阻我入京？”

“本宫何时有密旨于你？”叶阳皇后大怒，猛地拍案而起。

下面张惠廷已经将那两封信函呈送到楚明帝面前，楚明帝取过一封打开，上面字迹娟秀，就连旁边的叶阳皇后都一眼认出，那是她自己的字迹。

而且，信上凤印清晰，当真就是一封出自她手的皇后手谕了。

信上字句她粗略扫了眼，无不是强势镇压，让翔阳侯息事宁人的。

她，几时写过这样的信件？

叶阳皇后勃然变色，但下一刻她马上明白，自己这是被人算计了。

“皇上！”一改方才的凌厉和霸道，她转身屈膝跪在楚明帝面前陈词，“汐儿那孩子也是臣妾看着长大的，无缘无故，臣妾何必与她为难？再者臣妾的为人您是知道的，如果此事真是臣妾所为，在这样明知道纸包不住火的情况下，我也断不会写出这样的信件来给人把柄的。”

她是聪明人，她的聪明决断朝野尽知。

字迹她可以说是被人模仿，那凤印呢？天下唯此一方的凤印，又要如何开脱出去？

凤印不可能被带出去，那又是什么人能够把手伸到她的宫里去偷用她的凤印？

叶阳皇后心思急转之下，胸中怒意大盛，却没有办法发泄，只觉得一口气顶在胸口，压得她几乎喘不上气。

她这一辈子凌驾万人之上，几时被人这样算计过？

几乎是下意识地，她忽而凤目一挑，就看向斜对面安然静坐的卢妃。

卢妃本来正在幸灾乐祸，冷不防被她冷目一射，顿时起了落井下石的心思，捏着帕子，一声叹息：“以皇后娘娘的为人，怎么可能做出这种蠢事来？想必是有人设计嫁祸的吧？就是可怜了颜大小姐，这样年纪轻轻，就……唉。”

“皇上！”武将出身的颜玮是个一点就着的个性，马上一声低吼，“皇后娘娘的亲笔信函在此，而且两次送信的人我也都押下了，陛下可以传他们上殿，一问就知。”

还有送信的人？不用说，肯定是她身边的熟面孔了。

“带上来！”楚明帝点头。

叶阳皇后袖子底下的手指握了又握，虽然一再压抑，终于忍无可忍地挑起眼角，往大殿某处最不起眼的角落扫了一眼那纤尘不染的一抹白。

是他吗？是他吗？真的会是他吗？这样的局，卢妃那些人做不来，只有那个女人！只有她！

张惠廷去了不多时就回，身后带人五花大绑地押着两名高大的侍卫和一名矮小的太监。

这三人刚一入殿，太子楚风已经噌的一下从座位上弹起来，不可置信地盯着那名小太监，惊疑道：“小李子？你怎么……”

“哼！”颜玮自鼻息间哼出一声冷笑，“这正是我想要问太子殿下和皇后娘娘的，娘娘口口声声说是有人嫁祸，这信上的凤印不是假的，这几个奴才也没贴着假面，陷害你？难不成是太子殿下自你宫中取了凤印做下的吗？”

“你说的什么混账话？”楚风怒道，一个箭步从桌后冲出来，他本欲去找颜玮拼命，但这么多年来的储君之位却也不是白坐的，走出来两步，脾气已经压住，只走到当中朝着楚明帝跪下道：“父皇，请父皇明察，儿臣前些天前往大秦边境迎荣安公主大驾，这一月之内都不曾有机会进出过宫门。而且诚如母后所言，咱们都和颜家小姐无冤无仇，实在犯不着这么大费周章地害她，还平白无故给自己惹一身嫌疑。”

“你人不在京中，难道事情就不能做了吗？”一直阴着脸站在颜玮身后的颜璟轩终于忍不住上前一步，冷笑道，“若论杀人，谁还会比你们母子更有理由？何必还要我们家人来多言？”

楚太子迎娶大秦公主，同时为了防止颜家和七皇子连成一气，杀人以绝后患。

这样的解释合情合理，如果不是有叶阳皇后的手谕出现，这个理由完全可以取信于人，可就是那手谕又将他们撇清了。

如果真是叶阳皇后这边做下的事，她又何必自找麻烦，给人留下把柄？

显而易见，那个设计她的人，不在乎事情是不是做到天衣无缝，就是要以一个光明正大的让她解释不了的证据彻底用强权压死她。

“颜世子，注意你自己的身份！”叶阳皇后也忍无可忍，目如寒冰地猛地抬手一指颜玮，厉声斥道，“这些天你暗自运兵往帝京靠近，已是有错在先，今日胆敢持兵刃入宫，还诬陷一国储君，这是你这两朝老臣该干的事吗？”

颜玮动了兵，但是动了之后又莫名其妙撤了回去，这一点消息楚明帝不是不知道，只是他不想点破罢了。

而同样，叶阳皇后本来也是不该说的，以免暴露她盯着朝中军权的野心，可是颜家人死咬着她不放，她压不住对方，便只有反击了。

“老臣痛失爱女，请陛下体谅。”颜玮深吸一口气，又磕了个头，掩不去眼中的悲戚之情，“陛下，若非万不得已，老臣也不会做出这等无礼之事。方才在宫门前，老臣击鼓鸣冤，宫门守卫却抵死不予通传，更是无视陛下钦赐令牌，老臣无奈，迫不得已之下才不得不硬闯进来。”

他这磕头声一次比一次重，再抬起头时，额上已经青了一片，在场众人无不动容。

眼下宫中三处宫门的守卫都是太子的铁衣卫，再一次重新阐述了何为做贼心虚。

颜玮说着，已经从怀里掏出一方纯金打造的金牌，张惠廷忙过去接了要呈给楚明帝过目。

有人要置叶阳皇后于万劫不复的境地，这一点，除了眼下正被仇恨冲昏头脑的颜玮，在场的其他人，哪怕是颜璟轩都看得清楚明白。

这是个一眼就能看出破绽的局，但这样众目睽睽之下，偏生就是无人能圆。

楚越心下沉吟，不由得悄然抬眸看了眼斜对面端坐在酒案之后的秦菁，若有所思。

他的目光，秦菁自然是收到了。

虽然此事与她无关，但到了这一刻，她突然明白了楚越的心思。

这个人竟然比她想象的还难对付，自己的銮驾都进了西楚帝京了，他还沉得住气，就因为笃定自己不想嫁给楚风吗？所以他是料准了自己会出手替他解决？

秦菁心中苦笑，看来这次她真是押错宝了。

指望这个人，当真是要叫她一败涂地！

大殿之上正争论得不可开交的时候，殿外一名内侍已经无声无息地引着一个人走进来，有些胆怯地轻声禀报道：“陛下，叶阳大人到了！”

众人心头同时一凛，齐齐举目循声望去。

面容清俊、神情冷淡的中年男子款步而入，一身天青色布袍，将他与在场这些衣衫华贵的百官群臣完全区分开来，显得格格不入。

“臣叶阳晖，拜见我皇陛下！”叶阳晖一撩袍角，朝着上首的楚明帝拜下，但是很奇怪的是，却未见他把明帝身边他的那位嫡姐也一并算在内。

“爱卿平身。”楚明帝眼中飞快闪过一丝情绪，又更快被肃然掩盖，冷淡道，“爱卿离京游历多年，怎会在这个时候突然折返京城？”

“受人之托，实在迫不得已！”叶阳晖微微苦笑，抬头看了眼张惠廷手里捧着的令牌道，“日前侯爷上门索要此物，因着是故交老友，微臣不好推辞，便将此物相借。后来得闻侯爷府上出事，微臣一时不放心，只得跟着赶过来，不想还是晚了一步。”他说着，面上表情更显苦涩，“微臣特来向皇上请罪。至于侯爷，还请皇上体谅他的拳拳爱女之心，莫要追究他的闯宫之罪了吧。”

楚明帝这面令牌，是当年叶阳敏得宠，叶阳晖跟着水涨船高之时赐下的，既然翔阳侯是持此物要求入宫门，那便不算是闯，而那些瞎了眼的奴才挡了他，才当真是活该。

所以这样算来，颜玮也根本算不得罪，叶阳晖所谓请罪一言，更是无从说起。

叶阳皇后看着跪伏在前的自家兄弟，阴着脸冷声一笑：“七弟你离京多年，连一封家书都不曾传回，今日骤然回京，父亲在此，连招呼也不打一个吗？”

“君王在上，微臣不敢逾礼。”叶阳晖神色淡淡，绵里藏针地顶了回去。

叶阳皇后一窒。

秦菁不动声色地看向众臣当中的武烈侯叶阳安，他那脸色明显也是不好，却作壁上观，只默默垂眸饮茶，半点没有掺和进来的意思。

殿中翔阳侯和太子争得面红耳赤，谁都不让，一个恨意翻腾，一个怒火中烧，都是恨不得将对方踩死在脚下才能泄恨。

叶阳晖端正跪于御前，脸上波澜不惊，完全一副置身事外的表情。

这样的淡泊之姿，总让秦菁觉得有些似曾相识。只是现在容不得她多想，她脑中飞快将整个事件串联起来想了一遍。

对叶阳皇后和太子恨之入骨的，看这男人的表情倒有几分可能，可是他会有这种出入皇后寝宫如履平地，又能买通太子近侍、以命相抵站出来诬陷自家主子的能力吗？

是他吗？会是他吗？真的是他吗？

事情的缘由她无从深究，只是她知道，不管在背后推动这件事发展的那双手究竟是谁的，她的危机，待到今日西楚朝中这场闹剧过后就彻底解除了。

如果太子被扳倒，顺理成章，她可以高调返程；即使不能，这件事怕是也要闹上一阵子，之前进殿前萧羽已经对她暗示得很清楚——

待到宫宴一散，她马上就可以乔装出城，快马加鞭赶回大秦去做她自己的事，这里，会有他瞒天过海帮她顶着。

眼前的太子和颜玮之间仍在喋喋不休地争执，而在叶阳晖出现之后，叶阳皇后已经完全没了逞口舌之快的心情，因为这个人的出现已经让她方寸大乱。

本来她还只是怀疑，可是现在，她确定了。

是那个女人，这一切全都是那个女人做的，即使死了，她还要指使叶阳晖来给自己下了这么一招。

而在她手里，自己几乎从来都没有翻身的机会。

她心里飞快计较着整个事情还有没有什么漏洞可寻，而事实上，此时她心里已经完全凉透了。

无关别的，就因为楚明帝。

“够了！”楚明帝冷眼看着自己的儿子和臣子，忽然沉声喝止，“全都给朕住口！”

“父皇，请父皇明鉴，儿臣和母后绝对没有做过这样的事！”楚风面有愠色，态度诚恳。

颜玮不由得怒火更盛，几乎是涕泪横流地怒声道：“证据确凿，请皇上做主，不能让汐儿白死！”

叶阳皇后心惊胆战，忙要回头去拽楚明帝的袖子，然则还是晚了一步，只见楚明帝大手一挥，指向门口那三个太子府上出来的所谓传信者，面无波澜地淡淡吩咐道：“送宗人府，查！”

这几个人是楚风的人，尤其那小李子，几乎等同于他的心腹太监。

群臣之中一阵唏嘘，这样一来，已经等于变相将太子列为嫌疑犯了。

楚风不可置信地看着自己的父亲，腿一软，险些跪都跪不稳。

牵扯到一国储君的名誉地位，非同小可。

“皇上……”朝臣之中马上有人站出来，楚明帝却根本未看那说话的是谁，已经断然抬手打断他，继续道，“张惠廷，你亲自去，送太子回宫休息。”说着又稍稍移开目光，对颜璟轩道：“颜卿，你们父子先回去歇着吧，朕会尽快查明此事，给你们一个交代。”

软禁太子？就因为颜氏父子据理力争的几句话？楚明帝的决断是不是太过轻率了？

这个男人，明明不像是这样昏聩而没有主见的。

秦菁心头暗暗一惊，目光不经意地四下一扫，忽而注意到旁边与她隔了一席的付厉染。

那人依旧一身亦正亦邪的黑色锦袍，事不关己地看戏，当真要多自在有多自在。

“皇上……”叶阳皇后目眦欲裂，膝行往前爬到楚明帝的几案前，愤愤仰起脸来，抬手一指跪在地上的楚风等人道，“你是要软禁风儿吗？”

楚明帝收回目光，淡淡地看她一眼，却是什么话也没说。

张惠廷自知这回连皇后娘娘也回天乏力，也就不再迟疑，招呼了两个侍卫上前来请楚风：“太子殿下，请吧。奴才送您回宫！”

楚风浑浑噩噩地从地上爬起来，临转身时忽而忍不住自嘲地笑了出来，回头看向楚明帝和叶阳皇后："父皇，您一向圣明，英武决断，今日这般明显的一个局摆在眼前，您就这样信不过儿臣吗？"

叶阳皇后心里冷笑，不是信不过，而是为了做给某个人看的！

说到底，这么些年来，他的心里还是放不下那个贱人，即使她根本不在眼前，他对着叶阳晖也要顺着她的心意去办事情。

楚风兀自笑得自嘲，楚明帝却不曾再正眼看过他。

楚明帝虽然不是很喜欢他，但是这么多年来，却也不曾这般冷酷无情地对他。张惠廷也不敢再拖延，只得挥挥手，示意两个侍卫上前将他拉下去。

"都给本宫站住！"叶阳皇后眼中厉色一闪而过，突然一咬牙自地上爬起来，提着裙子两步冲上台阶，将人给拦下来。

她回头愤然盯着王座上那个俯视天下的男人，冷冷道："皇上，在尚未查明前因后果之前，您觉得这样做妥当吗？风儿他是太子，一国储君，回头审完了这些个奴才，即使证明了他的清白，你又让他日后如何在群臣百官面前立足？就为了翔阳侯的一句话，您连骨肉亲情都不顾了吗？"

她最后出口的声音，已经近乎凄厉。

可是面对她此时咄咄逼人的姿态，楚明帝的态度却没有被撼动半分。

这个君临天下的男人缓缓抬起眼，目光甚至不用刻意的严厉，已经将那些太子党的朝臣压迫得把将要出口的话统统吞了下去。

"那么皇后你来告诉朕，这信件上头的凤印又是从何而来？"楚明帝起身，款步自王座上下来，在灯火绚烂中长身而立。

他的声音不高，叶阳皇后却是呼吸一滞。

铁证如山，那是她抵赖不掉的。

无力感侵袭而来，让这个一向精明强干的女人身子一晃，摇摇欲坠。

神思恍惚间她再回头，眼见着楚风已经被人请了出去。

"不，不可以！"叶阳皇后暗暗呢喃，没有人能够理解楚风对她的意义，她苦心经营这么多年，为的就是把他推上至高无上的皇帝宝座，怎么可以功败垂成，损在这里？

"放手！"下一刻她已经疾步冲到门口，一袖子挥开楚风身边的两个侍卫，然后转身，以强硬而猝不及防的姿态跪了下来，远远地面对楚明帝，字字坚定道："皇上，那两封密信臣妾的确解释不了，可是臣妾的凤印之前已经遗失了。"

此言一出，再度满座皆惊。

遗失凤印，同样是死罪，甚至整个凤寰宫怕是都要跟着一起遭殃。

弃车保帅？秦菁心中巨震，马上明白过来叶阳皇后的意图——

她是宁肯将自己推到风口浪尖，也要移开众人的视线，把楚风从这整个事件中解救出来。

这个女人果然精明强悍，毫不拖泥带水。

旁边卢妃眼中已经飞快闪过一丝喜色，开口前却是下意识地往皇子一席看了眼自己的儿子。

楚越自事情发生就是一副置身事外的表情，默默饮酒，此时收到母妃递来的目光，却是不动声色地微微摇了摇头，示意她不必去做出头鸟。

卢妃定了心，垂下眼睛不说话，果然后一席上的赵元妃已经强压着笑意惊讶道："怎么皇后娘娘的凤印被窃了吗？宫里都没听见闹刺客的呼声？莫不是娘娘记错了？借了谁，忘了取回来？"

这一番话，还是直指太子楚风，毕竟楚风身边的那个太监和两名侍卫是"硬伤"。

叶阳皇后眼神一厉，顿时横扫过去，却跪着没动。

楚明帝说一不二的性格她再清楚不过，而且说楚风派人暗杀颜汐一事本来就有漏洞，她这样把自己推出来，不过就是为了给楚明帝一个台阶，让他退一步，也好保住楚风的生命和地位。

同样的，对于自己这位结发妻子的想法，楚明帝也再清楚不过。

这个女人敢想敢做，野心勃勃。

事实上，他并不喜欢这个妻子，但是叶阳氏在后位这么多年，楚风也是一出生就被立为太子的，他并不想在一夕之间突然破坏了朝中各方势力的平衡。

他是一个帝王，在家事和国事之间，必须有所取舍。

他接下来的决定，秦菁几乎完全可以预见。

所有人的目光都集中在楚明帝身上，等着他最后的决断，然则他无视所有人，亲自走过去，将跪在颜氏父子身边的布袍男子扶起来。

他抬了抬手，张惠廷马上会意，把颜玮呈上来的牌子递到他手上。

楚明帝拿了那牌子，再次递给叶阳晖，语气略带几分感叹："一别十八年，爱卿无恙，朕心甚安！"

这是变相的逐客令。

"帝都繁华，与臣无缘。臣一介布衣，不敢再持此皇恩厚赏，此物还是交还陛下吧！"叶阳晖委婉推拒。

楚明帝一怔，随即却是笑了下，仍将那令牌塞到他手里："拿着吧！"

叶阳晖垂眸看一眼手中纯金打造的皇帝信物，最终微微一笑，反手塞到了张惠廷怀里，对楚明帝道："微臣今日冒昧，谢过皇上不责之恩，微臣告退。"

青衣袅袅，翩然转身，对这殿中万般尊贵繁华，没有半点留恋之意。

谁都看得出来，这位隐世多年的七国舅叶阳晖此行是来搅局捣乱的，此时他这般轻易地说走就走，的确出乎所有人的意料。

楚明帝看着他的背影，眼神晃了一晃，忽而对呆立在门口的楚风道："风儿，送送你舅舅。"

叶阳皇后顿时松了口气。

楚风微愣，对于这个舅舅，他早年是听叶阳皇后提起过的，只是素未谋面，生分得很。

"不必！"只在他这反应的一瞬间，叶阳晖已经出言制止，却是自进门以后第一次看向叶阳皇后道，"皇后娘娘爱子之心拳拳，草民此等身份，不敢劳太子殿下大驾。"言辞之间，生分又冷漠地撇清了干系。

颜玮这时候才反应过来，心有不甘地怒声道："陛下圣明，我女儿之事不可就此作罢！老臣精忠为国数十载，半生戎马，对我西楚王朝忠心耿耿，陛下怎么忍心看着老臣这般晚境凄凉，白发人送黑发人？"

因着早年他全家被屠一事，楚明帝对颜家是存着愧疚之心的，再加上叶阳晖的态度在侧。

叶阳皇后心一凉，就听得楚明帝一声叹息，摆摆手道："罢了，今日的晚宴就此作罢。来人，送大秦公主和大晏国舅诸位贵客出宫，几个奴才押下去交宗人府连夜开审，皇后遗失凤印视为大不敬，暂居凤寰宫思过，等凤印找回来再说。太子和颜卿父子，随朕到御书房去。"

他有条不紊地吩咐完，就要抬脚往殿外走。

楚风那里本就百口莫辩，这样一带下去，和颜氏父子当面对质，必定会处于劣势。

"皇上！"叶阳皇后一咬牙，抬头再度迎上楚明帝的目光，"皇上，遗失凤印是臣妾的疏忽，臣妾甘愿领罪，可是风儿无辜，这分明就是有人刻意构陷于他，今日您当真要不顾父子情面，定了他的嫌疑吗？"

楚明帝的脚步顿了顿，声音平静："朕并没有说怀疑他。"

"与其这样，您倒不如直接怀疑臣妾好了。"叶阳皇后忽而冷笑一声，眼中决绝，仰头看着楚明帝的脸，铿然怒道，"颜家姑娘无辜枉死，陛下您体谅翔阳侯的丰功伟业，不忍他受屈，那我们叶阳家呢？难道我父亲就不是半生戎马，为了西楚的万年基业出生入死肝脑涂地吗？他们颜家受不得委屈，我们叶阳氏又如何受得了这样的侮辱？臣妾与您夫妻二十余载，就算您信不过臣妾的为人，难道就不想想姐姐的在天之灵吗？"

楚明帝纯黑的眸子突然无限深沉下去，看着跪在自己面前盛气凌人的女人。

叶阳皇后毫不避讳地与他四目相对，所有人都屏住呼吸，看着大殿之中对峙的一帝一后。

半晌之后，楚明帝忽而伸出一只手来。

叶阳皇后心跳一滞，动作却没有迟疑，缓缓抬起自己的右手，搭在他探出的右手掌心。

楚明帝握着她的手将她拉起来，就在所有人即将松一口气时，下一刻他突然就着那只手猛然一推，刚好将叶阳皇后推到门口两个原先准备用来押解楚风的侍卫面前。

"皇后无德，喧哗于殿前，既然凤印丢了就不必再找，送皇后回凤寰宫闭门思过！"

怎么会，怎么会是这样？居然连叶阳敏都没能止住这个男人的雷霆之怒，这又说明了什么？

皇后叶阳氏心里突然涌出一种从未有过的恐慌，即便是刚才面对这个男人最严酷的审判时，她都没有真的怕过，此时却是真的慌了，整个人如遭雷击般愣在原地。

楚明帝面无表情地挥挥手，随侍在御驾之前的侍卫都摸透了他的脾气，知道事到如今已经完全没了转圜的余地，四个侍卫涌上前去，把皇后叶阳氏架起来就要往外拖。

叶阳皇后很清楚，今天一旦她就这样被送出去，那么有楚明帝在一天，她就不见天日。

不，她尊贵一生，为了这份高高在上的殊荣几乎拼尽了自己的心血，绝不可以就这样白白断送。

而且那些人是有备而来，她一旦失势，下一个遭殃的必定是楚风。

她可以忍，被关上三五年都没有关系，可一旦楚风被牵扯下台，那才是真的完了！

“不——”人已经被拖到大殿门口，叶阳皇后突然一个激灵，在所有人猝不及防的情况下猛地挣脱侍卫的钳制，扭头又冲进了大殿之内。

众人都被她突如其来的举动吓了一跳，张惠廷指着那几个目瞪口呆的侍卫喊：“快！你们还不快拦着皇后娘娘！”

经此一幕，这对帝后算是彻底翻脸。叶阳皇后的性子又是极烈且毒，张惠廷生怕她急怒攻心之下做出什么极端的事情来。

几个侍卫火急火燎地冲进来，叶阳皇后已经扑倒在楚明帝的脚下，死死抱住了他的一条腿，哭道：“皇上，凤印管理不当，是臣妾的失误，您不要迁怒风儿！您再给臣妾一个机会，臣妾有话要说……”

侍卫们进退两难，旁边的西楚太子已然惊得说不出话来。

在他的记忆里，自己的母后一直都是高高在上不容侵犯的，不管是对皇子公主还是后妃奴才，她向来都是杀伐决断无往不利，他几乎不敢相信此时这个匍匐在地、钗环散乱像个疯妇的女人，就是他尊贵无双的母亲。

众目睽睽之下，叶阳皇后仪态尽失，无疑又是当众打了楚明帝一记耳光。

他心中压制了很久的怒意一点一点攀升，沉声喝道：“拉下去！”

侍卫心惊肉跳地赶紧上前来拉叶阳皇后，正在求生之际，叶阳皇后自是什么也顾不得，再次大力挣开侍卫的钳制，涕泪横流地爬到楚明帝脚下，一把死死抓住他的袍角，凄声嚷道：“皇上，就算您不顾及姐姐的在天之灵，难道也不为你们的儿子积德吗？”

叶阳皇后的声音凄厉绝望，每一个音符都清清楚楚地扣在众人的心弦上。

大殿中气氛一寂，每个人都屏住呼吸，目光齐齐投射到他们至高无上的帝王身上。

楚明帝闻言，神情剧烈一震，说不出是喜是悲，只是愕然瞪大了眼，然后下一刻，他那原本高大挺拔的身子竟然猛地往后连退了两三步，跌坐到旁边卢妃那一席的座位上。

那个女人和他早夭的儿子，是他埋藏心底一生的暗伤，不容自己去碰触，也不容别人提及。

“皇上！”卢妃一惊，慌忙从座位上错开，跪下去扶他。

楚明帝却是一把挥开她的手，盯着对面一脸疯狂的叶阳皇后。

“你……说什么？”他声音沙哑，甚至带了一丝明显的颤抖，腮边肌肉不停抖动着，已经完全失去了平时的冷静和气势，与前一刻那个高高在上权威无限的帝王判若两人。

是的，叶阳敏就是他的软肋！

叶阳皇后心里顿时燃起了希望，狼狈地膝行过去，用力擦干脸上的泪水，仿佛是为了加大自己言辞的可信度，坚定地说道：“皇上，你跟姐姐的儿子没有死，那个孩子他还活着！”

此言一出，整个大殿里又是一片哗然。

吏部尚书梁裕已年过七旬，一度怀疑自己两耳昏聩，赶紧捅了捅身边的左都御史安迅，哑着嗓子道：“她……她说什么？”

安迅脸上也露出被雷劈了的表情，有些哭笑不得道：“叶阳皇贵妃生下的那位皇子还活着？！”

这根本就不可能！

可当初明明是宫女嬷嬷多少人亲眼见证了他们母子双亡的，楚明帝甚至亲自将那一大一小两具尸体合葬送入皇陵，可是叶阳氏居然说，他跟阿敏的孩子还活着？

楚明帝瘫在座位上，神色不受控制地飞速转变，从一开始的震撼到后来隐约的惊喜，再一点一点的失魂落魄。

最后，他猛地站起来，像是抓死猫一样，一把握住叶阳皇后的手腕把她拉起来，盯着她的眼睛，一字一顿咬牙切齿道：“你！把刚才的话再给朕重复一遍！”

“好，我说！”叶阳皇后心里迅速蹿起一线明亮的希望之火，极力压制住心里的颤抖，字字清晰地重复，“皇上你跟姐姐的儿子并没有死，那个孩子，他还活着！你放过风儿，让内务府再去彻查此事，我就告诉你他在哪里。这些年皇上你日思夜想忧思成疾，不都是为了姐姐跟那个孩子吗？”

叶阳皇后眼中带着强大的执念，死死地盯着楚明帝的脸，这一刻她浑然不觉自己是以一种威胁的口吻在同一个帝王讲条件，只因为她自信有足够的筹码，虽然心里不甘，却也不得不承认，这张王牌抛出来，便有了至少一半的把握来扭转乾坤。

她的神情和语气配合起来可谓信誓旦旦，但楚明帝并没有马上对她的话做出判断，他本就黑如墨玉的眸子此时更显幽深，死死盯着叶阳皇后的眼睛，仿佛要透过那双眼睛看到她的心里去。

他的气势本来就强，平时只要不笑，那双锐利的眼睛就已经锋芒毕露，让人不敢逼视，叶阳皇后被他这样盯着，顿时有一种利刃入骨如芒在背的感觉。

她极力隐忍着，支撑着，身体里还是有一种因子被调动了起来，开始微微颤抖。

在场的所有人都在凭借自己对这位叶阳皇后的了解来判断她此言的虚实，秦菁虽然只是初次与她见面，心里却是笃定，在原本已经岌岌可危的情况下，这叶阳皇后便是再怎么求生心切，也是不敢撒这样的谎的。

此时的楚明帝显然已经恼了她，她撒了这样的谎，虽然有可能以此要挟他来渡这一时之劫，可如果那个孩子不存在，谎言转眼就会被戳穿，然后紧接着便是另一条愚弄君上的大罪压下来，她原先是不必死的，现在却再无一丝一毫生还的可能。

所以，她口中的那个孩子应该是存在的，而且这一刻，秦菁心里甚至有了一种微妙的感觉，她口中所指的那个孩子就在这大殿之上。

脑子里一个捕捉不到的念头飞快闪过，秦菁眸子里的颜色不由得沉了沉，突然抬头往对面莫如风的座位上看去。

因为他的身份只是萧羽的一个幕僚，所以在这样的皇家宴会上只能坐在萧羽后面第三排很不起眼的地方。

彼时他正举杯饮茶，嘴角笑容清淡柔软，像是根本没有被大殿中的紧张气氛影响到。

他们之间就是有这样的默契，察觉到秦菁看过去的目光，莫如风也于瞬间抬头，落落大方地回应她一个暖若清风的微笑，神色间没有半分的不自然。

若是换了别人，秦菁也许会把对方身上这种近乎刻意的淡漠当作想要撇清关系的伪装，可偏偏一直以来莫如风就是这样一个人，对什么事都满不在乎毫不关心。

直觉上，秦菁总觉得这件事跟他有脱不开的关系，却又被他眼前的态度干扰了判断，她在心里迅速分析着前因后果，眉心不由得微微拧起。

王座之前，楚明帝还一直保持着方才的姿势与叶阳皇后对峙，一直持续了半盏茶的工夫，他腮边的肌肉抖了无数下之后，神志终于慢慢回笼。

“你以为这样朕便会饶过你吗？”他仰头大笑出来，眼底漫上一片嗜血的杀意，手一推，又一次把叶阳皇后推到几个侍卫的手里，声音冷酷不带任何感情地说道，“本来朕还念在我们多年的夫妻情分上想留你一条命，现在看来却是不必了！”

叶阳皇后的眼睛瞬间瞪得老大，她不可置信地看着自己的丈夫，那两颗充血的眼球仿佛要从眼眶里瞪出来。

她本来想为自己争取一个扭转乾坤的机会，却错估了楚明帝心底的坚韧，在短暂的失魂落魄之后，这个男人强大的心理防线已经再度修复。

只是没有人知道，此时此刻这男人的心已经颤抖得一塌糊涂。

他似乎从来不曾这般脆弱过，曾经的失去让他在黑暗中行走了整整十八年，还是没能真的走出那个阴影。

他心里清楚，这样的痛苦绝对承受不了第二次，即便再渴望，哪怕一点点的希望，也不容

许自己去拥有。

因为不存希望，就不会再有失望。

他的嘴角带着近乎嗜血的冷笑，轻轻挥一挥手，就在这小小的动作之下，叶阳皇后被再度架起来往殿外拖去。

“皇上你相信我，我没有骗你，我……”她惊恐地看着眼前楚明帝眼底森寒的冷意，在这样的目光逼视下，她已经彻底失去了冷静，知道自己只剩下最后渺茫的一点希望。

于是，她近乎绝望地猛地扭头往右侧的男宾席看去，在萧羽身后那个最不起眼的位子上寻到了那抹素净淡雅的白色身影。

秦菁注意到她目光的落点，跟着她看过去的一瞬间，心里满是说不清的滋味，缓缓垂下头去，不想亲眼见证将要发生的一切。

席间萧羽本就关注着她的一举一动，此时察觉她神情间的异样，下意识才要转过身去一探身后玄机，却听见叶阳皇后惊慌失措地叫嚷起来。

“如风，如风！”她声音急切，又带着一丝强烈的恳求，“我是你的亲姨母啊，你快求求你父皇，求他放过你哥哥，他会听你的话的，快啊！”

叶阳皇贵妃也是皇后叶阳氏唯一的嫡亲姐妹，她的儿子，自然是叶阳皇后的亲外甥。

虽然她们姐妹共侍一夫，从名分上讲，这个孩子更应该尊叶阳皇后一声母后，可是此时的叶阳皇后却比任何人都明白，她这一国之母的身份，抵不过他与叶阳敏之间的一滴骨血亲情。

大殿里一片寂静，落针可闻。

第八章　为爱绝爱，引戈天下

楚明帝失魂落魄地一步步循着叶阳皇后目光所及的方向，穿过人群，在莫如风所坐的桌案前止住了脚步。

莫如风安然地坐在座位上，并没有一个草民见到一国之君时应有的恐慌，唇角还是带着那抹亲和力很强的微笑，安静地看着眼前这个至高无上的男人。

楚明帝也看着他，喉结上下滑动，却是紧盯着他的面孔，很仔细很仔细地观察他的眉目样貌，甚至是眼神，仿佛想要从他的脸上找出似曾相识的痕迹来。

这个少年漂亮得有些不像话，俊逸非凡的五官，柔和清明的眼波，不浮夸，不傲慢，虽然没有锦衣华服的装裹，却从骨子里透出一种与生俱来的高雅，无关样貌，那是一种由内而外缓缓流淌出来的味道，仿似淡出世外，不用刻意表现就能让人深深记住，并且放在心里，过目不忘。

看到他的第一眼，楚明帝心情有了难抑的起伏，那种感觉，就像是回到了当初，当他第一次在西楚皇室的宴会上看到那个女子时，她的样貌不是最出众的，衣着不是最华丽的，唇边笑容亦是刻意伪装过的平静与优雅，但她就是能吸引他，让他深深陷进去，再也无法自拔。她的沉稳睿智，她的从容果断，哪怕最为冰冷无情的一个笑容，都能让他热血沸腾。

曾经一度，他以拥有这天下间至高无上的权力为荣，可是她的出现打破了他内心维持了多年的平衡，让他坚定不移地将她奉为自己人生的信仰，于是她猝然离世的那一日，他的世界坍塌成灰，天崩地裂。

他原以为自己再也走不出来，可是此时此刻出现在他面前的莫如风让他又寻回了那个失去多年的梦想。

楚明帝声音压抑，沙哑到听起来近乎哽咽，神色间又充斥着期盼和强烈的不安，几乎是小心翼翼地问道：“你……是谁？”

莫如风牵起唇角，容色淡然地一笑，不待他回答，叶阳皇后已经迫不及待地大声道："他就是姐姐为你生的儿子，他就是那个孩子！皇上，我帮你把儿子找回来了，一命抵一命，你放过风儿，不要听那些宵小之徒的狂言，你不要动他，不要啊！"

楚明帝此时的心思却完全不在她身上，对她的话也是置若罔闻，他只是盯着莫如风，加重了语气再问一遍："你到底是谁？"

莫如风这才从容起身，退到旁边，撩起袍角跪下，以一个臣民面对君王应有的礼节，郑重叩首，平静道："草民莫如风，是大秦赐婚使大人府中的大夫。"

在座的西楚老臣全都把楚明帝对叶阳敏的感情看在眼里，叶阳敏生下的那个孩子如果能够活到今日必定贵不可言，他们很明白，一旦坐实眼前少年的身份，将会对朝中政局带来怎样的动荡和影响，不由得都暗暗捏了把冷汗。

楚越脸色剧变，一直捏在手里的酒杯嘎嘣一声碎裂，酒水溅了他一身，好在所有人的注意力都集中在楚明帝和莫如风身上，没人注意到他的失态。

莫如风？楚越咬紧牙关，在心里一遍遍咀嚼着这个名字，这个少年姓莫？！

显然，楚明帝也被这个名字惊到了，几乎踉跄着猛地后退半步，脸上神色阴晴不定，目光却是片刻不离地盯着莫如风平静的脸孔。

叶阳皇后奋力地挣扎，却怎么也摆脱不了侍卫的钳制，绝望之余她便失控地大声叫喊："皇上，他姓莫，这个姓氏是姐姐给他的，你还不明白吗？他真的是你的儿子啊！"

莫如风同站在他面前的楚明帝悄无声息地对视，从容微笑道："亡母的闺名的确是叶阳敏三个字，可草民并非陛下的儿子！"

楚明帝如遭雷击，又是一步倒退。

"陛下小心！"张惠廷疾步上前，一把扶住他的胳膊。

楚明帝心乱如麻，飞快思忖着那些陈年的旧事。

他是亲手将那一大一小两具尸体下葬的，如果真如叶阳珊所言，眼前的这个少年就是他和阿敏的那个孩子，那么既然这个孩子活着，是不是，是不是……

那个女人，她总有通天之能，呵！

此时此刻，他甚至忘记要为她瞒天过海的苦心欺骗而恼怒，只有一线薄弱的希望自心底慢慢升起来，如惊雷破月迅猛地在心间撕裂一道血肉模糊的伤口。

能再见到她，是他从来就不敢奢求过的痴心妄想。

"阿敏……她……在哪里？"他的语气平复下来，尾音之下有种压抑不住的轻颤。

"家母已经过世了，至于她葬在哪里……"莫如风平静地回，是真的心如止水，没有一丝一毫的感情波动，"我母亲生前就不喜热闹，此时更不想被外人打扰，她的安息之所恕草民不能相告陛下。"

当年的叶阳皇贵妃葬在皇陵，所以她是假死升天，躲了出去吗？

朝臣们心中揣测纷纭，怎么想都觉得匪夷所思，目光在两人身上转来转去。

半晌，楚明帝才如梦初醒般抬手示意莫如风起身。

他因为激动而涨红的脸色慢慢平复下去，他松开了张惠廷的手，负手站在莫如风面前，看着他波澜不惊又似曾相识的面孔。

“你拿什么证明你母亲是阿敏？”这一次声音微冷，颇有几分质问的意思在里头。

莫如风淡然微笑道：“陛下，每个人都有父母亲人，我不需要证明她是谁。至于陛下口中的阿敏到底是谁，也和我没有关系。我的母亲就是那个人，仅此而已。”

从头到尾，他无不是在与楚明帝划清界限，可如果真的不想承认，他干脆直接否认了叶阳敏其人不就行了？

朝臣之中有人面面相觑，都在戒备地猜测这个少年的心思。

楚明帝沉默片刻，语气毫无预兆地再度缓和下来，淡声道：“你随朕来。”

说着便要转身带他往殿外走。

“陛下，草民一介布衣，不敢在宫中久留，以残陛下视听。草民告退。”莫如风叫住他，没有半分留恋地率先转身，走到叶阳晖面前，“舅舅，我们走吧！”

他毫不避讳地承认了今日叶阳晖突然出现在这里的事和他有关，也不在意别人是否会把太子一事牵连到他头上。

他从容而来，淡泊而归，对这堂皇大殿之上的任何人都不在意，白衣胜雪，飘然走出这喧嚣的宫殿。

“等等！”楚明帝看着他的背影，略一失神，脚步已经跨过门槛，站在了殿外。

莫如风止步，却未回头。

夜风微凉，撩起他洁白的袍角，让他的身影跟脚下汉白玉的阶梯融为一体。

楚明帝攥着拳头，费了好大的力气才勉强制止自己再次抬起手来留他，只是隐忍着问道：“既然你说甘愿认阿敏做你母亲，那么你的生身父母又是何人？”

旁边近乎木然的叶阳皇后眼中再度闪现出惊慌，嘴只张到一半就识趣地闭上了。

莫如风静立阶前，还是没有回头，声音缓缓传来：“我的生身父母既然能狠心抛弃我，便与我没有任何关系，这一生，我只认娘一个亲人！”

言罢，再度抬脚走下台阶，飞快消失在众人的视线之外。

大殿当中，一片死寂，不知道为什么，听着莫如风最后一句话缓缓滑落，意志力一向无比坚韧的叶阳皇后，真就腿一软，再也支撑不住地跪倒下去，魂不守舍，如同听了这世间什么可怕的诅咒，脸色铁青，提不起丝毫的力气。

楚明帝一身明黄龙袍，孤身站在偌大的宫殿当中，明明是卓然高贵的一剪身影，此时此刻却萧条虚弱，仿佛随时有可能被吹走。

半晌，张惠廷试着上前提醒：“陛下，今日这接风宴是不是该散了？”

今天这么多外客在场，这么一闹，非同小可。

楚明帝闻言，眼皮终于缓缓动了动，但不知道那是一种什么样的打击力，竟让这个叱咤风云的强悍帝王这般失魂落魄，明明看到满殿不该有的人和目光，也再提不起他的帝王之仪。

一步一步，他默然转身重新往上首的王座走去，同时无力地挥挥手道："都……散了吧！"

众人如蒙大赦，纷纷屏住呼吸上前行拜礼，然后同样大气不敢出地匆匆退了出去。

秦菁和萧羽混在人群之中往外走，台阶下到一半，还是忍不住回首去看那殿中。

彼时人去楼空，高高的王座上那男人单手撑着额头默然静坐，那个影子苍凉悲壮，仿佛只在一念之间就老了十岁年华。

秦菁突然有些不明白，他对那个女人究竟是什么样的感情，竟执迷至此？

十八年，整整十八年，不愿意割舍，也不愿忘记。

这个铁血帝王，这个无所不能、凌驾于万人之上的男人。

人都说帝王恩宠一夕断，于景帝那里或许是这样，他对蓝月仙的好也不过是为了一己之私，可是这个男人，他，为的又是什么？

一个抛弃了他，不惜以假死作局脱离他身边的女人。

难道，就仅仅是因为得不到？

"走吧！"萧羽轻声一叹，握了下她的肩膀。

"嗯！"秦菁点头，再度回首往殿中呆坐的男人瞟去，然后跟着萧羽离开，不再去纠缠那些别人心底的爱与痛。

宫里刚刚出了这样惊心动魄的大事，没有叶阳皇后主持，西楚方面就没有再安排车驾送她回驿馆。

秦菁一行出了宫门，二话不说就钻进自己提前备好的马车里。

这车上有她进宫前就命苏沐准备好的干粮衣物，其实就算没有得到萧羽的承诺和袒护，她原先也已经计划好了，只要在西楚宫廷露一次面，就留书给萧羽，然后连夜离开。

萧羽不会拆她的台，只要称病谢客，再加上有翔阳颜家人在京中闹腾，西楚这边就很难分出精力来顾及她，如此也为她争得机会折返大秦。

秦菁自车上换了普通小厮的布衣出来，萧羽已经把准备好的马牵过来，塞了缰绳给她："快走，南城门外苏沐他们已经出城了。"

秦菁握了缰绳在手，垂眸看了眼自己的手掌，却是抿抿唇道："莫如风在哪里？我要见他一面。"

也许现在不是合适的时机，也没有必要，可是……

"南城门二更半便要落锁，别耽误了！"萧羽深吸一口气，再次催促。

“表兄！”秦菁抬头直视他的眼睛，目光沉静如水，却有一线微凉的涟漪惊起。

面对她这般透明的目光，萧羽不敢再看，稍稍往旁边别过眼去。

秦菁扭头，见那远处大道旁边一片参天古木，便是了然点头：“时候不早了，表兄护卫公主銮驾先回吧！”

荣安公主的銮驾在这宫外滞留太久难免引人注意，他不能久留。

“嗯！”萧羽拧了眉心，神色复杂地看她一眼，转身吩咐随行的侍卫返程。

秦菁立在原地，看着他高居马背上的身影，在他转身前突然出声叫住他：“羽表兄！”

萧羽自马背上回头，递给她一个询问的眼神。

“他日京都，我等表兄荣归。”秦菁笑笑，抬手冲他用力一挥。

萧羽的身子不易察觉地微微一震，面对马下少女明快真挚的笑脸，一时间眉心不觉拧得更紧。

半晌之后，他重重点头，声音低哑地应一声：“嗯！”

言罢，不再滞留，高喝一声，带着车驾先行离去。

秦菁站在原地，明白萧羽最后一刻迟疑的表情意味着什么，可是无论他之前对她隐瞒了什么，只这临危之际的一次坦诚，足够了。

并非贪得无厌，其实关于骨血亲情，她很容易满足。

飞快把那点莫名感性的情绪抛开，秦菁深吸一口气，转身快步朝那排古木的方向走去。

环抱之粗的白杨树后，还是那一抹素衣翩跹的清绝背影于风中孤立。

他不回头，秦菁也不走近，在离他三步之外的另一株大树的阴影里站定。

“你利用我？”她问得直白，声音也平静，没有愤怒，也没有痛恨，仿若与人讨论一日三餐般平淡。

“是！”莫如风面无表情地闭了下眼，然后又迅速睁开。

他不回头，只是声音悠然若风，淡淡传来：“你不是早就知道了吗？”

秦菁心头一震，有些茫然。

“灵歌和旋舞都是你一手训练出来的，是你把她们放在了萧羽身边，因为从一开始萧羽就在你的掌控之下。”秦菁开口，虽然这些话出自她口，话音缓缓自齿间迸出，她自己都犹豫，“你通过四海钱庄把莫家的万贯家财都转移到他手上，做成他富甲一方的假象。现在我想知道的是，如果不是因为我误打误撞介入，从而让你利用了我跟宣儿，你原定的计划又是怎样的？”

当日她要在宫中布局设计蓝家的时候，灵歌的态度本来很模糊，可是晚上去了一趟，第二天就拿定了主意。

就是从那个时候起，她便知道，灵歌和旋舞背后真正的主子不是萧羽，那个人近在咫尺——

唯一可能的就是暂居右丞相府的莫如风。

而且她对萧羽也是从一开始就有怀疑的，萧羽纵使再有才，在白手起家的情况下不可能迅速聚拢四海财富，做到那般地步。

莫如风是皇贵妃叶阳敏的儿子，而叶阳敏在入宫之前的确是有婚约的，定的是岭南首富莫家一位久病的公子莫翟，只可惜那莫家公子已然病入膏肓，在他们大婚之日竟然旧疾突发死在了喜堂之上。

莫翟死后，西楚富甲天下的第一世家却不明原因迅速败倒，短短不过三年时间，已经人才凋零，偌大的家业因生意上的一再亏损而败得精光。

当年西楚的叶阳皇贵妃之名轰动天下，只可惜红颜薄命，无福消受帝王恩，很快便因为难产死在了宫中。

而现在莫如风归来，便将真相揭露于世，她没有死，而是妙计脱身，带着自己的儿子遁世隐居避开了这座铁血皇城，并且在暗中谋划了整整十八年，推动策划了今日之事。

莫家的巨额财富，根本一早就落入了叶阳敏之手；萧羽，不过是莫如风身边的一个幌子。

莫如风的最终目的，还是要还朝，找一个契机让他以最合适的理由重回西楚政治舞台的核心，让楚明帝重新认识到他的存在。她来西楚，就是他等的那个契机。

与其把这事关在国门之内，怎么比得上在这样的大日子里，当着列国使臣的面推出来？

莫如风此举的最终目的是什么？虽然对她而言或许没有多少干系，但是这一刻，秦菁就是执着地想要知道。

一直在她面前温润如玉、无欲无求的男子，到底是一个怎样的人？

“阿菁，到了这个时候，你又何必浪费口舌与我再说这些？你能猜到多少是你的本事，多余的我一个字也不会说。”莫如风回过身来，脸上的微笑依旧和煦平静，恰似一张永远都不会腐朽的面具。

他的声音平和安定，不带歉疚，也没有指责，以最客观的立场一字一顿慢慢地说：“就像你早就洞悉了灵歌和旋舞是我的人，还一直隐忍不发一样，只要是彼此有利可图，又有什么好计较的？”

秦菁承认，会默许灵歌、旋舞以那样的身份留在身边，的确是因为她们的存在还有利用价值，但是更多的其实是不愿意亲手去揭穿这一切。

莫如风这个男子，仿佛生来就是完美无瑕纤尘不染的，即便心里已经笃定萧羽手下的所有事都是由他操控，秦菁也是在一直避让，超出自己底线地退让，只想把这些血淋淋的真相捂得更久一些。就算莫如风脸上裹着的只是一张面具，不到最后一步，她怎么也伸不出手去将它扯下来。

就像是这一次西楚之行，在祈宁逗留的最后一晚她已经对他此行的目的有所察觉，却还是来了，配合他来演这一场戏。

当然，前提是她需要他的这个计划。

只是在这个计划里，她还是冒了险，在没有抖出他的底牌之前，她选择了相信，赌这个谦谦如玉超绝尘世的男子不会把她的性命安危搭进去。

现在她赌赢了，最终也还是徒手把她对他所有的信任连根拔起，一并丢弃在这泱泱西楚灯火通明的皇城之巅。

曾经一度，在她不想相信任何人的时候，这个男子的出现恰如一缕清新明媚的阳光，在她心里最黑暗的一角引燃了难得的光亮。

她多想他可以一直那样美好下去，可是莫如风终究不是那游荡在红尘之外的谪仙啊！

只是这样的话，已经没有了坦白的必要。

秦菁面无表情地看着他脸上的微笑，眼睛被刺得生疼："你的意思是，我们的合作由暗转明继续进行下去吗？"

"我不勉强你。"莫如风答得干脆，微风过处，吹起他衣袖翩然。

四面八方的树叶沙沙作响，于夜色中疯狂舞动。

两个人相对而立，秦菁的嘴唇动了动，终究还是没有说出话来。

莫如风看着眼前女子眼中真实流露出来的情绪，心里似乎有一瞬的不知所措。

已经有多少年了，他习惯性地忽视身边的一切人一切事，他不知道自己对这个女子的好耐性究竟从何而来，或许就是因为那一日看到军营大帐之中，她面对重伤的白奕所表现出来的坚韧决绝的目光——

像极了一个人。

心中有种真实的感觉轻微碰撞。

"只要能达到目的，我可以利用一切有价值的人或物，无论付出什么代价！"

断情绝义，无心无恨！

这便是他！

"我从来没想过你会是这样的人！"面对他这般温润的目光、这般残忍的话，秦菁才突然感觉出一种物是人非的悲壮。

她的声音有点高亢，甚至带了意味不明的颤抖。

"我本来就是这种人，为达目的不择手段！"莫如风微微一笑，那笑容清明安逸，如同夏日里大朵绽放的木棉花，说出来的话却那么冷漠绝情。

秦菁心里堵了一口气，她觉得那感觉应该是难过，于是难过地笑了起来，眼底却静如幽谷，透着一股诡谲的寒气："颜汐的事也是你一手安排的？"

"是她自己送上门的。"莫如风微微抿了下唇，一如既往无动于衷。

颜玮也许会一时冲动意气用事，但颜璟轩是什么样的人他太清楚，如果颜汐不死，根本就不可能将他们父子召至京城来配合着演今天的一场戏。

“你……”有那么一瞬间，秦菁感觉到前所未有的愤怒，指尖几乎点到对面莫如风的鼻尖上，指上套着的红宝石镶金指环跟着她的呼吸颤抖起来，她声音嘶哑，字字质问，“你明明知道她喜欢你，你怎么忍心……”

在她看来，虽然所有有价值的人都可以拿来利用，但是对那些对自己死心塌地交付真心的人，却是不能无所顾忌地去伤害的。

他怎么下得了手？他明明不该是那样的人！即便此刻他就以这冰冷残酷的姿态站在她面前，她仍然没有办法接受这样的事实。

“那是她一厢情愿，至少从头到尾我没有承认过自己属意于她。”然则面对她眼中变幻莫测的光芒，这一次莫如风再无半点动容。

一种从未有过的浓厚怒意涌上心头，秦菁悲痛地死死攥着手心嘲讽道：“莫如风，你爱过人吗？”

“我爱过！”出乎意料，莫如风竟是不假思索地笃定回道。

秦菁眼中闪过一丝难以置信的诧异，却见他眼底隐约的伤痛一纵即逝，转眼他又恢复了之前嗜血的冷酷，更加笃定地说道：“所以，今生今世我都不会再爱了！”

没了爱，也没有恨，他这一生从来就不是属于自己的！

他温润如玉的伪装，谦谦君子的扮相，很久以前就只剩下这一身华丽的皮囊。

他不在乎世人怎么看待他，只要达到目的就够了。

“呵！”秦菁由喉咙深处爆发出一声沙哑的笑，往后退出去一步。

这一步之遥，莫如风睁眼看着，却仿佛已经看到眼前女子的身影变淡变浅，一点一点淡出他的世界、他的生命。

他生而便是注定孤独的人，这是命定的事实，谁也挽回不了。

秦菁匆匆看他一眼，果断地转身，大步朝着不远处的战马走去。

灵歌站在那里，动作局促地把缰绳递给她，眼底有藏不住的心虚。

秦菁一把扯过，利落地翻身跃上马背，动作行云流水般利落果断，下一刻马蹄声踏破黑暗的夜色，绝尘而去。

马蹄声渐去，一侧身后就是西楚皇室万千辉煌所在的九重宫阙，而另一侧的小道上那一人一马早已行远。

莫如风静立风中，灵歌满眼忧虑地走上前来，一步一步，最后咬着唇屈膝在他面前跪下。

“公子，我……”她艰难开口，却是欲言又止。

莫如风没有看她，只是声音淡淡传来：“去吧！”

灵歌略一怔愣，随后眼中闪过一丝感激，垂首道：“谢公子成全。”

说罢，她爬起来，又面有忧色地看了莫如风一眼，还是一咬牙朝着秦菁背影消失的方向飞纵而去，几个起落，已经消失于眼前茫茫夜色之中。

莫如风缓缓收回目光，转身远离那片辉煌的所在。

“莫如风，你爱过人吗？”那女子悲怆愤怒的声音仿佛还在耳边回响不绝。

他爱过人吗？他爱过人吗？他生来就是一个不应该懂得何为爱的人！

记忆里很多早已褪色的画面，在这夜色中仿佛再度映现。

竹林，清风，木屋。

那些突然闯入的刺客毫不容情地将谷中所有的仆役侍婢斩于刀下，屠刀步步逼近，月光下，他们眼中嗜血的戾气映射在染血的刀锋上，看得人胆战心惊。

那个时候他不过五岁，完全看不懂眼前的状况，只是瑟瑟发抖，缩在母亲怀里恐惧地看着那些想要杀死他的刺客，连话都不会说。

母亲抱着他，安抚地摸着他的小脑袋。

大多数时候她都是笑着面对自己，笑容沉稳安详，像暖春三月的阳光洒满心房，暖融融软绵绵的。可是那一天，他看到她眼中异常冰冷，像封冻的幽深古井，泛着诡异的冷光，死死地盯着门外那些凶神恶煞的黑衣人。

“回去告诉你们主子，莫要再打我儿子的主意。”她声音平静，却带着让人胆战心惊的杀伐之气，“来日若是风儿有什么损伤，莫说她的皇后之位不保，我便是覆她一族，灭她满门，也没什么不可以的！我说到做到，让她自己掂量！”

那个女人，仿佛天生就有一种从容淡定、俯瞰天下的气度风骨，轻描淡写几句话，真就将那些杀气腾腾的黑衣人镇住，一时间面面相觑，进退不得。

后来，叶阳晖的援兵赶到，将他们逐出谷去。

她再垂眸看他的时候，眼中依旧笑意绵软。

“别怕，睡吧！”

在她怀里，他总是心安，仿佛方才的那一幕完全不曾发生过。

她坐在床边等他睡熟，待她转身时他霍然睁眼，望见的却是她撑在门框上，蓦地喷了一口血，满地残红。

那些华丽妖冶的色彩染了他的眼，浸了他的心，让刚刚消退的恐惧陡然增长，再也抹不去。

他能看见她在他面前日渐虚弱的笑容，可是那个时候小小的他，却什么都做不了，一直看着她最后一滴心血耗尽，油尽灯枯在他面前。

那个时候的叶阳敏不过二十九岁的年华，可两鬓斑白，如同一个年近古稀的老妇。

那一日他便趴在门边，看她面容宁静地拉着舅舅的手细细叮嘱。

她说：“阿晖，答应姐姐，忘了那些过去吧，带着风儿好好活下去，照顾他，我能给他的，也太少。”

一向沉稳冷静的舅舅，伏在床头放声大哭，涕泪横流。

那些悲伤的液体，他也有，可是流不出来。

他不敢眨眼，只是贪婪地看着床榻上那个虚弱单薄的女人，总想着再多看她一眼，再多看一眼……

弥留之际，她费力地偏过头去，把目光移向另一侧的窗外，那里山高水远，她却带着最后的遗憾凄惶而笑。

"我不是一个好母亲。"

七年，她养育了他整整七年，竭尽所能给了他自己力所能及的一切，而在她死的时候，他却只能遥遥望着。

死亡是什么？是他终于还是被人再度无情地遗弃？

以后的日子里，虽然舅舅也殚精竭虑地照顾他，带着他四处寻医问药，可他心里的感觉却是淡了，再不会对任何人任何事生出依恋和幻想。

过了很久以后，他才渐渐明白，自己死心塌地地爱着那个女人，少时将她当作可以互相依傍取暖的母亲，后来作为让他心疼并想要守护的可怜女人。

而因为有她，他的心里眼里再容不下其他任何人。

不管天有多大地有多大，他的世界里，除了叶阳敏，其他人都是草芥，不值一提。

她给了他这段难能可贵的生命，给了他这世界上所有的爱和关怀，虽然她对他所有的要求从来就不过是一句"好好活着"，可是他却不能看她带着这般遗憾长埋地下。

这天下之大，他生无可恋，又何妨为她多做一些事？

莫如风？如风？她给了他新的生命、新的姓氏，是希望带着他走出那片阴霾之境，却又不舍得他那般飘零和孤独。

那时候，他不懂，现在，他想要告诉她，那些他从来就不在乎，可是，已经没有机会开口了。

如风？呵，母亲，你给我的一切我甘之如饴，却唯愿有一天真的可以如清风一般重新回到你身边，至于这世间种种，凡尘种种，哪怕是山河倾覆，我也不在乎。

一个人，一剪素色衣袖，踽踽独行，置身黑暗之中。

世人与他，两不相干。

秦菁快马加鞭赶到南城门时，远远地发现那里聚集了不少人。

此时不过刚刚二更，城门却已然关闭。

秦菁心头一凛，连忙收住马缰，往前走了一小段，却发现有人夜间出城，与守门的士兵发生了冲突，为首一人赫然便是翔阳侯颜玮。

"侯爷，这文书您也看了，是宫里陛下亲下的手谕，今夜宫中大宴接待两国使臣，也是为了防止不法之徒生事，才让咱们暂封城门一晚，您就别为难小的了。”城门守卫的统领是个三十岁上下的方脸汉子，说话倒是一脸厚道诚恳。

“陛下要防的是不法之徒，难道我颜家人你也不认识吗？”开口说话的是颜璟轩，语气微凉，态度强硬。

秦菁略一思索就明白了，从时间上算，颜氏父子应该是一出事就紧赶着找上京城来讨要公道了，所以这会儿该是急着赶回翔阳办丧事。

虽然颜汐的事楚明帝还没给出明确的说法，但他刚受了刺激，一时半会儿肯定也不会管了，可是颜汐的后事不能耽搁。

“哪儿能呢？只是这皇命难违……”方脸守卫为难，秦菁这里却更犯了难。

因为整队人马出城目标太大，苏沐那些人是提前就被她遣了出去的，此时这些侍卫连颜家人都不肯放行，她一个普通人想要叫开城门，更是不可能的。

现在看来，要么她得等到天亮城门开了再混出去，要么就只能回去驿馆找萧羽，让他以出城视察随行禁卫军的情况为由，把她带出去。

夜长梦多，她只能选择后者。

略一思忖，秦菁立刻掉转马头，只走了两步，迎面又是一支队伍自内城打马而来。

一行人骑着汗血宝马，统一穿着深青色侍卫服，走在最前面那人衣衫猎猎、墨发飞扬，即使身下骏马悠然懒散，也给人一种雷霆压顶般强烈的冲撞之感。

普天之下，拥有这种气场风度的，唯大晏皇朝付国舅一人。

秦菁心中戒备，脑中却突如其来跳出之前在延庆殿外这人抛给她的那几个字。

她的心思微微一动，便没有迟疑地打马迎上去两步，坦然笑道：“国舅大人，深夜街头纵马，真是好兴致！”

付厉染高坐马上，淡然一笑，却是什么都没说，抬手从马背上的褡裢里抓过一件披风扔过来。

秦菁接了，也不犹豫，当机立断地穿上。

她里面本来穿了件深色的男衫，此时再被宽大的披风一裹，混在付厉染的随从里完全认不出来。

等她整理好，付厉染就一抬手，示意队伍继续前行。

秦菁打马往旁边挪了两步，等他的人错肩而过时不动声色地混进队伍里，跟着一起往城门方向走。

她故意落在后面，付厉染挑眉，刻意收紧了缰绳慢走几步，调侃道：“本座特意赶来替殿下解围，殿下连句谢谢都没有吗？”

“这话还是等咱们出了城门再说吧！”秦菁抿唇一笑，并不十分客气，想了想又道，“国舅大人怎么会来西楚？是专程为着楚太子大婚而来的吗？”

"大婚？"付厉染冷嗤一声，嘲讽之意溢于言表。

秦菁想来也不禁哑然失笑。是啊，这转眼准新娘就要逃之夭夭了，还谈何大婚？

付厉染听她发笑，这才扭头看过来。

夜色之下，他那双永远深不见底的眼眸当中的浓厚风暴似乎又深远了些，忽而开口问道："你跟姓莫的小子合谋做了这场戏？"

秦菁记得，上一回在云都见面时付厉染就曾提醒过她，说莫如风身边有一批人暗中跟随，那时候她并未放在心上，只当是白奕派去保护他的暗卫。

"本宫哪有这样的通天之能，可以把整个西楚皇室操控于股掌之中？"秦菁苦涩一笑，语气中有淡淡的自嘲，"运气而已，刚好被我赶上了。"

付厉染是第一次见她露出这样挫败又软弱的神情来，心弦如被什么东西不合时宜地重重一压，那感觉竟是压得他呼吸一滞。

这时候，旁边的秦菁已经重新微笑起来，主动问道："怎么样，上回本宫派人传信过去对国舅大人提起的事，您考虑好了吗？"

付厉染笑笑："放在大秦边境的是樊爵的兵，我运作起来比较困难。"

她需要的是梁家分出部分兵力秘密返京，助她和秦宣一臂之力，但为了保证大晏人不至于乘虚而入，只能想办法把大晏压在边境上的兵力暂时调开一些了。

"樊老爷子不行，樊大公子也不成吗？"秦菁不以为然，眸中光影淡淡，"本宫不仅成全了他，还在宫中锦衣玉食地替他养着女儿。"

"这些账目你倒是算得清楚。"向来不苟言笑的付厉染此时也终于轻笑出声，然则笑过之后，只在瞬间眼中便如万年冰川袭来，所有的情绪都被压了下去，他忽而偏过头来，再道，"这样费尽心思算计一个人，用这么长的时间来布控一步棋，甚至这一次孤身奔赴西楚以身涉险，来争取一次置之死地而后生的机会，不觉得累吗？"

他这样一次说了这么长的一段话，让秦菁一时有些发愣，不是因为内容，而是因为这些话是出自他付厉染之口。

付厉染目光未动，半晌，秦菁才抬头与他对视，反问道："国舅大人不也是这样的人吗？"

这回换了付厉染微微一怔，听她继续说道："虽然我不知道你最终想要得到的是什么，但是你与我在宫廷列国之间所做的事不都是一样的吗？我们都不安于现状，不愿意为人所迫，不惜一切想要去坐上那个人上人的位置。所以你何必问我累不累或是值不值得？"

有些人，生而就注定是要去做一些事情的。

这个女子，与他有些相似，又仿佛截然不同。

付厉染静静地看着马背上那女子挺拔的身影，唇角慢慢绽开一抹不易察觉的清浅笑意，如午夜曼陀罗，悄然绽放出令人惊心的光彩。

正在略略失神的时候，他身边一个护卫突然纵身朝路旁一侧阴暗的小巷里扑去，低吼一声：“谁？”

秦菁一惊，下一刻那些随行的侍卫已经飞快聚拢过来，将她与付厉染二人护在了一个圈子里。

率先奔出去的侍卫纵身而起，横空一掌朝巷子里劈去，里面却有一剪轻巧的影子迅捷如虹，足尖轻点，借助另一侧墙壁的力量蹿了出来。

来人似乎并不预备和付厉染的侍卫交手，两步闪躲之下，已经从暗影中飞出，稳稳地落在夜光之下。

“主子！”她急切地上前一步，冲着马背上的秦菁急唤。

身后那个侍卫已经从巷子里折返，再次奔来。

来人是灵歌，秦菁的目光微微一动，沉声喝道：“住手！”

那侍卫飞奔而至，本来手里的剑已出鞘，收到付厉染一个眼神的暗示后，急忙一个翻身避开一侧。

“主子！”灵歌眉头紧锁，张了张嘴，还是一副愧疚难当的神情，略一犹豫之下，索性闭了嘴，屈膝直接跪在当前。

灵歌会追上来，秦菁多少还是有些意外。

付厉染挑眉看她，秦菁深吸一口气，同样回头看他。

她要带这个丫头出城？明知道她是姓莫的安排下来的人，还要把她带在身边？

付厉染的目光沉了沉，心里感觉有些复杂，片刻之后却是一扬手。

站在马下的侍卫会意，扯下自己身上的披风甩给灵歌。

灵歌一手接了，还是难免诧异地抬头又看了秦菁一眼，最后一咬牙，裹了披风跟着翻上马背，顺手散开头发，利落地重新束了男子的发髻。

一行人策马慢慢逼近城门，彼时那里的守军和颜家人已经僵持得满头是汗，一看又有人来，那方脸守卫脸都青了，连忙上来阻拦：“回去回去，城门已经下锁了，不让进出。”

付厉染不语，垂眸把玩着手里的马鞭。

后面一个侍卫甩了一方令牌出去，居高临下地冷声道：“我们国舅爷要出城巡营，开门让路！”

大秦人和大晏人都是京中贵客，不在他们的管辖范围之内。

那方脸守卫略一权衡，再看一眼高坐在马背上的黑袍男子，不知道为什么，连象征性的客套话都没敢说，忙把令牌递回那侍卫手中，回头大喝一声：“开城门！”

付厉染打马前行，与颜家人错肩而过。

他本性孤傲，虽然之前在大殿上也和颜氏父子有过一面之缘，却不屑于招呼，就那么旁若无人大摇大摆地走过去。

秦菁和灵歌混在他身后队伍里，两个人都是经过大风大浪的，所以举止自然，也没有人看出破绽。

眼见着对方堂而皇之出城而去，颜玮脸上顿时就挂不住了。

"关……"那方脸侍卫刚要招呼手下关门，冷不防颜玮手中大刀一横就架在了他的脖子上，把人挟持住。

身后一阵人仰马翻，不多时，颜氏父子就带人策马而出，抄小路往翔阳方向快马加鞭，很快消失在夜色之中。

城门再次闭合，付厉染和秦菁从旁边城墙的暗影里走出来。

"方才在城内没来得及说的话，现在该补给国舅大人了，"灵歌和侍卫们都先行了一步，秦菁抬手去解身上披风，"谢谢！"

付厉染看着她送到自己面前的那件披风，半晌却没有去接。

"嗯？"秦菁诧异。

付厉染抬眸道："其实，你这句话我并没有打算接！"

说这一句话的时候，他眸子里有种陌生而冷凝的气息，就像那晚在猎场树林里她狂言激怒他的那次一样。

一种危险的讯号礌石般猛地往头脑中一撞，秦菁下意识想要向后退去，但是下一刻手上却是一紧，那件披风连带着自己的手掌都被人牢牢握在掌中。

付厉染的身手秦菁心里有数，并没有强挣，只是直视他的面孔冷笑一声："你想劫持我？"

大秦国中，现在被她搅得翻了天乱了套，各处兵力指挥权混乱，付厉染现在控制住她，再挥兵压境，是对秦氏皇朝造成胁迫的最好时机。

秦菁一语中的，下一刻，付厉染却是眉目舒展，毫无预兆地扬声一笑。

这个念头他不是没动过，不过今日在西楚皇室的盛宴之上再见她一回，他突然改了主意。

江山天下于他的意义，与别人想象中的不一样。

秦菁的思绪却并未被他这骤然一笑打乱，仍是眼神冰凉满脸戒备地盯着他。

"别装了，你明知道，在这个地方我是不可能得手的！"付厉染舒出一口气，倒是有些无奈，手下慢慢松开，只抖了那件披风打马往前，又近她身半步，倾身过去，重新把披风给她披在肩上。

秦菁低头，看着他指尖灵巧地穿梭在黑色缎带之间，缓缓打一个结，突然觉得她还是看不懂这个男人的心思。

的确，付厉染即使想劫持她，在这个地方也是做不到的，不仅苏沐等人都在，而且以她现在和亲公主的身份，西楚方面第一个就不会同大晏善罢甘休。

秦菁一时失神，付厉染为她系好披风后却没有及时退开，而是指尖自她颈前上移，突然抬手蹭向她的脸颊。

几乎是下意识地，秦菁偏过脸去躲开，打马往旁边退出去。

付厉染的手指停在半空，他也已经不记得自己有多久没有这般随心所欲地只凭感觉去做一件事了，可是她这般行动鲜明地拒绝，这感觉，很糟。

心里突然莫名烦躁，付厉染收回手的同时，抬眸往远处的天际看了眼，再开口的语气就恢复了以往的冷漠和强硬："不过就是为了找人配合着演一场戏给你宫里的那些人看，你又何必以身涉险到西楚来，直接找我不是更稳妥？"

这语气似乎带了点若有似无的嘲讽。

他以为，往西楚这一趟也不过是她诱敌计划中的一部分，可谁又能知道，她走这一趟里有多少无奈？

秦菁心中苦笑，却不解释，只是收摄心神，冲他礼貌道谢："今日之事，还要多谢国舅大人援手，眼下我赶时间，来日一定厚礼回报。"

说罢，果断掉转马头往大路上行去。

付厉染端坐在马背之上，看着那女子转身时利落的一个背影，不知道为什么，心里突然生出些叹惋。

"荣安！"他在背后开口，语气沉稳而刚毅，带着晚间的微风送入她的耳朵里，"有没有想过，来我的身边？"

秦菁背影一僵，迟疑片刻回过身来，却是坦然一笑："国舅大人，晚间风凉，您该回了。"

面对这个不可以称之为拒绝的拒绝，付厉染突然又有了那么一点不甘心。

他打马迎上前去，于她面前站定。

"不用你去争，不用你去夺，你只需要站在我身边，我就会给你这天底下至高无上的荣耀，总好过你现在，双手染血，在那个吃人的大秦后宫里苦心算计，步步为营。"黑暗中，男人目光深沉，声音刚毅冷静，带着不容人拒绝的强横气息穿行于她的耳畔心间。

她要那个至高无上的地位和荣耀，却不仅仅是为了自己。

"你不懂！"秦菁移开目光，远远望了眼远处的天色，淡淡的笑意浮上脸颊，片刻之后她收回目光，忽而扭头向付厉染看来，认真说，"我喜欢这样的日子，看见别人的血，我会知道我还活着，而这种身在人世的喜悦，对你而言，就算你站得再高，也是永远都不会懂的。"

没有经历过死亡的人，没有濒临绝境的人，永远都不会对"生存"二字产生像她这样痴狂的执念。

而且，我也不会去到你身边，无论我走到哪里，走得多远，终有一天我都会转身，因为我的身后，有个人在等我。

看着女子眼底眉梢慢慢浸染上来的笑意，付厉染冷笑一声，转身打马而去。

秦菁并没有理会他的背影是萧条抑或苍凉，紧跟着也掉转马头，往相反的方向行去。

她马速不慢，远远地看见那个被夜色冲淡到极不鲜明的影子，眼前突然恍惚了一下。

对面的人似乎正准备攀上马背，听到这边略显凌乱的马蹄声，动作一滞，回头看来。

夜色中没有目光的交会，秦菁还是心头一热，狠抽了两下马股迎过去。

见她行来，那人也放弃了上马的打算，索性回过身来，站在大路中央等她。

秦菁奔过去，她承认那一刻，她的心已经完全乱了方寸，在离他十几步远的时候就势身子一压，滑下马背，徒步抢了上去。

黑暗中的人影未动，只是在她扑过去的前一刻，忽而张开双臂，为她敞开一个宽广的胸膛。

为了方便夜间行走，白奕这日穿的是一件玄色长衫，应该也是马不停蹄赶路的关系，上面还沾染着淡淡的泥尘味道。

“白奕！”秦菁埋首于他胸前，闭眼低唤了一声他的名字，突然觉得声音出口时喉咙里涩涩的有些难受。

“怎么才来？我刚准备过去看看！”白奕任由她死死抱着自己的腰。

方才她扑身入他怀中的时候力气有些大，大到让他愣了一下，这一刻他却是声音温厚地笑了。

秦菁埋首于他胸前无声地笑了笑，仿佛连日来所有的不安和戒备就在这一瞬间化开散去，没了痕迹。

白奕见她久不作声，心头闪过一丝疑虑，不由得敛了笑容道：“怎么了？”

“没什么！”秦菁抬起头，抬手抚上他笑意浓厚的眉峰，“你怎么跑来了？”

“不放心你，想想还是跟来看看。”白奕就势抓住她的指尖凑近唇边轻轻一吻，牵了她的手将她扶上马背，“好了，此地不宜久留，我们先走，有什么事，路上再说。”

最近这段时间，莫如风有意封锁了她跟外界的一切消息往来，想必白奕是久不得她的消息才赶着过来的。

“好！”秦菁也不迟疑，正色点头。

白奕身后跟着苏沐、灵歌等人，众人上了马，一行二十余人闪电般迅捷远离这座西楚繁华的帝京。

这一夜对西楚日后的政局而言，是一场惊天变数，但是会有多少人因此而彻夜无眠，却不是他们要关心的——

他们的战场，在大秦。

一行人策马奔行于茫茫夜色之中，两个时辰之后，已经连过三处城镇。

天色将亮未亮之时，白奕忽而一扬手，拦下了后面的队伍。

秦菁飞快扫了一眼路旁的小树林，不由得警觉起来："怎么了？"

白奕侧头看她，见她一脸紧张，不由得哑然失笑，纵身跃下马背，回头吩咐道："先下马休息半个时辰，天亮了再走。"

眼下临近黎明，正是一日之中天色最为暗沉的时候，西楚境内的道路他们又不熟悉，是该暂缓一时。再加上西楚皇廷现在乱成一片，又有萧羽暂留殿后，秦菁倒也不怕有追兵赶来。

她翻下马背，刚要回头吩咐苏沐两句话，冷不防手腕已经被白奕握住拽到一边，连跑了几步钻到旁边的树林里。

"怎么了？"秦菁以为他是有什么话要说，然则下一刻唇上一软，猝不及防地被人堵了口，后半句话就化作一声嘤咛吞进了肚子里。

几乎没有给她任何喘息的机会，白奕已经长驱直入，于她的唇舌之间肆意扫荡，攻城略地。

秦菁愣了一下，他的一只手锁住她纤细的腰肢，另一只手压在她身后一株大树上，将她困在胸前紧紧束缚。

这一个吻不能说是温柔，更像是充满了劫后余生的喜悦和失而复得的恐慌。他闭着眼，一句话也不说，只任由自己的唇舌和呼吸来一点一点告诉她，这些天，他的心里有多少的不安和忧虑。

重逢以后，他什么话都没说，只给了她最纯澈又最心安的笑容和那一个绵浅的拥抱，然后压抑住所有的感情，一直到现在，确定离开了西楚帝京，才终于肆无忌惮地拥她入怀。

他不想说，那日云都一别，看着绵延百里的送嫁队伍带她离开时，他有多心痛和不甘；他也不想说，那段时间他留守祈宁，在铁壁铸造的城墙之上听着暗卫传回有关她的每一个消息时，有多忧虑和不安；他更不想说，这一路行来，想着她在西楚帝京会遭遇的种种，有多无奈和彷徨……

只是这一刻，重新圈她入怀时，一切的一切才是真的。

自始至终白奕一句话也没说，被他碾压吮吻有些轻疼，秦菁脑中心中更是被他搅得乱作一团。

其实无须多言，她知道他此时的感受，也明白他真正想说的话。他对她从来都是这样，默然站在她身后承受一切，却从来不会阻挡她的步伐，安排她应该走的路，宁愿顺着她的心意，独自去承受那些煎熬和苦痛，唯独不愿让她有哪怕一丝一毫的为难。

他吻过她许多次，或是浅尝辄止，或是戏谑玩闹，也有情动时候的灼热，却从来没有哪一次如这次一般疯狂热烈。

秦菁缓缓抬手环上他的腰，闭目任他采撷。

"还好吗？"他的声音沙哑朦胧，而带了厚重的喘息。

秦菁整张脸都氤氲在他温润的呼吸里，有些不好意思抬头，只闭着眼，声音闷闷地答：

“又让你担心了。”

“你知道就好！”白奕也闭着眼，慢慢调整呼吸，顺势惩罚性地在她唇上轻碾了一下。

秦菁偏过头把脸埋藏在他颈边，低声笑：“没有下一次了。”

“我能信你吗？”白奕也笑，抬手拨开她颈边散落的碎发，指尖在她脖子上蹭了蹭。

不管信与不信，至少他永远不会反驳她的任何决定，想来这一辈子是注定要被她吃得死死的了。

白奕在笑，但那里面夹杂了多少无奈，秦菁一清二楚。

只是她不解释，也没有刻意去保证什么，只是用力揽着他的腰，埋首在他胸前，听他为了她而乱了节奏的心跳声。

就是因为前世今生我都辜负了你，所以白奕，今时今日我不再对你许下任何承诺，因为所有的言语在你面前都显得苍白。

我们一路走，你陪着我踏过那染血的皇廷，了我遗憾，我也愿意退回你身边，看云卷云舒，长河落日，朗月东升。

这一日，近在咫尺。

西楚，帝京，七皇子府。

楚临从外头匆匆进来，院里服侍的内侍正要行礼，他已经大手一挥：“行了行了，都下去！”

那内侍也听话，低眉顺眼地带着人就退到了院子外面。

楚临推门进书房，直奔案前，两手往桌上一撑，上气不接下气道：“七哥，那两个人我亲眼盯着他们出宫去了，谁都没再回头，看样子是真的没打算找父皇再谏言了。”

“戏做到这里也差不多了，父皇日后自然会主动上门去找他们。”楚越靠坐在案后宽大的太师椅上闭目养神，闻言睁开眼来，淡淡道，“那个叶阳晖，据说当年凭着叶阳皇贵妃的庇荫很得父皇的器重，父皇是什么脾气他还不清楚吗？想来今日之事能闹出这么大的动静，根本就是早有预谋，每一步都算计在内。父皇他英明一世，这一次不得幸免被人算计在内了。”

“是啊，我还从来没见父皇这般失态过。”楚临赞同，想想还是唏嘘不已，“这个叶阳国舅的名字，我也是之前听你提过几次，没想到还是个人物呢！”

“他？”楚越冷笑，眼底掠过一丝讥诮，“叶阳晖算个什么东西？他不过是叶阳家豢养多年的一条狗，就凭他也敢算计到父皇头上来？”

叶阳晖的生母廖氏只是个上不得台面的戏子，而叶阳安续娶的夫人江氏又很苛刻，廖氏心气高，长久被她刁难下来，人就慢慢精神失常，在一个雨夜溺死在了侯府后院的井里。这样又是打了江氏的脸，江氏盛怒之下，不仅不准人给她装殓安葬，更是迁怒，下令要将年仅五岁的叶阳晖赶出府去。叶阳安对府中庶出的子女并不关心，最后是大小姐叶阳敏站出来阻止了此事，并且公然同江氏翻脸，强行把叶阳晖留了下来。

叶阳敏在叶阳家本就没人敢招惹，叶阳晖和江氏等人水火不容，又恨叶阳安的薄情，跟了她之后就学了她的脾气，阖府上下他只认这位嫡长姐。

“七哥你的意思是他受人教唆？”楚临了悟，随即又有些糊涂，“可今天第一个倒霉的是皇后和太子，他也是叶阳家的人，如此扳倒太子跟皇后，叶阳家一旦败落，他也讨不了好，他何苦跟自己过不去？”

“这些年他几时把自己当成叶阳家的人了？”楚越道，语带嘲讽，脸上却越发凝重起来，“而且……就算太子和皇后一党倒台，最后鹿死谁手还不一定呢。”

这么一说，就连平时吊儿郎当的楚临也勃然变色，有些紧张地看着他道：“那今天姓莫的那个小子，你说他……”

真的是父皇的儿子吗？

楚临兀自想着，又仿佛为了安慰他一样，肯定地摇摇头：“我看那个小子身板儿弱得很，一副短命相，父皇想认他是一回事，但也不会拿江山社稷开玩笑。”

楚越由鼻息间哼出一声冷笑，过了一会儿才叹息着开口：“我只是在想，当年有关武烈侯府的传言到底有几分真几分假。”

楚临反应了一下才明白他所指，却是不以为然道：“坊间的传言我也听过一些，说是武烈侯之所以战功赫赫，并不是他自己有多少谋断，反而很多主意都是出自他们家那位大小姐，七哥也是听了这样的话吗？你该不会是真信了这些无稽之谈吧？”

楚越没说话，只是淡淡抬眸看了他一眼：“叶阳家的这位大小姐名噪一时，便是皇祖父也对她留有三分余地，别人不知道，我还不清楚？当年就连父皇对她也是存了求娶之心的，只是她那性子却是半分由不得人，偏要自己做主许嫁给岭南首富莫家一个常年缠绵病榻的公子，这才便宜了叶阳珊，让她有了今天的地位。”

那些事都过去很久了，并且关系到楚明帝的脸面，所以风声压过去之后，那段过去就渐渐被楚明帝特意强行抹掉。可是有关叶阳敏的事，楚越却常听卢妃提起，所以从很早以前他就好奇，那究竟是一个什么样的女人，不仅独得了他父皇的爱恋，甚至连他一直心高气傲的母妃都钦佩不已，时常感慨红颜薄命。

叶阳敏的事，楚临以前也听说过，只是没当回事，但是从楚越嘴里说出来的，那就应该是事实了，他惊得嘴巴张得老大：“这么说，叶阳皇贵妃在入宫前是真的嫁过人了？”

楚越被他的一惊一乍闹腾得有些心烦，不觉皱了眉头。

不过他今天也是心里不肃静，总想找个人说说话缓解一二，于是捺着性子解释：“也不算吧，不过说来也是她晦气命不好，莫家公子到底无福消受美人恩，在大婚当日旧疾复发猝然离世，实际上那门亲还算是没结成的。”

楚临惊得下巴都要掉到地上了：“父皇居然没介意？后来还以皇贵妃之礼娶了她？”

楚越感兴趣的不是这些风花雪月的旧事，于是不满地看了他一眼。

楚临尴尬地摸了摸下巴，干笑了两声。

楚越靠在椅背上，仰面盯着头顶的房梁，终究一声叹息："说来真是奇怪，这么个独得帝心的妙人儿，当初怎么就会突然撒手，不惜瞒天过海欺了父皇也要离宫而去呢？而且走都走了，一晃十八年，今天叶阳晖和姓莫的小子卷土重来又到底有何企图？"

虽然楚越自认为莫如风挡不了他的路，可是不得不承认，这个人的出现已经在朝中引起了轩然大波，平衡在一夜之间被打破了。

这样想着，他脑中突然掠过晚间大殿之上一张女子清丽的容颜。

莫如风是以萧羽随从的身份跟着大秦的送亲队伍进宫的，难道是她？可如果莫如风和秦菁之间早有勾结，那今天他们这样做又能得到什么好处？仅仅是为了搅局，想要搅黄这门婚事吗？

秦菁方面也许就是这个目的，可莫如风和叶阳晖呢？

为了江山？还是……

心里飞快地把晚间宫里发生的事又串联一遍，楚越脑中灵光一闪，不由得坐直了身子，神色肃然。

楚临被他吓了一跳："七哥？"

"那姓莫的小子这一趟也许只是来寻仇的！"楚越深深地看他一眼，眼眸里的光内敛深沉，像是一眼望不到底的海水。

楚临被他盯得紧张不已："什么？"

案后楚越的目光沉了沉，隐隐透出惯常的阴冷，沉吟着慢慢道："当年莫家的事，似乎很有些蹊跷。"

不仅是莫翟的死，就连后来莫家迅速倒台……

当初楚明帝那么宠爱她，叶阳敏为什么还要死遁离开？如果今天莫如风就只是针对凤寰宫那两母子还好，怕就怕是……

一个念头撞进了脑海里，楚越隐隐也失去了冷静："姓莫的说她死了，这话不知道是真是假，你马上让人去查，尽快给我准确的消息。"

"那要怎么个查法？"楚临一脸迷茫，"既然他们是有备而来，应该也会有防范的。"

"翔阳侯不是同叶阳晖素有往来吗？他这些年很有可能就潜在翔阳境内，我现在还担心颜家也在他们的控制之内。"楚越一筹莫展地捏了捏眉心，"先派一批人去翔阳吧，必须弄清楚那个女人的切实行踪，然后宫里那边让人盯着就好，既然今天这事儿给翻出来了，父皇必定马上就会暗中派人去皇陵查验叶阳氏的陵寝，我们等着听消息就成。"

如果当初莫翟的死和叶阳皇后还有武烈侯府有关，更有甚者，是和楚明帝有关，那叶阳敏的这些作为似乎就可以解释了。

可如果真是这样，那么她在背地里潜藏十八年酝酿的阴谋就更可怕了。

“好，我马上去安排！”楚临赶紧答应，连夜又奔了出去。

听着他的脚步声出门，楚越重新睁开眼来，唇边笑意冷凝。

荣安啊荣安，你当真是好手段，来我西楚一趟，居然给了我这么巨大的一份惊喜！

在西楚皇室陷入一场空前的危机之时，秦菁一行快马加鞭，五日之后的清晨，已经抵达祈宁境内。

“皇姐！”秦宣一骑快马亲自带人从城内迎出。

十余岁的朗朗少年，相较于两年前宫中那个总是笑意绵绵的孩子，眉宇间已然多出一份从容自在的凛然之气。

“宣儿！”秦菁打马迎上去，姐弟俩各自端坐马上，用力握住彼此的指尖。

“现在不是闲话家常的时候，有什么事都等回头说。”白奕打马上前，低声劝道，“虽然西楚那边有萧羽周旋，但保不准就会有人钻空子，现在事不宜迟，我们马上重新调整一下计划，必须尽快赶回云都，省得迟则生变。”

“嗯！”秦菁和秦宣对看一眼，一行人策马驶入内城。

秦菁等人在祈宁并没有久留，只重新校对了一遍所有计划，立即启程赶往云都。

秦菁不知道白奕对他三哥到底透了多少底，总之白奇对他的一切举动都未曾干涉，很配合地把提前几日就以督促操练为名撤入城中的十万人交给了他。

回去的路上，秦菁和白奕并未同行，秦菁带着白奕给她安排的人手快马加鞭先走，白奕则带着那十万人绕道秘密回京。

梁明岳方面，魏国公终究还是没敢冒险应承下秦菁的请求，好在有梁明岳做内应，也顺利运作起来。前段时间，秦宣从四海钱庄拨了大批银钱，给梁明岳额外扩建了一支十几万人的队伍，并且用这些新兵自魏国公营中替换出二十万有实战经验的士兵，然后他以剿匪为名带了人出来，出营之后也绕道秘密返京了。

两支队伍几乎同时抵达，在离京城三十里外的一处深山潜伏下来。

云都北方过去就是江北大营，是没有退路可言的，梁明岳手下二十万人分为两队，再加上白奕手中的十万，分东南西三面，无形中已经将云都外围困死。

九月十七，蓝月仙寿辰。

秦菁坐镇军中，与白奕和梁明岳好生部署了一番，白奕一改往日的懒散之气，眉宇之间竟比秦菁还要凝重几分。

倒是梁明岳，一副无所谓的模样，半靠在软榻上侃侃而谈：“不得不说，那位姝贵妃也算是个人才，短短几个月就把宫里搞得鸡飞狗跳，居然还网罗到这么多人。”

“说到底，真正靠的还是左相一党在朝中周旋多年积攒起来的人脉和号召力。”秦菁道，抬手往地图上连点了几处进京的要道，“还是像我们之前说的，把所有的道路都先给他们让开，等他们的人先都进去，然后从后面包抄。”

司徒南和蓝月仙想要起事，单凭宫中那五万禁军还远远不够，但是整个大秦的大股兵力全部控制在梁、何两家以及西北祈宁那里。鲁国公何家是景帝的人，魏国公梁家又是个瞻前顾后的死硬派，根本说不动，祈宁那里原先是萧羽，现在是白奇，也都不是他们动得了的，所以最后的办法便是另辟蹊径，从民间散落的小股队伍中积蓄力量。

司徒南在朝中的声望虽然不及白穆林，但是党派对立已久，手下错综复杂的利益关系网住了不少人。秦菁原也想到了他会用这个方法招兵买马，却没料到他这振臂一呼，居然就牢牢握了二十万兵权在手，几乎整个河南道沿途六省的官员都给他提供了大方便。

如果在拖住江北大营救援的情况下，这二十万人加上宫里里应外合的大批禁卫军，火速攻陷云都完全不在话下。

当初蓝月仙因为被秦菁揭了底牌而受惊，其实这个计划早在九九重阳的宫宴上他们就曾想过要实施，只是莫名其妙后方供给出了问题，让大军粮草一时供应不上而延误了时机。

如今西楚宫里那件事的风声应该也传过来了，蓝月仙必定一天也不能再等，而今日文武百官进宫为她贺寿，便是个再好不过的时机。

同样，对秦菁而言，要名正言顺地拿下他们，更是个千载难逢的机会。

入暮时分，皇宫西华门外车水马龙，各家车马云集，命妇小姐个个盛装出席，微风过处，吹起千缠万绕的脂粉香气。

刚到宫门外的命妇纷纷驻足寒暄，右丞相府的马车无声而至，车门打开，一身杏色长衫，蟒袍玉带的翩翩公子动作利落地自马车内下来。

朗眉星目，气宇绝佳，唇角扬起一抹温软笑意，带了点邪魅不羁的味道。

白家这位四公子，生得俊俏是尽人皆知的，但这人是个纨绔，一不上朝堂，二没有官职，大家看看也就算了。

左翔也是刚到，忙跟身边左夫人知会一声，走过去打招呼：“阿奕！你不是跟着白奇去祈宁玩了吗？什么时候回来的？”

“哦！”白奕含糊着应了声，却没管他，而是先转身往马车上递过去一只手。

左翔以为同来的是白夫人，也没多想，却见一只纤纤玉手自车内递出来，搭在了白奕掌中。

车厢里探出半个人影，白奕却用力一拽，一个旋身就在众目睽睽之下把人从车上抱了下来，把所有人都吓了一跳。

那女子亦是一身杏色衣裙，裙裾翩飞，于初降的夜幕中洒下大片温润的柔光。被他一携落地，她俏生生地站在他身旁，纤柔素手自然而然地落在他的臂弯里，面上笑容淡淡，却是坦荡无谓，没有半分立于众人目光之中的局促羞怯。

远处的命妇千金都扯着脖子张望，左翔却在一瞬间脸色一变：“长……”

话音未落，白奕另一只手已经揽过他的肩膀，热络地将他往身边一拉，堪堪挡住那些人好奇的目光，落落大方道：“阿翔，来，见见你未来的嫂子，我的新夫人！”

左翔面色铁青，紧张到了极致。

他不知道白奕是怎么做到的，可这个时间，荣安长公主分明应该在千里之外的西楚帝京！

左翔心中惊疑不定，纵然有千言万语也不敢随便问，只能面皮僵硬地一拱手：“见过嫂夫人。”

“左参将！”秦菁颔首，面色如常，居然与白奕一样，坦然接受了这个新身份。

左翔下一个感觉就是，要么自己做梦了，要么就是这俩人都疯了。

白奕拉着他打掩护，在这边站了会儿，等软轿过来，就把秦菁塞进轿子里，大摇大摆地进宫去了。

这几个轿夫也是提前安排好的，十分配合。

这天的宴会仍然设在中央宫，这会儿时间还早，快到前面小花园的时候，白奕就打发了轿夫，自己扯着秦菁闪进了花园里。

白丞相家娶儿媳妇，不可能不设宴不摆酒，可是分明大家谁都一点风声也没听到，这会儿白奕却公然带着一位“新夫人”入宫？这消息无声地散开，到处都在议论，花园里更是有人频频张望，想要看看他这位新夫人到底是哪家闺秀。

白奕一路巧妙地护着秦菁避开那些人的窥测，没走几步，眸子狡黠一闪，揽着她的腰肢一带，就从原来的小路闪到了一排灌木后面的小径上。

“做什么？”秦菁失笑。

“她们一直盯着我看！”白奕卡着她的腰，脸上就有点不高兴了，眉毛一下子挑得老高，“夫人，看到为夫被人这般肆无忌惮地打量，你就一点表示也没有吗？”

不过是句随意的玩笑话，秦菁却是被他这信手拈来的夫人二字逗得再度失笑，仰起头来就着他倾侧过来的脸颊道：“夫君大人的定力，妾身很是放心，只要不是你盯着别人肆无忌惮打量就好。”

诚然，白奕没想到她会顺着自己的调侃接茬，心跳一滞，连带着表情都跟着僵硬了好一会儿，耳后闪过一抹可疑的红晕。

短暂的失神之后，他眼角眉梢的笑意张扬得更加妩媚。

此时天已经擦黑，这条小路僻静，隔绝了外面绯红摇曳的宫灯，气氛静谧得有些心惊。

两个人站在一起，朦胧中，秦菁能清楚看到眼前男子闪亮的一双眸子里蕴藏的深远笑意。

她心跳加快几拍，张了张嘴，竟没能说出话来。

白奕埋首下来，蜻蜓点水般飞快啄了一下她的鼻尖，带着一丝薄笑的声音轻飘入耳：“秦菁你知道吗，能听你这般唤我一次，我的心里有多欢喜？”

秦菁下意识想说那不过是个玩笑，可面对他灼热的目光，愣是把这话给咽了下去，不自在地别过脸去，轻声道：“别闹了！”

“我没有！”白奕固执道，声音里含着久化不开的笑意，“我曾经无数次想过那样的场景，红烛高照，你在光影里这般唤我一次。以前总觉得那是个很美也很远的梦，即使前段时间彼此相随，我也觉得你身边还有我触不到的地方，现在我却觉得，这是我离你最近的位置，你是我的，对不对？”

他抬手去触摸她的脸颊，一点一点将她腮边散乱的发丝拂开。

秦菁仰头看着他，如暖风拂面，于静无波澜的水面上荡起细碎的光影，晃晃荡荡，让人晕眩迷醉。

她眨眨眼，踮脚去吻他的唇，声音低低地压在两人的唇瓣间：“白奕，其实你完全不必这么小心翼翼。”

白奕的身子又僵了僵，就势含了她的唇瓣细细品尝，没有让她把后面的话说下去。

秦菁也不强求，只随意靠在后面的树上，与他在人来人往的花园小径上厮磨良久。

半晌，白奕才自她面前稍稍退开，贴着她酡红的脸颊蹭了蹭，语带蛊惑地低声道：“再叫我一声夫君。”

他的声音里带了几分细喘，呼吸喷薄在耳畔，燥热得让人难受。

秦菁不自在地往旁边让了让：“别闹了，我们该去中央宫了，再晚就来不及了。”

“你先叫我一声夫君，我们马上就走。”白奕卡着她的腰不依不饶。

秦菁试着挣脱了一下，对方完全是泰山压顶一动不动的架势。

“白奕……”她有些急了。

“……”

“四少爷，事权从急！”

“……”

两个人僵持不下，许是感觉到她脸颊上越升越高的温度，白奕先忍不住扑哧一声笑了出来，目光闪亮地看着她道：“夫人，为夫今夜便要舍生忘死，与你共赴刀山火海，大战之前，你就不能偿我所愿吗？万一……”

“白奕！”秦菁心头一颤，忙一把捂住他的唇。

今日一事有多凶险，他们彼此心中有数，虽然一路言笑晏晏，谁都知道这里是龙潭虎穴，成败完全在此一举。

眼见着秦菁的目光瞬间冷凝，白奕一直挂在脸上的笑容也顷刻间敛起。

“没事，走吧！”半晌，他仍是笑笑，迅捷地替她把胸前揉皱的衣服整理好，牵着她的手又穿回了原来的那条小路。

秦菁任他牵着，两个人一语不发地往前走，觉出一股不同寻常的压抑。

转了一圈，远远地看着那座灯火辉煌的中央宫，秦菁止住步子，扯了扯白奕的袖子。

白奕转身，递给她一个询问的眼神：“怎么不走了？”

秦菁慢慢上前，在他面前站定，白奕有些拿不准她这么郑重其事是要做什么，一时间目光便有些茫然。

秦菁在他面前站了片刻，眼见着他的眉头逐渐拧起，忽而勾了勾唇，抬手往他眼前一遮。

柔滑细软的掌心压在他颤动的羽睫之上，眼前绚烂的光影淡去，白奕愣了愣，下一刻却闻着那女子发间他熟悉的馨香，她的唇凑近他耳畔，音线婉转地在心头一撞。

“夫君，你好像过于紧张了！”

下一刻，眼前罩住他视线的那道黑影移开，他睁眼再看，面前还是女子唇角微扬的清丽脸庞。

心里有什么东西又在慢慢散开，发出细弱而温润的声响。

白奕在原地僵了好一会儿，自若地笑了笑，胳膊一抬，秦菁便会意上前，挽了他的手臂。

他作势过来替她打理领口的衣服，倾身下来的时候，唇角忽而泛起一丝顽劣的笑意。

秦菁刚一警觉，他的声音已经压着风声飘了过来：“其实共赴刀山是小，为夫更期待和夫人共赴巫山的那一天。”

这个人，当真不能给他半分好脸色！

秦菁身子一震，刚刚挂上唇角的公式化的笑容就僵在了脸上。

彼时戏班子刚刚撤下去，蓝月仙正带了一众命妇从御花园的方向慢悠悠地走过来。

白奕仍是笑意绵绵地扶了秦菁的手，让秦菁挽了他的臂弯，往前面热闹非常的殿前广场走去。

秦菁整个身子乃至表情因为他方才轻飘入耳的那句话而僵在那里，白奕大约也是发现了她的异样，走了两步，脚下一顿，再次倾身过来，淡定道：“怎么，夫人也很期待吗？”

秦菁闻言，终于不受控制猛地一个踉跄。

“哎，小心！”白奕惊呼一声，忙扶住她的腰身。

声音很大，立时引起前面一行人的注意。

居然有人敢当着贵妃娘娘的面喧哗？王兮墨刚要上前斥责，蓝月仙的脸色已经瞬间变了。

哪怕离得有点远，映着夜色看不清那女子的脸，可是那个身影，就像一个深埋在她心里的挥之不去的噩梦。

“那……是什么人？”蓝月仙强打精神，努力压下心里的一丝颤抖。

她旁边跟着的是安国侯夫人一行，这些人都是下午提前进宫，寸步不离跟着她讨好的，所以对白奕携带“新夫人”入宫的事并不知道。

“不是白丞相家的四公子？”安国侯夫人一头雾水。

却是跟在她身边一直沉默寡言的赵水月微微一笑，小声道：“臣女方才听说好像是白丞相的四公子新娶了一位夫人，娘娘要传过来见一见吗？”

白奕的新夫人？白奕什么时候娶的亲？

蓝月仙死死地盯着不远处的两个人，脸色阴晴不定，好在光线暗淡，并不是那么明显。

安国侯夫人以为她感兴趣，谄媚道：“那臣妇让人去叫他们过来？”

说着，就要差人过去。

“不用了！”蓝月仙突然语气不善地开口，声音甚至有些冷厉，把众人吓了一跳。

“娘娘？”安国侯夫人面上挂不住，“臣妇也没有别的意思……”

蓝月仙却根本就不听，抬脚就往前走。

安国侯夫人下意识想跟，她却心烦意乱地转身，恶狠狠道：“滚远一点，别让本宫再看见你！”

安国侯夫人脸都白了，瞬间有点腿软，赵水倩赶紧娇嗔一声，上去扶她：“母亲！”

身后其他的命妇都开始指指点点瞧热闹，赵水月站在角落里，脸上是柔顺的沉静表情。

蓝月仙被王兮墨扶着，脚下步子凌乱，匆匆地往前走，随着距离的拉近，那女子的样貌就越来越清楚。

彼时她正小声和白奕说着话，即使卸去那份雍容而高贵的妆容，即使敛起眉宇间那种冷酷锋利的光芒，即使她装裹得再温顺柔和、纤尘不染，蓝月仙还是一眼就能认出她来。是她！就是她！是她回来了！

蓝月仙强行压下心里的混乱和狼狈，转瞬快走到两人面前。

这时候，一直专心和白奕说话的秦菁回头，冲她露出一个淡而雅的笑容：“贵妃娘娘安好！”

语声清脆，如一声惊雷，直冲天际，轰然在这喜庆的大秦宫廷上方炸开，遮掩住阴霾无边的天色。

第九章　借力打力，景帝身死

像是有什么东西在脑中轰然炸开，蓝月仙如遭雷击，脸色铁青。

她连呼吸声都艰难地忍住了，只是圆瞪着一双眼睛，眼底漫上近乎狰狞的戾气，凄声怒吼出来："你……"

"娘娘！"王兮墨手疾眼快地赶紧握住她的手腕，用力掐了一把。

蓝月仙一痛，神志瞬间被拉了回来。

这里人来人往，一旦起了冲突，被送去西楚和亲的公主私自跑回宫这个理由可以光明正大地将秦菁就地正法，可是这事情太大，闹起来不仅耽误时间，而且以景帝的脾气，最后会怎么收场并不好说。

蓝月仙定了定神，勉强压下心里的情绪，冷冷地看着秦菁道："你跟我来！"

说完她转身就走，可是走了两步发现秦菁居然没有动，又不耐烦地拧眉看回来："怎么？难道你想让本宫把皇上叫过来，咱们在这里说？"

居然想激她？

秦菁眼底漫过一点明亮的笑意，假装不知道她心中所想，先抬头去看白奕，轻声道："贵妃娘娘盛情，那我跟她过去说几句话？"

白奕拉着她的手不放，当着蓝月仙的面就毫不避讳地眉来眼去，视线缠缠绵绵胶着在她脸上："我陪你去？"

蓝月仙心里有无数的疑问和困惑，已经气得近乎发狂，现在白奕居然公然摆明要防她？

她冷笑："四公子，这是在宫里，本宫就算是把尊夫人扣下来也没处藏的。"

白奕压根没理她。秦菁稍稍用力回握了一下他的手，商量道："你不是很久没见到左翔了吗？你找他说会儿话，我一会儿就去找你。"

白奕想了一下，最后才不怎么情愿地点头："那你别耽搁太久。"说着，又偷偷捏了下她的手指。

这个节骨眼上他居然还不忘调情？秦菁瞋他一眼，然后转身跟着蓝月仙走了。

王兮墨怕被人看见了，赶紧把前面的人都支开了。

安国侯夫人那一行人被堵在远处，好奇地不住张望，却听角落里的赵水月嘀咕了一句："我怎么觉得白四公子的这位新夫人很眼熟呢？"

这些命妇经常有机会进宫来参加各种宴会，秦菁这两年更是露面频繁，这一提点之下，几乎很快就有人讶然低呼："怎么瞅着像是长公主殿下呢？"

可是这个时候的荣安长公主应该在千里之外的西楚，一群人也不敢随便议论，有人打了个圆场说："只是相似吧！"然后就岔开了话题。

这边秦菁和蓝月仙一路往花园里走，绕过一条阴暗曲折的小径，进了旁边的一座小园子。

那园子平日里人迹罕至，涉水而建千曲百绕的一片水榭楼台，因为是建在水上的，视野便极为开阔，完全不容外人逼近或是隐藏。

"贵妃娘娘大寿，本宫好像还没有道贺？"秦菁先开口，随意往旁边栏杆上一坐。

"荣安！"蓝月仙压抑了很久的情绪一朝爆发，回过身来，怒不可遏地斥道，"你此时不是应该在西楚的帝京等着和楚太子完婚吗？你好大的胆子，竟敢抗旨不遵？你知不知道你这样跑回来……"

她越说越激动，到了最后就成了歇斯底里的咆哮。

秦菁唇角带着淡淡的笑，看着她唱独角戏，突然打断她的话："道理本宫都懂，你不用说教了！"

语气不重，却有四两拨千斤的力量。

蓝月仙被她噎了一下，又是目光阴冷地盯了她半晌，咬牙切齿道："难道你就真的不怕吗？"

"怕什么？"秦菁反问，云淡风轻，甚至都没有看蓝月仙一眼，只是回头看着池子里偶尔游过的一尾鱼，慢慢道，"你敢动我吗？"

蓝月仙被撩拨得心里直冒火，眼睛一瞪，刚要说话，却见她已经兀自摇头，肯定地说道："你不敢！"

蓝月仙张着嘴，被她这不怕死的态度镇住。

秦菁已经起身，站在她面前，夜色中容色淡淡地盯着眼前蓝月仙阴暗狠毒的眸子，唇角依旧笑意清浅，字字句句清晰沉稳地说道："你要真敢动我，方才在那边的花园里怎么不当众叫人来把我拿下？"

蓝月仙并不怕她，可是因为心虚，目光下意识闪躲了下，恶狠狠道："你不要脸皇上还要呢，你这么跑回来，就不怕你父皇下不来台？"

"下不来台？"秦菁冷嗤一声，仍是笑吟吟地反问道，"难道贵妃娘娘不觉得他在那个位子上坐得太久，是时候下来走走了吗？”

这样的事她们都可以做，但是这样的话，不能这般明目张胆拿出来宣扬。

“你说什么？”蓝月仙猛地后退一步。

秦菁知道，若是换在平时，她未必就会这么控制不住情绪，因为自己出现得太过突然，完全打了她一个措手不及，所以整个晚上蓝月仙都方寸大乱。

“蓝月仙，你我之间这样藏头露尾地说话，有必要吗？”秦菁忽而敛了眼中戏谑的情绪，清冷沉郁地直视她的面孔，“开门见山吧！本宫今日回来的目的和你一样，就只看咱们谁先得手了。”

蓝月仙的脸色变了一变，忽然长笑一声：“你凭什么？”

“就凭有你给本宫开路啊！”秦菁直视她的面孔，直言不讳，字字肯定。

蓝月仙的目光微微一动，她是聪明人，马上参透其中玄机，冷声笑道：“你想收渔人之利？荣安，你未免太看得起自己了吧。”

“没办法，若不是你们逼我至此，本宫又何至于破釜沉舟走这一步险棋。西楚山高路远，确实不适合本宫万金之躯长途跋涉！”秦菁幽幽叹了口气，像是几多怅惘的模样，“两条路，要么你放弃筹谋多时的计划，现在去告诉父皇，本宫没有遵循他的旨意，私自回宫了，让他来处置我；要么你还照你原定的计划去做，至于最后鹿死谁手，咱们各凭本事。”

蓝月仙心中暗恨，忽而一咬牙：“好！你等着，本宫这就去告诉皇上！”

言罢，转身就气冲冲地往院子外面走。

秦菁站在原地没动，看着她的背影，突然惊讶地低呼一声：“咦，王兮墨呢？怎么方才一进门，转身她却又不见了？”

此时蓝月仙已经走到了院子门口，自认为已经把秦菁堵在了这里，于是回头，志在必得地冷冷道：“荣安，你以为这是可以任你翻云覆雨的大秦后宫吗？不是了，两个月的时间足够它翻天覆地，现在，这里我说了算。”

“普天之下，莫非王土，一座大秦后宫还能翻到天上去不成？”秦菁不以为然，话锋一转，忽而凛了目光，凉凉道，“白家人在我手上，梁家人也在我手上，至于何家人，虽然我没拿到，想必贵妃娘娘派出的密使也铩羽而归了吧？”

秦菁一字一顿，看似字字温柔，但是每一个字都带着冷厉的刀锋，刺得人耳膜生疼。

蓝月仙被她身上的凛冽之气震慑，她本就是个无所畏惧的人，可不知道为什么，此时却隐隐觉得脊背发凉。

这时天已经全黑了，两个人隔着整个池子遥遥相对，脚下的池面上森凉的气息汩汩地往上冒。

半晌，秦菁缓缓吐出一口气，举步朝门口这边走来，一面自语道：“正阳宫那人现在应该要开始往中央宫去了吧！”

蓝月仙一直在揣摩，却确定不了她话里有几分真假。

梁家人守在大晏边境，如果有什么异动，不可能瞒着景帝，可是这几个月来，那里是半点风声都不透。而白家，白穆林虽然在朝中声望极高，到底只是个文臣，白家人手上最大的威胁是江北大营白爽控制的二十万皇城守卫。为了今夜顺利成事，司徒南已经暗中动作，不仅把整个皇城内外封锁得密不透风，确保事发时不会有任何消息透露出去，就连江北那边，过江必用的浮桥和渡船都一起被他做了手脚。白爽那边没有任何异动，傍晚时分她也刚刚确认过，他手下二十万人全部压在江北营中操练。而云都之内唯一可动的九城兵马司的人，现在也落在司徒南的手里。

这个布局，严丝合缝。

只要拉下景帝，把秦洛推上去，一切成定局之时就谁都奈何不得了。

“荣安，你站住！”眼见着秦菁旁若无人地就要跨出院子去，蓝月仙一急，一个箭步冲上去，扣住了她的手腕，“你到底是回来做什么的？”

“放开！”秦菁冷冷开口，唇角一丝妖冶到近乎诡异的笑容在夜间悄然绽放。

蓝月仙一时惶然，然则还不及反应，秦菁已经手腕略一翻转自她指下滑了出来，然后五指就势往她肩头一压。

扑通一声巨响，水花四溅。

蓝月仙始料未及，四仰八叉地倒进水塘里。

这水榭是专供夏日游玩的，水位不是太深，只及人腰腹，但是为了栽植荷花而在下面垫了厚厚的淤泥。

蓝月仙连着呛了几口污水，扑腾着还不等爬起来，便又听见周围七零八落一片落水声，像是有什么东西连续不断地被抛下来的样子。

她惊慌失措地好一阵扑腾，等到终于踩着池底的淤泥站起来的时候，秦菁还站在岸上一动不动地看着她，只是她的身边灵歌无声出现，脚边还跪着瑟瑟发抖、头发蓬乱的王兮墨。

“兮墨！”蓝月仙怒火中烧，刚要破口大骂，秦菁已经挥挥手：“我们走！”

灵歌踹了王兮墨一脚，主仆两个扬长而去。

蓝月仙简直气到发狂，随手抓着什么东西就要往岸上爬，可又觉得不太对劲，低头一看，却发现手里竟然是一具浮尸的腰带。

那人脸朝上，一晃一晃地漂在浑浊的水面上，死不瞑目。

“啊——”蓝月仙脑中嗡的一下，手一松，赶紧后退，不想身子刚刚一挪，腰后又撞上一物，骤然回头，却是浮在水面上的另一具尸首。

她猛地闭了眼，不可遏制地发出一声刺耳的尖叫。

慌乱中她再度挪身，往左边一躲，是一具，往右侧一闪，还是一具，脑中嗡嗡响成一片，转了无数个圈之后才发现自己避无可避。

整个荷塘上面，密密麻麻二十四具浮尸将她围得纹丝不透——

正是王兮墨方才去给她搬的救兵。

这是她准备用来杀秦菁灭口的一流高手，二十四人，一个不多，一个不少，就在方才秦菁推她下水的一瞬，被灵歌带人扔了下去，每个人胸前都开了个血窟窿，若不是夜里视物不便，此时入目的应该便是一池血水。

蓝月仙几时见过这个，浑身长了刺一样脸色惨白地戳在水里。

“娘娘！娘娘！”王兮墨涕泪横流地爬过去，费了好大的力气才把她拽上来。

主仆两个一身湿，到处都是让人作呕的血腥味。

“娘娘，您没事吧？”王兮墨拧干袖子上的水，要去擦蓝月仙脸上的泥垢，却被一把推开。

彼时蓝月仙头上钗环全散，一身污秽，连脚上绣鞋也在淤泥里走掉了一只，目光之中却透出一种异于常人的明亮。

狠且恨!

“去，把丞相大人请到广绣宫见我！”蓝月仙道，每一个字都是从牙缝里挤出来的，“这里处理干净，不要让任何人知道。”

说罢，她挣扎着爬起来，软着脚头也不回地往门外走去。

秦菁站在稍远处树木的暗影里，看着她的背影冷冷一笑：“安排好了吗？”

“是！”灵歌道，“苏沐亲自去办的，公主放心。”

“嗯！”秦菁点头。

灵歌想了想，又补充：“四公子已经出宫去了，临走说是让您千万小心。”

宫里每次大宴，前来赴宴的客人名单都是经礼部提前核查审阅的，如果不是有白奕亲自相送，她想要这样光明正大混进宫来确实不容易。

“知道了！”秦菁说着目光微微一动，刚要转身的动作忽地顿住，“正阳宫那里的安排我还是不很放心，你再过去看看吧。”

“那您……”灵歌犹豫了一下。

“没事，他们都在附近，而且蓝月仙那里现在狗急跳墙，一时半刻还顾不上回头来找我。”秦菁道，目光平淡。

“嗯，那好吧，奴婢去去就来！”灵歌转身一闪，已经越过一道墙头没了踪影。

秦菁静立在树木的暗影里，不动不语。

片刻后，从她身后稍远地方的花树后头款步走出一个人来，宝蓝长衫，眉目清冷，正是苏晋阳。

“蓝玉衡不在宫中，说是以防万一，为了保证寿宴期间来客的安全，他手上的两万人全部调到皇宫外围去了。”苏晋阳声音冷肃而不带一丝情绪。

这就是说，现在所有宫门的守卫都落在了蓝玉衡手里？

自上回行宫里那次之后，这是两人第一次正面相对，苏晋阳好像已经从那日的事情中完全走出来了。

那一日，他去行宫的原意分明就是为了向她透露秦苏和蓝月仙合谋对假秦宣下手的事，但是不欢而散之后突然改了主意，又一声不吭地走了。

那一次的事对秦菁的打击确实不小，但严格说来，对于他最后守口如瓶的隐瞒，秦菁倒不见得有什么不满。

毕竟，他们之间没有那样的情分。

今天他再度找上她来，说的却是这般事关重大的隐秘。

这个男人，她自认将他的性格和脾气研究得一清二楚，却又渐渐发现，她还是没能看透他的心。

秦菁目不斜视地站在那里，并未刻意回头看他，只语意清淡道："姝贵妃向来只对陛下的事情上心，保证中央宫客人的安全，应当是苏统领的职责所在吧！"

她不在乎景帝的死活，但是中央宫里朝臣百官却不能落入蓝月仙等人手中，被他们控制。

"是！"苏晋阳苦笑一声，转身离开，再没有多说一个字。

其实这种关系利害，他们谁都明白，不点破而已，而苏晋阳惜字如金的一个是字，让秦菁一时恍惚，愣了半晌。

鲁国公是景帝的心腹，要护景帝天经地义，苏晋阳并不是趋炎附势之人，他这一个是字微微发苦，却明显是一种态度。

秦菁始终没有回头去看他，他消失得也极快，片刻之后暗影之下又只剩她一个人，仿佛他不曾来过，而她也不曾见过他来。

正阳宫中，宫婢们忙碌地伺候景帝更衣，明黄龙袍，翠玉金冠，照得满堂生彩，如果再忽视掉他脸上的阴霾，看上去这帝王威仪或许更慑人些。

申时整，再有半个时辰，中央宫的晚宴便要开始。

穿戴妥当，景帝抬了抬眼皮，转头看管海盛："姝贵妃呢？不是说今日朕要与她同去中央宫的吗？怎么还没来？"

"这……"管海盛抬头看了眼外面的天色，也是奇怪，"前头有人来禀，说是贵妃娘娘白日里听戏听累了，回去更衣了。陛下莫急，奴才这便着人前去问问。"

"嗯！"景帝没什么精神，挥挥手，自己歪在榻上闭目养神。

管海盛转身走到门口，外头小井子正好带着蓝月仙身边的大宫女琼儿进来。

"贵妃娘娘呢？陛下都催了。"管海盛问道。

琼儿有些为难，但还是说道："贵妃娘娘早前回去更衣，后来说是累了就小憩了一会儿，不想起晚了，娘娘说怕一会儿来不及，问能不能请皇上移驾广绣宫，到时直接从她那儿走。"

景帝身体不好，最烦折腾，管海盛也有些为难，但想了想，还是进去跟景帝如实禀明了。

景帝睁开眼，坐了会儿，居然很爽快地站起来，心情还不错："好，她今日做寿，朕去接她吧。"

管海盛松了一口气，赶紧招呼摆驾。

帝王仪仗浩浩荡荡地往广绣宫去，路上管海盛总觉得心里不太踏实，又悄然问那琼儿道："贵妃娘娘那里没出什么事吧？"

琼儿一愣，瞪眼看了他半晌才茫然摇头："没有啊。"

管海盛仔细辨别了一番，觉得她神色无异才放心，然后招呼了小连子过来道："你去中央宫跟皇后娘娘说一声，就说陛下和贵妃娘娘这里有事耽搁了，可能要晚些时候才到，让他们等一等。"

"是！"连子答应一声，转身先往中央宫的方向跑去。

圣驾浩浩荡荡一路前行，约莫一刻钟之后，前面隐约可见广绣宫灯火辉煌的大门。

辇车停下来，门口值夜的两个小太监连忙跪下迎驾："恭迎皇上。"

"嗯！"景帝坐在辇车上，抬眸往那门内看了一眼道，"你们主子呢？朕都亲自来接她了，还不出来？"

"哦！奴才这便去请！"小太监慌慌张张应了声，起身刚要往里跑，景帝也是眼尖，忽然注意到院子里一个不似太监的蓝色背影直奔内殿而去。

景帝目光一沉，管海盛已经察觉出他脸上的异色，只是还不待说话，景帝已经起身下了辇车。

"皇上！"管海盛不动声色，赶紧上前扶住他的手。

景帝抬脚就往里走，后面一群宫女连忙跟上，他眼神一晃，忽而止步，沉声道："你们就在这儿等着。"

说完，居然脚下生风，飞也似的往里走去。

这广绣宫里平时仆役成群，这会儿居然一个鬼影子也没有。

管海盛已经意识到不对，出了满头的汗，可又不能强行拉住景帝，只能寸步不离地跟着。

蓝月仙如今得宠，短短数月之内寝宫换了又换，这座广绣宫虽然位置不是太靠近正阳宫，但很大，又建造得富丽堂皇。

景帝一路冲进最后面的寝殿，那门前依旧无人。

"陛下，娘娘可能见您没来，从别的路先去中央宫了吧？"管海盛急中生智，连忙上前去扯住他的袖子，可是话音未落，就听到殿内传出一片稀里哗啦的水声。

此时已经入夜，夜色下那声音分外清晰。

景帝一脚踹过去，那殿门居然也没从里面插上，轰然洞开。

原本飞溅的水声瞬间清晰数倍，被外力激烈地碰撞，四散的水花中弥散着腐败的气息，灯影晃动，帷幔轻扬，男人厚重的喘息声和女人忘情的呻吟夹杂在一起，于暗沉的夜色中声声入耳，惊心动魄，即使景帝方才踹门的那一脚来势凶猛，也未能搅了里面两人的兴致。

脑中嗡的一声，景帝脚下一个踉跄，猛地后退一步，撞在了门槛上。

"皇上小心！"管海盛忙一把拖住他。

景帝的太阳穴突突直跳，脸上涨红一片，他的第一反应是冲进去杀了这对狗男女，但是他身体不好，这一气一急，几乎就要喘不上气。

意识到这一点，他怒不可遏地就要回头去喊人，可是猝不及防，身后就是厚重的一声巨响，砰的一声，殿门居然被跟在他身后的管海盛顺手拉上，合得死死的。

景帝眼中闪过一丝惊疑又愤怒的情绪，猛地看向管海盛。

管海盛没有心虚，也没有劝他什么，只是垂下眼睛，手抱拂尘，事不关己地站在门边，阻住他的去路。

景帝脑中又是嗡的一声，而这一次关门声实在太大，里面的水声戛然而止，随后又是哗啦啦的一片响动，不多时，蓝月仙只裹着一件湿漉漉的袍子就披头散发地跑出来。

她身上糜烂的痕迹根本无从遮掩，景帝只觉得浑身的血液都在往脑门上涌。

"皇……皇上……"这种事情被撞破，蓝月仙自然心虚，一时间方寸大乱。

"贱人！"景帝抬手就给了她一记耳光，力道之大，直接将她掀翻在地，然后目光一扫，刚好看到里面背对着他正在慌乱着衣的男人。

一瞬间，他只觉得眼前光影乱飞，捏着拳头，用了平生所有的力气大声嘶吼道："来——人——"

这一声本该是力拔山河，可他声音嘶哑，一句话还没喊完，呼吸一滞，身子摇摇晃晃地踉跄起来。

外面没有人进来。

他佝偻着腰，声音像是老旧的风箱被拉响一样，人拼命咳嗽，不一会儿就憋得脸色绛紫，腿一软，跌坐在了地上。

这个时候，蓝月仙已经拢好衣衫爬了起来。

"怎么回事？"她语气淡淡，明显已经从方才那一刻的慌乱里走出来了，不悦地看向管海盛。

管海盛赶紧跪下："老奴也不知道，是娘娘身边的琼儿姑娘去请，说您让来的。"

琼儿的确是她派出去的，当时就怕换完衣服来不及。蓝月仙沉着脸，一阵思索。

这个时候，景帝已经软在地上，挣扎了几次都没能爬起来。

无计可施之下，他艰难地抬起眼睛看向管海盛，声音嘶哑却依然咆哮："管海盛，你背叛朕！”说着，终还是气不过，重又费劲地转过头去，想要看清楚那殿内的男人究竟是谁。

蓝月仙看在眼里，款步走过去，一双玉腿挡在他面前，隔绝了他的视线。

景帝只觉得浑身的血液再次沸腾，视线一寸一寸上移，落在她脸上，那眼神像是饿极了的狼在盯着送到眼前的食物，幽光闪闪，让人发慌。

蓝月仙唇角带了丝冷笑，居然丝毫也不觉得羞耻，反而挑高了眉毛，挑衅一样看着他。

殿中气氛僵持，冰火碰撞，诡异到了极点。

里面司徒南穿好衣服快步走出来，直接问蓝月仙道："怎么回事？他怎么会来？"

"是你！"景帝再次压抑地吼道，可是他浑身僵直，发出的声音也像是困兽一样呜咽，最后无计可施，伏在地上，拳头一次又一次使劲地砸着地砖叫骂，"贱人！贱——人——"

他宠爱的妃子和倚重的臣子苟合？这是背叛，是亵渎，对他而言，是完全无法忍受的侮辱。

气，羞，恼，各种情绪掺杂在一起，让他近乎发狂。

"贱人？"蓝月仙冷冷地看着他，慢条斯理地把领口拢了拢，却是淡淡笑了，甚至有些回味地感叹一声道，"呵，是啊，我记得当年你将我打入冷宫的时候便是这样骂我的吧？十年了，我在陛下心里还能保持这个地位，真是不容易。"

她冷漠地看着，看着这个高高在上的一国帝王倒在她脚下，变成摇尾乞怜的可笑姿态。

景帝瞧见她的眼神，又一股怒火袭上胸口，就再度撕心裂肺地咳嗽起来。

管海盛走上前来，道："娘娘，中央宫那里还等着您去开宴呢。"

"嗯！"蓝月仙略略点头，想了下，又看向景帝，"把他……"话音未落，却被司徒南打断："先留着他一口气，拖到偏殿关好，万一中间有什么岔子，还能挡一挡，这个时候，还是万事小心的好。"

蓝月仙想想也是，刚要点头，他已经一把揽住她的腰，就要把人往怀里带。

管海盛出去叫人帮忙。

蓝月仙眉头一皱，去拉司徒南的手："你做什么？这都什么时候了？"

这时候她已经把事情想了一遍，几乎可以笃定，是秦菁给她殿里动了手脚。秦菁知道她回了广绣宫换衣裳，也能猜到她必定会找司徒南来商量事情。而司徒南的为人她很清楚，他们少时相识，即便那时正是容易冲动的年纪，他也从来没有把持不住，何况是现在。

想到秦菁，她就有些心浮气躁。

司徒南没放手，大力一拽把她压到旁边的桌子上，伸手往她袍子里面摸去，哑着嗓子道："别动，方才才到一半，不差这一会儿。"

旁边景帝直挺挺地躺在地上，目眦欲裂。

远处楼台上一角，秦菁取了个视野最好的位置，遥遥望着广绣宫院里的动静。

管海盛出去之后折返，却在门边徘徊了好一会儿，过了一刻钟左右，才带人进去把景帝拎麻袋一样搬出来。

其实今天晚上要顺利成事，她原是不必费这个心思，临了还要设计再坑蓝月仙一回的，这一出戏，只是为了让那人能够亲眼看到这般彻底的背叛，让他知道众叛亲离的下场是何等心凉。

晚风拂过她耳际碎发，女子目光冷毅而决绝，那一剪背影，遥遥看去，虽然单薄，却强大到仿佛能够撑开天地。

这是她贵为皇家公主与生俱来的气度与风华，鲜血刀锋之下磨砺出来的气魄与胸怀。

灵歌站在她身侧，看着女子冷毅的侧脸，不由得暗暗抽了口气："公主……"

"照我原先的吩咐去做吧，到底是父女一场，本宫总要送他最后一程。"秦菁道，目光之中再不见半分温情，反而透出丝丝寒彻心扉的冷意来。

"是！"灵歌应声退下，临走不放心，又对隐藏在周围的暗卫做了个手势，叮嘱他们注意秦菁的安全，然后身形一闪飘下城楼，很快消失在灯火辉煌的宫殿群中。

广绣宫里，蓝月仙和司徒南各自整理好衣裳，殿中还是一片颓靡的气味，两个人此时却已经完全冷静下来。

"你到底怎么回事？"蓝月仙冷着脸，抓过王兮墨重新给她准备的晚宴礼服穿上。

对面司徒南坐在椅子上，正慢条斯理地整理袖口，闻言忽而抬头朝她看去，讥诮一笑："你有那么不情愿吗？还是终于承认十年间你根本从头到尾都是在利用我？"

"你说的这是什么混账话？现在是说这种话的时候吗？"蓝月仙一愣，眉宇间顿时添了几分怒色，回头见司徒南一脸阴沉地看着她，心思一转，马上又缓了语气道，"今天这是什么时候？一着不慎就有可能前功尽弃，我也是为大局着想，你知道，今日之事万万不容有失。"

司徒南看着她变得飞快的脸色，却只当没看见，埋头把靴子穿好，凝重道："你这殿里到底怎么回事？"

他也不傻，方才是药力发作情难自已，这会儿冷静下来，不可能看不出有问题。

"八成是被人动了手脚。"蓝月仙恨恨道，猛地一下把手里一支步摇拍在了桌子上，"荣安那个小贱人偷偷从西楚潜回宫里来了，如果我没猜错，应该就是她做的，至于目的，那个丫头心机重得很，似乎不该只是为了给老爷子添堵那么简单。"

"什么？"司徒南手一抖，像是一时耳背没有听清楚。

"荣安偷偷跑回来了。"蓝月仙重复，指甲狠狠顶在桌面上，"我找你来，本来就是要跟你说这事儿，那会儿我在御花园里见过她了，她好像已经知道我们今晚要做的事。"

司徒南的脸色变了变："西楚远在千里之外，她这一路回来，就算快马加鞭，没有大半个月也是不行，怎么可能把西楚方面瞒得滴水不漏，一点消息也没透出来？"

大秦、西楚两国一直交恶，彼此朝臣可以利用的关系甚少，他的消息上不来也不奇怪。

“谁知道这个丫头做的什么鬼，我总觉得……”蓝月仙道，说着不由得紧张起来，自妆镜前猛地起身。

“哎，你不要自己吓自己，她一个女人能有多大能耐？这次的计划我们布了很久的局，过来之前我又确认了一遍，每一个环节都运作正常，不会有漏洞。”司徒南握了她的手把她扯到怀里，目光却是一片深沉，没有任何旖旎心思地冷声道，“她现在人呢？你没把她……”

“别提了！”蓝月仙怒声道，说着已经不动声色地从他怀里脱身出来，“不知道她怎么带了一批顶尖高手进宫，我的人没奈何得了她，不过她既然来了，此时应该还在宫中，你马上让人去搜，务必要在我们控制全局之前把人给我拿下，不能让她坏了事。还有你那个老对头白家，你确定没有问题吗？”

“嗯？”司徒南不解，抬头递给她一个询问的眼神。

白穆林是个十足的中立派，他倒是没有想到白家能掀起什么大浪来。

“荣安是跟着白家老四混进后宫来的。”蓝月仙道，这个时候也不便细说，只言简意赅地解释了两句，“她跟我说白家和梁家都在她手里，这话虽不可信，我心里却总是不太平。”

“不可能！老头子那里的军机要案管海盛一直盯着，梁家人手下的五十万人全部压在大晏边境没有动，白爽那里，人就在江北大营。”司徒南一口否认，顿了顿又道，“不过这个丫头突然出现确实蹊跷，我马上让人暗里去查，把她拿住，然后放出风去给西楚那边。”

“嗯！”蓝月仙点头，回头看了看外面天色，唇边扬起一点冷笑道，“时间差不多了，我要马上准备去中央宫，你那边也快去安排吧。还有蓝玉衡，我不是很信他。”

“知道了！”司徒南起身，又重新整理一遍衣服往外走。

蓝月仙坐回妆镜前梳妆，他行至门口，忽又止步回头看了眼，眼底泛起一丝不易察觉的寒芒，然后才一撩袍角跨出门去。

在年纪上，他比蓝月仙还要小上两岁，那时初见，她已经是景帝的妃子，而他刚入仕途，中秋晚宴上对她一见倾心，聪慧美丽又懂得变通的女子，想来是个男人都爱吧。她对他的示好并不拒绝，态度一直若即若离，也确确实实在景帝面前为他出了不少力，让他混迹官场少走了很多的弯路，就是因为那样，他才会觉得她亦是对自己有意。于是后来她被打入冷宫之后，他不惜一切打通关系暗中照拂她，同时无所不用其极地步步高升，也不乏为将来铺路的打算，想着有朝一日他权势滔天，偷龙转凤就把她弄出来。

后来，她出是出来了，也第一时间让人找上他与他共叙昔日情义，可是好话说一大堆，最后还是若即若离的模样。

他不傻，到这时候还看不出来这女人从头到尾对他有的只是利用，那他这些年也不可能平步青云，坐上这当朝丞相之位。

不过利用也无所谓，横竖大家都是逢场作戏，蓝月仙需要他在前朝的地位作支撑，他也需要有人替他把持后宫，把所有的皇室成员控制在眼皮子底下。

利益纷争而已，人在官场，谁还会跟谁认真？

司徒南走后，蓝月仙也匆匆整装出发，临行还是觉得之前的事情有异，又召了王兮墨和琼儿过来仔细询问了一遍。

王兮墨是请了司徒南过来之后又被差去中央宫确认那边的情况，回来时事情已经发生了，琼儿则说是因为司徒南过来，所以遣散了宫里服侍的大部分宫人，而司徒南贴身的侍卫则被人刻意引走，至于殿中催情香一类的东西，则完全一问三不知。

眼下箭在弦上，一切都在紧张筹备，蓝月仙也不及细想，吩咐加派的人手把景帝看好就上了辇车往中央宫去。

这边蓝月仙一走，灵歌马上带人过来，以最迅捷利落的手法将她一宫屠尽，携了景帝出来。

数十条人影飞纵而逝，很快消失在皇城的各个角落，隐没了踪迹。

灯影袅袅的空旷宫室里，帘帐低垂，龙涎香的味道婉转缥缈，在空气里缓缓弥漫。

明黄帐子笼罩的大床上，虚弱干瘪的男人不安地睡着，睡梦中嘴角的肌肉还在不停抖动，让他整张脸看上去狰狞而惹人嫌恶。

灵歌从怀里掏出一个翠色的小瓷瓶，拔掉塞子在他鼻下晃了晃，然后收了瓶子无声退开。

“荣、荣安？”景帝蒙眬地睁开眼，待到看清坐在他床边的女子的侧脸时，脸色铁青，一副白日见鬼的表情。

“是我！”秦菁的声音平和温婉，却没有马上回头看他，“怎么，不过短短一个半月的时间，父皇这就认不出儿臣了吗？”

“你、你怎么在这里？你不是……”景帝挣扎着想要起身，却发现他全身上下自脖子开始都是僵的。

他说着，眼中忽而露出几分恐慌的神情。

这殿中灯光昏暗，敞开的窗子外头灌进来的风吹着烛火摇曳，他又看不到秦菁的正脸，疑心生暗鬼之下，忽然有个可怕的念头闯进脑海——

他怀疑，这个端坐在他床侧的女子根本就不是人，而是一个回来向他索命的恶鬼。

大秦离西楚那么遥远，她当时走得又是那么不甘愿，万一想不开……

心中越想，景帝便越觉得这个想法可信度颇大，捂在棉被下面的身体不觉已经被汗水泡透了。

“我现在应该在西楚欢欢喜喜地和西楚太子举行大婚仪式，办喜事对吗？”秦菁轻笑一声，笑过之后声音又顷刻间化为冰冷荒凉，“儿臣走这一趟确实不容易，所以此番回来也希望能够和父皇开诚布公地谈一谈。父皇，儿臣知道，您是怕我，可是怎么办呢？我们之间的关系是生来注定的，即使是个噩梦，我想事到如今，你也只能勉强自己接受了。”

“你……”景帝张了张嘴。

他此时说话吃力，秦菁却没有耐性听他发牢骚，只语气平淡地接着道：“我怕来日方长，以后再没了这样的机会，所以现在咱们长话短说，来算一算那些旧账吧。”

“什么旧账？”景帝怒道，“荣安，你为什么回来？不要用这样的语气跟朕说话，朕是……朕……”

“您是什么？帝王还是父亲？”秦菁反问，语气依旧温婉，眼中一片冰凉，“因为你是一国之君，所以国师推演说是宣儿天生命贵，会冲撞你，你就暗中授意秦洛去对他下手？因为你是他的父亲，所以，在明知道秦苏和蓝月仙伤了你儿子的情况下，你选择作壁上观，等着他把这条命还给你？你的皇位跟性命就那么重要？重要到宁可手刃亲生骨肉，也容不得半分差错？”

景帝会护着秦洛，并不只是因为蓝月仙的关系，因为有些事，他不方便自己动手，需要借这个儿子的手。

皇室之家，为了大位之争，同室操戈都是常事，但是秦宣无过，作为父亲的景帝想要亲自对他下手便不好推脱了。

这样的一个父亲，无怪乎她心凉至此，却总不忍心把这份残忍的真相推到秦宣面前。她宁愿他相信，这一路走下来的杀戮和血腥都是为着天下皇权大位之争所做的牺牲，她可以让他学着残忍和征服，却不能让他跟着坠入冰冷的地狱永不超生。

许是因为秘密在心中藏匿久了，这些话说出来的时候，秦菁的语气和表情都异常平静，仿佛在叙述一件与己无关的小事，而她身后正用一种惊惧愤恨的眼神瞪着她的男人，也只是个不相干的旁观者。

景帝的目光晦暗不明，嘴唇已经开始隐隐发抖：“这、这些话是谁跟你说的？”

他又想歇斯底里地吼，以此来掩饰心底的恐惧，但是他太过虚弱，虚弱到连质问都成了无力的哀求。

秦菁坐在床沿上，终于第一次回头对他淡然一笑：“因为，我让人刑讯了晋天都！”

“什……什么？晋国师他……他……”景帝一震，看着眼前女儿脸上冰冷的笑容，出口的声音都带了些微颤。

“是啊，我已经杀了他了。”秦菁毫不避讳地看着他眼中震惊愤怒的表情，字字清晰道，“他连自己的生死寿数尚且估算不出，父皇竟是恁地信任于他？儿臣觉得，他这种欺世盗名的江湖骗子，不配留在父皇身边，想来父皇若是知道，也不会轻饶了他对吗？”

“你！”景帝眼中闪过一丝惶惑。

秦菁心领神会，却不理会他脸上变幻莫测的表情，端起放在旁边桌上的一碗药，舀了一匙递到他唇边，淡淡道："太医说您虚火上升，需要仔细调理，您可千万不能再动怒了。"

景帝死咬着牙关，戒备地看着她，目光阴霾而凶狠。

秦菁把那匙药汁往他唇边倾过去，浓黑的液体尽数从他青紫色的嘴唇上漫过，流到了衣领里。

秦菁看着药汁消失在他堆满死皮的脖子底下，幽幽一叹，扬声道："初元！父皇像是又发作了，你还不快进来看看，把你的那些长生不老延年益寿的药丸再化开几粒，给父皇吊吊命！"

景帝狐疑，艰难地朝门口看去，便见他一直依赖的国师坐在轮椅上，姿态雍容地挪过来。

这个人是秦菁的，现在毋庸置疑，可秦菁刚才都说了什么？

"你……你是谁？"景帝的思绪一片混乱，死死盯着眼前晋初元的脸，想要从这人的面上找出一丝破绽。

眼前的"晋天都"一语不发，一副冷冰冰的模样，却是秦菁喜气洋洋地笑道："哦，儿臣一直忘了告诉您，既然国师本领低微不堪，再在父皇跟前服侍，儿臣也不忍父皇伤心，便千辛万苦找了他的同胞兄弟进宫代替他对父皇尽忠。怎么样？父皇觉得他俩长得是不是很像？"

晋初元面无表情地看了眼龙榻之上这个衰败不堪的男人，然后掉转轮椅又再度离开。

景帝听着他轮椅转弯时发出的细碎声响，脑中灵光一闪，已经知道这个调包计的出处了——

就是普济寺地动那天？

晋天都被砸断了腿，自那以后他身边的这个国师就换了人？这个人潜伏在他身边，这个人……这太可怕了！

"你、你这个逆女！"景帝盛怒之下就想要坐起来，却怎么也撑不住，"朕怎么会生出你这样心肠歹毒的女儿！"

"歹毒？父皇是说儿臣歹毒吗？"秦菁眨眨眼，不以为意地反问。

"朕是你的父皇，你居然对朕下手……"景帝沙哑着嗓子吼，身子动不了，唯一还有知觉的双手不住捶着床板。

"父皇！"秦菁高声打断他的话，把方才晋初元放在床边的一个檀木盒子打开，把里面一堆花花绿绿的药丸兜头狠狠倾在景帝脸上，"你可看清楚了，这些药丸还是你的好国师晋天都留下的，他一生钻研医药都用来对谁尽忠了？你这身体可不是一朝一夕就垮下来的，若论狠毒二字，父皇你还是抬举儿臣了，在这上面儿臣可不及你那位好淑妃的万分之一。"

能坐在一国之君的位子上，景帝也不全然对世事无所洞察，之前他也隐约感觉到蓝家人对晋天都的意思，只是他自恃了解晋天都，总觉得晋天都不是蓝家人能控制的。

突然想到之前蓝月仙的嘴脸，景帝脸色铁青，又出了一身的冷汗。

"不，这不可能！"他低吼，"淑妃不会这样对朕，一直以来朕都是那么宠爱她，更是把她生的儿子扶上太子之位，她为什么要害朕！”

“人心不足，从来都是这样，枉费父皇你身在高位这么多年，难道连这样简浅的道理也忘记了吗？”秦菁神情冷漠不带一丝悲悯，“更何况女人天生都是小气记仇的，从您那位姝贵妃那里不就看得一清二楚吗？就算父皇你再宠她，想必她这一辈子也都会记得，曾经你因为另外一个女人，几乎要了她的命。对蓝月仙是这样，那么蓝月湄呢？你给了秦洛太子之位算什么，那不过是他们应得的补偿而已。”

“一派胡言，一派胡言！”想必是心里发了狂，景帝手下猛烈地拍击着床板，震得整个床身都在摇晃。

他不承认，他不愿意承认这样的失败！

“父皇，我们父女这么多年，你知道我最看不起你的是什么吗？”秦菁起身站在床头，把他的脸整个罩在自己的阴影里，“不管你怎样自私自利都好，那是人之常情，可是你的无情无义和没有担当是我不能原谅的。你跟皇祖母之间，你跟蓝淑妃之间，哪怕是你与母后、与萧家之间的种种，扪心自问，你真是觉得自己就那么理直气壮，没有一丝一毫过错吗？也许你要说人人都会犯错，可明知道自己错了，却连承认的勇气都没有，父皇你不觉得自己可悲吗？你这一生都高高在上，受万民敬仰，那颗心却狭隘得可怜，就因为当年皇祖母袖手旁观没有救你母妃的性命，你就心心念念记恨她，可你为何不想想她尽心尽力养育你的恩情和一路扶持你登上帝位的苦心？的确，她在这件事上是有私心不假，可她从头到尾可曾害过你？你与她不亲，却不该对她不敬，不是吗？父皇你呢？最后竟然对她动了杀心。宣儿是你的亲生儿子，就因为你对皇祖母的成见，就因为母后是她为你选的妻子，你便这般漠视甚至痛恨我们？父皇，今时今日儿臣是不是可以问一句，你在做这些事的时候，究竟是一直不觉得自己有错，还是已然被妄念蒙蔽了本心，情愿一意孤行错到底？”

当年他母妃的死就是整个事情的症结所在，谁能想到他们至高无上的君王竟然会是一个丧失了理智的疯子？这四十余年，他一直戴着一张假面具活在人前，这个男人的内心脆弱得根本不堪一击。

难怪他会对同样内心阴暗又带着强大野心的蓝月仙那般纵容，或许与爱无关，只是因为他们是同类。

隐藏多年的心事被秦菁说中，景帝突然就没了脾气。

他动不得，只用那双阴狠恶毒的眼睛死死地盯着眼前的女儿，冷酷笑道：“好！好！荣安，你真不愧为朕的好女儿！你口口声声都在指责朕不仁不义，可纵使朕有千般不是，朕也是你的父亲，就算天下所有人都可以指责朕，唯独你不可以，因为你的身上流着朕的血，你知道吗？”

他们的身上流着同样的血，为这皇权争斗所染，代代相传，肮脏不堪的血脉。

“是啊，就是因为感念父皇的生育之恩，所以今天我回来了！”秦菁漫不经心地轻笑一声。

景帝看着她眸子里诡异莫辨的光彩，心头又是一颤，思绪急转直下："你到底是回来做什么的？"

"问我要做什么？你怎么不问你的好贵妃要做什么？"秦菁反问。

说话间，隔着墙壁，突然有隐隐的乐音传过来。

景帝环视一圈这里陌生的环境，茫然："这是哪里？"是广绣宫里的一间密室吗？

"这是建在中央宫后室的一处密殿。"秦菁道，抬手一拉床边垂下来的一条黄色丝绳，大床里侧的帷幔向两边滑开，露出黄花梨木床板上镂空的大小不一的孔洞。从孔洞看过去，眼前正好是中央宫里饮宴的情形，而这个角度设计得极好，一眼看去，几乎能将整个大殿尽收眼底。

景帝勃然变色："朕怎么从不知道中央宫里还有这样一处密殿？"

"这座密殿一半沉在地下，不容易察觉，而且又是在我离宫的这段时间赶工新建的，你当然不知道！"秦菁端起桌上的茶喝了口，顿了一下，又道，"其实我原也不必这么麻烦的，只是怕你不能亲眼得见这一幕平添遗憾。你就好好待着吧，这墙壁的隔层我让人做了特殊处理，这里的任何声音都传不到外殿去！"

说完，她放下茶碗，径自转身往外走。

"荣安！"景帝咆哮，喘息声一波比一波重，"你到底要做什么？"可是没人回答他。

秦菁的脚步声决绝而去，屋子里的空气一下子冷沉到了极致。

景帝直直躺在床板上，睁眼看着头顶明黄的帷幔，咬着牙正心里发慌，就听中央宫里传来管海盛的一声高唱："皇上驾到，贵妃娘娘到！"

想到那个女人之前给他的难堪，景帝脸色一青，费力地扭头看过去。

灯影装裹之下，那女人容光焕发地穿了一身红色凤袍款款而至，他一直信任倚重的大内总管笑意绵绵地服侍在侧，而那女人身边与她相扶持的，赫然就是和自己有着同样面孔、同样体态的一国之君！

这个女人居然明目张胆地找人假冒他？她这是要……

一个不可思议的念头猛然撞进脑海，景帝头脑中嗡的一下轰然炸开，然则还不等这个突如其来的念头具体出现，那个走在蓝月仙身边的"秦景帝"突然身子一歪，脸色铁青地跪倒下去。

"皇上——"蓝月仙一声惊呼。

所有人先是震惊，再是恐慌，人影交错乱成一团，几个人合力把人搬到最里面的榻上靠好。

景帝目瞪口呆地看着，下一刻殿中慌乱的惊叫声突然弱了下去，殿外一阵喧嚣过后，一个身着杏色裙衫、气质清绝的少女迈过高高的门槛走了进来。

秦菁唇角带了丝笑容，不急不缓地走进来，眸子里一片清澈，带几分森然。

进门时，她飞快在殿中扫视一圈，眼中闪过些什么，侧头问身边的灵歌："母后呢？"

灵歌一愣，随后心下一惊，转身又悄然退了出去。

殿中所有人都因为"景帝"骤然倒下而惊慌，秦菁一路行过，这才开始不断有人注意到她。

她走得极慢，眉宇间不加掩饰的凌厉锋芒终于让人找到了曾经熟悉的感觉——

多少次宫廷宴会上都是这个女子，从容冷艳、雍容沉默地从人前走过，目不斜视，睥睨天下。

是荣安长公主！

"那是……"百官之中有人发出一声细弱的呼喊，随即声音猛地被人堵住。

那边正围着"景帝"大呼太医的蓝月仙察觉有异，扭头看来，紧跟着就是神色一紧，脱口道："荣安？"

司徒南竟然也没奈何得了她？

蓝月仙一阵心慌，同时她脑中第一个想到的就是被扔在广绣宫里的景帝。

她其实没打算让人顶替景帝出席，这样漏洞太大，他们的原定计划是让人配药，准备在席间混进景帝的酒杯里，造成他突然中风不能言语的假象，然后顺理成章不治而亡，但是千算万算，没有想到会中了秦菁的算计，反而让老家伙在她那里提前瘫了。

这样一来，她定是不能抬着已经瘫了的景帝进场，只能临时改了主意，让人假冒。

而且因为秦菁的出现，她一时有些心乱，也等不到宴会中途再找机会动手，不得已提前实施了计划，直接在进场的时候就让人先倒了下去。

秦菁这个时候出现，让蓝月仙本能地警觉。

"贵妃娘娘，别来无恙！"秦菁明显也在防她，在离着他们数丈开外的地方就先止了步子。

所有人都面面相觑，以为自己眼花，这时候听了她的声音，才敢承认这人真的是荣安公主。

"公主殿下您怎么……"朝中德高望重的姚阁老一个激灵，不可思议地颤声道，"殿下怎么会在这个时候突然回宫？"

"阁老大人不觉得本宫这个时候回来正合适吗？"秦菁反问，并不解他的疑惑，却先看了眼奄奄一息的那个男人，讽刺道，"贵妃娘娘，眼下的事，您是不是该给各位大人一个解释？"

"要什么解释？"从秦菁瞒过司徒南的人直闯进殿开始，蓝月仙的一颗心已经沉了一半，但是开弓没有回头箭，她硬把那种忐忑给压下去，暴怒地冲着管海盛厉声道，"荣安抗旨不道，居然罔顾陛下的赐婚圣旨偷跑回来，还不叫人把她拿下，日后交给西楚皇帝陛下处置！”

“哦！”管海盛猛然惊醒，知道这是暗示让他去搬救兵，抬脚就往外跑。

秦菁身后这会儿只有一个苏沐，苏沐拔剑一横，管海盛只觉得颈间一凉，唰地刹住了步子，白着脸道：“长公主……”

秦菁侧头看他，唇角带一点凉薄的笑：“大总管先别急着走，父皇方才为什么会突然晕倒？他进殿的时候就只有你和贵妃娘娘贴身跟着，如果你走了，贵妃娘娘怎么解释得清楚？”

管海盛被她噎得哑口无言。

那边蓝月仙却不敢再给她开口的机会，直接冲着殿外高声道：“荣安公主携兵刃进殿，你们都是死人吗？来人！快来人给本宫把她拿下！”

为了保证宴会的安全，这殿外就有数百禁军把守。

蓝月仙话音未落，马上就听到一片利刃出鞘之声在四下里突然响起，因为太冷太寒，几乎瞬间就把殿内迷蒙的灯火光亮划破了。

此时开宴的时辰已过，百官群臣和命妇齐聚于此，恭迎圣驾，众人慌张地往四面看去，却见大殿正门入口处、通往后殿的两处门户都被不知道从哪里冒出来的一群黑衣侍卫齐齐堵死了。

那些人穿统一的夜行服，没有蒙面，无一例外眼睛森凉，闪着寒气，手中刀枪剑戟全部对着殿中众人。

众人倒抽一口凉气，已经有循规蹈矩的老臣踉跄着站出来，愤然指责道：“你们、你们是什么人？私自携兵刃闯入大殿，你们这是要干什么？”

“谁说他们是私闯大殿的？”秦菁淡然一笑，语气冰冷，“这些人都是本宫带来的，封锁殿门也是本宫的意思！现在要先委屈各位大人和夫人回到座位上坐好，否则刀剑无眼，回头真要把哪位给磕着碰着了，就说不清楚了。”

一众朝臣简直目瞪口呆，蓝月仙却险些当场笑出来：“荣安，你先是罔顾皇诏私自潜回京城，现在还带人混入宫中软禁重臣，当真以为这天下没有王法、没人治得了你吗？”

这个丫头果然还是太年轻，她以为先下手为强就能事半功倍了？这不分明是自己往死胡同里钻吗？

蓝月仙心中的警惕瞬间放松大半。

秦菁面不改色，坦然面对满殿朝臣命妇质疑的目光，手下一抖，就从袖子里扯出一方明黄锦帕样的东西来，冷冷道：“拿去给几位内阁大臣过目。”

苏沐用剑身反手一拍，管海盛两眼一翻就晃悠悠地栽倒在地。

苏沐捧了那帕子往姚阁老走去。

蓝月仙眼中现出狐疑之色，却不好扯着脖子去看，只冷声斥道：“荣安，你不要故弄玄虚了，现在皇上生死未卜……”

话到一半，就听姚阁老惊呼一声："这、这、这是陛下密诏长公主回京的密旨啊！"

蓝月仙一惊："这不可能！皇上从来没有下过这样的旨意。"

秦菁不语，讽刺地看着她脸上变幻莫测的神色。

"不，这玉玺不会有假，的确是陛下密旨。"姚阁老肯定道，声音虽然老迈，却也掷地有声。

"不可能！"蓝月仙咬咬牙，一个箭步冲过去，抢了那卷所谓的密旨在手。

景帝的字迹，玉玺的印记，都十分清楚。寥寥数字，虽然未写明传召秦菁回京的真实原因，却也隐晦提及国中近期必有大事，让她无论如何也要想办法折返。

现在景帝在她手里，玉玺更是不在话下，蓝月仙脚下一个踉跄，死死抓着那卷锦帕在手，瞬间已经揉皱。

她猛地抬头，双目锐利如刀地朝秦菁看来，眼中意思十分明显。

你竟敢伪造圣旨？！

秦菁唇角挂了丝冷笑，坦然与她对视，一副我就是做了，你能奈我何的表情。

那边姚阁老离席走过来，再见秦菁时态度已经十分恭敬，行了大礼道："殿下，不知道陛下密旨传召您回京，这上面所谓的大事到底是什么事？"

"阁老！"蓝月仙厉喝一声，抢先接了话茬，凌厉道，"陛下怎会颁下这样的旨意？此次荣安往西楚和亲，事关两国邦交，这样让她欺上瞒下潜回云都，分明是要陷陛下于不义。而且国有国法，按照我朝历来的规矩，即使陛下真有密旨传给荣安，纵然不宜言明，总也会对内阁透露一二吧？再者说，就算事关机密，不宜对朝臣透露，那伺候陛下纸墨的近侍总该有一个吧？往西楚传送密旨的亲信密使总该有一个吧？现在她什么也没有，单单拿出这一张所谓的密旨来，怎么服众？"

她这样分析起来头头是道，几乎滴水不漏。

秦菁也不由得佩服这个女人在这种情况之下的应变能力。

姚阁老毕竟年纪大了，被她说得一愣一愣的："可是……"

"字是死的，人才是活的。"因为这上面玉玺是真，蓝月仙也聪明地没有直接指证秦菁伪造圣旨，只是目光阴冷地盯着她。

姚阁老等着秦菁给个交代，却不想秦菁像是被蓝月仙问住了，突然缄默。

"怎么，你找不出一个能证明此事的人来吧？"蓝月仙眼中略有得色，紧跟着眉眼一厉，却听人群里一个怯怯的女声道："我记得，今夜长公主殿下是同白家四公子一起进宫来的吧？"

此言一出，许多命妇就都想起来了。当时白奕说带了新夫人进宫，大家都好奇，所以几乎每个遇到的人都刻意多看了几眼，虽然当时没人清楚地看到她的脸，但是这一回想，的确是和秦菁很相似。

而且秦菁身上的这身衣服没换，命妇们无不捂嘴惊呼。

的确，她是和白家人光明正大进的宫门，更或者说，是白家人堂而皇之为她提供了庇荫，将她安全引进宫里来的。

白家人在朝中是什么地位和立场，无须多言，比任何信使暗卫的证词都有力。

“难道是陛下与右相秘密商议的结果？”姚阁老倒抽一口凉气，可惜白穆林夫妇称病，最近几次的宫宴都没有出席，而他那几个儿子也都有皇命在身，没有出现在这大殿之上。

蓝月仙的脸色已经有些发青，死死瞪着秦菁。

秦菁这才微微一笑，十分肯定地点了点头道：“的确是白四公子亲往西楚帝京与本宫传的父皇密旨，所以本宫才会不顾一切日夜兼程赶回来，却没想到还是晚了一步……”

她说着，便是蹙了眉头，满眼忧虑地朝“景帝”看去。

蓝月仙心头一抖，随后飞快定了定神，稳了情绪道：“本宫不跟你逞口舌之快，陛下的安危要紧，马上叫你的人让开，本宫要送陛下回宫救治。”

她身边除了宫女还有八名内侍，她使了个眼色，几个内侍才回过神来。方才黑衣人冲进来的那一瞬，所有人都紧张，倒是把“景帝”扔在身后的榻上没人管了。

几人赶紧围过去，手忙脚乱地搀扶起“景帝”就要往外走。

“把父皇交出来，本宫自会请太医救治！”秦菁纹丝不动，她的人死死守住各方出口，寸步不让。

“你——”蓝月仙气急。

现在整个大殿都在秦菁的封锁之下，她必须掌控住“景帝”，如果实在不行，至少还是一张保命的王牌。

“本宫再说一遍，把父皇交出来！”秦菁远远地看着她，一字一顿。谁都没有发现，是在什么时候，这个素来以一抹浅笑示人的皇朝公主，突然换了张冷到让人遍体生寒的面孔。

笑意敛去，眸中森然。

“哼！”蓝月仙由鼻息间哼出一声冷笑，“你这样挡在这里，到底是来救驾的还是来行刺的都说不清楚，本宫怎么可能把皇上交给你？你马上让这些人让开，否则……”

“蓝月仙，别叫本宫重复第三遍。这里是秦宫，不是你们区区蓝家的后院，我不管你有多少龌龊事，也不管父皇昏倒一事与你有没有关系，现在本宫在这里，就轮不到你做主！”秦菁冷然打断她的话，不再耽搁，直接一挥手，“去把父皇给本宫接过来！”

“是！”几个黑衣侍卫就要往上围。

“本宫看谁敢！”蓝月仙一慌，却强撑着气势怒喝一声，到底还是胆怯，脚下已经不自觉地往后退出去半步。

秦菁看在眼里，眼中浮现一抹讥诮的笑意，强横道：“拿下！”

几个黑衣侍卫刚要上前，冷不防殿外传来一人的怒吼声：“你们是什么人，竟敢擅闯中央宫？”

“有人于宫中造反生事，我等奉命前来救驾！”来人冷喝一声，不由分说已是一声令下，“给我冲，谁敢阻拦，格杀勿论！”

与此同时，惨烈的厮杀声和兵器碰撞声一同响起。

殿中众人都没有想到外面变故突生，连秦菁也意外地怔了怔，不过片刻，隐隐的血腥味已经从敞开的殿门之外飘了进来。

“啊——杀人了！”不知道是谁尖叫一声，整个殿中瞬时乱成一片。

“快，有乱党闯入，保护公主！”苏沐大喝一声。

大殿正门处，原本拔刀向内的黑衣侍卫纷纷掉转枪头转向门外，而堵在内殿两侧出口的两队人也方寸大乱，挤开人群尽数往秦菁面前迎来，从殿中又形成半个包围圈，把她死死护在当中。

殿外的厮杀声愈演愈烈，血腥味越发浓烈，秦菁反应不及，整个人都僵住了一样，在原地站了半晌。

满殿的人都六神无主的时候，忽然短音入耳，是一声女子得意的尖锐笑声。

那一声实在太过突兀，气氛瞬时一寂，所有人不约而同循声望去。

后殿之中，不断有身穿禁卫军服饰的小股精兵涌入，不多时便是一面铁血壁垒，把高居在上的蓝月仙和“景帝”护在了身后。

一个三品侍卫头领单膝跪地，大义凛然道：“臣等救驾来迟，请陛下和娘娘恕罪。”

“有人狼子野心，防不胜防，不是你们的错，起来吧！”蓝月仙眉头一扬，再看向秦菁时，表情已经不屑掩藏。

一念之间，局势倒转？

殿外厮杀四起，殿内剑拔弩张，朝臣们面面相觑。

“没想到你蓝月仙还有一颗忠君爱国的热血丹心！”秦菁冷笑，讽刺之意不加掩饰，隔着人群与蓝月仙对望。

“本宫感念皇恩，自然是殚精竭虑为陛下分忧！”蓝月仙满不在乎，“荣安，你假拟陛下圣旨已是罪犯欺君，现在更教唆苏晋阳意图逼宫夺位，分明就是乱臣贼子，还不束手就擒吗？”

方才百忙之中，她已经问过身边人了，正殿门前正是司徒南带着手下五万禁卫军赶到，只是不知怎的，苏晋阳的人都聚集在这里，所以他一时不得入内，正在清理苏晋阳的人。

苏晋阳手里现有的不过三万人，而且被打了个措手不及，只从人数上看，她便不担心了。

外面的人是苏晋阳吗？一直惊慌失措混在人群里的秦宁眼睛一红，脚下便是一个踉跄。

他居然为了秦菁，连这种事都肯做！

她身子一软，刚好被锦绣公主接着。锦绣公主怒然抬头看向高处的蓝月仙：“你这个贱人胡说八道什么？陛下面前哪里轮得到你大放厥词？”

“荆王妃，这里没有你说话的份！”蓝月仙冷冷地斜睨她一眼。

“你——”锦绣公主怒火中烧，刚要上前一步，却被那些禁卫军明晃晃的长枪吓白了脸，心有不甘地停在了原地。

秦菁遥遥看着台阶上蓝月仙的表情，略一抬手。

众人这才发现，她身边的黑衣人除了手中的武器之外，每人腰间还挂了一把小型弓弩。

秦菁这一挥手，众人便齐齐收了兵器，扣紧弓弩朝向高台上的蓝月仙和“景帝”。

“公主，公主不可啊——”朝臣鬼哭狼嚎成一片。

秦菁并未理会，直接对蓝月仙开口道：“本宫不与你胡搅蛮缠，总之本宫就是奉了父皇的密令急赶回京，你一个后宫妇人，私自调动禁卫军，现在还挟持父皇，这般乱臣贼子的行径，您要如何开脱？不打算束手就擒吗？”

蓝月仙看着她眼中的决绝之色，面上虽然不动声色，心里却因为大事将成而有一种隐隐的兴奋。

她认定秦菁是在作困兽之斗，就让人把“景帝”扶起来，只等着秦菁狗急跳墙对他下了杀手，那样一来，后面自己做什么事都名正言顺了。

“左丞相已经带领五万禁军包围了整座中央宫，荣安，寡不敌众，这个道理你会不懂吗？何必垂死挣扎赔上这么多人的性命？”蓝月仙道，颇有些大义凛然，“你与陛下父女一场，本宫感念陛下圣恩，再给你一次机会，只要你肯束手就擒乖乖认错，虽然罪无可恕，但是今天跟着你的这些人……本宫可以求陛下开恩，给他们一条生路。”

这是攻心之术？这种局面之下，她还想着挑拨离间？

秦菁像是被激怒，眼神又再冷了冷，盯着她问道：“如果本宫束手就擒，会是什么下场？”

蓝月仙胜券在握，勾唇冷笑，开口继续刺激她：“你逼宫造反，罪无可恕。鸩酒、白绫、匕首，三选其一，本宫至多可以保你一个全尸！”

两个人四目相对，各自眼中都是冰冷凝聚的杀气。

秦菁随手取过离她最近的一个黑衣侍卫手里的弓弩，搭了箭在手中把玩，一边漫不经心道：“蓝月仙，你就那么有把握你的左相大人能替你夺下这片江山？”

外面战况激烈，但结局绝对毫无悬念。

蓝月仙对自己和司徒南的布局有信心，也着实没耐性继续去纠正秦菁的措辞，直接黑了脸道：“本宫不和你在这里打口水官司，就问你一句，你降是不降？”

秦菁回头看了眼身后，突然苦笑一声：“蓝月仙，本宫知道你今天是不打算回头了，既然你有备而来，看来本宫想要全身而退也不容易。你不过就是想要我的命，只要你不伤我父皇的性命，本宫就是当场自刎又有何不可？”

这个时候了，她还演戏？

蓝月仙知道她是在煽动人心，而且这个丫头狡诈，多留一刻都是夜长梦多，她冷哼一声：“不要再花言巧语迷惑人了……”

话音未落，秦菁已经打断她的话：“不是说你为本宫准备了匕首吗？拿上来吧！”

蓝月仙才不信她舍得拿命来换景帝，只想着她当场反悔出丑，也就无法自圆其说了，于是当机立断一招手：“拿来！”

“殿下！殿下不能！您三思啊！”蓝月仙毕竟是个外人，而且此女品行不佳，早年就劣迹斑斑，再加上方才秦菁大义凛然演了一场戏，现在朝臣当中起码有一大半是站在她这边的，此时已经有四五个耿直的老臣跪地哀求。

后面一个内侍捧了一把匕首上来，却不想蓝月仙身边被内侍搀扶着的“景帝”突然用了很大的力气往她身上一撞。

“啊——”蓝月仙惨叫一声，两人四仰八叉地就往地上摔去，身边的人抢着去扶，也是乱成一团。

混乱中，蓝月仙感觉有人强行往她手里塞了什么东西，同时后肘被一股无形的力量一推。

一声细碎的声响入耳，她能感觉到这是血肉被利刃刺穿的声音。

蓝月仙整颗心都一凉到底，片刻之后她和“景帝”相继被人扶开，“景帝”胸口已然插了一把匕首，开了个硕大的血窟窿。

蓝月仙捏着掌心里湿滑的液体，脑中一片空白。

“啊！皇上！”朝臣中不知道是谁起了个头儿，哭天抢地。

蓝月仙眼中充血，整个人都木了。

经由方才那一幕，她确定身边潜伏了秦菁的奸细，乘机推了假的景帝，做成他为了保护秦菁而扑向自己的假象，而现在，她手刃了一国之君？

这种情况下，就算随后司徒南控制了朝中局面，群情激愤，这些朝臣也必然不会容她，而司徒南那人，到时候他恐怕更乐意顺水推舟，然后独享江山。

蓝月仙只失神了片刻，随后脑中飞快计较，就有了主意。

“不——”她尖叫一声，刚要解释这个景帝是假的，是秦菁找来陷害她的人，却发现那人一双阴郁而充满恨意的眸子正死死地盯着她，即使他的眼神在一点一点涣散，可是这个表情、这种眼神分明就是那人所特有的！

这是？这人是什么时候被调包过来的？

蓝月仙哑了声音，眼见着那男人满面恶毒地在她面前缓缓断了气。

“蓝月仙，你丧心病狂，联合外臣闯进宫门害我父皇！”秦菁的声音冷肃愤怒，当场发难。

“荣安，是你害我！”蓝月仙一个激灵回过神来，扭头看向秦菁，凄声嚷道。

秦菁冷然与她对视，弩上箭头指向她。

蓝月仙盯着她指尖上那一点寒光，脸色惨白，整颗心脏缩成一团。

秦菁唇角微扬，眼中却无笑意，一点一点扣紧手中弩箭的同时冷冷说道："如众卿所见，有人意图不轨谋害陛下，本宫此次回京，是来救驾的！"

语毕箭起，再无半分容情。

所以蓝月仙，你就是我的一枚棋子，生死荣辱全在我的掌控之中，现在，我用完你了，你可以去死了！

第十章 平叛之战，皇权罔替

“放箭！给本宫把这些乱党射杀，一个不留！”

箭雨森然，灯火辉煌的大殿中惨叫声四起。

那些护在蓝月仙前面的禁卫完全没有来得及反应，已经被短箭刺穿胸腹，一个接着一个倒下。

数百人垒砌而成的血肉壁垒瞬间坍塌，露出后面跪在一起死不瞑目的两个人。

殿中的气氛瞬时被浓烈的血腥味冻结，温热的血液自高处的王座那里缓缓流下，金砖铺就的台阶被染红，浓稠而鲜艳的血水一路蜿蜒着流，淹没了文武百官足下的地砖，所有人都仿佛做梦一样戳在血泊当中。

有人恐惧，有人震惊，惊的却不仅是他们至高无上的君王一朝薨逝的事实，更是因为亲眼见证了站在他们面前的这个少女，手起刀落血染皇廷的勇气和决心。

万众瞩目之下，秦菁踏着脚下血水和那些横七竖八的尸首一步一步走上高台，弯身下去，轻柔地替她死不瞑目的父亲合上了双眼。

“你的这双眼，一辈子都没有分清是非对错，所以我替你将它合上，从现在开始，用你的心来看着，看着我在这皇廷之中亲手操刀，颠覆你苦心经营一生却从来没有得到的这一切。”

她的声音轻且缥缈，隔着这样的距离，所有人能看到的只是她在已死的景帝耳畔喃喃低语，像是情意浓厚的父女在做最神圣的告别。

半晌，姚阁老颤了颤，明知故问地哑着嗓子试探：“殿下，皇上他……”

一国之君，一夕暴毙，殿外还有叛军作乱，杀得腥风血雨，这是要在一夜之间毁了这座延续了八百年繁荣帝业的王朝吗？

这后果太严重，任谁都要刻意回避不提。

秦菁重新站起来，目光淡淡飘来，声音平静道：“父皇，已经去了……”

“啊——”人群中不知道是谁突然爆发出一声撕心裂肺的痛哭声。

姚阁老身子晃了晃，倒在了血泊里。

方才那场突如其来的箭雨，让在场的命妇和高门千金已经晕得差不多了，此时文武百官一阵骚动，齐齐跪下伏地痛哭。

哀哀的悲凉之声回旋在大殿当中，秦菁漠然地看着，等到他们哭够三声，忽而目光一敛冷声斥道：“全都给本宫住口！”音调不高，却清亮干脆。

殿中气氛一滞，众人不约而同抬头看向高台之上王座之前那个神情冷漠、眉眼凌厉的少女。

“诸位大人心系君王，心系社稷，是我大秦之福。本宫感怀于心，但现在还不是你们哭的时候。”秦菁声音冷肃，表情森然，每一个咬音明明极轻，落在众人耳中还是掷地有声，“蓝氏贱人勾结外臣司徒南作乱于此，谋害君王、乱我河山，你们要哭，也等到乱臣伏诛之后到父皇的灵台前去哭。”

“是，蓝氏作乱，大逆不道，幸得长公主及时回鸾，救我大秦江山于危难之际，臣等自当勠力同心，助殿下击退乱党，平此祸乱。”一个武将振臂一呼，起身夺了一个侍卫的长刀率先冲出门去。

有人带了头，殿中武将相继鱼贯而出。

自事发起，他们就一直被困殿中，并不知道外面的具体情况，却被秦菁杀伐决断的威势所震，不知不觉信了这女子的通天之能。

秦菁没有让人阻止，她很清楚，虽然她可以步步算计，做到周全无误，但这山河却不是凭她一个人可以撑起来的，她得给这些臣子一个建功立业的机会，重新洗牌皇权体制，巩固政权。

武将们为表忠心，都出去冲锋陷阵了，文臣们留在殿中。

“诸位大人受惊，就暂且在这殿中歇息片刻，等到一会儿事情过了，本宫自会安排车马送诸位回府。”秦菁说着，款步从那台阶上下来，一边往门口走，一边吩咐苏沐道，“后殿那两处入口还是安排人去守好，务必保证众位大人的安全。”

司徒南贵为左相，在朝中并非势单力孤，他的党羽也在这些朝臣之中，一个也不能放出去。

“是！”苏沐一挥手，原先驻守在后殿入口处的黑衣侍卫马上归位，再度把整个大殿堵了个水泄不通。

秦菁款步跨出门槛，在正殿门前高高的台阶上站定，目光沉静地看着脚下血光连天的杀戮，没有半分动容。

司徒南没有出现，而是让他一力提拔上来的副统领吴伟业坐镇，将五万禁卫军一并压在了这里，想必是踌躇满志，志在必得。

苏晋阳的三万人提前在周边设有埋伏，他们刚一出现，就以弓手放倒了一批实力最强的先头部队，后面他便把人尽数压在台阶下面的广场上死守，虽然没有主动冲击，却死死封锁了身后的中央宫，但凡有人靠近，一律斩杀。

就因为他以静制动，没有大规模出手，所以外面虽然厮杀声不断，但是到了这会儿，除了吴伟业第一批派出来的那支三千人的精英部队死得干净利落之外，后面上来的人折损数量也不过几千，大批叛军力量还得以保留。

秦菁抬手招呼了一个侍卫过来，于他耳边低语了两句。

那侍卫应声，飞身奔入战圈，找到临阵指挥的苏晋阳，给他传达了秦菁的命令。

苏晋阳默然应下，立身于血肉尸骨之中，自始至终没有回头，只果断抬手比了个手势："格杀勿论！"

进攻的号角自四下里响起，他身后原本驻守设防的禁卫军蜂拥而上，和源源不断涌过来的叛军杀成一片，一时间中央宫外喊杀声震慑宫闱，血光冲天。

有侍卫搬了椅子过来，秦菁弯身坐下，手里悠然捧一碗茶，就着鼻息下面浓厚的血腥味津津有味地品着。

因为所处地势极高，脚下厮杀的众人抬眼就能看见这女子被众人簇拥着坐于殿外的窈窕身影，如这染血夜色中唯一存留下来的杏色的花，那么明媚，那么耀眼。

其实不用多说，殿中情况已见分晓，只从她出现的那一刻，原本还前赴后继斗志昂扬的叛军阵营已经出现了不小的骚动。

蓝贵妃事败，就等于说他们大事未成已经失去了绝对控制权，吴伟业抓枪的手心在隐隐出汗，控马不住大声呼喊，以便鼓舞士气。

无形之中，叛军节节败退。有几位老臣在殿中缓过气来，大着胆子摸到门边观战。

"殿下，您看这叛军已露败象，是不是……劝降？"他们都是文臣，哪里见过这样的场面，忍不住两脚打颤。

"再看看吧！"秦菁淡然微笑，复又垂眸饮茶。

几个人互相对看一眼，张了几次嘴，终于没能说出什么来。

秦菁不语，她是在等人。

苏晋阳的三万人尽数压在这里，司徒南控制的五万也一并开来了，外城那边她只让白奕等人分别带兵封锁了进出城门的要道，没有动手。

她在等蓝玉衡的反应。

苏晋阳说蓝玉衡控制了三处宫门，现在司徒南不在，明显就是出宫调动他私自集结的二十万人，算计着从外围攻陷云都。蓝玉衡放了他出去，却是到现在还没有加入战局——

这位蓝家大公子的耐性，一向都好得惊人呢！

秦菁垂眸静候，眼见着吴伟业五万禁卫军要去一半，远处的灯火下终于见到另一支整装完备的队伍潮水般压了过来，从外围包抄，与苏晋阳的人手形成两面夹击之势，手起刀落，毫不手软地展开一场屠戮。

腹背受敌，夹在中间的叛军惊慌失措，根本无心恋战。

秦菁唇边闪过一丝不易察觉的冷笑，终于放下茶碗，回头给苏沐使了个眼色。

苏沐会意，带了两个人折回殿中，不多时就抬了蓝月仙的尸首出来，直接沿着那汉白玉的台阶往下用力一推。

裹着华服的那具尸首，如同半截没有生气的木头桩子一样，骨碌碌滚下去，借助强大的冲击力，直接摔在了交战的两军阵前。

“这——啊，是姝贵妃！”一个小兵惊慌失措地大叫一声。

吴伟业虽然早就想到蓝月仙已经事败，却未想到秦菁竟会不等过审，直接在大殿之中当着百官的面就杀了她。

“蓝氏勾结外臣，意图弑君夺位，乱我河山。贱人的尸首在此，你们还有谁是不怕死的，要与她共赴黄泉吗？”苏沐走上前去，声音冰冷地说道。

殿外原本厮杀激烈的双方在见到蓝月仙的尸首时已经惊呆了，这个叱咤后宫、从冷宫里安然走出来的女人，就这么完了？

当然，如果看到景帝的死状，他们或许会更惊诧一些。

众人面面相觑，一时间进退两难。

“不要听他一派胡言，分明就是那个女人妖言惑众，有不臣之心！左相大人忠君爱国，已经往外城调派人手，此时定然将皇城围住。你们不要被她的妖言蛊惑，援军马上就到了，左相……”吴伟业见到人心不稳，马上扬声怒喝，意图重新鼓舞士气。

“报——”他话未说完，身后已经有一骑快马飞奔而来。

因为有蓝玉衡的人从中阻隔，他近不得前来，只能隔着人群高声通禀：“逆臣司徒南私结匪兵意图不轨，已被小梁将军等人三面夹攻所击溃，叛军残余兵力被困北城门外，请殿下安心！”

云都东南西三面都有机会突围而出，唯有北方临水，而且为了阻止江北大营的人渡河，往来于两岸的交通工具已被尽数摧毁。

别人不知道，吴伟业心里却很明白，如果司徒南被人困于北城门外的消息是真，那就等于完全被断了退路。

他心里一凉，险些从马背上翻下来。

这时候他手下叛军已经慌了，有人仓促地回头去看高处的秦菁，大声喊道：“我们不知道司徒南是叛臣，我们都是听命行事，既然长公主已经诛杀了逆贼，我们归降！我们全都不知情，我们罪不至死！”

不知情？他们当中的哪一个不知道宫中禁军的统帅就只有苏晋阳和蓝玉衡？不过就是因为

蓝月仙在这宫里只手遮天，他们为了荣华富贵，所以赌上了身家性命，愿意追随罢了。

那人一喊，其他人就又看到了希望，已经有人扔了兵刃，连忙要附和。

“不必了！”几个老臣才要露出如释重负的表情，秦菁已经神色漠然地道，“我秦氏王朝，最不可容忍的，是背叛！”

众人只见她素手一扬，毫不拖泥带水地吐出一个字：“杀！”语音清脆，掷地有声。

苏晋阳似乎愣了一下，反应却极为迅速，马上跟着下了命令：“所有叛军，一个不留，杀！”

有些人屠刀刚放，还没有从劫后余生的喜悦中走出来，紧跟着头颅落地，血溅当场。这一刻，秦菁身上的戾气太重，再没有人敢上前给叛军求情。

中央宫外，灯火辉煌，却于瞬间沦为修罗地狱，尸横遍地。

“呵！”就在所有人都胆战心惊的时候，人群之后忽而传来一声低哑的浅笑。

那笑声实在不能算高亢，但在这般紧张的形势下，却从容闲散得过了头，让人禁不住心里发颤。

秦菁眉头微微一皱，所有人循声望去，那声音紧接着飘来：“长公主殿下真乃奇女子也，回回见面都叫本座刮目相看。”

男子语气闲适，不知不觉间给人一种强烈的压迫感，逼得人喘不过气来。

来人，是付厉染。

墨发黑袍的男子，神情桀骜居于马上，唇角一点若有似无的笑意，让那张脸孔之上原本冷且硬的线条，生生柔和了不少，隐隐透着丝邪气。

宫殿前面砍杀成一片，他巧妙躲避着明枪暗箭穿梭其间，居然游刃有余，说不出来的从容自在，观光一般。

他会在这个时候突然出现，连秦菁也始料未及。

付厉染大约也想到了她心中的疑虑，难得主动开口道：“方才你们宫门外打得太乱，本座实在找不到人递帖子，不请自来，还请殿下莫要见怪。”

说话间，他已经策马到了台阶底下。

“来者皆是客，是我国中突逢变故，怠慢了！”秦菁款步往下走，一边笑容淡淡地看着他，“国舅大人此番远道而来，是为了贺我朝贵妃大寿吗？遗憾得很，今日这寿宴怕是摆不成了。”

“怎么会？本座与你秦氏的哪位娘娘都没有交情。”付厉染翻身下马，目光流转，四下看了眼，“不过好像我来得也是时候，貌似可以赶在新帝登基之日讨杯酒喝。”

“是啊，国舅大人正赶上好时候了。”秦菁笑道，在台阶底下站了一瞬，话锋一转，道，“不过这酒可不是白喝的，阁下的马姑且借本宫一用。”说罢，已经一闪身抢了付厉染手里缰绳。

付厉染手一空的同时，腕下灵活一转，于广袖之下握了她的手腕。

秦菁微愣，他却未动，只一缕浅淡的叹息声传来："不好意思，方才来时路上本来想送你一份大礼的，可惜那人我没能拿住。"

"意料之中！"秦菁不甚在意地微微一笑，目光下移落在他袖子上，"我赶时间。"

广袖之下没人能看清他们之间的动作，付厉染并没有多纠缠，悄然无声地往后退去半步。

秦菁利落地翻身上马，然后掉转马头，策马往北城门的方向飞驰而去。

那一剪背影极为纤细，裙裾猎猎，也未能掩盖住骨子里华艳桀骜的气息。

今时今日，她从秦宫的阴暗囚笼里涅槃。

从此，一飞冲天。

付厉染负手而立，看着她的背影，眸色深远且明亮。

苏沐不敢擅离秦菁左右，赶紧带了几人抢了马去追她。

今夜注定要孤注一掷，在中央宫外血流成河的同时，司徒南火速出宫调派了他暗中集结的二十万大军，意图围困整座云都。

他的人从东西南三面夹攻，原意是要封锁三处城门，不想人堪堪到位，身后不知道从哪里冒出一股远胜于他的兵力，从外围又将他给裹住，而这三方兵力的领军人物更是让他始料未及。

魏国公府出身的少年将军梁明岳，右丞相府白家从不参与政事的四公子白奕，还有一个，居然是宴会前他还派人确认过本应被困在江北大营不得其门而出的白爽。

三处城门，他驻军二十万，对方紧随其后，压兵三十万，只是这其中却没有白爽从江北大营带出来的兵。

虽然双方在兵力上有差距，横竖是困死城下，司徒南原也是个破釜沉舟的打算，却不想双方才交上手，他手下士兵竟然集体突发恶疾，未等对方出手已经倒下大半。

他心中惊诧，马上明白过来，定是有人在他的粮草中动了手脚。

因为是秘密招兵组建的队伍，他这支队伍的粮草不能从朝中发放，他几乎动用了自己暗中掌控在内的整个江南道的财力，选了个可靠的秘密渠道，采购粮草军备，以备今日之战。

前段时间，就是因为粮草方面没有准备停当，他才没能赶在九九重阳之日动手，现在却再次出现了意外变故？

在这个节骨眼上，司徒南根本不敢多想。此时他军中战斗力大减，白家兄弟联合梁明岳几乎都没用强出手，已经把他逼得节节败退。

而且几人好像有意为之，一路逼着他往北边被大江拦截了后路的方向退避。直至最后，白爽和梁明岳以两面夹击之势，将他剩余的四万残兵尽数压在北城门外，而白奕的人则从南城门直接进城控制内城了。

秦菁一路策马疾驰，出了宫就直奔北城门。

彼时天还未亮，四野之内一片漆黑，她孤身登上角楼，看着脚下七零八落的叛军。

城下司徒南一身狼狈地坐在马上，双方对垒。

“左相辛苦，这大半夜的，还要劳您在外吹风，本宫真是过意不去！”秦菁淡然开口，衣袂翩翩，一派睥睨天下之姿。

“荣安长公主，你当真让本相刮目相看！”司徒南冷笑，冷风之中他笑容凛冽如刀，直直向着城门楼上的秦菁射去。

“左相轻敌，败得其所，何必如此心有不甘？你可别跟我说你输不起！”秦菁不以为然地摇头一叹，凉凉道，“先跟左相大人说一声，宫里蓝氏那个寡情薄义的女人，本宫已经代左相处理干净了，举手之劳而已，您也不必言谢了。”

蓝月仙那个女人，果然是成事不足！

司徒南心中最后的侥幸也没了，有点急怒攻心。

秦菁压下心里的一丝躁意，强行稳住，不与他废话，冷声说道：“你已经没有翻盘的机会了，是要本宫动手，还是你自己了断？”

话音未落，城楼上立时压下一排弓箭手，个个拉弓搭箭，对准脚下司徒南的叛军。

“保护大人！”司徒南身边副将大喊一声，士兵飞快架起两层盾牌，将他连人带马一并护住。

司徒南端坐马上未动。

秦菁一直远远注意着他的一举一动，身为一介文人，实在不该有这样的胆魄和风骨。

果然，下一刻司徒南冷然挥手：“带上来！”

到底还是被她猜中了！

秦菁一颗心狠狠地往下沉，脸上表情维持不变，袖子底下的手却瞬间掐进了血肉里。

司徒南身后严阵以待的士兵整齐让开，一大一小两个人五花大绑被人从后面推出来。

萧文皇后穿着一身华服，显然是之前去中央宫赴宴时候的打扮，头发却在挣扎中散乱下来；而她旁边，那个孩子完全没有察觉到危险逼近，一副呆滞的表情。

“成王败寇，我无话可说，但是不到最后一刻，你怎知道我今日必败？”司徒南命人将那孩子往前一推，大声笑道，“荣安，即使我宫中事败又怎样？你也不见得就能成事，你最大的筹码现在在我手里。就算你控制了宫廷，打压了我的军队，又当如何？今天只要我一刀杀了宣王，你所有的努力也付诸东流。没有可以继位的皇子，你能制住朝中那些顽固的老臣？到最后还不是一败涂地！秦氏建国八百余年，可还没有女帝登基的先例，而且今日宣王和萧文皇后一死，这个责任必定要你来担，众目睽睽之下，是你迫我于城下而不肯妥协，你不顾皇嗣生死，妄自操刀杀戮，那些老臣岂能容你？”

他说着，已经成竹在胸地翻身下马，一手夺了侍卫手里的刀，横刀一扫，落了萧文皇后耳边一缕发丝，反手将刀一横，架在了她的脖子上。

“只要你答应去安抚宫里的那些老臣，然后辅佐太子登基，本相可以保证不伤你们母子三人的性命，将你们荣养起来，直到寿终正寝！”司徒南道，志在必得。

怪不得叛军败退之后他一直没有想办法逃走，反而滞留不去，原来就是为了等她来，好再翻盘一把。

敌阵之前，那个素来温柔婉约的女人静静立着，自出现的那一刻起，便没有往城墙上看。

她知道那里站着的是她的女儿，拼了一切试图保护她的女儿。她也知道，这一夜走来这个孩子经历了怎样的血腥和威胁，她不看女儿，是不想在最后关头成为女儿的负累。

秦菁亦从远处远远地看着她，心中五味杂陈。

她定了定神，尽管乱成一片，面上还是无动于衷，讽刺道：“司徒南，看来你这么多年的官场是真的白混了，你不会真的蠢到以为本宫会留这么大的一个空子等你来钻吧？”

“什么？”司徒南持刀的手略一震颤，萧文皇后颈边已经滑过一缕血丝，染在衣襟上。

秦菁心中一恸，就要一步抢上前去，却被人以迅雷不及掩耳之势一把拉住了手腕，同时略带戏谑的清朗男声从身边传来。

“文人的手还是不要随便动刀子，左相大人你手抖了。”白奕从楼梯口一个箭步冲上来，在暴露于众人之前刻意缓了一步，做出闲散洒脱的姿态慢慢上前。

他从袖子底下握了秦菁的手，用力将她的手攥着，径自走过去，神色淡远地站在城楼之上，缓声道：“不是什么人都可以拿来做筹码的，有些人的命很值钱，有些人的命，不值钱，有些人的头很宝贵，还有些人，活着才更有利可图不是吗？”

他悠然笑着，并不回头去和秦菁正面相对，只不动声色地将她的身子半挡在自己身后，两掌撑在门楼外延的砖墙上，笑着去看下面的司徒南。

想着方才自己就是被这个无名小子逼迫到走投无路，司徒南不由得勃然变色：“白奕？你算个什么东西，这里几时轮到你说话了？”

“其实我也不想和你这将死之人浪费口舌，只是你与我父也算同朝为官多年的老臣，忍不住，送送你！”白奕对他的辱骂毫不在意，仍是言笑晏晏，以一个居高临下的角度看过去，“我知道你的打算，你不动宣王，却唯独拿了皇后娘娘出来做戏，不就是料准了即使长公主殿下心狠，朝臣士兵也会对宣王更重视？回头即使谈不拢，你带了他，就算不得门路渡江，涉水而下或是逆流而上，沿途总要有个把柄在手，可是左相大人，你现在何不回头看看，江北大营的二十万大军全线压来，你觉得哪条路走得顺畅些？”

白爽明明带着十万梁家军在围堵自己，哪里还能分身去指挥江北大营拦截他？

“你不要在这里危言耸听，大不了鱼死网破！”司徒南闭眼缓了缓神，语气强硬，讽刺一笑，仰头对白奕身后的秦菁道，“荣安公主，本相方才开出的条件，你可考虑好了？我的耐性可不多了。”

“左相大人，有些人的劝你还是该听一听的。”秦菁冷笑一声，这一次冷不防却是一个清亮却略显稚嫩的嗓音从叛军背后传来。

这个声音，莫名带了几分熟悉。

司徒南心头剧烈一震，他身后严阵以待的兵士也始料未及，方才所有人的精力都集中在城楼上，此时骤然回头，却赫然发现，不知何时，一辆华丽辇车已经稳稳停在了他们的阵列之后，更让人惊讶的是，与它一同神出鬼没的还有一支三千余人的装甲卫队。

司徒南戒备地看着，两个护卫上前拨开车上挂着的垂帐，里面一个身着黄色锦衣的少年款步走了出来。

他面上遮了半张纯银面具，露在人前的半张脸却极为秀气，身量还没有完全长开，也就十多岁的模样。

那少年仪态从容，负手站于辇车之上，唇角带了薄笑。司徒南乍一见他脸上的面具，顿时气血上涌，一个箭步冲上去暴怒道：“是你！”

“左相大人，真是好记性！”那少年微微颔首，云淡风轻的模样，却是话锋一转，敛了笑意道，“可是我觉得，这两个字你可能还得再说一遍！”

说话间，他缓缓抬手取下脸上的面具，仍是淡然一笑：“左相大人，别来无恙！”

面具之后是少年含笑的脸庞，若有似无的一点笑意噙在嘴角，雍容高贵，点尘不惊，左边脸颊上现出一个明显的梨窝。

前太子——宣？

“你……是你？你……”司徒南如遭雷击，见鬼似的突然回头，看向自己旁边被五花大绑的那个少年。

几乎可以乱真的面孔，不过一个神情呆滞木讷，一个姿态从容肆意。

他猛地转身去捏那孩子的下巴，似是想要从他的脸颊上挤出那个属于秦宣特有的标志性的梨窝，可是左右揉捏之下，一无所获。

“怎么会？”司徒南梦呓般倒抽一口凉气，脑袋里一片混乱，他再度抬头，朝远处的秦宣看去。

没有人知道，前几个月为了筹备粮草，他曾假借出京巡视西北道的名义去见了一个人，那日深夜，他便是在四海旗下的一处隐秘私宅里，同这个戴着银色面具的少年谈了整夜。

为免树大招风，无论是在萧羽手下还是在秦宣手下，四海钱庄的实力和规模都做了相当分量的隐藏，所以表面上看国内最大的连锁银号还是万利，但四海家暗中控制南北两处大粮仓的事司徒南却是隐隐知道的。

所以，他找上门去，和四海的主人谈了一笔交易。

当时他也奇怪，这么大的事怎么会是一个半大的孩子来跟他谈，可是谈判的过程中，他领教到这个少年的精明和厉害，而且四海的伙计都管这少年叫少东家，他便以为这应该只是个幌子，后面肯定还有真正的控盘者。

这会儿他的粮草会出问题的谜底就完全揭开了，可是他居然没有认出秦宣来？

是他蠢吗？不是的！而是根本防不胜防！谁能想到一个本该关在皇城里的傻子会摇身一变，成了掌握大秦经济命脉的四海主人？

司徒南几乎难以接受这样的事实，目光阴狠地盯着对面秦宣的脸。

这个时候，秦菁已经不被他看在眼里了，眼前的少年才是他最大的阻碍和麻烦。

“江北大营，是向来只有天子才有权调派的皇家卫队，宣王，你好大的胆子，竟敢私自调兵离营？”飞快稳定了情绪，司徒南一字一顿，几乎是从牙缝里挤出几句话，大手一挥，厉喝道，“把这个狼子野心的小子给我拿下！”

谋逆之举，其罪当诛！只要占着这个道德的制高点，他就还有机会再搏一次。

他手下士兵走投无路，举起兵器就要往前冲杀。眼见着叛军如潮水般涌来，秦宣却是寸步不让，还是稳若泰山地扬声道：“左相，在你动手之前，本宫还有件东西交予你过目。”说话间，他一招手。

后面一个侍卫上前，把提在手里的一个四方包袱大力一甩。那包袱里是一个四尺见方的锦盒，盒子在地上砸开，里面滚出一个圆鼓鼓的东西来，赫然是一颗血色全无的大好头颅。

那头颅上面的血迹明显被人特意清理过，所以虽然天色未明，样貌还能分辨。

“啊，是太子，是太子殿下！”有人惨叫，冲击中的军队骤然刹住步子。

后面城楼上的秦菁禁不住上前一步，急声道：“白奕！”

“嗯！”白奕握住她的手，瞅准时机一挥手。

两道身影迅若奔雷自城门上飘飞而下，直冲进叛军中，等有人反应过来，却发现先前挟持萧文皇后和假秦宣的两个士兵已经被人拍晕在地，两个人质不翼而飞。

司徒南面色铁青地倒退一步，只觉得胸口郁结，血气上涌。他瞪着秦宣，咬牙切齿：“好，你们好啊，手足相残，谋害太子！秦宣，你这乱臣贼子，你……”

“左相大人你错了。”秦宣不紧不慢地拨开护在他面前的两个侍卫，跳下辇车，衣袍猎猎，站在两军阵前，面上笑容冷酷，“一个时辰以前，本宫正在江北大营休息，是二皇弟他突然带人闯入，假传父皇的圣旨，想要调派皇家近卫以行不轨之事，见到本宫还要对本宫下杀手。我的人杀他是正当防卫。而江北大营会集结于此，更全然与本宫无关，他们是从二皇弟那里得知宫中恐生变故，自主回来护驾的。”

秦洛怎么会突然跑到江北大营去，司徒南不知道，而且此时此刻他早已急怒攻心，更是完全没有心思去想这些。

没了秦洛，他像是最后一点希望陨落，突然之间就茫然而恐惧起来。

身后的城墙上，秦菁的声音冷漠地传来：“宫中蓝氏勾结禁卫军，意图乱我朝纲，父皇一时不察，已经葬身于蓝氏之手，文武百官为证，蓝氏亲口招认，此事乃她与左相司徒南合谋，意图颠覆我秦氏江山，只是本宫没有想到，太子居然也参与其中。”

这是一个局，就是要将他们一网打尽。

危急关头，司徒南突然发现他平时冷静的头脑这一刻居然一片空白。

秦菁话音才落，对面的秦宣已然接口道：“如今太子和蓝氏皆已伏法，司徒南更是其罪当诛！谋朝篡位，罪大恶极，在场的都是他的党羽，一概论罪！众将士听令，给本王将这些乱臣贼子就地格杀，以祭父皇和所有死在他们屠刀之下的忠良之士的亡魂！”少年面容冷漠，字字句句铿锵有力，带着不属于他这个年纪的气势和力量。短短几句话，就让军中将士热血沸腾。

何况景帝暴毙，秦洛的人头又现于此处，今时今日，这大秦天下唯秦宣一家独大，再无转机。

“斩杀叛军，护卫皇城！为陛下和死去的人报仇！”有人领头振臂一呼，众人举起刀锋一拥而上。

叛军早就人心惶惶，乱成一片，喊杀声响彻天际。这一场战事，胜负已定，完全没了悬念。秦宣缓缓吐出一口气，转身快步朝马车后面走去。

方才苏沐和灵歌趁乱掠进叛军当中掳了人，再折返城头风险太大，于是直接近奔到了他这边来。

萧文皇后一直被人护着站在旁边，亲眼看着她的一双儿女配合默契，控制局面，又步步紧逼，将司徒南一党逼迫到走投无路。

“母后，你还好吧？”秦宣迎上去一步，一把攥住萧文皇后的手。

“宣儿！”久别重逢，默然半天，不置一词的萧文皇后终于忍不住一把揽了儿子在怀，失声痛哭起来。

方才那一刻，深陷敌军之中，她甚至做好了关键时刻牺牲掉自己的准备，她是一生平庸无能，在这样的危急关头，纵然一死也不能拖后腿，输掉她这一双儿女几经生死换回来的局面。

那一刻，她是真的不怕死，可不怕死不代表真的无所畏惧。而现在，又与久别的儿子再度重逢，她更是感慨万千，喜极而泣。

苏沐和灵歌互相对看一眼，露出劫后余生的唏嘘表情。

好在司徒南更重视秦宣一些，见到秦宣是假，就直觉地以为萧文皇后也是假的，放松了警惕，否则这个局面还不知道会演变成什么样子。

这边秦宣和萧文皇后一直过不去，对面的城楼上，秦菁心里一直紧绷的那根弦终于放松下来，脚下有些虚浮。

白奕眉头一皱，忙一把扶住她的腰，让她靠在自己身上，不安道：“怎么了？”

“没事，就是有点累了。”秦菁冲他露出一个笑容。

她明明在笑，白奕却忍不住心疼。他抬手摸摸她的头：“我先送你回去，这里让别人盯着。”

“嗯！”宫里也还有很多后续事情要处理，秦菁并不拒绝。

白奕拦腰将她往怀里一抱，这才回头对身边那个控制弓箭手的黑衣暗卫道：“这里盯紧了，配合宣王把下面的人全部灭口，赶在天亮之前把战场打扫干净，不要惊扰了百姓。”

言罢，直接抱着秦菁下了角楼，策马回宫。

彼时宫里的动乱也已经平定，苏晋阳带了人在打扫战场。

五万叛军一个不留，整个中央宫内外血流成河，清洗之后，御花园里的几处河水在几天之后都隐隐透着腥气。

秦菁匆匆回乾和宫换了衣服就赶到中央宫去安抚朝臣，一边命人准备了马车、轿子把入宫赴宴的命妇小姐各自送回府，一边安排了人把文武百官请到启天殿等秦宣回宫。

北城门处的野战场上，因为有弓箭手的配合，司徒南的四万余人毫无悬念全军覆没，他自己亦被万箭穿心钉死在城门上。

辇车之前，秦宣面无表情地看着，几乎所有人都很难想象，他们印象里那个总是笑容清爽、温和儒雅的小太子也会有这么嗜血冷酷的一面，仿佛一夕之间天地巨变，这个少年已经完全释放出另一种人格，让人望而生畏。

血战过后，这位年轻的皇朝继承人亲自打马，护送萧文皇后回宫。

城门下，司徒南奄奄一息地半跪在那里，心有不甘地盯着他一路走过。

秦宣路过他的时候顿了片刻，对这位大逆不道的左丞相说了最后一句话：“左相，之前咱们做的那笔买卖，你还欠着本宫另一半的粮草钱，眼下你是成事无望了，不过也不用挂心，回头抄家清点的时候，本宫会记得自己取回来的。”

言罢，漠然转头，目不斜视地打马而去。

萧文皇后受了惊吓，回宫后秦宣安排了人送她回永寿殿休息，自己则飞奔回寝宫。

秦菁给他备好了衣物等在那里。

“皇姐！等急了吧！”秦宣翻身下马，姐弟两人携手往后殿走去。

因为沿路的宫女太监都被遣出去了，秦菁也不避讳，开门见山：“宣儿，那颗人头……”

“不是他！”秦宣似是早就料到她会有此一问，倒是十分干脆，只是眼神不觉微微一黯，神色凝重道，“那人的确是宫里事发之后，暗卫在宫门外拦截下来的，但不是他！”

果然还是这样！

从付厉染告诉她，他想送她的那份礼物失手之后，秦菁心里隐隐有这种预感——

看来这次秦洛要躲过去了。

果不其然，秦宣这边也没能拿到他的人。

“这样也好，反正已经用这个罪名断了他的后路，日后身份无所依凭，谅他也翻不出什么大浪来。”深吸一口气，秦菁微微闭了下眼，缓和了情绪，然后话锋一转，微笑道，“衣服我给你准备好了，都放在里面，你快点换了去启天殿，文武百官已经候在那里了。事不宜迟，昨夜的事必须马上做一个了断。”

“好！”秦宣点头，快步进了寝殿。

这一夜，秦氏王朝经历了它这八百年间最惊心动魄的一夜，帝王遇刺，太子被杀，宠妃、外臣联合叛乱，整座王朝风雨飘摇，却在这区区一夜之间几次峰回路转，一切的一切都在黎明后第一缕阳光普照大地时重归平静。

次日一早，秦宣以大秦储君之名，分别向西楚和大晏递交国书，八百里加急传送过去，表示愿意化干戈为玉帛的态度。

书信一送，付厉染就有了名正言顺的理由继续在云都逗留，美其名曰大晏使臣，等候参加大秦新帝的登基大典，当然，他这个使臣的名头是自封的，要等晏英那边的正式圣旨传送过来才算数。

因为要处理的事情很多，秦宣的继位大典刻意拖延，定在十日之后。接下来的几天，整个皇城戒严，左丞相司徒南连同其党羽，上下二十六名朝廷大员被诛九族，灭门抄家。

作为司徒南最大盟友的秦洛和蓝月仙，两人罪无可恕，死后贬为庶人，不得全尸而葬。

世昌伯府本应一同以谋逆大罪论处，只是因为蓝玉衡没有与姝贵妃等人同谋，并且带兵协助镇压乱党有功，将功抵过，没有被追究罪责，但世昌伯府的声望却是一夕扫地，再无往日的半点荣光。

当天的朝堂之上，蓝玉衡主动请辞，卸掉了禁卫军统领之职，请求外调西北道。

秦宣虽然还未正式登位，但这几日他已经以监国亲王的身份暂管朝纲，蓝玉衡请奏的调令很急，秦宣表面上很是客气地挽留一二，最终还是准了他的奏请。

谁都知道，萧、蓝两家势不两立，新帝对蓝家，怎么也不会是真心实意的。

蓝家人的动作很迅速，三日之后已经人去屋空，走了个干干净净。

而接下来的几天之内，整个江南道天翻地覆，一众官员因为结党营私、协同逆臣司徒南私组军队，受到了盘查，大批官员被撤换，整个江南道的官场经过一场空前迅捷的大换血，转眼间司徒南的党羽灭得干干净净，一丝痕迹也不留。

是夜，月朗星稀。

蓝玉衡靠着密牢的墙根席地而坐，从高处的小窗子透进来一点微弱的光，刚好落在他的脸上。

他闭着眼，面上表情平静。

夜色沉寂，而这座密牢又在地下，所以刚有人开门下了密道，他就感知到了动静，只是懒得动。

两个人的脚步声不轻不重，绕了九曲十八弯，门口厚重的石门缓缓开启。

秦菁款步下了台阶，下面空间宽敞，只在中间用一道精钢栅栏隔开两边，不脏不乱，四周都是厚重的石壁，十分压抑阴森。

石室里空荡荡的，别说刑具，连一把椅子都没有。

秦菁径直走过去，站在了牢门之外。

蓝玉衡唇角微微勾起一个自嘲的弧度，又过了片刻，缓缓睁开眼睛。

他还是靠在那墙壁上没动，只稍稍偏了脖子，侧头看向秦菁，语气不轻不重地问道："来了？"

"你知道我要来？"秦菁抿抿唇，语气和他一样不温不火，却也没等他接话，紧跟着话锋一转，"那么你也应该知道本宫是因何而来的！蓝玉衡，你是个聪明人，咱们开门见山吧！告诉我，你把秦洛藏到哪里去了？把他交出来，本宫可以保证不再为难你蓝氏一族。"

蓝玉衡一直听着她说，唇角平静地维持着一个微笑的弧度。

这个女子，不过短短数日不见，周身上下的气势较之以往又更胜一筹了。

也不知道是不是因为这密牢之中太过单调冷清，他看着她，总觉得这一刻她身上光彩四射，十分吸人眼球。

他觉得好看，就没有刻意把目光从秦菁脸上移开，只是哑声笑了笑，叹息道："我们之前不是早就说好了吗？作为我配合你请君入瓮去平叛的条件，你答应放过蓝家其他人。我知道殿下不在乎背信弃义，可我是什么样的人你也清楚，你觉得就算现在你搬出蓝家人来，就能威胁我？"

秦洛有多大能耐，秦菁一清二楚，如果只是靠他自己，绝对不可能躲过付厉染和秦宣的两道防线，还消失得这么彻底干净。

而从司徒南当时的反应来看，事情应该也不是他做的。

那么纵观全局，唯一有理由也有能力做这件事的人，就只有蓝玉衡了。

她微皱了眉头，看着牢门之内这个明明已是阶下囚，却依旧不显狼狈的男人，半晌，转身就走。

蓝玉衡真的不担心她会一怒之下灭了蓝家满门泄愤，毕竟他知道她不是那样的人。当初秦菁早白奕一步从祈宁回来，为的就是借那个时间差见蓝玉衡，并且与他做一笔交易。

她不能容许这一次有任何不确定因素，所以答应事后不会追究蓝家族人的株连之罪，以此换取了蓝玉衡的鼎力配合。

从蓝礼出事，蓝玉衡就已经清楚蓝月仙对蓝家的恨意根深蒂固，其实不过也是暂时利用他，回头等那女人得势，蓝家少不得也是个灭顶之灾。本来他和秦菁立场不同，是水火不容的，但至少在信誉上秦菁要比蓝月仙可靠得多。

所以，即使把自尊心都折辱进了尘埃里，为了保全蓝氏宗族的血脉，他也只能违心答应了。

他这一生，自负又骄傲，从来没想过走到最后会是这样的结局。

“荣安！”他突然叫住她，幽幽叹了口气，“人算不如天算，不得不说，殿下这个李代桃僵的计谋用得甚是精妙，瞒天过海连陛下都骗过去了，我没能识破也不算冤枉。而且我现在终于明白我二弟的死因和三弟短暂失忆的真相了，当初他们跟你到祈宁，就是因为洞察了你携带宣王出宫的秘密，才会被你灭口的吧？”

如果不是为了掩盖这个惊天秘密，当时那种情况下，以秦菁的为人，是断不会做出那样不计后果的事的。

“就算是吧！”秦菁想了一下，停了步子回头看他，并不解释当初她杀蓝玉桓的最直接原因——他伤了白奕。她正色道：“蓝玉衡，其实我挺佩服你的！”

“呵！”蓝玉衡闻言，忍不住低笑出来，他倒是无所谓的，“那我该感到荣幸吗？”

秦菁看着他，眼中却很认真。

蓝玉衡兀自笑了两声，有所察觉，表情也就慢慢沉寂下来。

他看着她，他们之间交锋无数次，这却是秦菁第一次用这种单纯的不掺杂立场因素的表情面对他。

这是她对一个值得的对手给予的最高的尊重。

蓝玉衡静默地与她对视，这一刻她深刻的眼神让他心跳狂乱，心里莫名涌动的情绪排山倒海。最后，秦菁说道：“蓝玉衡，说句心里话，其实我并不想就这样毁了你。毕竟，我们都是一样的人，一样的冷血薄情，一样的睚眦必报，又一样的心狠手辣，为达目的不择手段。所谓千金易得知己难求，你这样死了，或许终有一天，本宫是会觉得遗憾的。”

蓝家的长孙，一向都是运筹帷幄、宠辱不惊的。前世他韬光养晦十年，为秦洛铺就了那条帝王之路，今世几经浮沉，终落得如此收场。

他有多恨，又有多少遗憾？无须多说，秦菁都明白。可是有些敌人，是命定的，她仍然必须要他死！

蓝玉衡被她这样盯着，只觉得胸膛之内心跳得一声更重一声，慢慢地，连呼吸都不顺畅了。于是，他费了所有的自制力重新闭上眼睛，靠回墙壁上，不再言语。秦菁在牢门外又站了片刻，转身走了出去。

厚重的石门重新落下，暗牢里静得让人觉得心跳声都惊天动地，蓝玉衡倚着身后的石壁一动不动地坐着。

半晌，他突然从手掌压着的胸口处掏出半截断袖，没有睁眼，只是手下运了内力一握——

散灭，成灰。有些人，他记得！有些人，注定是敌人！

没有什么如果，也没有什么值得后悔和想念，他和她之间，永远只有成王败寇四个字而已。

这边灵歌引路带着秦菁往外走，一路上秦菁没有再开口说话，一直走出天牢的大门，她才平静吩咐道："人不必再留了。"

灵歌十分意外："可是公主，那人的下落还没有查到！"

"他既然做了就不会说，所以也不用在他身上浪费时间了。"秦菁打断她的话。

但是蓝玉衡这个人，必须要死，因为是他把萧文皇后和假秦宣送到司徒南手里的。

那时蓝月仙和司徒南都志在必得，大意得很，根本不会想到拿萧文皇后和秦宣来作饵，而且她明明已经安排了人提前去关照萧文皇后，能在她的严防部署之下神不知鬼不觉把人掳走的，除了蓝家这位心思缜密、才华横溢的大公子，还能有谁？

蓝月仙不会给蓝家人活路，当时他选择与自己合作，不过是走投无路之下的选择，如果她和蓝月仙一党两败俱伤，他必定乐见其成。所以，他留了后手。

到时候司徒南一败涂地，一定会不甘心地拉着两个人质垫背，不得不说，蓝玉衡这一招的确是阴狠至极，即使他不能推秦洛上位，也要杀了秦宣，让她不得成事。

千算万算，好在宫里那人不是秦宣，只差这一步，否则满盘皆输的那人就不仅是蓝玉衡，也要包括她。

而秦洛的事，他早知道自己必死无疑，所以不惜一切也要留下秦洛，即使秦洛以后再与大位无望，也要给秦菁姐弟心里横一根刺，让坐上皇位的秦宣时时刻刻都要悬心这件事，防着秦洛有一天卷土重来。

这样的敌人，真的很难得，所以上辈子败在他手上，秦菁倒也觉得不是那么冤枉。

大秦景和十九年秋，秦景帝宠妃蓝氏联合外臣司徒南谋逆作乱，意图弑君夺位，扶太子秦洛登上大位。

宫变之中，秦景帝被刺身亡。皇长子秦宣及其胞姐荣安长公主里应外合，以迅雷不及掩耳之势将叛党一力肃清，得保大秦江山稳固。

十日后，秦宣承天命，于大秦皇城云都登基，是为宣帝，改元长乾，尊其母萧氏为皇太后，前太后梁氏为太皇太后，另因荣安长公主辅佐新帝有功，新帝感怀其恩，赐封监国公主，三年内与宣帝共掌皇权，风头无两。

西楚。帝京。

楚明帝穿一身家常宽袍坐在暖阁的炕上和莫如风对弈，两个人相对而坐两个时辰，只是不住落子收子，谁都没有主动开口说一个字。

五盘棋局终了，楚明帝活动了一下筋骨，吩咐道："上两杯茶，再叫人去御膳房看看，有合适的点心送几样过来。"

“是，陛下！”张惠廷带人撤了棋盘，马上又有人送了茶水上来。

楚明帝露出一个和气的笑容，推了一杯到莫如风面前：“难得你进宫一次，御膳房新来的厨子手艺不错，会做几样糕点，陪朕下了这么久的棋，也该饿了，先用一些。”

“谢陛下！”莫如风道谢，态度谦和礼让，却透着淡淡的疏离。

楚明帝眼神一黯，面上表情却维持得很好，端起茶碗抿了口茶掩饰。

自从在秦菁来西楚的接风宴上见过之后，这一个多月以来，虽然他一再找人明示暗示想让莫如风多进宫走动，但自始至终他都不肯入宫一步。如今整个西楚朝野风声鹤唳，所有人都紧张地盯着他们两方的反应。

这一次，也是借着大秦的事，楚明帝才终于找到理由把他叫来，只是他的这个态度……

楚明帝心中略有所感，黯然叹了口气，把一直压在小几一角的那份折子递给他：“这个你先看看吧！”

莫如风抿抿唇接了。他是个做事果断直接的人，今天本来就是为了这个来的，也没必要欲拒还迎。

楚明帝见状，脸上表情越发舒展，慢慢说道：“这份国书是昨天刚刚收到的，今日大秦新帝已经正式在云都继位，本来说请我国中派人过去观礼，但事实上也就是表个态，毕竟两地相距甚远，时间上就不现实。”

“那陛下传召草民进宫，应该是为了荣安长公主一事吧？”莫如风把折子重新递还给他。

“是！”楚明帝接了那折子在手，又翻开来看了看，“大秦方面给出的理由是新帝年岁尚轻，独力难支，所以授了长公主监国之职，这样一来，朕好像怎么都没理由拆人家的台，硬要把他国中的台柱子撬过来给自家做儿媳了。”

他说得轻松，却不见得就是玩笑。

一个监国公主的头衔，所能赢得的最大好处莫过于此，而且以他的资历和智慧，怎么可能看不出上一次秦菁根本就不是诚心备嫁而来。

秦宣的这份国书，虽然用词委婉，可是态度明确，一目了然。再加上经过这一场平叛之战，荣安长公主在大秦朝臣和百姓中的威望都一日千里，和她有关的事，全都变得异常敏感了。

“那陛下的意思呢？”莫如风问，并不主动发表意见。

楚明帝把那折子随手扔到一边，又去端茶碗：“朕想先听听你的意思。”

莫如风一怔，虽然明知道他是因为叶阳敏的关系才叫自己来说这些话，心里还是突然空了一下。

楚明帝见他失神，又感慨着说道：“那个丫头有胆识有谋略，倒是难得！”

莫如风微微皱眉，回过神来，正色看向他道：“如若现在兴兵，陛下有十足取胜的把握吗？”

他这话说得太犀利，太直白，楚明帝始料未及，端着茶碗的手瞬间顿住，心里有种突如其来的赞赏与惊喜，骤然抬头望定了他。

"草民斗胆，虽说这些事不是我该议论的，可既然陛下问了，那我也就实话实说了。"莫如风道，并不回避他审视的目光，面孔干净而平和，"陛下英明，自然早就看穿从一开始这次和亲事件只是秦宫内部为了安内而使的小手段，现在大秦宣帝的态度明了，是肯定不准备再结这门亲，即使陛下不允，这充其量也不过是两军交战的契机而已，没有别的。"

楚明帝心中微微一动，眼底便多了丝笑意："那你觉得，近期可战吗？"

他是个帝王，出于自身习惯，从大秦的这场宫变中，第一眼看到的不是楚风和秦菁的婚事，而是这是否是一个可取的契机，对秦人挥兵压迫，趁他国中内乱扩充自己的国土。

"君国大事，草民不敢妄议，也不想插手，草民有的从来就只是私心。"莫如风道，这一次的回答又是意料之外的直白，"他们曾经是我的朋友。"

"曾经？"楚明帝沉吟一声，突然恍了下神。

莫如风垂眸，不语。

楚明帝静静地看着他儒雅温润的侧脸，心里无声叹了口气，突然正色道："是不是如果没有这次和亲事件，你便真的不打算出现在朕的面前了？"

"陛下，草民一介布衣，并不想给您徒增困扰，这次的事，抱歉。"莫如风道，并不否认。

楚明帝闭了下眼，直觉地还想再追问莫如风一遍，他到底是不是自己的儿子，可是话到喉头还是用力咽了下去。

"朕都明白，阿敏……她不是那样的人。"楚明帝苦涩一笑，突然端起茶碗，猛地灌了一口茶。

皇陵里的那具棺木是空的，叶阳敏既然煞费苦心离开他，那么以她的个性，便是打定了主意，死生都不肯再与他相见了，更不会在隐遁了十几年之后，再让莫如风回来替她做这倒行逆施险象环生的事。

"就依你了吧，既然大秦有意与我国修好，朕也不好拂了他的意。而且现在太子戴罪之身还没能洗清嫌疑，联姻一事就暂且搁下。"楚明帝抬手揉揉眉心，再睁开眼时，已经神色如常地抬眸对张惠廷道，"传朕的旨意下去，大秦宣帝新近登基，早些送了征西大将军回去。再让礼部准备一份厚礼，算作朕的一点心意。"

"老奴遵旨。"张惠廷躬身退下。

莫如风刚要起身告辞，紧跟着外面进来八名宫婢，摆了十六碟香味四溢的精致甜品在桌上。

楚明帝端着玉碗，亲手盛了一碗雪梨羹送到莫如风面前："陪朕说了半天的话，你也累了，吃完再走。"

他的态度，几乎可以说是殷切。

莫如风眉头不易察觉地微微一皱，想要拒绝，隐忍之下却不由自主地抬手去接了：“谢陛下！”

见他接了，楚明帝便很开心，又拿了翠玉的碟子，在桌上的糕点之间挑挑拣拣，给他夹了满满一碟子送过去：“都试试，这几样的口味都不错。”

这些糕点经常甜得发腻，莫如风很忌讳，但是这一盘糕点送到他面前时，他还是微笑着谢了，在那人殷殷的注视之下，一块一块津津有味地品尝。

他一眼就能认出来，这些都是叶阳敏喜欢的。他突然觉得眼前这个男人很悲凉，所以即使明知道这些心意都不是针对他，他还是默默受了这个男人的好。因为他知道，母亲，她不希望他拒绝这个人。

莫如风在楚明帝的寝宫一直待到二更过半，等到把碟子里的那些糕点一一尝过，楚明帝才心满意足地准了他离开。

莫如风穿靴下地，行了礼，转身往外走。

“风儿！”楚明帝看着他单薄的背影，突然脱口叫住他。

彼时莫如风已经到了门口，闻言，整个身子如遭雷击一样重重一震，他猛地抬手去压心口，努力压抑呼吸之下，脸上颜色白得骇人。

楚明帝见他没有回头，只当他是心存抵触，也穿鞋下地跟了过去。

殿内烟香袅袅，只有他们两个人，楚明帝抬手去抚他的肩膀。莫如风身子稍稍一侧，不动声色地避开：“陛下还有话要嘱咐草民吗？”

楚明帝的手悬在半空，半晌之后苦笑一声道：“你不用为难，朕不勉强你，便只当你是阿敏一个人的孩子，让我尽一点心意吧！”

这一生，他已经不可能再走近她，所以不惜一切，抓住她身边可以触及的一切，仿佛那样就能离她近一点，再近一点。

莫如风静默听着，半晌狠狠闭了下眼，回头看他时，脸上仍是那种淡若清风的笑容：“时候不早了，陛下若是没有别的事，草民该走了。”

“你跟你母亲果然都是一样的性子！”楚明帝无奈地呼出一口气，正色道，“你跟朕说句实话吧，这一次你冒险布下这样的一个局，又万里迢迢从大秦一路过来，从头到尾就只是为了给那个丫头铺路是不是？”

莫如风抿抿唇，不置可否。

楚明帝定定地看着他，也像发现了他脸上过于苍白的颜色，不由得暗暗心惊。

“不舒服吗？”他抬手便要唤人去请太医。

“陛下，不用！”莫如风连忙阻拦，略一迟疑还是开口，“经过这么多天的明察暗访，我的事，想必陛下心里也是一清二楚的，我不想给自己平添烦恼，也不想累及任何人。而且我跟陛下一样，分得清楚，即使再怎么神似，母亲她都已经去了，没有人可以替代。”

他笑得温软洒脱，楚明帝眼底却是一沉再沉，半晌之后，还是忍不住开口：“今晚别出宫了，朕叫太医给你瞧瞧。你舅舅那里，朕会着人去跟他说。”

“陛下……”莫如风想要拒绝，楚明帝已经不由分说叫了人进来：“来人，送莫先生到锦华轩歇息。”

“是！”那内侍应道，转身为莫如风引路，“公子，请！”

彼时楚明帝已经转身往内殿走去，莫如风看着他的背影微微皱眉，终于还是什么话也没有说，跟着那内侍走了出去。

那内侍低头看着自己的鞋尖，快步地走，莫如风跟着出了楚明帝寝宫，一出门眉心突然一阵紧缩，疾步一个闪身让到旁边的廊柱后面，闭眼靠着柱子，从怀里掏出一个小瓷瓶，从里面取了两丸特制的褐色药丸吞下去。

他靠在那里不动，努力平复情绪，不多时额上已经冒出细密的汗珠。继上次在云都那一次之后，他一直很小心，那毛病也被克制住，已经很久没有大幅度发作过了。虽然生无所恋，但是他还不能死，一定不能在这个时候死！他静静靠在廊柱后面，努力撇空心事，什么都不去想，也不知道过了多久，一直到额上的汗水风干之后，才觉得好受了些。

那引路的内侍貌似一直没有发现他跟丢了，竟然没有回头来找。

莫如风整理好衣袍，从那柱子后面挪出来，随便找人问了下锦华轩大致的方向，径自往前走了一小段，远远地看见一个内侍火急火燎地从旁边的回廊里穿过来。

正是之前把他带丢了的那一个。

“公子恕罪，是奴才大意，走急了没发现您没跟上来。”那内侍走到近前，连忙道歉。

“是我自己一时分神，没有跟好，与公公无关。”莫如风淡淡开口。

那小太监又惶惶道了谢，继续给他引路。莫如风不动声色地跟着他七拐八拐，绕了几个园子之后，终于在一处宫门前面止了步子。

“就是这里了。”小太监低声道，说着已经上前叩开了紧闭的宫门。

凤寰宫？！莫如风站在门前，仰头看着天色下那几个鎏金大字，唇角笑意依旧温软。

古嬷嬷从里面快步走出来，心里十分忐忑，开口想唤他却又一时为难，不知道该怎么称呼。莫如风瞧见她的神色，就主动开口道：“她要见我？”他的语气很平静，甚至连唇角的笑纹都没有变淡。

古嬷嬷诧异之余，几乎有些惊慌地抬头去看他的脸，到底还是因为心虚而垂下头，小声地说：“您随奴婢来！”

两人一前一后进了门，宫门在身后无声合上，穿过两重院子，眼前是一座陌生而异常华丽的正殿。

古嬷嬷快走两步先去打开殿门，殿内所有的摆设都镶金镀银，处处彰显着华贵奢靡之气。

叶阳皇后手里捧着个鎏金青瓷盏，仪态雍容地垂眸饮茶。

自从那日接风宴后，她便被楚明帝禁足于此不得出，却是气派不减，不骄不躁，情绪明显彻底平复下来。

“娘娘要见我？”古嬷嬷转身退了出去，莫如风主动开口，语气淡泊。

“嗯！”叶阳皇后没有马上抬头，而是继续拢了两下茶叶，神色恍惚不知道在想什么，好一会儿之后才像猛地回过神来，抬眸冲他露出一个平和的笑容来。

“坐吧！”她以戴着护甲的右手尾指指了指自己旁边的一张椅子。

莫如风淡淡一笑，没动。

叶阳皇后脸上表情略一僵硬，莫如风却似乎很不耐烦和她相处，单刀直入地开口：“你有什么话就直说吧，我不能在这里滞留太久。”

他这态度，无疑又让叶阳皇后心里打起了鼓。

她端着茶碗的手微微发力，使劲稳定了情绪，尽量做出一个低落的表情，苦涩道：“去求求你父皇吧，我不能一直在这里。”

这是个隐晦的命令的语气？又仿佛理所应当一样！

莫如风只是沉默地看着她，她心里斟酌了一下，才又继续说道：“我知道，这些年是我对不起你，你之前做了什么我也不会怪你，可是眼下朝中这般形势，卢妃母子虎视眈眈，我再被困在这里，迟早也是死路一条。”

“生死有命，各凭本事。而且你要求的事，我也没能力做到。”莫如风终于开了口，却是态度鲜明地拒绝了。

叶阳皇后皱眉。

莫如风道：“如果你找我来就是为了这件事，那么你找错人了。我区区一介布衣，左右不了陛下的决定，娘娘还是另觅贤能吧！”

说完，他便要转身离开。

“风儿！”叶阳皇后厉声道，但话一出口就后悔了，这会儿面上虽然平静，实则心急如焚，赶紧稳了稳情绪，尽量心平气和地说道，“我是你的亲生母亲，是我怀胎十月把你生下来的，你真能够不顾我们母子间的情分？这样看着我死，你又如何能够安心？”她这话说得极为平静，心里却是翻江倒海，不得安生。

毕竟当年自叶阳敏带了这个孩子走，她就再没有见过，她只是在赌，因为莫如风出现之后，并没有穷追猛打要她的命，或是不顾一切拆穿真相拉楚风下台，再凭借她对叶阳敏的了解，那个女人最是个自诩清高的模样，只是为了不伤及这个孩子，或许会守口如瓶。而现在，这一点骨血关系，是她唯一能够利用的了。

莫如风闻言，唇角勾出一抹淡淡的笑，神色越发平静：“你生了我一次，前后却足足对我下了四回杀手，回回都不留半分余地，若不是母亲几次三番舍命护我，我现在就是足足死了四回，这么大的情分，娘娘觉得你死一次就可以了断吗？”他的语气静谧且安详，没有指责，没有质问，平静得和之前同楚明帝一起讨论到底哪种糕点更可口没什么两样。

叶阳皇后闻言却是心头一跳，手中茶盏砰的一声在地上摔得粉碎。

“这些话，都是她跟你说的？”她拧眉。

莫如风不语，又淡淡地看她一眼，转身就往外走。叶阳皇后终是急了，连忙追过去拦住了他的去路，气急败坏道：“你怎么回事？我才是你的亲生母亲，现在你不听我的，却去信那些不相干的人的挑拨离间？”话一出口，她又猛然察觉自己语气有点重了，脸色不自然地微微一僵。若在平时，她是绝对不会这么沉不住气的，可是自从见到这个孩子的第一眼，她就莫名心虚烦躁。

莫如风抬起眼睛看她，重复道：“挑拨离间？”

叶阳皇后心烦意乱之下没听出他话里的讽刺，只以为他是有所动容，就趁热打铁地说道：“那个女人一定跟你说，我是为了握住太子之位才狠心抛弃你的是不是？她根本就是胡说八道……”

提起叶阳敏，她眼中就不可避免地浮出一丝戾气。莫如风看在眼里，突然眸色一冷，冷声打断她的话：“不要再说了。”他的声音里带了明显起伏的怒气，说完推开叶阳皇后，继续往外走。

“你给我站住！”叶阳皇后倒退两步，意外之余先是一愣，随后心中一怒，冲着他的背影怒斥道，“你别信她的鬼话，那个女人根本就是嫉妒我，不是我要抛弃你的，而是她强行把你从我身边带走！我那时没有办法才抱了别人来顶包，那个女人分明是她自己没有福气，她死了儿子，就见不得我们母子团聚……”她越说越急，越说越气，语气里带了种咬牙切齿的狠厉。

所有的一切，都怪叶阳敏！莫如风听着身后她恶毒的咒骂，本是急怒攻心，可是听着听着反而没了脾气。

是了，他对这个女人，本来从一开始就没抱什么希望，现在又何必失望？又何必为了她浪费感情和时间呢？他静静地站在空旷的大殿之内，仰头深吸一口气。

“谁说母亲她没有福气？”他打断叶阳皇后的话，却没回头看她，只是唇角带着一点讥诮的笑容，“你不用再强行狡辩了……”

“我没有！”叶阳皇后凄声辩驳，仿佛声音越大，就越能证明她所言非虚。

莫如风忍无可忍，转身重新面对她，一字一顿清晰缓慢地说道：“我母亲生下的那个孩子根本就没有死，她又何必处心积虑来抢走你的孩子？你不要再诋毁她了。”

“什、什么？你说什么？”叶阳氏如遭雷击，脸色唰地一白。

“我说我娘当初生下的那个孩子也没有死！”莫如风重复，远远地看着她，索性一次都与她说清楚，“那个孩子不仅活着，而且生得健康漂亮，还很聪明，不像我生而有疾，活着也是苟延残喘，不久于人世。”

因为他生而有疾，他的亲生母亲、这位尊贵无比的叶阳皇后为了太子之位，便将他狠心抛弃，她瞒天过海做下这一切，没有人知道，他们尊宠无比的太子根本就不是皇家血脉。

他的名字楚风，生来就被别人占据，他以为自己不在乎，已经可以平静对待，可是方才在楚明帝那里，他的生身父亲脱口而出的那一句风儿，还是差点将他打入无间地狱，逼得他情绪失控，差一点又要病发。所以这一刻，没有怨念是不可能的。

莫如风语气虽淡，可话里面讽刺的意味还是十分明显。叶阳皇后直直地站着，心里已然掀起惊涛骇浪，面如死灰。她飞快地试图去辨别莫如风此言的真假，莫如风也不想与她浪费时间，于是继续说道："你不是一直都想知道我和舅舅此行进京的原因吗？那我就索性一次与你说个明白，我不恨你，也不会无聊到为了报复你就费心费力做这样的局，我回来，只是为了替我二弟铺路，拿回他应得的！"

叶阳皇后闻言，眼睛瞪得老大。莫如风这些话有理有据，让她不信也得信了。她脚下一个踉跄，连着后退数步，忙一把死死按住旁边的桌角，修剪得十分精致的指甲深深抓着那里，声音尖锐地脱口道："那个孽种也妄图觊觎储君之位？"

这话出口的同时，她的心也跟着凉了一截。她怎会听不出来，那天晚宴之上，莫如风虽然否认自己的皇子身份，但他的那些话分明给明帝留了希望。

她是阵脚大乱才没有多想，此刻再细细一品，这孩子，他当时就是故意的。他故意用那样怨恨的话去刺激楚明帝，而对于那个男人来说，他的刻意否认是会被误导出另外一重意思的，一旦这个想法在明帝心里生根，那么必将如燎原大火，一发不可收拾。

她太了解自己的丈夫了，叶阳敏那个贱人是他一辈子的心结，如果莫如风口中这个所谓的孩子真的存在……

叶阳皇后心头一跳，用不可思议的目光定定地看着眼前她自己的儿子。

他是有备而来，不仅如此，还步步为营，把一切都算计好了，先是拉下自己，然后用那些动机不纯的话让明帝起疑，再一点一点慢慢动摇，为的就是把有关叶阳敏那个贱人的一切慢慢注入明帝的思想里。

可是这个孩子，是她的亲生儿子！这真的是太可笑了！

"呵——"一种从未有过的挫败感袭上心头，她张了张嘴，最后那声冷笑化作扭曲的愤怒冲破喉咙，变成了嘶哑的哀鸣。

她死死地盯着莫如风的脸，从牙缝里挤出字来："那个孽种，他在哪里？"

莫如风只是神情冷淡地看着她。她突然意识到，端着为娘的谱在对方面前是没有用的，当即又是火大，狠狠斥责道："你居然跟外人串通一气来谋害你的亲娘，你就不怕下地狱遭报应吗？"

莫如风看着她，唇角笑容重现，墙角宫灯昏暗的光线映在他白皙如玉的脸孔上，他唇瓣的颜色更是鲜艳欲滴，如同夜色中盛放的红色罂粟，生生刺疼人的双眼。

“我这样的人还怕什么？”他声音平静，眼波柔和，心里明明有种人之将死的悲怆和凄然，但在这个女人面前，他还是表现得异样刚强。

叶阳皇后一怔，脚下又是一个趔趄。她脑中一片混沌，分不清莫如风跟她说的这些话的真假，可是分明感受到了这个孩子对她的恨。他嘴上说是不恨她，但实际上不，他恨她，就是为了报复她，他才回来，回来颠覆她苦心经营得来的一切。

“不，你在骗我！”她游魂般缓缓摇头，忽而扬声一笑，再度恢复了以往的冷静和矜持，抬手一指门口的方向，冷酷喝道，“你走吧，既然你自认是那个女人的儿子，我以后也不会再对你容情，好自为之。”

“彼此彼此！”莫如风颔首，转身毫不犹豫地推门走了出去。

大殿外的夜色一片清明，叶阳皇后站在殿中，神色迷离地看着，脑中无数念头飞快闪过。

古嬷嬷见她神色不对，小心翼翼地从殿外进来，试着道：“娘娘，您还好吗？小殿下他……”

“胡说八道什么！”叶阳皇后目色一寒，怒斥。

她这一声杀气太重，古嬷嬷腿一软，连忙跪下去：“是，奴婢口误，奴婢口误！”

“起来！”叶阳皇后恨声道，“去，想办法让父亲来见我，事到如今，只有一不做二不休了！”

这么多年以来，古嬷嬷还是头次见她身上透出这么凛冽的杀气，心下一颤，连忙磕了个头，使劲伏低了身子在地上。

九月廿八，大秦长乾帝登基。

晚间宫中摆宴，大宴群臣。

宴席仍然开在中央宫，十天前这里血流成河的场面已成过往，仿佛早已被世人彻底遗忘。

大殿当中歌舞升平，又是大好繁华的一片天地。

文武百官开怀畅饮，一切都那么顺理成章，没有人想起他们脚下的金砖曾经蜿蜒过谁的鲜血，抑或他们至高无上的君王脚下，曾经堆垒过多少人的血肉白骨。

秦菁默默地坐在席间垂眸饮茶，有点心不在焉。

今日宴会之上，她的席位只比一国之君的秦宣略为错开半张桌子，这是秦宣的意思，以此彰显她在朝中无人可比的尊荣和地位。

斜对面的付厉染遥遥冲她举杯，淡然笑道：“殿下有心事吗？”

“国舅大人说笑了。”秦菁搪塞，放下茶碗换了杯酒回敬他，“国舅大人远道而来，辛苦得很，本宫敬你一杯。”

“荣幸之至。”付厉染颔首，仰头一饮而尽。

秦菁又坐了会儿，等到酒过三巡，就借故到帘子后面醒酒，悄悄离席从侧门出去。

殿外夜色凄清宁静，一个人的背影端坐在轮椅上，凝望远处的荷塘。

“初元！”秦菁走过去，“怎么在这里？”

“苍雪说殿里吵闹，去园子里赏花了。”晋初元道，脸上的表情淡淡的，“殿下怎么也出来了？今日的这个场合，不该少了您。”

“我知道你想说什么。”秦菁笑笑，丝毫不在意的模样，微微倾身，双手撑着眼前的栅栏扭头看他，“身在高位的人总要付出相应代价，我从一开始就知道，可是不后悔。其实被人仰望和被人践踏只在一念之间，差别也不是太大，不是吗？”

“你能看开就好。”晋初元并不多言，想了想才又开口，“殿下与四公子的婚期应该定下来了吧，是哪一天？”

“尽快吧！”秦菁道，唇边不觉绽开一抹笑，笑过之后忽而神色一黯，“苍雪的病最近有起色吗？如风那里，我怕……”

这是从西楚回来以后她第一次主动提起莫如风，那一夜之后，那个男子仿佛成了横在心里的一根刺，每每想来还会觉得恍如隔世。

“没关系，不必强求。”晋初元打断她的话，遥遥地看着回廊尽头步苍雪穿行在花丛里的身影，轻声道，“其实我并不十分期待她能想起以前的事情，没有了那段记忆，她可以过得很快乐，真要想起来，也未必就是件好事，顺其自然吧。”

晋天都一直是他心里的一个疙瘩，虽然生了一样的面孔，但他与自己的哥哥到底还是两样人，只从当初拿下晋天都后都没有自己出面去了结他，就可见一斑。

兄弟背叛，师友惨死，这样的痛和背叛，正是因为他自己感受深刻，才不想步苍雪跟他一样吧。

“随你吧！”秦菁笑笑，目光不经意地四下一转，最后落在回廊尽头那个不期然出现的人影上顿了顿。

晋初元察觉她目光的落点，抬头看过去一眼，便是微微一笑：“我去看看苍雪，她一个人容易迷路。”

“好！”秦菁略显僵硬地应了。她虽然心中坦荡，但有些事，还是不希望被人洞悉。

晋初元转着轮椅，慢慢往另一侧的花园而去。秦菁略一犹豫，举步朝回廊尽头那人迎过去。

她走过去，在那人面前三步之外站定，开门见山道：“你找我有事？”

苏晋阳站在头顶宫灯罩下来的暗影里，身上松绿色的云纹蟒袍十分妥帖，整张脸上的表情却不十分分明。

上次宫变以后，秦宣并没有撤他的职，而是重新将所有禁卫军的统率权移回他手里。秦菁也明白，那日宫中一战，苏晋阳在其中起了至关重要的作用，赏罚分明才能使秦宣在人前立威，所以她也没有反对。

而仿佛经过那次事件之后，两人之间的嫌隙也就此揭过。当然，并不是说重修丁好，而是形同陌路，最起码没有再明着互使绊子。

“你与白奕的事，听说白家人并不十分赞成。”苏晋阳道，语气平淡没有半点起伏，陈述得甚至有些僵硬。

白奕为了她几次身处险境，白夫人心疼之余，更是百般反对他们的婚事，白穆林那里目前为止倒是还没说什么，但似乎也不是十分赞同。

“你到底想说什么？”秦菁眉头一皱，不耐烦地反问，“你等在这里，不会就是为了跟我说这些吧？”

“不是！”苏晋阳突然狠狠闭了下眼，往旁边别过视线，“现在京中大局已定，我想离开一阵，禁卫军先交给左翔暂管吧。”

鲁国公年迈，去年刚刚被景帝调往南疆，南疆那里瘴气肆虐，据说他的身体便不是很好了。

苏晋阳这个时候提出这种请求，似乎是合情合理，秦菁也懒得多想，只点头：“你明日递一道折子给陛下吧，本宫会提前跟他说明，然后……”她说着一顿，又补充，“你若是实在放不下国公爷，本宫可以替你奏请陛下，让他直接调派你往南疆，在那边待几年。”

鲁国公的寿数没有多长了，这一点他们双方都有数。

“不必了！”秦菁本以为苏晋阳可能正有此意，不想他却是毫不犹豫地脱口拒绝。

秦菁诧异地抬头看他，苏晋阳脸上表情一僵，再不多说一个字，沉声道：“如果你没有意见的话，我明天下午就走。”

早朝递了折子等秦宣批示，下午就要离京，他是不是急了点？

秦菁一愣，然则还不及反应，突然一个亮色的人影挤开她，直冲着苏晋阳扑过去，一把抓住他的手臂，惊慌道：“走？你要去哪里？”

是秦宁。

对于他们夫妻之间的事，秦菁没有兴趣知道，一声不吭地转身走了。

苏晋阳站在原地没有动，任由秦宁撕扯着他的衣服，一眨不眨地盯着秦菁渐行渐远的背影，眼底有种莫名的深意，一直到目送她的背影拐进了中央宫，才长出一口气，收回目光。

“你醉了，我让人送你回去。”苏晋阳道，低头一把抓住秦宁的手腕，把她从自己身上扒下来，拉着她转身就走。

秦宁反应不及，脚下踉踉跄跄的，一直被他拖出去好远，才慢慢醒过味来，猛地用力一把甩开他的手，歇斯底里地大声道：“我没醉，我也不走，你给我把话说清楚了，你要走？你要去哪里？”

“不关你的事。”苏晋阳面无表情地开口，伸手又来拉她。

秦宁防备着往后退了两步，双眼含泪恨恨地盯着他：“不关我的事，我当然知道不关我的事，你是为了她，从头到尾你什么都是为了她！”

“我们成婚快一年了，你到现在都不肯碰我，到底要折磨我到什么时候？那天普济寺的事情是我做的又怎么样？我那样做也是因为在乎你，而且她也没有怎么样啊，既没有缺一根头发，也没有少一根眉毛，用得着你这么替她愤愤不平吗？”她嚷着便开始哭，上前抓住苏晋阳的手，乞求道，“晋哥哥，你醒醒吧，你对她再怎么死心塌地又怎么样？她的心里从来就没有你，她喜欢的人是白四，他们马上就要成亲了，你忘了她吧。”

苏晋阳的脸色白了白，心里跟着一空。

他本来想要拂开秦宁的手，不知怎的突然失了力气，半晌之后才漠然开口道：“闹够了没有？闹够了就回去，今晚我要在宫里值夜，明日早朝过后应该也没有时间回去了。”

“你还是执迷不悟？”秦宁止了泪，惶恐地退后一步，怔怔地看着苏晋阳略显苍白的侧脸，讽刺地笑出声，“躲得了一时，躲不了一世。别人不知道，我还不知道吗？你现在走，不过就是为了自欺欺人，不想亲眼看着他们成亲。你以为自己出去躲几天，回来就能当什么都没有发生过吗？你醒醒吧！”

苏晋阳抿抿唇，心事被料中，心里就跟着刺痛了一下。对面的秦宁满脸泪痕，带着说不上是幸灾乐祸还是感同身受的悲痛眼神，远远地看着他。苏晋阳目光空茫地与她对望片刻，一声不吭转身就走。是的，他的确是自欺欺人，可即使自欺欺人又怎么样？因果循环，这就是报应不是吗？

“晋哥哥！”秦宁急忙追出去一步，看到他平静坚定的步伐，不知道为什么，感觉有一道无形的鸿沟开裂在脚下，生生将她从那人的世界里隔了出来。

年幼相识，两小无猜，这个男人一直应该是她的，是她的啊，怎么会变成这样？泪水漫过脸颊，却成了凄惶的笑。苏晋阳，你一意孤行不肯回头是吗？那么好吧，这条路我陪着你走下去，刀山火海都无所谓，横竖是一无所有，要痛苦，就让所有人都在一起吧。

天上飘过一朵深灰色的云，无月的夜空便显得更加冷澈空寂。

江山之世间始终你好

完结篇 下

JIANGSHAN
ZHI
SHIJIAN
SHIZHONG NIHAO

叶阳岚 著

青岛出版社
QINGDAO PUBLISHING HOUSE

第十一章　新婚燕尔，监国公主

殿内正是酒酣耳热之时，秦菁让灵歌进去悄悄拉了白奕出来，两人抱了一壶酒，躲在御花园深处临水的凉亭里说话。

“白奕，我觉得我们还是不要住在宫里了。”秦菁亲手斟了酒递过去，“宣儿说可以让人在宫殿群的西边隔一道墙出来，给我修一座府邸，到时候虽然只有一墙之隔，但是进出宫中会方便很多。”

“你不喜欢？”白奕轻笑一声，端了精致的白瓷酒杯在指间把玩，“是不想让他太过依赖你？”

“路终究还是要他自己走的，你不也是这样说的吗？”秦菁压下他的手指，“我在跟你说正经事，你认真点行不行？”

“我很认真在听呢！”白奕就着手指一钩，把她拉到自己的腿上坐了，下巴抵在她的肩窝里，想了想，“其实我也不赞成在皇宫边上重新建一座府邸，修建一座宫殿是多大的工程量，没个一年半载不能完工，那我岂不是又要夜长梦多？”

“没正经！”秦菁嗔怪地看他一眼，推开他的手又坐回石凳上，稍稍正色道，“白夫人那里，还是很强硬吗？”

白奕懒洋洋地往身后的柱子上一靠，笑道：“她就是一时半会儿不开窍，我三个哥哥都娶媳妇了，没道理到我这里就让我孤独终老吧？”

“又耍嘴皮子。”秦菁忍不住轻声一笑，目光微敛，“她如果一时半会儿实在接受不了，不如——”

“不如我们私奔？”白奕知道她想说什么，直接岔开话题，挑眉道，“那个付厉染死赖在这里不走，我看着也总不放心。”

秦菁扯了下嘴角，终于还是没敢多说什么，重新斟了酒递给他。

白奕笑嘻嘻地探头过去，却故意不肯伸手去接，而是就着她的手叼了杯子慢条斯理地一点点喝下去。

秦菁拗不过他，看着他眼底眉梢洋溢的笑，索性由着他耍赖。

一杯酒饮尽，白奕就势把脑袋一歪倒在她的臂弯里枕着，仰起脸来冲她神秘一笑："后天一早你出宫去，我带你去个地方。"

"什么地方？"秦菁笑问，抬手以指尖顺了顺他落在石桌上的黑发。

"现在不能说，你去了就知道了。"白奕笑笑，佯装醉酒地微合双目养神。

亭子里语声晏晏，池塘对面黑袍墨发的男子一手持杯一手提壶，驻足花间独饮。

他眸子深处带着夜色的浓黑，通透又似乎深不见底，姿态悠然而洒脱。

"见过付国舅。"一个桃色衣裳的女子不知何时出现在他身后，语气轻柔地屈膝福了一礼。

付厉染不甚在意地斜睨她一眼，神情倨傲，不置一词。

秦宁保持着屈膝的姿势怔在那里，见他实在没有搭理自己的意思，僵硬着一张面孔，强压下心里的不安走上前去，在他身后站定，抬眸远远看着亭子里的两个人影道："荣安表姐和白四公子的婚期定了，就在半月之后。"

像秦宁这种瓷娃娃动不动就要落泪生病的女人，付厉染从来都看不上，不过这个女人居然稀奇地有胆子往他身边凑，倒是件趣事。

"是吗？"仰头饮尽杯中酒，付厉染才漫不经心地侧目打量她一眼。只是这略微一瞥的力度，秦宁已经本能地心里一惧，险些就要腿软跪下去。

可是现在苏晋阳因为秦菁泥足深陷，她别无他法，思来想去，唯一可以让他死心的方法就是让秦菁离开云都、离开大秦，到苏晋阳这一辈子都看不到的地方去。

本来和亲西楚是个难得的机会，可谁想短短不过两个月的时间她又回来了。

深吸一口气，压下心里的恐惧，秦宁勉强挺了挺脖子道："国舅爷留在云都，是要等着贺表姐的新婚之喜吗？"

付厉染没兴趣和她在这里兜圈子，提着酒壶转身就走，像是不胜酒力的模样，身形微晃。

秦宁一急，连忙咬牙追上去一步，大声道："我知道你喜欢她，我可以帮你。"

付厉染身形略一停滞。

秦宁咬着嘴唇，眼中带着强烈的执念，死死盯着他的背影，字字清晰地说道："我知道付国舅万里迢迢奔赴此处，肯定不是为了恭贺我皇登基的，现在他们还没成亲，那就还有机会，我可以帮您达成心中所想。"

她的心怦怦直跳，不知道自己说这一句话要付出多大代价。如果付厉染恼羞成怒，她怕是要葬身于此，可是事到临头，她已经走投无路了。

付厉染静静地站着，两侧过往的风卷起他浓黑的袍角，冷肃而荒凉。半晌他回头，秦宁下意识往后退去一步，却见他唇角妖冶的一抹笑绚烂绽放，如午夜的曼陀罗，瑰美，且致命！

“哦！”微风过处，有他淡泊悠远的声音消散。

赶在酒宴结束之前，白奕已经偷偷溜回了中央宫，白穆林目光复杂地看他一眼，没有说话。

二更过后，宫中晚宴散场，文武百官在内侍的引领下相继离宫。

因为新皇登基，白氏兄弟都得了皇命被传召回朝，这晚白家的车驾队伍就显得异常华丽壮观，白奕兄弟四个骑着高头大马，护卫着三辆马车浩浩荡荡离宫而去。

白家的这几个儿子都极为出色，白爽那哥儿仨自然不必多说，尤其在这次宫变里一鸣惊人的四公子白奕，当真让人刮目相看。

这几日白穆林每每上朝，都被家里有待嫁女儿的同僚盯得浑身发毛，苦不堪言，躲瘟疫似的一避再避。

车队一路浩浩荡荡回府，自幼就与白奕关系最为亲厚的三公子白奇慢走两步蹭到白奕身边，撞了撞他的肩膀，冲着前面白夫人坐的那辆马车挤眉弄眼道：“这几天气得不轻，你赶紧想想办法，晚上出门前我要扶她上车，她都没让我碰。”

因为家里所有人都宠着，白夫人这脾气，的确是谁都哄不得。

白奕嘴角抽了一抽，抬手一拍他三哥的肩膀：“跑得了和尚跑不了庙，择日不如撞日，就今天吧。回头我直接给她来一招釜底抽薪，皆大欢喜。”

“夜长梦多，你赶紧的吧。她再这么折腾几天，大家都得疯了。”白奇挑眉。

护卫着自家夫人马车的白爽打马快走两步跟上来，瞪了两个弟弟一眼，两人立刻作鸟兽散。

一行人说说笑笑地回到右丞相府。

相府门前，白奕翻身下马，抢着跑到马车旁边献殷勤：“娘，我扶您！”

白夫人从车上探头出来，一见是他，立刻冷哼一声，竟然孩子似的一转身，由丫鬟扶着从另一边下了车，然后头也不回地飞快进了府门。

白奕咧咧嘴，活动了一下腮帮子，白穆林已经从身后走过来，肃着一张脸道：“跟我到书房来。”

白爽兄弟三人见怪不怪，都有些同情地看了眼最小的弟弟。白奕耸耸肩，灰溜溜地跟着白穆林往书房走去，进门就先直挺挺地跪了下去。

外面天空阴沉，屋子里两盏灯映照下来，光线也显得冷暗。

白穆林眉头一皱，目光却是颇多无奈：“奕儿，你做了这么多，已经够了，是时候收手了。你娘那里的态度你看到了，她也是为你好，这些天，她为你担惊受怕，日子也不好过。”

“我知道让二老操心是我的不是，可是父亲，现在我只是想要一个我喜欢的女人！”白奕跪在那里一动不动，神色平静地看着眼前的白穆林。

窗外一道响雷过后，酝酿了整个晚上的大雨终于泼天降下，瞬间在天地间连成一片，到处都是哗啦啦的水声。一股带着湿冷空气的夜风从半开的窗口卷进来，案上铺开的宣纸飞了满地。

父子二人相对，谁都没有动，白穆林怔怔地看着跪在面前的白奕，目光慢慢转为复杂。

他下意识想要伸手将儿子拉起来，可是手伸到一半，不知道为什么，身体一僵，犹豫着又一甩袖霍地收了回去。

“你让我如何对你母亲交代？”半晌，他愤然一叹，仔细分辨那语气，却说不清到底是愤怒还是无奈。

“我母亲的为人您比我要了解，她会体谅我的。”白奕说道，唇角淡淡露出一个笑容，感激之情溢于言表，“从您不惜自毁立场传书给大哥和三哥，让他们配合我来做成这件事情起，您就已经知道，我没打算回头了。父亲，这些年您一直都宠着我，放任我，按理说这是您对我唯一的要求，我不该拒绝，可是——我真的做不到。”如果可以，他也断不会越陷越深，一直走到今天这一步。

白穆林看着儿子眼中的坚毅之色，一时哑然。从去年五月，白奕和秦菁一起去了祈宁的那一次起，他就知道，这个孩子是不准备回头了。

“罢了！”白穆林终于一声叹息，一想到每回自己训诫儿子时，白夫人歇斯底里的模样，就隐隐觉得脑壳一跳一跳地疼起来。

“起来吧。”勉强收拾了心里的千头万绪，他上前一步拉了白奕起来，叹息道，“你娘那里你还是晚点再过去，一会儿我先去跟她说。”

“谢过父亲！”白奕道，与白穆林对看一眼，忍不住苦笑出声。白夫人的那个脾气啊，不提也罢！

事实上白夫人确实是万分震怒，就是白穆林那般口才都没能拿下她，最后破天荒把白奕臭骂了一顿，更是以死相逼，躺在床上不吃不喝。只不过她的强硬并没能持续多久，白奕既没有同她解释也没有进屋劝她，只是一言不发地跪到她的院子里。

当时雨势正大，他就那么直挺挺地跪着，脸上笑容敛去，一双黑色的眸子沉如碧海，不带半分波澜。白夫人硬起心肠也只撑过一个时辰，忍不住亲自出门把他扶了起来。

如此，这门婚事便算是彻底敲定了。

次日早朝，苏晋阳告假离京，同时，宣帝以迅雷不及掩耳之势颁下圣旨，为其姐荣安长公主和右丞相白穆林的四公子白奕赐婚，婚期十分仓促，就在半月之后，十月十六。

这次宫变白奕有功，众人有目共睹，就在大家一致认为白家这个被埋没了许多年的四公子终于要在秦氏王朝的舞台上大放异彩时，这个消息无异于晴天霹雳，把所有人都劈傻了。

祖宗传下的规矩，一则，皇室没有同白家人联姻的先例；二则但凡驸马，历来都是被授以空职，一旦白奕接了这道旨意，就说明他默许了自毁前程。

眼下朝中长公主可谓一手遮天，她要与白家联姻，谁也不敢说什么，但总觉得白家人是该礼让一番，而更出人意料的是，圣旨颁下来，白奕竟然兴高采烈地接了，连欲拒还迎的表示都没有，就是一同站在他身边的白穆林脸色不大好看。

第二天，秦菁准时出宫去赴白奕之约。

“这车上闷，公主喝杯水醒醒神吧。”马车上，灵歌倒了杯水推到她手边，说着又掀开窗帘往外看了看，嘀咕道，“月七也是的，弄得神秘兮兮的，我问了好几遍也不说这是要去哪儿。”

秦菁笑了笑，没说话，正喝着水，冷不防车身剧烈一晃，停在了半途。杯子里的水泼出来，溅了秦菁一身。灵歌忙递了帕子过去，同时不悦地问外面的车夫：“怎么回事？为什么突然停了？”

“灵歌姑娘，前面好像有人拦车。”车夫回道。

外面隔着老远，月七似乎已经跟人吵了起来，声音逐渐高亢，周围人声嘈杂，显然引了不少人围观。因为是和白奕有约，而且也没打算出城，所以今天秦菁只带了会武的丫头灵歌，再就是一队护驾的禁卫军出行。

可谁不知道这是宫里出来的车驾，怎么就敢当街拦下？灵歌心中警觉，不敢离秦菁左右，死守在车厢里。

马车这边倒是没人骚扰，等了不多会儿，灵歌鼻子一嗅，觉得有种陌生的香气弥散，然后神志一散，就软了下去。

蒙眬间她艰难地抬了抬眼皮，赫然发现坐在里面的秦菁不知何时也已经软塌塌地趴在了桌子上。

旖旎精舍之中，满室飘香，小几上一个青铜小暖炉里有袅袅的香气氤氲出来，带着蔬果的清甜也有桂花的醇香。轻罗暖帐之下，是一个女子沉睡中的容颜，沉静温和。

窗外灿烂的日光打落在锦被上，映着她脸色氤氲，有些恍惚，仿佛开在暖阳下的一朵红梅，温暖且明丽。

那女子在榻上和衣而卧，似乎睡得很沉。她身边侧卧着一个一身白色宽袍的男子，那人有张刀雕般轮廓完美的脸孔，容颜俊美，目光缱绻落在她的眉宇间，黑色的眸子里明明颜色沉得很深，却意外有种软且迷离的光感。

沐浴之后，他黑色的发丝半湿地披在肩头，落了一半在深色的锦被上，胸前衣衫懒散，没有完全掩住，露出一片肌理分明的蜜色肌肤，肩下若隐若现一截锁骨，勾勒出近乎完美的弧度，似是无限诱惑。

彼时，他正单肘撑在榻上，一手提了酒壶给自己斟酒，玉杯半掩在绵软的被子里，里面清醇的酒水仿佛染了那被子的颜色，明艳起来。他缓缓抬手饮了一杯，清冽的酒香在室内飘散开来。

不多时，床上的女子皱了皱眉，像是有些疲惫地缓缓睁开眼睛。

初睁眼时，正好沐浴在阳光下，她下意识横肘去挡，光线瞬间黯淡，眼中的迷蒙才开始消散，化作清明。

轻罗帐下的美男出浴图？秦菁心头一跳，却在看清那男子容貌的时候一阵放松，如释重负地重又闭眼缓了口气。

就说居然有人能当街掳走她，现在有付厉染在，一切便都不足为奇了，毕竟这对他而言就是手到擒来的事。若是换了别的女子，醒来发现自己跟一个衣衫不整的男人同榻而卧，该是什么反应？

付厉染似是遗憾地轻笑一声，感慨道："原来色诱也不行！"

"大约是国舅大人选错您要诱惑的对象了。"秦菁没心思和他耍嘴皮子，从锦被里翻身坐起。

付厉染一生高贵桀骜，她从来就不信他会做出那种下三烂的事情来，她的衣服裹得严严实实，就是骤然起身的时候头还隐隐有点发晕。

付厉染侧卧在那里不动，看她皱眉用力摇头的样子，莞尔："那什么办法有用？"

秦菁脑袋还有点发沉，也没反应过来他说了什么，只是脱口道："什么？"

付厉染唇角带了丝笑容，凤目流转，抬眸淡淡看她一眼："那晚我在西楚跟你说过的话，真的不考虑？"他像是漫不经心，语气却是十分认真。

秦菁愣了愣，没有想到他会旧事重提，再一回想他今日莫名其妙掳劫自己的事，不由得就多了防备，皱眉道："国舅大人今日盛情邀请本宫到此，不会就为了开玩笑吧？"

"我从来不开玩笑。"付厉染否认，紧跟着目光一沉，再次看定了她道，"你现在决定还来得及。"

秦菁震了一震，那一刻突然有种荒唐的认知，他似乎真的不是在开玩笑。

"国舅大人即使要找借口与我大秦开战，也犯不着拿这样拙劣的理由吧？"强压下心里的负面情绪，秦菁沉下目光，半真半假地笑道，"昨日早朝，我皇已经颁下赐婚的圣旨，你今日便掳我至此，还刻意说出这样的话来，这动机似乎很耐琢磨。"

付厉染看着她，目光不动，看不清情绪，秦菁暗中戒备着，怕他翻脸成仇，却不想半晌之后，他一声叹息："你还是不信我！"

说完也不等秦菁接话，递了手中玉杯过去。甘冽的酒香吸入肺腑，脑子里便又清楚了几分，秦菁心中有所了悟，便不再矫情，接了那杯子仰头把酒喝了。

"谢谢！"她把杯子递回去，付厉染却没有马上接过，目光落在杯沿上，脸上带了几分古怪。

秦菁愣了愣，细看才发现他唇上还泛着莹润的水色……心里一阵尴尬，随后秦菁强作镇定地别过脸去，穿了鞋子下地，这时候她才开始粗略地打量了一遍这间屋子。她原以为这里是付厉染下榻的驿馆，这会儿才开始诧异。这不过是一间普通的卧房，房间不是太大，家具是清一色的黄花梨木，雕梁画栋，做工十分精美，应当是某个大户人家的卧房。

她走到门口试着开门，却发现门被反锁了，这才明白过来，应该并不是付厉染劫持她到这里的。

“这里是什么地方？”秦菁不由得倒抽一口凉气，警惕地问道。

“别人家里。”付厉染答得坦荡，悠闲地靠在床柱上，又给自己斟了一杯酒慢慢地喝。

“到底是谁做的？为什么你会在这里？”秦菁问道，同时再度打量这间屋子，想要找出一些蛛丝马迹。

她目光飞快地四下一扫，突然觉得胸口一阵浮躁，压抑得难受，呼吸也跟着急促起来，原以为是自己太过紧张的缘故，深吸了两口气意图平复，却惊愕地发现，根本无济于事。

怎么回事？

付厉染见她按着胸口茫然地站在那里，目光一闪，终于穿了鞋子下地，手里端着个玉杯，施施然走到那张摆着焚香小火炉的小几前，慢条斯理地倾杯过去，从炉顶的空隙里把半杯酒慢慢注入。

酒香触到炉子里的热炭，香味蒸腾起来，渲染了整个屋子，很快里面的炭火熄灭，一直冒着细弱烟雾的小炉安静了下来。

秦菁看着他手下动作，一脸的狐疑。

付厉染搁了杯子，这才不痛不痒地回头对她吐出三个字：“催情香！”

秦菁身子剧烈一震，猛地后退半步，防备又愤怒地盯着他。

“有人给我开出了条件，她帮我把你掳过来，然后生米煮成熟饭，你必须随我远走大晏。”付厉染道，语气闲散，居然还带了几分玩味，“你得罪了人，现在要害了我了！”

不惜一切想要将她逼离大秦的人，以前景帝那些人还在的时候，她能一手抓出一大把，可是现在，她着实想不出谁还会与她这么苦大仇深，而且也没有心情去想。

用力摇摇头让自己保持清醒，秦菁目光一寒，抬头看向付厉染道：“想办法，我要马上离开这里。”

“没办法！”付厉染摊手，抿抿唇道，“她不信我，没答应让我带人来，现在这里门窗全部反锁，院子里的也不是我的人。”

“区区一扇木门而已，奈何得了国舅大人你吗？”秦菁冷笑。

付厉染不以为然地摇头，走到她面前站定。他男性的气息压下来，秦菁心跳莫名快了几个节拍。她仓促地后退一步，慌乱中却踩到自己的裙摆。

付厉染伸手一捞，托住她的后腰。秦菁本能地抬手去推开他，彼时他衣领半敞，她的双手刚好压在他胸前紧致的肌肉上。秦菁头脑一热，背上沁出一层细汗，付厉染更是如遭雷击，高大挺拔的身子莫名震了震。

“放手！”秦菁低喝，因为力不从心而尾音发颤。

付厉染喉头抖动了一下，在理智支配下，想要放手，但鼻息下弥散的那点淡香困住了他的动作，让他起了旖旎的心思，突然俯首封住了她滚烫的唇。

秦菁脑中嗡的一下，又是一身冷汗。她还有理智，本能地想要挣扎，但是在那药的引导下，一触到他男子特有的清贵华艳之气，就完全失了力气，软在他怀里。

付厉染这个吻带了三分戏谑之意，本来只想一触即收，但是两人唇瓣相抵的那一瞬，他残存的理智不翼而飞。女子的唇柔软细致，唇瓣上的温度炽烈地烙上他的骨血脉络四肢百骸，浅尝辄止已经不能让他满足，下一刻他唇齿微启，含了她的唇瓣，舌尖探入她唇齿间扫掠，将独属于她的味道吞入口中，牢牢记住。

秦菁几乎惊恐地瞪大了眼睛，仅凭着一点力气，开启牙关咬了下去。舌尖上突如其来的血腥味在两人的口腔里弥散开来，付厉染倒抽一口凉气，目光清明一扫，却看进那女子略带惶恐的目光里，无助而空茫。

数次交锋，他见过她千般面孔，或是端庄高贵的，或是冷漠矜持的，或是孤傲冷酷的，甚至是嗜血残暴的，有时候他甚至会有种错觉——

这女人生来就是个冷血无情的怪物，不会对任何事情动容或者妥协。而原来，她也会有这样脆弱迷茫的时候，她，也会害怕？！怕什么？怕他真的会在这里动了她、要了她？怕——

心里突然有些烦躁，他用了所有的自控力克制，强迫自己放了手，像是更怕看着她这张脸说话会再次情不自禁一样，背转身去凉凉道：“问你个问题吧？”

秦菁站在他身后，嘴里都是血腥味，她刻意让自己忽略，声音沉稳地问道：“什么问题？”

“为什么喜欢他？”付厉染问得直白，“刚才你很怕我动你，就是因为怕对他无法交代。就因为他帮过你护过你，还是因为你们两小无猜，所以先入为主？”

“都有！”秦菁看着他的背影，抿抿唇，语气无比庄重地道，“他为我做的事，我永远感激，哪怕只是为了这份感激，我也愿意在他身边。不过现在我在他身边，只是因为想要在他身边。这个答案，国舅大人满意吗？”

“勉强！”付厉染意味不明地冷嗤一声，顿了一下，才重又转身面对她道，“曾经我也说过，他做的那些我都可以为你做，可是你拒绝得干脆利落。你也许不知道，对我而言，这种拒绝很不好受。即使失败，我也想知道自己败在哪里。”

秦菁神情错愕地对上他的目光，有些僵硬地道：“国舅大人是在与本宫开玩笑吗？您确乎不应该是这样的人。”

“那你觉得我应该是哪种人？”付厉染反问，眸子里只剩下深不见底的幽暗潭水。他目光微凉，直直看进她的瞳孔里，字字清晰道："你冷静、果断、刚强甚至残忍，我总觉得，普天之下只有你才配做我身边的女人，我们很像，不是吗？"

秦菁看着一阵心惊，脸色也跟着冷下来，寒声道："你今天到底为什么会出现在这里？"

"已经不重要了！"付厉染缓慢地呼出一口气，往旁边移开了目光，冷冷道，"我不喜欢勉强人！"

大晏的付国舅从来都自负且狂妄，那些下三烂的手段他不屑用，可是为什么到了这一刻，也还是有那么多不甘心？把烦乱的思绪统统抛开，付厉染随手扯下自己袖口上一枚装饰用的金扣子，对着紧闭的房门弹了过去。

嗖的一声劲风扫过，仿若有黄色丝线从眼前飞纵而过，那袖扣便已穿透窗纸射了出去，似乎钉在了门外的廊柱上，发出啪的一声闷响。

"叫你们主子来见我！"付厉染开口，十足的命令语气，然后一撩袍角，背对秦菁坐在了桌旁的一只凳子上。

门外响起一阵匆忙的脚步声，不多时又折返。

"开门！"女子颇为得意的声音从门缝里穿透进来。

秦菁眉心一跳，霍地扭头朝门口看去。锁链的摩擦声过后，房门被人从外面打开，锦衣华服、姿容俏丽的柔弱女子出现在门前。她唇角带了笑，却不似寻常那般温顺，反而折射出一个阴冷的弧度，与她那张脸格格不入。

秦菁目光一厉，而秦宁在看到两人衣衫齐整地各坐一边的姿态时，已经勃然变色，这时候再被秦菁一瞪，下意识扭头就跑。

付厉染唇角始终带着讥诮的弧度，坐着没动，他的侍卫已经一把扣住秦宁的肩膀，手下只稍稍用力一带，她人就轻飘飘地被扔进来，砰的一声，摔在了地上。

付厉染起身，一抖袍子，头也不回地大步走出门去。

秦宁觉得五脏六腑都要碎裂了。她知道秦菁不会放过她，但也不能坐以待毙，趴在地上，扭头冲着付厉染的方向凄声喊道："国舅大人，我们说好了的……"

话音未落，付厉染却已经冷笑着回头，挑眉道："本座反悔了。"

他这样的人，应该是一言九鼎的！秦宁目瞪口呆，一瞬间欲哭无泪，张了张嘴，更被他噎得不知道如何接茬。

这一次次，秦菁也着实烦透了这个女人，嫌恶地看她一眼，也跟着走出门去。

"表姐！公主表姐！"秦宁这才反应过来，不敢再抱希望，踉跄着爬起来就要过来扑秦菁。

付厉染的侍卫上前一步，她撞在那人身上，立刻又被掀翻在地。秦菁也不管她，只是余怒未消地盯着付厉染，凉凉道："这里难道还需要本宫来处理善后吗？"

付厉染勾唇一笑，抬眸给那侍卫使了个眼色。侍卫颔首，抓起早就被打晕在旁的两个护卫扔进了屋子里。

秦宁见他走进屋子，本能地往后缩，颤抖道："你、你想干什么？"话音未落，那人已经强行捏开她的嘴巴，塞了一粒药丸强迫她吞下去，然后如法炮制，也给那两个护卫喂了药，临出门时抓过桌上的酒壶，把里面剩下的酒水泼在了两人脸上。

房门被反锁，秦宁从里面扑过来，大力拍着门："开门，你们干什么？放我出去！来人！来人救命啊——"

秦菁懒得欣赏她的狼狈，冷着脸抬脚往外走。付厉染倒是站在原地没动，只看着她的背影道："这么一出好戏，公主殿下不准备请苏统领来看吗？"

"迟了！"秦菁头也不回地冷冷道，"今天一早，苏晋阳已经自请离京，这会儿人早就不在京城了，你要找人看戏，不妨去鲁国公府和荆王府试试。"

从苏晋阳府上出来，秦菁从他家马房借了匹马，直接回宫。

彼时白奕已经得了月七传信，一面让人封锁消息，一面让灵歌回宫调派一批秦菁的亲信出来帮忙寻人，他自己则回右丞相府调派人手暗中查访。

灵歌因为在自己眼皮子底下丢了秦菁，十分懊恼，得了白奕的吩咐，火速回宫带了人出来，不想刚到西华门外，就迎着秦菁一骑绝尘自宫外回来。

"公主！"灵歌一喜，直接飞身纵下马背扑过去，眼泪唰地滚了下来。

"吁——"秦菁收住缰绳，却不多言，"你去跟白奕说一声，就说本宫突然觉得有点不舒服，不能去赴他的约了，晚点他若是有空，就让他来宫里一趟。"

她失踪一个多时辰，铁定是要惊动白奕的，而宫门这里人多眼杂，什么也不能多说。

灵歌马上会意，不动声色地点头："是，奴婢这就去。"

秦菁策马迎向刚从宫里出来的苏沐等人道："全都回去吧，没事了。"

"是！"苏沐一挥手，带着众人原路折返。

秦菁直接回了乾和宫闭门谢客，半个时辰之后，白奕火急火燎地赶来，刚一跨进门槛就迫不及待地问道："到底出什么事了？怎么会有人在大街上劫了你的车？"

"你先别急，好在是有惊无险，我这不是回来了嘛！"秦菁一笑，上前拉了他的手，见他额上一层细汗，就扯了袖子去给他擦。

白奕显然一路疾驰而来，声音里还带着无法平复的微喘，一把拉下她的手，用力攥在掌心。

碰到他的目光，秦菁不由得心里一酸，就势把头靠在了他的胸口，轻声道："是和婉！大概还是因为前段时间指婚的事，她觉得意难平，就找了人想要算计我。"

"秦宁？"白奕眼中闪过一线杀意，冷声道，"这个女人真是阴魂不散。"

难怪方才进宫的路上会遇到荆王府和鲁国公府两家的人马火急火燎往苏府方向赶，还差点因为抢道而打起来。

“是啊，当初因为要留着她促成赐婚的事，没能动她，后来别的事情一多就没顾上，这次她自己送上门来更好。”秦菁安抚道，微微一笑，直起身子牵着他的手走到桌旁坐下。

白奕沉着脸，等了片刻，见她还不肯坦白，终于忍不住主动开口道：“她找了什么人帮忙？以那个女人的手段，断不可能在灵歌的眼皮子底下把你带走。”

终究还是瞒不过他！

秦菁心里苦笑一声，略一迟疑，还是开口：“是付厉染！”

白奕面上表情一僵，一时半会儿没能消化这个消息。

虽然今日之事非她所愿，但说到底，对于白奕，秦菁的心里还是本能地存着愧疚。

“白奕，对不起！”她垂眸，轻声道。她没有说得太清楚，想来白奕也能明白，付厉染的为人，他们心里都有数，不至于像秦宁那样幼稚而疯狂。

白奕紧绷着唇角，垂眸不语，半晌之后忽而冷笑：“他借这次机会帮你除了秦宁，想要以此对你示好？”

“大概是吧。”秦菁轻轻闭了下眼，再不敢抬头去与他对视。

对面的白奕静默良久。秦菁一直抓着他的手指，半晌，他突然长出一口气，反手握住她的手指拉了她起身，道：“走吧，带你出宫走一趟。”

秦菁怔了怔，下意识抬头去看他：“去哪里？”

“虽然出师不利，也总不能为了不相干的人耽误了我的正经事。”白奕勾了勾唇角，脸上重新挂了笑容。

他心情不好，秦菁知道，因为他此时眼里闪烁的光影，明显不如以往明媚。

“好！”她还他一个笑容，提了裙子跟着他出门。

白奕没有让人跟着，直接带她去马房牵了马，两人共乘一骑，从南华门出宫，穿街过巷。秦菁不问他要去哪里，伏在他背后抱着他的腰，感受沿路桂花的香气。

其实这样的日子很好，可以毫不设防去信任一个人，放心地跟着他，不用计较他最终会带你走向哪里。

“白奕！”秦菁抿抿唇，开口唤他。

“嗯？”白奕淡淡应着，因为怕风声太大听不清她的话，刻意收了收缰绳，“怎么了？”

秦菁睁开眼在他背后直起身子道：“我想过了，不想你再为这种事情为我担心，不要等到月中了，一会儿回宫我去找宣儿，三日之后，我们就成亲好不好？”

她声音不高，混着耳畔过往的风，递送到白奕的耳朵里。白奕抓着马鞭的手僵硬在空气里，身下黑电没了鞭策，开始缓下速度，闲庭信步。

秦菁咬咬牙，索性直接滑下马背，快跑两步上前抢了他手里的缰绳，将黑电拦下。她站在马下，仰着头看他：“其实一直以来，我都不是在逃避你，只是在逃避我自己，有很多事一时半刻我没有办法说服自己去接受。”

那些责任，那十年间所发生的一切，都像是一场永远也无法醒来的噩梦，每每想来，都让人彷徨和恐惧。

而关于苏晋阳，关于曾经种种，她却不能对任何人讲。就如同今天，她可以对白奕说起付厉染，而关于和秦宁之间的宿怨——不能说！

午后的阳光绚烂而明媚，映在少女皱起的眉心上，她目光坚定又透着一丝不安，用一个仰视的角度，看着那个一直鞍前马后无怨无悔追随她两世的男子。

白奕高居马上望定了她，唇角微抿，目光沉静，如水宁静之下，是一片激流翻卷的波涛，万般思绪纠缠，让他一时间觉得有些恍惚。

其实，他不需要她对他承诺什么，只要她也这般认真地看他一次，已经足够。

白奕一声不吭地翻身下马。秦菁没有跟上他的反应，只觉得眼前有风划过，手腕就被他拽着，随着他的步子往前疾走了两步。

“就是这里。”白奕止步，抬手一指前面的一处大门。

“这是什么地方？”秦菁抬眸，赫然发现眼前大门紧闭，是一处十分陌生的府邸。

“是司徒南在城南所建的产业，据说是准备给他老娘养老用的，上个月刚刚完工，还没来得及搬进来。”白奕拉着她跑上台阶，推门而入。

眼前亭台水榭，豁然入目。他拉着她一路奔跑在暖阳微风之下，声音坚定有力：“以后，这里就是我们的家，三日之后，我们成亲！”

次日早朝，宣帝颁下新的旨意，将荣安长公主和白家四公子的婚期提前到三日后，因为时间仓促，内务府紧张地开始准备一切，萧太后亲自打点嫁妆，绣娘连夜赶工做嫁衣，整个宫里都忙得热火朝天。

长乾元年，十月初三，荣安长公主大婚。

虽然皇室的大婚都在晚上举行，秦菁也未能免了早起之苦，而皇室相较于普通的大户人家，繁文缛节更多，一天下来也是不胜其烦。

先是一大早和秦宣去皇庙祭天，并且接受百官朝拜，回宫之后，又在自己宫里受命妇们的大礼，人来人往一直折腾到午后才开始重新换装，梳头，做准备。

夜幕降临之时，白奕准时入宫，秦菁同时从乾和宫出发，到启天殿前与他会面。

因为出宫前要去启天殿与长辈辞行，这一趟秦菁便没有穿嫁衣，而是着皇室公主隆重的凤袍出席。明黄锦缎的华服逶迤一地，明眸皓齿的少女一步步自那月下的灯影里走来，举止优雅。

汉白玉的绵长台阶下，有清贵俊逸的男子静默守候。两人遥望一眼，相视而笑，然后转身，分别从台阶两侧徐步而上，走进那灯火通明的皇朝宫殿。

前朝之地，本不该是她涉足的领域，但是这段路于她再熟悉不过，前生十年，她便一直这样走，一遍一遍来了又去，一直记得那天从这里行过时的漫天飞雪，四野茫茫，铺天盖地，明明艳阳高照，却冷得彻骨寒凉。

其实很明白，那日冷的不是天气雪色，而是她的心。

真好，今天她可以换一种心情，重走一遍这条路！

真好，这一次至亲骨肉都在！

真好，身边的这个人，他一直都在！

两个人，走着同一条路，一步一步踏入眼前巍峨壮丽的启天殿。

因为秦宣是她幼弟，所以这日秦菁正式拜别的人是太后和太皇太后，行了大礼，萧太后含泪把她的手递到白奕等候已久的掌心，两人携手在百官的注视下从正殿而出。

来的时候各走一方，离开时十指相扣，不再是一个人。

到台阶下的时候，秦菁步子突然顿了顿，低头看着脚下金砖莫名地失了神。

白奕见她神色有异，回头递给她一个不解的眼神："看什么呢？"

"记住这个地方，记住你，从今以后，一切重新开始。"秦菁收回目光，冲他露出一个笑容，"白奕，谢谢你，谢谢你一直在我身边。"

白奕一愣，随即抬手轻触了下她的面颊，笑道："傻瓜！别胡思乱想了，我送你回去。"

"好！"秦菁点头，由他牵着，往等在前面的宫轿走去，行走间她悄然回首，终于释怀一笑。

既然我们是在这里重逢并且开始，那么也让我过去的一切全留在这里吧，从此以后前尘过往尽数抛回那日的雪夜。

秦菁暗暗吐出一口气，昂首挺胸，从容而行，眼底光影明媚。

虽然公主和驸马单独开辟了府邸，但白奕是白氏子孙，这成婚的第一晚，新房自然是设在右丞相府的。

他去宫宴上敬了酒，又转头回乾和宫接了秦菁，带着浩浩荡荡的送亲仪仗回丞相府拜天地。

以白穆林在朝中的地位，白家的喜宴上也是高朋满座，空前热闹。

风风火火忙碌了大半夜，次日一早，一对新人先去前厅给白穆林夫妇敬茶，顺带着一家人一起用了早膳，然后两人打点行装回城南的别院。

两人的新居被白奕命名"漪澜小筑"。

队伍出了右丞相府的大门，一路南行。

白奕赶了所有的丫头下去，自己和秦菁占据了整辆马车，枕在秦菁膝头小憩。

秦菁拿了卷书打发时间，他便有些不高兴，索性也不睡了，一把抢过她手里的书本甩到角落里，拉着她一起躺下："别在车上看书了，颠来颠去对眼睛不好，睡会儿，到了我叫你。"

昨天早起晚睡又折腾了一整天，的确乏得很，不过这会儿秦菁了无睡意，偏头去看白奕，跟他聊天："秦洛那里，你还在找吗？"

"嗯！"白奕揽过她，让她枕在自己胸口，声音淡淡回，"蓝玉衡手下食客门人逐一排查了，一点线索都没有，想来他是提前做好了防范准备。"

"回头把人都撤回来吧。"秦菁玩味一笑，唇角带了点讥诮往窗户的方向移开目光，"他既然存了心不想让我找到，看来我也不必在这上面多费心思了。而且普天之下莫非王土，他会那么有把握，大抵也是料定我肯定找不到。以蓝玉衡的为人，或许当初司徒南等人一经事败，他就亲手断了这条线了。"

秦洛只要活着，就是后患，他要给她心里永久留下这根刺——

以蓝玉衡的为人，也不是不可能。

"是啊，杀人灭口，挫骨扬灰。活不见人死不见尸，就能把这个悬念永远留给你和宣帝。所谓攻心之术，这的确是最上乘的。"白奕深以为然地抿抿唇，语气中带了点戏谑的意思，"你倒是把他看得清楚明白。"

"作为对手，适当地了解也是必要的。"秦菁丝毫没有注意到他语气的变化，仍是冷静分析，"上位者狠心决绝，覆手之间可以做到的事，谁都意料不到。如果是我，定是舍不得动宣儿的，可是秦洛于他，到了那时不过一枚弃子，这便很难说了。"

白奕在她头顶叹了口气，突然有点幸灾乐祸，冷笑一声："有些人，还是早死早好啊！"

秦菁这才察觉他的语气不对，半撑起身子才要去看他的脸，胸前一空，再一低头，明黄的兜肚已经从衣襟下摆露出来一角。她脸上蓦地一红，诧异地抬眸对上白奕的眼睛。白奕那只手还落在她身后，此时人仰躺在柔软的羊毛毯上，好整以暇地看着她，眼底的光芒明媚而绚烂。

"你——"秦菁迎着他的视线，脸上顿时烧透了。虽然两人已经是夫妻，可这到底是贴身的衣物，秦菁浑身僵硬，再不敢动。白奕忍俊不禁，翻身坐起，伸手一捞，将她锁在怀里，低笑着从后面去吻她的脖子，道："哄我吧，把我哄高兴了就帮你系。"

趁火打劫？还这般理直气壮！

"不用！"秦菁偏头往旁边让了让，刚要开口叫灵歌进来，白奕已经料到她的意图，先发制人地开口道："青天白日的，还在街上呢！"

秦菁被他噎了一下，再看他那眉飞色舞的表情，便有些哭笑不得，"你也知道在街上，别闹了，白奕！"

白奕揽着她在怀里不放，吃定了她在这种情况下没有办法找人来帮忙。

"一会儿下车，回房还有好长的一段路要走呢。"他眸子闪了闪，笑得颇具深意，"夫人，为夫其实是很好说话的，威逼利诱未必管用，但我对夫人的美色一直垂涎。"说话间，马车已经又拐过一道弯，再走一条街就要到了。

秦菁着实尴尬得很，面色通红，情急之下，终是无法坚持，扭头飞快地往他唇上啄了一下。白奕意犹未尽地咂咂嘴：“偷香窃玉？我们光明正大，不用这么心虚吧？”

秦菁拿他没办法，终于一咬牙一闭眼，狠狠迎着他含笑的嘴角贴上去，这样还觉得不解恨，索性又迅速张嘴咬住他的下唇，泄愤一般狠狠咬下去。这一下她的确是用了狠力，只是极有分寸地没让某人的嘴唇见红。

“噗！”白奕闷笑一声，顺手往她脑后一压，吻了下去。

因为是白天，又是在街上，起初秦菁紧张得浑身僵硬。白奕却不管，含住她的唇瓣辗转厮磨，手掌探进衣内，落在她滑腻光洁的脊背上，把她压向自己。

昨夜两人才初尝云雨，这架势秦菁根本招架不住，很快便意乱情迷地软倒在他怀里。两个人正吻得忘情，身下马车突然停了下来。

“公主，四公子，到了！”灵歌清亮的嗓音传来，秦菁一把推开白奕，然后紧跟着吱的一声，车门被人从外面拉开，明媚的天光直泻而入。

秦菁身子一僵，站在门口的灵歌怔了怔。白奕顺手把那料子轻薄的兜肚塞进袖子里，一边抓过放在旁边的披风，把自家夫人裹住，然后表情一派自然地吩咐道：“你们公主刚睡醒，我送她进去，你先带人把东西搬进去。”

“哦，是！”灵歌僵硬地点点头，白奕已经从车上跳下来，回身把秦菁一抄，抱着就旁若无人地大步进府去了。

秦菁一直都是蒙的，干脆眼一闭，窝在他怀里眼不见为净。身后传来几个丫头叽叽喳喳的偷笑声，白奕抱着秦菁先回了布置好的新房，把秦菁往床上一放，随手扯掉那披风远远扔了，弯身坐到床沿上。

秦菁闭眼装睡，抬手压着眼皮，不去理他。

“呵——”白奕轻笑一声，从袖子里扯出一根黄色的丝线，变戏法似的慢慢扯出那件兜肚来。秦菁正从指缝里偷偷地看他，见状脑子里嗡的一下，立时弹坐起来，伸手就要去抢。

“还给我！”

“好了，不闹了！”白奕就势抓住她的手腕，微笑道，“这会儿房里没人，我帮你穿好。”

秦菁见他神色认真，犹豫了一下才咬牙点点头，背过身去把衣服一件件褪了。曲线柔美的光洁脊背映在鹅黄暖帐之下，有种暖玉色的光感，柔媚而细腻。

白奕笑笑，抖开手里的兜肚从背后绕过去。他坐在她背后，只能凭着感觉动作，时而肌肤相触，便引发她皮肤上面细微的战栗，他一声不吭，手指绕过细细的丝线，牵引到她优雅的颈后，指尖灵活地打了一个结。

这是第一次青天白日里相对，秦菁屏住呼吸压抑心里的紧张，在他看不见的地方，脸色悄悄红了。

系好了颈后的带子，白奕再次探手到她胸前去寻背上那一根，手指由下而上，从平坦的小腹一点一点往上游移，最后慢慢以双掌覆住那两处浑圆，稍稍用力地握了握。秦菁身子颤了颤，他便从后面凑上来，以下巴抵在她的肩窝里低低呢喃："秦菁，我有没有说过，你很美！"

秦菁脸上烧得厉害，僵直着身子不敢动，忍不住浅笑出声："贫嘴，越来越没正经了。"

"我只对你一个人没正经。"白奕哑声笑道，收回一只手，把她肩上披散的发丝拢到一侧的胸前垂下，闭眼用力嗅着她发间的清香，"昨天晚上怕你难受，我忍着了，现在好不好？"

其实昨夜秦菁也不是感觉不到他的忍让和匆忙，他无论做什么，首先考虑的都是她的意志，不论是国家大事还是男女情事。

心里暖融融地漾起一层波涛，秦菁笑笑，不再羞怯避让，大大方方地转过身去，把自己所有的美好都毫无保留地展露在他面前。白奕的眼底嗖地蹿出一簇火苗，目光灼热地落在她身上，却是一时间忘了反应。

秦菁微微撑起身子跪在他面前，伸出柔若无骨的双臂勾住他的脖子，声音含笑，轻轻抵着他的额头，道："好！"

白奕怔了怔，这一个带着甜腻语气的"好"字入耳，他突然眼眶一热，反手一把握住她的纤腰，将她压倒在了身后的婚床上。

秦菁不再抗拒，也不再羞怯，由着自己的感觉随他沉浮。炽热的唇，宽厚的手掌，火热纠缠的身体，带着浓厚情欲味道的喘息声，他带着她品尝这人世间最蚀骨销魂的快感。

原来，爱是这样的，不是一味地承受和忍耐，原来——爱，是可以不痛的！蒙昽之中，不知道是谁的一滴眼泪滑落在彼此交融的汗水里。白奕，谢谢你，谢谢你一直在原地等我，带我彻底走出那段迷失的旅程，找回我自己，也找回了你！

大秦荣安长公主大婚的消传得很快，当初婚期一定，西楚方面也就跟着收到消息。

这日早朝过后，趁着楚明帝去了齐国公府上探病，武烈侯叶阳安终于得了机会，改装之后去凤寰宫见了叶阳珊。

自从上次和莫如风见面之后，这几日，叶阳皇后一直很暴躁，坐卧不安，夜间失眠，人也迅速消瘦下来。

古嬷嬷引了叶阳安进去，第一眼见到那个锦衣华服但面容枯槁眼窝深陷的女人，叶阳安僵了半天，才诧异地开口道："你怎么搞成了这副鬼样子？"

"你还问我？"叶阳皇后冷笑一声，目露讥讽，"这么多天了，本宫和太子身陷囹圄，父亲你倒是好啊，高枕无忧，似乎人也又见丰润了！"

"陛下的脾气你又不是不知道，当初是他下的命令，谁拗得过？"叶阳安脸色变了变，却是尽量压着脾气好言相劝，"反正那件事查无实证，总有过去的一天，你再忍忍吧！"

“我忍不了了！”叶阳皇后冷然打断他的话，目光幽暗而疯狂，“混淆皇室血统，这是死罪！那个小子来者不善，父亲就不要心存侥幸了，他现在针对的虽然是我，但迟早有一天也会轮到父亲你。当初是我怀胎十月生下了他，他今日既能活着回来，必定也不会辜负本宫厚望，势必一击必杀，是要灭了我们整个武烈侯府，才肯善罢甘休的。”

“当初我就劝过你，让你不要……”莫如风的存在，对叶阳安而言也是心头的一根刺，他语气不善地开口。

“父亲你这是在指责我吗？”叶阳皇后冷冷打断他的话，语带讥诮。

叶阳安面上有点挂不住，脸色一沉，刚要说话，叶阳皇后已再度开口，讽刺道：“武烈侯府到底是怎么保住今天的地位的，你我都一清二楚。父亲，现在除了依仗本宫和太子，你根本就没有别的路可走。叶阳敏她死了，她已经死了你知道吗？”话到最后，她面目狰狞地低吼出声。

叶阳安唯恐惊动别人，恼羞成怒地冲上去给了她一记耳光，怒斥道：“你给我清醒一点！”

叶阳皇后的脸歪在一边，倒是真的安静了。

“父亲你纵横沙场半世有余，扪心自问，除了叶阳敏在时替你筹谋计划的那几场战事外，你还有什么真能拿出手？”半晌，她重新回过头来，盯着叶阳安的脸，惨笑连连，“父亲啊父亲，你何德何能，能生出她叶阳敏那样手眼通天无所不能的女儿？十八年，她从这宫里消失了整整十八年，皇上就整整十八年不曾踏入后宫一步，所有有名分的妃子都被晾着生不如死，这宫里多少如花的容颜枯败成泥？美人枯骨，不过弹指一瞬啊，竟然……呵，这所有的一切加起来都抵不过一个叶阳敏！她到底有什么好？父亲，你说啊，你告诉我，我们都是你的女儿，为什么这世间偏偏有这样的不公平？”她原是在质问叶阳安，说着就落下泪来，慢慢蹲在地上抱头痛哭。

当年她入宫，为的是皇后的位子，但是对那个英明神武的铁血帝王也并不是全然无情。她也试着爱过，争取过，可是后来才发现，那人不是没有心，而是将一颗心尽数给了别人，给了叶阳敏那个贱人，给了她的亲姐姐，连一丝一毫都不舍得分出来，不给她，也不给别的任何人。

当年叶阳敏死后，楚明帝便再不入后宫一步，当时有个他颇为属意的妃子杨氏为了博宠，强用了催情药物混入他的茶汤之中，然得他一日宠幸之后却被打入冷宫，连带着她诞下的四公主都一同被冷落，眼见着如今快到及笄的年岁，却连个封号都不曾赐予。

这宫里，从来就不乏痴心不改的傻女人，而她叶阳珊是个想得开的人，既然情爱如浮云，高不可攀，那么她就要不惜一切抓住权力。

这十几年，她处心积虑，步步为营，甚至不惜狠手扼杀亲生子，为的就是有朝一日权倾天下的荣耀，可偏偏又是叶阳敏坏了她的事。

叶阳皇后捂着脸，哭得悲痛。叶阳安于心不忍，走过去拍了拍她的肩膀，安慰道："行了，都过去了，终究不过一个死人罢了！"

"终究一个死人？"叶阳皇后怔了怔，突然止了哭声，一寸一寸缓缓抬头，对上叶阳安的目光，一张被脂粉洇花的脸上闪着诡异的光芒，"父亲你也觉得这世上只有死人才是最可靠的是吗？"

叶阳安看着她眼中明亮一闪的幽光，心里生出一丝不好的预感，颤声道："你不是要……"

他说着，愕然瞪大了眼，猛地起身退后一步，不可置信地大声道："你疯了吗？这个时候，你……"

"不！"叶阳皇后的脸色忽然一黯，紧跟着再次雍容高贵地笑出来，"不是我，这一次，是父亲你！我们，是一起的！"

"你！你简直丧心病狂！"叶阳安脸色一白，抬手又给了她一巴掌，然后不由分说转身就走。

叶阳皇后被他打了个踉跄，捂着脸后退一步，脸上的表情已经完全冷凝下来，对着外面明媚的天空露出一抹残酷的冷笑，喃喃道："来不及了父亲，我做的事，你从来都阻止不了。"

彼时天色明媚，在西楚皇朝的日光之下，酝酿的却是一场不计后果的惨烈暗杀。

大秦。云都。

秦菁三朝回门，吃了归宁宴，夫妻两个就早早出了宫，赶着回府，不想轿子才刚到了皇宫门口，白奕的一个亲信就策马而来，递了一张纸条："主子，刚刚收到的西楚方面的飞鸽传书！"

说是西楚方面的来信，秦菁第一个想到的就是莫如风，当即眸色微微一凛，屏住了呼吸。

白奕取过那纸条展开，大致扫了眼，回头瞧见她的神色，就握了她的手，拉着她先上车："你别多想，如风没事。"

待到上了车，见秦菁还盯着他，白奕这才有些遗憾地叹了口气道："楚太子怕是要翻身了！"

秦菁一愣，十分意外地拧眉道："怎么回事？"

"颜家的人不傻，如风身份暴露之后，有关颜汐之死的内幕，他们自然心里有数，没有他们穷追猛打，事实上叶阳皇后和太子楚风的危机就相当于解除了，并且如风的存在，本来就让朝野上下风声鹤唳，大家都在揣测他是不是真的有夺位之心……"白奕有些怅惘，说着顿了一下，目光重新落回秦菁脸上，"偏偏在这个节骨眼上，楚太子遇刺了！"

"遇刺？"秦菁脑中思绪飞快一转，马上了然，"他人没事？"

"说是受了重伤，不过十有八九只是一场苦肉计罢了！"白奕苦笑，倒了杯水慢慢地喝，

“他人没死，这就是最大的漏洞。不管是如风还是楚越，这两人但凡出手，都绝对不会留下活口的。”

“但是不管怎样，现在西楚朝中矛头应该是直指莫如风的吧？”秦菁忖道，神色凝重，“本来所有人都怀疑他重回西楚就是居心不良，现在楚风遇刺，满朝文武必定齐齐施压，就是楚皇陛下也不可能不顾朝局稳定，对此熟视无睹了，届时为了安抚朝臣，势必要对叶阳皇后母子解除禁令。”

“嗯！”白奕点头。

“如果这信函上所言，楚风的伤情是真，那这叶阳氏母子倒是两个不可小觑的狠角色了。”秦菁沉吟。

一个人可以对别人狠，这不算什么，难的是对自己也能下这样的狠手。

“是啊！而且这样一来，只怕西楚朝中的动向很快也要变了！”白奕赞同道，思忖片刻，忽而话锋一转，正色道，“前几天跟你说过要更换祈宁守城主帅的事，你觉得怎么样？”

前段时间，因为秦宣登基，把白奇传召回京，后来萧羽从西楚帝京折返，又直接留在了祈宁。

前两日闲谈的时候，白奕曾说，想把驻守大晏边境的梁家人和萧羽换过来。

“你觉得西楚方面还会起战事？”秦菁道。

“拿不准！”白奕抬手摸了摸她脑后发丝，目光悠远，“之前楚皇陛下的心思不好捉摸，但是如果楚风能够卷土重来，就不好说了。论及实战经验，年少从军的梁四要比萧羽丰富一些，把他换过去，总是有备无患的。”

秦菁想了想，点头：“好吧！那回头你跟宣儿商量一下，现在大晏的边境上还算太平，调动一下人手应该没什么问题。而且魏国公的年纪大了，正好下个月趁着梁明岳娶亲，把他迎回来颐养天年吧！”

魏国公的为人，太过优柔寡断，以他坐镇军中，威望虽然有之，但若遇到真正诡辩难测的对手，变通之术就要欠缺一些了。

“呵——”白奕一笑，将她揽过来靠在自己肩上，调侃道，“我总觉得你对那赵家六小姐的态度有点特别呢！”

赵水月曾经与秦苏合谋害过秦菁，依照秦菁的为人，的确不该将这种人收为己用，留在身边，何况还许了她这么一门好亲事。

“一个人想要活着，并没有错，路我是给了她，而会活成什么样，就看她自己的本事了。”秦菁淡淡一笑，靠在他肩上慢慢闭了眼。

白奕不再说话，伸手拉过放在旁边的薄被搭在她身上，也惬意地闭上了眼。

大秦长乾元年十月，西楚太子楚风在东宫被软禁期间遇刺，身中三剑，一度性命垂危。

西楚朝臣联名上书，要求楚明帝彻查此事，为太子平冤。翔阳侯颜玮入京请罪，表示颜汐被杀一事查出新的证据，之前指证太子楚风一事是受人误导而为之。

种种迹象显示之下，楚明帝降旨解除对太子的禁足令，并且大加安抚。

西楚政局，在经历了一场波涛暗涌的动荡之后，再次回到原来的轨道上。

同月，大秦方面，魏国公告老回京颐养，由其长子梁旭承袭爵位，梁明翰为魏国公世子。

大秦长乾元年十一月，宣帝降旨，赐婚魏国公府四公子梁明岳和安国侯府六小姐赵水月。

婚礼过后，魏国公梁旭并梁明岳夫妇率暂驻京城郊外的三十万人火速赶往祈宁，接替征西大将军萧羽在祈宁军中的统帅之职。

萧羽调任大晏边境，镇守西南关卡。

大秦长乾元年十二月，楚明帝起用多年前的老将武烈侯叶阳安取代楚越主帅一职，驻守大秦边境。

大秦长乾二年元月，正当两国臣民还处于新年的喜庆气氛当中时，西楚方面率先发难，刚刚休战数月的楚秦两国再度交锋。

接下来的两月之内，连战数十场，双方各有伤亡，局势一度万分紧张。

三月，西楚太子伤愈之后，被授以监军之职，往边境督战。

同年五月，西楚方面再增兵十万支援。

大秦四十万大军死守，双方战事升级，打得如火如荼。朝议之后，秦宣帝决计亲临祈宁督战，朝中诸事由以白穆林为首的一众内阁老臣暂代。

长公主驸马白奕奉命往江北大营调配皇家卫队五万人，随驾前往祈宁。

五月初七，圣驾离京，快马加鞭奔赴边城奇险之地。

半月后，梁旭父子亲迎宣帝踏入西北军营。

晚间，白奕和秦宣都去了帅帐商议战事，赵水月陪同秦菁在远离战场的跑马场上散步。

秦菁趴在草场外围的栏杆上看着远处的天幕，眉目之间带了几分温和的笑意道："军中生活不比别处，虽然你们新婚燕尔，可你也没必要跟着他到这里来，在祈宁城内的府宅里头安置下来也是一样的。"

"对我来说，这样已经很好了。"赵水月神情平静，眉目间带着新嫁娘的娇羞和满足，"他肯带着我出来，我自然是乐意的。至少这里天高地阔，不用再过以前府里那种钩心斗角的日子，而且他待我，也很好！"

梁明岳少年将军，文武全才，的确是京中无数名门闺秀心中理想的夫婿人选。

只不过他那人，心性高傲不羁，也并不是随便什么女子都驾驭得了的。

赵水月的确是个聪明人，懂得拿捏人心，给自己寻找最好的出路。如果她婚后安安稳稳留在京中做她的少夫人，那么山高水远，有的不过就是虚晃的名头。而她随着一并出来就大不相同了，一则能让梁明岳看到她的与众不同，二来朝夕相处，更有助于巩固他们在彼此心中的地位。

对于一个女子而言，有些人要的不过是锦衣华服的生活，而有些人，要的却更多一些。譬如赵水月，也譬如她。

“你自己心里有数就好。”秦菁笑笑，侧目看她一眼。

“是！”赵水月回她一个笑容，这一次的目光里带了晶莹的水光，“我自己是什么身份心里有数，安国侯府虽然听上去风光，却也只是个无功无禄的空壳子。我能攀上魏国公府这样的人家，不过是仗着殿下的抬爱。”她说着，目光一闪，突然屈膝跪了下去，郑重地给秦菁磕了个头。

她虽不多说，秦菁却知道她指的是当初和秦苏设计害过自己的那件事，而且想必赵水月心里也不是不明白，自己给她一次机会，其实更多的还是存了利用之心的。只是如今时过境迁，秦菁不言明，她也不点破。

“路终究还是你自己走出来的，起来吧！”秦菁伸手扶她。

“谢过殿下！”赵水月恭谨道，起身之后仍然陪侍在侧。

两人又闲话了两句家常，便各自散了，折返自己的帐篷。

因为军情紧急，白奕一直到半夜才回，彼时秦菁已经睡下了。

“四公子！”留在帐篷里服侍的灵歌上前见礼，小声道，“公主已经睡下了，热水奴婢给您准备好了，在屏风后面！”

“嗯，知道了！”白奕挥挥手，灵歌转身掀开毡门走了出去。

白奕取过榻上准备好的里衣挂到屏风上，匆匆洗了个澡爬上床来，发梢上沾染了些水珠，氤氲着湿意。

秦菁本是侧身向里窝在被子里的，见他挤上来，不由得皱起眉头。

白奕轻笑一声，揽她入怀，吻了吻她的鬓角：“是我吵醒你了，还是一直没睡？”

“睡了一会儿，又醒了！”秦菁道，爬起来，就要往床下摸索。

“大半夜的，做什么？”白奕挡在外侧，一把搂住她的腰。

“你头发还湿着呢，一会儿湿了枕头，晚上该难受了。”秦菁拉开他的手，下床取了帕子回来。

白奕往里让了让，把她拉上床，自觉把脑袋往她膝头一搁。秦菁无奈地笑笑，一点一点给他拭干发丝，问道：“怎么这么晚才回来，西楚方面的事情很麻烦吗？”

“是有点麻烦！”白奕长长吐出一口气，“西楚方面现在也是压兵四十万，和我们旗鼓相当，而且他们之中绝大多数都是常年活跃在战场上的老兵，对这个战场的适应性极强。我们军中则有一半左右的人是之前从大晏边境擅长草原战术的队伍里转移过来的，一时半会儿战斗力发挥不出来。”

“那部分人终究是梁旭父子亲手带起来的，真要运作起来应该也有优势。”秦菁道，想了想，也跟着面露凝重之色，“前段时间不是说，西楚近来士气很盛吗？是楚风坐镇军中的缘故？”

“是啊！”白奕道，“而且叶阳安本来就是西楚军中颇具盛名的一员老将，早年战功卓著，此次他来，对整个西楚军中的士气就已经起了鼓舞作用，然后就是楚风伤势刚愈就匆匆赶来，影响力便更胜一筹！之前他因为颜家的事情而受挫，想来是要通过这一次的战事重新立威了。”

西楚方面骤然发动这一场战事，并没有对外做过特殊说明，毕竟两国不睦已久，再度开战也在情理之中。当然，这其中也不排除荣安长公主悔婚另嫁的个人因素。

秦菁抿唇想了想，犹豫再三，终于还是一咬牙，迎上白奕的目光道：“白奕，你是不是还有事情瞒着我？”

“嗯？”白奕一愣，抬眸递给她一个询问的眼神。

“上次西楚的事情以后，你跟宣儿都各自安插了一部分眼线留在西楚帝京，窥测那边的动静，可是这几个月以来，除了朝廷政局，你们谁都不曾对我提过如风的事情。”秦菁不再避讳，目光灼灼地与他对视。

秦宣手里握着和莫如风息息相关的四海钱庄，而白奕这里，莫如风对他更有救命之恩。

他们双方对莫如风个人的关心程度都应该远胜朝堂政事，现在他们绝口不提，只能说明达成了某种默契。

“他没什么事！”白奕笑笑，抽过秦菁手里的帕子扔到一旁，将她拉进被子里。

“那他到底要做什么？”秦菁就着他的胳膊躺下，并没有息事宁人的意思。

“秦菁——”白奕目光复杂地看着她，唇边笑容慢慢有些力不从心，微微发苦，“别问了，好不好？”

“那么或者我换个问题来问，他——”秦菁直视他的目光，不容他拒绝，“到底是不是叶阳皇贵妃的儿子？”

白奕闭上眼，用力揉了揉她脑后的发丝：“有些事，既然他不说，便是不想让我们知道，别问了好不好？”

“那你跟宣儿过来这里又是为了什么？”秦菁寸步不让，重新脱离他的怀抱爬坐起来，“你们走这一趟的初衷就是为了他不是吗？”

“秦菁！”白奕加重了语气唤他。

“白奕，我了解你，也了解宣儿！”秦菁看定了他，一字一顿地肯定说道，“你们都承了他的恩，念着他的情，想要为他做些什么。我是恨过他刻意的欺骗和隐瞒，但是不可否认，自始至终，我比你们欠他的都要多，所以我没有阻止你们要做的事，现在我只是要一个真相而已。告诉我，你们要做什么？”

“我——”白奕张了张嘴，却是欲言又止。他目光闪烁，情绪却沉得很深。

“你们，要杀楚风！”半晌，秦菁终于了然地牵起唇角，字字肯定道，“为他！”

“莫如风的身世就是整个问题的症结所在，这一点谁都没有办法否认。”秦菁道，语气磅礴，终于以雷霆之势爆发，不给人半分余地，“他也曾对我坦承过，他回西楚是别有目的，可是自从当日延庆殿上一鸣惊人之后，他便销声匿迹，再不肯多进一步。他不是个盲目的人，不会做无谓的事，他的不为其实正是为了恰如其分地牵制楚明帝的判断力。他意在朝廷，要为叶阳皇贵妃正名？还是另有隐情，还有我不知道的其他秘密？白奕，你有事瞒着我！告诉我，真相到底是什么！”她目光灼灼，咄咄逼人。

“我——”白奕张了张嘴，面对她坚定不移的目光，喉头一阵发涩，堵得半天说不出话来。

“我只是想要一个真相而已，这对你而言，就那么难以启齿吗？”秦菁微蹙了眉头，认真地看着他的眼睛道，“虽然西楚皇室对此讳莫如深，但是以叶阳皇后的为人，若说当初叶阳皇贵妃假死脱身离宫而去的事情和她有关，也不为过吧？莫如风就是叶阳皇贵妃的儿子是不是？他要为他的母亲报仇，他要颠覆西楚皇权，他要拿回这么多年他们母子应得的地位和荣耀？”她语气渐渐冷凝，不知不觉就带了浓厚的讽刺味道。

白奕眉心微动，头一次觉得她的声音竟也会这般刺耳，如万条冰凌缓缓刺入血肉，一寸一寸，迟钝的疼痛。

“秦菁！”他突然大声打断她的话，字字严厉道，“不要这样说他，也不要用这样的字眼去侮辱他，你明知道他不是那样的人，不要——”他顿了一顿，终于还是再度开口，“这样刻薄！”

记忆中，白奕还是头一次对她这般疾言厉色。秦菁心里颤了颤，眼底不觉更深，最后怒极反笑：“我从来就是这么刻薄的人，白奕你知道，我这一生，最容不下的就是欺骗和背叛。莫如风曾经为我做的，我感怀于心，但是，我要真相！”她说着一把推开白奕，动作利落地穿鞋下地，披了衣服走出帐篷。

白奕坐在床上，大半张脸都掩映在纱帐的光影里，表情明灭不定。

秦菁怒气冲冲地走出去，一转身钻进旁边紧挨着的一顶小帐篷里。灵歌和苏雨共用一个帐篷，彼时苏雨睡得正酣，灵歌刚刚脱了外衫，就觉迎面一股冷风袭来，一扭头，却见秦菁神色冰凉地站在门口。

“公主？”灵歌很是愣了一下，正在茫然的时候，白奕也跟着进了帐篷，一把拉过秦菁，一面对灵歌道：“没事，你们睡吧！”

秦菁冷着脸不理他，他拽了她的手出门，待到行至无人处，秦菁又一把重重甩开他的手。

白奕脱下自己的外袍给她披在肩头，双掌按在她的肩头良久，直至体温透过衣物传递到她身上，他才下了决心，长出一口气道：“既然你一定要知道，那我把知道的都告诉你就是了。”

到了这会儿被夜风一吹，秦菁冷静了不少，也觉得自己今天似乎是有点无理取闹的意思。她抿抿唇，抬头对上他的目光。

“你猜得没错，如风他——”白奕开口，却先是苦笑，像是揭人疮疤一样，极不自在，顿了顿才又继续道，“他的确是西楚的皇室血脉，可是，他的生母并非叶阳皇贵妃！”

楚明帝共有八个儿子，自楚风之前的四个，都是他还在太子之位时的几位妾室所出，年岁稍长，若要论及莫如风这个年纪的，确乎也只有叶阳敏生下的那个孩子能与之匹配。

“这是什么意思？”秦菁心头一震，大惑不解。

白奕回避她的目光，唇边虽然刻意带了丝笑，却明显透着力不从心的苦涩：“你不是曾经问我，他一直纠缠于身的恶疾到底是什么病吗？”

秦菁心头一紧，脱口道：“他的病，和他的身世有关？”

白奕不置可否，只是神色幽远地看着夜色：“十九年前，西楚后宫受楚明帝宠爱的叶阳皇贵妃和叶阳皇后同时有孕，明帝十分欣喜。后来十月怀胎，叶阳皇后提前临盆，产下一子。但是那个孩子生下来十分虚弱，随侍的太医诊断说那孩子患有隐疾，是不治之症，夭折的可能性极大，而且即使勉强保住，至多也活不过二十岁去。”

秦菁脸色白了白，不可思议道：“那个孩子——是莫如风？”她忽然想起，当初她问及莫如风病情时，那男子含笑回答：“生来就有的顽疾，没什么大碍！”也记得他说久病成医时的淡然和洒脱。

他的微笑从来纤尘不染，有种恍惚人世的超脱和美丽。不知道为什么，再想起他淡雅素净的笑容时，秦菁心里没来由地刺痛了一下。

白奕似乎也并不想触及这个话题，只继续说道：“一个生来体弱、注定活不了太久的孩子，尤其面前还摆着一个备受帝宠的叶阳皇贵妃，叶阳皇后的野心就暴露出来了。她让人隐瞒消息，从宫外抱了一个健康的孩子回来。深宫重重，要瞒天过海做下这种事本来不容易，但那时候因为楚明帝一门心思全部扑在叶阳皇贵妃身上，反而让她有了可乘之机，达成了这件事。后来为了永绝后患，她——”白奕说着，重重叹了口气，目光中有种近乎晦暗的光影一闪而逝，“她让人秘密带了自己的亲生儿子出宫。”

他没有再说下去，秦菁心里已经冰凉一片，什么都明白了。

“她要斩草除根？”她问，却是笃定的语气。

白奕用力闭了下眼，继续说下去：“当时叶阳皇后自认为做得天衣无缝，但还是被叶阳皇贵妃洞悉此事，于万难之中，她连夜出宫抢下了那个孩子，但是她自己却因此而动了胎气，后来生产的时候又遇上难产。那件事情之后，她便对宫廷种种心灰意冷，以假死之名带了那个孩子离宫，隐世而居。叶阳皇后心有不甘，相继处死了她宫中知情的一众宫人，之后几年又再追杀，先后下了四次手，但是俱因叶阳皇贵妃的袒护而没能得逞。”

这就难怪，当日在延庆殿上，莫如风对叶阳皇后会是那般冷漠而无视的态度。这世间可以有千般伤痛，万般背叛，但最痛彻心扉的，莫过于至亲至爱之人抬手挥下的屠刀。

正是因为身临其境，秦菁便越发理解那种心情。生而遭到亲生母亲的抛弃，甚至那个人从一开始就不打算让他活下去。莫如风这一生所承受的都是些什么？金尊玉贵的西楚皇子，却身世漂泊，一如浮萍般草芥不值！他的微笑，他的淡泊，他的谦谦君子的气宇和风度——

那是需要多么强大的一颗心，才能维持这毫无破绽的皮相？

秦菁捏紧了掌心，突然有些后悔这般固执地去剖开丑陋的真相了。也难怪白奕难以启齿，这对莫如风而言是莫大的痛苦和伤害，这样不堪的过去，无论是谁，都不会甘于奉到人前，供人观摩评断。

“他的病，真的无药可医吗？”心里疼得鲜明，秦菁抬头，目光复杂地看着白奕的眼睛。

面对她殷切的注视，白奕心里唯有苦笑。他轻轻揽了她入怀，用力拥着，半晌才语气萧瑟地开口：“他患的是先天性心悸之症，如果可以医，也不会等到今天。”

是啊，如果可以，事情又怎么会是如今的局面？没有人能为他换一颗心，也没有人能够弥补那颗千疮百孔的心脏上无尽的创口。

他回到西楚，是因为对这件事还心有不甘吧。可大约也知道自己将不久于世，所以他还是选择了沉默，没有去揭穿楚风的身世。荣华富贵，他那样的人，应当看得极淡，但是亲情骨血的缺失，才是人生大憾。

秦菁把脸埋在白奕的胸前，用力吸了吸鼻子：“即使他不介意,那么就当是我们替他介意好了。就算他不屑那个名分地位，但至少，有些人还是应该回到自己的位子上去。”

景帝的事情之后，她的情绪已经绝少有这般激烈起伏的时候了，似乎只要触及感情，她就难以自控。

白奕小心翼翼地拥着她，心里翻江倒海。夜晚的风很凉，抚上肩头，吹起他散落的发丝，同时吹乱了心情。

“外头天凉，回去吧！”半晌他轻声道。

“嗯！”秦菁点点头，挽着他的手臂，漫步于苍茫天地间，一步一步随着他往回走。

三日之后，两军再度交战。

一大早，梁明岳安排了马车和百名精兵护送秦菁和赵水月回内城暂避。行过一片山坳野地，秦菁掀开窗帘往外看去，前方不远处是一座古旧凉亭。脱了漆的柱子上“杳如黄鹤神童渡，紫气东来仙人停”的诗句依旧还在，古道苍凉，里面空空如也。

秦菁微眯了眼睛，正在回忆一些当年旧事。那日正当晌午，日光晴好，白衣翩跹的温和男子打马追上来，与她一路同行。那一路凶险，全因他的出现而安心，可是现在，物是人非。

秦菁苦涩一笑，收回了目光。

过了凉亭会有一处三岔路口，一处回祈宁，一处直接通往回京的官道，还有一处是往山里走的，穿过那片荒野之地，就是西楚方面的关卡。

秦菁闭上眼，默默估算这一路的行程，正在仔细揣摩，冷不防马车一晃，紧跟着外面传来一个侍卫的怒喝声："有刺客，快护驾！"

"有刺客？"赵水月勃然变色，赶紧往秦菁身边退了退。

外面并没有预期之中的兵刃交接声，只是一个男子清朗的声音扬起："我们不是刺客！长公主殿下，能否下车一见？"

秦菁冷笑一声，倒是没有多少意外，一把推开车门下了车。

重兵护卫的马车对面是一行三人，为首的一人穿着玄色长衫，虽然坐在马背上，仍然能够辨别出挺拔的身形。他头上戴了纱笠，遮住了大半张脸，只在不长的薄纱下方露出一小片弧度精致的下巴和隐约微翘的魅人唇线，是个年轻人的模样。

"殿下，这几个人——"领队的御林军校尉凑过来。

"没事！是本宫的一位故人，他们没有恶意。"秦菁微微牵动嘴角，露出一个笑容，"你们姑且退下，本宫和他说几句话。"

对这位长公主的性子，大家多少都了解。那校尉犹豫了一下，终还是拱手："是！"然后一挥手，带着马车先往前走出一段距离。

对面那人翻身下马，两人很有默契地进了亭子。

他似乎并没有取下纱笠的打算，而秦菁对他面纱后面的那张脸也似乎完全不好奇，单刀直入地开口道："据本宫所知，七殿下此时应该在前往贵国东边海域驻防的路上，却不知道如何分身至此？"

西楚东面临海，常有海寇出没，为祸渔民。眼下这里两国交战，兵权被叶阳安所取代，楚越在京中赋闲数月，半月前才得了新的差事，带五万精兵前往东边海域平乱。

"长公主的消息灵通，本王佩服。"楚越也不与她寒暄，直接话锋一转，语气凛冽道，"既然长公主知道本王此行不易，那本王也不兜圈子了。本王前来，是为了送殿下一句忠告！"

"哦？"秦菁轻笑一声，表情好整以暇。

"眼下两国交战，水火不容，战场凶险，远非长公主所想的那样简单。殿下千金之躯，听本王一句劝，早些起驾回京等消息，不要在这里久留，最好——"深吸一口气，楚越说道。

他今天心情似乎格外烦躁，说着顿了一下，刚要再继续，秦菁已经接下他的话："最好今天连祈宁城都不要进，直接改取官道，去边城以内的驿站换了车马，即刻就走？"

"你知道？"楚越一愣，大有些意料之外。

秦菁淡然一笑，抬眸往那处岔路口望了一眼，忖度道："却不知楚太子的埋伏会设在几处？"

楚越倒抽一口凉气，忽然就有些心惊。他是了解叶阳氏那对母子的为人的，楚风这次的差事说是来边境督战，实则也是楚明帝给他的一个台阶，以补偿他之前被行刺时候受的委屈。

楚风要在这里立威，势必要打几场漂亮的硬仗。

楚越明白，当初他自己在这里戍边，一直都打着攻下祈宁城的主意，却总是事与愿违，不能得手，那么楚风这一次为了力挽狂澜，一定也是打着这样的主意。

只要他能拿下祈宁城，就是大功一件，到时候只怕这里的驻军就要归到他的名下了。

叶阳皇后最是不择手段，再加上之前秦菁悔婚与他们母子结成私怨，那么这次得知秦菁前来祈宁，他们就一定不会放过这个机会。

掳劫秦菁！

一则报当日她悔婚逃逸的一箭之仇；二则，她在秦宣帝心中的地位无人可比，有她在手，拿下祈宁城或许就可以不费一兵一卒。

四十万兵权不是小事，哪怕只是暂管，落在太子一党手里，对他而言都是莫大的威胁。所以楚越才不惜违逆圣旨，擅自从钦差卫队里脱身赶到此处。

他原以为及时赶来隐晦地告诫秦菁离开就是，却不承想，秦菁竟对楚风的意图一清二楚。

楚越意外之余略一失神，就听对面的秦菁调侃道："既然楚太子打了这样的主意，必定做了万全的准备，只怕不仅是回祈宁的那条路，还有另外的两条也一并走不通了吧！"

楚越心里突然发冷，这个瞬间已经晚了。

嗖嗖几声，利刃划破空气，从身边远离道路一侧的山坡上呼啸而来。楚越下意识一把拽住秦菁的袖子往身后一带，同时腰间软剑出鞘，手腕灵活一转，连挡数下。铿然的碰撞声中，激起火星四射。

这亭子的位置虽然没有什么特别，但是周围空旷，连野草都少，而敌人又占据了高位，两人明显就是箭靶子。

"混账！"楚越恼怒地低吼一声，拽了秦菁的胳膊暂时闪到柱子后面。

"不好，有埋伏，快护驾，保护公主！"远处的路口上有人怒吼。

那一队精兵刚要冲过来解围，岔路另外两侧山路的草丛后面已经涌出大量伏兵，两面夹击，将那队人马死死困住了。

楚越拽着秦菁避在石柱后面。

秦菁从袖子里扯出一方手帕，把他左臂上刚被划破的一处箭伤包扎好，居然还有心情调侃："七殿下这次似乎是轻敌了，您那太子哥哥还真不是一点脑子也没有的。"

楚越脸色隐隐有些发白，也不知道是疼的还是气的，只冷冷道："他有多少能耐我心里有数，保不准又是凤寰宫里那位使的万全之策，的确，这次是我轻敌了。"

他倒是个能屈能伸的个性，秦菁心里沉吟一声，对这人的防备又多加一层。

楚越带着的两个随从都是一等一的高手，很快突破重围闯了进来："殿下！"

楚越心下稍稍安定，一面警觉地观察周围，一面沉声问秦菁道："你的人呢？我记得你身边很有几个好手的。"

秦菁既然早知道会有埋伏，就不可能不做准备。

山腰上埋伏的弓箭手见亭子里久无动静，开始从外围逼近。

"他们没来！"秦菁道。楚越一愣，大为意外，刚要回头看她，却是身子一偏，被她猛地一把推出了亭子。

山腰上的伏兵见到有人影蹿出，连忙搭箭疾射。楚越跌出来，本想回来拽出秦菁，刚一探出手，就被横铺过来的一阵箭雨阻隔了动作。

他身子就势往旁边的草丛里一滚，险险地躲过一轮攻击。

"殿下，您没事吧！"两个随从跟着扑过去，横刀挡开几支攻击他的箭。

三个人狼狈地倒在沟壑中，仓促间楚越回头，看到孤身躲在石柱后面的秦菁，有那么一瞬间，他脑中突然闪过一个念头。

如果让秦菁死在这里呢？那么不仅楚风的计划功亏一篑，大秦方面更会震怒，战局又会有扭转之势。这样想着，他便握紧了手中长剑，也几乎就这样做了。然则紧要关头，秦菁目光凛冽地横过来一眼，冷声命令那两个随从道："带你们主子走！"

那女子面上神情冷峻，隐隐透出一种叫人心惊的气势。之前的那个念头，便在楚越的脑海中瞬间消散了。

"主子，走吧！"随从拽了一把他的手臂。

此时此刻，若是被楚风的人洞悉了他的身份，那么等待他的就会是一个抗旨不遵私闯边境，甚至是勾结外敌意图不轨的罪名。所以最后看一眼亭亭立于那石柱后面的女子，楚越终于还是咬牙一挥手："走！"

三个人的轻功都不差，身上又无负累，几个起落就快速消失在远处的山坳里。

那些人设伏的目标只有秦菁一个，果然也没人前去堵他。秦菁目送他的背影淡出视线，终于如释重负地呼出一口气。方才他眼底凸显的杀气，她看到了，真是好险！

而只这一喘气的工夫，那些黑衣人已经急速逼近包抄，转瞬已到眼前。

"你们是什么人？"秦菁后退半步，作势要跑。

那些黑衣人自然不会回答，为首的一人抬手一记手刀劈在她颈后。秦菁身子一软，滑下去。那黑衣人一个箭步上前，接住她，往肩上一扛，几个起落已经蹿出去数丈之外。

紧跟着一声清亮的哨音响起，远处围困车队的人马也不再恋战，训练有素地各自撤离，兵分三路，很快就消失得干干净净。

秦菁再次醒来的时候是日暮时分。

她缓缓睁开眼，动了动身子就觉得后颈酸疼，连忙抬手护住，皱着眉头爬坐起来。入目是一间宽敞的大帐，里外两间，布置虽然简单，却十分华贵大气。

帐篷里本来站了两个婢女，见她醒来，其中一个立刻就扭头跑出去。秦菁也不管，径自下床，走到桌旁给自己倒了杯水，等她一杯水喝完，毡门再度被人掀开，楚风大步跨了进来。

见到秦菁这一脸没事人似的表情，楚风就是心里一闷，然后挥挥手："你们先出去！"

"是！"两个婢女应声退下。

"一别数月，长公主别来无恙？"楚风上下打量了秦菁一眼，冷冷地开口。

"太子殿下这般兴师动众请了本宫前来，难道就是为叙旧的？"秦菁也上下打量他一遍，同样的针锋相对。

"你我之间，何来这样的必要？"楚风也不与她兜圈子，一撩袍角挨着桌子坐下，一边给自己倒了杯水一边道，"请长公主过来，是想要请你帮个忙。"

"哦！"秦菁淡然颔首应下，然后弯身在他对面坐下。

楚风意外地敛了眉："你就不问本宫请你来是要帮什么忙的？"

"问不问有区别吗？"秦菁反问，"横竖我人在这里，殿下要做的事，是会征求本宫的意见，还是如果我不同意，就会有商量的余地？"

"你倒是个难得的明白人。"楚风冷笑一声，眼底闪过一丝寒光，"既然你心里有数，我也就不和你兜圈子了。这一战，本宫志在必得，祈宁城必须归我所有。请长公主过来没有别的，就是暂留你在本宫军中坐一坐。秦皇陛下那里，本宫已经让人递送了信函过去，只要他能如本宫所愿，让出祈宁以南五座城池，那么咱们皆大欢喜，来日西楚军队接管祈宁之时，本宫自会遣人护送长公主回去。"

"五座城池？"秦菁玩味着略一沉吟。

"放心！本宫对长公主你有信心，别说是五座城池，只要本宫开口，就是十座二十座，想必秦皇陛下也会拱手相送的！"楚风道。

他这话原是要来刺激秦菁的，不想秦菁闻言摇头一笑，不以为然道："本宫惜命得很，只不过觉得殿下太过拘谨了。本宫承蒙我皇抬爱，任监国之职，手掌半壁江山，五座城池换我一条命，殿下，您亏了！"一字一顿，于无形之中颇有种力拔山河的狂妄气势。

楚风脸色变了变，竟是没有想到她有这么大的口气。

秦菁迎着他的目光，面色一寒。她站起来，双手撑在桌面上，形容冷酷，明明纤细的一抹剪影，却于无形之中迸射出凛冽的杀气，渲染得整个大帐的空气都跟着冷凝下来。她逼视楚风的目光，一字一顿道："本宫的脚下踏着的是血肉白骨，乃至万里河山，殿下你要以本宫做棋子，难道就不考虑代价吗？"

她居然，真的狂妄至此？

"秦菁！你别敬酒不吃！别忘了你现在的身份，只是个阶下囚……"楚风忍无可忍地拍案而起，刚要发作，外面就听一个士兵隔着毡门大声禀报："殿下！有紧急军情！大秦的皇帝陛下带人袭营，武烈侯已经率兵出战，请殿下速往！”

秦宣居然带人袭营？楚风的第一反应是不相信，愣了一愣，这才缓缓地抬起眼睛又看向对面的秦菁：“长公主好像高估了你在秦皇陛下心里的分量，他竟不顾你的死活，连夜带人袭营！”

秦菁抿抿唇，没说话。楚风便阴冷地一勾唇角，扬声道：“来人！带上她，本宫要亲自去会一会大秦的这位皇帝陛下！”

西楚四十万大军全部压在这里，固若金汤，他确信秦宣冲不进来。

“殿下！”帐篷外面走进来两个侍卫。

站在桌子对面的秦菁却是惋惜地摇了摇头，语气轻松道：“对不住，本宫不能跟你走这一趟！”

楚风只当她在作困兽之斗，一抬下巴：“拿下！”

两个侍卫健步上前，却在探手去抓秦菁臂膀的同时——

哧的一声，毡布碎裂。完好的帐篷从顶部裂开两道巨大的缝隙，夜色流泻下来的同时，两道人影迅若闪电地出击，灯火下银光一闪，两个侍卫的天灵盖已经被长剑刺穿。

第十二章　前世今生，驸马殉国

两人抽剑的瞬间血光飞溅，前一刻还踌躇满志的两个侍卫应声而倒，死不瞑目。

楚风脸色剧变，在初时一刻的惊诧过后，他已迅速反应过来。这两个从天而降的刺客，穿的都是他军中近身侍卫的服饰！大秦方面的人混进来了？或者说只是秦菁身边的人混进来了？这里守卫森严，位于四十万大军的核心位置。这不可能，这怎么可能？可分明就是！

他的思维也是极为敏捷，马上意识到既然对方可以利用他的侍卫做伪装混进来，那么就绝不可能只来两个人。

"来——"楚风目光一动，身形疾闪，却没有想着夺门而出，而是反其道而行之，往帐篷最里面的死角扑去。

这大帐外面还有十八名侍卫，听到动静已经冲了进来。

然则楚风的预感是对的，秦菁的人混到他身边来的绝对不止两个。十八名侍卫冲进来，转瞬就去了一半，被自己身边的"同伴"斩杀于剑下，同时，从天而降的两个刺客之一已经迅捷地翻身过来，横剑一扫架在了他的脖子上。

变故突然，这一瞬间楚风觉得好笑，一抹阴冷的笑意漫上嘴角，目光却是直逼秦菁。

秦菁唇角亦是噙一抹笑，在他愤怒的注视下缓缓地吐出一口气，慢慢说道："之前的计划不变，咱们是得去会一会深夜袭营的秦军战士，不过——"她说着故意顿了一顿，别具深意地开口，"现在要换作太子殿下你随本宫走一趟了！"

她说得轻巧，一双眼眸闪闪发亮，如这破碎的帐篷顶上透进来的夜空，璀璨清明。

在这个运筹帷幄又胆量惊人的女子面前，楚风突然觉得，这些年来他心中沉淀的那种俯仰天地的气度，在被什么东西慢慢磨损，隐隐消散。

"这里是西楚军营最核心的位置，你走不出去！"他刻意用冷漠的语气来压抑心里狂躁的不安，以及面对颈边冷剑时候那种本能的恐惧。

这个男人，面对生死大局倒也还算镇定！虽然不是真龙，但是这些年在波谲云诡的皇室争斗之下，也隐约磨炼出了身在高位之人的气韵风度。

“有太子殿下相陪，生，或者死，总会有条路走！”秦菁一笑。

她带进来的那几个人都是训练有素的，说话间已经迅速把门口横七竖八倒着的几具尸体搬了进来，在内室最不起眼的位置藏好，然后卷了染血的地毯，又换了新的铺上。

一切打点妥当，灵歌已经换了把短匕首，拉长了袖子遮掩住利刃的寒光，把刀锋从后面抵在了楚风的腰眼上。

苏沐则是上前一步，横剑压在楚风颈边。楚风目光阴冷，带着说不出的森寒之意，狠狠盯着她的一举一动。秦菁像是突然感觉到他极不友善的目光似的，回过头来微微一笑：“殿下，请吧！”

楚风撑着不肯走，依然死死盯着她。秦菁无奈，只能再度开口：“殿下还是想问我是怎么做到的？毕竟你这里处于四十万大军布控的核心位置，想要混进这么多生面孔来并不容易。”楚风冷哼一声，没说话。

“你是有备而来，我也不傻！”秦菁也不兜圈子，直言道，“你的人是昨天夜里就潜入大秦境内，在仙人亭附近设伏，趁着夜黑风高，本宫让人结果了几个外沿的守卫，顶替进去。偏巧你派出去办事的那位副将急于求成，回营的时候急着向你报功，就没有逐一细查他带回来的人，真是万幸！”

她的人先是通过这种方式堂而皇之入得军营，而西楚的这座军营其实是外紧内松，正是因为对外沿的守卫极其放心，所以内里管制反而松懈，漏洞颇多。

然后这批人又趁着入夜，处理掉楚风的一批亲卫军，换了他们的衣服顶替进来，伺机而动。

而苏沐和灵歌那两个，大约是一早就埋伏在帐篷顶上，随时窥测着帐篷里头秦菁的情况，以防万一。果然是步步精确，滴水不漏！

可是单凭这十个人的暗中守护，就敢孤身进入西楚四十万大军严防死守的军营重地，这个女子的胆量，未免太大了些。

“你当真是不怕死！”楚风眉头紧锁，咬牙切齿。

“怎么会？本宫说过，自己惜命得很！”秦菁笑笑，悠然呼出一口气，“不过有些事，必须去做，再冒险也是值得的。”她目光灼灼，带着强烈而坚决的意念。

楚风心头一跳，戒备地看她：“你这样做，到底有什么目的？不会冒奇险走这一趟，最终目的就是为了让本宫亲力亲为再把你送出吧？”

“这个……容后再说吧！”秦菁却不多言。

灵歌手下一推，楚风便觉得腰后尖锐地一疼。他是聪明人，当然不会以卵击石，咬牙抬脚往前走。

借着夜色遮掩，虽然楚风面色有异，也没人细看注意，一行人顺利通过无数关卡，慢慢可见远处营前火光闪烁，隐约的兵器碰撞声也越来越清晰。

楚风找回了点士气，斜睨秦菁一眼："刀剑无眼，长公主若是现在改了主意，还来得及。"

"太子殿下何必多言，要讲条件也不是眼下！"秦菁面不改色，继续前行。

彼时，叶阳安已经亲自带人在营前列了阵，他一身银甲战袍坐在马上，面容冷峻，虽然已经年过半百，但是风采依然，有种铁血将军与生俱来的挺拔和刚毅，风霜磨砺之下，更显矍铄，而无老迈之态。

对面的华盖之下，大秦的少年天子也是高居马上，隔着千军万马遥遥与他对峙。那个少年，明朗而骄傲，虽然容颜尚显稚嫩，但丝毫没有这个年纪的孩子应有的稚气。他目光平静深远，看着眼前热血沸腾的厮杀，容色不改。

叶阳安隐隐惊诧于他的定力和气魄，对面的秦宣已经再度开口："两军交战，生灵涂炭在所难免，但是眼下这般境况，侯爷也不体谅下属，一定要做这些无谓的牺牲吗？"

"两军交战，必有死伤，秦皇陛下既然挥军至此，又何必多说场面话来乱我军心！"叶阳安微眯了眼睛，泰然反驳，略一挥手，又一队士兵剑拔弩张蜂拥而上。

之前楚风提议掳劫荣安长公主以逼迫秦宣帝就范的主意他并不十分赞成，但就目前的形势来看，秦宣既然深夜孤身出营要人，楚风的目的似乎是达到了。

虽然有欠光明磊落，但是两军对垒，兵不厌诈，也没什么大不了。

两方军队杀得如火如荼，叶阳安被重兵护卫着坐在马上观战，正在拧眉观察目前的战势，忽而听得身后人群中一阵骚动。

"参见太子殿下！"

楚风一路行来，一众士兵纷纷跪地行礼，他走到人前却也未停，一直越过众人，走到了阵列的最前方才止了步子。

叶阳安略一沉吟，抬头看来。他正在临战指挥，并没有下马跪迎，马背之上，显而易见楚风那一脸苍白。

"殿下——"叶阳安暗暗心惊，恍然间觉出什么不对。

然则还不等他完全想明白，眼前寒光一闪，苏沐手下软剑灵活翻出，明目张胆地架在了楚风的脖子上。

"呵——"楚风的一声苦笑才落入叶阳安眼中。

叶阳安勃然变色，身子一晃，险些从马背上摔下来。他身边的护卫也是一片安静，不可思议地注视着眼前动向。

"侯爷还要继续打下去吗？"秦菁从容地开口打破沉默，"是不是给本宫和太子殿下搬两张椅子来，也好就近观战！"

叶阳安一震，本能地振臂一喝：“全都住手！”

他声音浑厚有力，一声怒喝之下，西楚士兵纷纷停手，但是秦宣那里未有命令下达，只在这一迟疑的空当儿，又是数百人的伤亡。

叶阳安大怒，振臂一呼：“弓箭手！”

数百弓箭手从外围挤上前来，无数银光闪闪的箭头对准了秦菁等人。

“走！”秦菁完全无所畏惧，继续举步前行。

灵歌和苏沐两个揪着楚风落后两步，堪堪用楚风的身体挡住她空出来的后背。

叶阳安脸上肌肉抖动，却只能眼睁睁看着他们离开，一直进到对面秦宣一侧的阵营里。

“皇姐！”秦宣没有下马，只露出一个如释重负的笑容来，“你没事吧？”

“没事！”秦菁微微一笑，身姿利落地翻到黑电背上，目光掠过楚风脸上讽刺道，“楚太子怎么也是一国储君，分寸还是有的！”

楚风脸上表情一阵僵硬：“你到底想干什么？”

“礼尚往来而已！”秦菁不语，却是秦宣目光一转，冷漠地看着他，“楚太子既然兴师动众请了我皇姐来你军中做客，朕又岂能小气？自然是要回请你一番。”说着便把目光移给苏沐，“伺候楚太子上马，我们走！”

“这里是我西楚的属地，你以为你这区区两万人可以全身而退吗？”楚风冷笑。

“如您所言，就要看太子殿下够不够这个分量了。”秦菁说着又像突然想起了什么，目光忽而深刻几分，补充道，“回头咱们还可以再看看，殿下你够不够资格让武烈侯就此退兵三十里，让出一座城池！”

这个女人竟然异想天开，打着和他一样的主意吗？

楚风暗暗心惊，虽然极力挣扎，还是被苏沐反缚了双手提到马背上。

“走吧！”秦宣一声令下，大军不再恋战，拔营向北，从原路返回。

因为楚风受制，叶阳安不敢轻举妄动，却也不能眼睁睁看着楚风被人堂而皇之挟持而走。

“侯爷，怎么办？”他身边副将刘淼暴躁地跺脚。

“跟上他们，伺机而动，想办法把殿下劫下来！”叶阳安咬牙道，“先带一部分精锐从后面山道包抄，到落月谷的出口设伏，找机会！”

“是！”刘副将领命，马上回营点齐人手，带了五万精兵追踪而去。

楚风是一国储君，他的安危，关系重大。

叶阳安怒火中烧，也不敢马虎，匆匆安排好营中事宜，又带了五万人跟着追了去。

秦宣带着众人马不停蹄地往回赶，趁着途中无事，就凑近秦菁身边和她咬耳朵。

“皇姐，这一次你先斩后奏，当真把驸马给惹恼了，今天一整天都死沉着脸，一个字也不肯和我说。”

“我知道了！”秦菁心中有愧，心不在焉地应着，想了想又觉得好笑，“我不是留了信了？他没事跟你发什么脾气？”

“不就是替你背黑锅？”秦宣苦笑，“我哪敢告诉他，我事先也不知情，要不然真保不准这会儿还要闹出什么动静来。”

秦菁侧目，看着那少年眉宇间神采奕奕的模样，忽然觉出了几分恍惚。仿佛就在不久以前，他还是个凡事不会多想、天真烂漫拽着她的袖子皇姐长皇姐短嚷着的孩子，转瞬之间，他成长的速度让她都觉得震惊。

他懂得了审时度势，懂得了揣摩人心，亦是懂得了隐忍和残忍——在他原本可以继续天真烂漫肆意生活的年纪里。

秦菁隐隐觉得心疼，但更多的是安慰，生在皇室之家，除了这一条路，他们别无选择。好在，他们都有这样的适应能力，可以一往无前地走下去。

秦菁收摄心神，欣慰一笑，正和秦宣有一句没一句地说着，后面灵歌打马快走几步追上来，禀报道：“皇上，公主，西楚人跟上来了！”

姐弟两人对视一眼，秦菁开口问道：“来了多少人？”

“十万左右！”灵歌道。

秦菁抿抿唇，抬眸看向秦宣：“落月谷那里有把握吗？”

“这个我不好说，你那驸马亲自把关，他能做到什么程度，皇姐还是自己估摸吧！”秦宣临危不乱地调笑，仿佛对身后的十万追兵毫不在意。

他有自信是好事，但是这般轻狂的态度并不可取。

“宣儿！”秦菁皱了眉头，刚要开口告诫他两句，秦宣已经敛了神色，沉吟着又再扭头问灵歌道：“是武烈侯亲自带队来追的？”

“是的！”

这一问有些没头没脑，秦菁目光一闪，突然就明白过来。今夜秦宣是孤身出营，她没有看到梁明岳随行。

己方军营之中，梁旭坐镇，不能擅自离开，而秦宣是一国之君，万金之躯，即使他受邀前往西楚营前讨要自己，那么梁明岳作为军中少帅，没有理由坐视不理。落月谷那里有白奕一人足够，梁明岳的去向不言而喻！

秦宣转过身去对身边的一个亲卫低声吩咐了两句，然后摸出腰间一块令牌递过去。那亲卫领命，策马先行。秦菁略一思忖，对灵歌道：“你带两个人跟着，注意别出什么纰漏。”

“是，公主！”灵歌点头，点了两人一起追上去。

秦宣面容一肃，大声道：“前面就是落月谷了，所有人提高警惕，加快速度，争取天亮之前回营。”

“是！”身后队伍中一片应和之声。

秦宣率先扬鞭，身后烟尘滚滚，呼啸而起极大的风声。

后面尾随的叶阳安等人得到线报，马上料到他们的意图。

“落月谷是天险之地，两侧山壁高过千尺，下面谷地上的通道又窄，沿途山上和两侧出入口都适合设防，想必秦宣帝就是防备着这一点的。”叶阳安抖开地图粗略地扫视一眼，“眼下天还没亮，即使咱们的人已经在那里设伏妥当，可是天色昏暗，弓箭手还是不能用！”说着兀自沉吟起来，然后将地图一卷，扔给身边一个亲卫兵道，“走，快马加鞭包抄过去，务必在他们入谷之前将他们拦下。”

过了落月谷就是秦军的领地，到时候再发生什么就很难说了。

秦军这边跑得风生水起，后面西楚大军也是追得热火朝天。

远远地看到前面落月谷一带壁立千仞的灰色影子，秦菁终于松了一口气，拉住马缰对秦宣道：“你先走吧，别让魏国公等急了，这里我来善后！”

秦宣略一权衡，又将今日之事的整个部署在脑中过了一遍，觉得无虞，又把苏沐叫到近前仔细叮嘱了两句：“保护好皇姐的安全！”这才带了一队训练有素的金甲护卫先行一步，匆匆消失于茫茫山涧间。

秦宣走了，秦菁反倒不着急了，虽然也刻意做出了撒腿狂奔的姿态，在速度上却慢了好多。

她拿捏得很好，刚好在先头部队入谷的前一刻，被从左侧山坳里包抄过来的追兵拦住。

“留下我们太子，否则今日你们别想出谷！”领队的刘副将是个方脸的中年汉子，手下一杆长枪耍得虎虎生风。

苏沐押了楚风过来，仍是挡在秦菁面前。

秦菁面上容色淡淡，只当没有听见他的话，继续下令：“谷中道路狭窄，四队并作两队，继续前行，天亮之前务必折返大营。”

士兵们有序地重新调整队形，真就不管身后越聚集越多的西楚追兵，从容不迫地穿谷而行。

刘副将目瞪口呆，似乎不太相信，临危之际那些大秦士兵会丢下他们的长公主去逃命。他愣了愣，随即反应过来，冷声一笑，抬手一扬，向空中射出一朵亮丽的旗花。既然秦菁把楚风留在了这里，那么事先埋伏下来的弓箭手就没了顾忌。

秦菁眼见着天上光亮一闪，眸中瞬间闪过一丝鲜明的怒色，然则不等她反应，身后山谷深处已经惨叫声四起，间或夹杂着利箭破空而起的风声。

彼时她的队伍已经进去大半，只剩下队尾上千人。

“殿下，谷中有埋伏！”苏沐一扬手，马上一队侍卫聚拢过来将秦菁围住，护在当中。

“公主殿下，您还是乖乖束手就擒吧！”刘副将冷笑一声，带人往前不断迫近，“不要再作困兽之斗了，放了太子殿下，殿下宽宏，没准还能饶你一命！”

秦菁等人在他的逼迫之下不住后退，却因为顾忌着谷中伏兵而不敢有大的动作，俨然已经是穷途末路。

但是困境之下，她目光仍旧清亮如雪，带着森寒的凛冽。

刘副将震了一震，却见她目光一转，忽而抬手抽过身边一个侍卫的佩刀，出手的动作干脆利落，一剑削掉楚风的一缕发丝，随后手下剑花一个翻转，再次拍在楚风的肩上，冷然道：“跟本宫讲条件，你还不够资格！武烈侯来了没有？”

“你——”刘副将满面通红，气鼓鼓地说不出话来。

秦菁斜睨他一眼，手下剑锋又往楚风颈边逼近一寸：“本宫不过一个无知妇人，真要让你们的太子殿下为我陪葬吗？马上下令让你谷中伏兵撤走，来日方长，咱们以后还有说话的机会，否则——”

“你别乱来！”刘副将大喝，举棋不定。

楚风倒是不担心秦菁会在这个时候杀他，这个女人精明得很，不到最后一刻，是不可能放弃他这张保命王牌的！但是这种人为刀俎我为鱼肉的感觉，确实不妙。

他心中愤恨，狠狠闭上眼。刘副将踟蹰不前，楚风闭目不语，而叶阳安这个时候明明应该赶到了，却偏偏一直不肯露头。

秦菁知道他在拖延时间，等着天亮，也不点破，就这样与他们耗着。最后却是楚风忍无可忍，沉声开口道：“今日经此一事，你我之间注定不死不休，不用再拖延时间了，要么你现在就带我入谷，咱们一起死。再等下去，最多也就是个两败俱伤的结局！”

“是不是两败俱伤还很难说，不过——”秦菁抬眸四下里扫视一眼，眼见着天色将亮，终于也有些不耐烦道，“本宫确实是没有心情再跟你们耗下去了！”她忽而目色一寒，冷眼扫向对面严阵以待的刘副将道，“你们人多势众，本宫不与你们一般见识，至于贵国的太子殿下，就暂且还给你吧，咱们后会无期！”言罢，毫无征兆地掉转马头，向那山谷里奔去。

苏沐掌下运了内力平推而出，一掌将楚风击飞。

“殿下！”因为变故突然，西楚人一时反应不来，手忙脚乱地奔过去接人，却被楚风飞出去时带起的冲击力撞倒一大片。

“快，拦住他们！”刘副将大骇，一边大呼着让人去追，一边亲自翻下马背，给楚风解开手上绳索。

楚风一身狼狈，脱离束缚后第一件事就是抬手往腰后一摸，手上殷红一片，顿时让他眼里也染了血。

“滚开！没用的废物！”他恼羞成怒，大力一挥，一把扫开刘副将，转身抢了他的马就往谷中追去。

“快，快跟上，护住殿下！”刘副将惊慌失措地喊道。

“殿下——”叶阳安这时才从重兵护卫之后匆匆赶来。

方才秦菁突然转身一走，他已经察觉不对，急忙想冲上来阻止，但已经来不及。

前面楚风带着一队人马迅速消失在微明的天色中，他匆忙转身抢了一匹马，可是慌乱中竟然试了两次都没能爬上马背。

“侯爷，殿下那里属下派人跟着了，您不必着急！”刘副将过来扶他。

叶阳安反手给了他一记耳光：“谷中有埋伏，快发信号，让人快把殿下截住！”

谷中是有埋伏，而且明明是他们的人啊！

刘副将一时间很有些反应不及，叶阳安更是等不得，也没空和他解释，跨上马，才要带人去追，忽而听得震耳欲聋的一声巨响。

天崩地裂的同时，山谷入口处的两侧山壁上无数巨石滚落，山川震荡，战马嘶鸣。人群中乱成一片，马匹受了惊吓，纷纷四散逃开。

“吁——”叶阳安用力去扯那缰绳，左摇右晃之中匆忙抬头往谷中看去。

那里道路极为狭窄，这么多石块落下来，必定水泄不通，而且这些巨石应当是被火药炸落下来的，体积巨大，回头想要人力挪开也不容易。

叶阳安思绪飞转。这里的路口封死不算什么，可如果有人在另一侧出口也同样震落山石挡住去路，那么——

“快——”簌簌陨落的大小石块之中，他心急如焚地喊，喊到一半声音却是戛然而止。

漫天石雨之下，对面那山谷里不知何时出现了一个身穿青色袍子的年轻男子。彼时那人正端坐马背之上，形容冷峻，姿态悠然，用一双灿若星子的黑眸漠然地注视着他。

陌生的面孔，陌生的表情，却唯独那双眼睛，星光般璀璨，又渲染了夜色的浓黑，沉静，深远。越是平静，越是给人一种凛冽从容的压迫感。那人就那么平静地立于山崩地裂的乱石之下，那些飞溅的石块，似乎分毫没能影响到他的情绪。

那距离明明很近，却又似乎极远，极远……

叶阳安浑然不觉，只从那些越堆越高的石头缝里，尽了自己最大的努力去捕捉他的目光，那种似曾相识的感觉，叫他越看心越慌，直至最后他身下战马一声嘶吼，将他掀翻在地。

“侯爷！”刘副将忙挤过人群去扶他。叶阳安挣扎着爬起来，方才落马时他的手臂似是脱了臼，也全然顾不得，灰头土脸地一把拨开刘副将，仍是急急地去往那山谷里寻找些什么。

山崩之势刚止，十余丈高的碎石块堆垒起来，不仅把众人的视线挡住，就连去路也彻底封死。

“呸！”刘副将吐掉满嘴的泥，焦急道，“路口彻底被堵死了，只靠人力，没有个三五天，肯定扒不出来。侯爷，还是让人从旁边的山麓后面绕过去，接应殿下吧！”

叶阳安神情恍惚，根本没听到他说什么，只是摆摆手：“你去安排吧！”

刘副将领命，马上去安排了人手。

这两侧山麓险峻难行，一般的士兵无法攀爬，稍有不慎就会跌入万丈深渊粉身碎骨。之前他们派过去的一批人已经是军中高手，这会儿又再筛选出一批人来吩咐下去。

等到打发了前去救援的士兵，这边又安排了人着手搬石通路，刘副将已经累得满头大汗，回头见叶阳安还魂不守舍地站在石山之下，就抹着汗水凑过去：“侯爷，您说太子殿下不会有事吧？”

到了这会儿，他已经不敢再存侥幸，既然这里的山路能被大秦方面设伏炸毁，那么很显然，里面整个落月谷都是在对方的掌握之中。

他们之前派出去的那批人，十有八九早已全军覆没，而那些大秦士兵的惨叫声，八成也是伪装出来的，为的就是混淆视听，让他们放松警惕。

秦菁之所以在入口这里和他们对峙良久，就是因为谷中道路狭窄行军不便，为了给她的士兵争取时间全部撤过界去。

此时，楚风孤身带了一队人马进去，无疑是羊入虎口。

叶阳安脸色略有些发白，彼时天色已经微微透亮，他抬头看了看空谷上方的一线天光，狠狠闭上眼不说话。

“侯爷！”刘副将见他不语，不由得更急。

半晌，叶阳安再度睁开眼，却是神色晦暗不明，一声不吭地转身往军中走去。有句话，一直在他的心里徘徊，虽然觉得不可思议，但是在他心里就是有种越发鲜明的感觉——楚风，回不来了！

这边的山谷里，楚风穷追不舍，只是方才一路急匆匆地追着秦菁进来，本来正在气头上还不觉得，但是越往里走，他就越觉得不对劲。

之前在谷外明明听见无数利箭破空而来的声响和惨叫声，但是他这一路走来，却连半具尸体都没见着。

“殿下，这里的情况似乎有点不对。”一个心腹侍卫凑近他的马旁，警觉地提醒。

这时候楚风已经冷静下来，犹豫着刚要下令撤退，身后军中却是一片哗然。

“啊，殿下您看！”有人指着头顶的石壁一声惊呼。

众人仰头看去，赫然发现，山谷右侧本来陡峭的山壁上竟然布满了密密麻麻的箭羽。这就是之前那些冷箭之声的出处，明显是秦军自导自演的一场空城计！楚风心下噌地起了一股怒火，抬手一挥，刚要下令撤离，冷不防就是一声惊雷，地动山摇的架势。

被火药爆炸的冲击力波及，虽然他此时正在山谷中部，两侧的峭壁上也有零星的碎石滚落。

“快，有埋伏，保护殿下！”有人大声惊呼。

山谷里乱作一团，但是很快爆炸声歇止，周围又是一片寂静。

“糟了！”楚风暗骂一声，强压下心里不好的预感，掉转马头就走。

一行人风驰电掣地原路返回，却还是晚了一步。

“啊——”有人惊呼，慌乱不已，“殿下，出谷的路被堵死了！”

眼前石山堆垒，乱石之前，一身青衣的男子负手而立，身姿挺拔，背影卓然。虽然看不到脸，也看不到表情，但是不知道为什么，楚风就是能够感受到这人的敌意。

“你是什么人？”他拧了眉，沉声喝问。

侍卫们警戒起来，刀剑出鞘，将他护在中间。白奕自那乱石之前慢慢转身，面容冷峻、目光沉静，随即扯了下嘴角。

“楚太子？恭候多时了！”他像是在笑，眼睛里却全无笑意。

“你到底是什么人？”楚风在他沉稳安静、深若古井的目光逼视下，心里恼怒之意更甚。

“你这一生，不知道的事情太多，也不在乎这一两件了。”白奕道，“我留你在这里，是要和你解决一些私事。能越过我去，是你的本事，如若不能，那么抱歉，这辈子你就只能埋骨于此了。”

楚风心里震了震，也没心思再打听他的来历，冷笑道：“就凭你？”

“就凭我！”白奕颔首。

他不再说话，楚风的一个笑容还不及收敛，已经有警觉性高的侍卫察觉到两侧山壁处的响动。

草木掩映间，无数条黑影起伏飞纵，鬼魅般向着谷中聚拢，不过片刻，已经在白奕身后筑起一道黑色的壁垒。

轻功卓绝，飘落无声。

楚风的侍卫一惊，几乎是本能地握紧手中刀剑，随时准备放手一搏。

“你到底想要怎么样？”楚风勃然变色，语气森凉。

“我找的是你，他们都可以走！”白奕上前一步，顺手从一个暗卫手里抽出一把剑提在手中。

楚风皱眉。他这一生金尊玉贵，几时需要与人亲自动手了？可是白奕就那么从容地迎着他过来，眸中带了种戏谑，分外刺眼。

“天要亮了！”白奕道。

“好！”楚风一咬牙，眼中迸射出一抹狠厉的冷光，抽出一把侍卫的战刀，直接从马背上纵身而起，向白奕扑来。

“殿下！”他的侍卫惊叫一声，下意识就想过去帮忙，然则人才刚动，眼前就是黑影疾闪，一个黑衣人横剑上前将他逼退。

场中白奕和楚风转瞬已经缠斗在了一起，刀光剑影闪烁间，时而辉映出两人的面孔，一个冷酷森凉，一个愤恨嗜血。

楚风是在拼命，白奕更是不留余地，两个人就像杀父仇人见面一样，杀得昏天黑地。

秦菁不知道何时出现，坐在马背上远远地看着。

白奕虽然纨绔，但是天资过人，又自幼习武，与苏晋阳和梁明岳那样的武将世家出来的佼佼者对决都不见得落于下风，又岂是楚风这个养尊处优的太子爷能比的？

她不担心白奕会败在楚风手下，蹙眉却是因为头次见到白奕这样认真到近乎固执地去做一件与他没有直接利害关系的事。

楚风不是白奕的对手，很快便落了下风。他手下侍卫按捺不住，终于有人暴起奔进战圈，一剑直削白奕肩头。

白奕目光一寒，腰肢一扭侧身闪躲。楚风瞅准时机，手中长刀自下而上就势一劈，直向着白奕背部露出的空门扫去。

“白奕！”秦菁目光一敛，大声提醒他。她声音清脆，语气凛冽，在猎猎山风中分外清明刺耳。

楚风手下动作似乎因为这突如其来的一声清喝而有所迟疑，只在这一瞬间的工夫，白奕反手一剑往背后一挑，格开他的刀。

刀锋过去，哧的一声，还是在他背上劃开一道口子。秦菁神情一紧，细看之下没有见红才略松一口气。

那个冲进战圈的侍卫已经被白奕的暗卫解决了，但这些人都是死忠之士，唯命是从，提前得了白奕的吩咐，便死活不肯插手他和楚风之间的较量。

秦菁心里暗恼，抬手冲那领头的暗卫做了个手势：“把不相干的人全都解决了，一个不留！”那人点头，一挥手，众人一拥而上。

厮杀四起，顿时血腥味蔓延。楚风乱了心神，一个不慎，正被白奕一剑刺穿肋下。他闷哼一声，眼中血色弥漫，猛地拉起战刀，往白奕喉间扫去。

白奕目光一沉，极速后撤，抬头的一瞬却见楚风眼底一抹森寒笑意，忽而反手一扬，左手正对准了远处坐在马上观战的秦菁。

嗖的一声，电光乍起，一枚短小的袖箭自他广袖之间射出。

“秦菁！”白奕嘶吼一声，弃了剑，足尖点地，以雷霆般猛烈的爆发力，纵身扑过去。但他毕竟离得远了，这边苏沐已经闪电出手，护着将秦菁拉下马背。侧身落马的那一瞬，秦菁眼中跟着闪过一丝惊慌的情绪，这一次却没给她机会出声提醒，楚风袖间又是寒光一闪，趁白奕从他身侧擦过的时候，又是一枚短箭射出。

微蓝的光影一掠而过，这一次有毒！

秦菁神情剧震，瞪大了眼，却还是眼睁睁看着白奕在毫无防备之下被那支毒箭刺中了背心。明明是极其细微的声响，在惨烈厮杀的人潮中，秦菁还是觉得石破天惊。

白奕奔在半空的身形略一停滞，没有丝毫迟疑地纵身落在她跟前，单膝跪地，将她扶起来飞快打量一遍。

“没事吧？”

秦菁机械地摇头，一把扶住他的肩头，要去看他背后的伤势。

身后马蹄声乍起，却是楚风借着众人分神的空当儿，纵马奔了出去。

白奕眉心一蹙，见着秦菁无碍，一个转身自黑电背上取下那套弓弩。他错身从旁边过去的一瞬，秦菁瞥到他背上入肉三分的那支短箭，心里尖锐地一疼，也跟着一个箭步抢过去，夺过他手里的弓弩。

“我来！”

白奕想要阻止，但是手到一半又顿住了动作，眼见着她上前一步，搭箭、拉弓，整个动作行云流水般一气呵成。

破空的嘶鸣声过后，紧跟着是砰的一声重物坠落，激起千年古道上满目的烟尘。荣光一生的西楚太子，以前所未有的狼狈之态跌落在尘埃里。没有惊天动地的壮烈，没有石破天惊的奔雷。

山涧上空有一轮日头化开漫天朝霞，破空而出，昭示着又一个黎明过后更加绚烂的白日来临。大片金色的阳光，毫不吝啬地泼洒下来，刺花人眼。白奕的脸色呈现出一种诡异的白，突然身子一晃，倾在了秦菁肩上。

“白奕！”秦菁心口猛地一缩，一把扶住了他。

“此地不宜久留，先出谷！”白奕无力地低声道。

“如风之前不是给了你解毒的药丸？”秦菁先伸手往他腰间摸去。

“在马上！”白奕道。

苏沐赶紧去马背的褡裢里翻出药瓶，秦菁倒出两粒药丸给他服下，然后火速携他上马，出谷之后又换乘了马车，直奔大军驻地。

马车上，她从一个瓶子里取了药水给他的伤口周围消毒，然后找了金疮药，合着之前给他服用过的清毒药丸一并碾碎了，撒在帕子上备用。

白奕似乎没什么力气，难得软塌塌地伏在她膝头不动。秦菁握着袖箭尾端，手隐隐有些发颤，心里却明白，这样的情况之下，一刻都不能拖，终于一咬牙，用了最大的力气拽着那箭尾狠狠一抽，血光飞溅的刹那，她闭了眼。

白奕闷哼一声，同时浓烈的血腥味扑鼻而来，溅了秦菁一脸细碎的血沫子。秦菁抓过左手边事先准备好的帕子堵住他的伤口，急声唤他：“白奕？你还好吗？”

白奕没动，秦菁怕他昏死过去，有些急了。因怕牵扯到伤口，她也不敢妄动，声音里就带了鼻音再唤一遍：“你还醒着吗？”

白奕身子轻微地动了动，却是先咳了两声，然后含笑应道：“嗯，我没睡！”他声音绵软虚弱，那么一点刻意混淆进去的笑意漫上来，像是三九寒天温润的水珠滚在心头，柔软得让人心悸。

秦菁鼻子一酸，突然落下泪来。她抱着他，不敢动，眼泪滚下，滑落在他衣衫撕裂的脊背上。白奕感觉到了，身子一颤，似乎想要动作，牵扯到伤口就咝咝地抽气，低声诱哄道：“我现在没有力气动，你别哭好不好？”

秦菁回过神来，突然想起那箭上的毒，忙抹了把泪，道：“对了，你有没有觉得怎么样？这箭上该是淬了毒的，如风留下的药虽然有清毒去瘀的功效，但毕竟太笼统了，回头还得让随军大夫给诊一诊，你现在有没有觉出什么症状？”

“是吗？”白奕的语气倒是一派闲适，拧眉仔细感觉了一下，然后如释重负地轻笑一声，“好像没什么，就是伤口有点疼，大约也不是什么了不得的毒吧。”

秦菁仔细听着他的话，虽然觉得他不像是装出来的，却还是不放心。楚风堂堂一国储君之尊，他身上配置的东西，定然不是凡品。

白奕见她不语，又笑了笑，道：“昨天你瞒着我做的事，咱们是不是该秋后算账了？你好像还没给我道歉。”

秦菁心里一软，再度破涕为笑，见着他伤处的血似乎已经止住了，就找了干净的帕子和布，小心翼翼地给他把伤口裹住。白奕侧脸靠在她膝头闭目养神，感觉着她在沉默中的忙碌，突然抬手攥住了她的指尖。他手指微微有些发冷，秦菁颤了颤，使劲低垂着眼睛，一滴眼泪就砸在了他腮边。

白奕怔了怔，却没睁眼，只是轻声道：“我跟你说着玩的，你还真要给我道歉不成？”

秦菁垂眸看着自己的手指，指尖上还沾着些刚刚干涸的血迹——是白奕的血！

“我是不是太任性，太自大了？”半晌，她语气嘲讽地开口，“这已经不是第一次了，其实我不想要你为我做到这个地步的，我只是——”

“这一次，是我自己想要去做的，和你没有关系！”白奕笑笑，“而且你若是不去，想要把他从四十万重兵护卫之下单独引出来，谈何容易？”

明知道他是在安慰自己，秦菁心头还是慢慢凝结了一层苦涩的霜。

“不，其实也不是非得把他从西楚军营引出来的，当时还有别的更利落的方法——”秦菁道。

“我明白，我都知道。那就当你是为了成全我，是我想亲手来做这件事。”白奕打断她的话，岔开了话题，“现在走到哪儿了？”

秦菁掀开窗帘往后看过去一眼，眼中露出些许苍凉，道：“当初二舅舅就是葬身于此，尸身受辱，不得全尸而葬。后来，是我用了一具假的尸骨骗了萧羽。”

“都过去了！”白奕一声叹息。

两个人都不再说话，马车颠簸着激起大片烟尘，快速消失在旭日的光辉里。

是日，西楚太子薨于两国边境，秦军的埋伏之下。

就在武烈侯叶阳安指挥士兵全力搬山营救的时候，西楚军中风波再起。

斥候来报，黎明时分，趁着西楚主帅不在军中，群龙无首之际，梁明岳率五千精兵从后方包抄杀入西楚军营，以硫磺之物烧毁大片粮仓。

叶阳安闻讯，带人火速回营堵截，等他的人赶到时，对方早已逃之夭夭，只留下一片火海之后的废墟。

太子战死，主帅受伤，西楚粮草短缺，一时间人心动荡，士气大衰。

大秦瞅准时机，由梁旭、梁明岳和秦宣帝亲自带兵，兵分三路，对西楚大军形成夹攻之势。

一夜之间，西楚大军溃败连退三十里，退到边城内线防守。

一国储君被杀，军队连连受挫，叶阳安身为主帅，罪责难逃，但是在这个危急关头，他却没有选择留守军中戴罪立功，而是秘密返京，亲自去向楚明帝请罪。

紧跟着数日之后，西楚帝京附近，莫如风从东南道秘密出京遭遇截杀，叶阳晖在翔阳的私宅也被一群未知身份的歹人连夜闯入，夷为平地。

半月之后，西楚方面开始反攻，增兵二十万，再度全线压境，以雷霆万钧之势，一力反扑。

秦军方面虽然竭力抵抗，却在对方的强势镇压下节节败退，最后封锁城门，退回祈宁城内防守。

驿馆的主院，秦菁一筹莫展地守在白奕床边。

那天果然不出所料，楚风的袖箭上的确淬了毒，回营之后她马上召集了所有的随军大夫会诊，但是大家都束手无策。

白奕伤势看似无恙，伤口也在一日一日愈合，但是身体日渐虚弱，尤其是精神，一日比一日不济。

起初的两天他只是说疲乏困顿，休息一下就没事了，可是这段时间越发嗜睡，往往一觉醒来，说两句话，饭都没有吃完，就又昏昏沉沉地睡过去了。

秦菁知道，一定是楚风那支袖箭上有玄机，却苦于无计可施，最后不得已，只能让人快马加鞭奔赴西楚帝京去请莫如风。

按照行程算，莫如风早两日就应该赶到。

莫如风身体本来也不好，秦菁想来就心乱如麻，正在失神，外面灵歌匆匆推门进来，面露狂喜之色道：“公主，您看谁来了！”

秦菁疾走两步迎上去，看到一身风尘仆仆的旋舞时，脸上也跟着露出喜色，紧跟着却是神色一黯：“只有你一个人？你家主子呢？”

“我家公子那里出了点状况。”旋舞舔了舔干裂的嘴唇，从怀里掏出一个瓷瓶递过去，“这个是公子看了您让人送去的那支袖箭后连夜配出来的，说是先让四公子服下，能暂时镇住他体内的毒素。”

秦菁抓着那个瓷瓶，已经敏锐地察觉到了什么。

“如风他——是不是出事了？”

“没！”旋舞下意识否认，却是避开她的目光，笑道，“公子说他会尽快赶过来，请公主放心。”

秦菁自然不信，刚要再追问，外面苏沐已经疾步走进院子，一脸凝重道：“殿下，陛下刚刚让人传旨回来，说是城楼下西楚军中有异动，请您马上去一趟！”

“知不知道是什么事？”秦菁神色一凛。

“不知道，来人没说，只说是让公主快些赶过去！”苏沐回答。

“好，我知道了，去备车吧！”秦菁犹豫了一下，把手里瓷瓶塞到灵歌手里，“你先给他把药喂下去，本宫去去就来。”

“是！”灵歌握了那瓷瓶在手，谨慎地点点头。

秦菁又回头看了床上的白奕一眼，然后取了披风快步出门，直奔北城门。

这座祈宁城的防御工事还是那年冬天白奕和萧羽亲自督工修建的，城墙加固，并且引活水，在城下挖掘了宽约十丈的护城河。此时退居城内，便是一道天险屏障，即使以火炮轰炸，也只能毁城而不容易破门而入。

因为西楚反扑来势凶猛，这些天秦宣一直没有返京，亲自坐镇祈宁。

秦菁下了车，拾级而上，绕了三重楼梯，最后在城楼顶上见到了秦宣。

彼时他正负手站在堞垛边缘往城外观望，衣袍猎猎，在阳光下给人挺拔如松之感。

“皇姐！”听闻秦菁的脚步声，秦宣回头，招呼她道，“你来。”

“宣儿！”秦菁走过去，“苏沐说你找我，这里出什么事了？”

“暂时不知道，我只是觉得有点奇怪，所以叫你来看看！”秦宣道，明朗的眉目间竟是难得添了丝显而易见的褶皱，抬手指向城下严阵以待的西楚大军。

不知道是不是楚风的死彻底激怒了楚明帝，这段时间西楚方面不断往两国边境增兵施压，从上次战败后所剩的二十余万人一路飙升至如今的六十万，完全一副不死不休的架势。

但是因为祈宁城易守难攻，西楚一时想不出对策，并不强攻，而是自秦军退入城中之后，就把大批军队驻扎在城外，日夜不离，对内城形成了封锁之势。

横竖这道城门所接只是关外，大秦方面倒也不甚在意，粮食装备全部取自自己国内，就这样与他们耗着。

这些情况秦菁都是知道的，她原以为秦宣这么急着找她，可能是西楚方面有强攻的趋势，但是俯瞰之下，一切如常。

数十万大军黑压压地围困城下，与往日无异。

秦菁蹙眉，正在狐疑，目光忽而一闪，终于发现了秦宣所谓的“异动”从何而来。

西楚这支队伍的主帅是叶阳安，这些天来一直都是他在领军，今日他的战马却失了踪影，取而代之的是一顶硕大的明黄华盖。

华盖遮掩之下，是一辆挂了轻纱薄帐的华贵辇车，车上隐约可见一个人影，云遮雾绕下，只能略微分辨出一个轮廓，并不见人。

敌营阵中一直很安静，这辆辇车也很安静，却分明透出些古怪来。

秦菁皱眉："这辇车是怎么回事？车上坐的是什么人？"

"这辆辇车是三日前就出现了的，但他营中一切如常，我也觉得奇怪，就观察了两天，实在想不明白这到底是什么意思。"秦宣神色凝重地注视着烈风之中舞动的华盖，"这华盖和辇车应该都是特制的，上面虽然没有明显的皇家标志，但这个颜色本身已经足以说明问题。车里坐着的应该是皇室中人，而且位分应该不低。"

秦菁目光微微一动，脑海中闪过一个念头："最近西楚帝京可有什么特别的消息传过来？"

"眼前两国战事吃紧，很多消息渠道都被封锁，暂时没有什么有价值的消息。"秦宣摇头，"我观察了几天了，身为主帅的叶阳安都退到了后面，他叶阳家是功勋世家，享一等侯尊荣，试问整个西楚朝廷，又有谁能在阵前取而代之？如果是楚明帝出京，这么大的事，西楚方面不可能一点动静也没有。而且他来了三日，一直按兵不动，目前看来也不像恼羞成怒有所动作的样子。"

"这倒是奇怪了。"秦菁也是一筹莫展，"楚明帝这个人深沉睿智，是很有决断的，如果真是他亲自来了，那么必定有什么特殊目的，我们就要小心了。"

"现在毕竟也只是猜测，那辆辇车神秘得很，也不知道车里人到底是不是他。"秦宣沉吟，顿了顿又道，"就目前看来，只能静观其变了。"

"嗯。让人盯紧了，多加防备！"秦菁点头，抬手拍了拍他的肩膀，"这里的防御工事做得很好，你也不用时刻守在这里，眼底都泛青了，回去歇着吧。"

"我没事！"秦宣给她一个宽慰的笑容，扭头再往内城方向看过去，神色肃然，"西楚不断往这里压兵，感觉不会善罢甘休。或许他们想借此机会一举拿下祈宁城，一雪前耻为楚风报仇。"

"今时不同往日，西楚一国储君都折在你手里了，万不得已之下，让他一座城池也不算什么。毕竟人死不能复生，但是丢了的东西，还是有机会再找回来的。"秦菁弯起眼睛，语气里一扫方才的沉重之气，难得地调侃两句。

秦宣一怔，眼底眉梢的笑意就跟着明朗起来："这些道理我懂的，皇姐不用担心。这次西楚来势汹汹，提前做好准备也是应当。昨天我已经和魏国公商议过了，让阁臣早点拟定策略出来，安排这里的百姓往内陆城池迁移。"

审时度势，未雨绸缪，他已然做得很好。

秦菁眼中闪过些欣慰，用力握了握他的肩膀。

秦宣敏锐地察觉到她笑意背后的一点疲惫，不由得神色一黯，转移了话题道：“驸马怎么样了？还是不见起色？”

“还是老样子。”秦菁牵动嘴角，还是没能笑出来，“不用担心，如风让旋舞先送了药过来，说他过两天就到，应该会有办法的。”

“那就好！”秦宣抓过她的手指在掌心用力握了握，“这个时辰，皇姐应该还没有用膳吧？一起走吧！”

他这是怕自己没胃口呢，所以每餐饭都找借口过去陪她吃。

“好！”秦菁笑笑，姐弟俩转身一前一后下了城楼。

接下来的日子里，那顶明黄华盖就成了西楚军中的标志物，风雨无阻日日出现，但也就只是出现而已，其他一切如常。他们似乎一直没有动兵的打算，就是列阵死守。

秦菁偶尔也去城门观望一二，但自始至终没有人确定那辇车里的人到底是不是楚明帝。

白奕那里，服用了莫如风给他送来的药，当天晚上突然咳了一口黑血，陷入重度昏迷。

秦菁紧急召了所有太医会诊，最后林太医给出的结论是：莫如风给的那瓶药并非解药，而是另一种毒，可以将白奕体内那种虚无缥缈的毒素转化为凶猛的烈性毒素，但具体的解毒之法还是无人知晓。

之后的几天，白奕一直没有醒过来，但他不醒却也不见毒发，就是每日早晚必定会咳一大口黑血出来。

秦菁心急如焚地等着莫如风来，不知不觉已经过去十日光景。

这夜无事，她在书房陪秦宣批阅奏章，下半夜觉得累，秦宣就安排她在后室的软榻上睡下了，他自己忙完就带上门回了院里休息。

这段时间，秦菁一直睡得不太安稳，这夜突然换了陌生的地方，更是容易惊醒。她半夜觉得面上一冷，迷迷糊糊地以为是窗子开了，刚要喊晴云去看，却突然觉得不太对劲。

一瞬间睡意全消，秦菁猛地睁开眼，翻身坐起来的同时，就探手去枕头底下摸匕首。她动作极快，在黑暗中也十分流畅，不带一丝停滞。

短刃入手，她立时拔刀出鞘，眼前寒光一闪而逝，冷不防腕上一麻，手指失去力气。

匕首坠落，却没有预料之中的落地声，黑暗中似乎有什么力量无形中一推，下一刻却是嗖的一声，快且锐利，穿插入木的声音。

黑暗中仍是一片寂静，伸手不见五指。

秦菁静坐不动，对着眼前看似空茫的夜色忽而冷笑一声：“是你！”

“呵——”黑暗中发出一声低哑的浅笑，却又隐隐有种魅惑之感，付厉染的声音穿透夜色，带一点熟悉的香木味道扑面而来，“这样黑的天色，公主殿下竟能一眼认出我来，本座真是十分欢喜。"

"国舅大人大驾光临，有失远迎，怎么也不提前说一声？"秦菁往旁边让了让，避开他的气息，穿鞋下地去掌灯。

付厉染也不阻止，自然地一撩袍角坐在了那张榻上，似笑非笑地看着她。

秦菁点了灯，外面却不见晴云和灵歌等人的动静，心里已经了然，就坦然立于桌旁，对付厉染道："国舅大人深夜来访，有事儿？"

"是有点事！"付厉染对她的敬而远之也有些逆来顺受的意思，他闲适地笑笑，眼睛里却没有笑意，"西楚大军压境，这里很不太平，如果我料想不错，近日这祈宁城中必有大事发生，而你未必想要看到。"他话中有话，非常明显。

秦菁心中谜团渐起，面上却是不动声色："所以呢？国舅大人来此是要助本宫渡劫的？"

"可以这么说吧！"付厉染淡淡地看她一眼，"怎么样，眼下是个机会，要不要跟我走？"

秦菁怔了怔，倒是没想到他还会执迷，毕竟他们这样的人，一生只谋权，只想占得高处的荣耀，实在不适合谈情。

秦菁的心跳没来由地快了两拍，再看他眼底那种陌生而深刻之色，冷了脸道："国舅大人说笑了，而且这样的笑话也不好笑。本宫的喜酒您是当面喝过的，此时却来与本宫说这样的话，您觉得合适吗？"

"我觉得只要我愿意，就没什么不合适的！"付厉染轻笑，起身朝她走过去，倒了杯水递到她面前，"我想你现在应该还不了解我这个人——"

秦菁没接，往旁边别过脸去避开，同时打断他的话："国舅大人与本宫相隔千里，根本就是毫无干系的两个人，你是怎样的人，本宫没有必要知道，也不想知道。现在，您似乎并不应该出现在这里。"

付厉染目光微动，心里有些恼意。她冰雪聪明，明明已经察觉到他话中的深意，却偏要这般强硬地拒绝。原以为她果断狠厉，却不想到了这个时候，竟偏要自欺欺人装糊涂。

"荣安！"深吸一口气，付厉染的语气也跟着冷了下来，"说实话，这世上能让我看上眼的人或物并不多，但是我一直在给你机会。你或许不知道，在你之前，我不是这样优柔寡断的人，我不是威胁你，只是想要告诉你，只要是我想要的，就必须得到，即使得不到的也要亲手毁掉。"

他语气平平，看不出任何威胁，但偏偏强横霸道，给人一种无形的压力，压得整个屋子温度骤降。

两个人，四目相对。他看着她的眼睛，仿佛能一眼看透到她的心里去。

秦菁知道，在他面前自己永远处于弱势，但是她也不准备回避，漠然看了他半晌，忽而红唇微启，缓缓地吐出几个字来："比如——婗嘉公主！"

“你说什么？”付厉染闻言，脸色剧变。

这是头一次，秦菁在他身上看到这种不可自控的情绪流露。

她觉得心里彻骨地凉，但走过他身边仍是言笑晏晏：“传言大晏的婗嘉公主与国舅大人青梅竹马两小无猜，国舅大人对她情根深种，彼此又有终身之约。国舅大人爱之深恨之切，一定不忍心她受颠沛流离之苦，委身他人的不是吗？”

她虽然不知道付厉染和付太后之间到底是怎么回事，但很显然，他们姐弟有过节。

从前世种种来看，后来付厉染虽然权倾朝野万人之上，但他始终没有废弃晏英的帝王之位而代之，由这一点可见，他本身想要的并不是至高无上的权柄，他真正享受的反而是那种随意操控他人生死命运的能力。

而他与付太后之间如果不是为了夺权，那么唯一的矛盾就只能出在人情上。

他们是亲姐弟，一奶同胞，付太后对他又极为器重，问题不会出在亲情上，那么只剩一种可能——

死在和亲路上的晏婗嘉就是那个可能！

秦菁知道她这话过于尖锐刻薄，无异于揭人疮疤，但是无可否认，今夜付厉染的姿态吓到她了，让她顷刻之间方寸大乱，不惜抓住一切可以利用的武器来攻击他，进而让自己忽略掉一些别的。

一灯如豆，灯光下，付厉染刀雕般的面孔泛着诡异的冷光，眼中明灭不定。

袖子底下的拳头握紧了再松开，半晌之后，他慢慢转身朝门口走去。

秦菁盯着他的背影，颓然一声叹息，却不想他走到门口突然止了步子，一字一顿地说道：“记着，咱们之间还没有完。”说完，猛地一把推开眼前紧闭的大门，黑色的袍角猎猎翻飞，很快消失不见。

院外本该重兵把守的侍卫一个也没有出现，冷风穿堂而入，秦菁目光凝滞，再提不起一丝睡意，缓缓转身坐在了桌旁。

不知道过了多久，曙光点点抛洒入内。

又不知道过了多久，艳阳高照，苏雨欢欢喜喜地跑进来道：“公主，四公子醒了，您快去看看吧！”

“醒了？”秦菁压在桌上的手指动了动，却没有苏雨预料之中的欢喜。

苏雨愣了愣，试着上前去扯她的袖子：“公主，您怎么了？”

“没什么！”秦菁回过神来，侧目看她，“宣儿呢？”

“皇上？好像是那会儿少帅着人来报，说城楼那里有点急务要处理，陛下就带人赶过去了。”

“是吗？”秦菁笑笑，站起身来往外走，“给我备车吧，我去看看！”

“嗯？”苏雨诧异地愣在原地，然后快跑两步追上去，“四公子醒了，您不去看看吗？公主这些天不是一直都在等着四公子醒吗？”

是啊，一直都盼着他醒，可是等他终于醒了，却宁愿这时间再漫长一些。

“晚点再去吧！”秦菁脚步顿了顿，不由分说地快步往大门口走去。

苏雨满心困惑，见她这般坚决，终究只能按照她的吩咐去做。

祈宁城外仍然大军压境，没有丝毫变化，那顶明黄华盖映着日光，依旧鲜明亮眼。

秦菁款步走上城楼，秦宣见着她来，似乎很是惊讶了一下，看她的表情都带着点不自然：“皇姐怎么来了？”

“听说这里有事，过来看看！”秦菁神色自如地走过去，目光自然落在旁边一个用明黄绸布裹住的巨大锦盒上，淡淡道，“就是这个东西？”

秦宣讶然，觉得秦菁似乎已经知道了，犹豫半天终究还是未能启齿。

“怎么了？”秦菁只看了那盒子一眼，就把目光移开，“有些事迟早会发生，不是遮掩着就可以假装不存在的。你不用顾忌我，该怎么做就怎么做吧！”说完，她转身往回走。

“皇姐——”秦宣微微抽了口气，出声叫住她，然后一咬牙，快走两步就要去开那个包袱。

“宣儿！”秦菁没有回头，闭了下眼，忽而抬手拦下他的动作，“我不看，直接送过去吧！”言罢再不多留，拐过楼梯口快步走了下去。

回去的路上，秦菁特意绕道去莫如风的那家医馆转了转，回到驿馆的时候发现白奕果然是醒了。他的脸色仍是那日中毒之后显现出来的异样的白，房门大开，他坐在最里面的桌案后头，垂眸沉默，甚至听到秦菁的脚步声也不曾抬头。

事到如今，她已经不需要再对他求证什么了。这一夜，足够她自己去把很多事理顺，同时也想明白了很多她以前无意中忽略掉的细节。

比如付厉染突然到访的缘由，比如苏晋阳一次次讳莫如深的回避，比如莫如风种种与他性格不相匹配的举动，比如白奕，比如她自己，也比如——

楚明帝之所以寸步不离在城外死守半个月的原因。

拨开迷雾，千斤巨石从半空陨落，却坠在了心上。混淆皇家血统是大罪，没有哪一个帝王或者父亲能宽容到对此视而不见，可是这么久以来，楚明帝不仅没有认回莫如风，也没有处置楚风。唯一的解释就是，他并不知情。

楚明帝睿智而深沉，手段更是非同一般，有什么理由，白奕可以查到的事情，他却被蒙在鼓里？还有莫如风，他既然一直不肯在楚明帝面前表露自己的身份，那么又有什么理由会让白奕知晓这一切？

这件事本身，就是一个极大的漏洞。她竟然彻底忽略了这一点。其实仔细想想，从第一次她来祈宁遇到莫如风起，就应该有所警觉。

白奕受伤，他不请自来，跟着萧羽奔波于内城和军营之间，为他解毒疗伤。

白奕卧床，他代替白奕，护在自己身边，冒险赴蓝玉桓之约，为她布毒杀人。

白奕伤重，他二话不说，甚至不顾自己病体操劳，随他千里跋涉回京。

她原来一直以为莫如风为她所做的一切都是因为萧羽，现在想想，他真正要维护的人——分明就是白奕！也只有白奕！包括一次次助她脱困，帮她布局。

北静王谋逆，所有太医敬而远之，他却甘愿搅进乱局，替她解开谜团。她在灵隐寺山下为蓝玉衡劫持，为了找她，他连夜进山，终引得旧疾复发。假秦宣遇刺，明知道景帝心中不喜，他还是第一时间赶进宫帮忙医治。

景帝要她和亲西楚，他随她万里跋涉奔赴，以一个惊天秘密换她逃出生天。只因为白奕需要！

白奕想要为她做的事，莫如风都会不遗余力地去做。不惜自损身体，不惜身陷险局，甚至不择手段！

他这样一个人，生而就被自己的亲生母亲一再抛弃，几次暗杀想要致他死命，他这一生，本就是最有资格冷酷薄凉的，却是什么原因，让他对一个八竿子打不着的白奕这样掏心掏肺？

在这世上，能让他摒弃自我、不顾一切的唯有一人。那个待他如同亲子，几次救他性命的叶阳皇贵妃！是啊，那个女子多智，既然她可以在万众瞩目之下假死逃生，那么，又怎会看着她的亲生儿子无声无息地死去？

白奕，是叶阳敏的孩子！是莫如风的亲兄弟！怪不得白奕非要亲自出手来解决楚风，他其实是在为莫如风做！即使这一生，莫如风都不打算回到他应有的位置上，但是楚风的存在，就是一根刺，必须亲手拔除。莫如风不愿意坦陈自己的身份，他不能去做，所以白奕来为他做！

想通了这一点，秦菁突然释然。

"你走吧！"她耸耸肩，唇角的弧度讽刺而冷漠，"之前我一直以为楚明帝看重白丞相的才华而对他另眼相待，现在才知道，真正和白氏夫妻有交情的人是叶阳皇贵妃。据说当年白丞相首次出使西楚半途遇险，叶阳皇贵妃对他们夫妻有救命之恩。"

所以他们撒下弥天大谎，甘冒奇险，给了无尽的宠爱和支持，来为她抚养白奕成人。也难怪，白穆林夫妇一直那么反对白奕和她在一起。因为他们知道，她跟白奕不该在一起，也不能在一起。

楚明帝对叶阳敏用情至深，终有一日会意识到白奕的存在，那么到时候就会不遗余力带走他，而作为皇室隐秘，白奕这个名字这个人，必须从大秦的国土上消失！这一点白奕也知道，所以才会有他一开始的挣扎和避让。

之前她一直不懂，以为他迫切地想要接近她又无限退缩，只是因为大秦皇室不与白氏联姻。却原来，这不过是一场早就预定了结局的错误的相遇。

他会走，他承诺她再多，也终有一日会让这些誓言化作飞灰。他们之间，从一开始就注定是这样的结局。

“秦菁！”白奕坐在案后，始终没有抬头，他声音飘忽仿佛还在云边，这时候才慢慢抬手将放在桌子上的一套衣冠推到桌子的这一边——秦菁面前，“或者，你跟我走！”

或者，你跟我走！

“凭什么？”秦菁反问，抬手触了触那细致轻滑的衣料，那一点似曾相识的触感让她心头剧烈一抖，手下动作猛然顿住，仿佛每动一下，都是细沙擦过掌心，生涩地疼。她突然觉得，这一场梦该醒了，不过是笑醒了。

“这座祈宁城我可以让给你，之前我欠你的，就以此清算，但是——”她猛地抬头，把眼底氤氲的水汽逼回去，然后一把抓起桌上的锦绣华服用力一扯，决绝转身，再无半分余地。

“从今以后，你不再是我夫君。”

太子妃的朝服如展开的蝶翼，在空旷的屋子里被狂风吹起，又败若枯蝶，颓然落在脚下的金砖之上。

秦菁大步走过去，头也不回。白奕猛地起身扯住她的一角衣袖，奈何她挣脱的力气太大，硬生生把那袖口扯掉一片。门外大片冰冷的日光洒下来，秦菁只觉眼前一花，下意识抬手挡了一下。

“秦菁！”白奕慌不择路地从殿内追出来。

秦菁只觉得头昏眼花，半梦半醒间听到他的脚步声逼近，忽而苍凉一笑。

下一刻，她抬手抽出苏沐腰间的佩剑，以雷霆之势转身，手腕反转之下，稳稳地刺入白奕迎上来的胸膛。

“我不是有意骗你，如果这样能让你好受些的话，那我——”他说着再度迈步向前，步伐坚定。

秦菁却是冲他摇了摇头，五指骤然松开。砰的一声，长剑坠地，落在两人中间，将这一步之遥的距离彻底拉开。她没有给他机会，手指骤然一松，已经是她能给的最鲜明的决定和意志。

她看着他，隔着这一步之遥，目光已经远到天边，再不会是触手可及的温暖。

“这一剑，白奕与秦菁夫妻情尽，再无半分瓜葛！”她的声音传来，语气冷且硬。白奕惊慌失措地看着她，情不自禁地再次伸出手去。秦菁已经转身，没有给他开口的机会。

“苏沐！”

“奴才在！”

“传本宫懿旨——驸马，殉国！”

苏沐骤然回头，看向台阶之上还保持着那个试图拉拽动作的白奕，神情剧震。

他怎么也没有想到，秦菁会决绝至此，半分余地都不留。驸马殉国？自此以后，白奕的名字从大秦千秋史册中抹去，从她秦菁的生命中彻底消失。从此以后，天高海阔，天涯陌路。

“公主——”苏沐倒抽一口凉气。

“去！”

秦菁一个字打断他的话，不容拒绝。她一人出了驿馆，孤身在人来人往的大街上，神色木然地走着。无数人与她错肩而过，她都视而不见，等到最后终于锁定了目光抬头，却发现夜色朦胧，她赫然徒步走到了北城门。

秦宣不在，以往重兵守卫的城门又再度恢复了平时的肃穆和冷清。

秦菁刻意回避，不愿去想这样的情景代表了怎样的意义，只是仰头看着高高的城门楼上。那里是一个清绝冷毅的男子孤身而立的侧影，他手里抓着一个酒壶，时而仰天灌下一口烈酒。

他果然还是来了！秦菁嘴角扯出一个微笑的弧度，举步走上台阶，绕到他身后。

城下六十万西楚军队已在日暮时分撤回营地驻扎，下面旷野千里，空无一人。

“陛下已经下令，天明以后，让出祈宁！”苏晋阳开口，声音僵硬得有些不自在，说话的时候也没有回头来看她的脸。

秦菁看着他向来冷漠的面孔，唇边泛起的笑意比他更冷，缓缓抬手取过他手里的酒壶放在旁边的堞垛上，冷笑道：“怎么，心虚？不敢看着我说话？”

苏晋阳转回身来，目光复杂。眼前的女子依旧凌厉倔强，他看在眼里却是五味杂陈。

他是不敢看她，却不是因为心虚，而是心疼。

“又是你！”秦菁没有理会他眼中情绪，只是看了他良久之后，终于忍不住闭上眼，仰天长笑一声，苦涩至极。

半晌她睁开眼，目光已经恢复了清明如雪的宁静。

“这辈子，看似是我处处占着上风，利用你，打击你，报复你，我原以为这是老天给我机会，让我出一口怨气，现在才知道，我错了。”苏晋阳不说话，她也不逼他，自己漫步风中一字一顿地讲，“苏晋阳，在你面前，我活一辈子是狼狈，重来一次还是。我在你面前的败象根本就是天定的，毫无转机。现在怎么样，看着我从原地爬起来，兜了一圈之后再倒在同样的地方，这感觉怎么样？很痛快是不是？”

“秦菁！”苏晋阳皱眉，眉心几乎拧成了疙瘩，“我不是来看你的笑话的！”

“那是什么？”秦菁反问，止了步子回头看他，兀自笑得嘲讽，“你也觉得我是个笑话不是吗？那你看见我的不是笑话，还能是什么？苏晋阳，曾经我对你说过，我最恨你的那一点，你还记得是什么吗？”

苏晋阳怔了怔，眼中光影一闪，别过眼去。

“是，你永远都理性、自持、以原则为先，所以你对什么都泰然处之，对什么都袖手旁观，可是我没有你那么超脱，我只是个有七情六欲的凡夫俗子，我不能置身事外。”秦菁愤然开口，每一个字都掷地有声，说着目光一厉，带了几分冷凝道，“当初宣儿的事，你明明知道，却眼看着它发生；这一次——可笑的是你又知道！”最后一声出口，已经成了不可遏止的咆哮。

她抬手一指，手指几乎戳到苏晋阳的鼻尖。镶嵌着巨大红色珠玉的戒指发出妖艳的光芒，映衬出她眼底如火的愤怒。

苏晋阳啊苏晋阳，你真是好耐性，好定力，好——

你好啊!

苏晋阳死抿着唇角不说话，眼见着她眼底千般情绪翻涌澎湃，他突然觉得自己是不是又错了？是的，秦菁说得对，他知道，他——

又知道？！

那日大雪，他被恨意滔天的她一剑穿心，眼睁睁看着她在他面前绝望死去，而在他自己的血流尽之前，偏偏又看到了一些她没来得及看到的事情。

所谓命运，总是不肯给他一个在她面前赎罪、哪怕是坦白的机会!

秦菁说，老天对他似乎格外眷顾，却只有他自己明白，那眷顾不过是为了惩戒他前世对她的辜负。

他向来自诩君子坦荡，不屑于背后揭人疮疤、说人是非，何况在他再见她时，她和白奕已然璧人般走在了一起。

他自负，骄傲，不能说服自己，也没有资格去对她抖搂那样的真相。而一再避让，终于还是引来了这一日的东窗事发。

“现在有多快乐，将来就有多伤！”

是啊，他知道，他明明知道，却还是再一次看着她一步步走向万劫不复！不是心狠如他，而是败在了自己的心乱如麻。一步错，步步错，满盘皆输!

就在苏晋阳心中万般思绪翻卷澎湃的时候，秦菁的情绪已经平复下来：“今天我来找你，就是问你一句话。”

苏晋阳目光一动，眼底瞬间转为复杂，显然已经猜到了她要问的事情了。

秦菁看他这个反应，也是了然。她知道她来对了，苏晋阳，他知道!

秦菁突然笑了，笑过之后目光恢复凛冽，从他面前走过去，站在高高的城楼边上，字字清晰地开口道：“告诉我，宣武九年十月初七，那个雪天后来发生了什么？”

宣武，是前世秦宣继位以后所改的年号。

宣武九年十月初七，是她前世的忌日。

那一天，江山易主。

那一天，艳阳高照。

那一天，漫天大雪。

那一天，她从高处坠落，跌入尘埃。

那一天，她横剑自刎，死于启天殿外，白奕的怀中。

那一天……

她最后摸到白奕那一角里衣的袖口，恰是他穿在便袍里面的西楚太子的朝服！那料子入手滑腻而柔软，是她前世冰冷的一生里所留下的最后记忆。她记得，一直念念不忘。所以今天，当白奕把那套衣服摆在她面前的时候，她一触便知。那，是西楚太子妃的朝服！

那一天，她以为只是再次见到了那个对她不离不弃的明媚少年，可是时间往复，直到这一刻才突然发现——所谓真相，永远不只是她眼前所见的那些。

他不是单纯以白奕的身份回宫见她的。十年之久，她怎么还能指望谁会一直留在原地？她背影笔直，立于风中，明明是挺拔倔强的存在，看在苏晋阳的眼里，却似乎是比宣武九年最后见她的那一次更为荒凉。

他心口钝钝地疼，又像是风卷残云，从带血的伤口里贯穿而过。半晌他偏过头去，狠狠灌了一口酒。

“西楚军队秘密潜入，围困云都，文武百官被困宫中，尽遭屠戮，皇城大火，血光冲天，大秦——”苏晋阳声音刚毅冷静，和着夜里的微风扑面而来，字字森凉。

秦菁立于城楼高处，俯瞰脚下护城河面的粼粼水光，听他狠狠闭眼，荒凉至极地将一个字吐露唇边——

“亡！”

呵——

亡！

竟然是亡国啊！

茫茫一生，她走的一直都是一条错误的路。她眷恋了最后一刻的温暖，以为是救赎，却不想……命运，真的是很神奇，她轮回两世，终究走在了同一条轨迹上，一次比一次惨败！既然挣不脱，那就这样吧！

“谢谢！”简单留下两个字，秦菁转身，朝楼梯口走去。

她走得平静且安然，却偏偏是这种波澜不惊的表象，让苏晋阳心里又是一跳。他记得那一日，她孤身步入启天殿时便是这般冷漠倔强的模样，而从启天殿出来的时候，他永远失去了她。

“秦菁！”心里一慌，苏晋阳突然出声叫住她。秦菁止步，却不回头，端正站在楼梯口的暗影里。

苏晋阳张了张嘴，犹豫半天才苦涩地开口：“我知道，我没有资格说这样的话，可是我想要照顾你！”

我想要照顾你！

我们这样的人，到今时今日已破败不堪，不敢再说爱，只能说放不下！可是苏晋阳，对于你，我已经放下了！

“不！”一个字干净利落，毫不拖泥带水。

秦菁迈开了步子继续往下走，语气微凉，伴着深夜的风，舞动她如雪的裙裾翻飞如天际，如同永远触摸不到的那一片流云。

“苏晋阳你错了，在我重新走上这条路的时候就已经想得很明白，在这世上总是有得必有失，既然我要得到一些东西，相应也要放弃一些别的，在我想要操控别人命运的同时，须得先放弃自己，这样才算公平。”

“如果这就是所谓的宿命——”

“那么，我接受！”

四野空旷，边境之地的风，总要比别处来得阴凉凛冽些，即使夏日，也让人冷醒。

秦菁一个人沿着邻近围墙的小径漫无目的地走着，跟苏晋阳谈过之后，她的心情反而平静下来，最后走累了，在一处台阶下止了步子。

已经在那里等候多时的锦袍少年，仰头对她露出一个笑容，然后往旁边挪了半个身位出来。

秦菁回他一个笑容，走过去俯身坐下。秦宣把一件披风裹在她肩上，细致地披好，然后把卧在自己膝头的绒团儿递过去，塞到了秦菁怀里。

“它找了你大半夜，我在花园里遇到了，就给你抱回来了。”

彼时绒团儿睡意正浓，眯起眼睛冷淡地扫了秦菁一眼，马上又闭上眼，在她怀里重新调整了一个姿势继续睡。

“我应该把它还给付国舅的！”秦菁笑笑，以指尖轻轻梳理它顺滑的毛发。

“留着吧，好歹无聊的时候可以解解闷！”秦宣抬抬下巴。

这个时辰了，秦菁知道她身后必定人去楼空，所以秦宣才会在这里等她，不让她徒增伤感。只是他不点破，她也不说。

姐弟两人静默不语地坐在台阶上，秦宣一直默默垂眸看着脚下的台阶，良久之后开口道：“你是不是还没有来得及告诉他？”

秦菁身子一僵，笑容便带了苦涩。她偏过头去看了弟弟一眼，淡淡道：“你知道了？”

“我见过杜太医。”秦宣转身握住她的手，看着她眼中明显地带着笑也掩不住的荒凉，认真地笑了笑，“皇姐，这些年一直都是你在为我筹谋计划，从今以后，换我来保护你们母子！”

这个少年，她的弟弟！她曾经发誓要一生一世护着的那个孩子，突然对她说出这样的一句话。是啊，她想做的已经做到，想要的已经得到，还有什么值得难过的？秦菁眼圈有些热，默默偏过头去，怅惘一叹：“我以为你是不想我生下这个孩子的！”

秦宣抬手去擦她腮边滚落下来的泪珠，从白奕走到苏晋阳对她言明一切，她自始至终都没有落过一滴眼泪，这一刻终于在秦宣的掌心里一点一点崩溃。

秦宣心疼地揽着她的肩膀，让她把额头抵在自己的肩上，心疼道："驸马早逝，这个孩子是他留给你的唯一骨血，皇姐舍得吗？"

舍得吗？自然是舍不得的！可是这个孩子的存在意味着什么，他们彼此心知肚明！莫如风不肯承认他自己的身世，那么西楚太子死于大秦之手，就是无法抹杀的事实。

两军交战，这场战争势必如火如荼，会蔓延很久。一旦白奕身份曝光，这个孩子的存在势必掀起轩然大波，尤其是眼下，对西楚方面态度不明的情况之下。

这一点秦宣明白，但是为了她，他拒绝考虑！

"为了你，我可以舍！"秦菁闭上眼，靠在他肩上，字字冷毅，仿佛连一丝颤抖都没有。

"这孩子将来也是要叫我一声舅舅的！"秦宣坦然一笑，扶着她的肩膀站起来，"天快亮了，我已经让人打点好了行装，我们该启程回京了。"

"好！"秦菁点头。

姐弟两人相携而去，抛却身后万丈阳光笼罩下的崭新的祈宁城。

第十三章　二嫁西楚，君心我心

长乾四年，腊月初八，行宫别院。

夜里刚刚下过一场雪，地面上积了厚厚一层，屋顶莹白如玉，连绵一片，一眼看不到边际。

苏雨带着一众丫头往室内摆膳，热气袅袅，好不热闹。

秦菁捧一碗茶在阁楼上临窗而立，神色有些焦灼地看着外面回廊尽头的拐角处，道："这都什么时辰了，你去看看，郡主是不是还没起床？"

"灵歌方才就已经去了。"她身后正在打扫屋子的晴云道，说着也凑过来往外看了眼，然后笑了，"公主您看，这不是来了吗？"

秦菁定睛一看，果然就见回廊尽头一个矮矮胖胖又小小的身子在拐角处出现。

小丫头生在长乾二年正月，因为那天正赶上天气晴好，屋外雪融，就取名白融。

彼时她第二个生日还没过，人却白白胖胖，看上去圆滚滚的一团，派头很足。

这天她穿一身鹅黄色的小褂裙衫，肩上披着雪白的斗篷，迈着小短腿儿稳稳地走着。身后跟着同样颜色的威风凛凛的绒团儿，那货倒是昂首挺胸，颇有几分睥睨天下的架势，大尾巴一抖一抖的，几乎要翘到天上去。

一人一兽旁若无人地走过回廊，沿路正在扫雪的宫女太监纷纷行礼："见过郡主！"

小丫头不动如山，一路旁若无人地走过来。

秦菁捧着茶碗临窗饮茶，不悦地皱起了眉头："怎么他又来了？"

晴云怔了怔，随后反应过来，也跟着露出困惑的神色："奴婢昨儿个晚上一直在郡主那里，是看着她睡了才回来的，没有见到别人呢。"

"你瞧那丫头的神气。"秦菁吐出一口气，把茶碗递给她，转身下楼，先在餐桌前坐下。

又等了一会儿，小丫头才神采奕奕地出现在门口。绒团儿动作迅捷，众人只觉得眼前白影一纵，下一刻它已经迈着步子，傲慢无比地围着秦菁漫步了。

“娘！”小丫头隔着门槛晃了晃胳膊，然后两手一撑，攀着高高的门槛翻进来。

几个婢女都憋着笑在旁边看着，却都知道这小祖宗的脾气，并没有人上去搭手。

小丫头从容翻过门槛，丝毫也不觉得方才的举动有欠威武，一咧嘴扑过去抱了秦菁的腿：“娘！”

秦菁抬手摸了摸她带着奶香的柔软发丝，笑了笑。

苏雨递了准备好的湿帕子过去：“公主！”

秦菁解了她的斗篷，弯身把白家丫头抱在怀里，用湿帕子给她仔细净了手，然后把她挪到旁边特制的小椅子上。

白家丫头笑得眉眼飞飞，不住地晃悠着两条小短腿等开饭。

这个丫头，在样貌上像了白奕五成，大眼睛，高鼻梁，小耳朵粉嫩嫩的，近乎透明地贴在黑亮的发丝下面，像个精致的瓷娃娃。尤其是一双眼睛，笑起来的时候和小时候的白奕如出一辙，璀璨明亮，怎么看都人畜无害，却又隐隐透着丝狡黠。

秦菁盛了腊八粥在小瓷碗里递给她，顺口问道：“今天怎么才过来？”

小丫头拿了勺子往嘴巴里挖粥，头也不抬地答：“下雪，路滑！”

这个孩子不太聒噪，在她面前却是十分活泼，只是此刻突然这么说，只能说明一个问题——做贼心虚了。

秦菁看她，手里捏着筷子久久未动。白家丫头也知道自己这个看上去对谁都没脾气的亲娘，其实脾气是不大好的，很快就察觉饭桌上气氛不对，偷偷捧着粥碗拿眼角的余光去扫她。

秦菁皱起眉头：“你没有话要和我说？”

白家丫头听见她语气转冷，眨巴着一双水汪汪的大眼睛，怎么看怎么无辜。

她不说话，因为有人告诉她，与这世上所有人说话都不必当真，但是有一点，就是不能对她娘亲说谎。

秦菁一直盯着她，白家丫头眼珠子转了转，慢悠悠地放下碗，爬下凳子开始整理裙子。

秦菁愣了下：“你做什么？”

白家丫头不看她，转身又去扯被晴云捧在怀里的小斗篷，一边扯还一边扭头恋恋不舍地看着桌上她刚刚放下的半碗粥，小声道：“吃饱了，苏沐说教我射箭。”

“公主……”晴云手里抓着斗篷不知道该不该松手。

秦菁看着她闺女眼圈里盈盈的一泡泪，哭笑不得。摆谱？撒谎？转移视线？还学会了扮可怜威胁人？这是孩子该干的事吗？真是越来越不像话！

她脸色沉了沉，眼见着母女俩就要闹僵，外面却是灵歌笑吟吟地走进来道：“公主，宫里头来人了！”

“嗯？今年怎么这么早？”秦菁抬头，有些意外。

"是国师占卜说下半个月会有大雪，太后娘娘怕到时候雪大封路，所以就让提前送来了。"灵歌拿眼角的余光偷瞄了眼小丫头，又道，"今年墨荷姐姐不在，怕是得要您亲自过去看看了。"

前段时间李嬷嬷病了，墨荷被叫了回去，然后赶上年关，就没回来。

"好吧！"秦菁起身，走到门口又回头看了自家丫头一眼。

小丫头赶紧一本正经地又去拽晴云手里的斗篷。秦菁暗叹一声，抬脚走了出去。小丫头看见她出门，眨眨眼就松了手，撅着小屁股又爬回凳子上坐着，继续往嘴里挖粥。

自从上次从祈宁回来，这两年半多，秦菁都以休养为名，住在这里的行宫，即使逢年过节也不回京。

每年夏秋两季，萧太后都会过来小住，陪她们母女团聚，年关和中秋两个大节，秦宣也会过来。

而关于秦菁，秦宣一直对外封锁消息，只说她是因为驸马阵亡伤心过度，去了宫外休养，仿佛就在那一夜之间，曾经名噪一时的荣安长公主彻底人间蒸发，淡出了世人的视线。

文武百官那里得到的唯一的消息也就只知道她生了女儿，被封安阳郡主，很得秦宣帝的重视和喜爱。

因为秦宣母子也要来这里过年，所以每年的这个时候，宫里都会遣送一批人手过来帮忙打点筹备。

秦菁带着灵歌过去，把东西逐一清点入库，等到忙完了已经是午后，这才又想起自家闺女来。

"融融呢，怎么一整个上午都没见她？"

"这个时辰，郡主应该午睡还没起吧！"灵歌道。

那个丫头平日不管有事没事，总要在她身边黏上几个时辰，这一整个上午都这么安静。唯一的解释就是她有更感兴趣的事情做。

"未必！"秦菁笃定地摇头，"你先回去吧，我过去她那里看看！"

"是！"

白融是吃母乳长大的，不过断奶之后，秦菁就放了她一个人睡。

秦菁住华英馆，她住雪竹轩。两个院子，虽然只有一墙之隔，但是因为布局上面的原因，正门中间却隔了一整座大花园，并且以早上从她阁楼上所见的那条长廊相连。

秦菁抄小路往雪竹轩去，走到梅树掩映的花园里就先听见回廊上传来一阵低低的笑声，一大一小两个人影正坐在栏杆上谈笑。

秦菁眉心一跳，脚步顿住。

一身白袍的男子，墨发披散肩头，垂眸静坐，眉宇间的桀骜之气散去，神态间颇有几分雍容随和的味道。

白融坐在他身旁，欢快地甩着两条小短腿叽叽喳喳地笑：“明天还去，你教我骑。”

“你喜欢？”男子唇角牵起一个弧度，抬手揉了揉她的头发。

白融的头发还很短，不太能扎起来，就松松散散地披着。他手下力道有些恶意加重，小丫头脑门上马上就乱糟糟的一团。

白家丫头虽然不认生，但也不是什么人都肯亲近的，可是看那模样被这人收得服服帖帖的。

“嗯！”白融两眼放光，用力点头。

她爬下栏杆，蹭过去拽男人的袖子，眼巴巴地仰头看着他：“带我去！”

男人手指在她鼻尖上轻弹一下，不置可否：“不怕你娘知道了生气？”

“娘不知道！”白融眨眨眼，“我们拉过钩，讲信用，我没说。”

“骗你娘了？”男人唇角又弯了下。

白融便有点心虚，低头掰着自己肥肥的手指道：“可是，你说不让娘知道你来。”

男人目光沉了沉：“要对我守诺？”

“嗯！”白融再点头，又伸出胖胖的小手，“我们拉过钩。”

“那就下不为例吧！”男人也伸出拳头和她小小的拳头碰了碰，随后却是目光一凛，正色道，“丫头你记着，我只是个和你不相干的过路人，有遇见也终会有分别，再不相见的那一天，你娘亲才是你这一生抛弃不了的亲人，不能骗她……”他说着，拉过她的小手压向她心脏的位置，“在这里，永远把她放在第一位。这世上，能有一个在乎你的亲人，难能可贵！”

白融似懂非懂，反应了好一会儿，不很确定地开口：“你会走？”

“是啊，我会走！”男人含笑应道。

白融愣了愣，突然往前一步，扒着他的膝头，再确认：“不回来了？”

“不回来了！”男人依旧是笑，看似漫不经心，那笑容漫过眼角眉梢，却透着决绝的味道。

白融眼圈突然就红了：“为什么？”

“这个……”男人表情有了一瞬的凝滞，半晌之后起身拉了她的手，沿着回廊慢慢走去，“天下无不散的宴席，你长大就明白了，跑了一上午，我们去厨房找点东西吃。”

因为他的那句“会走”，白融情绪一直不高，耷拉着脑袋，被他拽着慢慢走远了。

秦菁立在梅树后头，目光复杂地看着两人的背影，良久，独自一人进了雪竹轩。

她原想等着白融吃过东西回来，却不想那两人一去就再没了音讯，倒是她自己对了一上午的礼单账本，累得很，不知不觉一觉睡过去了，再睁开眼，天色已经全黑。

晚上雪竹轩这里是灵歌守夜，另外还有八名宫女服侍，以备不时之需。

秦菁翻身坐起，屋子里没有点灯，黑乎乎的一片，完全没有声响。她立时就察觉了情况不对，摸索下地，凭着感觉移到右侧的窗前，却不想窗子刚刚推开一半，就从门外传来一阵极轻的脚步声。

秦菁屏住呼吸，静立不动。

黑暗中，一个隐约的影子缓慢地绕过正对门口的屏风闪进来。大约对这屋里摆设不熟悉，她走得极为小心，但是目标明确，摸索着就往床边移去。

秦菁冷眼看着那影子，听到她身子猛扑到床上的声音。床板骤然一撞，那人扑空，像是僵了一下。

秦菁正要翻窗而出，却不想那人动作极为迅捷，眼前火光一闪，她手里已经亮了一道火折子。

为了方便白融行动，这屋子里的摆设本来就极为简单。只在火光一闪的瞬间，那婢女打扮的年轻女子已经一眼看到了她。

秦菁心思一动，在她惊诧的同时含笑开口："你来得正好，快把那蜡烛点上。本宫在这摸了半天了，也没能找到火石。"

那人一愣，也是飞快反应了一下，然后目光落在秦菁身后的窗口，顿了顿笑道："公主醒了？"

"嗯！"秦菁应着，却站在那里没动，"现在是什么时辰了？"

"酉时了！殿下睡了差不多两个时辰，该是饿了吧？晴云姐姐让把饭菜备下了，奴婢这就让厨房给您送来。"那婢女就要走过来把墙边的宫灯点上。

"不用点灯了。本宫饿了，直接吩咐他们传膳吧！"秦菁制止她，侧过身去就着盆里的冷水洗手。

那宫女动作一顿，秦菁却突然抬手一掀。铜盆飞天而起，水花四溅，婢女本能地抬手去挡，却被浇了个透心凉。

火折子被泼灭的一瞬，她眼中厉色一闪，屈指为爪，猛地向秦菁抓去。秦菁就势往地上一蹲，她一下抓空，却因为用力过猛，将那木窗捣毁。

木屑飞溅，窗体摔落。

秦菁下地的时候故意没有穿鞋，此时便是脚下无声，飞快地闪了。

窗外一点月色透进来，那婢女霍地回头，就见锦绣屏风后面人影一晃。她骤然暴起，纵身扑去，同时听见身后大床发出嘎嘣一声碎响。

身后一道劲风袭来，她忙侧身躲避，落地的同时，手腕一翻，掌中已经多了一柄匕首，和空中袭来的那道冷锋一撞——

铿然一声脆响，火花四射。下一刻她惊觉领口一凉，胸前劐开好长的一道血口子。

面前一个红裙少女笑嘻嘻地看着她，手中一把弯刀寒光凛冽却不沾血，有血珠微弱一晃，坠入尘埃，而她手中的匕首却莫名断成两截。

“怎么样？我们聊聊？”旋舞声音清脆地开口，随意把玩着手中的凝光刃。

“你不配！”那婢女一手按着胸前伤口，横劈一掌直取身后屏风。

那屏风后的人影未动，紧跟着她掌风过处砰的一声闷响，另一股气流隔着屏风袭来，震得她连退两步，喷出一口血来。

屏风后面，秦菁和灵歌两个一前一后款步移出。那婢女骇了一跳，恍然明白，这间看似平常的屋子里其实内藏机关暗道无数，而秦菁的两个婢女都是顶尖高手，绝非凭她一己之力所能应对。

败象已露，她也不再恋战，飞身扑向那扇烂掉的窗口。旋舞正要去拦，却被灵歌一把拉住：“不用追了！”说话间，院子里火光四起，明如白昼。

那女刺客滚落在院子的草丛间，被光亮刺得眼睛生疼，惊惧之下目光一转，赫然发现这座院子四周影影绰绰，每隔开丈余就是一个黑衣人伫立墙头。

这些人都穿着统一的夜行服，黑巾蒙面，训练有素，人手一把特制的精巧弓弩，雪亮的箭头齐齐指向她身上要害。

而正对窗口的花园里有一处亭子，彼时那凉亭顶端，一个圆滚滚的小小身影立于微凉的夜风中，白色的斗篷冲淡了夜色的浓黑。

她身边依旧站着尾巴翘上天的绒团儿，明明一个瓷娃娃，看上去却是威风凛凛，气势惊人。

这幅画面，实在违和!

那女刺客本以为自己眼花，再一细看，却见瓷娃娃身后姿态闲散、屈膝而坐一男子。他身上黑袍与夜色融为一体，一张脸孔有着刀雕般的轮廓，五官俊美，气场惊人，叫人本能地心生畏惧。

“你是什么人？”女刺客警惕地脱口问道。

“这话……应该先问你吧？”男子淡淡地开口，语气冷漠，眼皮都没有抬一下。

他们要逼供？女刺客眼中寒芒毕现，霍地一扬手，袖中隐藏的旗花蹿入天际。

五色烟火在高处轰然炸开，凉亭另一侧的竹林中瞬间蹿出七八条黑色人影，利刃出鞘，齐齐扑向了亭子。

擒贼先擒王？！

男子静坐不动，唇角勾起一个冷讽的弧度，顺手从身下琉璃瓦上掰下一角，碾成数片。他广袖一扬，指尖射出一片犀利的风声。

那些刺客居然也不强攻，借着闪避之机，极有默契地纷纷扭头，以迅雷不及掩耳之势直取窗前伫立的秦菁。

倒在地上的女刺客同时暴起，以同归于尽的架势直扑窗前。

白融跟男子待在一处本是安心，此刻却惊得脸色惨白，尖声叫嚷：“娘！他们要杀我娘！

射他们！”

说话间她也忘了自己的处境，往前跑去，直接一脚踩空，从高处坠落。

火光当中，箭雨齐飞。

“融融！”秦菁惊呼一声。

白融还没反应过来，亭子顶上那道黑影已鬼魅般掠下，于半空中以两指捏着她的腰带，把人提着稳稳落地。

八名刺客统统被射成了刺猬，姿势怪异地摔了一地。

秦菁心急如焚地冲出门去，一把从那男子手中抢过白融，冲他一脸敌意地大声斥责：“付厉染，她还只是个孩子，你这一次玩得太过了！”

“娘！”白融被方才的场面吓坏了，落在她怀里，失而复得一般死死抱住她的脖子。

付厉染唇边弧度不改，看着她云淡风轻道：“我也没办法，你知道，这些人，我指挥不了。”

“你——”秦菁怒极，却被他噎了一下。

彼时那些黑衣人还杵在墙头，并没有下来收尸的打算。因为这些人不是付厉染带来的，也不是她的手下，而是当初白奕留在云都的暗卫。

因为早就料到他终有一日要回到西楚，所以从很久以前，白穆林和叶阳晖方面的人就联合起来，以他的名义暗中训练出人数不少的一批暗卫。

从秦菁与蓝家正式对立后，他的那些暗卫就由暗处转到明处。后来祈宁那事之后，他陆续把这批人撤出了大秦，却执意挑选了最好的一百人，隐藏在她们母女周围暗中保护。

秦菁知道这些人的存在，虽然他们会听她的驱策，但是她却赶不走他们。

她怒气冲冲地瞪着付厉染，半晌没说话。付厉染笑笑，道：“荣安，事到如今，我对你已经不可能再有妄念，现在你能不能最后再老实回答我一个问题？”

秦菁皱眉。他径自开口道：“在你心里，似乎我们从来不曾真正为敌，你对我，也总是带着一种天生的防备和距离。以你的性格，不应该是怕我的，为什么？”

秦菁心头微微一震，看着他眼底明显落寞的情绪，蓦然心惊。是的！她从没给过付厉染机会，也从没有打算接近他，她的一切，从一开始就把这个男人隔离在外的。可这是为什么呢?

她看着眼前神色认真的男人，心里有一个声音清楚地说：因为前世种种，我先于旁人，看到了你的冷酷和决绝！你是天生的王者，注定只要天下之巅的位置，而我，肉体凡胎，斗不过你，所以不想自掘坟墓罢了！

“因为敬畏！”秦菁答，目光郑重，“国舅大人的皇图霸业还没有真正开始，而你要做的事，我不想承受。”

“是啊，只是你不想而已！”付厉染轻叹。这个答案，他并不满意，却没有继续执着下去，只是自嘲地一声叹息，“现在他做的事，未必就比我想做的更容易，说到底全都在于你的想与不想。罢了，其实从两年前你弃下祈宁而走的那一天开始，我就已经接受了这样的结局。如果没有祈宁城作保，他就没有一个名正言顺的理由入主西楚政权的核心，如果没有先声夺人拿下祈宁城的丰功伟绩，这个西楚太子之位，他如何坐得稳妥踏实？你为他，不可谓不用心良苦！”

他看着她，笑容浅浅，目光深沉，片刻之后，视线又再度移开，慢慢道：“你选的路，从来就不容人左右，每一步迈出去都是步步为营的算计谋夺，在这一点上，我们太像，一样的薄凉。你说得对，你对我是天生的敬畏，而我对你也不过纯粹的欣赏而已。自此以后，你——”他笑笑，错过她身边，顺势抬手揉了揉白融的发顶，落下最后的两个字，“珍重！”

这一次离开，我不会再回头。这一步出去，我也不会再见你。我们是两个同样骄傲的灵魂，所以，最后我选择尊重你！

他的脚步利落又决绝，离开的时候就不再想着留恋。白融自秦菁怀里抬起头，伸手就去抓他的衣袖，可是没有抓到。

小丫头愣了愣，盯着他的背影大声叫：“叔叔！”付厉染没有回头。

秦菁用力抱紧她，转身往屋子里走。

“叔叔！”白融慌了，使劲挣扎着哭喊起来。

秦菁没有放手，面上容颜冷酷，裙裾翩然，跨过门槛，于浓黑的夜色中飞出一片亮丽的华彩。

“公主！”灵歌从院外跟进来，“这些刺客的身份……”

“不用查了，直接处理干净。”秦菁道，打断她的话，“然后你马上传信回京，告诉母后，东西不必再往这里送了，吩咐苏沐他们抓紧时间准备，三日之后，回京！”

这两年西楚朝中形势巨变，正是风起云涌之时，不久的将来，大晏的政局也会翻天覆地，走向另一个开端。而她，曾经叱咤风云荣极一时的荣安长公主，也将离开这片净土，重新回到众人的目光之中。

长乾四年，岁末。

在京外静养了两年多的荣安长公主回朝，秦宣帝率禁卫军亲自出城迎接长公主的銮驾进京。

少年天子高居马上，眉宇之间已经褪去当年的青涩和稚嫩，坦然接受他的臣民百姓敬仰的目光。

御驾之后，是一辆皇家排场的华丽马车缓缓行来。

窗帘从里面拉开一道缝隙，白融趴在窗口向外张望，即便头次得见帝都繁华，她那模样也是意兴阑珊。

秦宣无意间一回头瞧见了，就放缓了速度等着马车跟上来，伸手摸了摸小丫头的头发：

“不是早就说想跟着小舅舅进京来逛吗？怎么我们融丫头这是不高兴啊？来，小舅舅带你骑马，看得清楚点儿！”

他伸手，想要把人从窗口接出去。

“我不看！”小丫头却是嘴巴一噘，气鼓鼓地转身躲进车厢里去了。

秦宣意外地愣了一下：“皇姐，她这是怎么了？”

“不用管她，闹脾气呢，一会儿就好！”秦菁笑笑，却是含糊着岔开了话题道，“西楚那边已经有确切的消息了？”

秦宣稍稍正色，点头：“我正要跟你说这事儿。西楚方面的使节已经在路上了，估计年关前后就能赶到。”他说着顿了一下，才又继续，“他——传给我的消息前两天才刚收到，我本来正打算让人传书给你，让你有个防备，却不想西楚方面的动作更快，刺客竟然早一天就到了。”

他，是白奕！不，或许现在，更确切地说是楚奕。

楚明帝和叶阳皇贵妃之子，两年半以前在祈宁城一役横空出世。

当日楚明帝出京，秘密前往祈宁是国中隐秘，除了坐镇军中的叶阳安，没有旁人知晓，紧跟着时隔一月之后前线传来战报，说西楚拿下祈宁，以雷霆之势扭转败局，而其中居功甚伟的就是这位半路杀出来的尊贵皇子。

有关祈宁一役的战况被传得沸沸扬扬，各种版本皆有。

或说是一场如火如荼的大战，或说是深夜潜入敌营的刺杀，但综合所有版本最终得出的结论——

就是这位独得帝宠的六皇子的强势回归。

前线的战报出自叶阳安之手，那一夜也的确是有人见到英姿勃发的少年带领一队精锐之师跃入敌营，随后大秦军中一片惶然，彻夜不眠，再到次日传出大秦主帅遇刺受伤，秦宣帝撤兵留下祈宁城而走的消息。

那一夜秦军营中到底发生了什么事，其实无人知晓，但一座事关重大的祈宁城却是不容忽视的铁证。

那一座城池，挽回了前段时间西楚全线战败带来的耻辱，重振军威，也成为六皇子楚奕飞跃龙门的第一块基石。

他的身份，有叶阳晖和叶阳安两方面的佐证来支持。

而事实上，对于楚明帝或是那些见过叶阳皇贵妃的西楚老臣而言，根本就不需要任何人的任何证词来证明——

那个少年的眼睛，已经是最好的证明！

沉静深远，带着包容天下、藐视一切的冷傲和淡泊。

那是一双独属于叶阳敏的眼睛，甚至目光也完全承继了那女子的气韵与风华。

那日在落月谷外，乱石雨下，就是这样一双眼睛让叶阳安在那一瞬间彻底放弃了叶阳珊母子。所以战败之后，他火速回京向楚明帝“陈情”，并且顺利借由这个只有一面之缘的外孙，免除了战败的惩处，将功抵过。

楚奕的回归，得到了楚明帝空前的礼遇，甚至连因为楚风之死而被推断需要空置一段时间的太子之位都没能留住，仿佛落空了多年的感情终于找到了新的寄托，楚明帝给了这个儿子无尽的殊荣和光环。

短短一月之间，西楚朝中改天换地。

这些都是秦菁早就预料到的，而她和那人分道扬镳之后，就当真对自己封锁了有关西楚方面的一切消息。

这两年间，楚奕做了什么，过得怎样，她都像是对待一个陌路人一样，不闻不问。无论在谁看来，哪怕从头到尾都参与其中的秦宣，只要一个不经意，几乎也都要相信——

万里迢迢，秦菁与楚奕，不过两个不相干的人。

而事实上，真如付厉染那般对一切洞若观火的人并不多，他们都是弄权者，他能冷静分析判断出秦菁每一个举动的用意，如果当初她真的要和那人决裂，那么以她的性格，睚眦必报，又何必送他一座祈宁城?

毕竟楚明帝寻来，要找回的只是他的儿子，而非别的。

她用一座祈宁城为他铺路，也为自己铺路。那个时候，她不随他走，是因为不能。而那一剑，化开楚河汉界，却是为了逼迫他走!

那个时候她的夫婿是右丞相府的四公子，两人情深，众所周知。她不会像秦薇那样抛弃一切只为和一人相依相随，她要的是爱情，也要别的。分别，只是为了某一天的重逢，仅此而已。

而两年蛰伏，终于还是等来这一天。西楚再次递呈国书，为楚太子求娶荣安长公主!

可是太子楚奕本来就独得帝宠，如果再联姻秦氏，他在朝中的地位就会更加不可撼动，这一点自然会触动许多人的痛处，让他们为了毁灭这一次联姻而无所不用其极。

“意料之中，我有准备！”秦菁淡然一笑。

秦宣也不过分关注那件事，只继续说道：“楚明帝给了他御林军和帝京卫队虎威大营的完全指挥权，就相当于在朝臣面前明摆着表了态，要巩固他的实权和地位，而且叶阳安也精明得很，很懂得审时度势，楚风死后，他已经干干净净地从叶阳皇后的阵营里择了出来，这两年半多，他都自请留在祈宁戍边，轻易不回朝中去掺和，想来也是想往这位新贵太子的阵营里靠。据我安插在祈宁的探子回禀，说是叶阳安这两年曾经先后遭遇五次刺杀，皇姐觉得会是谁的手笔？”

秦菁但笑不语。秦宣就知道她是心领神会了，想了想，又道：“对了皇姐，楚风之后，叶阳皇后似是和三皇子楚原走得近了些！”

"正常！"秦菁深以为然地出了一口气，目光略带了几分嘲讽之意道，"西楚的老大和老二都是庸才，而且都有自知之明，很早就自请离京去了封地，手下既无兵权又无京中势力扶持，都是用不得的。四皇子的母妃又健在，她打不得主意，八皇子又是楚越阵营的，她要拉拢，便只能选三皇子楚原了，毕竟她这个正宫皇后的名头还是很有些用处的。"

"好了，不说这些了，总之最近这段时间，你还是一切小心。"最后，秦宣长长地吐出一口气，再看向秦菁时眼中就露出一丝怅惘之色道，"不过真要是把你和融丫头送走了，我还是有些舍不得。"

"又孩子气了！"秦菁瞋他一眼，笑道，"谁家也没有姐弟两个一直过在一起的。"

秦宣怔了怔，看着她唇角翘起的那一个弧度，心里微微有些发涩。

他是舍不得，却很明白，这些年秦菁为他所做的一切。她为他争天下，抢皇位，不顾一切做了太多太多，而他从来就没有机会为她做些什么。这一生，她在他面前只自私了这么一回，而作为弟弟，他又有什么理由不成全她呢?

唇角绽开一抹笑容，秦宣慢慢握了她放在窗边的那只手，用自己逐渐宽厚的掌心将她依旧纤秀的手指尽数包裹，一字一顿道："我有皇姐你，是此生之幸！不管将来你在哪里，你都是我皇姐，我和整个大秦皇朝永远都站在你的身后，守护你，也守护融丫头！"

秦菁诧异地看着他的脸，这少年的面孔相较五年前已经变化太多，再找不到当年的稚气，唯有看她的目光一成不变。这些年，每每看到他真诚而不含杂质的目光，她就更加确定自己所做的一切都没有错。为了值得的人，去做值得的事！

秦菁眼眶有些发热，忙垂眸掩饰："你的心意皇姐明白，但是这样的话，万不要再说了！"

"不！"秦宣固执地打断她的话，"以前我拿这天下时还有很多的不得已，我总觉得是自己的身世勉强我背负了太多，但现在我庆幸拥有这天下，可以用这天下来护你，也护着母后和融丫头。我站在高处，就是为了让你们活得随心所欲。皇姐，你放心去西楚吧，大秦的江山天下，我会自己把握！"

这是有生以来第一次，他这般坦言对这皇权天下的渴望。不是为了高高在上俯瞰众生的快意，而是要用这至高无上的权力，去守护他在乎的人。

唯有秦菁知道，他说这番话，不过是为了让她安心离开，让她放心去走自己的路。她恍惚也记得，曾经有人于黑暗中紧紧拥着她，告诉她：秦菁，对我来说这世上没有什么比你更重要，如果有一天，我也像别人一样去争去夺去抢了，请你，也一定要相信我一次！

就是那一次隐晦的告白，让她最终放开了所有的防备，决定相信他一次。

她记得宣武九年那个雪天里，男子落在她睫毛上的冰冻的眼泪，亦记得他一次次或是悲伤或是欢喜地拥抱她。

所有人都以为她这样的人注定冷情冷血，却不知道她终究还是在心里留了一个不设防的角落，为他持有那一份珍贵的信任和守候。

姐弟两人携手入宫，抵达铁血帝国最核心的位置。

长乾四年腊月的一场大雪，见证了那个传奇女子的回归。

长乾五年的新春，继两年半以前的大战过后，西楚使臣再度进入云都。

又一次求娶，又一纸婚书，又一次远嫁之路。

长乾五年，二月初八。

西楚八皇子楚临抵达云都，代兄长楚太子奕迎亲。

红妆百里，连绵不绝。

秦宣帝赐一万禁军护卫，御驾亲自护送长公主往西楚边境，以示对长姐的重视和礼遇。

这一日，送嫁的队伍踩着初升的第一缕阳光离开云都，一路北上。

晚间队伍停在事先安排好的一个小镇上休息，镇子不大，没有驿馆，是征用了一个富户的别院作为落脚之用，而送嫁的禁卫军就近在镇子四周扎营，也能起个保护作用。

用过晚膳，秦菁独自一人去花园里散步，正在惬意的时候，就见前面的池塘边上一个锦衣公子大力朝她挥手——

赫然是西楚八皇子楚临。

秦菁笑笑，绕了路走过去："殿下好兴致，这是在赏景吗？"

"哪儿能呢，这大冬天的，池子里都光秃秃的！"楚临咧嘴一笑，还是当初那个没心没肺的模样，冲着秦菁一躬身，端端正正地拜下，"之前我在云都也待了几日，一直没有机会得见嫂嫂，这不是要当面见过，略表心意吗？"

"殿下有心了！"他这声嫂嫂一如既往叫得十分顺口，秦菁扯了下嘴角，直入正题，"你在这里等我，不会是只为了问好吧？"

"呃……"楚临掩饰性地咳嗽两声，半晌才红着脸道，"其实我就是想问您一句话来着，一回生二回熟，这一次，还能有转机吗？"

"你说呢？"秦菁反问，好整以暇地看他。

楚临干笑两声，一脸不自在，却不接话。

秦菁唇角一勾，便半真半假好心情地笑道："可一不可二，你也知道，本宫现在的这个身份，是没的挑了。这一次，大约是要让七殿下失望了。"

"呵呵，怎么会！"楚临继续干笑，"六哥大喜，我们做兄弟的自然都是为他高兴的。"

秦菁莞尔，却不和他打太极，直言道："当日之事，七殿下虽然没有守信，但歪打正着本宫也算帮了他的大忙，不仅没让他屈就去娶翔阳侯府的千金，现在他想要的东西应该也已经到手了，怎么算，他与本宫都不该成仇不是？"

翔阳侯和楚越之间结盟的事一直捂得很严，朝中不管是楚奕还是叶阳皇后都没能拿到把柄，所有人都只是怀疑，并不敢拿到明面上来说。

“那个，嫂嫂我晚上多喝了两杯，没事就先回去睡了。”楚临心里隐隐有些发虚，赶紧作了一揖，扭头跑了。

秦菁盯着他的背影，唇边绽放的笑容慢慢沉寂下去。

此时她还在途中，却已然闻到西楚土地上弥漫的战火硝烟味，但不知道对方这第一刀会是给自己，还是直接送给楚奕！

半月之后，送嫁的队伍抵达大秦边境最后一座城池，宛城。

晚间，秦菁刚哄睡了白融，就听灵歌在门口禀报：“公主，陛下过来了。”

秦菁抬头，穿着一身便服的秦宣刚好从外面进来。他径自走过来，也在床沿上坐下，唇边带了温和的笑容，用手指轻轻蹭了蹭小丫头熟睡中的脸庞。

秦菁也不说话，姐弟两个沉默着坐了许久，最后还是秦宣开口打破了沉默道：“皇姐，我只能送你到这里了。明天一早我们就得在这里各奔东西。”

当初楚奕以秦菁驸马的身份出现在祈宁之后，并未在西楚军前当众露过面，西楚军中唯一见过他的就是叶阳安，还是在落月谷被炸后兵荒马乱的情况下，所以后来他以一个崭新的身份回国，才没有引起任何人的怀疑。

但是大秦方面不同，自从蓝月仙和司徒南的谋逆案以后，白家四公子锋芒毕露，被很多人所熟知，别人姑且不论，起码秦宣身边的心腹内侍和近卫个个都认得他。

所以这事关重大的迎亲，他借故没能抽身过来，只让楚临代为前往。

也正因如此，秦宣才不能任由自己身边的人和他打照面，否则一旦有丝毫流言蜚语传出去，楚奕和秦菁二人在西楚的路都会格外辛苦。

毕竟楚奕的养父白穆林不是普通人，是贵为天下第一臣的大秦丞相。楚奕在他的身边长大，又接触了大秦皇权最核心的隐秘，十几年养育之恩、君臣之分，随时都有可能被有心人拿来作为攻击他的致命武器。

“我明白！”秦菁微微牵动嘴角，露出一个笑容，“回去的路上小心些，好好照顾母后，至于旁的事，你自己都有数，皇姐就不多言了。”

“嗯，你放心！”秦宣点头，神色之间慢慢透出几分忧虑，“我反而更担心你们，西楚那边现在朝局不稳，你这一去也是步步危机。尤其是明天那段路，我不能和楚太子碰面，只能先把你们交给楚临，让他护卫你们去祈宁。”

“我知道你在担心什么，别想太多了，我若是真要有事，怎么也不会等到今天。”秦菁拍拍他的手背聊作安抚，“楚临是个聪明人，如果我在他的手上有什么损伤，他也绝对不能全身而退！”

秦宣却是苦笑：“就怕他是心有余，力不足！”

“好了，别多想了，这么一点自保的能力我还是有的。时候不早了，你也早点回去歇着吧！”秦菁无奈地叹一口气，安抚道。

秦宣却没有起身，而是目光片刻不舍离开她的脸，又盯着她看了好一会儿方才下定了决心一样，站起来头也不回地大步走了出去。

次日一早，秦宣早起回京，天才蒙蒙亮，整个驿馆里已经鸡飞狗跳乱作一团。

两方人马各自打点行装，准备就绪了在大门口作别。

很场面化的告别仪式，之后秦宣上了回京的辇车，秦菁也带着白融钻进了送嫁的马车。

两队仪仗，一队黄旗招展，一队炽烈如火，从此天南海北，天各一方。

车驾继续上路，刚出宛城，秦菁明显感觉马车四周多加了守卫，马蹄声嘚嘚地响。

车厢里白融倒是不受影响，带着绒团儿蹲在一角，摆弄苏沐给她新编的蛐蛐笼子。

秦菁面无表情地闭目养神，一边听着外面的动静。

这个时候，楚临明显比她还紧张，亲自跟在她的车驾旁边，一边警惕地注意着沿路的状况，一边口中不停碎碎念：“老天保佑，千万别出什么事，千万别出什么事！”

正在心弦紧绷的时候，就听到秦菁在车内轻叩了两下车厢。

楚临赶紧收住缰绳凑过来：“怎么了？”

秦菁自车内探出头来，笑道：“八殿下你不用这么盯着我吧？看你这么防备着，倒是让本宫没来由觉得紧张了。”

“你以为我不紧张吗？”楚临抹一把额上冷汗，目光一刻不停地四下里观望。

冬末初春的天气，他又坐在马背上，着实不能热到哪儿去。

秦菁看他这模样，也是不由得心头一紧，面上却是不禁露出笑容，调侃道：“眼下这支队伍的安危你要负全责，七殿下要顾及手足之情，想必是我们多心了。”

楚临神色微怔，赶紧移开了目光，掩饰道：“七哥虽然和我兄弟情深，但他远在帝京，到底是鞭长莫及，帮不上我。这里荒郊野外人龙混杂，还是小心为上。”

他说得一派自然，秦菁还是敏锐地察觉到他眼底闪过不易察觉的一抹黯色。

其实他自己也明白，自己不过是楚越手里的一枚棋子，想用就用，想弃就弃，如果楚越真要有什么动作，才不会管他会为此所担待的责任，也不会因为他而有一丝的顾虑和犹豫。

所以他这话只是说给秦菁听的，却不是他自己。

秦菁觉得他这一路走来也挺不容易的，无奈地扯了下嘴角，靠到窗口来冲他招招手。

“干吗？”楚临不耐烦地再凑过来一些。

“你跟我说句实话吧！你这一次过来，楚越有没有暗示过你其他的任务？”秦菁低声问道。

楚临身子一僵：“你问这做什么？”

他的身家性命都压在这件事上，楚越就算有别的打算，也必定不会过他的手，这一点是肯定的。

“先问清楚，本宫也好心里有个数。”秦菁唇边绽开一个笑容，探了探身，像是要凑近他的模样，一手探出扶着窗框，俯首于他耳边慢慢说道，“本宫和八殿下的预感一样，总觉得今天这条路上得出事，提前心里有数的话，也好让我决定要不要顺便救你一命。”

话音未落，她突然从高处向着楚临后颈闪电般拍下，指缝里有细碎的微光一闪。楚临正在琢磨她那两句话，一时不察，被她一掌拍下，身子一晃趴在了马背上。

就在秦菁出手的瞬间，护卫在马车边上的侍卫和守在外围的禁卫军齐齐出手，以迅雷不及掩耳之势把夹在中间的那一队西楚皇家亲卫军一并以麻药放倒。

西楚的仪仗走在前面开道，而秦菁的这辆车是走在她的一万送嫁队伍中间，一万人的长队作掩护，可以完全遮掩住西楚人的耳目。

所有人的动作都干净利落，没有发出任何声响，把被迷晕的西楚人扶下马背，移到路旁，后面的队伍里提前安排好的人手马上赶出两辆装运行李的大车，帮着把人搬进去，马车上事先换了西楚侍卫服的二十名暗卫跳下车，不动声色地填补了他们原来的位置。

这一切太过迅速顺利，队伍一直在有条不紊的行进当中。

“公主，一切顺利！”一切尘埃落定，苏沐打马过来回禀消息，顺手把秦菁一直提在手里的楚临拎过去，提着他钻进了马车里。

秦菁拽了白融在手给他腾地方，指了指最里面的软榻道：“把他安顿好，一会儿换晴云和苏雨驾车，你换上他的衣服带上解药跟在旁边，把握好分寸，别让他有什么闪失。”

西楚人要找她的晦气，目标肯定就是这辆马车。其实她本没有必要叮嘱这一句，但苏沐也不问，只顺从领命去做：“奴才明白！”

“嗯，那本宫就带着融融先行一步了，晚上咱们在祈宁会合！”秦菁道，携了白融下车。

从事发到现在，即使秦菁没有嘱咐过她，白融也从头到尾没有一声惊呼或质问，就是眼睛里光彩灼灼，极度惊诧又好奇的模样。

毕竟，这两年付厉染把她的胆子养得很大。

这会儿秦菁突然抱她起身，她也只是于百忙之中一把拽住绒团儿的大尾巴，死命地把那家伙一起拖走。

灵歌和旋舞护着母女两人下了车，三大一小四条影子很快隐没到旁边的矮树林中。

晴云和苏雨从前面的队伍里无声退下来，顶替灵歌和旋舞驾车，苏沐扒了楚临的衣服穿上，仍然回到马车旁边领队。

一切如常，队伍继续前行。

这边灵歌带着秦菁和白融躲进树林，马上掉转方向，一行人踩着枯枝碎雪行色匆匆地往回走。

因为知道白奕那批暗卫的存在，所以行动中即使偶尔听闻身后一丝细微的异响，几人也不在意，自林子里狂奔了一炷香的工夫，才右拐出现在另外一条较为僻静的小道上。

这一带接近边城，比较荒芜，有了官道之后，别的道路就逐渐被废止。

秦菁会选择在出城之后马上行动，主要是为了防止夜长梦多，而另外一个比较重要的原因则是直接通往祈宁的路，除了官道，只剩下宛城外围的这一条岔路。

马车是提前准备好的，很小的一辆。

灵歌先上前开了车门："公主，上车吧，这一带的路我都熟，不过就是这条路绕了点儿，可能要多耽误一些时间。"

"嗯！苏沐那边有分寸，送嫁队伍的行程他会控制，咱们只管赶路就是。"秦菁点头，从旋舞手里接过白融，上了车，回头想要带上车门，竟然一下没能拉动。

她愣了一瞬，一抬头，一只手从外面探进来，按下了她的手。手指纤长，掌心温热。秦菁心跳一滞，脑中似是被什么重重一击。刹那工夫，门外人影一闪，带着熟悉又陌生的气息扑面而来。下一刻，眼前天翻地覆，她就被锁进了一个宽厚的怀抱里。

"秦菁！"熟悉的声音，带着陌生的战栗，自她头顶响起。秦菁心头一热，眼眶有些发湿，整个身子僵着动不了，埋首在他怀中使劲嗅了嗅。

时隔两年零九个月后的重逢，毫无预兆地扑入鼻息。沧海桑田，像是有数不尽的山川画面一一晃过脑海。那些破碎的、残缺的，因为一个人的离场而总是欠缺完整的记忆——仿佛只在他出现的这一刻，又分毫不差地完整续上。

谁也没有质问谁，就好像当年祈宁城内那一场毁天灭地的诀别，才是过眼云烟中不曾真实发生过的梦境。

楚奕将下颌抵在她的头顶摩挲着，同样在回味着记忆里失而复得的熟悉味道。他用力闭着眼，良久不愿动，像是怕一睁眼，又碎了眼前这一场让他魂牵梦绕的痴想。

没有过分的动作，两个人抵靠在不算宽敞的车厢里紧紧相拥，仿佛天地间再无旁人，整个世界凝聚在这一方狭窄的天地里。

"呜呜……"极不分明又婉转低缓的呜咽声在身后荡开。

楚奕的动作僵了僵，秦菁已经想起了什么，忙把他的身子往后推了推。楚奕下意识垂眸看她，两个人目光骤然一撞，各自心头都是震了震。

"秦菁——"短暂的沉默过后，楚奕于唇角慢慢绽放一个笑容。

相较于两年前，他的容貌并无改变，只是脸部轮廓少了当年的柔软细致，慢慢磨砺出了几分刚毅和冷傲的味道。

此时，他是西楚朝中势头正劲、迂回于刀锋利刃之上的皇朝太子，那种由骨子里散发出来的王者之气，在他眼底泛起熟悉的笑意时被完全冲淡。

他在她面前，还是当年那个眉目清明、笑起来带了几分散漫和狡黠的纨绔少年。

秦菁目光明亮一闪，唇角微弯，自然勾起一个弧度。楚奕胸口一热，心里就有了几分躁动，下意识要倾身下去，采撷她唇瓣上久违的芳香。

可偏偏他身子刚一前倾，背后绒团儿又再不满地呜咽一声。楚奕心头一震，恍然想起了什么，眉尾诡异一挑，缓缓回头看去。

车厢最里面的角落里，安静地坐着一个粉娃娃。圆脸蛋，高鼻梁，大眼睛，小嘴巴，头上梳双髻，点缀着深海明珠的发针，穿一身水粉色的小袄褂，同色的小裙子。胖嘟嘟圆滚滚的一团儿，一动不动地坐在那里。若不是那双眼睛里反射出的光彩太真实，就真像个美玉雕成的工艺品。

彼时娃娃手里正揪着不怎么亲近人的绒团儿，胖胖的小手旁落了好些细碎的狐狸毛。

绒团儿呜呜伏在她旁边，一双乌黑溜圆的小眼睛转啊转，怎么看都有点水汽弥漫的感觉。

她表情十分镇定，脸蛋红扑扑的，既没有尖叫也没有号哭，微微仰了头，虽然只是摊开两条小胖腿毫无形象地坐着，却仍然用君临天下般的表情定定地看着对面这个突然闯入的陌生人。

这些年他的暗卫一直潜伏在秦菁母女身边，楚奕知道这个娃娃的存在，但一时半会儿还是无措，不知道该把她往哪里摆。

尤其，还是在这么个小别胜新婚的当口上。

向来脸皮奇厚、上得朝堂、闯得闺房的西楚太子殿下，生平头一次尴尬了，一张俊俏的小白脸上慢慢凝聚出近乎五雷轰顶的神奇表情。

偏偏对面那娃儿的适应能力异常强大，没有半点的不自在。

楚奕看看她。

她看看楚奕。

楚奕看看她。

她再看看楚奕。

直到最后，把楚太子看得满脸通红，她依然面不改色。

眼见着白家丫头把她亲爹给吓着了，秦菁轻咳一声，拉开楚奕压在她肩上的手，吩咐外面的灵歌道："启程吧！"

方才楚奕刚一进来，灵歌就识趣地把车门给关了，此时她便不再迟疑，招呼了旋舞，驾车上路。

马车一动，车厢里僵持的气氛也稍有缓和。秦菁绕开楚奕，去把白融牵过来，温和一笑，诱导道："怎么不说话？这是你爹爹，他来接我们了。"

虽然当年白奕的去向是以战死沙场来解释的，但是对白融，秦菁却从未传达过父亲的死讯。

原来还担心小丫头会问，但也许是付厉染的出现转移了她的注意力，自始至终她竟然一次都没有问过，让秦菁想要对她解释都找不到契机。

这是第一次，需要她来面对有关“父亲”的问题。秦菁心里也有几分忐忑，而对面的楚奕更是紧张地捏紧了手心。

他自认对这个孩子亏欠太多，所以突然面对，就手足无措。

白融闻言，小身子似乎震了震，站在两人中间有了一瞬的茫然。楚奕看着孩子明澈的眼睛，心里一暖，唇边不觉绽开一个笑容，僵硬地张开手臂：“来，我抱抱！”

白融小眉头皱了皱，看着眼前目光明艳的男子。他长得好看，笑起来也好看，尤其是眼睛，闪亮得像天上的星星。说实话，对这个陌生人她并不觉得讨厌，但是对于他的突然闯入，还是莫名抵触。

尤其她娘对这人，似乎亲近得过分了点。

楚奕好笑地看着眼前这娃娃拧眉沉思的表情，正想着是不是要哄哄，白融脑袋一歪，转向秦菁道：“他抱你！”

楚奕被噎得低声咳嗽。秦菁面上飞红，一阵尴尬，斟酌半晌，才勉强错开目光道：“他是你爹！”

“抱你？”白融固执地再问。

楚奕和秦菁一左一右僵直地坐着，两个向来立于千军万马之前容色不改的人上人，瞬间一败涂地，溃不成军。

“融融——”半晌，秦菁勉强开口打破沉默。

白融立时眼睛一亮，目光灼灼地盯着她。秦菁喉头一堵，又觉得无法启齿。

“咳——”对面的楚奕见她尴尬，终于慢慢找回点状态，牵过白融的一只小手在掌中裹住。

白融直觉地想要甩开，却在触及他掌心的温度时犹豫了一下。孩子的小手柔软滑腻，搁在掌心里软绵绵的，这对楚奕来说是一种前所未有的体验。即使他一直知道白融的存在，直到这一刻，两掌交握，那种陌生奇异的感觉才鲜明而深刻地融入血液。

这是他的骨血，他的女儿。是他深爱的女子为他孕育出来的崭新生命，是他和秦菁两人血脉的延续。

白融看着他眼中越来越亮的光彩，目光里闪过一丝困惑。楚奕露出笑容，指指自己的鼻尖：“我是你爹爹，你和你娘都是我的人，明白吗？”这是以最直接的方式宣告了自己的占有权。以一个孩子的思维方式，这就是强势的掠夺。

白融眼眶里浸了一层水雾，扭头去向秦菁求证道：“你是他的？”

秦菁无奈地出一口气，拉过白融的另一只手，看着她的眼睛温和一笑，肯定道：“不是，娘是你的！”

白融眼睛一亮，眼底的水雾散了散。楚奕却是眉毛一挑，马上就要开口打岔。秦菁没好气地瞪他一眼，继而又指着他对白融继续说道："娘是你的，可他是你爹爹。没有他，就不会有你，你是他的，我们是一家人。"

"一家人？"白融似懂非懂地眨眨眼。

"是啊，一家人！"秦菁笑笑，想到这几年因为她和楚奕各自的私心而给这个孩子造成的缺憾，目光一黯，心中就颇多感喟，"每个人都有爹和娘，以前是你爹爹太忙，没空来看我们，现在他来接我们了，以后我们都要跟他在一起。"

楚奕轻笑一声，突然觉得这孩子认真想事情的样子真可爱。

这一笑，之前的局促情绪就淡了。他恢复了往常那种散漫慵懒的模样，慢条斯理地往身后车厢上一靠，含笑道："丫头我跟你说啊，我呢是你爹爹，所以你是我的；你娘呢是你的，但你是我的，所以她也是我的。是我的，我就可以抱，但是不能让别人抱！"他绕来绕去说了一堆，明摆着是要把这娃娃绕晕。

白融眉头皱了皱，先看看楚奕，再看看秦菁，最后又回头去看楚奕。楚奕好整以暇地指指自己的鼻尖，加重语气再强调一遍："是我的，就可以抱！"

他也算看出来了，要跟一个奶娃娃讲道理是说不通的，最直接有效的方法，就是让她认清状况并接受事实。

白融扁扁嘴，眼见着是要哭，鼻翼一抖一抖的。秦菁也是头次见她这样气急，一时有些愣，正要伸手抱她，她却气鼓鼓地一转身，一屁股蹲在了楚奕腿上。

楚奕是头次抱孩子，顿时手足无措了起来。白融安安稳稳地在他的大腿上蹭了蹭，一直把屁股挪到一个相对舒服的位置，然后扯着绒团儿的尾巴往怀里一搂。

楚奕一脸茫然。

"融融——"秦菁试探着开口，"你在干什么？"

白融一手揪着绒团儿的耳朵，把它往人前一示，干巴巴道："它是我的，我抱！"说完，又仰起脸，神情严肃地看了楚奕一眼，"我是你的，你抱！"

楚奕："……"

马车一路前行，虽是头次团聚，但车厢里一家三口的气氛还不算太糟糕。

白融一直赖在楚奕怀里，明摆着就是不让他再靠近秦菁，后来颠簸着睡着了也死死拽着他的袖子，脑袋歪在他的臂弯里，口水湿了他半边袖口。

这车上简陋，楚奕也不忍心让她颠簸，就一直动作笨拙地把她抱在臂弯里。

"睡着了！"秦菁凑过去，抽了帕子给她擦了擦嘴。

楚奕垂眸看着怀里粉嘟嘟白嫩嫩的一团儿。孩子的小脸，睡着的时候完全舒展开，细密卷翘的睫毛在眼底压下一层浅浅的影子，小嘴吧嗒吧嗒地不时吸溜两下口水，唇色红润得像是沾了露水的樱桃。

楚奕心满意足地笑了笑。他抬起另一只手，去触摸秦菁的脸颊："如果这条路可以一直这么走下去，不用停下来该有多好！”

秦菁抬眸，触及他眼中的柔光，笑了笑，淡淡地开口：“走哪一条路有什么关系？而且眼前的这条路，你和我从来就没有选择的机会。”

皇室之家，步步危机，从来就不是你想让步，别人便会放过你的。他们的自由，注定是要站在云端才能捕获。好在他们都是那样的人，习惯了争斗和跋涉。

座下车轮滚过，马蹄声声。

楚奕落在秦菁腮边的手指往后一滑，扣住她的后脑压向自己。馥郁而清甜的气息迎面而来，他摩挲着她的唇喃喃低语：“真好，你又回到我身边了！”

秦菁不语，唇角弯了弯，靠在他身边坐下。两个人都不再说话，就这样默然相依。

马车走得很急，一路未停，直到正午时分，楚奕才把靠在他肩上闭目养神的秦菁推醒。秦菁睁开眼，靠在他身上未动，只微微仰起脸去看他：“我休息好了，你说吧！”

这个女人的心思，还是一样细密周到，半点破绽也不留。楚奕低头吻了吻她的鬓角，正色道：“我们不能这么进城，你那边的队伍现在应该已经没事。前面有个岔路口，我们下车，我让人备了快马在那里等着，我们赶回你的队伍里去。”

秦菁也不问，只是看着他，等他下一步的解释。

“有人狗急跳墙了，我要借你的送嫁队伍避一避！”楚奕垂眸对上她的视线，无奈地叹一口气，“有件事我还没来得及告诉你，五天前，我正在赶来祈宁的路上，武烈侯在他的府邸遇刺了！”

“什么？”秦菁一惊，“怎么我这边一点消息也没有？”

“城内封锁了消息，你又在路上，不知道也正常，但是事情有点麻烦，武烈侯的命虽然是保住了，可至今昏迷不醒。”楚奕脸上神色不觉凝重三分，“这两天祈宁城里乱糟糟的，随我一同前来接你的几位大员闹腾得尤为厉害，上蹿下跳嚷着要抓刺客。武烈侯这一倒下，整个军中群龙无首，几个副将意见不合，再由这些京官一搅和，军营和城里两方面都鸡飞狗跳。”

“那刺客呢？没抓住？”秦菁不由得坐直了身子。

“武烈侯对此早有防范，那刺客刺杀成功后，也被当场灭了口，没给他指证任何人的机会。虽然是这样，那些老顽固还是坚持说这样周密谨慎的刺杀计划，不可能是一人所为，那刺客肯定还有同党藏在城中。”楚奕道，语带嘲讽，“就算是有同党，现在也过去整整五天了，要逃要走要灭口的，必定早就处理得干干净净了，还等他们去抓？把城里上上下下搜罗一遍他们还不满意，然后就有人上奏，说是城中不稳，要我传信大秦方面，把你的送嫁队伍暂时留在宛城几日，等这边的事情处理好了再接你们入城。我把折子压了，没让他们遂愿。”

“为了阻止我们结亲，他们还真是不遗余力！”秦菁亦是一声冷笑，紧跟着目光一转，冷声道，“又是你那位姨母的手笔？”

“除了她还能有谁？”楚奕反问，语气倒是无喜无悲，“你行宫闹刺客的事我听说了，十有八九也是她，这一次祈宁的事说是针对我，实则也是在报复武烈侯。自从楚风死后，武烈侯府跟她，明面上不说，实际上已经断了来往。这一次刺客来势凶猛，绝对不只是为了嫁祸谁才做的一场戏，也是存心想要他的命。”

武烈侯叶阳安，从辈分上讲，也是楚奕的外公。

秦菁不太清楚，当初叶阳敏和整个叶阳家之间的宿怨，只从楚奕对他的称呼上看，他却像不十分待见这门亲戚。

他不说，秦菁也不提，只把整个事件串联一遍，心里开始有些发冷：“那现在城中的情况怎么样了？刺客的事，他们当场没能拿住把柄，肯定马上还有别的动作。”

“当初你从祈宁城一经退出，西楚的守军也撤了大半，只留下十万守城。”楚奕莞尔，“十万人，对于控制一座祈宁城来说，足够了。”

“这就难怪！”秦菁侧目看他一眼，也跟着牵动嘴角，露出一抹冷酷的笑容，“你这次来，带了多少人？”

“我是来迎亲的，又不是来打仗！”楚奕抿抿唇，仰头靠在车厢上悠然一叹，“三千御林军护卫而已。”

三千御林军，用以抵挡祈宁城内十万乱军？

果不其然，武烈侯遇刺只是个幌子，背后那人真正要做的，应该是趁乱调动军队起事。到时候山高皇帝远，上奏的折子完全可以说是祈宁城中内乱，楚奕是为了平乱而被乱民所杀！

秦菁想了想：“你应当是昨晚连夜出城的吧？他们已经有动作了？”

“嗯，就在昨晚！”楚奕点头，“武烈侯遇刺的消息传到我那里，我就在路上做了点小动作，耽误了两天时间，让那群京官先行一步过来自由发挥。昨天上午我才带人进的城，并且以督查捉拿刺客为由，一直由重兵护卫着等在大街上，没给他们下黑手的机会。晚上祈宁府衙设接风宴迎我，我便直接乔装出来了。”

所谓接风宴，应当就是传说中的鸿门宴，但是楚奕不辞而别，他们扑了空，现在整个城中必定戒严，上天入地地找他。

“我明白了！”秦菁深吸一口气，握了握他的手，“宛城东南二十里是梁明岳的驻军，那次大战过后，宣儿把这里的守军也撤走了一部分，现在只有二十万，需要的话，我就让灵歌走一趟。”

“犯不着这么麻烦！”楚奕捏了捏她的手指，“我信你，有你护着，区区一座祈宁城又岂能留住我？”

“什么时候了，你还说笑！”秦菁好笑地白他一眼。

“不，我说真的！”楚奕忽而敛了目光，正色道，“只要看见你，我就觉得安心！”他目光深刻而真挚，定定看进她沉静如水的眸子里。

秦菁张了张嘴，终于还是什么也没说。

就在这边楚奕和秦菁夫妻重逢一家团聚的时候，与他们平行走在官道上的送嫁队伍也如秦菁所料，出了点意外。

队伍刚刚走到离开宛城十里的地方，一群刺客突然从旁边的密林杀出来。

三十余人全是高手，从两面夹攻，直取荣安公主的车驾。

一群人来势凶猛，看那架势是想拼死冲破守卫跳上车，杀人就走，却不想那马车外围封锁严密的三重侍卫在看到他们冲下来的同时，突然闪电般散开，把马车扔在了大路当中。

一众刺客被这诡异的场景吓住，正在权衡是否有诈，那车门突然被人从里面一脚踹开，西楚八皇子殿下打着哈欠跳下来，而他身后的马车里空荡荡的，再不见一个人影。

刺客们惊觉上当，就在这一晃神的空当儿，四面已经被弓箭手围住。

紧跟着有人一声令下，箭飞如雨，不过片刻，三十余人死了个干干净净。

苏沐命人火速处理好尸体，又把刚刚睡醒的楚临安置好，然后遵从秦菁之前的吩咐继续赶路。

送嫁的队伍在当天傍晚抵达祈宁城外，当时天还没有全黑，但是城门守卫却增派了数倍于平常的人手，把整座城门围得水泄不通。

彼时正逢城里一富户家中老母过世，送葬的队伍不知道软磨硬泡在那里纠缠了多久，最后还是不得已打道回府，又把棺材抬了回去。

这边送葬的队伍火烧屁股似的刚走，城外烟尘滚滚，一骑奔来。

守城的林参将脸色一沉，顿觉事情不妙，挥挥手，示意把路障移开一道。

一个圆脸小子风尘仆仆地翻下马背，单膝点地仓促跪下："林参将，不好了，大秦的送嫁队伍到了。"

"什么？"林参将大惊失色，"你没看错？怎么可能这么快？"

之前明明有派人出去制造事故，拖住他们的，他们的速度非但没有受阻，还比预期当中早了大半个时辰？

"属下亲眼所见，先头部队已经到了五里开外，再过一会儿就能开到城下了。"圆脸小子抹一把汗，神色焦灼。

"糟了，怕是得坏事！你再去沿途盯着，其他人把路障移开，不要让秦人起疑，我马上回城禀报！"林参将震了震，仓促地嘱咐了一声，转身抢了一匹马直奔内城。

一众士兵鱼贯而出，手脚麻利地把路障搬到了门内。

林参将一骑快马奔往内城府衙，这边不过短短半刻钟的工夫，站在城门楼上的士兵已经看到西楚送嫁队伍的旌旗飘入视线。楚临作为迎亲使，带着一队西楚亲王的仪仗一马当先走在最前面。松绿锦袍、翠玉金冠，看上去矜贵又精神。

城内以礼部尚书黄安为首的一众官员全都穿戴整齐，在门口迎候："参见八殿下！"

“免了！”楚临扬扬马鞭，一边策马进城一边往人群里扫了一眼，不禁奇怪，“咦？我六哥呢？难道还没来？”

“哦，太子殿下早两日已经到了，正在赶过来，咱们先等等吧。”黄安回道。

说话间，楚临打马穿过门洞，进到了城内。黄安目光一寒，在袖子底下隐晦地做了个手势。

楚临翻身下马，林参将不动声色地略一点头，一步上前，楚临的侍卫才要喝止，两边的城门后面鬼魅般冲出一队精兵，长枪凛冽地从后面朝楚临围过去。

林参将手中寒芒如刺，猝不及防地抵在了楚临的腰上。

“大胆！”一个侍卫沉声一吼，瞬间已经被人下了兵刃。

楚临顷刻间出了浑身的冷汗，黑着脸道：“你们做什么？竟敢对本王亮兵刃，这是反了吗？”

“殿下还是配合一下好，当心刀剑无眼！”林参将冷声威胁。

楚临也不是傻子，自然不会跟自己的小命过不去。他咬紧了牙关不作声，几个士兵上前，七手八脚把他塞进一辆马车里，往内城的方向扬长而去。

林参将挥挥手，士兵就把楚临的几个贴身侍卫一并押解下去。他们动作极为迅捷，城外送嫁的大秦仪仗就只看到楚临进城和几个西楚的官员说了两句话，然后先上车进了内城。

城门底下，黄安一脸得体的笑容，带着几位礼部官员立在烟尘扑面的冷风里。

“恭迎大秦荣安长公主殿下！”秦菁的马车驶近，他率先带头跪下。

秦宣派来给秦菁送嫁的赐婚使鸿胪寺卿王延寿是个老派文臣，之所以选他，却是因为前两年秦菁和楚奕在朝中翻云覆雨闹得风生水起的时候，这位鸿胪寺卿正赶上老母丧期回乡丁忧。

他，不认识楚奕。

黄安也是文臣，两个人礼节周到地互相寒暄了一番。黄安就道：“按理说，今天本该是太子殿下亲自过来接长公主的銮驾，可是不凑巧，出城之前殿下刚接到驻军方面的急信，赶着去了军营处理一些事情，还请长公主海涵！”

“哦，原来如此——”王延寿含糊地答应着，可不敢做秦菁的主，就回头朝马车看去。

黄安忙道：“八殿下已经亲自去安排晚上的接风宴了，还请长公主殿下先移步去驿馆稍作休息。”

马车那边，秦菁一直没作声，护卫在侧的苏沐凑过去，似是听里面的人耳语了两句，然后就打马上前：“长公主殿下说入乡随俗，一切都由尚书大人安排吧！”

黄安闻言，总算暗暗松了口气，却是面有难色道：“不过城中地方有限，我们殿下那边不知道几天能忙完，滞留在此的几天，要委屈送嫁的禁卫军兄弟们先在城外驻扎了！”

苏沐在秦菁身边是个独当一面的人物，也不须请示秦菁的意见，略一思忖就点头道：“这个可以，不过为了方便进城采买，还请尚书大人给个可以进出城门的凭证吧，省得万一起了误会冲突要伤和气！”

这个侍卫的心思，居然也是这般细密？可他们如果真要阻止秦人进城，留了令牌又有什么用？

黄安心里一则警惕一则鄙夷，却是不动声色地从林参将那里要了一块令牌给他。

他们原定的计划，是提前动手把楚奕解决掉，然后等到秦菁等人抵达，就可以用楚奕的死讯为由，把人原路请回去了，可谁想箭在弦上，竟会出那样的纰漏，已经被拖到案板上的楚奕人间蒸发了。

虽然眼下的形势已是无路可退，不能让楚奕活着离开祈宁城，但在尘埃落定之前，他们还是不敢贸然把死讯公布出来，无奈之下，只好让人沿路袭击秦菁的送嫁队伍，想要刺伤她以拖延时间，却不想，这个拖字诀也没能奏效。

现在她人已经到了城下，也没有别的办法，只能先行把她骗进城。

只要将她控制在城里，那么她的人也就不敢轻举妄动，也算是起个制衡作用。

好在秦菁很配合，只带了八百仪仗入城，其中还有很多都是送嫁的喜娘和宫女。

祈宁城内，基本已经被控制住，西楚十万守军，其中不肯顺从的两万余人被看押起来，剩下的八万人尽在掌握之中，相形之下，秦菁这区区八百人的仪仗队也不足为惧。

黄安带头面面俱到地演了一场戏，然后亲自护送秦菁去驿馆安置。

他逢场作戏的功夫很是精湛，大秦方面全程配合，完全没有起疑。

晚间月出时分，秦菁下榻的驿馆里，婢女小厮来回忙开，整个园子上空饭香四溢。

大厅里，大秦和西楚两方朝中过来的官员都已经按照位分入了席，秦人居左，楚人居右，双方隔着桌子热络寒暄，一眼看去，其乐融融。

半个时辰过后，终于听到院子里一个小太监尖锐唱道：“荣安长公主驾到！”

“恭迎长公主殿下！”众人纷纷起身，跪在席位旁边迎她。

秦菁换了正式的锦衣华服，在灵歌和旋舞的簇拥下由门外款步进来。

“众位大人平身吧！”她面上笑容淡淡，目不斜视地走到主位落座。

楚奕没出现，这其实是相当怠慢的，她却居然很有风度地没有计较。

黄安过意不去，再次解释：“今日略备薄酒，先替长公主殿下接风。我朝太子殿下因故不能亲自前来，多谢殿下体谅，微臣代我家殿下再次谢过！”他说着，走到大厅当中，朝着上首郑重其事地行了大礼，拜下。

秦菁坦然受了。

黄安爬起来，回到自己的座位坐下，道：“这样……便就开宴吧？”

秦菁略一颔首，凤目流转，扫了眼两边的客人，随口问道：“贵国的八皇子殿下呢？怎么今天他也不来？这一路上本宫得蒙他的关照，还想敬他一杯酒呢！”

“哦！八殿下说过他会来的。”黄安忙道。

楚临受制，其实是闹着别扭不肯来，但是今天楚奕已经缺席了，如果这宴会上连一个西楚的皇族都没有，那就太打荣安长公主的脸了。

黄安心里也急，却是强作镇定地吩咐过来传膳的婢女道：“再叫人去八殿下那里催一催，看殿下是不是劳累过度，睡过了。”

“是！”那婢女应声退下。

一直很好说话的荣安长公主却好像真的开始介意了，含笑坐在灯火明亮的主位上，面上表情依旧优雅高贵，却是执意不肯去碰桌上的任何东西。

黄安也不敢再说话，满满一大厅的客人就这么枯坐着等，好在又过了一刻钟的工夫，八殿下那位活祖宗终于姗姗来迟。

“八殿下到了！”门口的内侍几乎欣喜地叫了一声。

众人循声望去，就见院子里那锦袍玉带的年轻皇子携美而来。

容颜俊美，气韵绝佳，就是嘴角那抹笑容一抽一抽的，有点不太自然。

“八殿下真是难请，本宫还以为你今天不来了呢。”秦菁笑道，目光不经意地往他手边挽着的美人身上扫了眼。中等姿色，却冰肌玉骨，有一副好身段。

两人挽着手臂自殿外进来，那女子像是羞怯地略垂了眼眸，并不和任何人对视。

“路上太累，闪了腰，就小睡了会儿，忘了时辰。”楚临笑得讪讪的，说着就要拱手行拜礼，奈何他身边美人儿羞怯，死死挽着他的胳膊，让他一个动作只做了一半就僵硬顿住，最后咧嘴一笑，“臣弟来迟，还请嫂嫂莫要见怪。”

虽然私底下他也一直唤秦菁嫂嫂，但这个场合还是不合礼数的。

楚临说完，在众目睽睽之下不动了，也不往给他准备的座位上挪。

黄安的一颗心一直挂在嗓子眼，心里叫苦不迭，可是楚临是皇子，他又不能开口支使，就只能暗自着急了。

座上秦菁含笑，盯着那美人儿落在楚临腕上的纤纤玉手，旁若无人地与他寒暄：“本宫听说你好像尚未娶亲？”

那女子闻言，指尖像是微微一颤，却始终没有抬头。楚临稳稳地站着不动，大大方方咧嘴一笑：“本王的确是尚未娶亲，受不得那个束缚，回头还得请太子妃嫂嫂多关照我。至于这个——”他说着，顿了一下，“小妾，今天刚纳的！”

秦菁失笑。那边不明真相的大秦老臣则纷纷老脸一红，西楚的这位八皇子，实在是荒诞啊荒诞！

楚临面上一片坦然，就是带着他那“小妾”站在大厅当中，死活不肯入席。

秦菁盯了他半晌，也觉得差不多了，就戏谑道：“你这小妾本宫瞅着太过木讷了点儿，不适合你的性子。既然你话都说下了，本宫也不好推脱，你觉得本宫的这个丫头怎么样？你若是看着顺眼，便送给你了。”

说着，她侧目看了眼立在身后的旋舞，不由分说命令道：“过去服侍八殿下入席！”

这位荣安长公主居然也是这样没讲究，这成何体统啊？众人还没反应过来，就见站在她身后的那个总是笑眯眯的小丫头身形一闪，雷电般爆发，直扑楚临身边的美人儿。

那美人右手一直捏着楚临腕间的脉门。旋舞手中凝光刃一出，直接往她颈间推去。那美人儿毫无防备这里会有个一言不合就冲上来抹脖儿的高手，腰肢柔韧，往后一仰身子，堪堪躲过了致命的杀招。

楚临瞪大了眼，正看得兴奋且新奇，旋舞另一只手已经一拍那美人儿肘部的麻穴，强迫她松了手。

她眼中寒芒暴涨，顺势一脚将那女人踹开，同时扯着楚临的胳膊，把他往身后一甩。

“啊——”那美人儿惨叫一声，摔出去老远。

这种情况下，她肯定不能留下来等着被人擒获逼供，忍着剧痛爬起来，扭头往门外扑去。

旋舞冷笑，手中凝光刃寒芒一闪，骤然甩出。半月形的弯刀在她手中收放自如，灵活程度丝毫不输暗器，回旋一转之间，那女子就是背后一凉。

彼时她人刚好奔到一位礼部侍郎桌前，顿时溅了那人一脸血。

“啊，死人了！”座上文官齐齐惊呼。

旋舞随手将凝光刃收入刀鞘，转身的时候，顺手把愣在那里的楚临提着扔到他的座位上。

整个厅中一片冷凝的抽气之声，满脸血的侍郎大人颤抖地指着面前尸体：“这、这人——”

“这人，我杀了！”秦菁坐在高处微笑看着，浅声询问，“现在，咱们可以开宴了吗？”她也不叫人进来处理尸体，整个大厅的气氛一片诡异。

黄安脸色蜡黄地愣了半天才缓过劲来，侧目给那位侍郎使了个眼色。那人愤然地拍案而起，拿袖子抹了把脸上的血就离席往外走：“不问青红皂白，当堂杀人，公主殿下您太过分了！”

秦菁静坐不动，嘴角却泛起一丝凛然笑意。

那人一边走，一边心肝儿颤抖，唯恐旋舞会再出手。旋舞没动，然则他再有一步就要跨出门槛，却是喉间一凉。

下一刻，他已经捂着脖子双目圆瞪着倒了下去。

苏沐一身青袍，剑锋染血地站在大门口，只是目光冷肃地盯着脚下地砖。

楚临愕然扭头看向座上秦菁，目光复杂。他原以为这只是个善于玩弄权术的女人，却原来她不仅善权术，更有此时刀锋出鞘时嗜血的凛冽。

当初那次，她不对任何人直接出手，是因为不屑为那些过客浪费精力和时间。

而这一次不同，她要留在西楚，便用这鲜血淋漓的一场接风宴，一剑劈开她踏入西楚朝局的第一步！这个女人狠厉决绝，让人心惊。

大厅当中一片寂静，这一次众人连抽气声都不敢有。秦菁看着他们，仍是神色平和地微笑："现在，可以开宴了吗？"

苏沐冷面门神一样堵在大门口。

"是……是！"席间陆续有人词不达意地点头。

秦菁牵起嘴角，满意一笑，忽而回眸看向身后那张绣着锦绣山河的巨大屏风。

此时整个厅中，所有人的目光都聚焦在她身上，见她回首也纷纷循着她的目光看去。屏风后像是重叠的两个影子在款步走动，众人屏住呼吸一眨不眨地盯着，片刻之后，身穿明黄锦袍的男子怀里抱着一个粉嘟嘟的瓷娃娃走出来。

那娃娃贴靠在他胸前，两只小手死命拽着一条毛茸茸的白色大尾巴，尾巴另一头，是一物委屈得满是泪水的眼睛。

"六哥？"最先反应过来的，是一向粗线条的八皇子楚临。

秦菁侧身让出半张席位来，楚奕面容冷峻地入席，坐定后才目光凛冽，一扫满座见鬼般的西楚朝臣，朗声开口道："今日驿馆设宴，为本宫未来的太子妃接风，本宫来迟了！"

第十四章　储位之争，借刀杀人

一句话淡而缓，好像他才是这场盛宴真正的主人。

王延寿等大秦官员倒是没觉得怎样，整个西楚方面却是被齐齐震住：他们上天入地，找了整整两天两夜的人，怎么会在这里？还是这般堂而皇之、从容优雅地出现在众人面前？

这里的驿馆明明遍布耳目，尽在掌握，这人、这人——

怎么会？

灵歌上了茶，楚奕开始从容地品茶。

整个大厅当中是一片死寂般的沉默，白融坐在楚奕怀里，左扭右晃，四下里看新鲜。

片刻之后，她眼睛瞪了瞪，直勾勾地盯着倒在厅中的两具尸体，困惑道：“那两个人怎么了？”

秦菁刚要说话，身边楚奕已经淡定地开口：“死了！”

在场的西楚朝臣终于被这一句话惊醒，黄安硬着头皮赶紧离席，带头跪地拜下：“见过太子殿下！”

楚奕没理，刚好他怀里的白融不解地皱着小眉头道：“不是宴会吗？为什么死了？”

“因为他们不听话啊！”楚奕道，神色温和又宠溺地摸了摸她的发顶，慢条斯理地教导，“总之你记着，一个人只能活一次，走错了路，就是这个下场。”

不管他这个斯斯文文哄孩子的语气到底是怎么回事，在场一众西楚官员听得毛骨悚然。

黄安等人使劲伏在地上，心急如焚。

大秦使臣则面面相觑，不明所以。

楚奕拿起筷子在盛放糕点的碟子里随意翻找，见到白融点头的就夹出来，放在她面前的小碟子里。

白融接受他挺快，而且黏糊得很，唯一不好的是久别重逢他就专门抱闺女，一整天了，连自己媳妇衣服的边儿都没摸到。

“六哥……”楚临着实被这里的气氛逼迫得扛不住了，试着开口。

楚奕抬眸瞄了他一眼，这才像是突然想起了什么，稍稍正色道：“这都什么时辰了，去吩咐厨房，继续上菜啊！”

西楚的这位太子殿下和荣安长公主一样，一心一意就只惦记着这顿饭啊？

黄安等人全都伏在地上，他们摸不到楚奕的真实脉搏，也不知道他对城中之事掌握了多少，所以惴惴之余，谁都不敢贸然开口。

楚临本来想说正事，这一开口又被楚奕堵回去了，干脆也识趣地闭了嘴。

婢女们察言观色，又开始井然有序地上菜，楚奕一心一意只喂他家闺女吃饭，下面的大秦使臣也都默默跟着吃。

楚临受不了这样的拘束，自己喝了几杯酒之后，偷眼去看站在秦菁身后的旋舞，笑嘻嘻地打破僵局道：“嫂嫂，你之前说赏我的那个丫头，还算不算数？”

旋舞眉毛倒竖，一个冷眼嗖地甩过去。楚临心虚地摸了摸鼻子。秦菁瞧见他的表情就乐了，忍着笑道：“本宫说出来的话还没有不算的，这个丫头，人就在这里，你若是胆子够大，就领了她去吧。”

旋舞那杀人的手法，狠厉决绝，尤其凝光刃控在她手里，更是让人望而生畏。

楚临其实就是想找个护身符，厚颜无耻地眨了眨眼睛，半真半假地冲楚奕扬扬眉：“六哥给我做主不？”

“这主我可做不了。”彼时楚奕正捏了鸡翅膀给白融啃，忙得很，闻言也没抬头。

“怎么不行？”楚临反问，随即目光从他身边的秦菁身上一扫而过，笑得贼兮兮的，“就算现在做不得主，等回头进京行了大礼，嫂嫂的不也是六哥你的了吗？”

楚奕这才淡淡抬眸看了他一眼，随后正色摇头：“女儿是我的，她的丫头我可不敢沾！”

王延寿见状，长舒一口气，喃喃自语：“陛下当是可以放心咯！”

而西楚的几位朝臣，却都有些跪不稳了。这位太子殿下的性情向来桀骜冷漠，并不是这么好说话的，如今他这态度必然博得大秦荣安长公主的好感，这可不是什么好事。一众人各怀鬼胎，思绪纷乱。

楚临执杯饮酒，目光越过袖口，往主位上那一家三口扫了扫，神色微顿，然后不动声色地别过眼去。

喂饱了白融，楚奕就让人把她先抱下去睡了，他自己又陪着秦菁吃了点儿，待到酒足饭饱，黄安等人早就跪得双腿麻木了。

楚奕漱了口，放下杯子，又开始慢悠悠地喝茶。

黄安悄悄抬眸看了眼，终于忍不住小心翼翼地试着开口：“殿……殿下……”话只开了个头儿，却再没办法继续。

“行了，这里轮不上你们说话，等着你们主子来吧。”楚奕看他一眼，冷淡说道。

其他人只觉得莫名其妙，但黄安所剩的只有心惊。

这里发生的所有事情的内幕楚奕果然是都知道了，而且还断定他们背后的主子此刻就在祈宁。而如果他对一切洞若观火，那就不可能不做出反击的准备，接下来到底会发生什么事?

黄安口不能言，心里越发焦躁，冷汗开始成股往下流，正想着他们在这里的部署到底有没有漏洞破绽，忽而听得上首楚奕一声冷笑：“三哥姗姗来迟，真是好大的架子，本宫还以为今天请不动你了呢！”

西楚的官员心神一凛，齐齐扭头。一片深黑的夜色中，一人步履稳健匆匆而来。那人穿一件宝蓝色长袍，料子上乘，做工极为精简，明显刻意压低了格调，但举止之中仍有种掩不住的贵气。

即使他此刻脸色暗沉，目光阴鸷，那种久居高位日积月累的气度还是隐隐呈现。

三皇子，楚原!

楚奕入主西楚朝堂之后，第一个挥刀相向的——

兄弟!

“你我兄弟之间，何必说这些虚伪的客套话?”楚原举步进门，扫了眼跪在当前的黄安等人，脸色就越发难看了。他立于大厅当中，定定地看着坐在上首的楚奕，冷笑：“没想到我还是低估了你，居然能在我的眼皮子底下藏到现在！”

“这就不是你该管的事儿了。”楚奕姿态悠然地往身后坐榻上一靠，“既然你舍得出来了，那么现在咱们就来研究一下这事儿如何善后吧！”

“你跟我?”楚原听了笑话似的冷嗤一声。

“对，你跟我！”楚奕肯定地点头，手持杯盏，修长的手指绕着雪白杯沿轻轻摩挲了两下，指向跪在当前的黄安等人，“这些人大逆不道，策动祈宁守军制造叛乱，意图谋害当朝太子，该死！”

“殿下！”黄安一惊，像找到了护身符一样膝行爬过去，躲在了楚原身后。

“楚奕，你还搞不清楚现在的状况吗?”楚原看着楚奕，面露嘲讽，“这座驿馆乃至这座城都被我围了，你如今自身难保，还谈什么治罪别人?”

“我能不能脱身，那是后话，但是现在，我要处置叛臣！”楚奕目光一凛，黑眸里惊雷乍现，平添几许冷傲轻狂之意。

话音未落，两侧的偏厅里就拥出二十多个秦人的持刀侍卫，要上去拿人。

他自己所带的御林军都在城外，此时手下用的全是秦菁的人。

楚原只以为秦菁是初来乍到，不明情况而被楚奕利用了，倒是不太担心。

于是他上前一步，摆出一副大义凛然的姿态挡在黄安等人面前，义正词严道：“老六，别说做哥哥的没有关照你，且不说今天这祈宁城内守卫森严，你根本无路可走，退一万步讲，就算你过得去今天，黄尚书他们可全都是朝廷命官，如果你杀了他们，回京之后你要如何对父皇交代？”

黄安是一品大员，纵使有罪也该押解回京，交给刑部处置。

“三哥，你何必口是心非？扪心自问，你真敢让我把他们带回京中去交给父皇亲审？”楚奕犀利反驳，目光锐利而没有温度。

兄弟两人目光交锋，当中有火星迸射。

楚原目色一寒，毫无征兆地出手，却没有去动腰间佩剑，而是直接滑出藏在袖子里的一柄短匕首。利刃如洗，直刺楚奕喉头。

寒光逼近，只在毫厘。楚奕不避不让，只在最后一刻以奔雷之势闪电出手，以两指夹住匕首尖端，生生将楚原满含杀意的一招给封了回去。

如果对面的人是自幼习武少时从军的楚越，他倒未必敢强接这一刀，可是三皇子楚原会的只是点儿防身的三脚猫功夫，根本不足为惧。

“你——”楚原断没有想到他能徒手挡了自己的利刃，脸色青一阵白一阵，试着撤手，却完全没能撼动。

随后楚奕手上运力，就听嘎嘣一声脆响，匕首断作两截。

楚原收势不住，一个踉跄扑出去好远。

“来人！”他出了丑，顿时暴跳如雷地冲进院子里大声地喊，“来人！还不给本王把这个欺世盗名的野种拿下。”

这驿馆不大，他方才气势汹汹奔进来的时候也带了百余精英护卫，后面跟来的人更是将外面的巷子里外围了个严实。

此时他一声怒吼，院子里马上冲进来三十余人，便要动手。楚奕坐着没动，脸上却不知何时已经罩了一层寒霜，此时他手腕骤然一动，一股强力逼出，指尖半截断刃飞出，铿然一声削在楚原的鞋尖，断了对方两根脚趾。

“啊——”楚原惨叫一声，想要抱脚，但那半截断刃将他的靴子死死钉在地上，他一下子竟然没有抽动，最后一用力，整只脚就从靴子里脱离出来。

“殿下！”他的侍卫冲上来想要扶他，却被他一把挥开。他眼睛猩红，扭头再度死死地盯着楚奕，气急败坏地大声咆哮：“杀了他，给我杀了他！”

那护卫抽刀，扭身向楚奕扑过去，眼前却突然掠过一道青影，苏沐持剑相护，将他震退了一步。

楚原大怒，面目狰狞地大声命令：“你们还等什么，都没听到本王的话吗？马上给我杀了他！”他身后的人蠢蠢欲动。

苏沐刚要上前迎敌，却听楚奕冷然一声：“让他们杀！”这一声，震撼远胜于“住手”“你敢”之类的场面话，反而把所有人都镇住了。

“你们要杀我，不是不可以，但在动手之前，最好想想清楚！”楚奕的目光从楚原脸上一晃而过，最后却是落在黄安面上，漠然道，“黄尚书，你真的确定老三在这里行刺本宫成功之后，不会引发别的问题吗？”

且不说后面楚原要拿去敷衍楚明帝的理由，楚明帝会不会接受，就只冲着黄安这些人跟着楚奕出门办差，最后却护驾不力看着楚奕横死——

以楚明帝对楚奕的重视程度，恐怕他们这批人，个个在劫难逃。

黄安等人本是心存侥幸，打的是公事公办的算盘，毕竟上一任太子楚风身亡，楚明帝也没有将护驾不力的叶阳安连坐，但是此时被楚奕刻意一提，却是士气大减。

谋害楚奕的罪，楚原肯定不会担，最后却一定要有人为这件事负责的。

黄安想明白了这一点，心中大骇，难以置信地扭头看向楚原，颤抖道：“原来从一开始殿下就谋算好了，要借我等的手来谋杀太子，然后再将我们当作凶手，直接在这里灭口吗？”

这两天祈宁城中酝酿着风暴，风声鹤唳，从头到尾可都是黄安带着人出面在张罗，楚原没有公开露面。

若是楚明帝震怒，细查起来，这世上哪有不透风的墙？这个三皇子，当真是恶毒！

面具被揭开，楚原也当真不在乎了。他狞笑一声，突然拔出腰间佩剑，直接戳进黄安的胸膛，恶狠狠道：“蠢货！活该不知道自己怎么死的！”他抽剑，黄安噗地喷出一口血，瞪着眼，不甘心地缓缓倒下了。

“黄大人！”在场的另外几位官员也都惊呆了，此时也顾不上黄安，纷纷起身就要往这边来寻求楚奕的庇佑。

楚原目色狰狞，抬手一挥，厉喝道：“张广呢？本宫叫你调兵进城，可不是为了让你们来看热闹的，马上叫你们的人都进来，把这大厅里的一干人等全部格杀，一个活口也不准留。”

负责带兵围城的张广站在大厅门口，灯影下，一张脸早就不知不觉涨成了猪肝色。

这时候，他一咬牙走上前来，却是直接走过楚原身边，冲着上面的楚奕直挺挺跪了下去。

“你——”楚原一骇，倒退半步。

张广跪在地上，恭敬地磕了个头：“殿下，末将有罪，罪该万死，今日大错已成，不敢请求殿下宽恩，自愿以死谢罪，但我手下这些兵士无辜，他们不知内情，只是奉命行事，求殿下仁爱，放他们一条生路。我一人做事一人当，也恳请殿下放过我的父母家人，不要追究他们的罪责。”

谋杀太子，事关多少人的身家性命，所以即使调动军队控制了祈宁城，闹出这么大的动静，真正知情的也只有几个上层，对下只说是城中动乱，调军平乱。

一开始，张广这些人是相信富贵险中求，再加上黄安等人全部背叛，楚奕四面楚歌，看起来完全没有胜算，他们就被冲昏了头脑。

可是现在，亲眼目睹楚原连追随他涉险的黄安都杀，这些人还哪里敢赌？

“事到如今，你以为你还有回头路可以走吗？”楚原勃然大怒，还想说什么，那副将张广已经回头冷冷横了他一眼，同时抽出腰间佩刀，压在了自己颈边。

楚原再无他法，这才觉得棘手。

张广却是目光坚定地看着楚奕，恳切道：“殿下，祈宁城的十万守军都是叶阳老将军的旧部，与您也算一脉相承，末将以我一家老小的性命担保，他们不会对您有异心。这一次，只是因为叶阳老将军遇刺，军中悲愤，人心惶惶，大家才会被乱臣贼子蒙蔽利用。末将愿意以死谢罪，承担此事，请殿下您开恩，给下面士兵一个将功赎罪的机会。”言罢，他目光一沉，将手中钢刀稳稳往颈边一拉。

“张将军！”院子里一片此起彼伏的哭喊声，黑压压地挤了一地的士兵纷纷弃了兵刃跪了下去。

他们这些人，久居祈宁军中，什么太子皇子，即使再金尊玉贵，于他们而言也是太过遥远，他们真正尊敬信服的，还是自己军中的将领。何况现在张广以命相护，这其中带来的震撼力度，不可估量。

局势突变，厅中的楚原和他身边七八个贴身侍卫一下子陷入孤立无援的境地。此次他秘密出京，不可能大张旗鼓，只挑了几个高手带在身边。

几个侍卫紧张地围成一个圈，把楚原护在中间。楚奕这时候才从座位上起身，举步朝他走过来。楚原脸色铁青，满脸愤恨不甘地盯着他，咬牙道：“老六你……你敢对我动手吗？我要是死了，你对父皇也一样交代不了！”

“我不需要对任何人交代！”楚奕一笑，眼睛里却没有笑意。说话间，他目光冷厉一扫，躲在角落里的几个西楚朝臣吓得一阵哆嗦，然后就见他唇齿微启，凉凉道：“这些乱臣贼子，全都给本宫结果了他们，一个不留！”

“殿下——”那几个人吓傻了，凄声嚷着告饶。

苏沐却没给他们开口的机会，孤身上前，长剑出鞘，只一个来回，地上就只落下横七竖八的几具尸体。楚原有些难以置信地瞪大了眼睛。这个楚奕，他居然真敢？

楚奕瞧见他狼狈的表情，却是不合时宜地叹息了一声。楚原打了个寒战，猛然惊醒，重新收回目光看向他的脸。楚奕与他四目相对，道：“咱们兄弟一场，虽然你对我不仁不义，我却不能叫你做个糊涂鬼。”

他的神色郑重，楚原心里一阵悬空，僵硬道：“你说这话……是什么意思？”

“这一次的事，全都是那个女人替你谋划安排的吧？”楚奕问道。

楚原一愣，越发琢磨不透他的心思了，只是防备地死死盯着他。

楚奕也不介意，冷讽地笑了一声，又问：“那你为什么亲自来？她跟你怎么说的？说事关重大，必须你亲自动手？说别人都靠不住对不对？”

楚原身子剧烈一震，一瞬间变得魂不守舍。楚奕看着他，觉得这人有几分可怜，于是叹一口气，终究残忍且直白地吐露了真相。

“她利用你！”他说，“你以为在咱们兄弟几人之中，除了你，她别无选择？可是你忘了她最终要的是什么吗？她需要一个人来与她结盟，但这个人不是随便哪个皇子，而是将来的西楚帝君，一个能稳稳当当把她推上太后之位、权倾天下的人！三哥你觉得，自己在这个大位之争中有几成胜算？”

楚原怔了怔，也不知道是不是受伤失血的缘故，整个人如坠冰窟，从头到脚都冷得发抖。

他的母妃出身不高，不过是帝京邻县一个县丞之女，而且又早死，没有给他留下半点庇佑和保障。若要说到大位之争，在叶阳珊找上他之前，他根本连想都不敢想。

是了，叶阳皇后失去了武烈侯府的支持，现在处境也不好，想要凭一己之力推他这样的一个人上位，那太难了。

而他又凭什么？在这样希望渺茫的情况下，凭什么可以得到叶阳皇后孤注一掷的支持?

夺位之争，这一条路险象环生，稍有不慎便会粉身碎骨，叶阳皇后舍得拿自己的性命在他的身上下注吗?

冷静下来，自知之明，楚原还是有的。

“呵——”他觉得好笑，但是笑过一声之后，目光又变为狠厉，死死地盯着楚奕。

楚奕反正是无所谓的，索性把什么都说了：“不管是借你的手杀了我，还是借我的手杀了你，她都没有损失。我们都是西楚的皇子，父皇的儿子，少一个，她的面前就少一块拦路石。”

“那她真正押宝的人……”楚原咬着牙，从牙缝里挤出几个字。

楚奕笑了笑：“老四！”

四皇子楚华的岳父是户部尚书，那可是尊不折不扣的财神爷，百万大军也要吃饭穿衣的，这个人占据的位置至关重要，而他的母妃良妃又是宫里的老资格，在前朝后宫都有些人缘。

现在风头最盛的两个皇子是楚奕和楚越，但是这两个人都和叶阳皇后是死对头，这样筛选下来，四皇子就是她利用起来希望最大的一个了。

“哈哈！”楚原仰天大笑起来，“她要用我来给老四做垫脚石，利用完就一脚踢开，真真是打得一手如意算盘！”

楚原眼中燃起熊熊怒火，很快被仇恨吞噬。

“三哥你自己有眼无珠，也实在怨不得别人！”见他想明白了，楚奕一改方才的惋惜感喟之色，面上一片冰寒，厉声道，“该说的我都与你说了，也不算让你枉死，既然是你先对我出手，也就怨不得我手下无情了！”他说着，便竖手为刀冷然挥下。

苏沐手中长剑闪电出鞘，秦菁手下二十多个精英护卫迅速围上去。楚原在侍卫的保护下惊惧后退，但他大势已去，寡不敌众，那几个侍卫很快就被杀得七零八落

苏沐举剑，直取楚原心口，他身边最后那个侍卫突然身形一闪扑过来，挡在了楚原身前。

苏沐剑尖上运了内力，收势不住，一剑从那侍卫的肩胛骨贯穿，哧的一声又再喷了他身后的楚原一脸血。

那一剑气势如虹，刺穿侍卫的肩头竟然还生生在楚原肩上挑破了一层皮肉。楚原整个人都呆在那里，苏沐一击不成，眉头一皱就要拔剑再刺，却不想那侍卫当真是个硬骨头，竟然直接徒手一握剑锋，用肉掌把剑卡住了。

苏沐动作被阻，也只在那一瞬的工夫，侍卫眼中突然闪过一丝怪笑，砰的一掌将近在咫尺的苏沐拍了出去。

楚奕脸色一变，还不等他身后剩下的侍卫扑过去，楚原的侍卫却在一掌推出苏沐的同时从袖中抖出一枚黑色弹丸，猛地砸在地上。

爆裂声平地而起，众人顿时笼罩在一片白雾之中。

“殿下——殿下——”侍卫们惊慌失措的声音伴着杂乱的脚步声响起。

那白雾只持续了片刻工夫就无声散去，楚奕甩甩袖子，神情略显狼狈，仰头看着房顶上出现的大洞，勃然大怒地吼：“追！一定不能让人给我跑了，上天入地，不管用什么办法都要给我把人找出来！”众人得了楚奕的命令，一哄而散。

他这边暴跳如雷，嗓子冒烟，凝重紧张的气氛里，却是突然听见身后一声愉悦的浅笑传来。

秦菁含笑走过来，弯身扶起跌在地上的苏沐，道：“你没事吧？”

苏沐拿袖子抹净嘴角渗出的一丝鲜血，摇头：“没事，一点轻伤！”

秦菁见他脸色无异，这才稍稍放心，吩咐道：“后面的事你不用管了，这两天好好休息！”

“谢公主！”苏沐颔首，施了一礼，仍是亲力亲为地转身去安排善后。

秦菁走到楚奕面前，看着他脸上刚刚平和下来的表情不禁又是一笑：“虽然说是做戏，可如果我是楚原，却是打死也不会信你的。”

“其实除了上朝和宫里一些大宴等必要场合，我和他们接触也不多。”楚奕一笑，从容地抖了抖襟前落下的一点瓦上灰，“而且方才那种情况下，功亏一篑，我若是不把嗓门拔高了吼出来，怕是他才会起疑的。”

“随你吧，你朝中的事，总归还是你自己有数。”秦菁神色颇为凝重，“后面的戏份也要做足了，这楚原虽然没有楚越的心机和谋略，但是生在皇家的孩子，怕是也没那么好糊弄的。这几天城里戒严，一定要把声势做大，最好能让他在城里躲几天，回头等咱们离了这里再慢慢放松警戒。”

“我明白，一切都已经安排好了，你只管让你的侍卫出去搜人就行。只是我觉得今天受了这么大的刺激，他倒未必还有耐性在这祈宁城藏下去。”楚奕思忖着，似笑非笑地摇了摇头，“不过这里的事刚刚平复下来，有许多需要善后的地方，我们可能要在这里缓两天。打乱的军队需要重新整编，还有当地官府和衙门的人也有很大一部分需要更换，我想换成我自己的人。”

“嗯？”秦菁心下闪过一丝困惑，抬头递给他一个询问的眼神。

“没什么，这座祈宁城我想拿回来，放在别人手上，我不放心！”楚奕笑笑，并不多做解释。

秦菁瞬间了然，他其实还是因为她。

这座祈宁城对别人来说可能不过是一座普通的城池，但对他二人的意义完全不一样。

前段时间秦宣提过，说楚明帝那边要拟定国书为楚奕求亲的时候，曾经有人提议以交还祈宁城作为双方化干戈为玉帛的诚意，想来就是楚奕的意思，但是后来，朝议之后很多老臣反对，这事也便作罢。

现在祈宁城虽然还在西楚手里，但想来楚奕还是不甘心的，倒是楚原这次的事，间接成全了他，可以借机把这城中里里外外来一次彻底大换血。

“你看着办吧！”秦菁突然想起了什么，又补充，“哦，我来是要告诉你，刚才暗卫来报，说是围困城外的守兵已经被武烈侯劝退了，这会儿遍布城里的这些也在让人连夜疏散出去。天亮之前就可以处理妥当，不会惊扰了百姓的。”

“那就好！”楚奕点头，携了她的手往外走，“也折腾了半宿，回去休息吧！”

“楚奕！”秦菁又停下脚步。

楚奕回头：“怎么了？”

“武烈侯那里，你还是有心结是吗？”秦菁道，看着他的眼睛，目光复杂，“这一次你虽然提前给他传了信，让他有所准备，免了他的灭顶之灾，却自始至终都不肯与他照面，过两天就准备这么直接离开吗？”

“你想多了。”楚奕笑笑，指尖挑过她耳畔一缕发丝绕到耳后，“我不见他，是觉得没必要，你看现在这样不是很好吗？”

当年叶阳敏和叶阳家最后似乎闹得很不愉快，而这些年叶阳安又一直和叶阳皇后一体，其中穿插的关系似乎有些玄妙。

当初莫如风一直回避，现在楚奕似乎也不想提起。

秦菁略一思忖，便不再多问，两人一起回了后面的院子。

楚奕是在抵达祈宁城的头一天晚上潜出城去迎她的，因此并没有来得及安排他的住处。

两人一路进了秦菁下榻的那座院子，秦菁才觉出不妥来，在门口止了步子仰起脸来看他：“既然你不去武烈侯那里，那楚临住的院子旁还有一个大院子，我让灵歌带人去给你安排一下吧。”

这是个变相的逐客令，楚奕心里明白，却是痛快地点头：“好！”

秦菁正有些意外，他一口应着，却已经推开门拉她进了屋子。

晴云和苏雨晚上要给白融守夜，这里只有灵歌在。

“公主！”灵歌迎上来行礼，看到一起进来的楚奕，又再屈膝下去，“太子殿下！”

“嗯！”楚奕颔首，“这里正乱，找不到人手，你带人过去，把老八隔壁的院子给我收拾出来吧。”

“是。”灵歌福了福身，转身退了出去。

几乎是在房门合上的瞬间，楚奕已经一把捞过秦菁的腰身锁在怀里埋头吻了下去。他的呼吸炽热而疯狂，带着急切的渴望撬开她的齿关，用了很大的力气去吻她，舌尖扫过，攻城略地，完全不容她推拒，仿佛要用这一个吻来宣告他对她失而复得的所有权。

三年，整整三年，曾经多少次他灯下独坐，忍受着蚀骨的思念，只能用回忆来填充一个个空寂的夜晚。也曾经多少次，他想抛开一切回大秦去找她，哪怕万里跋涉之后远远地看上一眼都好。可是，他不能！

西楚朝中无数人虎视眈眈，无数双不怀好意的眼睛从四面八方盯着他，他的每一步都在限制之内。他不能去找她，哪怕是思念成灰，要将他整个人焚成灰烬，他也只能隐忍等待。

当初他弃她而走的时候就有很多挣扎，可那个出身是他选择不了的，他很清楚自己的身世，以及迟早有一天爆开之后将要面对的局面。

楚明帝不会让他流浪他国，叶阳珊和楚越等人更是不会容许他的存在，哪怕他不争不抢远远地一个人躲在千里之外。

所以与其等着刀锋袭来，再拉着秦菁和他一起面对这些危机，不如他先行一步——

回国夺权，拿到足够自保和保护她的资本，再将她重新接到身边来。

可是秦菁的个性他再清楚不过，他知道她会怪他，甚至永不原谅，却还是不得不做。

当初她刺他那一剑的决绝让他痛了许久，当真是以为她对他彻底寒了心。那一天当他拖着满心疲惫孤身一人踏出祈宁城的时候，那种冰寒彻骨的感觉至今还记得分明。

因为中毒，他整整昏迷了两个月，那段时间，似乎每天都在重复着同样的噩梦，她一剑刺来万念俱灰，他的世界分崩离析满地残缺。

两个月后，他转醒，听到莫如风说她让出了祈宁，才知道她的用心良苦。

她没有放弃他，那一刻巨大的惊喜和随之而来的漫长分离冲撞在一起，每一日都是煎熬。于是他拼命让自己忙，用这三年时间取信于楚明帝，并且无所不用其极，一步一步渗入到西楚政权的核心位置，为的就是有朝一日迎回她。

漫漫三年，一千多个日日夜夜，终于等到了这一天。

唇齿纠缠，带着近乎毁灭的痴狂和执念，两个人相拥在这个刚从动乱中平复下来的夜晚，用这样一个绵长的吻，把中间缺憾的三年重新续上。

秦菁心里微微发苦，极力想要回应他，可他以唇舌掌控她，来势汹汹，恨不能把她整个吞下去。直至最后，秦菁的身子完全软在他怀里，楚奕才意犹未尽地暂且放开她。

秦菁伏在他怀里剧烈喘息，听着他强有力的心跳声。楚奕的手压在她的背上，带点恶意地隔着衣服去挑弄她兜肚的带子。

秦菁不自在地躲了躲，把脸埋在他的胸前不与他对视，微微喘息着道："你在我这儿不合规矩，人多眼杂的，回头传了出去要怎么办？"

"这里不都是你的人吗？怕什么？"楚奕不理，挑起她的下巴再去吻她的唇，厮磨了一会儿才又似笑非笑地轻哼一声，"你要实在不放心，回头全部杀掉灭口好了，看谁还敢嚼舌头。"

"你又贫！"秦菁忍俊不禁，张嘴在他唇上轻轻咬了一口。

"哎哟！"楚奕夸张地抽了口气，随即由喉咙深处发出一声低哑的浅笑，一弯身抄起她的腿弯抱了她放到床上。

他将她放下却不退开，秦菁的双臂缠在他颈后，红着脸与他脉脉相对。他埋首去吻她的唇，火热柔软的唇瓣从她的嘴角轻移，落在腮边眉睫，细细回味着他曾经熟悉的每一寸轮廓。

衣衫从肩头滑落，大片玉色的肌肤晕染着情动的迷离，绽放在他的眼底。灯影迷离，映着她娇颜如花，轻颤在他的臂弯里。楚奕一笑，抖落垂在床边的水色幔帐。这一夜，他在她身上索取得近乎疯狂，躯体交叠，嘤咛婉转。

月影西斜，洒一地柔亮的光，帐子后面人影浮动，暧昧的姿势，缠绵的纠缠，隐约有破碎的呢喃滴落心房，起一片波光荡漾的涟漪，却不知是谁的柔情融化了谁，又是谁的心扉献给了谁。

最后随着楚奕一声压抑的低吼，夜色再次归于沉寂。秦菁软软地伏在他胸口，听着他强劲有力的心跳声，沉沉睡去。

次日，秦菁一直睡到日上三竿才醒，醒来只觉得浑身酸软，连动都不想动。

楚奕一早就去了衙门，顺手把白融也拎了去，秦菁去白融院子里转了一圈，没见到人又回房小憩，睡了一下午，傍晚起来的时候灵歌已经带着白融回来了，而楚奕那边说是事情还没处理完，晚上就留在了衙门，没回这边。

楚原逃走之后，这边城里一再作势，大张旗鼓地搜人。

当然，也跟当初他们秘密搜寻楚奕那时候一样，并没有声明要找什么人，只是摆出一副上天入地的架势来，闹得人心惶惶。

而同时，楚奕也让人八百里加急上了折子递送回京，把这边的事情详细地对楚明帝交代了一遍，只是奏折上他并未言明楚原逃出生天一事，只说他在作困兽之斗的时候被坍塌的房梁坠落不小心给压死了，还找了一具面目全非身量和他差不多的尸体出来，并将黄安等人的尸首一起运回帝京交差。

祈宁城这边，叶阳安当初虽然受伤却无大碍，为做戏躺了几天之后就恢复得差不多了，这两天趁着楚奕在，他连夜重新整顿了军队，把因为这次叛乱折损的一部分人马招兵补上，另外楚奕在递进京的折子上也为他请了功，请求拨一批库银粮草下来填充军备。

为了处理这些事，楚奕在府衙和军营两地忙了一天一夜，第三天一早才折回驿馆睡了个昏天黑地。

日暮时分，他从床上爬起来，精神养足了就有点闲不住，再想着明日一早就要启程回京，路上可能就不方便了，于是就摸着要出门。

隔壁院里住着楚临，他便走得很小心，蹑手蹑脚地刚摸到门口，迎面门板突然被人大力一撞，紧跟着眼前一花，一道白影闪电扑来。

那一道扑进来的白影，是绒团儿。门外拖着个大枕头站着的，是白融。

楚奕眉头一拧，看着站在门外仰头看他的女娃，就知道今天是凶多吉少，却又不甘心就此退回去。

父女俩一个在门内，一个在门外。一个仰着头天真无邪，一个低着头拧眉沉思。

跟着白融过来的灵歌看在眼里，急得额上直冒汗，可是犹豫半天也不知道该说什么。半晌，还是楚奕妥协，弯身摸了摸白融的头发，尽量温柔道："大晚上的跑到这里做什么？"

白融眨巴着眼睛看他，一脸无邪，把拖在手里的大枕头又往前拽了两下，简练干脆地吐出一个字："睡！"说完，都没等楚奕反应，一溜烟就从他身边钻过去，撅着屁股爬上床，穿着鞋子就往被子里钻。

楚奕快走两步过去，两根指头把她拎起来，同时飞着眉毛朝门口的灵歌递过去一个询问的眼神。

灵歌尴尬地扯了扯嘴角："小郡主自己说要来，奴婢拦不住。"反正白融她是管不了的，说完灵歌就屈膝一福，干脆利落地扭头先走了。

这边白融在楚奕手里八爪鱼似的挣了挣，随后一扯自己的腰带顺利脱身，又手脚并用往被子里钻去。

"你要干什么啊？"楚奕坐在床沿上，摸索着给她把鞋子脱掉。

白融裹着被子，只露出一双圆溜溜的眼睛，坐在大床的里侧，冲他眨巴着眼睛道："我睡这里！"

楚奕一愣，皱眉道："你娘知道你过来吗？"

白融就不说话了。楚奕有些气闷，伸手去捞她："过来！你不能睡我这，我送你回去！"

白融早防备着了，见他伸手来抓，泥鳅一样赶紧躲到最里面的角落里了。

"过来！"楚奕再要上床去抓她的时候，门外楚临刚好举步跨进门来："大晚上的，六哥你怎么不关门？"

楚奕回头："你怎么来了？"

楚临咧嘴一笑，那模样倒像有点不好意思："那个……我找你有点事儿！"

“什么事？你先坐。”楚奕道，也不太顾得上他，探身进大床的里边又把白融拎了出来，握着她肥肥的手腕道，“穿鞋，送你回去！”

楚临眼睛一亮，还以为他床上藏了什么人呢，兴高采烈地冲过来。白融却是急了，眼珠子一瞪，龇牙就啃在楚奕的虎口处。

孩子的小牙虽然只有米粒大小，却十分锋利。楚奕咝地抽了口气，怒声道：“松口！”

白融瞪着眼和他示威，死活不松。楚奕怕掰掉她那两颗小牙，也不敢把手用力往回抽，整张脸都绿了。

楚临看着床上红眉毛绿眼睛对着的两人，一张小白脸也是歪七扭八纠结得厉害。

“六哥你——”他想笑又觉得不太好笑，结巴半天才狐疑着开口，“这不是未来六嫂那个宝贝疙瘩的女儿，叫安阳郡主是吧？你们这是干吗呢？她怎么在你这里？你把人给偷来的？她咬你干吗？”

楚奕被白融几颗小牙叼得正胸口发闷，气不打一处来地横他一眼：“你哪儿来那么多问题？有事说事！没事出去！”

说完又眉毛倒竖，黑着脸对白融道：“松口，要不我马上送你走！”这也是他头一次对着小丫头发狠，白融一愣，眼睛里瞬时涌出两泡泪。

“不走！”下一刻，她松了口，往后一滚又趴到被子上把脸埋进去，闷着自己大声道，“我睡这！”

楚临看得一脸莫名其妙，问楚奕道：“她为什么要睡你这儿？”

楚奕瞪他一眼：“你到底有什么事？”

“我——”楚临脸上表情略一纠结，挣扎了一下才有点不好意思地开口，“就是六嫂的那个丫头，回头有机会，六哥你再帮我问问……”

楚奕心情不好，又瞪他。楚临真怕把他惹毛了，赶紧摆摆手道：“那六哥你先忙，这事儿咱们回头再说！”说完就一溜烟跑了。

这边白融坐在床上，虎视眈眈对着楚奕。父女两个大眼瞪小眼半天，终于还是楚奕黑着脸妥协了道：“你要睡我这里可以，但是有个条件！”

白融似懂非懂地看着他。楚奕道：“你是我的人，今天又睡了我的床，所以以后你也要跟我的姓，明白吗？”

白融似乎并不明白所谓姓氏是怎么一回事，目光始终透着茫然。楚奕露齿一笑，抬手揉了揉她的发顶，叮嘱道：“记住了，我姓楚，以后，你叫楚融。”

娘亲和舅舅，或是喊她融融或是融丫头，灵歌那些人开口闭口只会说郡主。

白融很认真地想了想，最后像是也没觉得白融和楚融之间有什么区别，于是断了须得回去跟她娘商量的念头，很爽快地点头：“成！”

次日一早，西楚太子以三千御林军护卫，亲自护送荣安长公主的凤驾回京。

彼时，西楚帝京。

凤寰宫宫门大开，叶阳皇后穿戴整齐，正闲闲地坐在正殿椅子上修剪一株从南方运来的稀世海棠盆景。

她修得极为仔细，几乎一片叶子一片叶子地打量过去，端详着整个盆栽的姿态，哪里有不满意的地方就利落剪掉。

旁边椅子上坐着的纪良妃早已经把手里的帕子绞成一团，不安道："娘娘，您倒是拿个主意啊，现在要怎么办？"

"什么怎么办？好好过你的日子，你急什么？"叶阳皇后一笑，完全不以为意。

"我能不急吗？"纪良妃手里捏着帕子，用力按在桌子上，"三皇子那事儿办砸了，听说祈宁那边又是封城又是杀人，连军队都调用出来了，闹得天翻地覆。三皇子死了，他死了！"纪良妃说着，眼中便露出惶恐，声音也跟着拔高，"那可是一朝皇子啊，即使再怎么重罪在身，没过皇上的面去审就这么把人杀了，那个野种也当真是心狠手辣，回头要是让他知道是您在背后——"

"什么本宫在背后？"叶阳皇后闻言，不由得脸色一沉，打断她的话，讥诮道，"难道你没有在背后吗？良妃，这个时候咱们都是一条船上的，难道出了事你还想把自己择出去让本宫一个人替你背着吗？"

"是臣妾一时口误，娘娘您瞧您这生的哪门子的气啊？我这不就是着急嘛！"纪良妃脸色一白，忙赔了笑脸，却笑得有点口不对心。

叶阳皇后拿眼角余光扫她的表情，只当没看见。

说白了她们两个都有私心，说是同坐一条船，心里打的只是利用对方的主意，最后还要看谁更技高一筹。

显然，以她叶阳珊手眼通天在这深宫朝堂浮沉几十年的历练，纪良妃这种女人拿什么和她斗？不过是一个拿来给她垫脚的蠢货而已。

纪良妃见她不说话了，又有些尴尬，斟酌了一下，又道："不管怎么样，这次的事情都还要谢谢娘娘，您这般殚精竭虑替华儿谋划，这份恩情，臣妾和华儿都没齿难忘。"

"谁让咱们都是自己人呢！"叶阳皇后这才淡淡应了声。

纪良妃从旁观察，见她的脸色缓了几分，这才暗暗松口气道："不过娘娘，这次祈宁城里的事，皇上真的不会查到您这里来吗？毕竟您和三皇子一直走得很近。"

"那又怎么样？"叶阳皇后反问，"走得再近，他也不是本宫亲生，即使他被抄家灭族，到时候被拉上断头台也只能是他们姓楚的，和本宫有什么关系？"

她能怎样对三皇子楚原，将来也就有可能怎样对四皇子楚华。

纪良妃恍然明白她话中的警告之意，心里一惊，面色便是一白。

随后，叶阳皇后突然话锋一转，继续气定神闲地笑道："老三那是太自不量力了，老四就不一样了，本宫的希望可全都寄托在他身上，自然会好好帮他筹谋的！"

"那是那是！"纪良妃僵硬地连连附和。

殿内的气氛莫名透着几分诡异，纪良妃如坐针毡，心不在焉，正在浑身不自在的时候，外面古嬷嬷刚好走进来道："奴婢见过皇后娘娘，良妃娘娘吉祥。"

叶阳皇后从容地修剪盆栽，冷淡道："前朝那边有消息了？"

"是！"古嬷嬷点头，神色郑重，"三皇子和黄大人等人的尸身昨儿个夜里就被送回来了，奴婢刚得到的消息，前朝的廷议刚刚完毕，说是陛下下令直接把人葬到西山，就不按规矩办了。"

不按照皇子的排场下葬，这就说明楚明帝还是动怒了。

叶阳皇后沉吟一声，没有接话。古嬷嬷又继续说道："王府那边也降旨下去，子女全部贬为庶民，所有的家眷一并发配北疆，永世不得回朝，应当也就是这几天的事儿了。"

如此一来，整个三皇子府就算是彻底没了。虽然事不关己，但纪良妃还是听得胆战心惊，就在她六神无主的时候，外面叶阳皇后的一个心腹宫女锦春又慌慌张张地跑进来："娘娘——"

叶阳皇后不悦地横过去一眼。锦春察觉失态，赶紧跪下去，直接道："娘娘，三皇子妃正在宫门外大闹，嚷着要见您。"

"她？"纪良妃紧张地一下子站了起来，"不是说要流放了吗，她怎么还能进宫？"

"早前那会儿她奉命进宫来辨认三皇子的尸首，本来是送出了宫的，可是走到泰和门的时候她甩了内监随从奔了咱们这里。"锦春道，面露焦灼之色，"娘娘是不是去看看？她这会儿闹得正凶，这宫里人多眼杂的，被人听了去是要传是非的。"

三皇子妃江氏原是朝中一位大儒的嫡亲孙女，但是人走茶凉，这些年也是家族没落。

三皇子人又迂腐，什么事都避讳着不让她知道，叶阳皇后倒是完全不担心的。

现在这江氏找上门，无非就是为了求救，正如叶阳皇后之前所言——反正又不是她嫡亲的儿子，就算她不肯施以援手，也没人能戳到她的脊梁骨。

"不用理她！"叶阳皇后淡然道，"总会有人将她拉走的，本宫跟那种无知妇人计较什么？"

"可是——"锦春还想说什么，古嬷嬷给她使了个眼色，她便噤声爬起来走了出去。

纪良妃重新坐下，却忍不住抻着脖子往外面张望，门口似是隐约传来几声争执，但是没过多久就重新安静了。

纪良妃缓缓地吐出一口气，一时不察，动静有点大。

"一个不识好歹的女人罢了！"叶阳皇后回头看她一眼。

纪良妃面上略一尴尬，却见她忽而目色一沉，难得地露出几分凝重之色道："不过说到女人，本宫倒是有点不放心现在路上正往这边来的那位。”

纪良妃一愣：“娘娘是说大秦嫁过来的那个寡妇公主？”

叶阳皇后摇头一笑，却有几分苦涩：“这次祈宁的事，老四难道没有跟你提过？本宫的布局还算周到，当时老六手无一兵一卒，完全处于被动，要不是那个丫头出面……”

她说着一叹，也不知道是遗憾还是单纯的感慨，总之神情之间是少有的怅惘：“陛下真是替老六找了个好帮手啊！”

纪良妃微微变色，却是言不由衷道：“一个乳臭未干的丫头罢了，能有多大的能耐？我看就是那个野种做下了大逆不道的事，怕皇上追究他残害手足之罪，这才故意推她出来做挡箭牌的吧？毕竟秦皇陛下的面子，陛下多少是要看着的。”

“那谁知道呢！”叶阳皇后道，面上神色始终不见放松，“不过秦皇陛下的面子的确大，要不然这朝中家世背景佼佼的名门淑媛那么多，为什么老六非得舍近求远去万里之外娶个带着拖油瓶的寡妇进门？常大学士的那个孙女不好吗？”

纪良妃心里震了震，嘴上却道：“远水解不了近渴，真要说到大位之争的助力，一个外人能帮上什么忙？而且她一个女人，回头到了这里，孤身一人，要揉圆搓扁了，还不是全凭我们拿捏！”这么一说，她好像就多了几分底气，眼底有坚毅的冷光一闪，站起来道，“我也打扰娘娘半天了，先行告退。”

“良妃！”叶阳皇后倒是没拦着，只是一边修盆栽，一边语带警告地冷冷道，“本宫早就告诫过你，注意分寸，千万不要把老四往乌七八糟的事情里头牵扯，他是要做大事的，不要因小失大。”

“是！”纪良妃正色，赶紧答应了，“臣妾告退！”

古嬷嬷亲自送了纪良妃出门，叶阳皇后没动，面上端庄的容色一点一点慢慢沉寂下来。

自从四年前被禁足之后，楚明帝与她之间就生了隔阂，虽然后来因为楚风遇刺一事一并对她开恩，解了她的禁足令，但这几年态度明显冷淡了。

如果说早前的二十年他对她是相敬如宾，那么现在不说如“冰”，甚至连“相敬”二字都没有了。

他只是看在叶阳敏的面子上，留着她这个皇后的尊位罢了。他不动她叶阳家的任何人，也不管他们私底下的明争暗斗，对所有的一切都放任自流，他知道她近两年和三皇子楚原走得近，也不闻不问。

呵！那个人啊，当真是视她如无物。这样想着，叶阳皇后唇边不觉牵起一丝冷笑，转身剪掉最后一簇斜出的枝丫，放下了剪刀。

门外站着的婢女见状，赶紧端了温水进来给她净手，收拾妥当了，古嬷嬷也回来了。叶阳皇后端起茶碗坐在椅子上，垂眸抿了口茶：“她走了？”

“是！”古嬷嬷点头，神色古怪地又扭头往院外看了一眼，“娘娘觉得她会出手吗？”

“这宫里的女人啊，没有儿子也便罢了，否则性情再温驯的母猫，迟早也会跳起来挠人的！”叶阳皇后没有笑意地笑了笑，表情阴厉冷酷

古嬷嬷看着也是暗暗一惊，心道自从楚风死后，自己这位主子的性格就变得让人琢磨不透。

“可那荣安长公主的确是个厉害角色，当初连太子殿下都——”古嬷嬷勉强定了定神，还是有些担忧，提到楚风又是扼腕一叹，“唉！这良妃娘娘怕也未必斗得过她。”

“她当然不成！”叶阳皇后早知如此地冷笑一声。

“那娘娘您刚才还暗示她——”古嬷嬷不解，“怎么您不是要借刀杀人吗？”

“是借刀杀人，但是杀谁不是杀呢？”叶阳皇后悠然抿一口茶，微微一笑，眼睛里却是森寒一片。

纪良妃想借她的手推楚华上位，但是她要的只是一个方便她控制的傀儡，又怎么会留着楚华的生母在世上？

纪良妃不过是一枚无足轻重的棋子，犯不着她特意用心对付，至于荣安那个贱人——

欠了债，总是要还的！

楚奕从祈宁递送回京的折子一经收到，帝京就马上开始加速筹备大婚一事。

半月之后，太子楚奕亲自护送荣安长公主的銮驾抵京。

京中由两位大学士常文山和李巍代表楚明帝，率文武百官往城外亲迎，一切似乎都与四年前的那次无甚区别。

因为是女眷，秦菁只在车里象征性地打了个招呼。

婚期定在三日之后，常文山等人只将她送到下榻的驿馆外就进宫去给楚明帝复命。

楚奕晚走一步，亲自送秦菁和楚融进去安顿。

晴云带着一众仆从婢女往里搬东西，楚融在车上睡着了，两人把她抱回房去安置。

楚奕给她掖好被角，却不急着走，坐在床沿上，唇边牵起一丝无奈的笑容道：“这丫头我怎么觉得你就是生她出来折磨我的，也不知道是像谁。”

这一路上，小丫头对他真是严防死守，赶路要他抱着骑马，吃饭要坐在他和秦菁中间，晚上更是一入夜就拖着枕头往他房里准点儿报到，睡觉的时候不是直接趴在他身上，就是死搂胳膊，搞得他想要寻个机会和秦菁单独待一会儿比登天还难。

“像谁？可不就像你？我可不是这么个脾气。”秦菁忍俊不禁，倚在旁边的床柱上看着两人，目光柔和。

“我现在当真是见她这么睡一睡就比过年还高兴。”楚奕笑笑，以指腹蹭了蹭楚融的脸颊，由衷感慨，说着就蹑手蹑脚地站起来拉着秦菁往外走。

他走得极其小心，秦菁看他做贼心虚的模样，无奈地笑笑，由他牵着去了外间。

方才抱楚融进来的时候，他的前襟被小丫头揉得有点皱，秦菁抬手去给他整理："宫里陛下还等着你回去复命呢，快走吧！"

楚奕垂眸看着她雪白圆润的指头在他胸前跳跃，心里一软，觉得像是被什么搔了一下。

回头看看里间楚融睡得正熟，他恶向胆边生，就势一把握住秦菁的手，闪身藏到旁边的帷幔后头去了。

秦菁骤然抬头，一看他波光荡漾的眸子就知道他又起了坏心思，皱眉嗔道："别闹，陛下和文武百官还在宫里等着你呢！"说着，就要转身让开。

"哎！"楚奕探手往她腰上一捞，转了个身，把她困在身后的雕花门栏和他自己的身体之间，语气颇为委屈地低声道，"好不容易得一刻清净……"说话间，似乎无意以胸膛抵着她软绵绵的身子蹭了蹭。

他的胸膛坚韧而有弹性，压着她胸前柔软，即使隔着衣服，彼此也能清楚感知到属于对方的特有的触感。秦菁一口气提不上来，忙抬手去推他。楚奕没让，不动如山，将她卡在那个角落里不动。

秦菁推了他两下未动就略带了几分气恼，面红耳赤地往旁边别过头去，没好气道："你可别在这里闹，这里不比祈宁，有多少双眼睛盯着你呢，不是说你家老七也赶回来参加婚礼了吗，好歹你也收敛点儿。"

"好端端的，提他做什么？"楚奕皱眉，不满地嘟囔一句，"煞风景！"

"我是与你说正经事呢！"秦菁焦急道，不住想要回头去看院子里的动静，生怕有人闯进来撞见。

楚奕见她心不在焉，就以一指挑起她的下巴，强迫她收回目光，只能看着他。

"我也说的是正经事，按照规矩，回头大婚之前这三天，我不能再来见你，你也不好好多看我两眼？"他微眯了眼，迷离地观摩她的唇，似乎在精挑细选，想要找一个合适的角度下口。

"有什么好看的？又不是没见过！"秦菁又好气又好笑，总归是他一耍起赖来她便拿他没辙，只能好言相劝，"女儿都多大了，你还真当咱们是新婚燕尔吗？别再胡闹了。"

楚奕却不理她，反反复复在她唇上打量了许久，终于确定了比较满意的部位，俯首吻下去。说吻他又不好好吻，又是咬又是舔，像是在找滋味的样子。

半晌又像觉得这个角度其实还不太好，退了开去，又细细打量起来。秦菁被他这么肆无忌惮地打量着，红了脸："你做什么？"

楚奕一笑，眸子闪过万分狡黠："其实我刚刚一直在想，你第一次主动吻我的滋味是不是跟这一样！"

秦菁愣了愣，那段记忆并不太难搜寻。她第一次主动吻他？是在秦宁设计约她去灵隐寺见面之后她回到宫里的那个清晨。

他抱着她，试图将她从刚刚被亲情背叛的冷水里捞出来焐热。也许是情之所至，也许是真的需要他给的那一线暖意，她生平第一次没有拒绝他的靠近，并且，主动吻了他。

恍惚还记得，那个冬日的阳光十分灿烂，他们依在窗前默然相拥。那已经是很久远的事情了。而到后来，他们在一起，从成婚、分离到这一次的重逢，亲密的举动有过无数次，她虽然从心底里接受了他，真要说到主动，却是少之又少的。

楚奕目光暧昧，带了点慵懒的邪魅之气，定定地看着她笑。

心里有什么暖融融的东西缓缓化开，秦菁嘴角噙了丝笑，踮起脚尖仰头蹭上他的唇。湿润的触感，温柔而细腻的碰触。

她以牙齿轻轻扯开他的唇，一痛一麻，有什么奇异的感觉惊雷般翻卷在血液里，往心头重重一击，楚奕瞬间觉得整个身子都麻了半边。

他僵立了一瞬，下一刻却失控，突然抄起她，两步走到外间，将人压在了榻上。他埋首下来，神思迷乱地去吻她的唇，同时手下动作近乎粗暴地探入她的领口，去扯她的衣服。

秦菁突然就有些后悔，自己方才不该一时兴起逗了他，赶紧偏头避开他的唇，喘息着道："你真的要赶快进宫了！"

楚奕也知道今天不能胡来，可是正在情动时，他的呼吸狂乱灼热，有点压抑不住，胡乱又在她唇上蹭了两下之后，俯首下去在她肩下的锁骨处噬咬起来。

这一次是真的咬，齿关碾过，那种酥麻的感觉还不及融入血液，更强烈的疼痛感就先冲破感官刺到了心头。

秦菁一痛，咬牙皱了眉头，却没让自己喊出声，只是缩着身子颤了颤。

楚奕极力忍着，不让自己再多去碰她，只是疯狂而执迷，仿佛要将身体里所有的火气都通过唇齿呼吸留在她身上。

秦菁于是按捺不动，由着他在她肩上又吻又啃拼命折腾，直至最后，他像是自己慢慢克制住了，埋首在她颈边不住喘气平复呼吸。

感觉他的呼吸慢慢平稳下来，秦菁才试着开口："你还好吧？"

本来不过随口一问，不想伏在她身上的那位却是极不自觉，随口就闷闷地答："不好！"

秦菁被他噎了一下，这才抬手去推他。楚奕这会儿没再赖，坐起来，飞快整理衣物，不经意地一抬头，看到她肩头那里的一片瘀痕和牙印就有点后悔了。

楚奕拧起眉头，抬手抚过去："疼不疼？让灵歌拿药膏来给你敷一敷。"

"没事！"秦菁拉过衣服掩住肩头，又重新把他身上的衣袍整理好，无所谓地笑道："已经耽搁很久了，你快走吧，回头我自己会敷的。"

说话间，门外已经传来力道极轻的敲门声："殿下，宫里张总管派人来催了，说是请您安顿好了公主就早些回去。"

"嗯，知道了，就来！"楚奕又握了握秦菁的手，仔细叮嘱，"虽然说只有三天，但是以我对叶阳氏的了解，保不准还会见缝插针。这驿馆里外我都安排好了，却怕防不胜防，你仔细着些，等三天以后，我来接你。”

“知道了，我又不是头次和她打交道。”秦菁笑笑，给了他一个安抚的眼神。

“嗯！”楚奕勾了勾唇角，起身抖平了袍子推门走了出去。

秦菁又半倚在榻上坐了会儿，等到脸上的热气渐渐散了，这才整了整衣服去看晴云她们整理的东西。

因大婚在即，到时候宫里宫外都会有宴会无数，所以这一次西楚方面就没有安排接风宴为秦菁洗尘，但是为表礼遇，晚上还是在驿馆这里摆了一席，宴请了几位王妃、公主和郡主，说是热闹热闹。

如今三皇子一家获罪，三皇子妃刚被发配出京，不在此列。

楚风娶太子妃不到一年，他人就死在了落月谷，如今太子妃寡居，自然也不会出席。

大皇子和二皇子都为了楚奕大婚携带家眷赶回来，四皇子和七皇子虽然大多时候都在外面办差，府邸却是留在帝京的。

这样，如今健在的五位皇子，除了八皇子楚临游戏人间尚未娶亲之外，其他四人的正妃都到齐了。

而皇室公主，楚明帝就只有两个女儿，一个是长女成渝公主，一个是幺女广泰公主。

成渝公主是楚明帝的第三个孩子，比楚原年长一岁，是荣妃的女儿，据说她早年在京中还有过才女之名，而且为人十分惠敏，端庄持重，并不与哪位兄弟走得太近，却也谁都不得罪，早早地嫁人生子，身在皇室却不争不抢，日子十分如意。

广泰公主则是楚明帝最小的孩子，比八皇子楚临小四岁，这年正是十七。

其实这件事秦菁一直没太想通，当年楚奕、楚越和楚临这几个兄弟相继出世的时候，楚明帝应该正值壮年，但自那以后他后宫之中一改之前枝繁叶茂的繁荣之势，二十余年就只出了这个小公主。

而且据说，广泰公主自幼就不得明帝的宠爱，别的皇子公主满周岁都有的封号，她却是在两年前及笄将要议亲时才予以册封的。

只是这个女子当真运气不好，明帝刚刚替她指了婚，她那未婚夫婿便在一日酒后失足溺死了。

广泰公主守了望门寡，明帝对她的去处似乎也不怎么关心，就一直拖到了现在。

入夜时分，驿馆的偏厅里众美云集，香风习习，好不热闹。

秦菁带着楚融过去的时候，其他人已经到齐了，三三两两凑在一起讨论脂粉衣裳。见她过来，一众人忙止了交谈，纷纷起身招呼。

几位老亲王家里的郡主见到她是要见礼的，而其他王妃公主则象征性地彼此让了让。

“六弟妹您这姗姗来迟，可是让那几个丫头好惦记，再不见你过来，她们便要到后院寻过去了。”先开口的是二皇子妃曾氏，说着就抬手指了指后面几桌眉开眼笑的少女，当是几位亲王家里未嫁的郡主。

曾氏人已经不年轻了，而且姿色中等，人却十分爽朗，这话虽然有些不逊，却让人听了舒服，没有夹枪带棒的冷嘲热讽。

“是我失礼，让众位久等了。”秦菁温婉一笑，颇带了几分歉意，垂眸捏了捏楚融的小手，“都是这丫头调皮，临走把茶汁洒到了衫子上，又把我绊住了。”

这荣安长公主和上一任太子楚风之间的那段纠葛姑且放下不提，只说现在。

她是二嫁，虽然是皇室公主，天之骄女，总归不是什么体面事，偏偏还带着个女儿，若是换了其他人，大约是不好意思把个身份尴尬的丫头领出来招摇的，她却一派从容，并无一丝半点不自在。

再看那小丫头，蓦然见了这么多生人也不局促，大眼睛水汪汪的，依在秦菁身边大大方方地打量她感兴趣的人。

本来对于楚奕力排众议坚持娶了这么个女人回来，这些人都是心思迥异，带了看戏的姿态，这会儿骤然一见这对母女光鲜亮丽地出现在眼前，突然集体尴尬了。

大皇子妃看看二皇子妃，二皇子妃讪讪一笑，别开眼。七皇子妃看看四皇子妃，四皇子妃鄙弃地一扯嘴角，露出抹讽笑。其他人也是面面相觑，不知道怎么接茬。

眼见着场面僵住，却是成渝公主的反应最为自然，微笑着蹲下去拉了拉楚融的另一只手道：“这就是安阳郡主吧？生得真是漂亮呢！”

也许是做了母亲的缘故，她全身上下的气质极为柔和，向来不愿意被陌生人碰触的楚融竟然没有抵触，歪着头看了她两眼。

秦菁笑笑，弯身指引她道：“这是成渝大公主。”

“什么公主不公主的，马上就是一家人了，反正迟早要改口的，便直接唤我一声皇姑好了！”成渝公主一笑，眼睛弯弯的，脸上表情便随和了几分。

楚融看着她，歪头想着，突然小嘴张得老大，指着她的眼睛惊喜道：“月亮！”

所有人俱是一愣，随后反应过来便是笑开了，这一笑反而把之前的尴尬气氛吹散了。

楚越的王妃是镇国公刘家的嫡女，温婉端庄，见状便从容地走上前来道：“这个丫头真机灵，太子殿下好福气，居然后来居上，得了个这么漂亮聪慧的女儿。”

她与楚越成婚也有三年了，家里妾室出了一儿一女，反倒是她这个正室的肚子一直没有动静。

在场众人都知道她有心结，于是笑得便有些讪讪的。

刘氏说着便要探手去触楚融的头发，小丫头大约很不喜欢她身上这股子幽怨的气息，头一偏侧了开去。

动作不大，刚刚好让刘氏的手落空僵在那里。刘氏一阵尴尬，嘴角抽了抽，脸上便有点发冷。

除了将就她亲娘的脾气，楚融从来就不懂什么叫察言观色，不喜欢就是不喜欢，于是谁也不管，只贴在秦菁身边冷漠地避开。

然后她扭头，蹒跚着步子挪到旁边冲门口的方向招了招手，干巴巴道："团子，来！"

众人的目光都追着这个古怪的娃娃往门外看去，只见黑暗中一道白影飞纵，一团毛茸茸白花花的东西冲着站在大厅当中的娃娃撞了过去。

"呀——"几案后面有人惊叫一声。

眼见着那团东西就要和小小的楚融撞个满怀，却不想那东西反应极为灵活，只在她面前一尺开外就身形一顿，下一刻已经尾巴翘得老高，以异常尊贵的姿态款步走了过去。

站在远处几案后面的少女们逐渐露出又惊又喜的表情，新奇道："呀，这是哪里来的大猫？好快的动作呢。"

"我怎么瞅着那脸不太像猫呢？"有人质疑。

"是啊，还有那尾巴……"

那娃娃却不理这些没见识的皇室贵女，嘴一咧，露出三颗米牙，两只肥肥的爪子一拽，倒拖着绒团儿那毛茸茸的大尾巴就往席后挪去。

尾巴被她一拽，绒团儿马上就蔫儿了，无精打采地死命扒着地毯。所有人都被这娃娃彪悍无礼的举动震在当场，秦菁笑笑，神情略带了几分宠溺和纵容道："不用管她，这丫头是自小被她舅舅惯坏了。"

她知道，日后她们母女要在西楚生活下去，那么在将来很长一段时间之内，身份都会很尴尬，尤其是对重视血统的皇室而言，楚融相对而言会比她还尴尬。

所以她便有意在人前这般宠楚融，让所有人不得不正视这个孩子的存在。

而从祈宁回来的这一路上，楚奕总是有意无意在人前纵容楚融的种种，也是这个意思。

这个孩子是大秦皇帝最宠爱的外甥女，也是得到西楚太子认可和爱护的长女，即使不能将她的身世公布，至少也不允许任何人因为血统而伤害她。

成渝公主目光一闪，有些失神，像是有些明白秦菁的意图，于是笑着出来打圆场："好了好了，都别站着说话了，有什么话都等入席了再说。"

成渝公主过来是受了楚明帝的指派，专门负责这次的宴会，而在场其他女宾也都是大家族出身，即使心思千回百转，场面上还是做得漂漂亮亮热热闹闹的。

酒过三巡，有人微醺，慢慢席间就热闹起来，有人换了桌子谈天，也有人嫌屋里嘈杂三五个聚在一起出去透气。

楚融受不得这种长时间饮宴的气氛，秦菁和成渝公主打了招呼，抱着她出门要送她回去休息。

母女俩出了大厅，刚刚拐进花园，不远处的花圃前头正在谈笑的两个少女就听到动静扭头看来，却是广泰公主。

“见过六嫂嫂！”广泰公主一笑，往前迎了两步。少女容貌清秀，不是特别美，却显得婉约。

也许自幼在宫中不得宠，让她连笑都有些小心翼翼，不是秦宁那种故作柔弱的软糯，而是刻意收敛光芒的谦卑。

秦菁目光在她略显苍白的脸上不动声色地一扫而过，心里闪过一丝异样，但一时没能察觉出什么，也就按下不提。

“广泰公主！”秦菁含笑还礼，“方才在里面成渝公主还问起你呢，怎么在这里？”

“我不胜酒力，出来透透气。”广泰公主腼腆地笑笑，目光一瞥，看到秦菁怀里的楚融，“六嫂嫂你们这就要回去了吗？”

“时候晚了，融丫头该睡了，我正要把她送回去！”秦菁道，同时用眼角的余光扫了眼跟在她身边的蓝衫婢子。

那婢子也就十六七岁的样子，柳叶弯眉樱桃小嘴，脸蛋巴掌大，下巴尖尖，是个美人坯子。

只不过她今日也是一身素净，装束简单，还低垂着脑袋，像是与广泰公主一般不愿引人注意。

其实之前在宴上秦菁就已经注意到广泰身边跟着这么个人，纵使从头到尾都做出谦卑的姿态，秦菁也知道她那仪容举止绝对不会是个婢子这么简单。

只不过这两人自作聪明，她也懒得点破，即便是这会儿，也装聋作哑当看不见。

楚融是真的有些困了，若在平时，她是宁可自己走也不愿意被人抱的，这会儿眼皮打架就什么也顾不得了，红扑扑的小脸埋在秦菁肩窝里，两只爪子拽着她的衣服不自在地扭了扭，迷迷糊糊道：“娘，团子呢？”

绒团儿本来正跟在秦菁脚边，这会儿听见小主子的声音，耳朵一竖就要往上蹿往秦菁怀里去扒楚融。

它往秦菁身上倒不敢太用力，只象征性地往上一弹，爪子一钩，刚好把秦菁挂在腰间的一个香囊给扒了下来。

秦菁拿脚尖踢了它一下，它也知道闯祸，就灰溜溜地耷拉下脑袋。

广泰公主看了一眼缩在秦菁脚边的绒团儿，赞道：“这倒是个识趣儿的。”

“山野之物，到底也是野性难驯！”秦菁一笑置之，接过她递来的香囊，又回头看了眼后面的宴会厅道，“成渝公主和几位王妃都还在呢，我去去就来。”

楚融正是困得紧，听她跟人寒暄便有点不乐意，在她怀里撕扯着动来动去，这一拉扯，力气有点大，正好把秦菁的领口给拉开了一点。

广泰公主目光一瞥，好巧不巧就看到她领口底下若有似无的半排牙印。

秦菁心里暗叹一声糟糕，面上却是不动声色地把怀里的楚融一拢，压下掀起的领口，从容离开。

广泰公主愣了半天，直到秦菁的背影在小径尽头消失不见，她身边的蓝衫婢子才柳眉微蹙，不屑冷哼：“这就是荣安长公主？我还当是什么三头六臂了不得的女人，也就是仗着自己的出身。”她这话说得鄙薄，目光里也跟着带了几分阴冷的怨毒之色。

“芷馨，你这是要害死我吗？”广泰公主猛地回过神来，见她这般口无遮拦，当即吓得花容失色，要去捂她的嘴，见着四下无人才惶惶不安道，“你小点声，是你说只要见她一面，我才冒险带你来的，你可不要生事！”

“我生什么事？同样都是天家公主，你怎么这么小家子气？还不如个外人。”那少女不悦地推开她的手，言语之间对她并无丝毫的尊重之意。

“你——”广泰公主眼圈一红，嗫嚅道，“我只是不想生事罢了。”

那少女讽刺地一声冷哼。

广泰公主咬着唇，却没跟她争执，只是缓和了语气劝道：“你也别不甘心了，婚姻大事靠的都是缘分，现在都已经这样了，你也收收心吧。以你的品貌和家世，什么也不用愁，自然也是安稳康泰，　辈了荣华富贵。”

“好了好了，不说了！”那少女不耐烦道，“我知道你难，今天肯带我来也是冒了很大的风险，我又不是那种不识趣的人。你回去吧，我也先走了，省得一会儿宴会散了，跟那些人挤在一块儿被认出来。”

她这般干脆，广泰公主眉头反而皱得更紧，看着她的背影半晌，才一步三回头地回了偏厅。

秦菁回房去把楚融安置好，又回到席上和众人寒暄了一阵，一直闹腾到临近四更才散了席。

秦菁亲自送了众人出门，成渝公主和广泰公主随她一起留到最后。

待到其他人的轿子相继离开，一直等在稍远处的一辆马车上才下来一个人。

那辆马车秦菁从一开始就注意到了，并不十分华丽，却也不容忽视。她本来心里也正奇怪，这会儿见着那人下来，广泰公主已经忍俊不禁：“我就说呢，今天怎么不见驸马来接皇姐，原来是早就到了！”

“小妮子，就你贫！”成渝公主瞋她一眼，眼眸弯起，却是笑得甜蜜。

那男子走来，也只是常人之姿，但是气度翩翩，整个人看上去明朗而干净。他穿一身素白的居家长袍，隔得远了，秦菁甚至有种错觉——以为是莫如风。等他走近了，她才在心里自嘲地笑：莫如风那般气韵风华，这世上怕是无人能及。

大驸马走来，成渝公主引见双方互相打了招呼，就随他一并上车离开了。

秦菁又送了广泰公主上轿，这才转身回了住处。

进院之后，她便没让人跟，进门也不点灯，直接往桌旁一坐，冲着黑暗中某个空无的方向冷冷说道："有什么话，现在就说吧！"

第十五章　宴无好宴，倾国无爱

黑暗之中，有人声音清浅地笑。

某个刚刚扬言要等三天之后再来、结果去了几个时辰又堂而皇之出现在眼前的人，丝毫不以为耻，从背后将温香软玉的她拥了个满怀。

“怎么知道是我？”

黑暗中，秦菁并不试图回头去寻找他的目光，只是把他压在她肩上的下巴往旁边推了推：“你是有话要说吧？”

院子里灵歌和苏沐等人都不在，除了楚奕，没人能够无声无息地支走他们。

楚奕笑笑，从怀里摸出火折子去点了立在墙角的一盏宫灯，转身回来把秦菁抱到了榻上。

他自己也脱鞋上榻，仍是从背后环了她，把下巴抵在她的肩窝里，声音轻缓地慢慢道：“那会儿我过来的时候，看见广泰和你在花园里，她说什么了？”

他声音有点懒洋洋的，秦菁侧目看他闭着眼的样子似是有些疲惫，就很乖顺地靠在他怀里没动，语带调侃道：“没说什么，就是遇上了，她大约是想带个什么人给我看一眼，也或者是想带个什么人来看看我。”

楚奕听懂了她话中的深意，轻声笑了笑。

秦菁见他不坦白，追问：“你刚刚说广泰公主怎么了？”

“嗯！”楚奕轻声应道，闭着眼，手指穿过她的发丝抖落发间饰物，一边摩挲着她柔软的长发一边慢慢说道，“我母亲和父皇的事，上次你来西楚的时候应该多少也知道了一些。”

“嗯？”秦菁有些意外，因为一直以来关于叶阳敏的那些过去，他和莫如风似乎都是讳莫如深。

“其实也没什么，就是些爱或不爱的陈年旧事。”楚奕语气慵懒而闲适，像是对那段往事并无多少感触的样子，“我母亲是武烈侯府的嫡出大小姐，可是外祖母短寿，生她的时候难产死了，后来外祖父才续娶了现在的夫人江氏，有了叶阳珊和后面其他的孩子。舅舅说，母亲是个慧敏多智却又十分淡泊的女子。外祖父很重视她，在她待字闺中的时候，他们父女两人感情曾十分要好。那时候母亲在府里得宠，威望甚至盖过正室夫人江氏，你知道，世族大户人家无非也就钩心斗角那么点事儿，可是母亲性情冷淡又心比天高，不屑和他们迂回做戏，久而久之和江氏那些人的隔阂也就深了。母亲和父皇初遇，应当是她十五岁及笄那年，有人传言那时候还是太子的父皇在宫宴上对母亲一见倾心，可是母亲从来就不喜欢他。那时候朝中的形势和现在也差不多，先皇年岁高了，各个皇子和藩王都蠢蠢欲动，父皇的太子之位也不甚稳固，外祖父是父皇的拥护者，手上又有兵权，经常和父皇往来谋事。等到当时朝中势力最大的二皇子和驻守东南海域独霸一方的外姓安顺王相继被连根拔起之后，父皇偶然得知，其实外祖父献给他的很多行之有效的破敌之策，都是出自母亲之手。他本来就未能对母亲忘情，于是越发不可收拾，越陷越深。”

西楚方面的史料，秦菁也读过一些，关于当年楚明帝登位前后的事多少有些印象。

别的不提，只就当时盘踞海域的安顺王，西楚东南临海，海岸线长达千里，全部都在他的掌控之下，而且安顺王又是开国功臣的嫡系一脉，在那一带势力十分稳固，更因为他们掌握了全国九成以上的盐务，使得朝廷对其十分忌惮，不敢轻易动他。

据说那时还是太子的楚承岳亲自带暗卫深入虎穴刺杀，拿下了安顺王的人头，然后由他事先安插在安顺王军中各处的内线散播谣言，扰乱军心。

安顺王一死，群龙无首，趁他们分裂内乱，楚太子直接越过朝廷的掌控，私自夺回了那一带盐务的总管职权，掌握在手中，断了安顺王一脉最大的经济来源。

巧妇难为无米之炊，盛极一时的安顺藩终于为五斗米折腰，二十万大军被楚太子强势收编，并且成为后来和二皇子一党较量的最大助力。

谁都没有想到，为霸一方的安顺藩竟会败在他们一直用以胁迫朝廷的盐巴上面。

当时就有人说楚太子诡谲，却原来真正诡谲的只是那个名不见经传的小女子！

“皇贵妃大才，不拘泥于府宅后院之地，她应是个心胸十分豁达开阔的人吧。”秦菁有些唏嘘，想着那女子碌碌一生的结局，心里便多了几分怅惘。

“她可以把江山天下俯瞰在地，却不见得真的能容纳百川，舅舅说她终究不过是一个女子。”楚奕淡然一笑，“父皇想以正妃之礼聘母亲入府，当时大局已定，他的储君之位稳固，一个太子正妃的头衔，将来就是一朝皇后。外祖父虽然偏宠母亲，但在这件事上态度是不言而喻的，他希望母亲入宫，但是母亲的性子是半点不由人。就因为这件事，她和外祖父之间起了嫌隙，一怒之下离家出走，三年之间音讯全无。父皇一直不甘心，登基之后也是中宫之位空悬，一直为她留着，同时暗中派了人天南海北地找她。文武百官不解其意，催促立后的折子递了一拨又一拨，直至三年后，失踪了三年的母亲终于再次有了消息，却是让人送了大婚的帖子给外祖父报喜——她要嫁人，嫁的是岭南首富莫家的三公子莫翟。莫家公子惊才绝艳，名冠天下，为人洒脱不羁，只是生来身子不大好，是个尽人皆知的病秧子。母亲行事从来别具一格，但凡决定的事，谁都没有办法更改。这个消息对父皇而言无异于晴天霹雳，许是心灰意冷、怨愤从生，总之赶在母亲成婚之前，他一纸诏书将叶阳珊迎入宫中推上了中宫之位。叶阳家如愿出了一位皇后，本以为这事儿就这么过去了，谁想世事无常，母亲大婚那天——”楚奕说着，顿了一顿，再开口时语气便有些扼腕，却不知道是遗憾还是烦恼，“莫翟旧疾复发，当堂咳血，死在了喜堂上。”

那女子跋山涉水，走遍天下也抛却天下才寻到归宿，便是在她身披嫁衣满怀希望与期盼的那天突然归于尘土。

灯影明灭间，秦菁睁着眼，仿佛透过眼前的浮光看到那骄傲明艳的女子一身嫁衣悲恸泣血的场面。

她觉得有点冷，缩着身子往楚奕身边蹭了蹭。

“后来呢？”这样的故事太厚重，厚重到如果不是身边伴着另一个人的体温，她都没有勇气再听下去，“皇贵妃为什么会入宫？”

有一种女子便是这样，狠心决绝，既然不爱，便会一直维持这种骄傲，到死也不会妥协。

叶阳敏当初既然可以弃掉皇后之位去做一个一世庸碌的商人妇，那么即使所爱成灰，她那样的人，也断不会主动回头，去那帝王的三宫六院里取一席之地。

“父皇的心思想必你是能够想到的，可是母亲不肯，只是莫翟死的那天，她悲恸过度吐了血，之后又心情郁郁，身子便弱了下去，这样撑了两年，我不知道她后来为什么会答应入宫，总之她还是去了父皇的身边。”楚奕明白她的心思，微微露出一个笑容，慢慢睁开眼看着屋顶道，“不过有一点可以确定，她不爱父皇，自始至终从来不曾爱过，哪怕一丝一毫！”

“是啊！”秦菁感慨着叹了口气，“如果爱，她便不会在生下你之后又那般决然地离开，死生不见。”

陪侍君侧，受尽宠爱，但终究山海阔大，抵不过她心里冰冷的两个字——

不爱！

“说到离开，却也未尝不是件好事！”楚奕道，“其实早在莫翟死去的那一天，她的精神就已经垮了，她会去父皇身边，大约也只是因为生无可恋，而那般强自支撑下去，不过是对莫翟的承诺，因为莫翟临死曾经要求过，让她好好活下去。她那样的人，与其困在一个不爱的男人身边行尸走肉庸碌等死，还不如自由自在的好。只是父皇这一生似乎都没能从母亲的影子下走出来。那一年母亲以难产之名假死脱身，带着我和如风离开，他整个人就消沉下去了，隔绝后宫，不再宣嫔妃侍寝，把所有的心思和精力都放在政务上，成了一个不知人间冷暖的怪物。”

楚越与楚临和楚奕相差都不到一岁，也难怪从那以后，西楚后宫就再没有皇子降生。

楚明帝，一代英武帝王，杀伐决断，一生建立功勋无数，谁能理解他这一生得尽天下所有，却唯独得不到所爱女子的那种心情？

那一日的延庆殿上，他那般落寞的身影，那般凄惶的目光。他彷徨，他迷茫，他恐惧，却——没有恨！作为一个男人，一个帝王，要以怎样坚定不移的爱情支撑，才能不计一切去原谅那女子狠辣无情的欺骗。

秦菁心里微微发苦，撑着胳膊爬起来，去捕捉楚奕的目光。楚奕自房顶把目光移给她，对她露出一抹淡淡的笑容。

其实想来，他这半生夹在双亲的爱恨纠葛间，必定也有很多尴尬和凄凉。

秦菁目光之中闪过一丝动容，俯首下去吻了吻他微微发冷的唇，仍是伏在他胸口和他说话："你怪过你的母亲吗？"

她收敛了锋芒，温顺柔和得像一只乖巧的猫儿。楚奕抚摸着散落在她背上的发丝，神情柔软地笑："我从来就没有怪过她，她这一生实则比谁都苦。那个时候从宫里出来，她的身体已如强弩之末，而我和如风都还很小，如风……如风又是那么个身体状况……"说到莫如风，他语气突然顿了一顿。

秦菁的心脏突然也有一刻的悬空。生而就有的心悸之症，大夫预言，活不过二十岁。现在那个时限已过。

其实这次重回西楚之后，秦菁心里的某个角落一直都盘旋着一缕冰冷的风。不敢去问，也刻意回避不让自己去想起莫如风，因为不想去亲自证实那个可怕的预言。

楚奕并没有停太久，语气很快又恢复平静，开口道："那段时间，她殚精竭虑，一心只想医好如风的病，再加上还要防范追查上来的叶阳珊，就实在没有精力把我们两个都带在身边抚养，后来便让舅舅暗中送走了我。她只活到二十九岁，在我七岁那年就去了，那七年，我只见过她三面，没来得及见她最后一面。"

叶阳敏的忌日是在初冬，秦菁突然记得他们七岁那年发生的事了。

那一年夏天去行宫避暑，她和楚奕初遇，后来皇帝銮驾回宫她没有走，一直和他玩在一起，初冬的时候白夫人说带他回乡省亲，一走就是一个多月，而等他回来，曾经情绪很是低落了一阵，甚至大雪天一个人进了山。

大雪封山，她带着人和白夫人一起翻山越岭去找，最后从深山里一步一步半背半抱地把感染风寒高烧不退的他给拖了出来。

现在才明白，他那段时间的反常是因为亲生母亲离世。

而秦菁不知道的是，也就是那一次，当她用瘦弱的肩膀将他从冰天雪地里带出来的时候，楚奕便将她牢牢刻进了心里。

"我不怨恨她，她也从来不叫我和如风去恨任何人，在这一点上，她当之无愧，的确是个豁达的女子。她从来没有要求我因为她的不爱而去否定我父皇的存在，也尽量说服如风，不让他因为那样的身世去毁了自己平和的心境。在这一点上，我觉得如风很像她，如果是我，定是不会让叶阳珊那样的亲生母亲善终。只是终究——”往事历历，楚奕看似漫不经心，“她的最后七年尽数给了如风，如风心里便一直都有心结，觉得是他抢了我的，亏欠我的。所以虽然他放弃了自己，终于还是自甘卷进这场阴谋诡计中，不遗余力地为我铺路。”

两个人默默相依，彼此都不再说话。

而关于莫如风的事，也都默契地谁也没有再提。

秦菁伏在楚奕胸前，手指随意顺着他袍子上的花纹有一下没一下地点着，等到心情慢慢平复下来才又想起了正事，敛了目光道：“对了，你不是说皇贵妃离宫以后楚皇陛下就不入后宫了吗？那么广泰——”

这样问着，她心里已经有七分明白了广泰公主之所以自幼不得帝宠的原因。

楚奕苦涩一笑：“是，你猜得没错，就是广泰的母妃设计父皇，得了一夜的宠幸而被废弃，后来连带着广泰也不受待见，几乎没有人能够想到父皇在这件事上的坚定和决绝，可他就是这般做了。母亲在时，他都不曾为她放弃三宫六院红粉佳人，却在她离宫以后做了苦行僧，有时候我也觉得看不透他到底在想什么。”

“不曾得到就无所谓失去，也许正是因为曾经得到，失去之后才会更加怀念拥有时的可贵吧。”秦菁心里倒像是有几分明白，撑着身子爬起来，拈了一缕发丝去搔楚奕的眼睫毛，“这么说吧，就譬如你我，如果当初我们从一开始就没有在一起也便罢了，可是现在，如果——”

楚奕脸色瞬时一变，敛眉一抬手掩住她的唇，沉声道：“别说这样的话！”

秦菁一愣，随即笑着拍开他的手：“我只是打个比方，干吗这样小题大做？”

楚奕翻身坐起来，脸色却是少有的庄重，看着她的眼睛，一字一句认真道：“我们跟他们不一样，我们之间没有任何如果，你是我的，自始至终只有这一种结果，不会再有别的。”他目光坚定，带着强势的执念侵入她的眼底，宣誓一般。

秦菁本来想说这不过一句玩笑，但是在他目光的逼视下终究什么也没说出来。

“是啊，本来就没有别的。”她微笑着抬手去抚平他眉心的褶皱，知道他对这个问题敏感，也就不再纠缠，转移了话题道，“对了，我之前想问你来着，却被你给打断了，广泰公主在京中的官家小姐之间是否有和谁十分要好的？”

“怎么？”楚奕警觉起来，递给她一个询问的眼色，却是先回了她问题，“我与她接触不多，但要说到性格，因为从小不得宠，她为人便十分谨慎胆小，轻易不同人往来，尤其是两年前，从父皇给她指的未婚夫婿死后，她受了很多非议，人便更加沉默寡言，所以我来时无意间看她和你站在一起才觉得奇怪。至于她会与什么人交好——她母妃家里也没什么人了，大约是不会有什么要好的姐妹。怎么想起来问这个，可是她与你说了什么？”

胆小懦弱，又不常与人往来的广泰公主突然带了个身份不明的女子前来见她？

这事儿想想，似乎很耐人寻味。

“她倒是没说什么。”秦菁唇角慢慢绽开一个玩味的笑容，重新抬眸看向楚奕道，“不过你还是去帮我查一查吧，我总觉得今晚的事情有些怪异。你大约是离得远了没注意她身边跟着的那个婢女，却不知道是哪家小姐顽皮，跟着她一起混进来了。”

“嗯？这倒是奇了。”楚奕皱眉，眼中闪过一丝困惑。

“小脸蛋，尖下巴，眉毛细长，十五六岁的模样，她一直低着头，我只恍惚看了这么多。”秦菁眼中笑意越发意味深长起来，“我初来乍到，怎么想都不能得罪了这般人物，却也不知道是不是你招惹的。”

他回国三年，如今已经二十有二，却一直没有选妃，想必他朝中那些家有千金的臣子都不会少蹦跶了。

楚奕闻言，先是脸一黑，然后眉毛一挑，坏笑出声：“我为你守身如玉，你不是已经验过了吗？你要是不放心，要不要现在再重新验验？”说着，就已经凑过来，拥着秦菁往榻上一倒，就要动手。

秦菁先是噎了一下，一回神又觉得他反应太快更不对劲，就皱眉挡下他的手：“你知道是谁是吧？”

楚奕迟疑了一下，到底没有敷衍，直视她的眼睛，敛了神色道：“有件事我怕你多心就一直没同你说，其实按照我原来的计划，并不想在这个时候就把你们接过来的，至少也要等叶阳珊和楚越两者去其一，我的地位稍微稳固之后。我回来这三年，一直都有人明示暗示要父皇早日替我选妃，之前很多次他都含糊着给压了下去，直至前几个月，又有人提出要把大学士常文山的孙女配给我，父皇一反常态，让内务府备了所有世家未婚女子的资料给他，说是让几位阁臣去斟酌。我去找过他一次，他的态度却十分坚决，只说我现在这个年纪再不娶亲，朝臣非议，以后很难稳定朝纲，在年前一定要给我定下来。不得已，我只能提前把你们接过来了。”

楚奕和自己的事，别人不知道，楚明帝却是心知肚明的。

秦菁思忖着沉吟道：“所以那一次，你便是将常大学士给得罪狠了吧！”

“那个老顽固，在朝中倚老卖老，本来就不在我的阵营之内。”楚奕不甚在意地扯了扯嘴角，“我一直想不明白的是，这些年他跟父皇之间一直都君臣和睦，父皇明知道我的打算，却还要把常氏的孙女搬出来搅局，到底是安的什么心。他似乎有意让我和常氏反目，这些年我做什么他都不闻不问，当初为了争祈宁的统率权，他明知道我和老七各怀私心，最终没插手，甚至帮我给了老七一个台阶，把他调到北疆去领兵，但是这会儿他主动出手，把个股肱之臣强推到我的对面去了，这有点不合常理。”

和大秦休战以后，楚越曾经也有打算拿回秦楚边境的兵权，但是楚奕不肯将祈宁交到别人手上。

两个人一番较量之后，祈宁守军的控制权终于还是交到了叶阳安手里，而楚越则被楚明帝一纸调令派往北疆镇压蠢蠢欲动的草原人。

这三年楚奕后来居上，在朝中风生水起，楚越在北疆那边巩固的势力也不可小觑。

这样说来，楚明帝似乎也没有就是偏帮着楚奕。

“有什么不合理的，君要臣死，臣不得不死！”秦菁道，态度反而平和不少，“陛下的心思你还是不用猜了，我倒是觉得不等你和那常大学士明刀明枪地较量上，那位常小姐就要先把我给惦记上了。”

说到这件事，楚奕心里总归不太高兴，但他不高兴归不高兴，却觉得秦菁比他更有理由不高兴。

“惦记上你也总比惦记着我好不是？”他咧嘴一笑，过来拉她的手。

秦菁似笑非笑地扯了下嘴角，紧跟着话锋一转正色道：“说了这么多没用的，你去而复返到底是为什么事？”

“哦！”楚奕这才一拍脑门，从袖子里掏出一份折子递给她，“晚上礼部把大婚宴客的名单送到我那儿，这是其中的一部分，你看看。”

秦菁狐疑地接过去展开，一排排名字扫过去，翻到第二页的时候目光骤然定住。

“颜璟轩？”翔阳侯世子颜璟轩？

这个人是目前为止，西楚朝中唯一一个和当年的“白奕”有过正面接触的人。

楚奕是在敌国重臣之家长大的，此事只要一经曝光，就算楚明帝可以护住楚奕，大秦朝中也必定天翻地覆，不仅白氏一族要遭殃，就连秦宣这个皇帝只怕也要备受非议。

“就是他！”楚奕从她手上取回名单扔到一边，神色凝重道，“我暗中做了点手脚，这几年一直把他困在北疆和老七做伴，本来这次的婚宴也是没有准备让他回朝的，但是颜玮最近重病卧床，实在没有理由不准他回去探望，却没想到阴错阳差，竟是他代表翔阳侯府前来观礼的。”

“这几年颜璟轩在北疆？”秦菁微微抽了口气，“这样说来，颜家现在是真的已经完全归楚越所有了？”

楚奕把颜璟轩安排到楚越那里，明摆着就是给二人提供了一个互通款曲的机会。

“横竖因为上回和亲的事，颜家已经和你我成仇，与其让他们藏着掖着伺机给我背后捅刀子，倒不如把他们放在明处。老七和我迟早也要对上，颜家陷进去，到时候也便是省事了。”楚奕道，说着起身整了整袍子，又把那折子揣回袖子里收好，“好了，我来就是和你说这事儿，顺便给你提个醒，毕竟你与颜璟轩也算旧相识，别后面发生什么事没有准备。”

“嗯！”秦菁点头，“我知道了，还有广泰公主的事，记得帮我查。”

“记得！”楚奕笑笑，弯身以指腹蹭了蹭她的脸颊，“我还有事，先走了。”

“去吧！”秦菁回他一个笑容，目送他离开。

次日歇了一天无事，下午时成渝公主递了帖子过来，说是邀请秦菁去她府中小聚，算是略尽地主之谊。

灵歌拿着帖子进来的时候神色十分不安："公主，成渝公主这个时候请您过府，奴婢怎么总觉得有点不对劲。"

大婚仪典就在后天晚上，按理说，但凡有点眼力见的人都不会在这个时候请她的。

秦菁捏着帖子看了眼，似笑非笑："昨晚的接风宴上本宫和成渝公主算是相谈甚欢，她要回请本宫也说得过去。"

成渝公主看着是个心胸坦荡的人，而且之前这么多年她都没有掺和进皇子们的明争暗斗里，这个时候总不至于要前功尽弃，来蹚浑水吧？

"话是这么说，可奴婢觉得明日您还是不要出门的好。"灵歌道，"太子殿下也交代过让您多当心的。"

"算了！"秦菁抬手打断她的话，"躲得了初一躲不过十五，如果真是有人要对我做什么，这一次不成，大婚之后也会再出手。"

"可是……"灵歌还想再劝，秦菁已经放下帖子，提笔写了一封回帖递过去，"这帖子上的印鉴确实是成渝公主的，总不会有错。这封回帖你亲自去送，那么自然就会知道这帖子是不是出自成渝公主之手了。"

"好！"灵歌稍稍安心，领命带着帖子去了。

次日一早，秦菁收拾妥当了，带着灵歌和苏沐等人前往成渝公主那里，赴她的赏花宴。

西楚帝京的路线他们本来并不熟悉，头天晚上苏沐特意找驿馆里当地的仆从问了，然后自己往返一趟，亲自确认无误才放心。

车驾离开驿馆，按照提前定好的路线出发，拐过两条巷子，眼见着就要驶入主街区时却被人拦下。

"颜世子？"苏沐见到那人，吃了一惊。

"是我！"马上的颜璟轩翻身跃下，径自走到秦菁的马车前，朗声道，"公主殿下，他乡遇故交，不下车来和颜某叙叙旧吗？"

楚奕明明跟她说颜璟轩要明日一早才抵京的。

马车里，秦菁蹙了眉头，略一权衡才含笑命人开了车门。

马车前面十步开外的地方，颜璟轩穿一身深青的袍子负手而立，许是这两年在外风吹日晒的缘故，原来偏白的皮肤晒成了好看的蜜色，只是他那神情相较于五年前那个温和高贵的世家公子，却多了些内敛的锋芒。

他不笑，脸上表情平淡却让人心惊。

"颜世子！"秦菁微微一笑，却未有下车的打算，只委婉拒绝，"本宫与世子似乎没有叙旧的必要，而且我现在急着去别处赴约，是不是请您行个方便？"

"抱歉！"颜璟轩纹丝不动地站着，微笑摇头，"您和成渝公主的约会，已经取消了！"

他知道她要去赴成渝公主之约，所以特意守株待兔在这里等她？秦菁目光微微一沉，戒备道："你这是什么意思？"

颜璟轩不语，冷冷一笑，从怀里掏出一封烫金帖甩过去。苏沐接了，转手递给秦菁，秦菁狐疑地一看，却赫然发现这帖子竟然和昨天成渝公主递送给她邀她一同赏花的名帖一模一样。

颜璟轩的耐性似乎不是很好，并不等她开口又催促："怎么样，现在有时间和我谈一谈了吗？"

秦菁手紧了紧，果断下了车。颜璟轩唇角一勾，往旁边的巷子方向做了一个请的动作。

"公主——"灵歌从车上跟下来。

"你们全都留在这里！"秦菁目光一厉，回头喝止将要跟过去的苏沐和灵歌等人，孤身跟着颜璟轩进了巷子。

她也不等颜璟轩开口，冷冷问道："颜世子向京中递交的行程是明日一早抵京，你这个时候出现在这里，不知道算不算欺君之罪呢？"

"算又怎样？不算又怎样？说起欺人的本事，颜某和公主殿下您比起来可是差得远了！"颜璟轩道，止了步子回头。一改方才的平静冷漠之色，此刻眼底居然漫上一层浓厚的恨意，盯着秦菁的眼睛，一字一顿道："方才在南城门外，我已经见过他了！"

见过他？他？楚奕？秦菁面色未变。

颜璟轩这次是真的意外，眉头不由得皱起，冷冷道："难道你就不想就此说点什么？"

"说什么？"秦菁冷蔑地看他一眼，不动声色，"既然是秘密，总有被揭露出来的一天，早一天或是晚一天对我来说都没有区别，只是你想怎么样？总不会是好心过来提醒本宫让我有所防备吧？"

颜璟轩一怔，倒是一时不知如何接茬。

秦菁见他这样便笑了，笑意当中几分冷酷几分嘲讽："本来昨天下午在收到成渝公主的请帖时我还有十分忐忑，但既然你是刚刚才见到他的，我反而放心了！"

"你什么意思？"颜璟轩警觉道，"你早就知道那份请帖有问题？不可能，那……"难道她会自投罗网吗？

"那请帖是你们安排在成渝公主府上的内应从公主府带出来的，毫无破绽是不是？"秦菁接下他的话，自嘲地笑着摇了摇头，"可怪就只怪本宫的人缘太差，今天想要借成渝公主的名义来对本宫下手的人可不止你一个！"

秦菁说着，已于瞬间敛了目光，从袖子里掏出两封帖子啪地摔在颜璟轩脚下。

方才颜璟轩拿出来的帖子她是扔在车上的，此时地上的两封帖子，却是一样的烫金花纹，一样的落款印鉴。

成渝公主居然真的下帖请了她？颜璟轩脸色微变："你早就知道是我？"

"不！世子您太高看本宫了，我只知道这封帖子有问题，却未想到今天在这里等着本宫的人会是颜世子你！"秦菁摇头，款步往旁边挪了两步，避开与他视线正面接触，"那么咱们明人不说暗话，世子既然来了，有什么话，不妨直说。”

颜璟轩看着眼前女子端庄优雅的侧面轮廓，突然觉得他们之间这样的会面很滑稽。

“你我之间，原本应当无话可说的。”颜璟轩冷声说道，眼中笑意十分古怪，“我原本一直以为我妹妹的死是莫如风所为，可是直到今天我才明白，所谓莫如风，不过是一个幌子，真正在幕后主使这一切的根本就另有其人。莫如风，楚奕，还有你，你们根本就是一伙的。”

这件事，是到了今天偶然遇见楚奕他才明白过来的。本来昨天出手算计秦菁的时候，他还带了几分歉疚，直到今时今日才发现自己居然活脱脱像个傻子一样被他们蒙蔽利用。

说话间，他一拳打在旁边的砖墙上，青灰色的砖瓦粉末飞溅而起，扑了两人一身。

颜璟轩手抵着墙壁，声音沙哑地笑了一声，笑过之后又扭头再度看向秦菁，字字泣血地质问：“汐儿当时才只有十四岁，她有什么错？就因为她挡了你们的路，你们就对她下了那样的狠手？”

“颜世子，关于令妹的事，我不想再和你计较是非对错，既然你觉得是我所为，那便当是我做的好了。”秦菁道，随意抬手抖了抖袖子上面的灰，“不过有句话我还是要提醒你，皇权大位之争，从来都是这般残酷。既然你颜家已经主动卷进来了，最好随时做好这样的准备。死人的事，总是难免！”

她语气平和而安静，每一个字都掷地有声，清清楚楚落在对方心上。

颜璟轩心里一怒，狞然道：“你这是在警告我还是威胁我？”

“两者都有！就像你今天当街拦下本宫的车驾，又将本宫逼进这条巷子里翻旧账一样，你敢说这不是胁迫，不是警告？”秦菁与他对视，眼睛里的温度一瞬间降到最低。

两个人四目相对，各有锋芒，激烈对决。

颜璟轩突然一步上前，一把扣住秦菁的手腕，盯着她的眼睛，冷冷道：“说实话，今天出门之前我还犹豫过，到底要不要来，但是现在，我觉得来对了！”

他下手力气极大，即使隔着两层衣袖，秦菁都能感觉到他的指头因为这股大力在她的皮肤上压出了不平整的沟壑。

“你要掳劫我？”秦菁人在他的钳制之下，倒也不见惊慌。

“不可以吗？”颜璟轩反问，紧跟着话锋一转，“这世上，要用来证明他的身世，没有人比荣安公主你更合适的了。跟我走。”

“你要我去给你证明？”秦菁盯着他压在她腕上的手指，阴恻恻地冷笑一声，“我凭什么要为你去做这个证明？”

“你会去！”颜璟轩盯着她的眼睛，信心满满，说着，忽而诡异地露出一个笑容来。

秦菁的一颗心猛地往上提，猛然间意识到了什么，刚刚倒抽一口凉气，却还是迟了。

巷子外面就听灵歌一声惊呼：“小郡主？”

秦菁手一抖，真的是方寸大乱，脸色猛地白了几分。

“走！”颜璟轩这时候倒是很乐意欣赏她的狼狈，拽着她的手腕，强行把她拉出了巷子。

外面灵歌和苏沐等人全都亮了兵刃，严阵以待地盯着前面路口的方向。

那里一行三四十人的样子，被护在中间的一人穿着驿馆里婢女的服饰，是个略有些面善的女子，彼时她也一脸冷肃。怀里，抱着个穿粉蓝裙裾的小人儿。

却不知道他们是对楚融下了药还是直接点了她的睡穴之类，小丫头一动不动，埋首靠在她胸前。

“公主！”灵歌也是吓得脸色都变了，六神无主，仓促地回头来看秦菁。

秦菁死咬着牙关，脸上表情前所未有地冷肃。她也没看颜璟轩，而是盯着那边被人挟持在手的楚融，一个字一个字从牙缝里挤出来：“颜璟轩，你不觉得这一次做得太过分了吗？”

“若不是这样，长公主怎么肯乖乖就范？”颜璟轩道，面上神色也无半分动容，顿了一下，又道，“你放心，小郡主暂时没事，我只是叫人点了她的睡穴，只要你乖乖配合，等她这一觉睡醒，咱们应该可以皆大欢喜了！”

“你！”秦菁真的被他逼出了脾气，恶狠狠地扭头看向他的脸。

颜璟轩目光也落回她面上，带着志在必得的冷酷情绪道：“事不宜迟，咱们走吧！”他松开秦菁的手腕，把她往前推了一步。

“颜璟轩，你马上放了我家公主！”灵歌提着剑，上前一步，挡住去路。

颜璟轩却干脆地迎着她的剑锋，有恃无恐地往外走，一面冷冷道：“想杀我，你们大可以动手！”

灵歌眉心瞬间拧成了疙瘩，脚下却是不由得往后退去。楚融在他的手里，如果杀了他，他的手下也一定会杀了楚融给他陪葬的。

灵歌等人俱都心里气恼，却又完全不能冒这个险，就一步一步纠结着被颜璟轩逼着慢慢后撤。

秦菁此刻心浮气躁，却是受不了这样了。她狠狠闭了下眼，重新睁开时眼底恢复了清明，带了一种决绝的冷酷，沉声命令道：“你们都让开！”

她居然真的要跟着颜璟轩走？

“公主！”灵歌一急。

“让开！”秦菁重复，加重语气厉喝。

苏沐冷着一张脸，果断上前把灵歌拽到一边，其余侍卫也跟着纷纷让路。

颜璟轩唇角勾起一抹薄凉的笑意，继续往前走去。

彼时那婢女已经抱着楚融上了之前留在巷子外面的马车。

颜璟轩把秦菁往马车前面一推，命令：“上车！”

“公主！”后面灵歌又叫了一声。

秦菁咬咬牙，头也不回地上了车。

“长公主殿下果然是聪明人！”颜璟轩满意一笑，紧跟着目光一冷，朝灵歌、苏沐等人抬了抬下巴道，“下了他们的武器！”

他的人围上去，这一次苏沐和灵歌彻底放弃了抵抗，由着他们卸下武器，然后一个不落地被搜出身上携带的用以攻击的小玩意儿。

“把他们的衣服扒下来换上！”颜璟轩吩咐，待到他的人换好了侍卫服，又以眼色示意斜对面那座废宅的侧门，“先把他们留在这里管制起来，回头等入夜了再作打算！”

秦菁这次出来所带的仪仗，加上苏沐和灵歌，总共也不过四十人。

他留下了四个人来看守，剩下的人则换了衣裳，护卫着马车出了巷子。

自打楚融被抱来以后，秦菁就不再试图与颜璟轩对抗，听之任之，看着他安排好一切。

马车上，颜璟轩才又看向了秦菁道：“为了你们大婚的事，这几日城里各处戒严，另外安排车马也不保险，所以还要借殿下您的车驾仪仗用一用。”

秦菁唇角微扬，露出一个似笑非笑的弧度，自始至终再未把视线往他身上移，只是一眨不眨地盯着最里面角落里抱着楚融的婢女。

那婢女虽然躲得远远的，却始终以一个防范的姿势戒备。

秦菁坐在她斜对面桌子的另一侧，扭头看向紧挨在她身边的颜璟轩，讽刺一笑：“颜世子安排下来的这个丫头，应当是个数一数二的高手吧，这样防着本宫，是不是有点小人之心了？”

颜璟轩也不觉得尴尬，淡淡道：“小心驶得万年船，请长公主见谅。”

他的确是对秦菁防备着，虽然此刻她孤身一人又不会武功，但直觉上，他对这个女子一直不敢大意。

“我真能放你的心吗？”秦菁冷嗤一声，伸手取了茶具给自己倒了杯水，“既然已经到了现在这一步，想必你们也不会看着明日大婚举行了。反正这会儿闲着没事，说，你们准备什么时候动手？”

颜璟轩知道她是在套自己的话，只把目光移开去看对面微微晃动的车厢壁。

“既然你不说，那便由我来说吧！”他不答，秦菁也不恼怒，低头喝了口茶，慢慢说道，“事关一国储君的身世，你们要发难，必定要选一个天时地利人和的时机。”

颜璟轩不动不语，似是打定了主意守口如瓶，连目光也没有往这边移。

对面那婢女似乎并不知道其中内幕，虽然极力控制，还是忍不住露出迷茫且压抑的神色来。

秦菁并不管他们的反应，只自顾慢慢说道：“首先有一点你们很清楚，楚皇陛下偏袒这个儿子，私底下你们要告密毫无用处，而如果他要护着楚奕，保不准还会对颜世子你这样的知情人杀人灭口。所以你们要选的时机，最不济也要文武百官在场。从现在算起，今日的早朝已经过了，唯一可行的，就剩下明日早朝和晚间陛下亲临主持的大婚仪式。如果本宫所料不错，你们该是会选在明日早朝先通过一个合适的渠道把折子呈上去，一则试探陛下对于此事的态度，同时也提前给文武百官提个醒，给他们足够的反应时间。如果陛下要核查此事，那么皆大欢喜，你们只要直接把本宫送上金殿，证明楚奕之前的身份即可。而如果陛下有意偏帮于他，那么下一步，到晚上的大婚之前你还有时间再安排别的门路，或是煽动一干老臣联名请奏，或是再利用本宫这里的关系生出些是非，总之一定要把这事儿往大里闹，非得逼得陛下当众给天下人一个交代不可。”

其实以颜璟轩的智慧和他为人臣子对君上的了解，他不会看不明白。

楚明帝对这件事必定是知情的，但是一直以来他都在隐瞒，帮着楚奕隐瞒这件事。

所以要揭发楚奕的身世，就必须把事情往大里闹，选一个让楚明帝都无从遮掩的场合，逼着他不得不去面对、取舍。

秦菁这些话，全部都在点子上。

颜璟轩紧绷着唇角，闭着眼沉声道：“公主殿下，您不觉得今天的话太多了吗？”

“本宫怕自己现在不说些心里话出来，后面就不会有机会说了。”秦菁一笑，微微一叹。

颜璟轩眉心一跳，再度睁开眼睛，神色复杂地看着她。

秦菁并不回避，正面与他相对，继续字字犀利地开口：“其实这一次，你们并不是单纯想要掀开楚奕的老底吧？毕竟楚皇陛下对皇贵妃情深义重，就目前这个状况来看，他就是什么也不计较，就是一心要保这个儿子。你们想要扳倒楚奕，只能从他的身世上做文章，必须彻底否了他的血脉身世，然后以一个别国探子意图祸乱朝纲的罪名将他置之死地！”

只要楚明帝承认楚奕这个儿子，那么即使他再怎么受到朝臣非议，也无损他此时的地位和荣耀。

所以，他们要扳倒他，最好的办法就是釜底抽薪，让他失去这个身份的依托，让楚明帝亲自对他下手！

颜璟轩脸色不知何时已经沉了下来，目光也一改方才的沉稳刚毅，反而晦暗不明阴晴不定。

秦菁继续说道：“你今天无意间洞悉了楚奕的秘密，其实不过是一个契机，即使没有这个契机，有些事都已经在你们的计划之内了。从本宫来西楚的第一天起，你们的计划就已经成形了吧？毕竟本宫自投罗网，给了你们最好的理由发难。本宫是大秦公主，皇帝长姐，说句不自谦的话，应当算是大秦朝中一人之下万人之上。楚奕娶我，如果只是为了一方助力也便罢了，可如果他是另有图谋，勾结我这异国妖女意图颠覆西楚皇朝的江山社稷呢？所以，他不是叶阳皇贵妃的儿子，只是处心积虑混淆皇室血统的骗子。即使他不是白奕，也可以是其他任何一个人。想必在今天早上遇到他之前，你们手里已经人证物证确凿，可以保证天衣无缝，于明日百官面前为他安排一个新身份了吧？”

楚奕是大秦送出来冒充西楚皇子的探子，而她秦菁则是与他里应外合意图颠覆西楚河山的同党。

这样的罪名压下来，楚奕、她，甚至包括楚融和护送她此行前来西楚的一万送嫁禁卫军，全都逃不过人头落地的下场。

楚越！颜璟轩！你们这次当真是好大的手笔！

这些话秦菁说来轻松，却于无形之中揭露了事关整个皇室血统、两国邦交还有眼前上万人生死的惊天秘密。

马车里那随行的婢女早已目瞪口呆，面无血色。

这个时候，在颜璟轩他们的计划正式实施之前，半点风声也不能透。

颜璟轩眼中厉色一显，眼见着她要夺窗而出，刹那间已经闪电出手。

秦菁甚至完全没有看清他出手的动作，只觉眼前一阵劲风掠过，下一刻他的右手已经卡在那婢女的颈间，咔的一声脆响，那女子的头颅已经软软地耷拉在了胸前。

秦菁心头一跳，扑过去就要抢夺楚融。颜璟轩此时已经濒临爆发，亦是伸手去抢，却见秦菁身子扑到一半，动作戛然止住，唇角有诡异莫测的一抹笑容荡开。

颜璟轩心头一惊，想要撤手已经迟了。旁边软榻下面一个轻巧的影子翻滚而出，寒光破空划过眼底，带出一串血珠飞溅。颜璟轩手上一疼，虽未退让，但在动作上还是微微一滞。

就这么一瞬，对一般人而言或许起不了作用，但旋舞的动作何等灵活迅捷，手中凝光刃划出的瞬间，另一只手已经迅速自那婢女怀中把楚融抢了出来，塞给秦菁。

“只是被人点了睡穴，公主放心！”

颜璟轩手背上一条两寸长的伤口，鲜血奔涌，深可见骨。只是他却未想到这软榻底下竟然藏着一个人，微愣片刻，怒声喝道：“来人！”

刚才他闪身过去灭口那婢女的时候，长剑留在了秦菁身边，此时两手空空，试图去拿旋舞的手腕。

那凝光刃小巧，又是旋舞用惯了的，她手腕灵巧一转，以利刃之锋将颜璟轩逼退。

“公子？快停车！”外面押解马车的侍卫已经闻声停了下来。

颜璟轩略心安，然则不等他完全定下来，下一刻就听外面一片闷响，像是破麻袋一类的东西相继从马上坠落的声音。

颜璟轩心惊肉跳，不由得勃然变色，想从窗子查看外面的状况，却又防备着旋舞不敢妄动，一时间进退两难，脸色十分难看。

秦菁把楚融抱在怀里，低头摸了摸女儿的脸，慢慢笑道：“不用看了，我那些侍卫的外袍上都熏了迷药，也都是含了解药才出门的，你的人这会儿应当是药力发作，不会再有人进来听你的差遣了。”

在侍卫的衣服上做手脚？她当真防范得这样滴水不漏？

“好！千算万算，还是我低估了你！”颜璟轩怒极反笑，怅惘地一声叹息。

“骄兵必败，这也是寻常道理。”秦菁道。

说话间，后面尾随而来的灵歌等人上前打开了车门：“公主，您还好吧？”

“还好！你先把融丫头抱着，本宫还要和颜世子说两句话。”秦菁笑笑，转身把楚融递给她，自己却没有下车，仍是稳稳坐在马车里，和颜璟轩对视。

“原来你从一开始就没有中计，从头到尾，只是一个引我上钩的圈套而已。”颜璟轩拿眼角的余光扫了眼外面严防死守的苏沐等人，眼中的戒备越发明显。

“是啊！”秦菁坦白承认，说着也是不无惋惜地摇头一叹，“只可惜本宫千般算计，终究还是低估了世子的谨慎程度。”

她说着，目光一转，看了眼马车外面的宅子：“我原以为你是会直接带我去七皇子府上的，却不承想，你会这般小心谨慎，只把我带到这个地方来。”

颜家虽然久居翔阳，在帝京也有自己的产业。这里的宅子是颜家的私产，尽人皆知，楚越和颜璟轩这次谋划的事情又非同小可，想来里面是不会藏着什么有价值的线索的。

秦菁原意是将计就计，顺藤摸瓜跟着他，没准能发现什么，不承想颜璟轩也是严防死守，凡事留了一手，即使在把握十足将她拿捏住的情况下，也没有得意忘形。

这样想来，双方都遗憾得很。

“废话就不用多说了，”颜璟轩冷笑，“横竖现在风水轮流，我落在你的手里，你要杀人灭口最好就动手，省得和我一样，夜长梦多。”

他手背上的伤口一直不断往外流血，手臂隐隐有些抖。

外面的人都已经换成秦菁的了。

这个时候，他也不试图以卵击石，只占据着那个对他自己还算有利的死角。

背后的位置被婢女的尸首掩着，他要防范的便只是眼前的旋舞。

秦菁也看明白了他的打算，所以也不急着强取，只是冷了目光，神情淡漠地与他对视：“楚越安排的那些人都藏在哪里？你是一定不肯说对吗？”

“不用白费心机了。”颜璟轩冷哼一声，却不见一丝慌乱挫败，目光阴冷地盯着半个身子沐浴在阳光下的秦菁道，“你我之间这个敌对的立场已经不是一朝一夕了，现在我不妨实话跟你说明白，即使没有当初汐儿的仇，到了今天这个局面，我们也是不可能握手言和的。大家各为其主，就必定会有你死我活的一天，今天我技不如人无话可说，你动手吧！”

“你真以为我不敢杀你？”秦菁的目光沉了沉。

“有什么是荣安长公主不敢做的？”颜璟轩反问，“区区一个颜璟轩，莫说陛下未必就会把我的生死放在心上，你要为我安排一个名正言顺的死因又有何难？”

翔阳侯世子，颜氏一脉的继承人。

如果他真的不明不白死在了帝京，那么颜玮手下三十万大军，这一次是不想反也不行了。

先是爱女，再是嫡长子，颜玮那人可是个一点就着的。

秦菁一直都知道颜璟轩那种临危不乱的豪气从何而来，因为他笃定她轻易不敢动他。这个男人可以君子，可以小人，可以对颜汐兄妹情深，同样作为一个政客，也可以无所不用其极。

颜璟轩说得大义凛然掷地有声，说话间谁也没有注意到他的右手已经按在了身边软榻上，运了内力一掌狠狠推了出去。

下一刻砰的一声碎响，黄花梨木所制的矮榻连带着最里面的整面车厢壁都跟着砸了出去。

彼时马车是被人团团围住的，守在后方的人猝不及防，软榻飞出，直接将那一片六七个人全体扑在了地上。

而同时，因为车厢被破坏所带起的冲击力，拉车的马受了惊吓，撒腿往前冲去。

秦菁身子一晃，被旋舞一把拉住，颜璟轩已经纵身跃了下去。

“苏沐！”百忙之中，秦菁厉喝一声，“截住他！”

旋舞护着秦菁从马车上飞身纵下。

颜璟轩落地，却未试图从打出的缺口往巷子外头冲，而是足尖点地，飞身进了旁边的院子里。

苏沐穷追不舍，两人在不远处一间柴房的屋顶上缠斗了两招。

颜璟轩无心恋战，只想脱身，分神之下被苏沐一剑刺在了肩头，却也顾不得寻仇泄恨，转身跃入后面的院子，和苏沐一前一后消失在视线里。

其他人轻功不及两人，落在后面，紧跟着又有七八个人追了过去。

旋舞和秦菁快步折回去，灵歌已经抱着楚融迎上来，把楚融身上穴道拍开，递给秦菁：“公主！”

楚融睡得有些迷糊，似乎没弄清楚眼前的状况，半梦半醒在她怀里蹭了蹭，奶声奶气地问：“这是哪儿呢？”

“街上呢，昨晚娘不是说今天要带您去成渝公主家里玩吗？”秦菁道，把她抱在怀里，揉了揉她的后背。

楚融睡醒了，好奇地转着眼珠子到处看。

灵歌见她盯着远处那辆破马车，赶紧道：“那马车坏了，奴婢马上让人重新备车送过来。”

“嗯！你去安排吧！”秦菁颔首，说着却是目光一敛，朝方才颜璟轩和苏沐消失的方向看去。

旋舞收了凝光刃在腰际藏好，从后面凑上来，一脸凝重：“公主，需不需要奴婢过去看看？”

“嗯？”秦菁回过神来，微笑着摇了摇头，“不用了，苏沐会有分寸。你让他们收拾一下，我们得赶紧过去公主府，再晚就该惹人疑心了。”

“好，奴婢这就去安排！”旋舞点头应下，指挥人把地上摔烂的木板和软榻一并清理干净。

不多时，灵歌带人重新备好了马车送过来。

主仆一行没事人似的上车，扬长而去。

秦菁和成渝公主约定见面是在上午，她这样一耽搁，到的时候就不是太早了。

成渝公主得了消息，亲自带人从里面迎出来，含笑道：“本宫还担心你不认得路，正准备差个人去看看呢。”

“劳大公主费心了，我那几个侍卫也是带着我绕了老远的地方。”秦菁道，一个谎撒得万分自然。

成渝公主脸上带着温和的笑容，弯身去捏了捏楚融的小手，轻声道：“还记得我吗？”

她笑起来的时候，的确非常讨楚融喜欢，楚融虽然没笑，还是大大方方点了点头：“皇姑姑好！”

成渝便很高兴，脸上笑容更深：“真乖！”说完，起身握了握秦菁的手，“走吧，快进去，里头大家都等着了。”

“好！”秦菁颔首。

成渝公主亲自引路，一行人直接去了内院的花园。

成渝公主看上去谦逊柔和，但她的府邸建得一点也不含糊，占地面积庞大，在帝京算是数一数二的大宅子，内里殿宇林立，风格富贵却不奢华。

她是皇室公主，天之骄女，即使低调，也没有必要委屈自己，在人前过那谨小慎微的日子。

她用这座大宅子彰显自己与众不同的身份和品位，也不逾矩，不让皇帝和她的那些兄弟生出别的心思来。

两人穿过拱门，进了内院。院子里的景致很有些特色，花木相应，山水交辉，每一条小径都被景物半遮着，一眼看去，给人一种山重水复无限诗意的感觉。

“大公主这院子倒是别具匠心，雅致得很，不知道出自哪位能工巧匠之手？”两人漫步在小径之上，秦菁有感而发。

“什么能工巧匠？不怕你笑话，这里的一草一木都是子川带人亲手打理的。”成渝公主道，面庞上带着满足骄傲的神情，“他是个闲不住的，早些年总爱天南海北四下里走，遇到什么稀奇的玩意儿就弄回来往院子里移。这园子也是有次他去了南边的水乡回来，突发奇想带人改造出来的，前后折腾了四五年。不过前几年，我生了旭儿之后落了病根，身子不爽利，他也便不再出京，留在家中陪我了。说起来，还是我拖累了他。”

成渝公主的驸马吴子川也是名门出身，祖父曾是天子重臣，一朝学士，他们吴家今日在朝中也十分显赫。

而秦菁之所以知道他，是因为楚奕与她交代朝中形势时提过，如今四皇子楚华的正妃吴氏，正和这位大驸马出自一门。

户部尚书吴敏之是当初吴大学士的长子，承继吴氏家业做了一家之主。

而吴子川是二房嫡子，虽然很有才华见地，却被大房嫡系所不容。

吴子川十六岁就被钦点进士封了官，但在官场之上很不得意，后来成渝公主选婿，他雀屏中选，便弃了官场，领了个驸马都尉的闲职在身逍遥去了。

其实按常理来说，成渝公主的母妃荣妃在宫中算是比较有威望的，而她自己又是楚明帝长女，她的夫婿极有可能要从三公侯爵嫡系子弟里面来选，即使各大世家的嫡长子需要继承家业不能自毁前程，但嫡系兄弟里面也应当有好的，怎么想这大公主驸马的位子会落在一个名不见经传的吴子川身上，都有那么一点儿不可信。

不过他与公主成婚十几年来，夫妻恩爱，琴瑟和鸣，倒是真的，别的不说，只成渝公主提到他时眼中掩饰不住的柔软就可见一斑。

其实无关身份地位，一个女子一生所求，不过这样。

看着成渝公主脸上洋溢的笑容，秦菁也有感而发，跟着露出一个笑容，两人有说有笑地沿着小径往花园深处走去。

那花园的中间地带有一处以鹅卵石铺就的空地，内置石桌石凳，摆了三四席，桌上摆着香茶点心，前来赴宴的客人们三三两两站在花圃边上赏花，或是聚在石桌旁边吃茶谈天。

几位皇子妃，还有广泰公主和几位王府的郡主都在。

眼下不过三月下旬，原还不到牡丹花期，种在院子里的花还没开，吴子川花房里的那些已经姹紫嫣红，娇艳可人。

一大早，成渝公主就命人把花盆抬了出来，吴子川今日有客，在前院招待，只过来打了个招呼就没再露面。

众人在花园里说说笑笑，时间过得也快。正午时分，成渝公主的贴身婢女雪玢含笑过来给众人见礼：“公主，后厨的饭菜都已经准备好了，您看是不是现在就请各位贵客移步过去？”

“嗯。”成渝公主颔首，“饭厅那里今天驸马要用，你去吩咐下去，让他们把饭菜安排在偏厅吧。”

“是！”雪玢应道，福了福转身去厨房传信。

曾氏挽了成渝公主的手笑道：“成渝，今天我们已经厚着脸皮来你府上叨扰了不少，你还要管我们的饭吗？”

“二嫂这话说的，怕是我今天不留您吃饭，回头您倒该说我小气了，好不容易来我府上一趟，还是让你们饿着肚子走的。”成渝公主一笑，嗔怪地看她一眼。

“我倒是听说皇姐府上有一位异域厨子，会做几样不同寻常的小菜，今儿可得给我们这些土包子长长见识。”刘氏也笑。

一群人聊了两句，就相携往花园外面的偏厅方向走去。

秦菁刻意慢走了两步，落在人群的最后头。

灵歌示意旋舞把楚融领着走远一些，凑过去道：“公主，您想问什么？”

“方才我一直在想，她们今天到底要做什么！”秦菁神色之间颇有几分凝重，“前院那边吴子川在招待什么客人？”

灵歌倒是没有想到她会问这个，一时微愣，随即道：“这奴婢倒是没有太在意，只不过之前听府里的婢女提了一句，说是大驸马同科的几位大人前来拜访。怎么，公主觉得这事儿可疑，要不要奴婢现在去查一下？”

“不用了，我现在是草木皆兵，看什么都可疑。也许问题的关键并不在今天的客人身上。”秦菁摇头，自嘲似的笑了笑。

成渝公主会留他们吃饭不稀奇，可这么不凑巧，吴子川那里也有客，这就未免太过巧合了。

灵歌抿抿唇，思忖着没有接话。

秦菁走了两步，想起了什么又话锋一转，正色道：“苏沐那里有什么消息吗？”

“嗯！”灵歌警觉地四下扫了眼，没见到有人跟着，才压低了声音于她耳边道，“按照计划一切顺利，太子殿下方才命人传信过来，请您放心！”

“那就好，颜璟轩那人，这次必须一次除掉，万不能让他和楚越再有碰面的机会。”秦菁颔首，加快了步子往前面追成渝公主一行人，走了两步，却听见人群里有人嗓音尖锐地大呼一声：“小心！”

紧跟着一群女人围拢上去，乱糟糟闹成一片。

秦菁侧目和灵歌对看一眼，然后快走两步跟上去。

当时那一群人刚好行至一处浅水池塘的边上，秦菁挤进去，赫然发现是广泰公主不慎落水。

好在沿岸池水不深，彼时她已经被人拉了上来，裙子上面，膝盖以下的地方正往下滴着水，袖子也湿了一半，大约是落水的时候被岸边石头剐到，手心有一道划痕，慢慢沁出血珠来。

她一身狼狈地站在那里，像是吓坏了，脸色惨白。

旁边一个只有十一二岁的女孩子吓得直哭，拽着成渝公主的袖子惊慌失措地解释：“我……我不是故意的，公主大表姐，我真的不是故意的……”

成渝公主没空理她，忙着招呼婢女脱了外衫给广泰裹住，一边去查看她手上伤口，焦急道：“你没事吧？除了手上的伤，可还有伤到别的地方？”

“没……没事！”广泰公主一个激灵回过神来，人还有些愣愣的。

“快去请大夫。”成渝公主道，一边扭头对其他人道，“本宫先带广泰去厢房换件衣裳，让婢子先引诸位去偏厅入席吧。”

“不……不用了。”广泰公主这才完全清醒过来，拦下她道，“我没事，就是擦伤。皇姐您还是陪着诸位嫂嫂一起先去偏厅吧，让婢女送我过去换件衣服就行。”

今日成渝公主是此间主人，撇开一众客人不顾确实失礼。

成渝公主又将她打量一遍，见她似是真的没事，这才松口：“这样也好，你先去换了衣服，我已经让丫头去请大夫了，回头等着让大夫给你看看伤再过来。”

“好，我知道了！”广泰笑笑，就有婢女上前来搀了她下去。

秦菁看了她不胜虚弱的背影一眼，唇角勾了勾，一抹冷笑一瞬即逝。

她不动声色地侧目给灵歌递了个眼色，灵歌会意，悄然退出人群。

人群里，之前闯祸的庆王府小郡主云霓还在肩膀抽搐地不断抹泪，二皇子妃曾氏是个热心肠的，将她揽在怀里安慰了两句：“没事了没事了，就是个意外，别哭了！”

“我……我真的不是故意的！”云霓郡主毕竟年纪还小，受了惊吓一时很难平复，“我也不知道怎么会……”

“好了好了，广泰又不是个刻薄不晓事的，云霓也别太放在心上，都走吧，再不去，饭菜都该凉了。”成渝公主叹一口气，招呼了大家继续往偏厅去。

曾氏又再握了握云霓的手，和大皇子妃相携离开。云霓站在那里，还是抽搭着略带了几分茫然。

一众人去了偏厅，并没有等广泰公主回来就先开宴了。

菜色不多，但样样精美，尤其那位异域厨子烤的一道羊肉，不知道是用了什么秘料烹制，肉质松嫩鲜美，而且没有一点羊肉本身的膻味，连楚融那个素来忌讳羊肉的小祖宗都大快朵颐了好些，两只爪子油腻腻的。

“旋舞，你带郡主下去洗洗吧！”看她吃得差不多了，秦菁就招呼了旋舞过来。

楚融小肚子圆鼓鼓的，爬起来的时候身子一晃，就在秦菁的袖子底下蹭了一小片油渍。

秦菁也未曾留意，只是自顾和成渝公主说着话，过了会儿成渝公主身边的婢女过来给她倒酒时低声笑道：“小郡主真是调皮，殿下您那袖子脏了呢？”

说着就探手去扯秦菁的袖子，翻过来给她看。

秦菁垂眸一看便笑了：“还真是！你倒是眼尖，要不是你说，本宫这还没看见呢！”

那婢女垂下头，笑得温婉：“奴婢也是不巧刚好瞥见了。”

“是啊，的确是怪不凑巧的！”秦菁轻笑。

那片油渍，明明是压在肘下，她不大幅度抬手根本就看不见。

那婢女闻言，心里一跳，赶紧拿眼角余光扫去，但见秦菁神色如常，只是有些惋惜地反复扯着袖子，才又放下心来。

旁边成渝公主看过来，问："怎么了？"

秦菁抬眸，却是那婢女抢先回道："哦，是荣安公主的衣服上沾了油渍，大约是方才郡主起身时不小心给蹭上去的吧！"

她连这种细节都注意到了？看来是全程眼珠子都盯在自己身上的。

秦菁心里冷笑一声，索性也便不再说话了。

"是衣裳脏了吗？"成渝公主也没多想，提议道，"这油渍沾上了怕是不太好清理，你若不嫌弃，本宫叫人找身衣裳给你换了凑合一下？"

"融丫头顽皮，倒也没什么。"秦菁推脱。

成渝公主闻言，也不强求，复又回头和坐在另一边的四皇子妃吴氏说话。

那婢女见状，眼中飞快闪过一丝焦灼，小声提醒道："公主，您不是说一会儿用完膳还要请客人们去花厅品尝新到的贡茶吗？荣安公主这衣服回头被人瞧见了，似是不太体面的。"

"你瞧我这脑子！"成渝公主一扶额，便再度转向秦菁，笑道，"那你还是去换了吧，妥帖点儿！"

看她的神情，倒真只是一番好意，秦菁就没再推辞，道了谢，起身跟着那婢女离席去内院的厢房换衣服。

那婢女谨小慎微地在前面引路。秦菁一边走着一边漫不经心地打量四下里的景致，随口问道："你叫什么名字？"

"雪玲！"那婢女答道，惜字如金，再不似方才席间那热情机灵的模样。

"雪玲？"秦菁重复一遍，"方才本宫听闻成渝公主身边的另一个大丫头叫雪玢的是吧？这样说来，你也是公主的心腹丫头了？"

"是公主抬爱！"雪玲态度十分谦逊温柔，还是一个字也不多说。

秦菁也不再多问，默不作声地跟着她穿过花园一角，进了后面一座院子。

"这里是府上的客房，请殿下在此稍候片刻，奴婢过去取了衣服就来。"雪玲开了正中一间房门把秦菁让进去，想了想，又把她引到挂在正中墙壁上的几幅墨宝前，"咱们府上摆设的所有字画都出自驸马爷之手，殿下若是感兴趣，不妨鉴赏一二。"

吴子川多才，尤其擅画山水，笔锋遒劲有力，颇为大气。

秦菁对书画文墨也略通一二，被她一指就饶有兴致地往前走了两步，凑过去细看。

雪玲眼中闪过一丝精光，然后悄无声息地转身带上门走了出去。

秦菁目光虽然凝在那画上，却是屏住呼吸，竖起耳朵听着身后的动静，待到房门一关，她便敛了神色捂住口鼻往后退了老远。

同时，房梁上青影一闪，飘下一个人来。

"公主！"灵歌道，目光往那几幅画上一扫，眼中隐隐透了丝阴冷的情绪道，"都处理过了，已经没有关系了！"

秦菁松一口气，脸上表情却不见轻松，直接道："广泰呢？她还没回前面的宴会上。"

"是，她现在人就在旁边的屋子里。"灵歌说着就引秦菁往里屋走去，"公主您先过来看。"

秦菁狐疑地跟着她进了里面的卧房。

一股浓厚的酒味扑面而来，秦菁微微皱眉，抬头就见床榻之上衣衫半敞，满面绯红地仰卧着一个人。

是——

成渝公主的驸马吴子川。他脸色十分不自然，人却睡得很安稳。

"应该是中了媚药，不过我点了他的睡穴，刚才外间那几幅画上也被人动了手脚。"灵歌解释，"广泰公主就在隔壁，应当马上就会发难，我们怎么办？"

她和吴子川共处一室，留在隔壁等着看病的广泰公主就是现成的人证！

秦菁抬手，隔着衣服抚上肩头那里的几个齿印，森然一笑。

"这些人当真无孔不入！"秦菁冷笑。

前天晚上，广泰公主不过偶然瞄见她肩上的齿印，紧跟着就来了这么一招。

回头有人冲进来捉奸拿人，想必这便是"无意间"暴露出来的罪证了。

也难怪她们会迫不及待地选在这个当口下手，因为回头一旦她和楚奕成婚之后，这个所谓证据也就失去意义了。

只有现在，损她名节，闹出丑闻，才有机会破坏掉两国联姻，打击到楚奕。

秦菁可不觉得这会是广泰公主私人的小心思，毕竟要步步精密算计，在成渝公主府里布局，不是她一个不受宠的公主能徒手操控的。

"刚才那个丫头，应该是想办法去引成渝公主她们过来了。"灵歌眼中露出几分焦灼之色，"公主，要不然您先出去？广泰公主就在隔壁……"

秦菁看一眼昏死在床上的吴子川，却是摇头："难得成渝公主和驸马一对有情人，便当我也偶尔行善积德一次吧！"

"那现在怎么办？"灵歌道，"不管怎样，此地不宜久留……"

"太晚了，既然我进了这个院子，他们便不会再给我机会。"秦菁语气里却带了几分戏谑，抬手指了指外面院子大门的方向道，"你信不信，我现在不出去也便罢了，否则也不用等着成渝公主等人被引过来，马上就会有人出声，把声势往死里头闹！"

只要引了人来，即使只是些无足轻重的下人，众口铄金，也足够给她定罪的了。灵歌脸色越发难看。秦菁心里也在飞快思忖，估算着还有时间，就问："吴子川这里具体是怎么回事，药是谁给他下的？"

"这个……"灵歌回忆道，"之前您示意奴婢尾随广泰公主过来，下人请了大夫来给她看诊，她也没用大夫把脉，只处理了手上的伤口，然后推说不是很舒服，让婢女带着去了隔壁房间休息。后来等人都走了，她又悄悄摸回来，在画背面抹了些东西，又挪了回去。奴婢唤了手下精通药理的暗卫李朗前来查验，他说是精炼的依兰花汁，挥发出来有催情功效，我们两个都觉得事情不对，就趁房里无人把画从后窗拿出去风干了。为了防止这里有事，奴婢藏在了梁上等着。然后就在刚刚，您进来之前约莫半盏茶的工夫，一个小厮把驸马扶了进来，当时他已经是这样了。”

“也就是说，吴子川是先被人下了药才扶进来的？”秦菁忖道，随后冷笑，“前面吴子川今天招待的客人里有人和广泰是一伙儿的。”

“啊？”灵歌震了震。

秦菁道：“李朗还在附近吗？”

“在！”灵歌马上点头，“奴婢这就叫他来！”

“嗯！”秦菁继续吩咐，“前面的饭厅里饮宴的客人应当还没有出府，如果本宫所料不错，里面应当会有一个是常家的人，你过去，想办法把他给我弄来。”

“好！”灵歌容不得多问，急忙应下，转身快走两步，推开后窗学了两声鹧鸪叫。

不消片刻，窗外一个短打扮的小厮翻窗进来，先是砰的一声扔了个人在秦菁脚下，然后才单膝点地，跪了下去：“见过公主。”

灵歌看着地上昏迷的锦袍男子，狐疑道：“这是——”

李朗没有看她，只垂首跪在秦菁面前快速说道：“之前太子殿下命属下在暗中防范，刚好看见这个人，就给您带来了，殿下说，您会有用！”

秦菁走上前去，以鞋尖挑起那男人的脸来粗略地扫了眼。

是个二十多岁的英俊男子，面部线条却不似读书人那般柔软，肤色偏黑，即使此时闭着眼，也能看出几分英武不凡的气度来。

“常家的三公子？御林军校尉常海林？”秦菁笑得玩味，心里残存的点点不安也烟消云散。

她没有等李朗回答，只抬手一指旁边床上昏迷的吴子川道：“你看看，他身上的药能马上清了吗？”

“是！”李朗起身，到床边去查看了下吴子川的情况，“一般的媚药，若是吃得不多，拿冷水一泼人也就醒过来一半了，可是他被人下了重药，解法我倒是有，只是现在的情况，一时半会儿却配不出药来。”

吴子川一个大活人在这里，着实不好解释。

秦菁拧眉看了眼倒在旁边的常海林，马上有了主意，道：“你先把大驸马带出去，妥善安置。”

“是，属下明白！”李朗应道，把吴子川扶起来往肩上一扛，仍是翻窗出了屋子。

屋子里，秦菁和灵歌彼此交换了一个心照不宣的眼神。

秦菁斜睨一眼脚边的常海林，道："你知道怎么做！"

"是！"灵歌应声，刚要去提常林海，院子里却是一阵嘈杂的脚步声飞快逼近，里面隐约夹杂着叫雪玲的婢女的声音："公主您慢点，就在这里了。"

这些人的动作，竟然比她预想中的还要快?

秦菁脸色不由得变了变，一把按住灵歌的手，神色凝重道："来不及了！"

她话音未落，隔壁屋里广泰公主已经听到院子里的动静迎了出去，略带几分惊慌地讶然道："皇姐，您怎么来了？"

"刚才有下人说驸马醉酒被送到这里，我来看看。"成渝公主道，心里念着吴子川，也不是很有心思与她寒暄，径自朝正对门口的这间厢房走了过来。

"哎，皇姐！"广泰公主见状，忙脱口叫住她。

"怎么，有事？"成渝公主脚下步子一滞。

"我——"广泰公主目光躲闪，像是有什么难言之隐，欲言又止。

成渝公主心里疑窦丛生，还不及追问，却听到屋子里秦菁怒不可遏一声清喝："你是什么人？"

紧跟着，又是砰的一声脆响，仿佛瓷器碎裂的声音。

作为知情人的雪玲和广泰俱是一愣，随即又心照不宣地各自避开目光。

这动静虽然和她们预期的不太一样，但总归孤男寡女共处一室要被抓个现行的，而至于是两厢情愿还是有人情不自禁单方面动作，这并不重要。

成渝公主被这一声怒喝惊了一下，紧跟着回过神来两步奔上前去，一把推开了房门。

正屋当中的桌子前，灵歌还保持着摔砸的姿势，满面羞恼地站在那里。

她脚下一地碎瓷片，当中软趴趴地倒卧着一个锦袍男子，因为他是整个人趴在地上的，第一眼没有看到脸，却是一脑门的血汩汩往外流，不过片刻，地面上已经积了一摊血。

成渝公主只想着吴子川在这里，一见那人一身血，先是腿一软，再一定神，便认出了那背影不是吴子川，一手扶着旁边门框狠吸一口气又缓了过来。

"这是怎么回事？"定了定神，她从门口挪开，举步迈了进去。

彼时秦菁正满面肃杀之气地站在里间门口，冷着脸不说话。

因为当时雪玲报的是吴子川醉酒，所以其他人便没有掺和，只有一向热心肠的二皇子妃曾氏跟着一起过来了。

几人相继进门。

"啊——血——"广泰公主尖叫一声，一个踉跄连连后退，眼见着有些弱不禁风，想要翻白眼。

"公主小心！"雪玲手疾眼快，一把扶住她。

两人暗地里对看一眼，都从各自眼中看到先是忧虑后又自得的光影闪烁。

没能捉奸在床固然可惜，但现在荣安公主的婢女打杀了成渝公主的驸马，这照样是一笔需要好好清算的糊涂账。

屋子里，灵歌被广泰公主这一声尖叫惊醒，眼圈一红，赌气似的跪在了地上，愤怒道："公主，您要为奴婢做主啊，奴婢跟在您身边这么多年，还不曾受过这样的欺辱，这个人——这个登徒子——他——"灵歌说着，便是泣不成声，拿了袖子擦泪。

秦菁也是冷着脸，显然怒到极致。

"这怎么会？"成渝公主震了震。

"奴婢也想问问公主殿下这是怎么回事，这里是您的府邸，奴婢方才陪着我家殿下来换衣裳，刚进门，这个人就摸进来从后面抱住了我，还动手动脚的，还说……还说……"灵歌悲愤说道，话到一半，又羞窘地哭了起来。

成渝公主面上表情极为难看。

"看这人的穿着，却不像是府里的下人啊！"曾氏道，狐疑地走上前去抬脚拨了拨那人的脸，当即倒抽一口凉气，不可思议道，"这、这不是常家的三公子吗？"

成渝公主等人勃然变色，躲在门边的广泰公主蓦然一惊，脸上血色瞬间褪得干干净净。

"这……居然真是常家三公子？"成渝公主快走两步上前，看到常海林满头满脸的血，顿时打了个寒战，"张嬷嬷，快！先把他搬到旁边的椅子上，拿点金疮药把血止住。"

"这人……这人我不认识他，是他要轻薄我，我才顺手抄起桌上的花瓶打了他。"灵歌也有点恐慌，说着又嘤嘤哭泣起来。

"这人难道还是朝中哪位大人的家眷吗？"秦菁却是半点面子也不给的，面容冷酷道，"我的婢女受了委屈，不能就这么算了，如果这人一时半会儿醒不了，那就叫他家里能做主的人来吧！"

曾氏和成渝公主互相对看一眼。

常海林伤成这样，就算秦菁不同意，她们也得马上去叫常家的人来。

"来人，去常大学士府上，请蒋氏过来！"成渝公主略一思忖，就下了命令。

蒋氏是常文山的儿媳，常海林的生母，也是常芷馨的亲哥哥。

"是！"雪玢答应了一声，扭头跑出去了。

那边灵歌急得直哭，一边抹着眼泪一边解释："公主，我真的不是故意的，这人摸进来就口出妄言，他是不是……是不是把我当成别的什么人了啊？"

广泰公主闻言，抓着门框的手指已经掐得指关节微微发白。

"你不要血口喷人，这里是公主府！"雪玲不满地斥责。

成渝公主却是把灵歌的话听进去了，抿着唇默默权衡思索：这里是内宅，无缘无故常海林出现在这里，本就奇怪。

既然广泰公主自不量力，今天秦菁本来就没准备给她留面子，当即冷然向她看过去道：

“当时除了本宫，这个院子里好像就只有广泰公主了吧？”

广泰公主本来正在失神，闻言愕然抬起眼睛，满脸惊恐委屈，看着秦菁道：“六嫂嫂，你……你怎么能这样说？”

说着，眼眶就先红了，看上去当真柔弱无辜。

“西楚这里，本宫初来乍到，我的婢女这两天也都待在驿馆里，今天才是头次出门，我们是肯定不认识这个人的。”秦菁看着她。

广泰公主咬着嘴唇，一副泫然欲泣的模样，干脆不再辩驳。

曾氏于心不忍，便往她面前挡了半步，打圆场道：“事情还没查清楚呢，应该只是误会！”

成渝公主半天没说话，一直拧眉沉思。

她虽然不很了解秦菁的为人，但是两次接触下来能感觉到，秦菁不是这样刻薄并会随意攻击弱女子的人。而且常海林出现在这里，这件事本身存在的疑点就很大。

秦菁其实一直拿眼角余光注意着她的表情，见她起了疑心，缓和了语气道：“常家的人一时半会儿应该还来不了，公主不妨去询问驸马一声，或许……”她说着，顿了一下，意有所指地看了眼那边歪在椅子上昏迷不醒的常海林，“这人难道是驸马今天宴请的客人之一？”

成渝公主闻言，脑中混乱了半天，像是被雷电劈开一道光亮，有所顿悟。

是了，雪玲说吴子川醉酒才把她叫来这里的，可是这里根本就没有吴子川的影子，反而是秦菁的丫头在屋子里闹出了凶案？

如果是别的事，她或许还不会反应得这么快，但是平白无故把吴子川扯进来，她就再不能熟视无睹了。

这其中一定是隐藏了什么，否则秦菁不会是这么讳莫如深的表情。

成渝公主不由得打了个寒战，目光瞬间清明一片。

她霍地扭头，朝身边的雪玲看去，雪玲果然心虚地目光一闪。

吴子川!

成渝公主有些心慌，掐了掐手心让自己冷静，一面冲秦菁点头道：“好！今天这事情是发生在我府上的，不管事实的真相到底怎样，我都会给个明白的交代的！你们稍等，本宫先去见一见驸马，怠慢之处，荣安你不要见怪。”说完，她也等不得秦菁表态，转身冷冷地看了雪玲一眼道：“走！”

雪玲心下一骇，知道这八成要坏事，但也没办法，只能抱着最后的一丝侥幸，跟着她往外走。秦菁看着她的背影，再度发声：“公主，如果您觉得此事棘手，不妨请皇后娘娘前来做主！”她要指证的是广泰公主，要审讯或者处置广泰，成渝公主这个长姐可是不够资格和身份的。

成渝公主走到院子里，脚步一顿却没有回头，继续快步离开。

成渝公主人一走，这院子里的气氛就陷入了诡异又冷肃的沉寂当中。

曾氏也隐隐觉出了哪里不对，可是说不上来。

广泰公主苍白着一张脸，靠在门边，目光含怨带嗔地看着秦菁，咬牙道："六嫂嫂，我与你无冤无仇，刚刚你为什么要说那样的话？"

秦菁目光坦然地与她对视，却是连虚伪的场面话都懒得迂回，直接反驳："到底是不是无冤无仇，你自己最清楚！"说完，回头去屋子里找了张椅子坐下，然后便不再理她了。

广泰公主用力握着门框，掐得指甲里都是木屑。虽然她不信秦菁有通天之能，在这人生地不熟的西楚帝京之内就能料事如神，不仅洞悉了她们设的局，还这么快做出了反应。可是秦菁方才那句话，分明就是在告诉她，秦菁什么都知道了。

第十六章　嫉妒成狂，一场闹剧

秦菁静坐不动。

广泰公主咬着牙站在门边。

曾氏想了想，也默默进屋找了张椅子坐下。

大家都不再说话，就这么枯坐等着，一直过了一个多时辰，院子外面才传来一阵嘈杂的脚步声和吵嚷声。

广泰公主心头莫名颤了颤，手指更加用力抠着门框，却没有让自己回头去看。

曾氏熬得够呛，暗暗吐出一口气，抬头往外张望，不多时外面浩浩荡荡地走进来一大群人。

以太子楚奕和良妃为首，成渝公主冷着脸陪在旁边，后面还有之前在偏厅饮宴的一众客人，再就是互相依偎着、面上神情却明显紧张又困惑的常夫人蒋氏以及常家小姐常芷馨。

“这……怎么这么多人？太子殿下也来了？”曾氏大为意外。

成渝公主不是去找大驸马说话了吗？没想到一去这么久，回来还带了这么一大串儿的人！

“见过太子殿下、良妃娘娘。”曾氏反应过来，连忙行礼。

成渝公主面无表情地走过来，一边跨过门槛一边冷冷道：“太子殿下是本宫叫人请来的，事关大秦的荣安长公主，她是未来的太子妃，本宫不好随便说话，就请太子殿下过来了。”

成渝公主一直都是个很温婉平和的人，这会儿突然就叫人觉得很不适应。

而在她走进院子的时候，秦菁已经注意到，她身边那个叫雪玲的婢女没有跟着了。

不动声色地微微一笑，秦菁抖了抖裙子站起来。

“太子殿下！”她先和楚奕打了招呼，然后转向良妃，面上露出一个略显深刻的笑容，

"良妃娘娘？怎么皇后娘娘没来？"

良妃先是为了她这轻狂桀骜的语气心里一怒，脸色瞬间沉了几分，同时心里又觉得有点不对滋味，略一警觉，凉凉道："皇后娘娘今儿个身子不适，本宫代她过来的。"

"是吗？"秦菁笑笑，很有点意味不明的意思。

"林儿！"这时候，跟在后面茫然四顾着走进来的蒋氏突然发出一声凄厉的哀号，然后仓皇地扑过去，跪在了安置常海林的椅子边上，凄声叫嚷，"林儿？林儿你这是怎么了？你醒醒！醒醒啊！"

常芷馨见状，也是勃然变色，就要跑过去，却不想刚跑了两步正好一脚踩在地上不及收拾的那摊血水里面。

她一个娇生惯养的千金小姐，几时经历过这个？那一瞬间只觉得脚下的液体透过鞋底染到了身上，浑身长了毛一样难受，当即低呼一声，一步跳开了。

这边蒋氏叫不醒儿子，眼中凶意暴涨，霍地扭头质问道："到底是谁伤了我的儿子？到底是哪个杀千刀的做的？给我站出来！"没有人说话。

常芷馨也是一腔怒火，愤恨地回头看向广泰公主道："公主，到底是谁把我哥哥伤成这个样子的？"

广泰公主暗暗咬牙，也没有作声。

就在母女两个茫然又悲痛的时候，这屋子里的气氛瞬间又再僵持下来，一片肃杀。

良妃心里难受，定了定神，不悦地看向成渝公主："成渝，这里是你的府邸，常三公子无缘无故伤在这里，你总要给个解释的。还有，你兴师动众叫人进宫去请皇后娘娘过来，到底所为何事？"

语气严厉，其中不乏施压逼迫之意。

成渝公主做事一向都大方得体，十分稳妥周到，但是今天在这里，她的脸色和神情却是比其他任何人都要阴郁森凉。

她已经回房见过吴子川了，吴子川人还没醒，但是李朗已经一五一十把前因后果都和她交代清楚了。

成渝公主不会蠢到对秦菁这个只见了两面的外人无条件相信，可是今天这场赏花宴是四皇子妃吴氏巧舌如簧撺掇她办的。

然后广泰落水，秦菁被怂恿过来更衣，再到吴子川被下药和常海林出现……

虽然她拷问雪玲，雪玲没有招供，但是这种种迹象综合起来，已经形成了严丝合缝一张巨大的网，让她想要装糊涂都不能。

何况现在良妃出现了！

如果秦菁和吴子川真的被堵在这里，她和楚奕的婚事必定告吹，因为西楚的皇室丢不起这个人，而一旦楚奕失去了大秦方面的助力，那么背后得意的会是谁？吴氏？良妃？楚华？

至于广泰公主和常海林这些人又是怎么和他们搭上线的，这就不是成渝公主现在想要关心和计较的事了。

成渝公主面目冰冷，不说话。

楚奕漫不经心地甩着腰间一枚玉佩，款步进去找了张椅子坐下，淡淡道："有什么事就快说吧，一会儿本宫还要进宫和父皇商量一些事情。"

攥着拳头低头站在那里的常芷馨听了他的声音，鼓足了勇气一步上前，跪在他面前，愤然道："我哥哥无缘无故伤在这里，生死未卜，请太子殿下替我们做主！"

楚奕神色淡淡地瞄了她一眼，最后目光落在成渝公主面上，还是那么个不温不火的脾气道："皇姐？"

成渝公主抬起眼睛看他。

她不确定要不要把秦菁卷进来，毕竟在吴子川的事情上她还是感激秦菁的，不想恩将仇报给对方惹麻烦，但如果要她举证，她又实在摸不到广泰公主和良妃这些人切实的把柄和脉络，一个不慎，就会被反咬一口。

秦菁见她如此，也不打算为难她，稍稍正色道："是本宫请成渝公主帮忙去请的皇后娘娘，我有话要说！"

良妃过来的时候还是满心激动的，以为这边的事情成了，可是进了院子，发现事情完全不是她想的那么回事，此刻已经纳闷半天了。

她也走过去，找了张椅子坐下去，不悦地冷嗤一声："荣安长公主这话说得真是轻巧，皇后娘娘总管后宫，每日里忙都忙翻了，你却是托大，说请就请？你当娘娘是什么人了？"

秦菁并不理会她话里的挖苦之意，只是四两拨千斤地继续温和笑道："那没办法，毕竟今天这里的这件事，以良妃娘娘你的身份，可做不了主！"

四皇子妃吴氏一怒，厉喝道："荣安公主，母妃她是长辈，你这样出言不逊，实在太过分了，难道这就是你们秦人的修养和规矩吗？"

"本宫的修养如何，就不需要皇子妃你来指教了！"秦菁看都没看她一眼，敛了目光看向一直站在门边的广泰公主道："既然良妃娘娘不避讳，那本宫就直说了，本宫怀疑广泰公主和常家公子行为不检，在此处私会！"

曾氏看一眼广泰公主柔弱无助的样子，立刻紧张地脱口道："荣安公主，话先别说这么满，保不准就是个误会，广泰她也是个可怜人……"

常芷馨却是怒了，愤然抬头看向了她，大声道："你血口喷人，诬蔑我哥哥！"

这事儿良妃也是意外，拧眉看向了成渝公主。

不想成渝公主居然也没有打圆场，反而深吸一口气，公事公办地开口道："广泰和常家公子今日都是我府上的客人，这是事实，但两个人莫名其妙同时出现在院子的厢房里，也是事实。"

这时候，众人早就已经满含审视地打量广泰公主了。

广泰公主咬着嘴唇，居然很意外地没有露出慌乱的情绪来。她慢慢抬起眼睛，脸色依旧苍白，眉眼细细，看上去十分柔弱的模样，口齿清晰平静地反问道：“当时出现在这院子里的并不只有我和常家公子，何况和常家公子同处一室的又不是我。六嫂嫂，如果同时出现在这个院子里就要受到怀疑和非议，那么你的事又要怎么说？”

秦菁笑笑，逼视她的面孔，也是同样慢条斯理道：“当时这人刚摸进屋子就从后面抱住了本宫的侍婢心肝宝贝地喊，可见他和要找的人已经不是第一次约见了。本宫初来乍到，和他素不相识，相形之下，公主你的嫌疑不是更大吗？”

“我只是在隔壁的屋子里休息！”广泰公主道。

“是吗？”秦菁咄咄逼人，却是打定了主意不肯放过她，“因为意外落水受伤？如果你真的不舒服，那为什么拒绝让成渝公主派过来的大夫诊脉？而且……”她说着一顿，目光之中更多几分冷厉，一字一顿道，“广泰公主你真的确定你落水是个意外？”

她是一心相逼，广泰公主突然又不说话了。

云霓郡主本来还正委屈呢，闻言下意识扁扁嘴道：“我真的没有碰到公主表姐，当时我只是走在她后面……”小姑娘声音很小，委屈得眼圈都红了。

不过就是广泰公主意外落水湿了衣裳，当时众人没当回事，此时深究起来也难免跟着起疑了。

广泰公主这个时候一反常态，出奇地冷静。她丝毫也不在乎众人的打量，慢慢道：“我也没说过是云霓推我下水的啊，当时就是有人推了我一把，我回头的时候刚好看到她在后面。”

这些细枝末节的东西，追究起来有意思吗？却不料秦菁所要的，恰恰就是她这一句话。秦菁闻言，眸子里的笑意突然一深。

广泰公主下意识警觉，还没想明白她这古怪一笑的含义，却见那女子明艳的眉眼间突然平添一抹冷色，道：“所以，齐国公家的那位二公子当年也是这么糊里糊涂没了的，对吗？”

齐国公家的嫡次子，便是两年前楚明帝指给广泰公主的未婚夫婿，因为醉酒落湖而死的那一位。

所有人都听得一头雾水，常芷馨的身子似乎不易察觉地微微晃了晃。

“这都哪儿跟哪儿啊？”曾氏不解地皱眉。

秦菁道：“上回见了面之后，本宫对广泰公主很好奇，就问了一些有关她的事。而且本宫还曾请人去京兆府帮忙调出了当年的卷宗查阅，说齐国公府二少爷是在得了陛下赐婚的半月以后，和一众同僚在京中心月湖的湖心亭饮酒，出来时因为醉酒落水的，当日与他同行的官员和世家子弟足有二十三人之多，那么多人当中，若是有人推他一把，应当也会如今天广泰公主一样，直接盖棺论定了吧？”

怎么会有这样的事？众人齐齐一惊！

“你没有证据，所以不要诬蔑我！”广泰公主慢慢说道，语气还是超乎寻常地冷静。

“是啊，我没有证据！”秦菁笑笑，略带几分惋惜地侧目看向常海林道，“因为当初和你一起做这件事的常三公子，现在也开不了口说话了。”

当初那件事，常芷馨也是知情人。

这一刻，看着广泰公主一反常态的冷静模样，她心里一阵惊慌，突然想，常海林今天会在这里出事真的是意外吗？

那边的蒋氏却恼羞成怒，站起来，脸色涨得通红，冲着秦菁大声道：“我们常家和你无冤无仇的，你不要在这里血口喷人！”

秦菁也不理她，自袖子里掏出一份名单走过去递给楚奕，道：“这份名单，是从京兆府誊写下来的当初和齐国公府二公子一起饮宴的人员名单，其中就包括常家三公子，还有几位刚好今天来府上拜会大驸马的客人。麻烦殿下出面，让衙门的人挨个问问，人多眼杂，本宫相信天网恢恢，既然有人作了恶，总会露出马脚的。”

“嗯！”楚奕点头，随手把那名单交给一个侍卫道，“事关常大学士和齐国公府两家的清白与和气，还是应该弄个清楚明白的。你马上送去京兆府，让邱府尹查吧，然后去前面把几位名单里在列的客人一并请去，省得邱大人还要挨个去他们府上传唤了。”

当时在场的二十多个人，的确有可能百密一疏。

常芷馨紧张得一颗心都要提到嗓子眼了。

广泰公主却知道，秦菁今天绝对不会给她脱身的机会：这女人居然会细心到去查两年前和她有关的旧案，那就更不可能放过她身上存在的其他漏洞和线索，而她……

真的没办法把自己的身边围成铁板一块。

这时候，她倒是无所谓了，勾了勾唇角，挑衅一般扬眉道：“你怀疑是常三公子行凶？可就算事后查出来是常三公子害得赵拓身死，那又和本宫有什么关系？”

“公主！”常芷馨突然失控，暴怒地尖声嘶吼出来，话一出口，便是面色一白，察觉失态，声音戛然而止。

她是真的心虚，但蒋氏是真的愤怒，恶狠狠地盯着广泰公主道：“没凭没据的，你们不要胡说八道！我儿子不会做那种事，而且他也没理由那么做！”

“要理由吗？”秦菁仍是气定神闲地微笑，目光始终锁定在广泰公主脸上，“本宫不是个不讲道理的人，为免误伤，本宫听闻广泰公主这段时间身子抱恙，但大约是惧着宫里陛下和娘娘们忧心，便没有宣太医，而是让贴身婢女秋荣出宫去了城西一间老字号的小药铺广和堂，从那里的葛掌柜手里抓药来吃的。这两个人，我已经叫人去请了，回头当面问问？”

广泰公主终于忍不住身子晃了晃，眼底浮现一抹厉色。

旁边良妃听得糊涂，不耐烦道："这都是什么乱七八糟的？"

秦菁也不理她，而是转向了成渝公主道："我看广泰公主的脸色不好，之前她拒绝诊脉，讳疾忌医这可不是什么好事。麻烦公主让人把大夫再叫过来，顺便也给常公子看看？"

"好！"成渝公主点头，侧目给张嬷嬷使了个眼色。张嬷嬷屈膝一福，快步走了出去。

大夫来得很快，进门就要行礼："见过——"

"大夫！你快过来看看我儿子！"蒋氏心疼儿子，直接过去一把拽了他去给常海林看诊。

大夫把脉又查看了一遍常海林的伤势，就是眉头紧蹙。

"大夫，我儿子怎么样了？他几时能醒？"蒋氏紧张地问道。

大夫一脸难色，叹了口气，还是实话实说："常夫人节哀，三公子伤在了脑袋上，有些严重，看他这个样子，后面能不能醒来……实在不好说了！"

"啊……"蒋氏哀号一声，随后脚下一个趔趄，按着太阳穴往地上栽去。

"母亲！"常芷馨吓坏了，赶紧过去扶她。

有婢女过去帮她把蒋氏扶到椅子上坐下，握着蒋氏的手嘤嘤低泣："母亲、母亲你醒醒，你别吓我！"

"看来他还真是不能开口说话了！"秦菁也不管，只是遗憾地叹了口气，然后下一刻，重新收回目光，看向了广泰公主，"大夫，广泰公主身子不适，麻烦你给她也看看吧。"

"是！"大夫并未多想，提了药箱过去，恭敬拱手，"公主殿下，请移步这边坐！"

成渝公主目光一动，张嬷嬷点头，立刻就要过去扶她的手，广泰公主却是移步往旁边避开了。

"不用麻烦了，我知道你想听什么，我都说给你听就是了。"横竖是到了这一步，她深吸一口气，抬头对上秦菁的视线，面无表情道，"没错，我的确是刚刚小产拿了一个孩子，孩子就是常校尉的，而且这也已经不是第一个了。"此言一出，又是石破天惊。

在场的都是有身份的女眷，一个个将名声闺誉看得比什么都重，每个人都像被雷劈了似的，脸上表情精彩万分。广泰公主却很轻松，像是在陈述一件完全与己无关的小事。她看着秦菁，语带嘲讽："你不就是想知道这个？对，我就是和常海林有染，他在宫里当差，出入宫门很方便。至于赵拓，也的确是我们两个合谋弄死的，这样的答案，你满意了吗？"

"广泰……"这个广泰公主，一直都是那么谨小慎微的性子，即使她亲口承认，曾氏也觉得像是做梦，不可思议地张了张嘴，神色复杂。

广泰公主唇角弯起一抹冰凉的笑意，看向了楚奕道："杀人偿命，即使我是皇女，也免不了这一遭，你看看还需要带我去父皇面前，再把这件事陈述一遍吗？"

她眼中笑意盎然，分明就是示威的。

知道内情的人都能想到，以她的能力，根本就设计不了今天成渝公主府里的这个局，可是现在，她自己认栽了，就是故意不肯咬出良妃和常芷馨这些人。

她要留着这些人，这些人都恨不得将楚奕除之而后快，她乐见其成。

当初要不是因为叶阳敏，她和她的母妃怎么会落到如今这个下场？本来大位之争的事，和她这种人有什么关系？可是她恨叶阳敏，更恨这个半路杀出来却能享受无限荣光的楚奕。

这一刻，她是在笑着，眼底那种深刻的恨意，却是掩也掩不住的。

楚奕唇角噙着一丝雍容平和的笑，挥挥手："也送去京兆府，要怎么处置，等本宫禀报父皇之后再说。"

"是！殿下！"有侍卫进来。

广泰公主很配合，也不等他们碰，主动转身往外走。

常芷馨一直假装陪伴蒋氏，却是紧张地盯着她。

常海林和广泰公主是她牵的线，谋杀赵拓的事她也有参与筹谋，现在她怕极了广泰公主走投无路之下会拉她垫背。

其实她那惶恐又心虚的模样广泰公主一直都有注意，不过这个没脑子的女人，她也懒得计较而已。

侍卫押着广泰公主出了院子。

成渝公主盯着她的背影，半晌，突然提裙子追了出去："等一等！"

四个侍卫齐齐止步，见她从院子里出来，就很识趣地暂时避开了。

成渝公主一步步走到广泰公主面前站定，拧眉看着她的眼睛，咬牙道："你要陷害荣安？那随便找什么人不行，还能省去其中许多周折，为什么……"

"为什么我要选吴子川？"广泰公主早知如此地凉凉一笑，那笑容一改平时懦弱谦卑的模样，反而让她的容颜看起来添了几分艳丽之色。她兀自笑得欢快，认真地看着成渝公主的眼睛道："谁说我要暗算荣安长公主了？我和她又无冤无仇。"

成渝公主一怔，就见她眼底突然漫上一片疯狂的狠厉之色，面孔也狰狞起来，咬牙切齿道："皇姐，你和我，我们都是父皇的女儿，你凭什么……你的幸福很刺眼你知道吗？我就是要毁了吴子川，毁了你这风平浪静的一生！"

"你——"成渝公主真的被她刺激到了，忍无可忍地抬手给了她一巴掌，"你简直就是个疯子，丧心病狂！"

"哈——"广泰公主挨了打，却是放肆地仰天大笑起来，一直笑到泪花四溅，喃喃道，"生在皇室之家那个吃人的地狱里，谁人不是疯子？真正不正常的是皇姐你这种人才对！"

一看这边都动起手来了，几个侍卫唯恐出事，赶紧过来把广泰公主架着走了。

广泰公主被带走了，屋子里接下来是很长时间的沉默。

楚奕一直坐在椅子上没有动，秦菁知道，他在等，等下一轮更大的风暴袭来，好一并把眼前的战场冲刷干净，所以她也不急，安然坐在那里陪着他一起等。

黄昏光线黯淡，在众人脸上洒下模糊不清的阴影。

约莫一刻钟之后，良妃才忍不住道："事情不是都查清楚了吗？那我们……"广泰公主最终没有供出她来，她却一直缓到这会儿才完全冷静了下来。

话音未落，就见院外一个侍卫急匆匆地冲进来，满头大汗地跪下给楚奕磕头道："殿下，出事了！"

所有人俱是心神一凛，齐齐循声看去。

"什么事？"楚奕长眉一挑。

"一个时辰以前，北疆有紧急战报入京，信使在宫门外等候传召时被刺客所杀，战报被劫。"那侍卫道，用力抹了把鼻尖上的汗，"宫里今日齐国公当值，派了人去查，说是、说是牵扯了一些人，须得拿了拷问，这会儿他已经带人过来了！"

齐国公的人？怎么这么巧会是齐国公的人？他来这里拿什么人？

北疆的战事正是吃紧，那边的要紧战报被劫，牵扯进去的人必定会被以谋逆之罪论处！

一时之间，整个屋子里人心惶惶。

楚奕闻言，模棱两可地唔了一声，下一刻，还不等那侍卫爬起来，院外已经冲进一队御林军来，齐国公长子赵岩带队火速将整个院子围困。

"太子殿下！"赵岩单膝点地。

"免了吧！"楚奕颔首，起身往门口走去，"听说北疆的战报被劫，找回来了吗？"

"是！"赵岩道，"刺客已经伏诛，似乎和翔阳颜家有些关系，陛下命我父亲彻查，因为是在宫里出事，所以这里有人牵扯在内，微臣必须马上提了人回去审问。"言罢他一挥手，声音冷肃道，"奉陛下旨意，将纪良妃拿下，天牢候审！"

良妃一惊，还没反应过来，外面已经有两个御林军侍卫冲进来，按住她的肩膀把她往外面拖。

"你们这些狗奴才，谁准你们动本宫的？你们放肆！"良妃花容失色，大声叫嚣。

赵岩面容冷肃，完全不为所动。

四皇子妃吴氏也吓得白了脸，连忙上前，尽量和气道："赵大人，母妃只是一介女流，会不会是有什么误会？"

赵岩冷冷顶回去："微臣只是奉旨拿人，别的一概不管！"

然后他站起来，冲楚奕一拱手道："殿下，刚才的事冒犯您和各位了，请您恕罪。不过传陛下口谕，请您马上进宫一趟。"

"你随意。"楚奕说道，语气淡淡，"本宫随后就到。"

"是，微臣告退！"赵岩也不多言，一挥手，又和来的时候一样，带着人雷厉风行地快速消失。

楚奕于是转向秦菁道："今日诸事，让你见笑了，本宫顺便送你回去？"

“多谢太子殿下！”秦菁也不拒绝，叫人去把在别的院子睡着了的楚融抱来，由楚奕陪着先出了公主府。

他们一走，其他人也都赶紧散了。

楚奕亲自送秦菁母女回了驿馆，又简单交代了两句话就赶着进宫了。

彼时，楚明帝已经把几位阁臣和皇子全部召到了御书房，每个人脸上都是凝重之色。

楚奕进门的第一眼就先看到被白绫裹住，只露出一张脸的颜璟轩的尸首。

目光略略一瞥，他就自然而然地错开眼，朝着案后的楚明帝拜下：“儿臣见过父皇。”

“平身吧！”楚明帝单手撑着头，靠在身后太师椅里头闭目养神，闻言也没睁眼，疲惫道，“赐座吧。”

张惠廷带人搬了把椅子放在他右首边下面第一位的地方，楚奕谢了恩，撩起袍角坐下去。

所有人都不说话，楚奕盯着颜璟轩的尸首片刻，不解道：“这颜世子是——”

楚明帝淡淡抬眸往下面看了眼，脸上却没什么情绪，抬手指了指楚越道：“颜璟轩是你的下属，老七，还是你来说吧。”

“是，父皇！”楚越心里苦涩一笑，起身又施了一礼，这才正色道，“中午那会儿八百里加急有北疆的密报递送进京，来使正在南安门外等候父皇传召，却被一伙突然冒出来的刺客击杀，军报被抢。御林军围困上去，断了刺客的退路，其他人都已伏诛，只有那领头的刺客被伤，走投无路之下趁乱躲入宫中。后来赵岩奉命搜宫拿人，在纪良妃宫中乱箭射杀一人，正是颜世子。”

楚越这话说得十分艺术，他不说颜璟轩就是那所谓刺客，也不说赵岩胡乱杀人，只取了个折中的说法，不偏不倚，把事情陈述清楚。

“哦！”楚奕淡淡应了声，然后就没了后话。

半晌，大理寺主审江元忍不住接口道：“陛下，当时众目睽睽，遗失的战报就是从颜璟轩的尸身上搜出来的，这是不争的事实。所谓铁证如山，而且颜璟轩事先也并未得您的传召入宫，他会在这个时间出现，还怀揣战报，如果说是巧合，怕是没有办法自圆其说的。”

有人开了头，楚明帝也终于重新打起精神，稍稍坐直了身子，给了楚奕一个眼色道：“老六，这件事你是如何看的？”

“所谓死无对证，而且此事关乎军中机密，实在是不可以妄断的。”楚奕说着倒略有几分赞同地瞥了江元一眼，思忖着再开口，“不过儿臣记得，礼部那里呈送给儿臣的明日宴客名单，颜世子这个时候似乎是不该出现在帝京的，怎么他提前到了，儿臣那里也没有得到消息？”

楚越垂眸站着，心里忍不住冷笑。

“这颜世子的行踪，的确是太奇怪了。”常文山点头附和，一边观察着楚明帝的脸色一边试探道，“陛下是不是派人去翔阳侯府查问一二？许是翔阳侯那里会有什么线索也不一定。”

言下之意便是要棒打落水狗，把翔阳侯也牵扯进来。

楚明帝面色不改，不见端倪。

自从当初颜汐的事情之后，翔阳侯颜家的存在就变得有些棘手了，不是楚明帝不想取缔他们手里的兵权，而是颜氏在翔阳的根基稳固，不好撼动，所以他才听取楚奕的意见，对颜家用以怀柔政策，一方面安抚颜玮，一方面重用颜璟轩，将他调派到楚越手下领兵，并且授以实权。

他的原意是，将颜璟轩调离翔阳，毕竟颜玮年纪大了身体又不好，没有颜璟轩在他身边，回头等他百年之后，朝廷要将他手里那部分兵权收回来会容易很多。

可谁想今时今日，颜璟轩竟然骤然死在这里，还牵扯进一宗窃取军中机密的大案里头。

颜璟轩是颜玮唯一的嫡子，得知他的死讯，哪怕朝廷不追究，颜玮必反。

楚明帝沉默不语，他这一沉默，楚越却是懂了他的心思，慎重地开口道：“父皇，颜世子在儿臣麾下，这几年与儿臣驻守北疆，战功颇丰，有目共睹。今日之事，说他盗取北疆战报，儿臣就第一个不信，而且又没有得他亲口供认，是不是应该再查一查？”

“现在是死无对证，七殿下还想怎么查？”常文山冷笑一声，反唇相讥，“难道人赃并获，还不足以让殿下信服吗？还是因为颜世子是殿下部属，您便要偏私枉法为他开脱？”

“本王不过就事论事！”楚越针锋相对，目光又带了几分冷凝，“颜璟轩戍边抗敌，对朝廷有功，此事暂时死无对证，如果贸然定罪，怕是会寒了北疆将士的心。”

“皇上——”常文山还想再辩，楚奕却是起身一揖，开口道：“儿臣也觉得老七说得在理，在拿到确凿的人证物证之前，不能贸然给颜世子定罪。何况翔阳侯的年岁也大了，怕是经不起丧子之痛的打击，父皇体恤他，就暂时先不要把这件事的风声散出去，等到查明实证，再做定夺可好？”

常文山这一介文臣，真是站着说话不腰疼。就算翔阳侯造反，到时候需要平乱和上阵杀敌的又不是他。

“殿下！”常文山却没想到楚奕今天会和楚越一个鼻孔出气，意外之余，人都愣住了。

楚明帝早被吵得不耐烦了，挥挥手道：“就依太子所言，这件事马上着手查证……”

他目光落在楚奕身上。

“父皇！”楚奕忙道，“儿臣大婚在即，而且这段时间刚好还有刑部的几个大案要查，难以分身。”

和翔阳侯颜家有关的事，可是烫手山芋，一个处理不当，就容易给自己惹麻烦的。

楚明帝犹豫了一下，还不等他开口，四皇子楚华已经接口道：“父皇，这大小是件案子，六弟大婚在即，的确不该去沾这晦气，可是这件事又牵扯到颜世子，七弟插手也不合适。老八眼见着也长成了，您倒不如借这个机会，让他历练历练，还是让他去查吧。”

大皇子和二皇子，等到楚奕的大婚仪式一完就要返回封地，而现在良妃牵扯在案，楚华也不能沾手。

平时朝议，楚临就是个混人头吃闲饭的，怎么也没想到这么大一件差事会落到他头上，顿时惊了一跳，猛地抬头：“父……”

刚要推脱，楚明帝已经赶苍蝇似的挥挥手：“行了行了，就这么定了，老八去查！今天就先都散了吧！”他起身，绕过屏风去了后殿。其他人也陆续离开。

楚临目瞪口呆，木头一样杵了半天。他哪里会办什么差事啊？想了想，赶紧提了袍子去追江元了。

楚越站在门口的台阶上，似笑非笑地看着他的背影，等到后面楚奕出来，偏头过去冷涩一笑：“六哥你真是好手段啊，臣弟离京不过两年有余，父皇的整个皇宫都已经尽在你的掌握之中了。”

颜璟轩是去拿秦菁的，最后却惊天动地死在了宫里？这事情是谁做的，不是一目了然吗？

“职务之便，有时候难免。”楚奕也不避讳他，毫不自谦地说道，然后缓缓笑了，目不斜视地从容下了台阶，跟着众人的脚步往宫门的方向行去。

此时，安静了整天的凤寰宫里也终于有了点不同寻常的动静。

因为颜璟轩是楚越的人，所以他出事的时候，叶阳皇后并没有过分关注，只问了两句也就作罢，这会儿等到古嬷嬷把广泰公主和常海林私通并且谋杀了齐国公嫡子的消息带回来，叶阳皇后却是忍无可忍地勃然大怒，一巴掌拍在了桌子上，怒骂道：“这两个混账东西！”

她是后宫之主，在她的眼皮子底下出了这样的事，明摆着往她脸上扇巴掌。

但这还不是最重要的，重要的是这事情牵扯到了常家！

“娘娘息怒！”古嬷嬷吓得腿一软，直接跪下了。

“你让本宫怎么息怒？那母女两个当真一路货色！秽乱宫廷？她们不要脸，本宫还替她们丢人呢！”叶阳皇后怒不可遏地狠狠咬牙，胸口起伏了半天才顺过气来，寒声道，“皇上那里已经知道了？”

“是！”古嬷嬷大气不敢出。

“那他是什么反应？”

“暂时还不知道。”古嬷嬷迟疑了一下，小声道，“不过这会儿，齐国公的夫人已经闹到宫门口了，刚好皇上那边和几位皇子以及大臣议事完毕，大家出宫的时候都撞见了。”

这回叶阳皇后没说话，是当真半分脾气也没有了。

古嬷嬷却是心里发抖，忧虑道：“娘娘，常大学士可是您的人里头如今在陛下身边最能说上话的，现在是他家的嫡系子弟牵扯进这样的事情里，陛下势必要迁怒的，万一他失宠于君前，娘娘您对前朝的控制力度可是要大打折扣。而且是现在这么个关键的时候，在大局未定之前出了这样的事，的确不是个好兆头啊。”

常文山为人古板尖刻，看似最是刚正不阿，谁又能想到，他会是叶阳皇后的人？

叶阳皇后抿唇不语，眸色阴沉。

古嬷嬷又继续说道：“娘娘，陛下最倚重的阁臣，自那杜阁老告老以后，朝中就只剩下两位了。若在别的时候也便罢了，眼下这个当口，常大学士万不能有事的。”

“是啊，怎么就赶在眼下这个当口出了这样的事？”叶阳皇后思忖着长长呼出一口气，却不知道有没有把古嬷嬷的话听进去。

“娘娘？”古嬷嬷见她神情古怪，又试着开口。

叶阳皇后抬手打断她的话，又沉默片刻，慢慢坐回了椅子上，沉吟道：“古嬷嬷，你有没有觉得皇上是知道了什么？”

楚明帝对常文山一直都很礼让尊重，古嬷嬷想了好一会儿，突然一个激灵，猛地瞪大了眼：“娘娘您是说之前指婚常小姐的事？”

“是啊！”叶阳皇后道，唇边笑容带了讥诮，“之前我倒也还没觉得什么，只当老六看不上常家小姐只是个巧合，可是自从荣安来了西楚，我便越发觉得这事儿似乎很有些蹊跷，你说如果皇上他早就知道老六对常家没那个意思，会怎么样？”

古嬷嬷听得心惊肉跳：“娘娘您是说，陛下他有可能故意借由此事让太子和常家成仇？”

“你别忘了，当年派出去追杀姐姐和那个孩子的四批杀手，可都是常文山替本宫安排的。”叶阳皇后冷笑一声，眼中突然有寒芒闪过。

“不能吧！”古嬷嬷一个哆嗦，忙道，“常大学士不是没有分寸的人，而且事情也过去那么久了，怎么会查到咱们身上？再者，陛下他要是知道，以他对那位娘娘的用心，应当早就对常大学士下手，又哪里会绕这么大一个弯子，还给常家小姐赐婚？”

“正如你所说，这么多年过去了，皇上也老了啊，备不住这个时候他已经不想自己动手了，所以就把机会留给太子了呢？”叶阳皇后叹息一声，讽刺道，“更何况世上没有不透风的墙，起初不知道有他们存在也便罢了，咱们的皇上是什么人，只要他想查，就总会有蛛丝马迹露出来。”

“可是——”古嬷嬷心里颤了颤，“如果陛下是因为这个而对常家起了嫌隙，那岂不是相当于正式对娘娘您操刀了吗？”

“你以为他会放过我吗？”叶阳皇后目光一转，语气森然，“只就当初姐姐和那孩子的事我对他知情不举的时候，怕是他已经巴不得将我生吞活剥了。不过常文山若是真的被他查出来了也好，背地里斗了二十几年了，本宫也实在是倦了，既然迟早有这么一日，早几天晚几天也没什么区别。”

“可是娘娘，那边的消息还没……”古嬷嬷神色凝重。

“嘘——”叶阳皇后笑了笑，竖起一指冲她晃了晃，灯影下眼色明灭不定，“古嬷嬷你记着，这件事不能让任何人知道，即使如眼下只有你我二人的情况下，也休要说出来。”

这是她反戈一击的最后筹码，半点闪失也容不得，所以更是一点风声都不能透。

次日，西楚太子殿下娶亲，整个帝京张灯结彩，所有主街道都装点一新，丝毫没有被接踵而至的两件大案影响到。

喜宴设在宫中，午后宫里派了轿子前来驿馆接秦菁母女进宫。

秦菁的娘家不在这里，为表隆重，楚明帝自然不能让她从驿馆出门，正好荣妃主动请命帮忙打点，他就点头允了。

因为成渝公主的事，荣妃心存感激，故而十分尽心，请了最好的嬷嬷过来替秦菁梳妆，前后来回倒腾了差不多两个时辰才打点妥当。

秦菁一身嫁衣如火坐于镜前，连楚融都换了一身同样鲜亮的红色衣裳，被成渝公主牵着小手从旁边的偏殿领进来。

进门的时候，小丫头还是自发自觉就要去爬门槛，惹得一众宫女忍俊不禁。

旋舞怕她脏了衣裳，忙过去把人抱进来，于是小丫头有些不乐意，嫌弃地从她怀里滑下来，头一歪跑过去，扑在了秦菁膝上。

成渝公主怕她弄皱了秦菁的衣裳，又把她往后扯了扯，笑问道：“安阳看看，你娘亲今天漂亮吗？”

楚融仰着头，一双眼睛璀璨耀眼，在秦菁脸上看了又看，却是不知道在想什么，半天没说话。

秦菁抬手摸了摸她的头发，声音温和地轻轻问道：“融融今天怎么了，不高兴吗？”

楚融闻言，终于有了动静，眨巴了两下眼睛。

秦菁一身红装，夺目而绚烂，映在这样浓烈的色彩里，像是一个华美无边的梦境。

楚融觉得，在她的印象里，从不曾见过自己的母亲这般明亮耀眼。

脑海中有迷迷蒙蒙的梦境在起伏，隐约想起谁说过的一句话。

她目光闪了闪，然后走过去，小心翼翼地爬到秦菁的膝头，一搂她的脖子。

秦菁一愣，就听那软糯清甜的童音如拂过耳畔的风，一个字一个字，清晰而甜美：“娘今天笑的时候最好看！”

秦菁怔了怔，一时没太明白这孩子是什么意思，但转念一想，一个孩子的话实在犯不着费心琢磨，于是也眼眸弯起，跟着笑了：“我的融融今天也好看！”

一片炫目的红艳中，母女两人相拥而坐，等待不同寻常的时刻到来。

虽然同是皇家喜事，但娶媳妇和嫁女儿的规矩还是大有不同的。夜幕初降，宫中就奏起礼乐，正式忙碌起来。

暂时把楚融交给成渝公主带着，秦菁一路被有经验的姑姑们扶着走了无数过场，等到最后当着楚明帝和叶阳皇后的面行完大礼，已经初更过半。

叶阳皇后保持着矜持的笑容，按照规矩给她嘱咐了几句话，就将太子妃的印鉴递给楚奕，由楚奕亲自交到秦菁手上。

秦菁伸手去接。

一步之遥，终于尘埃落定。

楚奕就势轻轻捏了下她袖子底下的手指，那一下微微用力，带了些微疼痛的感觉。

秦菁垂下眼去，两人携手于万众瞩目之下一路从大殿走了出去。

一会儿的晚宴楚奕要出席，秦菁暂时还是去荣妃那里休息等他。

楚奕牵着她的手将她送到殿外，临出门时，秦菁终于忍不住扫了眼灯影辉煌里坐在楚明帝身边的端庄女子。

楚奕敏锐地察觉到，回过头来微微一笑："不必介怀，对我和我母亲而言，那个位置上坐的是什么人并不重要，重要的是，我身边站着的是你！"

秦菁相信他这一句话是真的，因为她记得，在数年以前，莫如风也曾当着楚明帝的面说过类似的话。

他说："我不需要证明她是谁，至于陛下口中的阿敏到底是谁也和我没有关系，我的母亲就是那个人，仅此而已！"

对于叶阳敏，楚奕和莫如风都带着一样的心，无关乎楚明帝身边坐着的是什么人，他们心中认定的母亲都是那个人，她就在那里，无从更改。

只是即使楚奕不说，秦菁还是为他生出一点淡淡的遗憾来。

那女子一生短暂，如昙花过往，肆意活着，却终究无缘和自己爱着的人白头偕老。

她教会她的儿子们如何去爱，却未能亲手养育他们长大成人，看着他们娶妻生子。

"我知道！"秦菁回握他的手，回他一个坦然的笑容，"你进去吧，别喝太多。"

"知道了。"楚奕眨眨眼，笑意之中飞快闪过三分狡黠，"我有经验，不会耽误晚上的正事。"

秦菁脸上的笑容僵了僵，随即飞快垂下眼睛掩饰："我先过去荣妃那里了。"

楚奕站在原地，看着她落荒而逃的背影会心一笑，然后敛了目光，转身重新拾级而上，往灯火通明的大殿走去。

夜二更，宫中喜宴酒过三巡，楚奕得百官亲送出宫，心满意足地携带妻女回府。

他的府邸建在皇城东南方向，说是从他刚回西楚不久就选中了那块地方，一直在修建打点。

他在帝京这三年也没住楚风以前的府邸，而是由楚明帝在前朝那边给他安排的一处偏殿暂居。

这边的府邸到年前婚事定下来之后才算是做完最后一道工序，正式落成，他人倒还没搬进去住过，这便算是和秦菁母女一起正式落户了。

红毯从宫门一路铺展到太子府邸的大门外，花轿落地，又是一大堆的繁文缛节，跨火盆，过马鞍，几步路折腾了小半天的工夫。

不过好在大礼已经在宫里行完了，门口的这套仪式一完，楚奕就打发了众人下去领赏，连楚融那边他也打了眼色，让灵歌想办法抱走了。

门口的轿子被抬开，孤零零的只剩下穿着大红喜服的夫妻两个。

“你在这宅子里头藏了什么？”秦菁偏过头去看了楚奕一眼，也不急着往里走。

“能藏什么？我只是想把你藏进去而已。”楚奕一笑，见着周围人都散了个干净，也就不再耽搁，牵着她的手绕过眼前汉白玉的照壁闪身跑了进去。

秦菁猝不及防被他拽了个踉跄，低呼一声，忙一手抓了裙子快步跟上。

一片宽大的照壁后面别有洞天，现出精致玲珑的院落山水，一草一木极其陌生又极为熟悉。

这座府邸，居然是完全按照他们在云都那座府邸的格局扩建的。

奇草异树，假山怪石，东南角一处水榭蜿蜒，水面上遍植睡莲，此时正是开放的季节，碧绿粉红的一片铺在波光潋滟的水面上，月色之下清新而纯美。

楚奕快活得仿佛还是那些年里神采奕奕的少年，牵着秦菁的手在乱花山石间轻车熟路地穿梭，走过四季的院落，将春夏秋冬错失的景致一一踩在脚底——

重温，回味。

最后，两人气喘吁吁地停在了睡莲池上，额头抵着额头，默然微笑。恍惚还是当年，他们也置身于同样的山水景致当中，以同样的姿势依偎着，这般耳鬓厮磨，软语呢喃。

“喜欢吗？”楚奕轻声问。

阔别三年，一样的格局，雷同的景致，他将漪澜小筑扩建数倍，搬来了西楚的帝京。他从回来的那一日就开始筹谋，为的就是有朝一日，再把他们错失的那一段光阴续上。

“如果我说不喜欢，你是不是就要拆了再给我重新建一座新的？”秦菁闭着眼并不去看他，眼角眉梢都揉着一层满足的笑意轻轻荡开。

“是！”楚奕半点也不含糊，“只要你喜欢，我就找最好的工匠，照你心里的意思再重新打造一座你真正想要的。”

“不怕那些御史弹劾你？”

“由他们去说，不过我会等到父皇百年之后，拆了那座占地百顷富丽堂皇的皇宫大殿，然后和你一直住在你喜欢的宅子里。”

这人啊，还是小气记仇的。秦菁忍俊不禁，双手环在他腰上轻轻地摇了摇头："我跟你说着玩的，没有什么比这座宅子更好了，我们就在这里，重新开始！"

"秦菁，这是我欠你的。"楚奕突然睁开眼，双手捧着她的脸，目光认真而诚挚，"我们今天不是重新开始，而是把过去续上，那些有你的记忆，我一天都不愿意抛开。不要怪我，原谅我不在你和融融身边的这三年，我会用余生所有来补偿，只要你在我身边。"

新的开始就意味着放弃过去，可过去的那些记忆，不管是美丽还是残忍，只要有她，那便都值得铭记。

所以，在他与她的世界里，不需要任何崭新的开始和未来，所有的一切都是从她的轨迹里出发，一步一步走出来的。

关于三年前那一幕的决绝，重逢以后，他们彼此也都默契地不曾再提。这却是第一次，楚奕就当年那事对她道歉。秦菁心中百感交集，面上却是粲然一笑："我没怪过你，融融也不会！"

可是那一夜，站在祈宁的城楼听苏晋阳述说那段如烟往事的时候，那些血流成河、血光冲天的片段，还是重重撞击在了她的心上——嘶哑疼痛。

不是怪他，只是——痛恨自己！毕竟那是她前世耗尽毕生心力守候着的大秦王朝，那一生她孤身一人一无所有，只有那座风雨飘摇的王朝，才是她存活于世的全部寄托。

即使到了最后，在她失去不能再有的时候，看着自己先祖打下的基业，繁荣昌盛了八百余年的铁血王朝一夕坍塌，对她而言，都是遗憾。

她觉得楚奕懂她，也甚至会想，他最后那反戈一击的惨烈，或许真的和政治无关，只是冲冠一怒之下的疯狂之举。

曾经有一段时间，她真的很想问问他，为什么，楚奕你为什么？到底是为什么要破了我守护一生的那座秦氏王朝，可那毕竟是上辈子的陈年旧事了。这一辈子的楚奕，给不了她想要的答案。

但也庆幸，他给她的是一方崭新的天地，一种全新的命运。这一世，没有前世的血光和惨烈，那些凡尘过往，不过繁华一梦，陨落了即可消散。什么都比不得他现在拥着她的臂膀，这般有力而温暖。

秦菁笑着，主动贴了唇过去想要吻他。楚奕目光明亮一闪，随即飞快偏头让了让，哑声笑道："在外头呢！"秦菁面上一红，这才反应过来。

楚奕揽了她的肩，一起款步回房。

彼时正对着房门的大红喜床上，穿着一身红艳艳的衣裳，梳一对羊角小辫子的某丫头端端正正坐着，怀里抱了床上两只龙凤枕头的一只，甩着两条小肥腿左右观光。

见到楚奕从门口进来，楚融立刻一拍床板，声音清脆："爹爹！过来睡！"神情语气，十分理所应当。

红光满面的西楚太子被她小手一拍，差点两腿一软跪下去。洞房花烛夜，一家三口同榻而眠，人生圆满啊！

西楚太子和大秦荣安长公主喜结连理，楚明帝十分重视，降旨全国上下免征赋税三年，百姓和乐，欢天喜地。因为秦菁的娘家不在这里，三朝回门的礼仪就省了。

是日，宫里设家宴，太子殿下携太子妃进宫给明帝谢恩。

楚奕早起上朝，然后又回来接了秦菁母女一起进宫。

这日家宴，没有外人，只几位皇子和皇子妃，加上后宫几位有位分的妃子。

楚明帝已有二十余年不曾扩充后宫，他的妃子还都是当年生育皇子皇女获得封赏的那几位，如今健在的只剩下大皇子的母妃张氏，二皇子的母妃赵氏，再就是荣妃和卢妃。

而其实这样算来，倒还是没有野心的大皇子和二皇子命要好些，母妃安康，儿女双全，上天对他们似乎格外眷顾。

临近中午，几位皇子各自携家眷进宫。

楚明帝下朝之后，先去御书房处理了几份要紧的公函，也早早赶了过来，姿态随意地半靠在几案后面的榻上闭目养神。

因为是新妇过门之后的第一次家宴，正式开宴之前又走了个过场，由楚奕带着秦菁逐一认了人。

除了当年的叶阳敏以外，楚明帝对他后宫的任何女人都不偏私，再加上他这几位妃子都是宫里的老人了，几十年荣辱浮沉，让她们将世事看得通透，几个人都恭谨守礼，进退有度，完全不似当年大秦后宫那般斤斤计较，诡计连天。

几位长辈都很和气，并且很周到地准备了见面礼赠予秦菁母女。

这种场合，楚融明显兴致不高，却很乖巧地扯着秦菁的一角袖口随在她身边。

前后走了一圈之后，一家三口才在皇子席位那边的第一桌坐下。

楚融自觉主动地挤到两人中间，占了整张几案最中心的位置。

秦菁借转身给她整理衣服的间隙，瞄了眼楚明帝左侧下首一直空着的位子，狐疑道：“怎么卢妃真的病了吗？”

起初宫里传出消息，说是卢妃生病，七皇子楚越进宫侍疾，秦菁也只当她是为了替楚越挡常家和齐国公府之间的麻烦官司，但是楚奕大婚那天早上，楚明帝已经明确下旨，把事情交代给楚临了，她再这样继续“病”下去，好像也没什么意义。

“似乎是真的病了。”楚奕道，端起桌上茶盏抿了口茶，“她那里这几日一直声称有病闭门不出，听说太医院的太医都连着往她宫里跑。老七与他母妃素来母子情深，除了必要的公文须得及时处理之外，大多数时间都和刘氏一起在他母妃宫中侍疾。你没见老七的眼底都是一层乌青吗？八成倒是真的了。”

“是吗？”秦菁心里微微诧异，不好肆无忌惮地去瞧隔桌的楚越，只拿眼角余光勉强扫了眼，果然见他精神不佳，脸色也不太好，真像是连日熬夜忧思过甚的模样。

“你不觉得卢妃这次病得有点太突然了吗？”秦菁道，“她的身体一直都不好吗？”

“恰恰相反，她的身体一直很好，这些年来，大病小恙，几乎没有。”楚奕玩味地转着手里的茶碗，佯装欣赏上面的花纹，目光之中也略带了几分深意道，“我也觉得她这一次病得蹊跷，不过父皇后宫的事，我不想做得过分。”

“应该的，他那样的人，更何况还是你的父亲，还是不要随意亵渎。”秦菁深以为然，勾了勾唇角道，“既然是这样，那就暂时先看着吧，她要是背地里有什么，迟早也会露出马脚。”

席间众人互相寒暄，说了会儿话。

临近未时，叶阳皇后刚要命人传膳云霞殿，殿外正好被宫女嬷嬷簇拥着走进一个人来。身体虚弱，脚下步子虚浮，脸上脂粉虽然尽量遮掩，还是掩不住过于苍白的脸色。

来人是卢妃！

卢妃的封号是“惠”，但因为这个字和她的闺名“卢锦惠”相冲，宫里人忌讳着，一般称她卢妃。

“母妃！”楚越低唤一声，已经从席间站起来，和刘氏一起迎上去扶她，“父皇不是下了旨意，说您身子不适就不要过来了吗？”

“这样的场合，本宫缺席了怎么行？”卢妃一笑，更显容颜虚弱苍白。

这些年，楚明帝不临后宫，后宫诸事都由叶阳皇后做主，其他妃子也知道他的脾气，既然不用争宠，也就按部就班地过日子，并没有人刻意高人一等地抢风头，只是唯独出了一个行事高调、丝毫不懂何为韬光养晦的卢妃。

也许是她出身将门世家，一开始飞扬跋扈的性子没能克制住，又或许因为楚越自幼聪慧机灵，在众位皇子中大放异彩，让她有骄傲的资本。

总之若要盘算起来，这位卢妃的确应算西楚后宫里难得的异类，是除了叶阳皇后之外，宫里风头最盛的女人。

见她这副样子进来，不仅仅是秦菁，在座的所有人都大为意外。

卢妃冲楚越摇了摇头，径自上前给帝后见礼：“臣妾来迟，请皇上和皇后恕罪！”

“卢妃你身子抱恙，就免了吧！”叶阳皇后面容端庄，很体谅地说道。

“该有的礼数怎么能废？”卢妃并不领情，仍旧坚持让楚越夫妻扶着，给楚明帝行了大礼。

楚明帝精神似乎不济，摆摆手冲楚越抬了抬下巴道：“你母妃身子不适，把她扶过去入座吧。”又侧目对张惠廷道，“一会儿上菜的时候吩咐下去，卢妃那桌上茶就行，免了酒水。”

“是。陛下！”

叶阳皇后见人到齐了，也对身边海公公道：“吩咐传膳吧！”

随着海公公殿前一声高唱，已经候在殿外的宫婢鱼贯而入，穿梭于席间，往各桌上摆菜。

趁着正式开席之前，卢妃招招手叫了身边嬷嬷递了个托盘过来，隔席对楚奕和秦菁那一桌道：“今天这顿饭既然是迎接新妇进门的第一次家宴，本宫也不能空手过来，这里准备了一件礼物，送给安阳郡主吧！”

早前在大秦的时候，秦宣为楚融赐号安阳，楚奕大婚当日，楚明帝又正式以西楚国君之名，再次对她进行册封，依旧沿袭了她原来的封号，封安阳郡主，并且作为楚奕长女，上了皇家玉牒。

在外人看来，这不过是作为上位者，通过行动表示对秦楚两国联姻的重视，但在秦菁和楚奕看来，这却是私底下，楚明帝对这个孩子血统身份的肯定，意义非常。

“娘娘厚爱，荣安代安阳谢过。”秦菁微微一笑，欠身行了个礼。

卢妃但笑不语，因身子虚弱，动一动都吃力，但也似乎没有让那嬷嬷直接把东西递送过来的意思。

当年为了大位之争，楚风和楚越之间闹得水火不容。

后来楚风身死，本以为风水轮流转，这皇位应当是落在呼声最高的楚越身上，但是人算不如天算，竟从天而降一个备受楚明帝宠爱和倚重的楚奕。

卢妃这般举止极为反常，频频有人侧目看来，秦菁已经淡然笑着回头，摸了摸楚融的肩膀：“融丫头，卢妃娘娘有礼物送给你，你自己过去谢谢卢妃娘娘。”

于是，全殿上下几十道目光又齐刷刷地移到那个孩子身上。

彼时，楚融刚好费力地将放在几案一角的一大串玛瑙提子抢过来，还没来得及扯下一颗往嘴里送，听了母亲的话，就爬起来，蹒跚着小步子走了过去，一身翠色的小衣裳，衬着怀里同样鲜绿欲滴的大串提子，莹润水嫩，十分动人。

她不喜欢陌生人，但也不怕见生人，直直地走过去，在卢妃面前一步之外站定，稍稍偏着头，用一双明亮漆黑的大眼睛看着卢妃。

卢妃十分惊讶这个孩子漠视一切的定力，脸上表情僵了僵。

秦菁敏锐地注意到，她唇角莫名抽搐着一丝古怪的笑意，然后见她回过神来，笑了下，掀开手边托盘上的红布，拈起上面用红色丝线拴着的一个物件出来。

那东西只有成人小指大小，呈奶白色，玉质十分奇特，不通透，看在眼里却赏心悦目，十分舒服。

是一柄玉石雕刻而成的小剑。上面似乎隐隐有些浮雕图案，但因出自雕功精湛的大师之手，肉眼竟然分辨不出。

这么一件东西，绝对价值连城，如果说只是为了做戏，那卢妃今日可算是下了血本。

秦菁心中生疑，下意识侧目和楚奕交换了一个眼色。楚奕不动声色地略一偏头，表示不知，却假装不经意地往主位上的楚明帝扫了一眼。

楚明帝还是保持着之前的姿势，有些倦怠地靠在身后软榻上，目光落在那凌空晃动的小玉剑上，表情无异，目色却不易察觉地微微一深。

而等到楚奕想要细看的时候，他已经垂眸别开眼，再没了其他意料之外的动作。

楚越的反应则最平常也最反常不过，从头到尾，他甚至都没有抬眸看一眼他母妃到底拿了什么样的礼物出来，只事不关己地喝着茶。

他应当是提前知道这件事的？还是，根本就是他和卢妃商量好的？

“喜欢吗？”卢妃笑笑，手指拈着那丝绳，在楚融面前荡了荡。楚融歪着脑袋看着，似乎试图分辨那剑身上雕刻的纹路。半晌，她略略点头道：“嗯！漂亮！”她嘴里说着，却没有去接，两只小胖手里仍捧着一大串玛瑙提子。

卢妃似乎觉得这孩子很有趣，竟然难得好心情地费力直了直身子凑过去：“那我帮你挂上。”

她伸手过去，却在指尖触及楚融衣领的前一刻，楚融脑袋一偏，往后退了一步让开。这一步退开，可谓完全不留情面。卢妃一手捞空，僵在那里，脸上的表情都木了。

所有人都等着秦菁上前打圆场，却在这时见到楚融扭头看向对面几案后的楚奕，一手费力地扯着衣摆兜住提子，一手招了招，用十分熟练的命令语气道：“爹爹！你来！”

爹爹二字，她始终叫得有几分僵硬，但后两个字则十分顺溜，完全把当朝太子当狗使唤了。如果真的是亲骨肉，在场众人也许还不觉得怎样，但是半路父女做到这份上，就太让人匪夷所思了。

楚奕从容起身走过去，从卢妃僵在那里的手中接过那玉剑挂饰，淡然道：“谢过卢妃娘娘。”

“殿下客气了。”卢妃讪讪地收回手，捏着帕子掩饰性地咳嗽了两声。

“戴上？”楚奕玩味地捏着那丝绳，在楚融面前再次征求她的意见。

楚融想了想，点头：“嗯！”

楚奕一笑，刚要给她往脖子上挂，上首的楚明帝轻轻唔了一声道：“丫头，把你那宝贝拿过来，朕瞧瞧。”

所有人又是一愣，要知道，他们这位皇帝陛下虽然不苛待子女，却也没见私底下对谁过分亲近。

叶阳皇后目光沉了沉。

楚越手中茶碗晃了晃，泼出几滴茶水。

卢妃目光中带了丝冰冷的讽刺，别过眼去。

楚奕抬眸看了楚明帝一眼，什么话也没说，只把那丝线缠了缠，把整件东西塞到楚融的小手里道："去吧！送给皇爷爷看看！"

楚融抿抿唇，似乎很有些发愁地看了看眼前那高高的几级台阶。

所有人饶有兴致地看着这个话不多的孩子。半晌，她把手里大串的提子依依不舍地塞到楚奕手里，然后蹒跚着步子，朝楚明帝的方向走去。

那台阶虽然不及门槛的高度，但她毕竟人太小，每一级台阶都到她膝盖的位置。

"哎——"张惠廷张了张嘴，想要叫宫婢下去抱她。

楚明帝一道目光漠然横过去，他便识趣地闭了嘴。

楚融迈着小短腿过去，一级一级台阶走得很慢，动作看上去却十分从容利落，丝毫不见狼狈。

楚明帝坐在高处静默地看着，眼睛里始终没有什么神采，看着那孩子一点一点倔强而高贵地走到他面前，最后喘着气摊开掌心，把那枚拴着红线的玉剑送到他面前。

"唔！"楚明帝舒出一口气，这才自榻上坐直了身子。

他捏着那玉剑在手，却一眼都没看，只是目光定格在那孩子沁出一层细汗的宽阔额头上。

张惠廷会意，连忙回头从宫婢手中的托盘里取了帕子递过去："陛下，帕子！"

楚明帝接了，就着帕子给她擦了擦。他目光一直平静，不带任何感情，但是这个举动看在所有人的眼里，已经算作温柔——石破天惊的温柔。

这个孩子的长相只和楚奕有几分相似，但楚奕本身，除了那双和叶阳敏如出一辙的眸子，在样貌上并没有承继他父母之中的任何一个人。

所以此时，楚明帝在楚融身上见到的，也不过是她那双完全承继于楚奕的眼睛。

可这个孩子气质秉性，那种沉静刚毅的性格，突然将他的所有混沌的记忆劈开，让他重新目睹了多年前那一幕风景。

整个大殿里鸦雀无声，所有人都用诡异的目光盯着王座之前那一老一小两个身影。

楚明帝扔了帕子，亲手把玉剑给楚融挂在了脖子上，塞进衣服里，道："喜欢就戴着吧！"

楚融眨巴着眼睛看他，叶阳皇后见时间差不多了，就直接宣布开宴。

这天的家宴气氛还不错，因为楚明帝难得温和了脾气，大家也都跟着少了几分拘束，只是卢妃身体不好，到底也没能撑到最后，下半席的时候，楚越就提前送她回去了。

两个人一起上了辇车，往琼华宫的方向而去。

卢妃咳了半天，这会儿虽然止住了，但没什么力气，整个身子都靠在楚越身上。

楚越一路沉着脸一声不吭，下车就把卢妃抱回了寝殿，顺便打发了宫人去请太医。

婢女送了提前准备好的汤药过来，卢妃摆摆手道："放下，你们都出去吧！"

婢女十分听话，低着头带上门退了出去。

楚越负手立在窗前，窗户紧闭，他也不去开，面色铁青地盯着窗户纸。

“怎么，我这个样子，你都不敢看了？”卢妃看着他的背影，似笑非笑地喘了口气，“放心吧，你母妃没这么容易死。”

“你到底要怎么样？”楚越声音冰冷，尽人皆知的冷面皇子，面容之上竟然难得露出几分怒意，蓦然回过头来，“你要我争我就去争，你不要我争的话我也可以听你的。你要杀人放火全都告诉我，我照单全收，一样不落肯定样样给你做成，你何必像现在这样作践自己？你的命就这么不值钱吗？”

他看着面前无力地坐在床沿上的卢妃，目光冰冷。

“你母妃争强好胜一辈子，还从来没有求而不得的时候，这一次，也一样。”卢妃也看着他，目光比他更要冷上三分，“我知道，这些年一直都是我在委屈你，可我是你母妃，即使再委屈，这也都是你的命，你不能违背我。”

“母妃！你就这么信不过你的儿子吗？这几天之内，你把这些话对我说了无数遍。”楚越闭上眼，自嘲地冷笑一声，“母妃，这些年你所做的一切都是为了不让凤寰宫里的那人称心如意，可是她不如意了，你就如意了吗？你看看你自己现在都成了什么鬼样子？从我很小的时候外公就常常对我说，他的女儿巾帼不让须眉，是个直爽勇敢的女子，可我从你身上却从来没有看到过这样一个女子。阴谋诡计，钩心斗角，你对我言传身教的都是这些。你教我对人残忍，你教我不择手段，现在呢？还要教我杀身成仁，还是置之死地而后生？”

“要死也是我死，你是我的儿子，我死了也会让你好好活着！”卢妃冷声道，说着又是一阵低咳。

“你死了我能活得安心吗？”楚越像是听了笑话，手指在袖子底下收握成拳，重重压在身后的窗框上，“你不要再考验我的耐性了，既然你想方设法把我从这次的脏水里拉出来，那么现在正好老六的婚事也完了，这几天我就会跟父皇去提，带你一起回北疆，就借口医你的病。”

“你自己都说是借口了，你以为你父皇会信？”卢妃冷冷一笑，身子似乎又软了软，有些摇摇欲坠。

“不信也没关系，这些年我的准备也不是白做的，只要回到北疆，一切就由我说了算。这帝京现在乱成这样，你还留在这里做什么？”楚越强忍着上去扶她的冲动，咬牙道，“你自己想清楚吧，下次再见你，我可不想再看你这副半死不活的鬼样子。”说完，一撩袍角就大步朝门口走去。

“站住！”卢妃厉喝一声，撑着从床上坐直了身子。她眉目之间凌厉无比，很有平时纵横宫中那种跋扈骄横的姿态。

楚越心里怄着气，不肯回头。卢妃眼神一厉，也不知道哪里来的力气，一下子站了起来，指着楚越的背影怒声道：“你只要现在敢跨出这道门，到时候就带着我的尸首一起出京吧！”

楚越心头剧烈一震，脚下步子不由得止住。自己母亲的性格他再清楚不过，只要她敢说的，就没有不敢做的。

他不可置信地回头，却是怒极反笑：“母妃，我真不敢相信，有朝一日你会拿自己的性命来威胁我！”

方才爆发力极强的那一下，似乎耗尽了她的体力，卢妃脚下虚浮，一手撑住旁边的桌子。

只不过她没有理会楚越的话，自顾说道：“你别以为我不知道你回北疆到底是做的什么打算，我早就告诉过你，做什么都别当着你父皇的面。”

“呵——”楚越别过眼去，由喉咙深处爆发出一声沙哑的低笑，“母妃，你这是在提醒我，成大事者不拘小节吗？”

“孽障！”卢妃一怒，一个箭步冲上去，扬手给了楚越一记耳光。

但她正是虚弱的时候，所以这一巴掌下去，非但没能把楚越怎样，反而让身体受到冲击，险些跌出去。

好在楚越手快，一把将她捞住，安置在旁边的椅子上。

卢妃喘着气，瘦骨嶙峋的身子不住起伏。楚越蹲在她面前，握着她的手，冰冷的眸子里慢慢染上一层悲悯：“那是父皇给你的唯一的东西，为什么把它送出去？”

卢妃喘息声戛然而止，胸口剧烈起伏。她在极力压抑着什么，原本苍白的脸孔憋出一种异样的红润来，艳丽得让人心惊胆战。

“连外公都以为你当初入宫是不情愿的，可是只有我知道，你自始至终都爱着那个男人，不管是当时自恃骄傲躲避他不肯承欢，还是后来改了主意，生下我，你都是为了他。”楚越握着她的手，叹息一声，“既然你在他身边这么多年，从来就没有一日快乐，那就跟我走吧。我答应你的事都算数，虽然他自始至终都没有像父亲那样给过我爱，但至少除了爱，能给的他也都给足了我。”

卢妃目光落在远处，一直没有去看儿子的脸。除了爱？这三个字真是很贴切！这些年除了爱，他给了她们这些后宫女人应得的一切，地位、财富、荣耀。

然而除了爱，她却是什么也不需要。如果不是因为爱，为什么要把自己锁在这深宫牢笼之中，一生禁锢？

毕竟时间久远，很多感情已经被冰包裹，再也不会裸露在阳光之下。所以现在她不再谈感情，也不再说爱，对儿子情真意切的宽慰置若罔闻，只冷酷说道：“我了解叶阳珊，她这么久按兵不动，恰恰说明在暗地里谋划什么。”

“她现在最大的敌人不是我！”楚越不以为然地冷笑一声，似乎对她的回避习以为常。

“覆巢之下无完卵，迟早也会轮到你，那个女人你还不知道吗？”卢妃反问，目光阴郁而冰冷，却也不等楚越回答又继续道，“中午过去云霞殿之前，我刚刚得到消息，三皇子的家眷在被押解北疆的途中遭到截杀。”

“什么？”楚越一惊，猛地一下站起来。

他似乎有些难以置信，缓和了一会儿情绪才缓缓地开口：“不过一群妇孺稚子罢了，而且他们都知道，父皇最痛恨的不过是骨肉相残，这个时候对他们下手，没有半点好处。”

“这还是后话。”卢妃冷冷说道，目光悠远而没有落点，“重要的是，在刺客出现的同时，又有另一批人出现，把中了箭的皇子妃救走了。”

如果说对楚原家人下手的人，还有迹可循，无非就是叶阳皇后和楚奕两者之一，可若说在这个节骨眼上还救她的人，那关系的确玄妙多了。

第十七章　密牢惨案，凶手为谁

云霞殿宴会结束之后，秦菁跟着白奕出宫，刚要上车回府，张惠廷却追出来，说楚明帝要单独见她，于是只能让楚奕带着楚融先回，她又折了回去。

本来以为楚明帝会在御书房等她，不想张惠廷又把她带回了云霞殿，绕过正殿的回廊，楚明帝正独自坐在一张石桌旁，不知道在想什么。

张惠廷没有走近，只把她带过去，就退到稍远的地方守着了。

秦菁走过去，主动开口："父皇叫荣安过来，是有话要私底下说吗？"

"哦，"楚明帝回过神来，指了指对面的石凳，"坐吧。"

"谢父皇。"秦菁行了礼，大大方方在他对面坐下。

"朕叫你来也没什么事，就是想见见你。"楚明帝道，看了她一眼，目光再度移开。

他似乎对她本身并没有多少兴趣，也不像一个长辈观察小辈那样去打量她。

可是秦菁知道，他的不看，实则因为早就把她的一切看透。

"这几年有关我的事，事无巨细想必父皇已经了若指掌，您有什么教导请尽管直说，荣安洗耳恭听。"秦菁多少有些紧张，可越是紧张，她越是不愿意让自己陷入被动，便再次主动地开口。

"是奕儿选了你啊……"楚明帝突然浅浅地叹息一声，同时闭上眼，让秦菁捕捉不到他眼底真实的情绪，"朕叫你来也没有别的事，就是想要问一问，你觉得自己适合坐在一国之母的位子上吗？"

她是个玩弄权术又睚眦必报的女人，楚明帝对她肯定是不满意的，这一点秦菁很清楚。

可是她要和楚奕在一起，就要面对这些，于是她也不回避，只是同样直白地反问："那父皇觉得，他适合坐上一国之君的位子吗？"

楚明帝睁开眼睛看了她一眼，目光深邃，片刻之后才道："不是他合不合适，而是他自己想要那个位置。”

只是为了有能力将她们母女接回身边来保护，而不是出自本身对权力的渴望，楚奕毅然决然地选择了这条路。

从这一点来看，他的儿子比他深爱的女人还要偏执。

“那么我也告诉父皇，不管合不合适，他身边的那个位置，我都要。”秦菁笑笑，目光中有一种明亮的光影闪烁。

楚奕之所以要这样做，她再清楚不过。

楚明帝怔了怔，随即表情又冷淡下来，慢慢道：“掌控一个朝廷，远不似你们想象中那样简单，其中有无数条关系纽带需要牵连维护，你俩这样的性格，势必要付出比别人多出几倍的艰辛。”

后宫和朝堂从来一脉相承，很多时候，后宫嫔妃都是维系前朝各方势力的纽带。

楚奕刚刚回朝的时候，楚明帝就和他深谈过一次，他的态度十分坚决，只要秦菁，而且这一辈子也只要她一个。

痴情！这对一个帝王而言是最要不得的品质，也正因为这样，楚明帝也曾犹豫过，到底要不要把这个皇位传给他。

秦菁微微一笑，不动声色地忽略了这个问题，反而话锋一转，正色道：“父皇的疑问，荣安都已经给了您答案。现在，恕荣安莽撞，是不是也可以请教您一个问题？”

“你要跟朕讲条件？”楚明帝眯了眯眼，不置可否。

秦菁觉得他这个眯眼的表情和绒团儿很像，忍不住就哑然失笑道：“荣安不敢，只是机会难得，想和父皇推心置腹地说两句罢了，当然，如果父皇不愿意，那也便算了。”

楚明帝看着她脸上的表情，半晌，又往旁边移开目光道：“你想问常家的事？”

“是！”秦菁也不避讳，“我想知道，当初提议要给阿奕聘常家女为妃的时候，父皇到底有何目的？”

楚明帝抿抿唇，目光深远。

秦菁等了片刻，没有等到他的回答又继续说道：“从知道他存在的那天起，您也同样知晓了我和融丫头的存在，您明白他的意图和每一步打算，明知道他不会娶常家小姐，却还故意把常家人推出来，迫使他们成敌。然后就撒手，不闻不问，由着我们两个自由发挥，把常家人引入绝境。据我所知，父皇您行事一向光明磊落，而且以您君临天下将近三十年的手腕和段数，要去一个常家，何必如此大费周章？不动声色的办法应该多的是，何必非要把事情转到他的手上呢？”

“那你以为朕为什么要这样做？”楚明帝目光动了动，似是沉吟了一声，仍旧没有回头。

秦菁脸上的表情沉寂下来，低头又抬头，似乎很是犹豫了一下，终于还是咬牙开口道：“如果我没说错的话，常文山应该是皇后娘娘的人吧！”

“老六告诉你的？”楚明帝道，半分也不觉得意外。

秦菁耸耸肩，算是默认。毕竟她在西楚帝京根基尚浅，很多事，不过楚奕的手，是很难弄个水落石出的。

楚明帝此时才终于正式抬眸看了她一眼。他以前就只知道自己的儿子对这个女人一片痴心，却未曾想到，他们双方之间，无论在朝堂还是后宅，竟是连一点的秘密也没有。

曾经一度，他也曾无数次努力，渴望和一个女人这般没有隔阂地在一起，终究死生不得如愿。却不想，他苦心孤诣一生而不曾得到的，他的儿子，竟然拥有了。不知道是欣慰还是嫉妒，楚明帝觉得他今天的感情波动似乎有点过分，于是暗暗提了口气，把起伏的情绪压下去。

“即使他是皇后娘娘的暗桩爪牙，父皇您不容他，要除去他，也断然犯不着把事情推给阿奕，到底是什么了不得的理由，让您恨他至此，却又不屑于亲自动手？”秦菁语气里已经颇有几分咄咄逼人的架势，似乎非要一个水落石出不可。

楚明帝没有再说话，重新开始闭目养神。

秦菁却已经没了耐性跟他耗下去，索性和盘托出。只不过这一次开口分外慎重，心也直跳，她暗暗调节了好一会儿的气息，才一个字一个字，仔细认真道：“是——和皇贵妃有关？”

楚明帝如遭雷击，整个身子剧烈一震，骤然睁开眼。他容颜已经苍老，即使气度使然，人前人后威仪不减，但在那一瞬，秦菁还是从他鬓角的斑白中看到了明显的苍老痕迹。那种苍老与容颜无关，全都源自于心。

他是真的老了，沧海桑田的一颗心，积淀了太多尘埃往事。

看着这个叱咤风云、立于云端的男人，秦菁心里凭空而起一丝悲悯的疼痛。她别过脸去，不敢再看，只是竭尽全力放平了语气道：“阿奕查过，皇贵妃最后在世的那几年，曾经不止一次遭遇神秘黑衣人的刺杀，那些人都和皇后娘娘有关，而最直接的是通过常文山的手派出去的。”

楚明帝按在石桌上的一只手慢慢收握成拳，指间关节隐隐发出细微的响动。他紧绷唇角，脸部肌肉压抑，带了种怪异的痉挛。

那是他心爱的女人，他爱了一生不得而又始终不肯放弃的女人。

秦菁知道，她不该提，可那个人却不是她不提就不会在楚明帝的心里出现的。

当然，她不能说，叶阳皇后派出的那些杀手，最直接的下手对象并非叶阳敏，而是他的另一个儿子，一个如昙花绽放在他眼前，无限美好了一瞬，却又飞快凋敝，并且永远不愿意被他知道和承认的儿子。

“如果只是因为他曾对皇贵妃下过杀手，您就更有理由亲自处置了他。您不出手，是因为心里矛盾，不愿意沾手。”秦菁怅惘地叹息，默默垂下眼去，“我记得阿奕跟我说过，当年皇贵妃身体和精神都是在她和莫家公子大婚的那一日受到打击垮下来的，莫家公子的死，应当也是过了皇后娘娘和常文山的手吧！”

这最后一句，她没有追问楚明帝真假对错。虽然从头到尾，只有这一句才是完全出于她自己的猜测，且已经笃定。

叶阳珊太清楚自己姐姐的为人了，那么一个真性情的女子，既然没有办法用寒冰利器杀了她，那么便用她最依赖的一个情字将她摧毁。

就在她满心欢喜要嫁给心爱的男人相守一生的时候，莫翟的死，足以将她打入无间地狱。

而事实上也的确如此，莫翟一死，叶阳敏的精神和身体就一并垮了，剩下的几年时间不过苟延残喘虚度光阴罢了。

对于莫家公子这个情敌，想必楚明帝也不会有好感，可他仍然深深介怀于叶阳敏所经受的苦楚。若要说到为莫翟报仇，他自然无法亲自出手，所以才会大费周章，把这件事推到楚奕的身上。

毕竟楚奕是叶阳敏的亲生儿子，他为自己的母亲做什么都是应当的。

而他之所以没有对楚奕言明一切，想来还是对叶阳敏和莫翟的事耿耿于怀。

即使心里明知道那女子的不爱，还是不愿意把这让他痛彻心扉的一世不爱再端到阳光之下，供众人观摩品评。

这个男人，荣光一世，唯独在退回感情世界里的时候，脆弱而矛盾，让人心疼。

“你回去吧！”良久的沉默之后，楚明帝终于还是颓然挥挥手。

秦菁没有说话，起身冲他福了福，举步前行。

夜幕初降，那男人清瘦的侧影裹着明黄亮丽的锦袍孤身坐在微冷的夜风里，看上去像一尊久远的雕塑。

秦菁走了两步又回头，隔着三丈的距离，道：“一直还没有机会谢谢您的成全。”她脸上没有笑容，表情平和宁静，带着天生矜贵而雍容的表情。但是这一句话，发自肺腑，恳切异常。

楚明帝僵直了很久的身子终于动了动，缓缓回头看来。秦菁微微一笑，当着他的面认真地屈膝一福：“不管是我，还是阿奕，都谢谢父皇您的成全，还有，您为他所做的一切。”

楚明帝隔空望定了她，看着女子脸上平静坚毅的表情，半晌，突然大笑起来。

“这几天之内，你对朕行了无数次礼，怕是只有这一次才是真心实意的吧？”他问，却是笃定的语气。

这是秦菁头一次见他肆无忌惮的笑容，一时间心里五味杂陈。

最后她一句话也没说，淡然一笑，转身离开。楚明帝盯着她的背影，眼中笑意再度敛去，眼底目光又变得深不见底，变幻莫测，不知道在想什么。

张惠廷从远处走过来，轻声道：“陛下现在还是犹豫做不了抉择，要不要把这个位子传给六殿下吗？”

“呵——”楚明帝撑着桌面站起来。

他身形明明挺拔，独自走在夜色里，看上去却显得分外萧索落寞。

张惠廷垂首跟上去，然后听他感慨着叹道：“今天朕才觉得，他那也许不是什么毛病，总好过朕，这一生辜负了太多人。在这件事上，朕居然还不如卢氏那个女人有决断！”

张惠廷只是听着，也不插话。

而楚明帝本来也不需要他附和，仍是一边走一边感慨着慢慢地道：“阿敏是个了不起的女人，卢氏也是难得的真性情，不管是她们的人还是她们的心……朕这一生，其实也真是不亏的！”

张惠廷知道他指的是什么。之前宴会上卢妃把她最珍视的东西给了楚融的时候，其实已经跟楚明帝表态了。

她和楚越，将会退出这一场持续了多年的大位之争。也许全天下的人都不相信，她会这么放弃，可是楚明帝知道——她，做得到！

早些年一直有些不为人知的内幕，当年他和自己的弟弟楚承泰夺位时，楚承泰为了拿下手握兵权的卢艺，曾经设计过卢氏，想要逼迫卢家和他联姻并且结盟。那时候叶阳敏和卢氏都还只是十几岁的小姑娘，卢氏将门出身，没什么心机，是差一点就要被逼就范，千钧一发之际，是叶阳敏替她化解了危局。

也就是那一次，卢家彻底把楚承泰得罪了，当时卢艺在大秦边境戍边，那时候两国正在竭力商谈，想要化干戈为玉帛，大秦派了声名远播的少年丞相白穆林出使西楚，楚承泰勾结边城驻军劫持并且想要杀掉他们一家三口，嫁祸卢艺。那段时间他正在海域和安顺王对峙，分身乏术，那一次又是叶阳敏千里走单骑，孤身入围，以无双智谋和杀伐决断的铁血手腕破了那一局。

这些年，卢妃想要替自己的儿子争位是真的，但更有一点不为人知，她就是固执地针对叶阳珊，不想让叶阳珊好过。

说起来，这个女人的脾气也是够别扭，叶阳敏在时，她将对方视为情敌，从不来往走动，可是过了这么多年，心里总还是记情……

长长叹了口气，楚明帝口中喃喃念着些什么，一步一步走在深夜空旷寂静的御道上。这一刻，他好像真的只是个年纪大了絮叨不止的老人家，是一个有血有肉也会有烦恼和喜恶的普通人。

夜色弥漫，凤寰宫里，一如往常般庄严冷肃。

偏殿的暖阁里，叶阳皇后斜倚在榻上看书，桌上的翠玉琉璃灯盏散发出柔和的光泽，映衬着她指尖鲜艳欲滴的丹蔻，显得妖娆而诡异。

白天的宴会上要全程演戏，其实很累人，她看了会儿书就昏昏然睡去。

原是要来送茶水的小宫女不敢吵她，悄然退到了外面。

靠近角落里有一扇窗子忘了关，夜风穿堂而入，水粉色的帷幔被卷起，悠悠摇曳，飞得老高。

睡梦中，感觉到有什么人的脚步声款款逼近。叶阳皇后眉心不觉皱紧，身子似是痉挛般抖动了一下，又像是被什么束缚了无法移动。

“娘娘，娘娘？”古嬷嬷跪在榻边，试着推了推她的肩膀。

叶阳皇后身上痉挛得更加厉害，眉心直跳，似是在挣扎又没有明显的动作，只在唇齿间喃喃低语出几个字。

古嬷嬷守在旁边自然是听到了，脸上神色大骇，连忙捂住她的嘴，同时将她的身子揽在怀里，大声喊她：“娘娘，娘娘您醒醒，快醒醒啊！”

这一个动作幅度太大，终于把叶阳皇后惊醒。

“啊——不要——”她挥舞着手脚大叫一声，猛地睁开眼，那一瞬间眼神涣散，整个人看上去竟然狼狈而恐慌。

“娘娘醒了吗？”古嬷嬷拍着她的后背给她顺气。

叶阳皇后愣愣地坐在榻上，苍白着一张卸去脂粉的脸，额角滚下细碎的汗珠。

她眼珠子转了转，茫然坐了半晌，目光渐有焦点，落在古嬷嬷脸上。

“嬷嬷——”颓然松一口气，叶阳皇后如释重负地缓缓松开手，身子一软又睁眼倒回榻上。

古嬷嬷看着她满头大汗的模样，叹一口气，起身去把那扇窗子关了，回来的时候顺带着把她进门时放在旁边桌上的茶碗端过来。

“娘娘，奴婢煮了定惊茶，您先喝了再睡。”

“先放着吧！”叶阳皇后挥挥手，闭上眼默默调息缓了一会儿。

“娘娘，您好些了吗？”古嬷嬷还是不放心，抽了帕子去擦她额上的冷汗，“衣服都汗湿了，奴婢伺候您换一件吧？”

“嗯！”叶阳皇后心不在焉地应着，还是慢慢爬坐起来。

古嬷嬷去内殿的柜子里取了干净的内袍给她换了，又命人送了热水进来伺候她擦了手脸上头的汗水。

大殿里仍然寂静无声，两个人谁都对那个梦境绝口不提。

拿热毛巾焐了脸，叶阳皇后的情绪已经完全平复下来，随口问道：“今晚宫里没再出什么事吧？”

“没有！都好着呢！”古嬷嬷道，看着她明显灰败的脸色，还是担忧，“娘娘您真的没事吗？”

叶阳皇后揉着太阳穴，敷衍道：“最近发生了太多事，都想不通，本宫可能太累了，不过——”她沉吟着，顿了一下，忽而正色看向了古嬷嬷道，“嬷嬷，你说颜璟轩为什么会死？”

“是啊，这颜世子的死的确是太突然了。”这个问题，古嬷嬷是肯定回答不了的，只是斟酌着道，“娘娘要实在觉得心里不安生，要不叫人去查查？”

“查？”叶阳皇后由鼻息间哼出一声冷笑，“颜璟轩和卢妃母子向来亲厚，他的死因那双母子自然会要一个明白的，关我们什么事。”

古嬷嬷脸上表情讪讪的，就不再多说，帮她取下手上护甲，又奇怪道：“娘娘，卢妃那贱人最近真是奇怪得很，奴婢这心里头总觉得不安生，她跟七皇子别是在暗地里谋划什么吧？”

“她哪一天心里没有算计那才叫奇怪呢。”叶阳皇后道，目光中闪过一丝阴狠而微冷的情绪道，“你给她用的药是什么剂量，本宫今日见她那模样倒像是快要入土了似的。”

“卢妃精明得很，奴婢都是按照娘娘的吩咐去做的，怕她察觉，一分也没有多放。”古嬷嬷道，再一想到今日云霞殿中所见的卢妃一身的病态，脸上表情便隐隐有了几分得意，“娘娘，那个贱人跟您作对二十余年，这一次也算是马失前蹄，终于可以拔了这颗眼中钉了。”

“呵——”叶阳皇后靠回榻上，却是意味不明地摇了摇头，叹息道，“你真以为这次是本宫算计到她的吗？”

古嬷嬷一怔。

叶阳皇后目光一沉，唇角笑容讽刺：“过去的二十多年我都没能扳倒她，这一次也是一样，你以为你安排在她宫里的内应她会不知道吗？如果连这么点本事都没有，这么些年，本宫早就让她死无全尸了。”

“娘娘您是说……”古嬷嬷一惊，同时心下一寒，一张堆满褶子的老脸上整个表情都变了，尖锐道，“这……这不能啊！如果明知是我们，她……她为什么……”

“她死不了！”叶阳皇后笃定道，说着目光又不觉沉了下去，似有所感道，“朝臣们所见的都是老爷子这几年一直纵容着老六在朝中发展，可是老七那里，北疆整个草原和游牧的部落都全部拢在手里，也是一股不小的势力，回头只要一把火，就能让他们双方你死我活呛起来。老七要回北疆备战，以他和卢氏那贱人之间的母子感情，怎么可能不把那贱人一并带走？”

“卢妃人在宫里，陛下如果知道了七皇子的用意，定不会让她跟着出京的。”古嬷嬷不解，斟酌半天忽而眼前一亮，“娘娘是说那卢氏是将计就计，想要假借这一次的所谓重病蒙骗陛下，放她出京？”

“她是根本就不想走。”叶阳皇后不能苟同地冷笑一声，“她跟本宫斗了一辈子，彼此之间没有做出一个了断，她是说什么也不会走的，你以为她今天为什么会在云霞殿中出现？当初的那趟差事是你跟着常文山一起去办的，难道你就不觉得那贱人今天的症状很眼熟，很需要费点心思去琢磨吗？”

古嬷嬷颤了颤，脸上露出惶恐之色，腿一软，竟然砰的一声跪了下去：“娘娘，娘娘您是说当初您给奴婢的那药……”

叶阳皇后信不过常文山，当初派他去对莫翟下手的时候就让古嬷嬷跟了去，她冒充厨娘在莫家暗藏了一个月，终于赶在叶阳敏和莫翟大婚之前做成了这件事。

古嬷嬷浑身都在抖：“娘娘，那您说陛下他——他——”

卢妃是在给楚明帝暗示当初的那件事！

“你紧张什么？”叶阳皇后道，“他要动手早就动手了，咱们的皇上，本宫还不了解他吗？他会绕这么大的圈子去对付常家，就说明你所担心的事根本不会发生。”

说话间，她端起手边的定惊茶一口灌下去，挥了挥手：“下去吧，本宫睡了！”

古嬷嬷端着空茶碗站起来，想着又忍不住地开口道：“娘娘，还有三皇子的事，您说还要不要叫人去办了？”

叶阳皇后皱眉，提起这件事也有了几分烦躁，这件事她已经琢磨了整个晚上，却还没有想通那个坏她事的到底是楚明帝还是楚奕。

沉吟半晌，她摇头：“老三怎么都是他的儿子，他那里肯定要插手了，别往他的刀尖上撞，暂时先缓一缓吧。”

“可是三皇子妃说，她手里握着的东西……”古嬷嬷担忧地道。

那天三皇子妃过来求见，叶阳皇后没见，后来那女人又千方百计命人暗中传信过来，说是她在三皇子书房的暗格里找到了三皇子的亲笔书信，里面记录了叶阳皇后和他一起计划祈宁一事的经过。

叶阳皇后本想安抚她，让她把信函交出来，但那个蠢女人这一次却是学聪明了，死咬着不松口，非要叶阳皇后先想办法免了他们一家的流放之刑。

叶阳皇后哪里是个肯受她威胁的人？横竖楚原现在已经被她利用完了，索性一不做二不休，派了杀手前去灭口，却没想到横生枝节，在处理的过程中三皇子妃竟然被人劫走了。

叶阳皇后烦躁地捏了捏眉心：“暂且放在一边吧，反正用不了几天那东西也就没用了，谁拿了都一样。”

“那好，奴婢这便吩咐下去，让他们暂时不要管了。”古嬷嬷道，说完捧着茶碗退了下去。

叶阳皇后仰躺回榻上，想着她这半生耗尽无数心力谋划的大事，成事之日就在眼前，慢慢闭上眼。

是夜。三更。

京兆府的地牢阴暗潮湿，一个女狱卒提着个食盒慢慢走来，沿路的牢房大多空置，散发出一股腐败的味道。

她似乎对这里的构造很熟悉，一路目不斜视，直接进了设在尽头最里面的那一间。

那门内是个单间，布置和别的牢房也没什么两样，生锈的铁栅栏隔开不大的空间，靠在里边的角落里堆着一些腐败的稻草，地砖陈旧，砖缝里隐隐透出让人作呕的腐败气息。

与牢门相对的墙壁上，在高处开了一个很小的窗户，点点稀薄的星光从窗口透进来，洒在狭小的牢房正中，照着蜷缩在那里的单薄女子。

广泰公主并没换囚服，身上虽然满是斑驳的污迹，仍然能看出那一身料子十分金贵。

女狱卒眼中闪过一丝贪婪的光，大大咧咧地走进去。

听到脚步声，呆呆坐在那里的广泰公主掀了掀眼皮往门口瞧了一眼。

她目光阴沉晦暗，不知道为什么，女狱卒下意识就有点心虚，扯出一个笑容道："公主殿下，小的给您送饭来了。"

说着，就举起手里脱了漆的食盒晃了晃。

"这个时辰了，送什么饭？"广泰公主一动不动，坐在那一角天窗的暗影里，头发蓬乱，盖住半边脸，更显得乱发之下那双眼睛阴冷而恐怖。

女狱卒心头一颤，下意识别过眼错开她的目光，粗着嗓子道："是八殿下体恤，怕这里的牢饭您吃不惯，特意叫送来的。"说话间她已经拿钥匙开门走了进去。

广泰公主不傻，不仅不傻，其实还很聪明。楚临虽然是她八哥，但是皇家素来亲情淡泊，他们两个私底下一点交情也没有，她在牢里，楚临怎么会想到要照顾她的饮食了？这女狱卒的一番话里已露破绽。

广泰公主瞬间警觉起来，却也没动，直至她打开牢门，却一骨碌跳起来，用了生平所有的力气将人一把推开，夺门而出，一边大喊道："来人！"

她即使犯了罪，也是皇家公主，皇帝没下令处死她之前，京兆府没胆子动她，就算这个狱卒被人收买了，其他人也不会看着她死的。

"哎哟！"那女狱卒没有防备，被她推到墙上，头上撞了好大一个包。

这边广泰公主刚刚冲出牢门，还没等喊出第二句话来，迎面已经看到平时负责看管她的徐牢头从外面进来。

那人也是狰狞着一张面孔，广泰公主心一沉，还没来得及做出反应，已经被他一把又推回了牢门之内。

她倒退几步，还没稳住身子，那女狱卒就狠狠揪住了她披散满头的黑发，咬着牙积蓄力气，把她往角落里拖。

广泰公主这时候才开始害怕和绝望——

这两人合作，肯定也把附近的守卫都调开了。

"你们敢动我？我是皇室公主，我……"最后关头，虽然心里很清楚这两人既然敢做就没忌讳她的身份，也还是狗急跳墙，嘶声威胁。

那女狱卒也不废话，凶悍地扯着她的头发，直接往放在角落里的水桶里按去。

"呜……"广泰公主极力挣扎，但是她娇生惯养，哪里是膀大腰圆的女狱卒的对手，根本就撼动不了对方。

那桶水放了几天，已经有点馊了，灌入口鼻之中，她险些当场就背过气去，极力扑腾挣扎之下，意识模糊之前她突然后悔了，后悔自己当时为什么那么贪心，还想留着良妃和常芷馨那些人去给楚奕夫妻添堵，因为她很清楚，现在她都落到这步田地了，还想要置她于死地的人无非就是那两人之一了。

那女狱卒死死按着她的头，她突然又想到，当初被他们设计溺死了的齐国公府的二公子——楚明帝指给她的未婚夫婿赵拓，当初他们推赵拓下水，淹死了他，而现在，她自己也落得同样的死法了。算不算是报应？

那女狱卒明显是做这种事的老手，明明感觉到手下那人一点一点失去挣扎的力气，却一直没有收手，又多撑了半盏茶的工夫才松了手。

"死了？"在门口把风的徐牢头扭头问道。

"死透了！"为了保险起见，女狱卒又试了试广泰公主的脉搏，这才拍了拍手起身。

彼时广泰公主正以一个古怪的姿势一动不动地趴在水桶边缘。

"这里留下的痕迹太多了，得把她换一间牢房，省得被人发现。"徐牢头道。

女狱卒点点头，两人把广泰公主的尸体扛走，换了间牢房，又手脚麻利地整理好她的衣物，仍旧以原来的姿势把人摆在了水桶边上，头颅浸入水中。

从牢门里出来，女狱卒就从怀里掏出个荷包递过去，笑嘻嘻道："一切全仰仗徐家老哥您了，妹子真要好好谢谢你。"

"拿人钱财与人消灾啊！"徐牢头拿在手里掂了掂，明显对那分量也相当满意。

两人也没再寒暄，直接分道扬镳。

女狱卒出了牢门，却未去她自己今夜当值的值班房，而是蹑手蹑脚地从侧门偷溜出去，看着四下无人，一猫腰，快跑两步闪进了前面的一条巷子里。

那里，一辆不起眼的油篷小马车停在暗处，大片墙壁的暗影压下来，如果不细看，甚至很难发现。

她一见那车，眼睛一亮，脚下步子就更显轻快，疾步奔过去。

车夫见她过来，忙从车辕上跳下来，对身后马车里的人道："小姐，人回来了。"

"嗯！"车里一个女子轻轻应了声，就再没了后话。

那车夫迎上去："怎么样，办妥了吗？"

"妥了妥了，我又不是头次做这事儿，自然是做得干干净净漂漂亮亮。"女狱卒一脸谄媚地笑着，眼珠子却是贼溜溜地越过车夫去看他身后的马车，试探道，"不知道你们这是——"

"问那么多做什么？该给你的报酬自然一分也不会少的。"车夫不悦道，从怀里掏出一沓银票拍在她脸上。

“是是是！”女狱卒一拿到剩下的酬劳，顿时眉开眼笑，转身一边往回走一边迫不及待抖开查看上面的数额，浑然不觉身后一道寒光骤然闪现，那车夫狞笑着一抬手。

嗤的一声穿刺之声，有血腥味弥散。

女狱卒不可置信地缓缓回头，犹且死死地握着银票。

车夫捂住她的嘴，恶狠狠地从牙缝里挤出字来：“只有死人才能保守秘密，要怪就只能怪你自己贪财。”

他说着拔刀，紧赶着要再度刺下去，冷不防黑暗中有劲风扑面，仓促间他只见到眼前似有黑影扑来，下一刻，手腕上尖锐一疼，手中匕首铿然落地，随后他便抱着那只手腕在地上缩成了团地惨叫：“啊——”

惨叫声才刚冲破喉咙，却又戛然而止。

旋舞蹲在他旁边，凝光刃拍在他脸上：“要不要我把你另一边的手筋和两只脚的脚筋也挑断了试试，还是你也想做个不会说话的死人？”少女声音娇俏清丽，回荡在夜色中，凭空给人一种毛骨悚然的感觉。

那人痛得满脸是汗，几乎要昏厥过去。蹲在他跟前的这少女笑得实在明媚，人畜无害，他却觉得心脏无限收缩，几乎随时都要破裂成片。

马车里的人听到动静，下意识一把打开帘子探头看来，却只在一瞬间，原本黑漆漆的巷子四周火光大盛，无数人举着火把仿佛从天而降，自两侧的围墙后面探出头来，把整条巷子都用人墙压住。

因为火光太盛，常芷馨一时不适应，慌忙抬手去遮眼。指缝里有人轻袍缓带，笑得如朝阳暖日，徐徐而来。紫金冠，青罗袍，赫然正是那个闲散不堪大用的八皇子殿下——楚临！

楚临觉得自己这辈子都没有这么威风凛凛光芒万丈过，所以这一刻，即便一只手里还抱着个奶娃娃楚融，威严也丝毫不减——

没办法，他去楚奕府上借人，秦菁说婢女不外借，所以他就使出浑身解数，把小祖宗哄了出来，然后……

丫鬟可以附赠的！

常芷馨脸色一下子变得惨白，半跪在车门处，不知道该上还是该下。

楚临笑眯眯地站在她面前十步开外的地方，脸上表情落落大方，扭头冲身后跟着的京兆府尹邱大人道：“夜里天凉啊，府尹大人还是请常小姐去你的公堂上聊聊吧！”

邱大人脸色铁青。

广泰公主在狱中被杀，常家小姐常芷馨被抓现行，八皇子楚临和京兆府尹连夜升堂，将两年前齐国公府二公子溺水一案给翻了个底朝天。

为了保全皇室颜面，广泰公主私通常海林一事自然不能提，而常芷馨谋杀广泰公主一事在公开出来的案卷中又被抹掉，最后以常家兄妹合谋杀害赵拓的结果定案。

谋害皇族，罪当诛九族，楚明帝没追究广泰公主被杀一事，已经给了常家莫大的恩典，故而常家人只能对此三缄其口，默默认了京兆府发出来的定罪案宗。

常海林本来就是个活死人，楚临就没动他，作为始作俑者的常芷馨被判了剐刑，刑期定在半月之后。

整个常家的名声都被她所累，备受非议。

常文山本来就一把年纪一身病，被这个消息刺激得当场心悸之症发作，勉强撑了一个晚上，最后早常芷馨一步而去。

他的长子常栋也无颜见人，以回乡丁忧为由，辞官而去，灰溜溜地带着其他家眷离京远走了。

常氏一族如大厦倾颓，一夜之间没落到了尘埃里。

然而这事儿还没有完，紧跟着当日和常家联手包庇凶手的党鹏案被提上议程，京兆府尹因为包庇常家判了错案，首当其冲被革职降罪。

这一次楚奕没有推脱，甚至和四皇子楚华红了脸拿下这个案子的主审权，大张旗鼓查办起来，最后以一个勾结常家、诬陷忠良意图霍乱朝纲的罪名，罢免处决了大小官员四十八人，其中三品以上的就有四名。

凤寰宫里，叶阳皇后仍是闭门不出，一副两耳不闻窗外事的模样。

古嬷嬷小心翼翼地端了定惊茶给她送进去："娘娘，天晚了，您该歇了！"

叶阳皇后坐在案后撑头假寐，闻言睁开眼，侧目去瞧了瞧放在一侧墙角的沙漏道："已经三更天了吗？"

"是啊，娘娘！"古嬷嬷道，绕过去把茶碗递给她，"您趁热喝了吧！"

这几日叶阳皇后精神更加不好，即使一直不断加大定惊茶的分量，还是噩梦不断。

她努力做出不在乎的模样，却是每到夜里就找借口拖着推迟就寝的时间。

她这做噩梦的毛病，是从两年前莫如风音讯全无之后就有的，古嬷嬷心知肚明，却一个字也不敢往外漏。

叶阳皇后接过那茶碗嗅了嗅，露出十分厌恶的神色，仍是没有说什么，闭眼把茶喝了。

古嬷嬷收了空碗，过去收拾她桌上的一些信函，一边问道："这些都不要了吗？"

"嗯，处理了吧！"叶阳皇后挥挥手，疲惫地靠在椅背上没有动。

古嬷嬷去端了火盆进来，当着她的面把那些信件一一烧成了灰。

叶阳皇后目不转睛地看着，火光映着她越发苍白憔悴的面孔，但那双眸子里却是精光四溢，越发显得精明强干。

半晌，她嘴角扯出一个笑容："老七那里有动作了，今儿个朝上老头子是个什么反应？老七手上掌着兵权，老六想要坐稳这朝中的那把椅子，肯定要先除去这个后患，这事儿应当马上就要闹起来了吧？”

有关常家的案子全部告破，涉及颜璟轩的那桩私劫军报的案子却还压着，纪良妃也一直被关在天牢，景帝没有再逼楚临破案，也不说交给其他人负责。而楚越没在京城久留，常家的案子一审完，他便主动请辞回北疆主事。

这几日他人刚到那边，马上又传出草原部落有人生事的消息，再加上原本邻国之间就不断有战事发生，这样一来便算是内忧外患。

楚越以此为由，上折子请求朝廷拨钱置办军备。

折子明明已经到了两天，却被楚奕故意压下没有上报。

然后紧跟着，昨夜就有八百里加急密报递入宫中，说是七皇子以军备不足为由，暂缓对外的战事，压兵草原部落边境。

这样一来，便算控制了整个草原，并且摆出了对内的架势。

“暂时还没有明确旨意下来，只说皇上似乎是不太高兴的。”古嬷嬷道，说着却是面有难色，小心地去看叶阳皇后的反应道，“自从常大学士的那件案子之后，娘娘您在前朝说得上话的暗桩被拔除了一半，现在没有人能参与到朝下御书房议事里头去，皇上那里的消息有很大一部分都不能及时报上来。”

“他高不高兴有什么关系，从来不都是这样？不过这骨肉相残的戏码，他越是不想看到，在这皇家，他的眼皮子底下却是少不了的。”叶阳皇后不以为然，剔着指甲冷笑一声，忽而目光一闪，沉吟道，“老四那里——”

“娘娘，奴婢正准备和您说呢，就在刚刚，四皇子又命人递了帖子要求见您了。”古嬷嬷忙道，“这几天，这已经是第四次了，娘娘还是不见吗？”

“不急。”叶阳皇后微微一笑，一副早知如此的表情，“这个孩子谨慎周全，以前都是纪良妃上蹿下跳在替他张罗，本宫真要用他，自然得他心悦诚服拜在我脚下的。”

楚华性子的确是十分沉稳的，只从这一次纪良妃的事情上就能看出来。

按理说自己的母妃被牵扯到那样一桩要命的案件里头，而且还入狱被关，换其他人怕是要按捺不住，或去走关系疏通，或找楚明帝求情，要求宽纵纪良妃。

可是楚华不然，从头到尾都泰然处之，绝不插手，甚至还为了避嫌，远远地撇开不提。

虽然这样的人更容易成事，但利弊兼容，想要拿捏起来也更不容易，所以叶阳皇后就一直吊着磨他的耐性。

“是，娘娘拿捏人心的手段从来都是没有错的。”古嬷嬷附和道。

主仆两人又说了两句话，古嬷嬷才伺候着叶阳皇后歇下。

接下来的几天，朝中形势巨变，七皇子那里在草原边境屯兵，态度强硬。

北疆外围的敌国见状，胆子越发大了起来，一再越境滋事。

楚明帝下了圣旨也无济于事，楚越递送回京的每一道折子用词都十分客气，总之是咬死了一个字——钱！

他不能让手下二十万兵士空手夺白刃，拿血肉之躯去和敌人抗衡。

楚越这样和朝廷僵持下来，楚明帝却是不能不管的，四日之后，楚奕就得了密令，并且携带虎符秘密出京。

只不过为了朝局稳定，这一切都发生在暗中，除了那些朝廷大员，没有人看到背地里的风起云涌，帝京之中仍然车水马龙，一片太平盛世的模样。

转眼半月之期已过，常芷馨被从京兆府大牢里提出来，游街顺带着送往刑场行刑。

最近楚奕不在京中，楚临往太子府跑得越发勤了，这日便又借口请了楚融出门去瞧热闹。

旋舞带人跟着，几人选了一处囚车必经的酒楼，在楼上订了个雅间瞧热闹，等热闹瞧够了就一并在外吃了饭。

日暮时分，秦菁叫人过来传信，说她有急事要去一趟成渝公主府上，让楚临和旋舞直接带着楚融过去。

楚临和旋舞对看一眼，直觉应当是发生了什么事，匆匆招呼了人，刚要结账离开，却不知道从哪里冒出来三十余个黑衣人，二话不说，先将车夫和随侍在侧的侍卫砍翻了七八个。

随即弥漫的血腥味里，听到一人沉声喝道："孩子留下，其他人，杀！"

一群人，来得快，去得也快。

下手稳准狠，毫不恋战，所有的目标都直指楚融，甚至对作为当朝亲王的楚临，也是下了杀手。

楚奕安排在暗处保护楚融的十二名精英暗卫毫无保留地全线出击，竟然也只多撑了片刻。

前后半盏茶的时间不到，酒楼门前一地残血，尸横遍地，大堂里躲在柜台后面避祸的掌柜和伙计都未能幸免，倒在血泊里。

这样一来，在消息传递的渠道上就慢了好些，等到路人根据留在酒楼门前的马车上的标识认出是八皇子府所有时，秦菁闻讯赶来，也只堪堪比京兆府的衙役早到一步。

楚临一身紫金长袍被血水浸染，完全看不出原来的颜色，倒在马车旁边，手中犹且以肉掌死死握着一把被刺客丢弃的长剑。

秦菁策马而来，先被这血腥的一幕震撼住。

"太子妃！"新上任的京兆府尹赵广义火急火燎地从对面过来，骤然一见血泊里的楚临，先是倒抽一口凉气，忙吩咐衙役，"快，快去看看八殿下怎么样了？"

几个衙役涌过去，秦菁强压下心中焦躁的情绪，利落下马拨开众人先弯身去看楚临。

楚临牙关紧咬，脸色苍白，倒在那里一动不动。身上胸前直穿到背后一个血窟窿，这一处应当是最致命的，另外身上还有大小伤口无数。

秦菁过去先试了试他的脉搏，微弱虚浮的一点，生命的迹象流逝得可怕。

“有金疮药吗？”秦菁道，顺手撕下他的一片袍角。

“金疮药？有！”衙役们都被当朝亲王喋血街头的一幕震慑，这时才反应过来，摸遍全身，马上有人递了金疮药来。

秦菁也不多想，就着楚临胸前的伤口倒了半瓶下去，然后撕下一片袍角给他裹住，又翻过他的身子，如法炮制，把他背后的洞也堵上。

“殿下受了重伤，不宜车马颠簸，先把他扶到对面的客栈里，找间客房安置。”秦菁果断地吩咐，一边起身往那酒楼里走，“先找个大夫来看着，然后叫人进宫去通知陛下，召集所有的太医都赶过来，看能不能保住他一条命。”

“是，下官这就叫人去办。”赵广义也不含糊，赶紧吩咐了几个得力的人分头去办。

秦菁走进那酒楼大堂，先是目光敏锐地飞快四下扫视一圈。没有见到旋舞和楚融，她心头先是一紧，随即又跟着一松——没见到尸体，总归是好的！

不是她有多镇定，而是到了这个时候，这便是她唯一能够用来安慰自己的话了。

赵广义在门口询问了几个路人之后，抹着汗一脸凝重地走过来：“娘娘，下官已经问过邻近的百姓了，说是一行三十余人，乘坐四辆马车，突然从人群中出现，俱是黑巾蒙面，动作十分迅速，见人就杀，统共不过半盏茶的工夫，走时四辆马车，分别走了左右两边，随后百姓再出来，看到的已经是这般情景。”

“融丫头呢？”秦菁问，单手按在一张桌子上。

她仰头看着二楼雅间，之前楚临他们下来时忘记关上那扇门，房间里的饭菜还有隐隐的热气升腾，但楼下已经整个被血腥味掩盖。

“这个——”赵广义一脸愧疚之色，“衙役们已经搜遍了，没有寻到安阳郡主，但是百姓中有人说，好像当时听谁说了一句，只要孩子，其他人可以杀。这样想来，郡主暂时应该没有生命危险。”

“有人看见他们带走了融丫头？”秦菁不动，出口的每一个字都冷静而强韧。

“这倒没有，当时那些黑衣人下手太过凶残，百姓避之唯恐不及。现在没有找到郡主，再从他们话里的意思推断——娘娘您还是暂且放宽心吧，事情也许没有想象中那么糟。还有，下官已经让人传令下去，通知各城门守卫加紧盘查。”赵广义看着她笔直的背影，如实答道，心里却在暗暗惊诧她此时的反应——

不管换了谁，在得知亲生女儿被劫之后，都不可能是这样的反应，即使不大哭，也应该六神无主。

这样冷静的，他还是头一次见到。

“没用的。”秦菁苍白着一张脸，似笑非笑地扯了下嘴角。

“娘娘的意思是？”赵广义不解。

“他们是乘坐马车掩人耳目，出了门又分批撤退，明显就是打好了主意，要借助人流遮掩行踪，现在最有利的时机已经错过，再要找人无异于大海捞针。”秦菁手下微微发力，细看之下不难发现，指关节已经隐隐泛白。

“如果他们人还在城里，总归是——”赵广义道。

“照你的话吩咐下去吧，总好过什么都不做。”秦菁摆摆手，深吸一口气，压下心里起伏到几乎马上控制不住的情绪，拖着沉重的步子又慢慢挪到酒楼门口。

那里横七竖八倒着尸体，为了留作破案的凭证，暂时还没动。

她扶着门框站在那里，错开楚临的侍卫，目光落在那些青袍人的几具尸体上，来回扫了两眼。

苏沐刚好探查完现场走过来，明白她心里的疑惑，马上开口道：“这十二人都是太子殿下精挑细选出来的，有几个武功犹在我和灵歌之上，即使对方人多势众，但能在短短半盏茶的工夫之内就将他们全部击杀，可见那些人的武功定然不俗，甚至可说是一等一的绝顶高手。”

秦菁虽然没亲自训练过死士，却也知道死士训练的规矩和生存法则。

这些人唯命是从，对楚融来说已经相当于一道牢不可破的活屏障，但就是这么一重他们自认为无坚不摧的保护网，也这般轻易被人冲破了，可见对方的实力非同一般，而能从暗中操控这么一批训练有素的高手的，究竟会是什么人？

“这些人如果要强行闯出城去，城门处的那些守卫根本无还手之力。”即使怀揣着希望，秦菁心里也是七上八下，很难平复下心情去思考。

“既然他们借助城中百姓掩藏身份，也有可能暂时不会冒险出城——”赵广义心里颤了颤，仿佛为了验证秦菁的猜测，两侧街道上同时传来急促的马蹄声。

众人循声望去，却是赵广义之前派出去往各城门传信的衙役。

“怎么样了？”赵广义一个箭步迎上去。

“大人，一刻钟以前，西城门被人强行冲破，一辆马车强闯路障冲出城去了。”

“大人，前不久，南城门被人强行冲破，几个黑衣人杀了三个守卫，带着一辆马车出城去了。”

“大人，就在刚刚，东城门处有人强闯，守城官被当场射杀。”

“大人，北边城门也被人强行冲破，一辆马车闯出去了。”

片刻之间，四条同样的消息。

饶是纵横官场多年的赵广义听着也两眼发晕，一把揪住一个衙役的领口道：“在他们之间可有听到孩子的哭声，或是有人见安阳郡主露过面？”

“听城门守官所言，那些人似乎都是训练有素的高手，马车捂得很严实，从头到尾都没有见到车里的人，也没有听到任何声音。”一个衙役回道。

其他人也纷纷附和，俱都表示其他城门也是同样的情况。

“这样一来，却不知道郡主是被他们带出城去了，还是这些人只是玩了个声东击西的伎俩迷惑我们，郡主实际上还在城里？”赵广义揣测，急得满头大汗。

“这些人的准备果然做得很足。”秦菁眼中闪过一丝凉意，一个字一个字从牙缝里挤出来。

“那现在怎么办？”赵广义像热锅上的蚂蚁似的，用力一捶手，“我立刻把京兆府所有的衙役都召集起来，不管怎么样，四面一起追吧。”

他说着，已经一跺脚转身吩咐下去。

“公主，以那些人的武功，衙役们去了完全就是羊入虎口，半点作用也没有。”苏沐神色凝重地护在秦菁身边，总觉得她很有可能下一刻就要晕倒，想要伸手去护，又因为身份有别不好动手，整个人显得局促万分。

“那也不能什么都不做。”秦菁道，目光空洞地落在眼前满是泥泞和鲜血的街道上，慢慢道，“你去，传本宫的命令，把阿奕的那些死士全部集中起来，带一半的人，往各处城门外去追查线索，即使是大海捞针，也要给我查到融丫头的下落。”

“是！奴才这就去。”苏沐颔首应下，又再担忧地看了秦菁一眼，抢了匹马夺路而去。

有人抢了楚融，还迫不及待将人带出了城？到底是什么人，又有什么目的？

拿楚融来挟制楚奕，还是用以威胁她？

楚越？叶阳珊？又难道是心有不甘的楚原？

“灵歌！”秦菁心里千头万绪，勉强定了定神，抬头招呼不远处正在尸体堆里来回翻找的灵歌。

“公主！”灵歌喘息着快步迎上来，“尸体我已经翻找了两遍，没有小舞，她不会丢下郡主一个人的，这样的话您也不用太忧心。”

没有发现旋舞的尸首，却不意味着她就是活着的。既然那些黑衣人的目标明确为楚融一个，那么旋舞越是意图保住楚融，本身的危险性也就越大。

灵歌脸色也略带了几分苍白和掩饰不住的惶恐，面上却是勉强笑着安慰秦菁。

“带人去找吧！”秦菁扯了扯嘴角，本是想要回她一个同样宽慰的笑容，到头来却还是没能把这个表情做出来，用微微发颤的手指握了握她的手，“苏沐回去调人了，你再带一批，沿着四面出京的路找，就算暂且只能把旋舞带回来也是好的。”

“嗯！”灵歌死咬着下唇，压下眼底泛起的酸意，“我让别人去吧，公主这里——我留下来陪您！”

秦菁心头微微一动，这才发现自己似乎还忽略了一些别的事。如果那些人带走楚融的目的是想针对楚奕的话，那么她也有可能成为他们的下一个目标。在楚奕面前，她和楚融具有同样的威胁力。

“也好。”秦菁点头，两人各自对看一眼，没有再说话。

宫里楚明帝得了消息，因为自己不方便出宫，就派赵岩紧急调配一万御林军带着整个太医院的太医一并赶来。

“微臣见过太子妃！”赵岩翻身下马，武将出身的他也被眼前血腥的一幕震住，缓了口气才拧眉道，“陛下得了赵广义派人送的消息，甚是着急，特命下官火速赶过来了，哦，还有今日当值的所有太医我都给带来了，八皇子殿下怎么样了？”

“他受了重伤，我带你们去。”秦菁强打精神带着几人进了对面的客栈。

赵岩起初听说楚临受伤，心里还抱着一丝侥幸，但见到真人的时候却是倒抽一口凉气：“怎么会这样？”

“来人下的全是杀手！”秦菁道。她并不多做解释，因为解释不了。从头到尾除了楚融失踪、楚临受伤，她对事件也是一无所知。

深吸一口气稳定情绪，秦菁走上前去问那大夫：“他的伤势怎么样？”

太医来了，这匆忙请来救命的大夫也算是功成身退。

这会儿，他一边擦着手上血迹一边哀哀叹气：“伤势很重，虽然离着心脏还差寸许，可伤到了大血管，再加上刚刚没能及时止血处理，现在很险啊，能不能挺过去，我也实在不好说。”

床前几个太医手忙脚乱地给楚临包扎，秦菁远远地看一眼床上楚临苍白虚弱的模样，扭头对灵歌道：“叫个人回去，咱们库房里有不少的私藏，我记得有两根野山参，还有一棵千年灵芝，都取来，或许用得上。”

“是。”灵歌应声去了。

赵岩看着楚临的境况不妙，心里隐隐有些不安，就上前商量道：“娘娘，八殿下的情况实在不容乐观，陛下那里又等着安阳郡主的消息，您是不是——”他话没说完，却是欲言又止。

丢了一个新近十分讨他欢心的孙女，又伤了一个儿子、生死未卜——

楚明帝那里，是需要一个交代的。

秦菁明白他的意思，又扭头看了眼床上的楚临，点头道：“这里就先交给你了，本宫先进宫去见父皇一面，把事情说清楚吧。”现在这个时候，她心急如焚，恨不得亲自出城去追寻楚融的下落。可是眼下楚奕不在京中，千头万绪都得她临场指挥，她不能走！

“如此，那就辛苦娘娘了。”赵岩感激地拱手一礼，马上招呼了人准备车马。

其实此时进宫，直接骑马要快上好些。

可是秦菁很清楚自己此时的精神状态，并没有拒绝赵岩的安排，带着灵歌，被重兵护卫着火速进宫。

因为事出突然，赵广义让人进宫报信的时候忘了嘱咐封锁消息，是以彼时整件事已经在宫里迅速扩散开来。

秦菁手里握有楚明帝钦赐给楚融的一面令牌，宫门守卫又提前得了楚明帝的嘱托，是以无人拦她，直接迎着她的车驾将她请去了御书房。

秦菁将自己知道的一些事都对楚明帝如实说了，楚明帝倒是不曾动怒，也不曾发火，只是脸上蒙了层霜，一双眼睛更是被阴霾笼罩，久久沉默下去。

“融丫头的事，有赵岩和赵广义协助，我会尽快处理好的，还有八弟那里，太医们正在守着，一有消息就会让人传信过来的，请父皇暂且安心吧。”秦菁也无心和他彼此传递那种焦心的情绪，率先一步打破沉默，“如果父皇没有别的吩咐，臣媳就先行告退了。”

“你去吧！”楚明帝心不在焉地应道，突然想起了什么，又一抬手，招呼了张惠廷过来吩咐道，“你去后面把那个金盒子取来。”

“是！”张惠廷似是一愣，但马上便镇定下来，抱着拂尘退到后面的内室里。

秦菁狐疑地等着，隐约听到后面一些细微的声响，像是家具挪动的声音。

不多时，张惠廷就小心翼翼地捧着一个紫檀木镶金边的长方形盒子走出来，弯腰下去双手呈送于楚明帝面前：“陛下，金盒子！”

“嗯！”楚明帝抬手摸了摸那盒子上面的纹路，却是看也未看，直接一推指了指秦菁所在的方向道，“老八伤得不轻，这个你也一并拿去吧。”

“是，父皇。”他对那东西的态度也不是太过珍视，秦菁也便没有多想，上前接了抱在怀里。

“去吧！”楚明帝挥挥手。

秦菁抿抿唇，捧着盒子转身，走了两步又止了步子回头：“父皇，还有一件事——”

“你是想说老六？”楚明帝打断她的话。

他目光沉稳内敛，深邃悠远得让人不敢直视。

“臣媳总觉得这次的事是有人针对他，可是因为事出突然，再加上我的疏忽，这消息怕是已经瞒不住了。”秦菁略带几分试探之意道。

“朕明白你的意思，会尽量把这消息拦下的，能拖一日是一日。当务之急是要早点把安阳找回来。”楚明帝道。

楚奕奉了楚明帝的密令出京，知道的人少之又少，对外只说他是去山北道视察督建堤坝了。

“谢谢父皇！”秦菁感激道，屈膝福了一礼，便不再耽搁，转身匆匆出了门。

她一走，张惠廷马上面有忧色地上前一步道：“陛下，您把那东西给了太子妃，是怀疑——”

楚明帝目光沉了沉，眼中有种幽暗而旷远之色，随后一闪即逝，只是抬手制止他后面未曾出口的话。

张惠廷止不住心头发颤，还想说什么，因为深知楚明帝的脾气而没有开口，沉默着垂下头去。

秦菁捧着那盒子出了御书房，直接上车出宫：“走吧，直接回客栈去看楚临。”

车夫驾车，直奔南安门方向而去。

车厢里，秦菁和灵歌相对而坐，两个人因为各怀心事，沉默不语。良久之后，灵歌才注意到她手里捧着的盒子，露出些许疑惑之色道：“公主，这是什么？”

秦菁手指压在那盒子外侧镶金的纹路上轻柔地蹭了蹭，这才想起这东西递到手里她还没有看过，于是悄然掀开一角瞧了一眼，随即重新合上，淡淡道：“没什么，是父皇让我带给楚临的补品。”说完，便随意地放在了旁边的桌子上。

客栈那里，楚临因为没有脱离危险，所以不能挪动，太医们分成三人一组，轮流值勤守在那里。

秦菁待了几乎整夜，所有人的注意力都集中在楚临身上，是以并没有人发现，下半夜的时候，秦菁身边唯一一个贴身保护她的高手灵歌不知何时已经没了踪影。

黎明之前，各处城门派出去搜索楚融消息的暗卫几乎都有回禀——

无所获。

眼见着天色将明，秦菁也隐隐有些支撑不住，交代了赵岩两句，自己先行回了太子府邸。

今日这事，楚明帝虽然答应帮她暂且对楚奕封锁消息，但终究纸包不住火。

回府以后，秦菁便直接去了书房给楚奕写信。

与其等到居心不良的人添油加醋把这事儿抖到楚奕那里去，还不如她自己先下手为强，好歹她更清楚楚奕的脾气，总能先把人给稳住了。

“晴云，给我拿杯水进来。”秦菁快步进了书房，绕到案后去取砚台，挽起袖子准备磨墨。

“是！”书房门被人从外面推开又轻轻合上，有人疾步而来，把一杯清水递到她面前。秦菁伸手接过，往砚台上倾了几滴。透明清澈的水珠氤氲到漆黑的砚台上突然变了颜色，不过瞬间，上面便腾起翠色的烟雾来。

秦菁警觉地立刻丢了手里的东西，抬手就要捂住口鼻，却不想站在她案前的“晴云”突然一抬手，按住她的手腕。那女子手指冰凉，带了一丝不易察觉的轻颤，落在她的手背上，秦菁似乎能感觉到她掌心微微的汗湿。

秦菁一个猝不及防，就把那雾气吸入肺腑。她下意识抬头，从微明的光线中看到那女子使劲压低的面孔。

“是你？”似是惊诧，又似是了然。秦菁努力撑着最后一丝意识，嘴角带了丝讽笑看着她。

那女子使劲抿抿唇，没有与她对视哪怕一眼，只是语气坚决道：“荣安，对不起了，现在，你得马上跟我走！”

“凭什么？”秦菁两手撑着桌子，唇角一直带一丝讽笑，冷冷地看着她，“你觉得你能从这里神不知鬼不觉地带走我？”

自从这人出现以后，她心里反而略略安定下来。最起码，现在可以断定——

楚融，应该真的不会有生命危险。

“苏沐和你那两个会武功的丫头都不在这里，大部分暗卫也都被派出去了。”女子说道，语气十分柔软轻缓，却因为紧张而明显心虚。

秦菁冷眼看着她，方才砚台上升起的那一层绿雾并没有让她丧失神志，只在最初的晕眩过后渐渐觉得四肢乏力。

此刻她费力地以手撑在桌子上，支撑身体的重量，袖子底下的手却是不受控制地颤抖，额上细汗也出了一层。

“融丫头也是他下的手？”她问，却是笃定的语气。女子目光一闪，始终使劲低垂着眼睫，不与她正面相对。

她似是顿了一顿，秦菁的心却在那一刻下沉。下一刻，她没有等到那女子的回答，反而自己身上的力气散尽，颓然落回身后的椅子上。

“不是他？到底出了什么事？”半晌，她胸口恐惧的情绪开始肆意蔓延。到底是谁，是谁劫走了楚融？

“天快亮了。”女子回头看一眼从窗棂上坠在地面的灰白色天光，脸上露出几分焦灼的表情。

“荣安！”她急切地绕过书案上前一步，似乎想去拉秦菁的手，却在触到她袖子的那一刻，指尖一抖打住了动作，咬着嘴唇道，“总之我是不会害你的，安阳没有事，现在你留在这里才是步步危机，没有好处，走吧！”

“不会害我？”秦菁冷笑，斜睨她一眼，神情语气间充斥的满满都是鄙夷，“也不是为了帮我，不是吗？你这样一个把自己早已放弃了的人，别跟我说还惦记什么旧时的情分。”

“我——”女子脸上的表情僵了僵，似是想要辩驳，最终还是心虚地垂下头去。

屋子里一时陷入沉默。

那女子似乎对秦菁心存顾忌，一直没有真的对她用强。

“算了，横竖现在我也是没的选的，叫你的人进来吧。”良久之后，还是秦菁长出一口气打破沉默。

她仰靠在椅背上不动，不是不想动，而是全身上下使不上一丝力气。

那女子迟疑了一下，然后一咬牙，取过之前她进门时丢下的披风，缓缓击掌三下。

随后书房门再度被人从外面推开，两名婢女低眉顺眼地快步走进来，直接把秦菁从椅子上扶起来，替她把身上衣服脱下来，换上太子府婢子所穿的青绿色裙衫。

秦菁一声不吭由着她们动作。那女子利落地换上秦菁的衣服，恰在此时院外传来一阵急促的脚步声。脚步声很稳，却不重，明显是府里得力的护卫。

秦菁目光略略一动，但见几人神色从容，连眼色都不曾交换一个，她心里立刻就明白过来——这一步，应该也在她们的计划之内。在时间上，可谓拿捏极好。

那人的脚步声止在门外，语气恭谨地敲了两下门。

"什么事？"秦菁隔门问他。

"客栈那里赵大人让人传了口信过来，说是成渝公主和大驸马听闻八殿下出事，赶着去了客栈探望。成渝公主让人过来问问，一会儿她想和驸马过来拜会您，您这里方不方便？"那人道。这个口信是真是假姑且不论，但至少理由很合理。

那女子忐忑地看了秦菁一眼。秦菁却未有半分犹豫，只道："告诉他不必了，本宫马上也要赶回客栈去看八殿下，一会儿就在客栈见面吧。然后吩咐下去，让他们给我备车。"

"是！"那护卫应道，在门外一拱手，转身又原路退出了院子。

屋子里，女子显而易见地舒了一口气，抖开秦菁的披风，严严实实在自己身上裹好。

两人在身量上本来就是差不多的，在这样天色半明的情况下，她螓首微垂，举止优雅地款步而出，站在三步之外的侍卫和车夫竟然没能看出一丝破绽。

几个随行的婢女互相扶持着上了后面的马车。

这天下半夜，街道上起了隐约的雾气，马车拐过第一处街角的时候，车夫和随驾的护卫们只觉得视线一花，不知怎的眼前白雾弥漫，回头都看不见左右同伴的面孔。

雾气中隐约有微苦的味道散开，紧跟着下一刻就是噼里啪啦一片重物落地声。

侍卫们在雾气的掩映下纷纷倒地，车夫身子一歪落在马下，然则几乎是同时，旁边已经有人听声辨位，跃上车辕接替了车夫。

一切极为迅速地发生，马车飞快驶出了巷子，十几条鬼魅般的影子隐没在视线难辨的雾气里。

等到迷雾散尽，街道上还是空空如也，一片祥和盛世。

那一夜，成渝公主和驸马在客栈等了许久，终究还是没有等到太子妃的大驾，而与此同时，一辆朴实无华的商人马车沐浴着清晨的第一缕阳光，从刚刚洞开的东城门驶出，消失无踪。

当成渝公主夫妇按捺不住亲自登门寻人的时候，秦菁连夜失踪的事情才被发现。然后，整个府邸全乱套了。

苏沐情急之下直接奔了出去找人，成渝公主赶紧叫人进宫给皇帝送信。

安阳郡主和太子妃相继失踪的消息传递进宫，因为楚奕不在京中，楚明帝便把一切事宜都安排给赵岩去做，一边下令暂时封锁消息，一边却是调配了大批御林军给他，让他明察暗访到处去找人。

四下里搜寻了整整一天一夜，苏沐终于在城外东南方向离城三十里外找到了昏死在草丛里的旋舞。

旋舞身上也受了伤，却不致命，最重的便是肩头一处剑伤，血肉翻卷，甚至可以看到里面的森森白骨，而她昏倒，最直接的原因是舍命追赶刺客的马车，导致精疲力竭失去了知觉。

苏沐一边派了人沿着这条线路继续追下去，一边火急火燎带着她秘密回京。

秦菁失踪，灵歌也莫名其妙没了踪影，彼时的太子府上正乱作一团。

苏沐找了大夫给旋舞看诊，用了好些吊命的好药，她又昏睡了大半日才悠悠转醒。

"小舞，小舞醒了！"守在床边的晴云喜极而泣，忙奔出门去喊苏沐，"苏沐，小舞醒了！"

彼时苏沐正抱剑靠在门边的柱子上闭目养神，闻言一个激灵，一个箭步冲进来："旋舞！"

"苏沐？"旋舞躺在床上，眼圈一红，马上就要起身，却撕裂肩头伤口，绷带上洇染一片残红。

她却不管，一把握住晴云的手，焦急道："郡主！晴云姐姐，郡主找回来了吗？"说话间已经泪流满面。

"伤口撕裂了，你先躺下。"晴云扶着她的肩膀也是默默垂泪，不忍地别过头去。

只看她这反应，旋舞已经从头凉到脚。

"小舞，"苏沐深吸一口气，上前按着她不曾受伤的另一边肩头，用没有起伏的声音道，"你先冷静点，告诉我们当时到底发生了什么事？是什么人劫持了郡主？"

"我不知道！"旋舞懊恼地抓着自己的头发，大声哭出来，"当时我们收到公主的信，正想回来的，可是才下了楼，就不知道从哪里冒出来一群黑衣人，二话不说就……"

"八殿下！八殿下他怎么样了？"她说着，眼中泪光一凝，一把扣住晴云的肩头，声音尖锐而带一丝颤抖，"当时我抱着郡主，那些人上来使的就是杀招，想要我的命，八殿下挡了那一剑。我一恍神，郡主就被他们抢走了，后来我急着去追，就没顾上，他好像伤得很重，他……"

当时刺客那一剑刺来，她因为抱着楚融无从闪躲，就在她以为必定要血溅当场的时候，楚临突然扑过来，横身一挡，以自己的血肉之躯，生生将那即将贯穿她喉咙的冷剑隔开了。

血光飞溅，她眼睁睁看着那么长且冰冷的利器从他胸前破开一个血洞，然后整个贯穿再从后背刺出来。

她肩上的伤，也是那把刺穿楚临身体的剑留下的。

当时楚临背对着她，她甚至来不及看他的表情，一转身就被人远远地推开了。

他落在她眼里的背影那般刚烈决绝，一直在脑海里回旋震撼。

"旋舞，你先冷静点听我说。"晴云肩膀被她抓得生疼，皱眉大声道，"八殿下伤得很重，回头我带你去看他，可是现在你先仔细想想，到底知不知道带走郡主的是什么人？现在——公主也不见了！”

“什、什么？”旋舞本来陷在深度自责的情绪里没有走出来，惊闻此言才如遭雷击，整个人都怔在那里。

“公主和郡主都不见了。”晴云重复，满怀希望地看着她，“八殿下生死未卜，其他侍卫和暗卫无一活口，现在你是唯一见过他们的人，你想想，想想啊，有没有什么线索？”

“我——”旋舞张了张嘴，却是再度抱头痛哭起来，“那些人如果不是什么人精心培育出来的暗卫，也是雇佣的职业杀手，根本就什么破绽也没留。我只来得及追着他们出城，后来却因为体力不支倒在了半路。”

“你确定劫持郡主的人是顺着那个方向走的？”晴云确认道。

“嗯！”旋舞心乱如麻地胡乱点头。

“苏沐！”晴云倒抽一口气凉气，仰头去看苏沐。

苏沐冰冷的表情未变，抿抿唇，果断地开口道：“我马上让人传信回云都，还有，郡主最后的下落，目前只有我们三个知道。这个消息暂时压下来，谁也不要透出去。”

那个方向，是去往大秦的方向。

秦宣不可能劫持楚融和秦菁，那么真相到底是什么？

苍天之下，似乎顷刻罩下一张巨网，云遮雾绕挡住了所有人的视线。

这件事绝不像表面看上去那样简单，难道对方挟持楚融的目的，不在西楚而在大秦？有人狼子野心，打了一箭双雕的主意？

“我明白！”旋舞忙抹了把泪。

晴云也用力点点头，三个人的神色都是少有的凝重。

“苏沐，告诉太子殿下吧，这件事……”沉默片刻，晴云开口。

为了避免不必要的麻烦，在确定秦菁和楚融的下落之前，这件事的矛头一定不能指向大秦，否则一旦被有心人利用，必将天翻地覆。

“嗯！旋舞的事，我会对外宣称在西城门外找到她，咱们必须口风一致。”苏沐点头，又再嘱咐一遍，“我现在马上下去安排人给太子殿下送信，你在这里陪着旋舞，让她好好养伤。”

第十八章　受制于人，大晏宫变

安阳郡主在光天化日之下被人掳劫，并且酿成了一场前所未有的惊天血案，消息一经扩散，整个西楚帝京风声鹤唳，百姓唏嘘，朝臣更是人人自危。

凤寰宫里，叶阳皇后夜里失眠，最近都是一直睡到日上三竿才醒。

古嬷嬷端了事先准备好的热茶送上来，叶阳皇后接过去呷了一口润嗓，然后问道："外头的事情怎么样了？"

楚融被掳走是头天傍晚的事，紧跟着入夜之后秦菁就火急火燎去御书房觐见楚明帝，这些她都是知道的。

"娘娘放心，那边派出来的都是高手，说是宫外鸡飞狗跳追查了一整晚，一点线索也没有摸到，安阳郡主的事，应该是没有后患了。"古嬷嬷道，脸上神色却未见轻松，顿了一顿，拿眼角余光看了眼她的脸色，才又迟疑着开口，"不过娘娘，还有一件事……太子妃也失踪了！"

"嗯？"叶阳皇后拢茶的动作微微一滞。

她没有抬头，甚至连神色都没有多大的变化，只是目光沉静，盯着手里翠色的茶水。半晌，她开口："怎么咱们提前没有听到消息？这一次是怎么做到的？"

"不知道！"古嬷嬷道，后背隐隐开始冒汗，"不过这件事皇上似乎并不想声张，一直捂得很严，奴婢也是费了好大的力气才打探出来的。"

"荣安也失踪了？怎么会？"叶阳皇后不可置信地由鼻息间哼出一声冷笑。

劫持楚融那么一个小丫头的计划都是他们几经周折的谋划，然后动用了多方关系才能确保万无一失地进行，现在秦菁那么诡计多端的大活人，怎么可能就这么凭空消失了？

"奴婢也觉得这事情诡异，一直到刚才让人再三查证之后才敢跟您说，这消息看来是八九不离十了。"古嬷嬷道，微微抬起脸紧张地看着她，"黎明时分，咱们的人从太子府邸附近远远地看着太子妃上了一辆马车，走的是去客栈看望八殿下的那条路，虽然她府上的人不说，但是之后就没人再见过她的面了。”

“简直滑天下之大稽！”叶阳皇后冷笑，砰的一声把茶碗扔到桌上，“是什么人做的？那些大晏人能有这个本事吗？”

“奴婢觉得不能。”古嬷嬷揣测，“太子妃手段不俗，虽然咱们也有这个计划，却一直没能找到机会下手，现在那些大晏人在帝京人生地不熟，不可能不过娘娘您的手就把事情做得这么干净利索。”

“那她人怎么就突然不见了？”叶阳皇后目光一厉，胸口起伏得厉害。

大晏那边的联盟是她花费了好大的心思精力才牵上的，迂回了这么大一个圈子，就是为了用作绝地反击的最后筹码。

本来先后拿到秦菁和楚融，一切就可尽在掌握，可是现在秦菁居然没过她的手就先消失不见了？

“会不会真的是那老妖妇自己做的？”所有可能的想法都在脑子里过了一遍之后，叶阳皇后终于忍不住微微抽了口气，不安道，“她不会是想过河拆桥，走到这一步就想着把本宫一脚踢开吧？”

“这……”古嬷嬷也是听得一颤，“要知道，起初就不该答应先把安阳郡主给了她。”

叶阳皇后原先的计划，是双方合作拿下楚融和秦菁，表面上说是用这两个人作为双方合作的诚意，而她私底下的打算却是先以楚融争取到对方的信任，而秦菁这里，到时候拿下来则要控制在她自己手里的，也算是拿住对方的把柄。

可是现在，前一步棋按照她的计划走了，便宜了别人，到头来却是她要留给自己的筹码脱出掌控不翼而飞。

“现在说这些还有什么用？”叶阳皇后目色一厉，衣袖一扫，就把桌上茶碗扫在了地上。

“娘娘！”古嬷嬷一个响头磕在地上，“现在这消息各方面都藏得紧，凡事您还是先往好的方面看吧。奴婢倒是觉得那些大晏人未必有这个本事，安阳郡主的事若不是娘娘在其中谋划布局，又给她提供方便接应他们的行动，他们哪能做得这么干净利索？”

“你懂什么？本宫倒宁愿是大晏那个老妖妇的手笔！”叶阳皇后冷冷一笑，语气森然，“荣安那个丫头诡计多端，不管她落在谁的手里，总好过是她自己布局逃脱在外的，而且别忘了老六现在在做什么，他那里才是最大的隐患。”她想了想，“皇上不是怕乱了老六的心而刻意封锁消息，对他隐瞒吗？想办法，尽快把消息送过去。荣安的事真相不明，暂时可以避开不提，至于安阳——老六和老七那里在背地里较劲了那么久，是时候让本宫出手推他们一把了。”

“是，奴婢明白！”古嬷嬷点头，刚要下去，叶阳皇后又道：“还有大晏那边的消息给我盯紧点，荣安的事，只要他们不提，就不要先给他们透露。”

秦菁下落不明，如果是大晏人做的，就说明那边的人不肯守信，对她存了利用之心。

而如果不是大晏人做的，那么她倒是还可以再利用利用。横竖现在是连楚明帝都找不到秦菁的人，只要她说这女人是在自己手里，大晏往京城这里来的消息渠道闭塞，即使楚奕将信将疑，对她也总要存一线的顾虑。

古嬷嬷下去交代她的吩咐，回来的时候叶阳皇后已经穿戴妥当，正坐在镜前描眉。

从镜子里看到古嬷嬷进来，她目光略略一转，挥退左右："怎么样了？"

"已经按照娘娘的吩咐传话下去了。"古嬷嬷说着凑近她身边，压低了声音再补充，"娘娘，四殿下那里，又递了帖子求见。这已经是第六次了，娘娘还要继续晾着他吗？"

"不了！"叶阳皇后搁下手里的青黛，起身抖了抖裙裾，简单利落地吐出一个字："见！"

趁着眼下大晏人还在掌握中，她必须对所有的时机充分利用，如果楚奕和楚越之间马上会因为这件事呛起来，战局之前，生死攸关，一时半会儿就谁也赶不回来，那么这便是她控制皇城的最好机会。

没有什么比清君侧、平乱党更合适的借口了！

因为后面还要谋事，叶阳皇后肯定不能在白天这么堂而皇之地见楚华。

入暮时分，几辆派出去采买的车马井然有序地从东安门出宫，车队行至半路，走在最后的一辆就悄然离开，拐进旁边一条偏僻的巷子里。

马车在不起眼的小巷子里穿梭，连着又拐过三条街，最后在一处大宅子门口停下来。

古嬷嬷下了车，先是四下里窥测一遍，没有发现什么异常，才打开帘子请了叶阳皇后下来："娘娘，到了！"

车夫直接俯身趴了下去，叶阳皇后踩着他的背踏下车。

夜色幽暗而宁静，巷子里空无一人，一眼看去很气派的两扇朱漆大门紧闭，里面宅院深深，却竟然一丝烛火也没有。

人声泯灭之余，仿佛一座死宅。

颜家在京城的这处房产，自从颜璟轩死后，也的确是变成一座废宅了。

"去，到巷子口盯着去。"古嬷嬷阴着脸给车夫使了个眼色。

"是！"车夫磕了个头，起身，疾步朝巷子口走去，脚步落地无声，显然是个深藏不露的高手。

古嬷嬷扶着叶阳皇后的手上了台阶，也不敲门，直接把虚掩着的大门推开一条缝隙，两人一前一后闪了进去。

大门再度合上，除了门前墙壁的暗影里停着的马车，仿佛一切如常，什么都不曾发生过。

叶阳皇后主仆二人并没有在里头待太久，大约一刻钟左右，又原路出来。

蛰伏在暗处的车夫听闻动静，连忙迎过来。

"周围没什么可疑的吧？"古嬷嬷道。

"没有！嬷嬷放心。"那车夫简练地回，不等吩咐又趴伏在地，充当了垫脚凳的角色。

一辆马车无声无息地来，又悄无声息地驶出巷子。

一直到清脆的马蹄声在夜色中回旋无踪，紧闭的大门才再次打开，从里面款步走出一个身着玄色长衫身材颀长的男子来，赫然就是四皇子楚华。

楚华似是孤身而来，并没有带随从。

他从门内出来，却在门前石狮子投射下来的阴影里站定，并没有马上离开。

片刻之后，另外一道影子从巷子的最深处飘移出来。之所以说他是飘的，是因为他不仅身形极快，而且脚步落地无声，当真如鬼魅悄然出现。

"先生的轻功果然出神入化，连皇后身边的第一高手都没能察觉你的气息。"楚华嘴角扯了一下，语气冷淡，听不出到底是真心实意的赞扬还是别有居心的讽刺。

那人一身夜行衣，身姿和夜色融为一体，整个轮廓都不分明，只在蒙面黑巾之上露出一双眼睛锐利如鹰，目光逼人。

"王爷谬赞，愧不敢当。"那人淡淡开口，出口的话客气有余，恭谨不足。

他静无波澜的目光落在空旷的巷子口，继而问道："刚才见到皇后娘娘满意而归，应当恭喜王爷得了一方好助力，成就大业指日可待。"

"哼！"楚华对这样的恭维之言并不领情，冷嗤一声道，"借先生吉言，今夜还得谢谢你暗中护卫本王走这一趟。"

"职责所在，属下不敢居功。"那人回道，紧跟着话锋一转，"这两日城里不太平，此地不宜久留，属下还是先送王爷回府吧。"

楚华冷着脸瞥他一眼，终究什么也没说，率先一撩袍角急急往夜色中行去。

那人飘身过去，亦步亦趋跟在他身后，当真如一条影子，跟着他无声无息地消失于茫茫夜色之中。

西楚帝京。

安阳郡主失踪之后，御林军和太子府上的暗卫都在马不停蹄地四处寻找，但整整半个月，没有丝毫的线索。

而在这段时间之内，太子妃却再不曾在人前露面，这一点也在朝臣之中引起了不小的骚动。

很多人都猜测太子妃躁郁成疾，闭门养病，但是宫里宫外都对此避而不谈，始终没有确切的消息透露出来。

这日清晨，古嬷嬷神色慌张地进了叶阳皇后的寝宫。

叶阳皇后一见她脸色不佳，马上打发了宫女们退下，正色道："这么急，是什么事？"

“娘娘！”古嬷嬷上气不接下气，按着胸口使劲压下一口气道，“有一个大消息，是大秦宫里头传出来的。”

“怎么？”叶阳皇后一怔。

这些天秦菁一直音讯全无，虽然后来确定不是付太后私底下所为，但她心里终究是悬了块石头。

所以，此时听到有关大秦方面的消息，下意识就紧张起来。

“大秦宫里传出来的消息，说是荣安长公主回朝省亲，回了大秦！”古嬷嬷道，胸口里憋着一口气，始终不敢轻易吐出来。

“消息可靠吗？”叶阳皇后愣了愣，脱口问道。

“不知道，不过十有八九。”古嬷嬷从袖子里掏出一卷小纸卷递过去，“咱们的密报刚刚收到，刚好大晏那边也有人传信询问我们此事的真假，说是大晏太后娘娘十分震怒。现在要怎么办？如果她真的回了大秦，大晏人怕是要因为咱们的刻意欺瞒而心生不满了，到时候——”

“不可能！”叶阳皇后眉目一厉，果断否定了这种可能，“她如果真是回了大秦，又何至于在这边一点消息都不露？反而要让老爷子派了人上天入地地找？”

“可是大秦朝中出来的消息应该也假不了的。”古嬷嬷不解，“如果不是确有其事，秦皇陛下单方面撒下这么个谎，也没有道理啊？”

出嫁的公主，还是和亲到了别国，从来就没有回朝省亲的先例。

“是啊，这个秦宣帝唱的又是哪一出？”叶阳皇后冷冷扯了扯嘴角，“不管怎样，这个消息不可能是真的，大晏那边你直接回了就行。至于大秦，叫人去查，即使不是真的，也要给本宫查清楚了，这秦宣帝到底在搞什么鬼！”

大秦方面传出秦菁的消息？难道荣安已经猜到了自己和大晏人之间的牵连，所以动用了秦宣帝的关系来寻求庇护吗？

叶阳皇后心里略带了几分焦躁，但转念一想，自始至终她根本一点破绽都没有给对方留下，不由得又暗笑自己多心。

成败在此一举，谁都没有退路。事到如今，何必自己吓自己呢？

一灯如豆。

大帐里，两个女人在摆满饭菜的方桌前相对而坐，谁都没有动筷子。

“你的信，我已经让人转交大皇弟了，这几天，云都方面的消息应该已经传出来了。”秦薇开口，微垂眼睛盯着桌面，一如她这段时间以来维持的态度一样，不骄不躁，也从不直视着秦菁的眼睛说话。

秦菁隔着桌子看她，淡淡道：“谢谢！”

秦薇垂在袖子底下的手不自在地动了动，又静默地坐了一会儿，起身道：“我先走了，你吃饭吧。”

秦菁没拦她，一直等她走到门口，忽然开口道：“已经第三天了。”

秦薇脚下步子顿住，手指落在门口的毡门上，犹豫了一下，却没有回头，执意将那毡门掀开一角。

“大皇姐，”秦菁的声音从背后袭来，语气冷毅而不带一丝感情，“你应当知道，我的脾气一向都不怎么好。我肯忍你们到现在，这已经是极限，今晚若是再没有人能给我一个交代，我怕是没有办法再继续配合你了。”

那日秦薇带着她出京，虽然开始走的是回大秦的必经之路，但是所有人都忘了，那个方向，离开祈宁城的百里之外偏开主路直插向南，穿过一片山脉再横穿草原一角，入的就是大晏境内。

路上他们走了十余天，畅通无阻，很顺利便抵达这里——大晏和大秦两军对垒之地的大晏军营。

而此时，已经是她被困在这座大帐里的第三天了。

秦薇在门口顿住，想了想，还是把掀了一半的毡门重新放下来。

“荣安，我知道你的本事，可是现在能怎么样，你既然已经跟我来了——”她不回头，只是声音轻缓而平稳地慢慢说道，“这里是大晏四十万大军围营驻扎的中心地带，既来之则安之，你好好待着吧！”

“既来之则安之？我可没有皇姐你这么好的适应力。”秦菁冷笑，随意往身后椅背上一靠，伸手从怀里掏出一个旗花筒在手里把玩，“我是双拳难敌四手，被困在这里就只能由着你们拿捏。如果我没猜错的话，萧羽军队的安营之所，离此处应该不会超过二十里吧？”

秦薇怔了怔，蛾眉微蹙，终于忍不住回头看过来，见到她手里的旗花，心中了然：“你——”

“我知道你们没准备把我怎样，甚至把我软禁在这里，没准还是出于一番好意，但是很抱歉，我不能接受这种单方面的好处。”秦菁道，嘲弄地看着她，“你应当知道我不是在开玩笑，怎么样？今天还准备继续搪塞我吗？”

“荣安，你这是何必呢？”秦薇唇角的笑容微微发苦，还是下意识去回避她的目光。

秦菁隔着灯火望她，却恍然间发现，当年记忆里那个温婉柔和的女子已经很难在她身上寻到一丝一毫的痕迹。

眼前的这个女子，虽然还是那样的容貌和身姿，但眉宇之间早就褪去了明朗温和的气息，整个人看上去沉稳庄重，每时每刻，最起码在面对她的时候，总带了那么一丝半点谦卑的情绪在里头。

曾经的天之骄女，皇孙贵胄。

想着这军营之地的环境，秦菁心里也跟着起了淡淡沧桑：“这句话，其实我当年也很想问你，何必呢？何苦呢？”她的神情仍然带着显而易见的嘲讽，语气很淡。

秦薇张了张嘴，最终还是沉默下去。她这一生，似乎都是为了那个男人而存在，为他生，为他死，为了他，不惜背井离乡抛弃所有的尊荣与富贵，最不忍，还是连一直以来视为珍宝的女儿都抛在了身后。

曾经也有无数次，她在午夜梦回的时候这般问自己——何必呢？何苦呢？值得吗？可是已经走在了脚下的路，就没有回头的余地了。不问对错是非，唯一能做的就是一直一直地走下去。

秦菁看着她平静的面孔上掩饰不住的千变万化，也不等她的回答就继续说道：“你不用回答我，横竖现在抛开彼此身份的束缚，我们就是路人。而且说句不客气的话，现在的我也没有资格这般质问你，虽然不及你这般决绝，但是无可否认，现在的我，所做的也是和你当初一样不顾后果、决绝而惨烈的选择。所以你更应当知道，我们这样的人，从来就不会给自己留余地。现在你若是不能给我想要的答案，那么，就换个人来跟我谈吧！”

无论是秦薇为了樊泽，还是她追随楚奕，她们走的都是一条决计不准备回头的路。

“这一生对或错，都是我自己的，我不后悔。”秦薇沉默着，好半天之后才是惨然一笑，终于仰起脸来直视她，“相较于我，你总要好上太多，至少，你从未想过就此放弃安阳。”说完，她也不再去管秦菁到底会不会射出旗花，一转身快步走了出去。

她人一走，帐外原本避开在五丈之外的侍卫们马上又再围拢过来，把整个帐篷封锁起来。

秦菁手里把玩着旗花筒，脸上却无一丝表情，靠在椅背上安然坐着，听远处的更鼓偶尔模糊地穿透夜色，奏出微凉而寂寞的乐音。

秦薇去了很久，约莫半个时辰之后，帐篷外面才又重新有了响动。

“副帅！”门口的亲兵纷纷单膝点地去行礼。一人身披战甲，走路的姿态却十分悠然，随意进了帐篷。

士兵们无须他吩咐，就自觉退到外围把守。

“樊大公子，别来无恙！”秦菁淡淡开口，眉尾挑起一个弧度，似笑非笑。

桌上的饭菜已经凉了，纹丝未动地摆在那里。樊泽目光一扫而过，然后走到秦菁对面坐下，一动不动地盯着她不断把玩的旗花筒。

秦菁一笑，随手将那东西抛过去。樊泽轻巧地伸手捞过，看也未看，直接放在了桌子一角。

事出突然，大晏这边的消息瞒得滴水不漏，他根本就不信秦菁会未卜先知，随身带着和萧羽联络的旗花筒。

而事实上，那也的确不过是秦菁在路上随手捡的一截竹筒罢了。

“樊大公子真是难请得很，本宫还以为你是不准备出来和我开诚布公地说话了。”秦菁开口，就势坐直了身子，然后话锋一转，正色道，“怎么样，你今天是以什么身份来？讲条件，还是受人之托？”

“荣安长公主的性格还是一如既往干脆果断。”樊泽微微一笑，他秉性风流，就是此刻重甲加身，神情举止也给人一种不羁随意的感觉。

一句话说完，他也不等秦菁接茬，继而脸上笑容深刻三分，字字清晰道：“一个条件，我要安绮！”

当日在灵隐寺的后山，秦薇只剩下一口气，却被付厉染李代桃僵找人换了具尸体顶包带了出来，转眼一晃已是数年。

樊泽会在这时候讨要安绮，秦菁却也不觉得意外，点头道：“可以。”

安绮是大秦皇帝钦封的郡主，若是想要名正言顺带走她，如今除了秦宣帝，也唯有秦菁可以做这个主了。

她答应得爽快，樊泽也不怀疑，短暂的沉默过后，樊泽主动开口：“上个月宫里突然传出消息，说陛下软禁了太后。”

“这是什么意思？”秦菁微微抽了口气，诧异地抬头看过去。

“不知道！”樊泽答得干脆，顿了一下，又补充道，“但只从表面上的意思来看，似乎是表明了一种态度——陛下，要拿把持朝政多年、权倾天下的付氏来开刀了。”

大晏皇帝晏英，数年前相见，秦菁就知道那是个十分聪慧机敏又有远见的少年。

“贵国幼主五岁继位，付太后把持朝政十数年，不客气地说，这晏氏的江山俨然落入她手，樊大公子觉得，晏皇陛下有这个本事吗？”秦菁问道，语气客观。

头两年，她闭塞了一切消息渠道，连楚奕在西楚的消息都置之不理，更别提一个八竿子打不着的大晏国了。何况付厉染在这里，她一点也不想让自己沾边，所以是真的没太在意大晏国中的动态。

“他要真想做，却也未必不行。”樊泽目光沉毅，又带了丝幽冷的微光，情绪不太分明，顿了顿又继续，“不过以我对陛下的了解，他对付家不动手则已，一旦动手，断不会只是软禁太后。这些年，太后把持朝政，对他的掣肘很大，陛下若是想要彻底翻出付氏的势力之外，殿下觉得他会怎么做？”

“杀！”秦菁勾了勾唇角，短促地吐出一个字，“晏皇陛下是个极端聪慧而精明的人，如若他要跟太后翻脸，必然知道这是一招釜底抽薪的必杀技，绝不会给自己留下这么大一个隐患，所以传他囚禁付太后的这个消息，还是很值得推敲的。”

“我也是这样觉得。”樊泽道，脸上神色慢慢凝重起来，起身负手走到一旁，一边闭目沉思一边慢慢道，“可是继那个消息之后，我这边和京城所有的消息就都断了，宫里具体的情况是怎么样的，我也不清楚。”

秦菁略一思索，马上就发现了症结所在。

她微微屏住呼吸，沉吟道：“那付国舅呢？”

“我不知道。”樊泽道。

秦菁一下子站起来。

樊泽转回身来，目光凝重地盯着她的脸：“不管你信不信，自从京城出事以后，我就再没有见过他。”

“怎么会？”秦菁皱眉，这一次倒是真心有了几分慌乱，“我问过皇姐，她说融丫头不在你们手里，那她人呢？如果不是付厉染的授意，你为什么要让她出面把我带到这里来？”

当初就是以为幕后指使秦薇的人是付厉染，她才会配合，跟着她一起离开西楚的，因为在大晏，付厉染是唯一和楚融有过交集的人，除了他，好像也不该有人会突然想到去打楚融的主意。

可是现在樊泽说付厉染失踪了！付厉染怎么可能失踪？

“我知道瞒不过你，去西楚帝京带你出来的确是国舅爷的意思，可是——”樊泽话到一半却是欲言又止，转身走到门口对外面的人道，“给我取件铠甲来！”

“是，副帅。”

外面的亲兵很快给他送了一套软甲过来，樊泽转手扔到秦菁面前：“你换上，我带你去见个人。”

秦菁接过衣服利落地往身上套，一边问道：“怎么，现在在这军中坐镇的还是令尊吗？”

她一直以为樊泽敢囚她于此，是因为掌握了整个军队的控制权，现在看来似乎所有的事都不如她想象中的那样乐观。

“嗯。”樊泽淡淡应了声，没有多做解释，待到秦菁换好了衣服，绾了头发，便带着她出了帐篷。

出去了秦菁才愕然发现，之前秦薇也是骗她的，她所在的这座帐篷根本就不是位于营地中心，而是在西北方向十分偏僻的边缘，看来樊泽为了妥善安置她，也是冒了不小的风险。

秦菁默不作声，深一脚浅一脚跟在樊泽身后往前走，绕过前面两座帐篷，樊泽拐了个弯，从一个外人不容易发现的角度，一弯身钻进了一道毡门里。

秦菁跟进去，那处帐篷极小，逼仄而阴暗。

“副帅！”樊泽一进门，马上有老迈的随军大夫擦着手上血迹迎上来。

“嗯，人怎么样了？”樊泽道，直接越过他，去看摆在帐篷最里面的一张木板床。

“唉，还是不行。”老大夫一筹莫展地叹气，上前拉开被子，指着床上那人的伤口给他看，“这伤势太重，武器上又染了毒，他这一路过来整整四天四夜，毒入肺腑，怕是悬了。”

“不管怎样，你都给我尽力吧。”樊泽深吸一口气，抬手拍了拍他的肩。

“老朽心里有数，请副帅放心。”老大夫点头，见到他带了人来，就先转身走了出去。

秦菁狐疑地走到樊泽身后。樊泽一指床上血肉模糊的那人道：“这个人，想必你是见过的吧？”

付厉染喜欢独来独往，他的身边一般不会带人，但这个人，秦菁却是有印象的。几年前在北静王造反起事的宫宴上，她和付厉染私底下约见，彼时付厉染身边就跟着这个随从。可想而知，应当是他的心腹。

秦菁再不敢掉以轻心，扭头递给樊泽一个询问的眼神："这人是付国舅身边的人，是谁伤了他？"

为了怕被褥触到那人身上的伤口，樊泽没再给他盖被子，侧身过去从袖子里掏出一张被血水浸泡得字迹模糊的字条递过来。

那纸条很小，手指宽的一条，上面寥寥几字——西楚，荣安。

"这是国舅大人的笔迹。"樊泽道，神色担忧地看了床上那人一眼，"邢五带它过来给我的时候已经身受重伤，只把纸条塞给我，就昏死过去。起初我也是不解其意，只大概揣摩了一下，心道既然是与你有关，那么让别人去你未必会信，只有长宁最合适。因为一直联系不到国舅，我以为你知道他的下落，起初只想让她带着纸条去约你出来见一面，却不想，那夜我们刚刚潜入西楚帝京就发现全城戒严，探听之下才知道，是安阳郡主被人掳劫了。"

很有可能是付厉染提前知道了有人会对她和楚融不利，但他自己脱不了身，所以写了这张字条，让这个叫邢五的随从冒死出来，传信给樊泽的。

但是阴差阳错，樊泽还是晚了一步。

"那么现在呢，你有什么想法？"强压下心里焦躁不安的情绪，秦菁目光一敛正色道，"这人伤成这样，显然是有人要置他于死地，如果有人限制了付国舅，又试图截杀他的亲卫封锁一切消息，你觉得这个人会是谁？"

"无外乎陛下和太后两者之一。"樊泽道，语气肯定，说着就重新拿走了秦菁手里的字条就着桌上油灯引燃，"不要在这里说了，我们回那边的帐篷。"

这座帐篷简陋，并且为了掩人耳目，樊泽刻意没在周边设置岗哨，如果有人想要摸过来偷听，是再方便不过了。

"嗯！"秦菁略略点头，跟他一起回了之前那个帐篷。

两个帐篷里都藏着见不得人的人，秦菁看着自己帐篷外头森严的守卫，倒是颇为奇怪。

两边的待遇未免相差太大了些。

樊泽仍是打发了外面亲兵退到十丈开外，自己和秦菁走进去。

秦菁狐疑地回头看了眼，不解道："你特意在这里设岗，就不怕令尊起疑，叫人过来盘查？"

"他不会。"樊泽答得干脆，径自走到桌旁坐下，顿了一顿又道，"这里原是我安置长宁的地方，他不会过问的。"

秦薇身份特殊，她跟在樊泽身边，想必不仅是她委屈，樊泽本身也有难处。

最起码，他是镇西大将军樊爵的长子，又身兼帝师之职，樊爵对他抱以厚望，不会任他胡来的。

不过他们两人之间，本身就是一笔算不清的糊涂账，秦菁懒得过问，在他对面坐下就直接转移了话题，敛眉道：“别的我不关心，只是如果国舅大人此刻是真的受制于人，那么你觉得，融丫头到底是落在了谁的手里？”

樊泽下意识皱眉：“殿下不觉得，当务之急是追查到国舅大人的下落吗？”

“本宫和国舅大人非亲非故，而且……这好像是樊大公子你在操心的事吧？”秦菁并不理会他的态度，仍是目光坦然地面对他。

这话不太中听，樊泽的脸色沉了下来。

两个人四目相对，谁都没有避让。

“我知道你只在乎安阳郡主，可是如今，怕是不先找到国舅大人的下落，谁也别想知道安阳郡主在哪儿。”樊泽再开口时声音就透出几分冷漠的嘲讽。他不笑的时候，浑身上下都透出冰冷刺骨的寒气来，“不管你想听不想听，现在事情都已经摆在这里了，如果我没有猜错的话，是有人想要挟持你和安阳郡主，作为逼迫国舅大人就范的筹码和软肋，但好在国舅大人抢先一步给我递了消息，所以才没让他们一而再再而三得逞。到了如今这一步，荣安公主你想要置身事外，怕是也不能了。”

“软肋？”秦菁想笑，却又笑不出来。

“在这两年间，国舅几次三番秘密往返于大秦和大晏之间。”樊泽道，也只是陈述了一个事实，“或许你不知道，他从来就不是个优柔寡断或是长情的人！”

付厉染的确不是个会死缠烂打的人，自从知道两人之间没有可能之后，那两年他几次暗中前往大秦，却都是冲着楚融去的。除了最后那一次，秦菁从来没有正面和他接触过。

可如果说，就因为他带着楚融玩了几次，就觉得用一个楚融能威胁到他，这解释是不是太牵强？

“所以呢？”楚融一直下落不明，秦菁便有些烦躁，“你觉得我该承付厉染的情，并且为助他脱困尽一份力？”

樊泽冷着脸不说话。

“好吧！”秦菁于是妥协，长出一口气，往椅背上一靠，“既然已经被你们强绑上了船，我选择的余地也不大，现在你先给我句准话吧，你口中所谓的‘他们’，到底是指意图脱出付氏掌控的英帝，还是想要持续把持朝政的付太后？”

“我真的不知道！”樊泽道，低头又抬头，眼中晦暗。

“或许你只是还不想说吧！”秦菁却是不以为然地咄咄相逼，耐心耗尽，她猛地拍案而起，居高临下地盯着樊泽的眼睛道，“付太后和付国舅之间有嫌隙，早在多年以前，你冒充纪云霄到大秦为付厉染取得纪家人手里的龙脉秘密的时候，就已经昭示了他们姐弟之间水火不容的局面。大晏朝中，关于龙脉的传言已经深埋黄土三百余年，我不知道为什么这么个毫无用处的死物，会一朝成为他们姐弟之间博弈的筹码，但是很显然，付太后一直有意染指大晏的江山，那么现在，你是不是可以告诉我，付厉染的目的又是什么？别说些什么忠君爱国的假话来敷衍我，他不是！你只需要告诉我，他和付太后之间到底为什么成仇。如果你想要我配合你，帮你一起找出付厉染来，这是最起码的诚意！”

上一世，付太后身死，付厉染把持朝政，却未曾废弃晏英的皇位取而代之。

可见他想要的，并非是那个君临天下的位子，不惜受千夫所指，最终只求站在一个人生的制高点上俯仰天地。

所以，他虽然和付太后不睦，却也决计不会是站在晏英一边的。

樊泽有些烦躁地用力抿抿唇，看样子还是有点举棋不定。

秦菁看在眼里，便露出了然的表情，继续道：“你明知道我不可能未卜先知，带着联络萧羽的暗号前来，但还是选择过来见我，这说明你已经等不了了，迫切需要将此事查一个结果出来，所以不要耽误时间了。”

“我……”樊泽张了张嘴，还是有些犹豫，又斟酌了片刻才深吸一口气，下定了决心道，“我的确是不能等了，国舅他整整大半个月音讯全无，这本是不应该发生的事情，我想对方的目的是真的达到了，成功以安阳郡主牵制住了他，既然他受制，那便只能由我出手了。”

“你确定是付太后对吧？”她问，却是笃定的语气。

樊泽紧绷着唇角，犹豫半晌，终于颓然出了口气，起身让到一边，冷声道：“从很早以前，太后就有意将陛下从皇位上拉下来，然后由国舅大人取而代之。”

“谋朝篡位？”秦菁倒抽一口凉气，勉强定了定神，绕开桌子走过去，“现在大晏朝中虽然是付太后只手遮天，可付氏对大晏正统的皇室血脉而言，到底也是外姓。英帝在位，她以太后之名把持朝政无可厚非，一旦真的起事，把付厉染推上那个位子，那就当真改天换地，是大逆不道之举。即使现在整个朝堂对她恭敬礼让，若要涉及大晏皇室百年血统的延续，只怕立刻就会有不下于一半的老臣不肯就范。尤其是四方占据封地的亲王、郡王，到时候揭竿而起的也不在少数，皇权动荡不说，整个大晏的疆土也会四分五裂。退一步讲，就算付氏如愿拿到了这天下的权柄，那么接下来，要平定这天下，彻底站稳脚跟，也不是短时间内可以速成的事情。”

付太后立于大晏政治舞台时日已久，其野心抱负不必多说。

只是秦菁仍未想到，她的心竟会大到这个程度。

皇室本家的明争暗斗屡见不鲜，可是她居然想要改朝换代？

“太后的意志十分坚决，谁都无法阻止。”樊泽闭上眼，完全遮掩住眼底的情绪，冷静地继续道，“你也看出来了，陛下不是庸碌无能之辈，若是太后有心，早就把整个江山的权柄交还到他手里了，可是她一手把持不放。朝臣们只当她是妇人篡权的心思极重，却极少有人知道她的本意，根本就是想借自己的手来做一个过渡，好顺利把大晏的天下移过来，一朝更换新主。”

“却不承想，她竟会存了这样的心思。”秦菁不可置信地低喃一声，然后赶紧敛神道，“所以呢？付厉染不肯，不愿意听她摆布？因为想要谋朝篡位，又想把风险降到最低，她就把主意打到了龙脉上头？而在那之前，付厉染应当已经因为这事儿跟她起了隔阂，所以提前一步让你到大秦，从纪家后人那里取走了那颗藏有大晏龙脉秘密的珠子？”

一个新的政权想要建立，用来造势，没有什么比托于鬼神天命一类的传说更合适。怪不得付太后想起了消失那么久的龙脉秘密，并且三番五次甚至不惜让晏婗靖对秦薇下杀手也要得到。这个女人的野心，当真是让人始料未及。

秦菁想着，心里隐隐便带了几分凉意。这女人为了皇位天下，竟然连她自己的儿子都可以抛弃舍弃，万一真如樊泽所料想的那样，楚融落到了她的手里，那么——

“令尊是付太后的人？”秦菁一个激灵。

樊泽扯了下嘴角，无声点头：“四十万大军的指挥权不在我的手里，所以现在，除非尽快查找到国舅大人的下落，否则我也一样无能为力。”

“如果真的如你所言，付太后的目的是要将晏氏的江山据为己有，并且加诸在他身上，他反而是最安全不过的。”秦菁莞尔，眼底却越发森冷冰寒。

即便如此，付太后会顾及的也只有付厉染，至于楚融，反而更加危险。

只是从樊泽透露给她的这些消息看，付厉染似乎极其抵触他长姐的这种心思。

樊泽嘴唇动了动，似是想说什么，最终却没有开口。

大帐里烛火寂静地燃烧，偶尔爆发出轻微的爆裂声。

秦菁静默不语，半晌，突然垂眸一笑：“令尊大人到了！”

帐外有脚步声隐隐逼近，落地沉重，起初还极不明显，慢慢就连地面上的颤抖都能隐约分辨。

可见，来人是不少的。

樊泽目光沉了沉，略一迟疑才侧目向秦菁看来。秦菁却也不见半分恼怒之意，冷涩一笑：“如果真如樊大公子所料，在幕后操控一切的是贵国付太后，想必令尊拿了本宫之后，下一步就会马不停蹄将本宫押解进京，你要追查国舅大人的下落，顺藤摸瓜就成。”

樊泽的确是有这样的打算，但是这个女人此时谈笑风生的态度太过刺眼了。他目光复杂，落在秦菁脸上，好半天没有说出话来。

“各为其主而已，你不必用这样的眼光看我。说到底，本宫和付国舅虽然不算朋友，却也不是敌人。如今关乎融丫头的安危，就是被你利用一次又何妨？”秦菁调开视线，不再接受他的审视，想着又再自嘲地冷笑一声，“只是但愿这一次不会扑空才好。”

樊泽紧绷着唇角，似是狠狠挣扎了片刻，一咬牙从怀里掏出一个小纸包，倾出些微黄的粉末在地上：“这是龚大夫用几种特殊植物的花粉调制出来的香料，香味虽然极淡，但效用持久，即使过水也不会洗掉。你踩在鞋底上，我的人自然会有办法跟上你。”

樊爵是个资历极深的老将，又是付太后的心腹，为人处世都十分谨慎，要躲开他的耳目，在身上携带联络之物，几乎是不可能的。

樊泽是他的儿子，对他的秉性脾气自然了若指掌，所以连荧光粉都不敢用。

秦菁一声不吭地上前，鞋底在那粉末上碾过。

来回两下，除了沾在她鞋底上的那些，剩下的粉末也被踩到了地毡的纹理里面，毁尸灭迹了。

“放心吧，我有把握，这一趟不会让你白走的。”樊泽想了想，又道。

“主帅？”话音刚落，帐外已经传来两个士兵惊诧的呼声，“参见主帅！”

“你们副帅呢？”樊爵的影子打在毡门上，从旁边的缝隙洒了一点在地面上。

秦菁和樊泽对看一眼，两人眼中都露出凝重之色。

“不能让令尊大人见到你在这里，否则，他必定会限制你的自由。”秦菁起身，眼疾手快地拽着樊泽的手往内帐方向退了两步，目光敏锐地四下扫视一圈，“从哪里可以出去？”

她不确定，对于樊泽和付厉染在私底下的交往樊爵是不是清楚，但她清楚地知道一件事，一旦让樊爵撞破是樊泽抢了付太后要的人，那么，他势必就不会再相信樊泽了。

樊泽显然也是早有准备，处变不惊地推开秦菁的手，一个箭步奔到里面的床榻前，弯身滚到了床底。

秦菁心神微微一定，连忙挪了两步，远远地离开床榻的位置。

“给我把帐篷整个围起来。”门外樊爵已经冷声下令。

下一刻，正站在大帐当中的秦菁觉得冷风扑面，一群人簇拥着身形伟岸鬓角发白的镇西大将军樊爵鱼贯而入。

当年在大秦皇家狩猎场上，樊爵是见过秦菁的。

他这一步跨进来，就不由得微微抽了口气，似是胸中巨石落地般，缓慢而厚重地吐出几个字：“你果然在这里！”

“樊将军？”秦菁略略后退一步，一手压住桌角，防备地看向他。

“荣安长公主，一别多年，别来无恙！”樊爵沉着脸，面色肃然而冷酷，一挥手道，“来人，拿下！”

“是，主帅！”他身后四个士兵一拥而上，按住了秦菁的肩膀。

秦菁自知反抗无用，索性也不挣扎。

樊爵却不多留，一挥手转身率先往外走，刚出了门，就见秦薇慌慌张张提着裙子跑回来。

见到他们拿了秦菁，秦薇一慌，立刻就要冲上来，焦急道：“你们不能动她，快放开！”

樊爵使了个眼色，马上就有他的亲兵一步上前，只是手臂一横，就生生将秦薇堵在了那里，一步也不能逼近。

樊爵阴冷地盯着她，眼底已现杀气。

秦薇白着脸，似乎想救秦菁，却又不是很敢，身子忍不住微微发抖。

樊爵本来就对儿子带回来的这个女人深恶痛绝，当即目色一寒，才要说话，秦菁已经冷冷地开口道："樊老将军，你要的人是本宫，她这一介女子，本宫不过顺手用用而已，你要是为这个就动她，这条人命倒还要本宫背着了。一个无关大局的女子而已，樊老将军你何必呢？"

樊爵目光沉了沉，就在这时，远处突然传来散漫的声音："你们在这里做什么？"

"副帅。"外围的一圈亲兵赶紧让路。

彼时樊泽已经脱了战甲，换了身寻常的布袍，不急不缓地款步走过来。

"一整天不见人，你又去了哪里？"樊爵不悦地沉声斥责。

樊泽在朝中担任帝师一职，是文臣，只不过由于近年来付太后对晏英的控制越来越紧，樊爵也觉得没有必要再把他留在京中，所以主动请了太后懿旨，带他来军中历练。

这个儿子散漫的个性，樊爵是真的不喜欢，颇有些恨铁不成钢。

"哦，我……"樊泽刚要回话，已经看到被士兵押着的秦菁，不由得变了脸色，咝地抽了口气，"荣安长公主？你怎么在这儿？"

秦菁一笑："本宫出门办事，途经此处，这里前不着村后不着店的，本来想着是旧相识了，就想在你军中借住几天，没想到令尊大人好客，现在非要亲自招待本宫，本宫想拒绝都不能！"

这个时候了，她还能巧舌如簧地开玩笑？

樊泽眉头越皱越紧，面上始终带着困惑不解的表情，然后，他的目光移到秦薇身上，递过去一个询问的眼神。

秦薇嘴唇抖了抖，心虚地别开眼，赶紧跪了下去，嗫嚅道："我……"

樊爵却是火暴脾气，当即冷冷斥责："这个女子，是秦人的奸细，我已经让人查实了，她的祖籍是对面主帅萧羽曾经驻守的祈宁边城，这一次若不是发现及时，荣安公主怕是就要借她的手过境，混入我大晏都城了。"

自从五年前那一次，樊泽随婉靖公主的送嫁队伍出使大秦，并且奉命再寻龙脉的任务失败之后，这些年付太后对他便不是十分待见了，也正是因为如此，樊爵和付太后之间计较的很多事便没有及时告诉他。

樊爵说完，又自觉失言，脸色变得更加难看。

"呃……"樊泽震了震。

樊爵看他的表情就知道他还是不想动秦薇，索性也懒得管他，只是怒气冲冲地警告了一声："别再给我节外生枝。"言罢，就黑着脸错开樊泽身边快步离开了。

樊泽负手立于大帐门口，一直目送一行人的背影与夜色融为一体，才慢慢敛了脸上闲散的笑容。

他收回目光，侧目给秦薇使了个眼色。秦薇点点头，先进了帐篷，他却径自转身，轻车熟路地绕过旁边几个帐篷没了踪影。

因为事关重大，樊爵拿到秦菁之后一刻也没敢多留，马上安排人秘密准备车马，要将她快马押解回京。

为了防止路上节外生枝，临出发时他找了两名女奴进来，先把秦菁全身上下搜了个干净。

秦菁很有身为阶下囚的自觉性，由着她们搜。

等到两个女奴退出去了，她才冷冷地开口道："樊老将军知道我为什么会来这里，既然现在我已经落在您的手里了，那么您是否可以给我一句准话——告诉我，安阳，真的是被贵国的付太后劫走的吗？"

这期间，樊爵一直捏着拳头站在门口，心里一遍一遍不住思量整件事的来龙去脉。

之前有亲信过来禀报，说是在樊泽安置秦薇的那个帐篷门口看到了可疑女子出现，并且跟踪秦薇发现了她的一些鬼祟，再进一步确认，隐约听到她跟一个马兵私底下联络，还提到什么"公主""此行危险"之类的字眼。

樊泽的人他们不敢私自捉拿审问，于是就先从那马兵下手，可是派人去捉拿审问的时候，那马兵却在拼死反抗之下服了毒。

之前西楚那边因为只拿到楚融，而失去了秦菁的踪迹，付太后大为不悦，尤其是两天后又接到大秦方面的消息，说是荣安公主进了秦京，付太后就更给他这里颁下密旨，要他严密注意边境的情况，防止有人潜入境内，意图找回安阳郡主。

樊爵防备得极严，却完全没有想到，最先在这里拿到的大秦方面的援兵会是秦菁本人。

荣安公主爱女心切，会亲身前来大晏，几乎毋庸置疑，但是凭借多年领兵的经验，樊爵还是难免心中生疑，再三推敲。

听到秦菁的话，樊爵回头瞧了她两眼，片刻之后又再别开眼，模棱两可地应了声："总归这一趟京城之行，不会让公主殿下白跑就是。"这样一来，便算是承认了。

秦菁心下略一放松，紧跟着又更加紧张。既然这真的是付太后的手笔，也就是说，樊泽所言一切属实，那女人是真的把主意打到了楚融的身上，要将她作为逼迫付厉染就范的筹码了。秦菁沉默下去，不再说话。

不多时，外面就有士兵来报，车马准备妥当。樊爵收摄心神，转身端过旁边桌上早就准备好的一碗水递到秦菁面前："此去京城有一段距离，为了咱们双方都方便，委屈公主殿下了。"

秦菁垂眸看了眼，却没有马上去接："是什么？"

"睡眠散。"樊爵道，语气冰冷，略带了几分讽刺，"放心吧，既然殿下以大晏的来客自居，老夫自当以礼相待。"

秦菁莞尔，这才接过那碗水仰头灌了下去，然后也不等人来请，自己主动走出帐篷，上了等在外面的马车。

那马车不大，是那种普通市井人家所用的油篷车，只是车厢封闭，安置了木门，并且封锁了两侧的窗子。

睡眠散的药效很快，不过短短半炷香的工夫，秦菁已经在外界守卫森严的狭小马车里睡了过去。

她这一觉睡得很沉，完全感觉不到时光流逝，下一次醒来的时候觉得浑身乏力，整个人被抽空了一样，轻飘飘的。

饥肠辘辘，她睁开眼，却先听到似曾相识的女声隐约传进耳朵里。

“母后的懿旨怎么了？难道本宫也不能进吗？”

晏婗靖的声音，秦菁还是能够马上分辨的。

所以，这里已经是大晏帝都了？那么从行程上看，她至少睡了七天以上。

思维连续空白了好多天，秦菁坐起来，同时飞快整合思绪，还没集中起精神来，就听身后一个女子浅笑道：“殿下醒了？”

秦菁回头，顺便大致打量了一眼这间屋子。

这是一间空旷雅致的宫殿，高床软枕，清一色的黄花梨木雕花家具，上面雕龙画凤，桌子的边角都有包金的图案环绕，做工十分精致。

正对卧榻的桌子当中摆着一个青铜小鼎，香烟袅袅，散发出淡淡的松木香气，溢满整个屋子。

殿中两名婢女，正在往外间的桌子上摆饭，两人都穿着天青色样式简单的宫裙，样貌普通，举止却从容得体。

秦菁暂时没缓过劲来，就没下床，盯着门口问：“外头是什么声音？”

年岁稍长的宫女微笑侧目，吩咐身边的同伴道：“采蓝，你去看看。”

“好。”采蓝也笑，放下手里的碗筷转身走了出去。

“奴婢采青，和采蓝一起奉命服侍殿下。”摆好碗筷，年长的宫婢过来服侍秦菁下床，一边周到地弯身给她穿鞋，一边道，“殿下睡了几日，一定饿了，饭食已经给您准备好了，奴婢先服侍您用膳吧。”

“嗯。”既来之则安之，何况秦菁是真的饿了，就由她扶到饭桌旁坐下吃饭。

采青站在身边，殷勤地给她布菜，外面的争执声越来越大。

秦菁忍不住又回头看了眼，采青脸上便有些尴尬，屈膝一福道：“奴婢过去看看厨房那里炖着的汤好了没有，殿下您先慢用。”

秦菁略一颔首，她就带上门走了出去。

彼时，门外采蓝劝了婗靖公主半天，已经说得口干舌燥了，可是婗靖态度强硬，就是赖着不走，咄咄逼人道："你说是母后的口谕不让本宫进去吗？本宫可没听说过有这样的口谕，你再以下犯上，就休怪本宫对你不客气了。"

门口还有两个侍卫守着，她说着就拨开采蓝，要去推那侍卫手中的长枪。

自从和大秦联姻告吹以后，婉靖公主重返大晏，就以寡居身份常住宫中。她是个能屈能伸的个性，又从小懂得讨付太后的欢心，几年来，已经逐渐成为付太后的左右手，在付太后跟前直逼心腹女官采青。

一般情况下，没有人会去触她的霉头。

此刻她要强闯，两个侍卫也为难，正在举棋不定的时候，采青刚好推门出来。

她一抬头，看见了婉靖公主，当即微微一笑，不卑不亢施了一礼，开口没废话，直接道："的确是太后娘娘下了禁令，不准任何人进这间屋子的。公主如果一定要进，那奴婢陪您一起去请示太后，只要太后首肯，侍卫们也就不会拦着了！"

这个贱婢居然拿着鸡毛当令箭，搬出付太后来压她！

婉靖和她之间本来就不对付，眼底漫上一层冷色，愤然甩袖，扬眉冷笑道："好！那本宫就去找母后问问！"言罢，趾高气扬地一挥手，带着自己的人走了。

看着她气势汹汹的背影，采蓝有些担心："采青姐姐，六公主来者不善，一会儿她要是真去太后那里请了旨意的话……"

"她能请来那是她的本事，你不用管她。"采青打断她的话。

"可是……"采蓝还是不放心，小心翼翼地四下里扫视一圈道，"一大早连陛下的人都来打探过消息，我怕……"

采青闻言，表情也忍不住凝重起来。

最近帝京风声鹤唳，宫里宫外各种传言不断，她们几个付太后的身边人都能明显感知到持续平静的气氛之下，正有波涛暗涌的危机步步逼近。

"不要随便揣测主子们的心思，你我只管安心做事。"最后，采青说道，"进去吧！"

婉靖公主带着自己的婢女从院子里出来，脸色阴沉，慢悠悠地往回走。

青桐看着左右无人，就凑上前去小声问："公主，您看这长云宫里的人，真的会是她吗？"

"母后的心思，从来都不容人揣测，谁知道呢。"婉靖公主冷冷说道，想到采青刚才颐指气使的嚣张模样就一肚子火。

正在生闷气呢，青桐突然一扯她的袖子，小声提醒："公主，是太后娘娘！"

婉靖下意识抬头看去，果然就见付太后带着一队排场极大的仪仗从湖边的小径上慢慢行来。

这一带地处偏僻，她此时过来，定然是奔着长云宫去的。婉靖想避，但这里就一条路，没办法，她飞快定了定神，讨好地笑着迎上去："见过母后。"

付太后止住步子，神色平静地看她一眼。婉靖心下微微紧张，张了张嘴，刚要解释自己出现在这里的原因，付太后却说道："在这里遇见你也好，哀家要去见个人，算起来你们也算旧相识，你也跟着一起来吧。"

婉靖公主怔住。

付太后却是不再理她，举步绕开她继续往前走去。婉靖打了个寒战，赶紧转身去追，这会儿倒是懊恼极了，自己不该一时把持不住，走了这一趟。

她拿不准付太后的心思，心里莫名不安，面上却要强作镇定，随着付太后的仪仗一路前行，重新进了长云宫的大门。

"奴才见过太后。"门口的侍卫赶紧跪地行礼。

彼时秦菁已经用完膳又洗了澡，正被两名宫婢服侍着在妆镜前面擦拭洗过的头发。

付太后吩咐了其他人在外面等候，只带了婉靖公主，两人一前一后从外面走进来。

"殿下，太后娘娘来看您了。"采青回头看见，笑着提醒。

秦菁看到妆镜里的人影，神色讶然。对于大晏这位叱咤风云的太后娘娘，秦菁曾经十分好奇，也曾无数次在心里描摹过这女子的风貌神韵。

在她的印象里，但凡能做到这个地步的女人，即使不晦暗，至少也该带几分英气，属于高高在上、睥睨天下的容貌气度，可这个女人十分柔弱，细眉细眼，气韵平和。

她看上去柔弱纤细，即使做工考究的凤袍穿在身上，也没能衬出凤霸天下的气势，而且但凡宫里的女人，都保养得很好，但这付太后看上去比实际年龄还虚长几岁。

鬓角添了银丝，眼角的鱼尾纹更是道道清晰，将她原本气势不强的容貌反衬出几分慈祥的味道来。即使秦菁定力再强，一时也无法将她和想象中那个把持朝政、统率后宫的大晏太后的影像叠合起来。

若不是她眉目之间和付厉染有两成相似，秦菁当真会以为，这是对方意图用来探她虚实而安排出的冒牌货。

"太后娘娘金安。"秦菁心里觉得荒唐，却还是从容不迫地起身往前迎了两步。

"远来是客，荣安公主不必拘礼。"付太后目光只从她身上略略一转，一眼都没有多看，转身往旁边的椅子上坐下。

坐定之后，她抬头冲秦菁招招手，恰在这时外面又有人敲门，有侍卫禀报道："太后娘娘，陛下来了。"

晏英也来了？这是不是太巧了点？

秦菁弯身在椅子上坐下，不动声色，心里却是云遮雾绕，疑团重重。

传闻付太后被晏英所囚，但事实上，在背后运筹帷幄，于千里之外设计劫走楚融又同时想要暗算自己的那个人，正是这位付太后。

而现在晏英找了过来，说明他的自由也没有被限制。

没有人软禁付太后，也没有人对晏英出手，那么之前樊泽所谓的传言又是从何而来？难道是樊泽为了取得她的信任和配合，编出了这个谎言？秦菁心思千回百转，一刻也不敢放松。

听说晏英突然到访，付太后似乎并不诧异，只对采青道："吩咐下去，看茶吧。"

"是，太后！"采青应诺，走出去，顺便开门把晏英让进来，"见过陛下！"

晏英含笑而入，径自走到付太后面前，拱手一礼："儿臣见过母后。"

他面上笑容爽朗，一看之下，秦菁竟生出恍惚之感，这人确乎还是当年灵隐寺外她邂逅的那个顽皮少年。

"这个时辰，皇帝怎么没去昭阳殿议事，反而跑到这里来了？"付太后淡淡说道。

她语气平平，并不因为晏英是她的亲生儿子而多出一丝一毫的情意。

"不是儿臣懈怠朝务，而是今日情况特殊。"晏英一笑，撩起袍角，挨着付太后身边的椅子坐下，然后他抬头，看向秦菁，脸上笑容更深，"儿臣听闻有位故人来了宫中做客，一时喜不自胜，所以急着过来见见。长公主殿下，数年不见，您风华不减，更胜当年了。"

"晏皇陛下还是和当年一样，爱开玩笑。"秦菁露出一个笑容，"一别数年，晏皇陛下别来无恙？"

"承蒙长公主记挂，朕很好啊！"晏英笑得十分随意。

两人正在寒暄，外面采青已经沏了茶水送进来。

晏英接过杯盏，垂眸呷一口茶，然后才扭头看向付太后道："我看母后今日气色倒是好了许多，不日应当可以痊愈了吧？"

"老毛病了，休养一段时间就无碍了。"付太后淡淡说道。

采青端给她的茶并没有递到她手里，而是放在了旁边的桌角。

"如此儿臣也就放心了，这些天，没有母后在身边拿主意，儿臣左右都不自在。"晏英道，倒是有种如释重负的感觉。

大晏国中，付太后把持朝政多年，晏英这话的意思是说这段时间付太后称病，朝政已经落回他的手中了吗？

秦菁默然垂眸拢着杯中茶杯，心里越发狐疑。

看着母子二人眼前的架势，也不像是翻脸。

而且，付太后当政多年，就算晏英现在控制了她，也万没有办法在这么短的时间内，让朝臣尽数归服于他。

"你也大了，有些主意是应当自己拿了。"付太后语气始终平淡如一，让人分辨不出任何的情绪。她说着，顿了一顿，随即想起了什么，又扭头对身后立着的婗靖公主道，"再过几天就是皇帝的二十整寿了，哀家这段时间精神不济，还没来得及跟下头询问，安排得怎么样了？"

“母后放心，一切都有儿臣替您盯着呢，全部按照祖制规矩在办，半点岔子也不会有的。”婗靖公主微微垂首，字字平整。

“嗯。你是个心思细致的孩子，你做事哀家也没什么不放心的。”付太后颔首，随即把目光移给秦菁，“皇帝过来，想必是要和你叙旧，有他招呼你，哀家就不在这里多留了，这长云宫里的布置，有什么不满意的就让人传信给婗靖去办吧。”

“是，母后。”婗靖公主连忙应道，同时不动声色地冲着秦菁一笑，“长公主殿下有什么需要尽管开口就是，您远来是客，本宫一定会尽地主之谊，好好招待您的。”

言下之意，不无嘲讽她今时今日沦为阶下囚的处境。

“荣安谢太后娘娘的记挂。”秦菁微笑起身相送，继而又回了婗靖公主一个笑容道，“从辈分上算，六公主还算本宫的婶婶，本宫自然不会与她客气的。”

婗靖公主脸色微微一变，笑容僵住，却不能当着付太后的面发作。

秦菁承认，她是故意当众寻衅给付太后看的，可是那女人已经施施然转身，被等在门口的朱嬷嬷扶着往院外走去。

婗靖公主跟着往外走，行至门口，终于还是忍不住回头，恨恨地瞪了秦菁一眼。秦菁一笑置之，重新落座。

付太后一走，殿中就只剩下晏英和秦菁两人相对而坐。采青服侍在侧，没有离开。晏英道：“母后最近服用的汤药忌茶水，收了吧。”

“是，陛下！”采青顺从地端着那碗茶退出了门外。

殿门刚一合上，秦菁苦笑一声道：“晏皇陛下耳聪目明，来得真够及时的。”

晏英靠在椅子上，笑意绵绵地看着她：“怎么，嫌我坏事？搅和你追查安阳郡主下落的机会？”

“难道不是吗？”秦菁反问，目光深深地看着他，深吸一口气道，“既然你名曰叙旧出现在这里，又有意支走了付太后，不让本宫从她那里要一个真相，那么现在，你就给我一个明白吧。你大晏国中，到底发生了什么事？”

晏英笑笑，优哉游哉地闭上眼，仰靠到身后的椅背上，却是说了句风马牛不相及的话。

他说：“五日之后，是我二十整寿。”

秦菁一时微愣，紧跟着脑中灵光一闪，敛眉道：“寿宴之上，会有事情发生？”晏英未置可否。两个人，四目相对。

半晌，他岔开了话题道：“西楚国中，楚太子和七皇子貌似在北疆草原边境动武了。”

楚奕和楚越挥兵相向？是叶阳皇后的手笔？秦菁的心跳猛地一滞。

晏英已经继续开口道：“你应该早就猜到了，咱们两国相距千里，我母后想要从千里之外的西楚帝京顺利带回安阳郡主，她在那边必定会有同盟，至于会是什么人，你心里应该比我有数！”

"叶阳珊！"秦菁吐出这个名字的时候没有半分犹豫。

"具体是什么人我不知道，我母后做事从来谨慎，而且又不想让我知道，我能得到的消息只是，她最近两年和西楚方面一直有信件往来，然后前段时间，在你和楚太子大婚前夕，她还秘密离宫，亲自走了一趟西楚！"晏英说着便靠在椅背上，绵浅地吐出一口气。

"那么这一次发生的这些事，就应该是她们约定计划好的。"秦菁若有所思地冷笑一声，"你大晏这边的动作姑且不论，只就西楚，叶阳氏她秘密控制了我和融丫头，借以分散楚奕的注意力，然后以此为借口，挑拨楚奕和楚越之间兵戎相见，当真是一箭双雕的好办法。"

晏英深有同感地点头："是啊，如果楚太子和七皇子能两败俱伤最好，最不济也得折损其中一方，怎么看，都是她渔翁得利，西楚的这位皇后娘娘倒也是个难得一见的人才。"

"何止！"秦菁眉尾一挑，闭目冷哼一声，"这位皇后娘娘的心大着呢，她费尽心机将楚奕和楚越各自的注意力分散在外，怎么可能只是为了看他们自相残杀那么简单？如果我没有猜错的话，她真正的目的还是在帝京。如果她的动作够快，或许此时，整个西楚皇宫乃至帝京城已落入她的掌控之下了。而她和付太后之间的合作，也决计不会只在我们母女身上这么简单，回头等晏皇陛下寿宴之后，若是付太后得偿所愿，那她下一步应当是大军压境，冲破大秦边境萧羽的阻碍，从草原一隅行军迫近西楚国界，在外围对西楚造成压迫之势。同时还可以本宫下落不明为由，煽动大秦对西楚用兵。这样内忧外患，二面夹击，西楚朝中势必大乱，朝臣自危之下，叶阳皇后要推出一个人来控制朝局，就顺理成章了。"

几次交锋下来，秦菁也将叶阳皇后的性情看透了一些，从二十多年前她狠心抛弃莫如风那天开始，这个女人就志在天下。

这些年她和卢妃母子博弈，又在暗地里万般容不下楚奕，为的绝不只是一己之私。

付太后和叶阳皇后，两个人都是野心勃勃，当然一拍即合。这一次的事，不仅仅是大晏一国皇位岌岌可危，与此同时，西楚帝京也是风雨飘摇，临于江山易主的血色抉择之下。

晏英也如醍醐灌顶，脸色凝重起来。秦菁与他对视良久，最终也只能苦笑了："她们这样大动干戈，就表明了志在必得的决心。晏皇陛下，您的处境不容乐观。"

晏英闻言，最后轻声笑了笑，肯定道："母后不会杀我！"

可是他这样的人，真的只留一条命就能满足吗？

"这样最好！"秦菁却听懂了他的言下之意，随后深吸一口气，走到朝西的那扇窗户前面，推开窗子，看着外面高远的天空，慢慢道，"现在你我人在这里，对于西楚方面的事鞭长莫及，没办法，只能走一步算一步了。五日之后是吗？那便等吧！"

叶阳皇后想要成事，需要付太后与她配合呼应，先拿下大晏的局面，对她势必才能起到牵制作用。

现在只能在心里祈祷，祈祷楚奕那里能把这一次危机给化解。

五日之后，大晏英帝二十整寿。

英帝降旨减免赋税一年，普天同庆，同时帝都会在当日午时开仓放粮，凡是本地户籍的百姓，均可往府衙粮仓领取米粮一斗，银钱五十文。

此次宫中寿宴设在中午，一大早，京中五品以上的官员就携带家眷入宫。

京城最红的三个戏班子都奉旨入宫献艺，在御花园里搭建三处高台，济济一堂，热闹非常，到场百官却都强颜欢笑，掩不住笑容之下的忧心忡忡。

付太后已经整整一月不曾在前朝露面，更有甚者，后宫之中也无她一丝半点的消息传出来。

外间沸沸扬扬地传言，起初还说太后被陛下软禁起来，逐渐便有人更为大胆地设想，太后娘娘会不会已经遭遇不测了？

所以今日入宫赴宴，文武百官都提心吊胆，同时也怀揣着最后一线希望，毕竟英帝的二十整寿是天大的事，就算太后身子不适，适当出来露个面也实属应当。

心不在焉地看了一上午戏，临近中午，有内监过来传旨，请众人移步景云殿入席。

景云殿是大晏宫中专门用来举行宴会的场所，殿中十分宽敞，二百余席排下来，也丝毫不见拥挤。

文武百官伸长了脖子看着，终于等到午时，殿外一身明黄龙袍神采奕奕、姿态潇洒的晏英，从容地与付太后携手而至。

太后无恙？！

文武百官如释重负般出了一口气，却还不等这口气顺过来，殿外就有一名内侍惊慌失措地追进来，慌乱地往地上一趴，颤声道："陛、陛下，不好了，城西粮仓那里，百姓为了争抢粮食大打出手，府衙派人调停无果，现在愈演愈烈，已经演变成大暴乱了。"

"京城之地富庶，民风教化又好，怎会发生这种暴民生乱之事？"身为三大辅臣之一的郭首辅凛然怒道。

他是三朝老臣，一直不满付太后当政，应当算作朝中能够在付太后统治之下，保持风骨的第一人。

如今城中禁卫军统帅房远是他的门生，手中十万禁军，是泱泱皇城之中晏英唯一可以把持在手的力量。

今天是大日子，九城兵马司的人一早就分散在外城维持治安，以防有意外发生。此时城中起了暴乱，外围的守卫就更不敢松懈，以免有人乘虚而入。

可想而知，唯一能够带兵前去平乱的只剩下房远，而房远一走，宫中势力就完全不在晏英的掌控之内了。

动乱一事，如果不是确有其事，内侍绝对不敢往宫里传信。

郭首辅心知此事必定和付太后有关，顿时心弦一紧。

付太后一党的宁王已经走上前道："京城暴乱，此事非同小可，必须尽快出兵镇压，以免惹出更大的乱子来。"

郭首辅脸一沉："九城兵马司的人手一早已经调往外城驻防，禁军又要护卫陛下和太后娘娘的安全，现在哪有人手前去镇压？"

"那郭首辅的意思就由他们去了？"宁王寸步不让。

"你！"郭首辅一怒，脸色涨得通红。

晏英贪玩，至今没有立后纳妃，所以身边没有旁人，今天是他亲自搀扶着病入膏肓的付太后进来的，此时他扭头看向付太后："母后，您看这事儿应当怎么处理？"

"咳——"付太后拿帕子掩着嘴，突然开始不住咳嗽。

她那身子板儿瘦弱，每每咳嗽一声，仿佛就要支离破碎。

郭首辅眼中现出焦急之色，张了张嘴，却被晏英一个眼色给制止了。

晏英抿抿唇，目光一瞥，看向房远所在的那一席道："房爱卿，京城的治安一直都是由你和九城兵马司的曹爱卿统管，现下他抽不开身，你就带人去看看吧，若是真有乱民暴动，就酌情处理，尽量少伤人命。"

房远下意识看了眼面色铁青的郭首辅。郭首辅愤然瞪着宁王，没有表示。他才上前出列，冲晏英拱手一揖道："是，微臣领命。"言罢一撩袍角，匆匆地去了。

目的达到，宁王不再理会红眉毛绿眼睛的郭首辅，只朝晏英恭敬地拱手一揖道："不过几个暴民而已，请陛下放心。房将军一定不辱使命，很快便可将他们镇服。"

"借皇叔吉言。"晏英一笑，神态自若。

付太后咳得厉害，晏英把她扶到座位上坐下，一边拿温水给她漱口，一边道："母后的身子实在撑不住的话，不如就回宫歇着吧，这里人多气息杂乱，怕是对母后的病情无益。"

"不、不碍！"付太后抬手隔开他的手，因为咳得厉害，苍白的脸上渐渐浮现出一层不正常的红晕来，"今日是皇帝的二十整寿，哀家怎好不在场。"

从来，她的话就是懿旨，就是不容变更的命令。

"那好吧，如果再不舒服了，您记得告诉儿臣。"晏英也不勉强。

文武百官跪地伏拜，给晏英祝了寿，然后便由晏英举杯，宣布正式开席。

彼时，秦菁端坐在长云宫的寝殿之内，那座宫殿极为偏僻，离着景云殿又远，除了一大早晏英出宫祭天时的锣鼓礼乐之声，此刻安静得出奇，半分杂音也听不到。

秦菁静下心来，听着外间的水漏声，一边默默估算着景云殿里正式开宴的时辰。

水漏声声，其音清越，似乎每落一滴水都砸在她心上，让她强行镇定下来的心又起一片涟漪。如此挨到午时初刻，悄无人声的外殿突然传来吱的一声，殿门被人飞快推开又迅速合上。

秦菁心下一紧，霍地睁开眼，就见一个青衣小婢闪了进来。

是采青。

秦菁微微皱眉，心里觉得怪异。

“殿下，外面的守卫奴婢已经调开了，您马上换了衣服，随我走吧。”采青道，一边递了衣裳过来，一边警觉地不住回头去看外殿的动静，“陛下都已经安排好了，马上可以送您出宫。”

这女子是付太后安置在这里控制她的心腹，却原来……看来晏英在这宫里的势力其实也是不浅的，竟然能将太后身边第一人收归己用。

付太后的人不管怎样也不会放她走，所以这个婢女的话，还是可信的。

“好！”秦菁也不迟疑，接了衣裳。

“奴婢去门外守着，殿下您快点！”采青语速飞快地嘱咐，一边转身往门口走去，却不想毫无防范地一开门，下一刻却是心口一凉，整个人从头到脚都冻在了那里。

门外突如其来的另一名女子与她狭路相逢，一把尖刀稳准狠地插入她心脏的位置。

鲜血从伤口处汩汩涌出，将那女子葱白细致的指尖渲染成一片殷红。

“采蓝，你……”采青身子晃了晃，忙一把扶住门框，带了一丝不可置信的疼痛，死死地盯着眼前狠狠刺了她一刀的女子。

那是她一奶同胞的亲妹妹，两人父母早亡，自幼被一同卖入宁王府为婢，再到后来，辗转入宫，伺候在付太后身边，一直以来互相扶持，相依为命，她万没有想到，最后关头对她持刀相向、葬她性命的，会是这个胆小谨慎又唯唯诺诺的亲妹妹。

“姐姐你别怪我，要怪就怪你自己，这些年你得太后的宠信平步青云，却不知感恩，到了这个时候还要选择背叛。你有今天的下场，全是咎由自取。”采蓝手里稳稳地握着刀，脸上毫无惧色。

“你……你在说什么？”采青皱眉，嘴角蜿蜒下一线殷红的血丝，“宁王爷是你我的救命恩人，当年他送你我进宫时候的嘱托你都忘了吗？陛下才是我们真正应当效忠的主子，晏氏一脉才是我大晏朝不容混淆的皇室血统。”

“什么主子？什么血统？谁做皇帝，这天下跟了谁的姓氏，和你我这样的人有什么关系？姐姐你真是不自量力，竟然妄想和太后抗衡吗？”采蓝冷笑，手下持续用力一推。

采青吃痛地一声闷哼，脚步被门槛一绊，就摔在了门内。

秦菁闻声奔出来，一眼看到姐妹二人对峙的场面。

采青摔在地上，胸口插着一把几乎整个都没入她身体的尖刀，脸色惨白，神色痛苦地看着面不改色站在门口的采蓝。

采蓝冷冷俯视她，目光无一丝动容，然后跨进门。

“采青姐姐，你真的以为你有多大的本事吗？你真以为自己的演技很好，可以瞒过所有的人吗？事到如今，我不妨实话告诉你吧，你我的身份，早就被太后识破了，她一直隐忍不发，为的就是今天。”采蓝道，字字句句都带着即将青云直上的快活味道，说着抬手一指秦菁，

“你以为太后为什么会让你来守长云宫？真是因为她信任你吗？她要你来，就是因为知道你必定背叛。陛下和宁王爷都在等着你助他们成事，你对他们忠心耿耿，他们一定想不到，你这么关键的一颗棋子会折在这里，最后成事的只能是太后。”

宁王是大晏上一任皇帝的嫡亲兄弟，当年却在付太后把持朝政之后，第一个倒戈，成了太后的心腹。

在外界看来，他是第一个背叛晏氏血脉的皇族，却没有人知道他这些年忍辱负重为晏英所做的努力。

付太后在晏英身边安排的眼线很多，根本不给他任何用以发展自己势力的机会，全都是这位被人所不齿的宁王爷为他在暗中操持。

所以架子皇帝晏英在朝中也不是没有自己的势力，只是暂时由宁王代管，藏于暗处罢了。

采青和采蓝是宁王送进宫里的，实则也是他替晏英安置在付太后身边的内线。

付太后身边的第一女官，是晏英的人。而晏英自认为的自己人采蓝，却在生死存亡的时刻，给了他致命的反戈一击。

这双母子之间，这般算计深沉的对决，当真是想想就让人寒凉无比。深吸一口气，秦菁快走两步上前，弯身托起采青的身子去试她的脉搏。

“不用试了，她活不成了。”采蓝讥诮一笑，“她这种分不清天下局势的蠢人，活该是这个下场。”言罢，她抬手一甩，往天际射出一枚小小的旗花筒。

院外两面宫墙之后有身影连闪，飞身进来十二名蒙面侍卫。

“把她给我看管起来，没有太后娘娘的旨意，任何人接近这座宫室十丈之内，都给我杀了！”采蓝目光冷凝，厉声吩咐。她这一声可谓气势十足，终于在采青面前扬眉吐气了一回。

也许是太过自鸣得意，一直到这句话说完，才见她脸色惨变，惶恐地瞪着来人，连连后退：“你……你们……你们是什么人？”

付太后指给她埋伏在外的十二名高手，为了掩人耳目，的确是侍卫打扮，但没有蒙面。

这些，不是她的人！

第十九章　母子博弈，孰为正统

采蓝勃然变色，拔腿就要向殿内跑。

只可惜当初为了不惹付太后警觉，宁王并没有让她们姐妹习武，所以她这一步跨过去，前脚还不及落地，背后已是一抹雪亮的刀锋呼啸而至，力度之大，堪堪从她的背心横穿，整个儿从前胸刺透。

采蓝愕然瞪大了眼，一副不可置信的表情。

“你看，欠债还钱是如此之快，真的是报应不爽是不是？”秦菁站在殿中一动不动地看着，唇角慢慢牵起一个冷笑的弧度，“采青对太后不忠，你又出卖了她，你以为付太后千般算计可以掌控一切，可是千算万算，付太后终究还是跟你一样，你们都算漏了最后一件事！”

“什……么……事……”采蓝开始大口地往外吐血，腿一软跪倒下去。

“算漏了一颗自私自利的女人心呀！”秦菁道，目光却是越过她去，直直地看向殿外正容光焕发快步走来的婗靖公主，惋惜一叹，“付太后千般算计，怎能想到，婗靖公主是一定要亲自相送本宫一程才能安心的！”

“你倒是个明白人。”婗靖冷冷笑道，话音未落已经一步跨进门来。

婗靖公主也是付太后身边的人，刚刚登上云端的采蓝艰难地想要转头看上一眼，终究只能不甘地闭上眼扑倒在地。

婗靖用脚尖踢了踢她的尸体，回头对门外侍卫使了个眼色：“都拖下去，小心点，别被人发现。”

“是，公主！”马上就有四名侍卫应声上前，把两具尸体抬了出去。

地面上还有好些残存的血迹，却没人在意。

婗靖径自上前，拣了把椅子坐下，一挥手道：“留下两个人守在院子里，其他人把四下里给我守严实了，没我的命令，不准任何人靠近，本宫——”她说着顿了一顿，扬眉一扫秦菁道，“本宫要和荣安公主好好叙叙旧！”

后面青桐和翡翠两个人端着茶点进门来侍候。

“奴才遵命！”侍卫们则是齐齐应道。

几个人应当都是精挑细选出来的高手，身形一闪就四下里散开，在院子四周隐没了踪迹。

剩下两名侍卫从外面带上殿门，也很明白婗靖公主所谓“叙旧”的含义，远远地离开门边，退到院子当中巡视看管。

“婗靖公主来得好及时，今日晏皇陛下寿诞，您不在寿宴上出现，这样合适吗？”秦菁一拍裙子，面带微笑，也端端正正地坐在她对面的椅子上。

“母后他们操心的都是天下大业，哪有这闲工夫管我的行踪？”婗靖道，抬手指了指，示意青桐给秦菁上茶。

青桐冷着脸递了热茶过去。秦菁随手一推，将茶碗远远推到桌子另一角，不去碰。

“怎么，怕我下毒？”婗靖捧着茶碗低头吹了吹上面浮着的一片茶叶，同时拿眼角的余光讽刺地扫了秦菁一眼。

“怎么会？”秦菁不甚在意地微微一笑，仍是低头仔细把裙裾整理好，一边慢慢说道，“本宫和婗靖公主已经不是初次交锋了，纵使你今日前来就是为的这个，也总会开诚布公同我把话说清楚的，不然岂不是白白纡尊降贵走这一趟？”

今天婗靖来者不善是真，但她这人太过狭隘和小心眼了，所以明明就是为了要杀人，却不叫侍卫直接动手，而是多此一举亲自过来，为的不过就是当面羞辱一番，以便提升她报复之余的快感罢了。

正是因为拿捏准了她的这种心理，秦菁反而越发心平气和起来。

婗靖脸色变了变，但转念一想，秦菁再怎么轻狂也就是这最后一次了，她的心情便好起来，无所谓道：“是啊，本宫会纡尊降贵前来见你，你应当庆幸，好歹在我面前，你可以做个明白鬼了，不是吗？”

“别用这种施恩一般的语气说话，难不成你以为本宫真就蠢到这种地步？明明被人卖了，还会帮着数银子吗？”秦菁垂眸一朵一朵数着衣襟下摆绣着的海棠花，语气冷漠，“晏皇陛下从来就没有杀我之心，就连付太后——她派下采蓝这枚棋子的最终用意也不过是为了在今日这个关键时刻限制住我，从头到尾算下来，真正想要本宫性命的，不过就只有你！咱们之间还需要这样遮遮掩掩，言不由衷吗？今日时间紧迫，想必现在陛下寿宴之上也正是剑拔弩张的时候，别耽误时间了，本宫千里跋涉来大晏一趟也不容易，如果没有猜错的话，首先应当感谢的，还是婗靖公主你的盛情相邀吧？”

付太后权倾朝野，自然是个再精明不过的人物。

她会平白无故把主意打到自己和楚融的身上，一定不是偶然。

在见到晏婗靖之前，这个问题秦菁百思不得其解，然则那日见她伴在付太后身边出现的时候，脑中灵光一闪，一切了然于胸——

她竟然忘了，在大晏朝中还有这么一位苦大仇深的故人！

“你竟然能够猜到是我？”婉靖见她毫无征兆就把矛头直指自己，而且还是那般笃定，多少有些讶然，目光更有些不甘地往下沉了沉。

“你们大晏京城算下来，与本宫相熟的故人不过寥寥数个，而且除了你，又有谁会对本宫这么上心？”秦菁扯了扯嘴角，眼睛里却没有笑意，语气凛然而沉稳，“说吧，你到底是用了怎样的理由，才让付太后把视线移到本宫和安阳身上的？”

“好啊，既然你猜到了，那我也就不绕弯子了。对，就是我做的，就是我教唆母后劫持了你们母女，用作挟制小舅舅的把柄。”长出一口气，婉靖反而释然，只是随即想到了什么，神色又带了几分嫉恨交加的阴狠，“从第一次见到你我就知道，小舅舅对你是不同的，要怪就只能怪你不自量力，不懂得与他划清界限。”

晏婉靖对付历染有意，所以当初不惜自卷入局，在秦霄谋逆案里添上了浓墨重彩的一笔，只为以一个寡居的身份回国，然后就可以堂而皇之不必再嫁，守在付历染身边。

现在看来，她对付历染的执念，还不是一般的深，甚至无限扩大了对自己这个假想敌的恨意，只为了她自己一厢情愿的揣测，就要将人家母女卷进大晏皇室腥风血雨的争斗之中，推上风口浪尖冒险?

想着楚融此时状况不明，秦菁心里顿时怒意翻腾，不由得捏紧了手心。

婉靖却还在为自己这一次的成就沾沾自喜，欣然说道：“虽然我知道你们之间确实没什么，可是母后不知道啊，而且这两年小舅舅总是不时往来于大秦和大晏之间，又怎么可能完全瞒过母后的眼睛？”

“所以呢？”秦菁反问，面无表情地看着她得意扬扬的一张面孔。

“所以——”婉靖挑眉一笑，“所以他为什么会对荣安公主母女那么上心呢？如果我没有记错的话，当年你怀孕的时机应该和大秦与西楚之间的祈宁之战时间差不多吻合，那段时间，不巧，小舅舅也走了一趟大秦。”

当初楚奕回国的头天晚上，付历染的确是去过他们在祈宁行宫的住处找过她。

秦菁心中了然，一时间有些哭笑不得：“所以你就利用安阳的身世，在付太后跟前进献谗言，做了文章？”

如果只是说付历染对她有意，付太后未必就会冒着和秦、楚两国同时交恶的风险掳劫了楚融又挟持了她，毕竟付历染那样的人，一眼就能让人认定他并非那种为了女色而误尽苍生的人，而如果是有人杜撰了楚融的身世，那又另当别论了。

血脉之情，总比虚无缥缈的所谓爱情更值得让人冒险一搏，拼尽一切。

“是啊！”婉靖坦然承认，想着这一次终于可以拿捏住秦菁一雪前耻，就眉飞色舞起来，“或许你不知道，小舅舅这一生强势，从来就没有什么弱点可以供人拿捏。所以母后对他才会那般矛盾，又爱又恨，想要掌控却又永远掌控不了。母后这一生啊，都是站在云端，她习惯了掌控别人，偏偏对小舅舅完全无能为力，无从下手，好不容易有了这么一个机会，她怎么会轻易放过？所以我不过就是适时地给她提了个醒儿，但不出所料，她一点也没有让我失望，竟然真就从西楚严密封锁的防线之下带来了安阳郡主，又间接地引了你在京城露面。”

“谎话终究只是谎话罢了，付太后那人何等精明，即使她先是受了你的挑唆掳了安阳，可在看到安阳其人之后，又怎能分辨不出，她其实和付厉染半分关系也无？”秦菁道，心知这才是此刻用以判别她们母女前程吉凶的关键。

要看，现在她们在这一局中到底占着怎样的分量和地位。

婗靖闻言，眼中慢慢凝满浓厚的杀意，恨恨地咬了咬嘴唇，似是有些失神。

半晌，她重重搁下茶碗，抬头冷冷地看着秦菁道：“是啊，她是和小舅舅没有关系，可是没有关系又怎样，偏偏歪打正着，小舅舅竟然为了那个臭丫头对母后低头了。”

她越说越气，最后气恼地大叫一声，一甩袖把桌上茶碗糕点统统扫在地上。

明明是个不相干的死丫头，为什么，为什么，最终小舅舅会为了她，破除了他一直坚守的底线？因为荣安？他是爱屋及乌，因为荣安这个贱人吗？

为什么？为什么会这样？付厉染那样的人，晏婗靖觉得可以容忍他对天下人绝情绝义，哪怕对她都不屑一顾，却怎么都受不了他会对别的女人另眼相看。

当年虽然明知道晏婗嘉不过是付太后的一颗棋子，她都忍不住深深嫉妒，如今一个秦菁摆在眼前，她更是恨不能将其抽筋卸骨碎尸万段。

由于她这一拂袖的动静实在太大，院子里的两名侍卫恐有意外，急匆匆破门闯进来：“公主——”

“谁让你们进来的，滚出去！”青桐一瞪眼，怒声喝道。

两个侍卫悻悻地重新带上殿门退到院子里。

秦菁却丝毫不为晏婗靖的情绪所扰，心思飞转，努力剖析分辨她话里的意思。

付厉染因为楚融而对付太后妥协了？这是什么意思？付太后要让他取晏英而代之，这就是说他答应了？那么今日之事，就是他和付太后连成一气针对晏英的一场夺位之争了吗？付厉染一旦出手，就不会留有半分余地。晏英今日，难不成凶多吉少了？

“安阳现在在哪里？”秦菁问，脸色和目光一样暗沉如水。

付厉染不是个好相与的角色，或许可以抱一线希望，他会先从付太后那里讨要了楚融过去。

“马上就是死尸一具了，你还管那么多做什么？”婗靖冷冷一笑，低头扫掉裙摆上沾着的糕点渣子，慢慢移步朝秦菁走过来。

秦菁端端正正坐在椅子上，一动不动地与她对视。

婗靖在她三步之外的地方站定，用怨毒而充满审视的目光看着她，讽刺笑道：“因为你，母后终于得偿所愿了，早在昨夜九城兵马司的人四下里布控之前，小舅舅已经出城去了，城外驻扎的皇城守军虎威大营一直都在他的掌控之下，算算时间，应该用不了半个时辰，他就可以兵临城下，将整个京城团团围困了。”

秦菁心中微微一动，心里却瞬间做了比婗靖公主所言更坏的打算——

围困京城何足为惧？怕只怕付厉染真要有所动作，便会挥军直闯，直接围困皇宫了。

而一旦他和晏英真的在大庭广众之下对上，那么就等于箭离弦上，双方必有一死才能交代下去的。

秦菁心里倒抽一口凉气，面上却是不动声色：“既然国舅大人已经就范，那么想来付太后留本宫在这里也就没有什么实际意义了。”

“算你聪明！”婗靖仰头呼出一口气，语气嘲讽，“母后这人就是太过周到谨慎了，所以暂时还会留着你。其实今天就算我不对你动手，你也决计活不到她与小舅舅事成的一刻了，她留着你是备不时之需。事实上，早在这之前她就已经对采蓝留了密令，一旦听到前面事成的动静，马上就可以杀你灭口了。”

说话间，她已经从袖子里掏了一把匕首出来，握在手里掂了掂。

秦菁安然坐在椅子上，冷眼看着不说话，婗靖只当她是自知无力回天，继续慢慢说道：“就算小舅舅对你们这双母女假以辞色又怎样？到头来你们不也被当棋子来用？来日小舅舅荣登大宝，断然容不得你这样残花败柳的贱人来占据中宫之位。母后那样的人，她对小舅舅的期望太高，怎么可能将这样的污点留在他身边？”

“是啊，付太后那样的人，既然能够为了逼迫国舅大人就范而无所不用其极，自然是要将他全盘操控，他的婚姻，也包括在内。”秦菁深有同感地点头，却没有半分人之将死的怆然和恐惧，微微仰头看着婗靖公主的眼睛笑道，“既然明知道我难逃一死，那婗靖公主你又何必多此一举来走这一趟呢？你要知道，既然太后娘娘容不下我，你更不可能有机会近你小舅舅的身，今日之事不传出去也便罢了，否则一旦让付太后知道你对国舅大人存了不该有的心思，只怕你的下场也不会好到哪里去。”

“哼！”婗靖由鼻息间哼出一声冷笑，“这么些年了，你以为母后不知道我的心意？可是她自始至终都没有动我也没有插手，所以，将来，也不会。”

“是吗？”秦菁一笑，似是垂眸沉吟片刻，随即笑容更深地惋惜叹道，“不过付太后到底持怎样的态度，其实也并不是最重要的，不是吗？重要的是国舅大人怎么看，他既然从来都没把你放在心上，就算你终其一生想要不遗余力地靠近他，只怕也是枉然。”

“你闭嘴！”婗靖被戳中痛处，顿时凶相毕露，霍地拔出匕首一指秦菁，恨声道，“我要怎样，不用你管，今天我既然敢做，就有完全的把握神不知鬼不觉，不会让人把线索查到我的头上来，你也别指望小舅舅为你报仇！以前仗着小舅舅袒护，你几次三番羞辱我算计我，今天你既然落在我手上，就说什么也没有用了，现在我就要跟你一起清算。”

她握着匕首，狞笑着缓缓逼近。

秦菁知道她是会些拳脚功夫的，所以也不敢大意，忙不着痕迹地起身往后退了两步。

婗靖见她终于有了畏惧的反应，不由得大笑出声："怎么，你也有害怕的时候吗？可是晚了，今天你插翅——"

"婗靖公主！"秦菁出言打断她的话，笑容温婉而大度，说话间又飞快往后退了两步。

婗靖一时没太明白她到底意欲何为，却是脚步顿住，没有再往前迫近。

"过往种种，本宫不觉得非要和你结仇不可，但既然你难以释怀，也就只能如此。今天你早一刻没有动手杀我，是你失策，而我仍要谢谢你为本宫解惑，现在——"秦菁笑得诚恳而和气，说着语气一顿，瞬间翻脸，寒声道，"你被我用完了。"

话音未落，她自袖间滑出一把做工精致的小型弓弩。婗靖完全没有防备，惊吓之余，连呼救都忘了，下意识的反应就是转身就跑。

秦菁指下灵活一翻，已经把一支尖端幽蓝的小箭搭扣在了凹槽之内拉开。咻的一声，极快又极迅捷的幽蓝光影纵过。稳准狠，插入婗靖完全暴露在外的背心。

那箭尖上淬了剧毒，毒素入体，婗靖甚至连痛呼一声都来不及，已经直直地扑倒在地。

"啊——"青桐目眦欲裂，瞪大了眼睛看着，但那一声惨叫也只来得及短促一闪，同样被另一支毒箭没入喉管，生生折断。

"不想和他们一样，就不要出声！"秦菁目光冰冷，语气更冷，开口却是冲着这殿中仅剩的翡翠。

晏婗靖的这两个婢女秦菁都曾见过，青桐和晏婗靖一样是那种阴险狠辣的性子，相对而言，翡翠懦弱胆小，反而比较容易控制，所以一出手，她先是放倒了婗靖公主和青桐。

翡翠面无人色，早就被吓破了胆，虽然得了秦菁的警告，却是失魂落魄控制不住地想要尖叫，一个踉跄连连后退的同时，腰后却被一件尖锐的物件抵住。

"唔——"翡翠一惊，慌忙抬手捂了嘴。

这深宫之中封锁森严，怎么这荣安公主也能藏了帮手？

她不敢再动，整个人木头桩子一样僵硬地戳在那里。

青桐被一箭刺穿了喉咙，当场就死透了，婗靖因为伤的不是要害，虽然在剧毒的摧残之下扑倒在地，意识还勉强多存了一瞬。

她倒在那里犹不甘心，手指扒着地砖的缝隙费力抬起头，却赫然发现，翡翠身后以短匕首制住她的人，竟是大秦方面已经发出讣告宣布死了多年的大公主秦薇。

"呃……"她喉咙里咯咯作响，疑问之音却怎么也发不出来。

秦菁收了手中弓弩重新藏于袖间，款步走进内室，冷着脸抬脚一踢床前三步之外的那一块地砖。

沉闷而细弱的一声响动过后，那里的地砖突然向下一挂，露出地面上幽暗的洞口来。

婗靖又再张了张嘴，满脸写着的都是不可置信。

“没有想到是吧？这里是你大晏的皇宫，戒备森严，怎么会有人在这里神不知鬼不觉地开辟一条暗道出来？”秦菁也不理会她的垂死挣扎，只转身去柜子里抱了一套事先准备好的衣服出来，一边径自解释，“这宫里原有的一批暗道，婗靖公主你应该一清二楚，可是知道那些暗道存在的，却不只有你一个人。你以为本宫为何会按兵不动在这里被你们软禁？这五天时间，就是为了让人在大晏宫中密道原有的基础上再挖到这里。”

历来不仅是皇宫，就算豪门大户之家，也常常会在府宅之内布下暗道以备不时之需。

这大晏宫中的暗道，只有付太后、晏英和付厉染三个人知道，而婗靖公主却因为暗中翻阅付太后书房里的机密偶然发现。

正是因为知道那密道没有通到长云宫的地下，所以付太后才那么放心，把秦菁暂时关在这里。

只是他们都不知道，表面上和晏英交情甚好的帝师樊泽，实则是付厉染的心腹，而付厉染和他之间竟然没有秘密。

这条暗道是樊泽带人暗中挖的，从原来的暗道基础上拼接过来，所需的工程量就要减少很多。

好在日夜赶工，还来得及赶在晏英寿宴这天挖通。

功亏一篑，婗靖公主满心不甘，趴伏在地，嘴角不住有浓黑的血液涌出来。

秦菁不再理会她，走过去接了秦薇手中的匕首道：“你换衣服吧。”

“嗯！”秦薇点头，还是很不放心地又看了翡翠一眼，转身取过桌上的衣服换上，又到妆镜前重新梳妆，整理出和秦菁一样的发式来。

秦菁手里握着匕首，压在翡翠肩头拍了拍。

翡翠腿一软，声音里就带了哭腔道：“不要杀我，我什么都不知道，我、我只是遵循着公主的吩咐做事而已。”

“不想死就看你怎么表现了。”秦菁撇撇嘴，意有所指地往大门的方向看了眼。

翡翠似是有些明白，惶恐地连连摆手：“不、不行，外面公主安排的人都是她的心腹，都只听公主一个人的吩咐，我支不走他们的。”

“不用你支走他们，不过横竖现在婗靖公主已经死在这里了，你怎么都难逃干系，你想保命，就配合一下，老实待在这里就行。我什么也不用你做，只是管好你的嘴巴，别让它乱出声。”秦菁意有所指地扫了眼青桐的尸体。

翡翠早就吓白了脸：“我……我怕……”

“只要你不乱说话，我们便不会为难你！”秦薇重新装扮妥当，快步走了过来，不由分说掰开翡翠的嘴巴，塞了点东西进去。

翡翠惊慌失措地就要往外吐，秦菁目光一敛，就势抬手一托她的下颌，强迫她咽了下去。

“你吃了我的药，只要乖乖听话，我自然会给你解药，否则两个时辰之后就等着毒发而死吧。”秦薇道。

她一边说着，秦菁也没了后顾之忧，收起匕首，两人合力把婗靖公主的尸体抬起来，安置在椅子上，顺带着调整了一个合适的方位，让人从门口的角度一眼看来，既看不到她身上的伤口，又看不到正脸，俨然一副安然静坐的模样。

翡翠这会儿吓得七魂六魄都飞了，弯着腰掐着脖子，拼命想要把吞下去的药丸吐出来，奈何折腾了半天都无济于事。

秦菁两人把青桐的尸首也一并踢到旁边的睡榻底下，一切准备妥当，翡翠也泄了气，眼泪汪汪道：“两位殿下，不要杀我，我听话，我什么都听你们的。”

“行了，你也别哭了，在这屋子里好好待着就行。”秦菁捡起地上的刀鞘把匕首揣好，连带着把她那特制的小巧弓弩一起收着，一边对秦薇道，“外面有晏婗靖的十二个侍卫，经过刚才那么一番闹腾，这会儿他们应该不会随便进来，要是有人问话，就让这个丫头回了，一般不会有问题。在前面的事情定下来之前，这里会很安全，暂且就麻烦你了。”

她公式化地说着，不再因为秦薇是她的长姐而多一分眷恋。

秦薇也不见怪，毕竟这几次三番的事情下来，她们之间已经完全没有了当年的情分。

她现在帮着秦菁，全然因为秦菁和樊泽要做的是同一件事，而秦菁会对她叮嘱这些，也不过不想因为她的疏忽而坏事罢了。

两个人都心照不宣，却知道彼此之间的姐妹情分完全断绝了。

“你放心吧，我有分寸！”秦薇道，拉着秦菁的手将她推到暗道入口处，语气极快地提醒，“下去直走，第一个岔路口那里会有人等你。”

“好！”秦菁也不再多言，收拾了裙子提在一只手里，弯身下了暗道。

秦薇重新把入口封死，掩饰好了之后才敢在背对外殿方向的暗影里紧张地吐出一口气来。她不是秦菁，做不来在生死存亡的紧要关头还处变不惊。

长出一口气，略略安定了心神，秦薇这才款步重新回到外殿，挑了张椅子坐下。为防万一，她要暂且留在这里伪装成秦菁掩人耳目。好在她们姐妹的身量体型有七成相像，又自幼受皇家礼仪教养，不仔细看也不十分容易分辨。

当长云宫这里生死较量几个回合的时候，景云殿中晏英的寿宴现场却是觥筹交错，一片其乐融融的祥和之气。

觥筹交错，几个来回，许多人都已经满面红光。

酒过三巡，该有的祝寿词已经提得差不多了，便按例传了歌舞。乐师们从幕后把洪钟大缶搬上来，有序地在两侧宴席的帷幕后头排好。

殿中三十六名穿红着绿身姿妖娆的舞娘翩跹而至，所过之处裙裾翻飞，香风习习，看得一众官员眼睛发直。

“这一批舞姬看着个个眼生，以前的宫宴上头好像都没见过啊！”

“说是西边的苍漓国进献的，都是苍漓宫廷舞姬亲自调教，一月之前才刚刚送到，就是为了给陛下寿辰锦上添花的。”

“素闻苍漓国女子能歌善舞，果然名不虚传。这舞姿当真甚为别致，赏心悦目啊。”

众人议论纷纷，品头论足，兴致昂扬。

首座席上，付太后因为喝了一口酒而牵动宿疾，一直有些微喘。起初晏英还象征性劝了她两次，让她回宫歇息，但连着被拒之后，索性也就泰然处之，不予理会了。

郭首辅坐在人群之中，却没能静下心神。

房远出宫去了大半个时辰，竟然再无一点消息传回来，却不知道是不是有什么意外。

对面一席的宁王看他一副坐立不安的模样，冷冷一笑：“郭首辅一直心不在焉不住朝殿外张望，是在盼着什么人？”

因为两人中间隔了整个大殿，他的音调就刻意拔高。

方才开宴之前已是唇枪舌剑好一番计较，这会儿两人之间战火再起，顿时半殿的人都噤了声，视线齐刷刷再度射向二人。

郭首辅恼怒地瞪了宁王一眼，终于还是按捺不住自席间起身出列，冲上座的晏英和付太后拱手一礼道：“房将军出宫处理暴民抢粮案，一去大半个时辰未回，臣恐节外生枝，陛下是不是再找个得力的人出宫去看一看？”

“嗯，怎么房爱卿还没有回宫复命吗？”晏英眉毛一挑，像是突然记起了这茬儿。

郭首辅一张老面皮绷得死紧，嘴角抽了一抽道：“是啊，今天日子特殊——”

他话到一半，身子突然不稳，脚下趔趄着左右一晃，就去抚太阳穴。

“郭大人！”服侍在他席位之后的内侍惊叫一声，就要上前去扶。

然则还不等人奔过去，大殿之中已经惊起大片艳红水袖翻舞翩飞，眼花缭乱中，一条在空中舞动自如的大红飘带似被注入了生命般，向着郭首辅卷了过去。

原本直直的一条，在触及他背部的同时婉转一绕，将他整个身子卷起，一收一拉之间，他的身子就跟着飞出，不偏不倚正向着首座的晏英和付太后那一桌甩去。

“刺客，有刺客！”

“护驾，快——快护驾！”

“保护皇上！”

“太后，太后小心！”

变故来得突然，大殿中此起彼伏着惊慌的叫嚷声。砰的一声巨响，晏英身前几案上的杯碟被击飞。郭首辅一把老骨头摔得四分五裂。

因为今天付太后身子不适，就和晏英坐了一席，方便照顾。慌乱之中，两人急忙翻身从座位上退开。

就在郭首辅整个人被当作武器扔出去的同时，紧随其后一道敏捷的影子也到了。

因为当庭献艺，舞姬们上殿之前都会被全面搜身，身上藏不得武器，那女子身影迅捷如鹰，飞纵而至，落地一滚却是从那张几案底下顺手摸出一把半长的刀刃，暴起之后，不由分说就朝晏英和付太后两人扑去。

刀锋如雪，透着凛冽的杀气，毫不容情。

“护驾，护驾！”旁边的内侍太监尖声叫喊，情急之下直接以自己的肉身抵挡过去。

那刺客下手极狠，短刀进出一个来回，就刺死了两名意图阻拦的内侍。

晏英慌乱地牵着付太后的手疾步往后退去，却是下意识把付太后往自己身后塞去，是个保护的姿势。

然则他本身就不曾习武，动作哪里能及精心训练出来的刺客灵敏。

女刺客一刀直刺而去，他一个闪躲不及，左臂上血花飞溅，已经被划开了一道很深的血口子。

“陛下——”混乱中有人失声尖叫。

彼时殿中也整个儿乱了，呼声一起，外面已经鱼贯而入一队禁卫军，连带着进宫赴宴的武将也纷纷出手，和那些突然暴起的舞姬交上了手。

其他的文官和命妇小姐们尖叫连连，吵闹成一片，到处有人受伤和惊吓晕倒。

最里面的侍卫未能及时赶到，那刺客一击不成，马上变了个方向，又是一刀补过去。晏英白了脸，捂着手臂有些无措。

眼见着又要见血，那刀锋过去，却在千钧一发之际，刺客腕下一个灵活的翻转，刀锋以外人无从分辨的角度偏了半寸。唰的一下，稳稳插入了付太后的胸口。

那刺客得手之后，马上抽刀又要对旁边的晏英下手。

付太后身子一晃，就往后栽去。

“母后！”晏英目光一沉，同时不由得倒抽一口凉气，抬手往她腰后一扶。

紧跟着，进殿救驾的御林军也到了。一个领头的侍卫一脚踢在那女刺客的腕上，女刺客一吃痛，短刃就跌在地上。

一群人围拢上来，有人大呼着：“留活口，留活口！”

三十六名舞娘，个个都身手不俗。但双拳难敌四手，怎么也无法在层层涌入的御林军的围剿之下全身而退。

付太后胸前伤口很深，鲜血汩汩涌出，再加上她本就体质弱，这一伤之下，几乎马上就气息奄奄。

“太后，太后！快，太后遇刺了！”朱嬷嬷方寸大乱，在原地不住跺着脚哭喊。

“哭什么，母后还健在呢！”晏英黑着脸，一把将付太后抄起来就抱着往外走，一边极快吩咐，“去请太医，快请太医到凤鸣宫！”说着不再理会殿中杀得如火如荼的景象，在一队侍卫的紧密护卫之下，大步往大殿门口走去。

事发之时，秦菁和樊泽正穿着乐师的统一服饰混在帷幕后头的人群里，混乱中两人都没有现身。

这会儿禁卫军控制了局面，秦菁靠在一根大柱后头掀开帷幕一角追着晏英的背影看去，思忖着问道："你是个中高手，刚才应该看清楚了，到底怎么回事？"

今日这一场寿宴，一场刺杀，从头到尾不过付太后和晏英母子博弈的戏码，或是付太后，或是晏英，总不会有第三个人布局。

但秦菁毕竟一介女流，对高手对决之时那些微妙的细节不容易看透。

樊泽神色凝重地负手立在她旁边，从事发起他就已经是这副忧思过甚的表情。

此时听得秦菁发问，不觉苦笑一声道："来人先取的是陛下，实则她真正刺伤太后的那一刀，却用了一个微妙的手法，特意绕开了陛下的。"

"也就是说，来人的真正目的是付太后？"秦菁心下一动，微微抽了口气，"以你的推断来看，在场的这些人里，有人看出其中玄机吗？"

"虽然刺客的手法极其巧妙，而且方才又在混乱当中，但世上没有不透风的墙，御林军当中的高手多的是，最起码是瞒不过我父亲的眼睛的。"樊泽唏嘘着，目光又再沉了一沉，略带几分遗憾道，"不过刺客虽然得手，但付太后那个伤口未及要害，不致命的。只是她的身体本身就不好，又另当别论了。"

依照晏英之前所言，付太后的身子本就如强弩之末，撑不了多久的。

"这样看来，绝大多数人都会以为今天这个局是晏皇陛下所设的了。"秦菁语气十分笃定。

"这就是太后的高明之处，她能人所不能，对于全盘的掌控力往往出人意料。"樊泽微微一叹，听不出到底是讽刺还是赞许。

"是啊，只凭她以身作饵、罔顾生死这一条，就不是常人能做到的。"秦菁深有同感地点头，眼中飞快闪过一丝莫名的情绪。

好在旁边樊泽也正失神，并没有注意到。

其实从付太后中刀的那个瞬间，秦菁就已经看得明白。

这一次晏英的寿宴，付太后称病，从头到尾都没有亲自插手，并且她在前朝也做出了自己被晏英软禁的假象，那么理所应当，满朝文武下意识里都会把今日当堂献艺的一干人等看作是晏英的人。

而现在，那刺客舍弃晏英而取付太后，似乎也更加顺理成章。

这不是一招朝臣们看在眼里的借刀杀人，而是一出蓄谋已久并且精心策划的栽赃嫁祸的戏码。这个女人，内心的强悍，当真不是一般人能比。

秦菁冷冷一笑，放下手中帷幕收回目光道："这么看来，一会儿的凤鸣宫里，令尊就要站出来指证晏皇陛下了。”

“十有八九。”樊泽脸上略带几分无奈，紧跟着又很快恢复如常，正色道，“安阳郡主被国舅大人带出城了，事不宜迟，正好现在趁乱我送你出宫。”

秦菁低头整理着袍子，跟着他往外走，待出了殿门拐进前面的花园才忍不住回头望了一眼道：“国舅大人不在内廷，那宫里这边就不管了吗？”

“事已至此——”樊泽止步，也回头看向景云殿里犹且击杀热烈的场面，叹了口气道，“太后娘娘的决心，不是任何人可以动摇的。”

宫里这边已经事发，所谓覆水难收，一会儿定起轩然大波。

而付厉染既然已经出宫筹备，那么双方就没有退路可言。

“是啊，付太后的决心！”秦菁深有感触，微微仰头吐出一口气。

“走吧！”樊泽收摄心神，又再催促道，“太后借暴民生乱把房远临时调开，应该不会拖太久，一会儿等他回来了，就不好办了。”

暴民生乱是付太后计划里的一步，借此调开房远，一则让宫中守卫松懈，方便伪装成舞娘的刺客潜入，二则也可以在事发之时削弱晏英一方的力量。

只不过，秦菁看在眼里的，还有晏英对她此时的刻意成全。

秦菁似笑非笑地扯了下嘴角，脚下却是没动。樊泽看着她，心下跟着起了戒备之意。秦菁坦然面对他，看着他的眼睛，认真问道：“我再跟你确认一遍，你肯定，付厉染他对付太后今日的计划并不赞成是吧？”

樊泽倒是没有想到这个时候她还会问这个，狐疑地递给她一个询问的眼神。

“付太后意在颠覆晏氏江山，让付厉染取而代之，我只是想要确定，这——真的不是他心之所向吗？”秦菁重复，目光沉静如水，看着远处阔远的天地。

天下疆域之大，做那一国君上、手握乾坤之人，这个诱惑同样不是一般人所能抵御的。

虽然不知道她因何执着于这个问题的答案，樊泽依旧笃定回道：“国舅其人，你也看到了，他若是真的有此宏愿，又何必要等到今天？”

付厉染其人，心思手段都首屈一指。

的确，他若真有夺位之心，完全不必等到今时今日，这一天。

“好，既然如此，那本宫也便放心了。”秦菁从远处收回目光，“眼下我还有一个困惑未解，须得去找晏皇陛下问个明白，国舅大人那里，请樊大公子代为先走一趟，告诉他，本宫无碍。”

“嗯？”樊泽一愣，下意识上前一步就要去拿她的手腕。

秦菁早有防备地往旁边让了一让，避开他。

“你不能留在这里，跟我走。”樊泽眉头一皱，语气急躁之中又带了几分怒意，悍然瞪着她。眼前这样的境况之下，无论她落在付太后和晏英哪一方之手，到头来都会成为他们用以挟制付厉染的筹码。他，不能冒这个险。

樊泽目光一寒，一抬手，马上就从他身后花圃和远处围墙后出现了数道人影朝二人围拢过来。

“荣安公主，对不住了。”他冷冷一笑，抬手又挥下，“这个时候了，你不能再留在这里了。”

“怎么，樊大公子这是要和本宫动强吗？”秦菁退后一步，冷冷地看着他，唇角犹自带着一个浅笑的弧度，从容自若。

“抱歉！”樊泽深吸一口气，负手往旁边一让。

他身后几个人立刻暴起而上，就要探手朝秦菁抓去。秦菁站在原地未动，就在几人当中身形最快的那人一爪扣向她肩胛骨的前一刻，只差毫厘的距离之下，迎面一声破空的低鸣声乍起，一抹雪亮刀锋出其不意朝他面门削去。

那人一惊，慌忙翻身避让，于空中一个回旋，闪身落在旁边的草丛里一滚避开。不过瞬间，秦菁身后的灌木丛中亦是七八条人影急速而至，生生将樊泽精心准备的高手给尽数封了回去。

凝光刃在空中划出一个优美的弧度，回旋之下又被旋舞收入囊中。樊泽神色大骇，警觉地看着眼前如鬼魅般突然出现的苏沐等人，目光中多了好些防备。

这里是大晏的宫廷，既非大秦也非西楚！

秦菁莞尔，不等他问已经兀自开口道：“樊大公子不会真的以为本宫会在毫无准备的情况下就孤身跟着你们前来大晏吧？我既然敢来，自然就会做好万全的准备，留给他们便于追踪的线索。这段时间，谢谢樊大公子的人暗中相护，现在本宫的人已经到了，就不必再劳烦阁下了。”

樊泽脸色变了变，一瞬间面色铁青。虽然他一直都知道这位荣安公主不可小觑，却还是没有料到，在他们那么出其不意下手从西楚帝京带她出来的契机之下，她还能妥善布置，把她的人引到这里。

“此地凶险，真的不宜久留——”深吸一口气，压下心里恼恨不甘的情绪，樊泽尽量试着好言相劝。

“为免节外生枝，所以现在樊大公子还是先行一步吧。”秦菁冷声打断他，话锋一转，露出一个笑容道，“麻烦樊大公子代替本宫传一句话给国舅大人，在你们大晏国中，本宫到底是个外人，无论相较于他或是晏皇陛下，很多事还是由本宫自己来处理，会妥当一些。”

樊泽愕然，闻言狠狠一愣。半晌，他回过神来，深深地看了秦菁一眼。秦菁一笑，却未再多言。

樊泽迟疑着犹豫了一下，最终只是抿抿唇，带着他的人转身离开了。

目送他的背影离去，秦菁立刻敛了目光回头看向苏沐道：“你们出来多长时间了？帝京可有发生什么事？”

“当日公主无故失踪，我们不敢妄动，直至三日后灵歌从太子殿下处回来，带了殿下密令，让我们循着黑衣人留下的线索先行追踪。我们当即启程往祈宁的方向寻去，后来行在半路又收到大秦方面陛下传来的消息，得知公主和郡主在大晏京城，我们又马上中途改变路线来了这里。”苏沐回道，神色却未见轻松，“西楚国中，那边沿路一直有消息传递，说是北疆那里七皇子拒不收兵，后来太子殿下便以手中虎符调动了附近十万精兵，在草原边境起了战事，因为我们一直奔波在路上，消息供应并不十分及时，所以具体的情况还不十分清楚。”

果然是楚奕和楚越之间起了战事！当真是一切都如晏英所言——付太后和叶阳皇后串通一气了！秦菁暗暗咬牙，略一稳定心神，道：“那些事回头再说吧，这一次，你一共带了多少人来？”

“我和灵歌旋舞早在三日前就到了，就是在等其他人，所以才一直没敢轻举妄动。”苏沐道，“太子殿下的暗卫，留了一半在帝京控制局势，剩下的都跟着出来找寻公主和郡主的下落，不过因为这一路几经兜转，着实曲折，现在聚在此处的只有百余人，其他人还在路上，大约明日一早就能赶到。”

“明天一早！”秦菁沉吟，同时心下飞快权衡，摇头道，“不行，明天一早就来不及了。百余人的话也差不多了。”

她说着一顿，继而从袖子里掏出一小卷图纸递给苏沐道：“这是晏英给我的大晏皇宫的大致图纸，你带着，现在马上去把人调配起来，无论用什么办法，尽快给我把凤鸣宫通往西侧宫门的道路清理出来。”

虎威大营在京城西郊外安营扎寨，此刻付厉染要有行动，势必会从西城门进城，继而长驱直入封锁整个皇宫，而他自己在西侧宫门出现的概率最大。

“好，奴才这就去办！”苏沐慎重点头，并不多问，把图纸往袖子里一揣，就先一步转身离开。

秦菁收回目光，对灵歌和旋舞等人勉强露出一个笑容道：“眼下这宫里马上要有事情发生，你们随我去凤鸣宫看一场好戏吧。”说完，不等众人反应，率先一撩袍角向花园另一角走去。

凤鸣宫是太后寝宫，属于宫中几处最为紧要的宫室之一，大晏宫中的暗道断然少不了通往此处的一条。

走了苏沐，除了灵歌和旋舞，秦菁身边暗卫还有七人。

一行人取道宫中密道，直奔凤鸣宫。

凤鸣宫里，一共设有暗道的三处入口，但付太后入住以后，就秘密封死了其中一处，剩下的两处之一就设在她前殿的后室之内。

秦菁一行对照着图纸一路摸索着寻过去，到了一处暗格之下，灵歌又点了一个火折子，凑过去比对了一番道："上面应当就是了。"

"嗯！"秦菁点头，收了图纸递给旋舞，刚刚摸着旁边墙壁上的机关要移开出口的阻碍，忽而听得一人略显模糊的冷笑声："陛下难道就不想就此说点什么吗？"

付太后和晏英同时遇刺受伤，百官簇拥着两人回到凤鸣宫宣太医看诊。

因为付太后伤势过重，太医们济济一堂，都在内殿替她问诊。

晏英在侧询问了两句，确定没有伤及要害，才退到外殿的榻上坐下，由一名医官服侍着包扎手臂上面的伤口。

"陛下难道就不想就此说点什么吗？"樊爵突如其来一句质问，其声铿然，掷地有声。

随侍在殿中等着探听状况的文武官员俱是一愣，面面相觑之下，颇有些无所适从。

晏英皱眉，抬起眼眸看向他："镇西大将军何出此言？"

樊爵毫不避讳地与他对视，一张刚毅冷硬的面孔之上带着不加掩饰的愤怒情绪，大声道："今日好端端的一场寿宴，普天同庆，本是喜事，可是太后娘娘无辜遇刺伤成这样，陛下难道就不想就此说点什么吗？"

樊爵从来都是付太后的心腹，此刻站在付太后那一方，也在众人意料之中。

只是身为外臣，纵使再怎么护主心切，他此时对晏英这种质问的态度也大大超出了为人臣子的本分。

即使素来待人大方和气的晏英，也难免跟着冷了脸，玩味笑道："母后受伤，朕也着急心痛，怎么大将军这是在质问朕吗？"

樊爵却是冷哼一声，竟然没有否认。

樊爵此举，所有在场的老臣都觉得不妥。

但樊家人掌兵权，又得太后倚重，在大晏朝中几乎算作第一权臣，众人看在眼里最多也是敢怒不敢言罢了。

宁王笼着袖子站在旁边皱了皱眉。成败在此一举，虽然心里明白，已经到了孤注一掷的时候，今天以后不管后事如何，他都不能继续两面三刀在人前演戏了，但也正是因为事关重大，不到最后一刻，他仍是不能站出来为晏英说话。

晏英和樊爵针锋相对，殿中气氛一度冷凝。

"大将军，这是仗着功高盖主要对陛下无礼吗？"冷不防一人带着沙哑的咳嗽声从外面直闯而入。

众人循声望去，却见满面通红的郭首辅被人搀扶着走进来。

之前他被刺客一招掀翻甩出去，浑身上下的骨头都要裂了，这会儿匆匆换了衣服赶来，几乎是被两个内侍架着才能勉强移动。

郭首辅进门就直奔樊爵而去，紧绷着一张面皮对他怒目而视："太后和皇上同时遇刺，咱们为人臣子感同身受痛在心头，大将军你也是为人臣子，不问陛下伤势如何已属不该，竟还这般无礼质问今上？老夫还想问问，你到底安的什么心？难道就不想为此说点什么吗？"

樊爵虽然也是两朝老臣，但到底是个武将，嘴皮子上不及文官出身的郭首辅利索。

他脸色变了变，随即不卑不亢地冷冷道："本官一介武将，没你郭大人那么多弯子绕，我只说我眼睛看到的。陛下的确也是受了点轻伤不假，可是方才殿上，我却是亲眼目睹那刺客绕开了陛下，对太后使了杀招。太后一介深宫妇人，刺客因何要绕开一国之君而取太后，这事不是很可疑吗？"

"什么舍陛下而取太后？方才众位大人都在场，谁都看见了，那刺客的第一刀是刺的陛下，只是没能得逞罢了。"郭首辅眉毛倒竖，怒声反驳。

"刺客武功高强，杀招巧妙，郭首辅你一介文臣老眼昏花分辨不清其中玄机也在情理之中。"樊爵寸步不让，讽刺说道。

"你说我老眼昏花？"郭首辅怒上心头，一把推开身边扶着他的内侍，噌噌噌几步奔过去，抬手往后一指立在后头的百官，"樊将军你要对太后尽忠，也不要口无遮拦，一竿子打沉一船人，今天在场的同僚，十之七八都是文臣，也就是说我们都是老眼昏花，只有你樊将军一人心如明镜，看得到我们都看不到的玄机吗？"

樊爵那话的确是言重了些。

郭首辅这一挑拨，立刻惹来众怒，一众文臣纷纷附和。

樊爵沉着脸，冷眼看着，等他们议论完了才冷笑一声，不依不饶道："你们看不见并不意味着就不曾发生，横竖今日太后重伤在此，是不争的事实！"说着又再转向晏英，动作冷硬地一拱手道，"陛下，皇天在上，众目睽睽，今天这刺客事件，您若是不能给出一个圆满的解释来，怕是民心不安，朝臣心寒！"

"呵——"晏英抿抿唇，由喉间发出一声低低的笑，一边撑着胳膊让医官给他包扎伤口，一边目不转睛地看着樊爵道，"那么依照大将军所言，朕该如何给这个交代？"

"要么提审刺客，要么就让大理寺协同内务府一起顺藤摸瓜，查证这批舞娘的幕后主使，总归是有理有据，要一个水落石出。"樊爵直言不讳，说着语气一冷，眉宇之间又多了几分怒色道，"据老臣所知，因为太后重病卧床，这一次陛下寿宴的事宜都是借助六公主的手在操办，在众位皇子皇女当中，六公主与陛下的关系最是亲厚，陛下是不是也传召她来问问。"

"既然是有人居心叵测，朕看刺客也无须再审了，要么自裁，要么胡乱攀咬扰乱视线，哪有一句话可信？"晏英捏着下巴略一沉思，忽而露出讽刺的笑容来，"至于婉靖，大将军不提，朕倒是忘了，似乎从寿宴伊始，朕便没有见到她了。"说话间，他的目光不易察觉地微微一晃，心里也跟着猛然一沉，恍然猜到了晏婉靖的去处。不过眼前的境况之下，却是不容他表现出任何的异样来。

“来人！”晏英略提一口气，扬声吩咐道，“去看看六公主她人在哪里，给朕找来，好让樊将军当面对质。”

“是，皇上！”门外一名御林军校尉应声，一挥手带了一队人急忙去了。

郭首辅吹胡子瞪眼地狠狠瞪了樊爵一眼，刻意挺直了脊背大声道：“虽然陛下宽仁，对有些人的无理取闹不予计较，但是樊大将军，恕老夫冒昧，对你方才所言之事，不能苟同。你口口声声说六公主和陛下的关系亲厚，可是众所周知，她这几年一直随侍太后左右，承欢膝下，真要追究起来，这怕是一笔算不清的糊涂账吧！”

樊爵冷哼一声，暂且不再与他逞口舌之快，别过眼去不予理会。

郭首辅不甘示弱，也是哼了一声，转而对太监总管毕祥文道：“毕公公，景云殿生事的刺客都制住了吗？”

“这个——”毕祥文略一迟疑，愧疚道，“陛下担心太后的伤势，奴才就跟着一起过来了，这便让人过去看看。”言罢，他转身，刚刚快步行至门外，迎面正好过来一个禁卫军的都统。

“武都统，景云殿那里的事情怎么样了？”毕祥文道。

“局势已经稳定下来了，末将特来向陛下复命。”武都统道，拱手冲着大殿之内晏英所在的方向一揖。

“那正好，陛下正追问呢，您快随咱家来。”毕祥文如释重负，转身引着武都统进殿，“陛下，武都统前来复命。”

晏英直接问道：“景云殿的刺客处理得怎么样了？”

“回禀陛下，局势已经控制住了，三十六名刺客全部伏诛，末将已经安排了人下去，继续搜查各宫，查看她们是否还有同党。”武都统回道。

“都死了？”一个文臣唏嘘着忍不住上前一步。

“是！”武都统点头，“三十二人在打斗中被剿杀，但这批人提前都服了毒，其余四人在被拿下以后毒发而死。”

这做派像是经过专门训练的杀手。

晏英却是一副早知如此的表情，淡淡说道：“如此，便等着婗靖过来，先问个明白吧！”

医官给他包扎好伤口，提着药箱又进了内殿帮忙。

殿中，暗地里朝臣开始议论纷纷。

不多时，领命去请婗靖的侍卫铁青着脸赶回来复命。

“婗靖公主呢？”樊爵当先开口，“不会也提前畏罪服毒了吧？”

那侍卫脸上表情十分僵硬，支吾了一下，怆然跪在地上，迟疑道：“是！”

殿中气氛瞬时一寂，连樊爵都是一个激灵。座上晏英也是始料未及地倒抽一口凉气。

“属下带人去了婗靖公主宫里寻人，她的宫人说她去了长云宫替太后娘娘办事，属下马上带人赶了去，可还是晚了！”那侍卫说着，跪在地上磕了个头，很有些惶恐道，“公主的尸体，属下命人给一并带回来了，陛下要亲自过目吗？”

婉靖死了？死在长云宫？

那么秦菁呢？他让采青去帮忙带出秦菁的，难道是事情刚好被婉靖撞破，进而双方起了冲突？

晏英心里千头万绪，面上却是不显，略一点头。

“是！”那侍卫答应着，回头一挥手，马上就有两个侍卫把尸体抬了进来。

掀开白布，担架上婉靖的身体是侧卧着的。

她断气已经有一段时间，尸体开始发硬，之前摆在椅子上的那个姿势不是很容易改变。

那侍卫指了指她背后半没入身体的小箭道：“公主的确是中毒而死，但却不是自裁，而是被人用染了毒的小箭从背后射杀。还有她身边两名婢女，一个死于同种毒药之下，另一个中了迷药，又被人大力击到后颈昏迷，只怕须得晕上一阵才能苏醒接受询问了。”

有人杀了婉靖？当朝公主，在戒备森严的皇宫内院遭到毒杀？

朝臣们都不知道付太后在长云宫中安置秦菁一事，但樊爵是清楚的。

荣安长公主已经逃出生天了？可是，这怎么可能！付太后封锁严密，付厉染又在昨晚就被遣送出京，到底是谁做的？

他目光微微一动，不免深深地看了晏英一眼。晏英有所察觉，略一抬眸迎上他的目光，不无遗憾道：“大将军所谓的两条线索，此刻都尽数断在半途，以大将军之见，接下来又当如何？”

当如何？能如何？最能够起到指证作用的证人无一活口。

其实这件事，为了保证万无一失，付太后本身的计划也是死无对证。

“为今之计，就只能等着侍卫们追查的线索了。”樊爵挺直了腰板，冷声说道，“不过婉靖公主死得还真是蹊跷。”他在试探晏英的反应。

晏英神色如常，想了想道：“既然是中毒身亡，那就从这毒查起吧，顺带着去拿那些刺客用以自裁的毒药比对一二，看看两者是否还有关联。”

“是！”那侍卫应道，爬起来指挥人把婉靖公主的尸体又抬了出去。

郭首辅回味着那侍卫之前回禀的话，拿捏住其中漏洞，再度发难：“既然六公主死前是奉了太后娘娘的旨意去长云宫办事，那是不是应该向太后求证一二？毕竟公主身份尊贵，这么无缘无故死在宫里，也是一定要查个水落石出才好的。”

先是宫外暴民生事，房远被调开，紧跟着付太后和晏英遇刺，然后又是樊爵指证刺客声东击西，实则真正的目标只是付太后，现在婉靖公主无故身死，又透露出来似是和付太后有关。

种种迹象串联在一起，这一天当中发生的事，实在是千头万绪。

朝臣们都有感觉，今日这宫中的事怕是不得善了了，于是个个屏息静气，暗中权衡着利弊，都在等着最后事态爆发好迅速寻找正确的立场。

晏婉靖的死，怕是连付太后也解释不了的。

晏英心里冷笑一声，却是脸色一沉，不悦地拧眉道："首辅大人休要逾矩，母后母仪天下，岂是可以随便揣测询问的。"

"所以老臣才说陛下宽仁。"郭首辅马上接口道，同时抬手对天一揖，"陛下尊重太后娘娘是秉承孝义之道，但是有人罔顾君臣之道，将攀诬陷害这样的龌龊事强加到陛下身上，简直就是本末倒置，不知所谓！"

樊爵却不理会他的指责，更是强横地一甩袖："现在死无对证，你怎么说都行了！"

"镇西大将军你军功卓著，但也莫要信口雌黄，在此挑拨。回头若是折损了陛下圣名，又离间了太后和陛下的母子情意，你就是居心叵测罪该万死！"郭首辅两眼一瞪，又再起了怒火，愤然道。

"谁信口雌黄，谁心中有数——"樊爵反唇相讥，话到一半，内殿就快步跑出一名宫婢，慌慌张张跪在了晏英面前道："陛下，不……不好了，太后她……太后不好了！"惊惧之下，那婢女有些语无伦次起来。

樊爵和郭首辅的争执声戛然而止，晏英双目一凝，已经霍地起身，快步走了进去。

外面几个一品重臣各自对看一眼，也忙不迭跟进去。若是换了别的皇室之家，外臣是不能在太后寝殿久留的，但是在大晏，付太后当政多年，相当于这座朝廷的半边天，所有人都万分紧张。

里面的寝殿已经做了布置，在床榻之外掩上一面巨大的锦绣屏风遮挡视线。

几位股肱之臣挤在门口，晏英却是直接绕过屏风去了后面。

彼时几位太医已经帮着付太后把伤口处理过，付太后脸色异常苍白地卧在锦被之下。

"母后怎么样了？"晏英的目光从她脸上一扫而过，轻声询问。

"虽然没有伤到要害，但是太后娘娘本来就在病中，心脉不稳，这一次受此重创……唉！"老太医叹一口气，"老臣只能开些温补的药物，好好养着，或许还能多撑一些时候。"

他音调不高，但是随在门口的几位老臣还是听得清楚。众人心中唏嘘隐隐发凉，属于付太后派系的几位老资格的臣子脚下都有虚浮之态。

虽说女人当政必定不能长久，但是十多年来，这种局面在大晏朝中已经成了定式，此时若是骤然改变，整个朝中势力势必都要全面清洗。

这将会是一场大的变革，一旦掀起来，再要压下去，就谁都没有把握了。

老太医收拾了药箱带着几个帮手走出来，看到挤在门口的众人，就摆摆手道："众位大人都散了吧，太后现在身子虚，人多了不利于空气流通，对太后伤势复原无益。"

一众老臣各怀心思，沉默无言地退了出去。

屏风后头，晏英挥手遣散宫人："你们也下去吧，朕陪母后单独待一会儿。"

“是，陛下！”朱嬷嬷担忧地再看了床上的付太后一眼，带着宫婢们退到了外殿。

听着她们的脚步声在屏风后面逐渐隐没，晏英动作很轻地坐在了付太后的床边。他抖平了袍子端端正正坐好，既没有去看付太后的脸，也没有试图去碰触她的身体，只绵长地吐出一口气道：“母后觉得怎么样，暂时无碍吧？”

床上的付太后一直气息奄奄地闭着眼，所有人都以为她睡着或是昏迷未醒。

在晏英开口之后，她却在第一时间睁开了眼。

晏英坐在床边，只留给她小半个侧面轮廓，她从儿子鬓边轻轻掠过一眼马上错开，闭眼调了口气，才慢慢开口道：“无碍！皇帝不必挂心！”

“那就好！”晏英淡淡说道，始终没有转头去看她。

后室里头，秦菁听闻只剩下他与付太后两人，刚要撩开珠帘出去，紧跟着听见晏英更加淡漠的声音传递进来。

“想必小舅舅此时已经兵临城下了，一会儿等到消息递进来，朕就去见他，晚上若是不能回来给母后请安，您大可以放心了。”晏英声音很浅很淡，带着一丝不明显的笑意，隐约又有几分嘲讽或是释然。总之千般情绪交杂，沉稳决绝之中透出彻骨的凉。

付太后默然听着，不置一词。

秦菁脑中一线光影闪过，伸出去的手就此打住，顿在了那里。

晏英垂下眼睛，看着自己龙袍的袍角，过了一会儿继续道：“小的时候母后你一直疼我宠我，总算给了我一个母亲能给儿子的一切，不管你是何用心，总归不曾薄待了我的。母后你将血脉仇恨看得如此之重，而我这个皇帝虽然一直都索然寡味，但既然今天晏氏一脉的血统负于我身，我也不能摒弃先祖遗训，将这天下疆土拱手相让。既然母后执念至此，那今日这一局，儿子就全力奉陪，当是你我两方血脉为三百年前的恩怨做最后一次迟来的交代吧，谁是皇室正统，都由今日重新定位。”

源于血脉之中的敌对立场，不会因为他们是骨肉相连的母子而有任何变更。

这仇，是世仇，是三百年前热血遍地留下的诅咒，不管岁月如何变迁，不可更改，不容置疑。

晏英用近乎淡漠的语气陈述这件事关生死存亡、天下归属的大事。

床帐之下，回应他的，依旧是付太后持续不断的沉默。

时间在点点滴滴流逝，似乎无尽漫长，慢到身体里的血液仿佛逐渐凝结，在流淌中慢慢封冻起来。

似乎是很快，又似乎是过了很久，沉寂的气氛里终于传来女子似是自嘲的一声轻哂。

“你是从什么时候开始知道的？”付太后问，语气平和而安宁，没有事态败露之后的恐慌，也没有被人玩弄于股掌之间的愤怒。

那声音语气，都和惯常时候的她一样，宠辱不惊，清肃高贵。

“这世上有源于血脉而生的爱，却不会有无缘无故的恨。”晏英抿抿唇，语气轻松，莞尔道，“母后你蕙质兰心，冠绝天下，朕承你血脉，总不会蠢到哪里去，不是吗？”

这个时候，他并不试图唤醒付太后骨子里存留的那一线亲情，因为知道不可能。

这个女人的整个生命都早早为了一个使命而消耗，从来就没有心也没有情。

所以对付太后，这个最不爱摆谱的少年皇帝晏英，总是自称朕，以此来拉开彼此的距离。

“你有准备也好！”付太后淡淡说道，听不出丝毫感情起伏。

晏英沉默下去，不再言语，殿中气氛陷入死一般的沉寂。

又过一会儿，外殿隐约传来一阵匆忙的脚步声，随即是不很分明的抽气声和杂乱无章的议论声。

晏英静坐不动，片刻之后，毕祥文抱着拂尘轻手轻脚地进来，停在屏风另一侧站定：“陛下，奴才有事禀报！”

他这么说，便是想请晏英出去，借以避开付太后了。

晏英却假装不懂，只短促地吐出一个字：“说！”

“是——”毕祥文左右为难，迟疑片刻才咬牙开口道，“宫外刚刚传来消息，说是国舅大人听闻太后娘娘遇刺，盛怒之下带了人来，要进宫搜拿刺客，此时正在西云门候旨。”

说是付厉染要进宫捉拿刺客，其实就是他带了人来硬要闯宫。

说他在西云门外候旨，不过就是在等晏英先表态。

说得再怎么婉转，也改变不了此时付厉染挥兵入京，围困皇宫意图逼宫的真相。

“知道了，朕马上就来。”晏英一笑，冷静吩咐道，“出去跟众位大人通传一声，让他们准备一下，一起随朕去西云门迎小舅舅进宫。”

“是，皇上！”毕祥文大气不敢出地应着，又再小心谨慎地退了出去。

听见他走，晏英也抖平了袍子起身，临走终于第一次回头看了付太后一眼，微微笑道：“母后你一手安排给朕的宿命，今天是时候做个了结了。”言罢，也不等付太后反应，一撩袍角，绕开那扇屏风，大步走了出去。

紧跟着外殿传来嘈杂的争论声，不多时，人声渐渐泯灭，应该是百官跟着晏英一并离开，去处理付厉染的事情了。

付太后仰躺在宽大的牙床上，睁眼看着头顶的鹅黄幔帐，神色平静而无一丝波澜。她在病中，殿中没有燃香，整个空气里除了那些渐渐消散的血腥味，隐隐只能透出些冷意来。其间朱嬷嬷进来隔着屏风问是否需要服侍，被她打发了。

这么默默躺了一会儿，待到外间婢女也被朱嬷嬷支走了之后，突然有轻缓而稳健的脚步声从后室不急不缓地移来。

付太后瞬间收摄心神，双目一凝，却见一身男乐师打扮的秦菁款步走到了她的床边。

“是你？”付太后一愣，眉心刚刚一拢，又瞬间舒展开，马上就想到后室那里的一处暗道出口，随即闭上眼，慢慢道，“哀家倒是小瞧了你这丫头的能耐。”

语气依旧平和，并无怒意。

“太后娘娘安好？”秦菁一笑，俯身在之前晏英坐过的地方坐下，也不去看付太后的脸，只淡淡说道，“荣安也没有想到，太后和国舅大人的身世如此离奇，之前一直百思不得其解，晏皇陛下是您的儿子，您又何至于非要将他拉下马，由国舅大人取而代之，却原来——”秦菁话没有说完，惋惜一叹之后就住了口。

“知道了又怎样？不就是欠债还钱的老套戏码，也不值得大惊小怪。”付太后唇角荡起一丝冷笑，也不睁眼看她，紧跟着话锋一转，问道，“既然你已经顺利脱身，不赶紧离开，还到我宫里来做什么？”

“你们晏氏一脉的内斗，本来是和本宫无关的，可是既然太后娘娘您盛情将荣安母女请到了此处，荣安为人又从来都是睚眦必报，雁过拔毛——”秦菁垂眸一笑，目光一敛，叹惋一声道，“现在，麻烦太后娘娘起身，随我走一趟吧！”

晏英宣了步辇，带着一众朝臣浩浩荡荡赶到西云门。

付厉染胆敢围困皇宫，分明是存了不臣之心，即使有付太后遇刺和樊爵怀疑在前，这都是大逆不道之举。

朝臣们一路忧心忡忡地跟着，远远地看到前面的城楼，晏英的步辇已经无声无息停了下来。

“怎么不走了？”郭首辅身上带着伤，跟在最后，察觉车辇骤然停歇，就扶着两边内侍的胳膊踮脚张望，心里惶惶不安地揣测，别是宫门已经被付国舅攻破了吧？那么晏氏江山，当真是就此休矣！

而彼时，一干朝臣也都扯着脖子，集体看向城门楼头。

入暮时分，那里劲风凛冽，一行二十余个内侍打扮的人高居于城楼之上。

衣袍猎猎，当中最显眼的，莫过于一名身着蓝白相间乐师袍子的少年。他立于城头，手里把玩着精致的墨黑色小型弓弩，远远看着晏英的辇车到了，就高高在上地拱手一揖：“晏皇陛下，别来无恙，本宫恭候多时了！”

少年笑得温婉，声音清亮而明澈，分明是个女子的嗓音。

这边满朝文武晕了一地，城头之上，秦菁却笑得越发欢畅。她身边另一侧，城楼之下是付厉染集结在此准备助付太后成事的十万虎威大营骑兵。

而这一侧，步辇之上，晏英半眯着眼睛很是仔细地辨认了一番，随即眉峰一敛，露出几分惊异之色道：“荣安长公主？”

大秦的荣安长公主，在列国颇具盛名。

他这一提，几位曾经有幸随团出使过大秦的官员也纷纷揉眼去看，不多时人群之中就爆发出不可置信的唏嘘声。

“正是本宫！”秦菁隔着老远笑道。

晏英从辇车上站起来，负手与她对峙：“今日是朕做寿，公主殿下此来若是为了祝寿，尽管随朕去景云殿饮宴，可是殿下居于此处——”

他略略沉吟，视线定格于秦菁手中的小弩之上，目光不觉得沉了沉。

晏婉靖果然是死在她手上的！

秦菁察觉他目光的落点，随即说道：“那倒不必，若说招待，之前婉靖公主已经代陛下招待过本宫了。本宫在这里恭候陛下，还有正经事要办。”

她一提婉靖，立刻就有不少人注意到她手里把玩的小型弓弩。

“你——是你——”一个文臣惊呼，“是你以毒箭射杀了我朝六公主！”

有人咝咝抽着气，肝胆俱寒。

秦菁笑着，不甚在意地摇头道：“这位大人未免言重了，虽然是本宫杀了晏婉靖，可谁说我杀的是你大晏公主？”

“婉靖公主就是我晏氏的公主，你还强言狡辩？”有人怒发冲冠，“你这般有恃无恐，于我大晏宫中如此放肆，当真是欺辱我国中无人吗？”

“我就是欺你国中无人，又如何？”秦菁凌厉地反问，分毫不让。

底下众人怔了一怔，她却不停，继续说道：“说本宫欺你国中无人，你们又何尝不是？晏婉靖教唆贵国太后干涉西楚内政，甚至用卑劣至极的手段掳劫我女儿安阳至此，你们又何尝把秦、楚两国放在眼里？难道就不是欺人太甚了吗？”言辞之间，她刻意盖过了付太后和晏英之间的恩怨。

而西楚太子长女安阳郡主被人掳劫行踪不明的事，近期闹得沸沸扬扬，大晏朝臣也都有耳闻。

此时秦菁一提，虽然都觉得不可思议，一时却也没人公然出声反驳，半晌才有人底气不足地顶回去：“没有证据，你不要信口雌黄，诬蔑我朝太后。”

“何须证据，贵国付国舅已经从晏婉靖党羽手中截获了安阳回来，此时他们人就在这宫门之外，哪位大人再不相信，出去看看就是。”秦菁冷冷说道，却是对着晏英，“晏皇陛下，虽然晏婉靖曾对本宫坦言，一切都是她背后怂恿，但是你应当知道，太后娘娘动了安阳，那么她与本宫之间就注定是敌非友，这件事我不会就这么算了。”

大晏的朝臣个个瞪大了眼睛，恍惚觉得就在今天，大晏的天是要变了。

“六公主已经死于你手，你还想怎样？这里是我大晏的宫廷，哪里容得你在这里耀武扬威？”有血气方刚的武将按捺不住，暴喝一声，“来人，还不将这狂妄的女子拿下！”

有禁卫军闻言，拔刀上前。

城楼上，秦菁却是很识时务地立刻后退。

还不等楼下众人的得意之色挂上眉梢，她身后便有两个小个子架着一人移步上前。那人身姿瘦弱，气息奄奄，一直镇定的脸孔上血色尽褪，单薄苍白得恍若一页马上就能被夜风吹散的纸。那人——赫然正是付太后！

“太……太后？是太后娘娘！”朝臣当中一片哗然。

“大胆！”樊爵一声暴喝，随手夺过旁边一个侍卫的佩刀，就要往前冲。

秦菁脚下灵敏一换，瞅准了他的去路，一箭射出。樊爵也没想到她会在这样的情况下突然出手，仓促间连忙横刀去挡。铿然一声脆响，小箭撞上大刀，擦出一片火星，落在地上。

樊爵脚下虽然保持未动，心中却暗暗警觉。

秦菁那把弓弩经过特殊改装，爆发力竟然大得惊人。

“荣安公主，你不要目中无人，这里是大晏，不是大秦，容不得你在此放肆！还不放了太后娘娘！”樊爵不敢再妄动上前，却是面色铁青地站在原地怒声呵斥。

“有句话叫请神容易送神难，镇西大将军不会不知道吧？”秦菁心里还记着他强行将自己绑来京城的旧仇，开口就不留情面，“当日镇西大将军让人万里迢迢从两国边境将本宫请至此处的时候，本宫记得您可不是这般神气。”

“大将军，这是怎么回事？”马上有人质问。

樊爵掳人，婉靖被杀，再到眼下付太后被劫持，这桩桩件件串联起来，似乎都验证了秦菁的说辞是真的。

难道真是付太后伸手到千里之外，掳劫了安阳郡主？

“你——”樊爵张了张嘴，终究没能厚着脸皮否认，尴尬之余，脸上青一阵白一阵，半天没能说出话来。

秦菁远远地看着，随即朗声道：“本宫今日在此，也不是预备成心与晏皇陛下为难的，只是您若不能给我一个满意的交代，怕是今日本宫和太后娘娘只能两败俱伤了。”

她话音未落，身边旋舞已经刀锋一横，压在了付太后的颈边。

付太后身子极度虚弱，不反抗也反抗不了，从头到尾都死死闭着眼睛不吭声。

“别别别！”郭首辅见状，瘸着腿，适时地往前挤了挤，“公主殿下，你说我国太后劫持安阳郡主，这其中一定是有什么误会，毕竟西楚大晏两国相隔千里又素无往来，这、这分明就是无稽之谈嘛！”

“可是西楚国中因为安阳失踪一事起了内乱。”秦菁厉声反驳，“晏婉靖和你们这位付太后是何居心我不管，总之眼下本宫需要一个交代，所以晏皇陛下，麻烦您下了辇车，亲自上来城楼，咱们和国舅大人一起好好计较一下这件事吧！”

付厉染在宫墙之外，晏英在宫墙之内，她——

高居于城门之上。

三方对垒之势就此展开。

明明是事关大晏一国延续三百年的血脉传承之争，到她这里却形势急转，成了荣安公主和整个大晏皇室据理力争的私人恩怨。

付太后沉默地闭着眼，心里逐渐有了一个清晰的脉络，认清了这女子的真实意图——

她妄图凭借一己之力力挽狂澜？真是，可笑！

大晏朝臣一片哗然，纷纷劝诫晏英不可冒险。秦菁看在眼里，随即了然，讽刺一笑道："本宫这里不过区区二十余人，这里内有你大晏皇室守军围困，外有付国舅十万大军坐镇，本宫不会蠢到不自量力，凭一己之力就要和这里十数万大晏臣民为敌的。"她话说到了这个份上，晏英若再推脱，当真是白损颜面。

"长公主殿下如此魄力，朕又岂有不应之理。"于是不等朝臣再多言劝诫，晏英已经下了步辇，快步往角楼旁边的楼梯口走去。

"陛下，不可啊！"一众老臣捶胸顿足，忙要跟着涌上去。

"众卿全在原地等候即可，朕去接了母后，自然就会下来。"晏英止步，冷声喝止众人。

他此言一出，便也相当于对付太后党派的臣子许下承诺。

众目睽睽之下，若是太后有什么损伤，再有人发难就不好说了。

宁王和郭首辅飞快地对看一眼，然后郭首辅推开搀着他的两个内侍的手跟了上去，道："陛下，让老臣随您一起上去吧。"

如果拒绝得太过分，难免朝臣不依。晏英略一点头，两人一前一后上了城楼。

而这种情况之下，樊爵自然不用说，是一定要跟上去的。

秦菁站在城楼上，等着晏英上来，微微一笑，躬身一礼道："见过晏皇陛下！"

她这个礼节并不适合女眷，郭首辅隐隐皱了下眉头，不觉近距离打量起这位曾经声名显赫的大秦公主，如今锋芒尽敛的西楚太子妃。

"公主殿下，既然相邀朕来，现在是不是可以将我母后归还了？"晏英站在高处，负手看着她。

秦菁要的不过就是楚融，现在楚融已经被付厉染带着等在外面了，她既然已经脱困，此刻真的没必要闹出这么大的动静来，自找麻烦。

晏英虽然拿捏不准她的用意，却隐约觉得，她似乎也并非恶意，毕竟自己和付厉染都不想为了三百年前的宿怨就去要对方的命。

如果这件事今天真能以这种方式掩盖过去，也未尝不是件好事。

"方才国舅大人已经承诺本宫，会将安阳送还，只是在确定太后娘娘全身而退之前，他也决计不肯撤兵。陛下您知道，此时在你大晏京城，又是你方人多势众，手里没有一张保命的王牌，本宫实在不敢轻易冒险，所以就冒昧请陛下上来，麻烦您跟国舅大人交涉一下吧。"

晏英循着她手指的方向看过去。那里十万精兵屯集，大红华盖之下，付厉染还是一身霸气地安然静坐。晚风过处，带起他袖口翻卷的金线，墨发飞扬间，那男子所有的气宇风华尽数显露出来。

彼时他正微微仰头，看着城楼上肆意洒脱的女子，与一国太后、他的长姐，一国帝王、他的外甥据理力争。

她永远都是这般，绝境之下也不屈从于任何人的意志。她只做她自己，运筹帷幄，利用人心，步步精确。早在之前，樊泽带了她的话出来给他的时候，他心里就已经有数——

她是不打算接受他的妥协所谋来的那份祥和稳定，或者说，她还是不准备承他任何的恩情。

她要用自己的方式来解决这一切，不算抛弃他，却也坚决守着彼此楚河汉界的距离，执意不肯多接近他一分一毫。

旁边站着的楚融歪着脑袋往城门上看了半天，终于还是不解，慢吞吞道："我娘在做什么？"

"你娘啊……"付厉染偏过头去，唇角微微扯开一个似是微笑的弧度，抬手摸了摸她脑后柔软的发丝，又过了片刻，才感喟道，"她先于天下人之前，永远都在开拓，在走一条别人认为走不通的路。"

曾经一度，他也无数次想，相较于楚奕，他到底败在哪里。

只有一次次看她于大浪尖端，用从容而决绝的姿态力挽狂澜之时，才隐约明白。他的确曾试图去爱她，但，却用错了方式。

她不是愿意安卧于任何男人羽翼之下的女子，她要的是比天高比海阔、必须由她亲手去缔造的一方世界。

楚奕较之于他，或许并不强悍，但他给她无上的自由和追随，却是刚好与自己想要承诺给她的背道而驰。所以，换来了这一刻，她高高在上，翱翔于自己的天地，而他终于站在这里仰望她。看似极近的距离，终于遥不可及！

城楼之上，晏英又和她说了些什么，付厉染并没有听进去。

他只是抱了楚融在膝头，用一个在外人看来根本不可能出现在他脸上的表情，远远地看着她，仿佛要在这个黄昏，把一心想要留下的尽收眼底，从此天涯永别。

"公主殿下！"樊爵强压下心头怒气，字字冷硬道，"我皇一言九鼎，说过的话自然算数，而且这里有我大晏的满朝文武为证，您还有什么不放心的？请您先放了太后娘娘，有什么话再商量不迟。"

"抱歉，本宫信不过在场诸位大人里的任何一位。"秦菁负手立于楼头，唇角笑意微扬，自在而洒脱，"晏皇陛下，麻烦您先安排诸位大人下去休息，然后纡尊降贵，走下楼头给本宫打开宫门，亲自送本宫出去。"

"你这女人简直狂妄！"郭首辅暴跳如雷，被人搀着都忍不住跳脚，口沫横飞地大声斥道，"陛下是什么身份，怎么能受你胁迫？你要走就走，把太后娘娘留下，老夫叫人给你开门就是。”

“首辅大人息怒，少安毋躁！”秦菁看着老家伙明明心中快意，却还刻意伪装出来的暴躁相，不禁莞尔，嘴上却是不让分毫，“现在不是你们在跟我讲条件，而是贵国太后娘娘在我手里，就算本宫有意胁迫，也由不得你们不听。所谓此一时彼一时，首辅大人是三朝老臣，难道这个道理还不懂吗？”

“你——”郭首辅犹不罢休，吹胡子瞪眼，不住高呼，“狂妄！狂妄！”

晏英站在一旁看着，始终面沉如水，一脸稳重。

“公主殿下不过就是要出城，朕依你就是。”抬手一扶郭首辅，不动声色地将他拉至身后交给旁边内侍，晏英上前一步，漠然说道，“母后刚刚受了重创，实在经不起折腾，你要挟持人来作保，朕跟了你去就是，你先把母后交出来！”

“那可不成！”秦菁莞尔，一偏头看向城楼下蓄势待发的付厉染，“国舅大人十万精兵屯于此处，本宫怎敢冒险？条件我开出来了，就这样，允与不允——”她说着，嗓音突然一扬，双手撑着城楼边上的砖垛，对城下的付厉染道，“国舅大人意下如何？难道您有兴致看本宫和令姐一起从这城门楼上坠下的光景吗？”

“公主殿下若是真的想跳，本座倒是可以试试能否接住你！”沉默良久，付厉染终于破天荒地开口，唇角笑意敛去，还是微微仰头看着她，“不要同本座讲条件，本座也不会受你的胁迫。你能把太后挟持在手是你的本事，而安阳现在在我手上。这笔交易，条件本座早就开了，要么你出宫来，带着安阳离开，要么，就继续这样耗下去吧！”

秦菁对晏英等人强横，付厉染对她，比她对晏英的态度更为强横。

横竖他十万大军屯集于此，死都不会动一动！

这样的态度才符合他付国舅的一贯作风。

秦菁唇边维持的笑纹渐渐冷凝，紧接着眉尾一挑，把眼风飘给晏英道：“晏皇陛下怎么说？也要和本宫这样耗着？我肯，太后娘娘凤体欠安，未必就有资本和本宫耗下去。”

晏英瞧了一眼付太后在灵歌和旋舞两个搀扶之下犹且摇摇欲坠的身体，脸上现出犹豫之色。

“陛下——”郭首辅急忙就要开口劝阻。

“母后凤体安康要紧。”晏英一抬手，果断地制止他，随即尾音一拔，对等在宫门之内的朝臣大声道，“郭首辅带众位爱卿先回景云殿继续饮宴吧，朕送了荣安公主出宫，立刻就回。”

语气刚硬果敢，不容拒绝。

郭首辅张了张嘴，想说什么，但再一看秦菁和付厉染双方各自强硬不肯妥协的态度，也是无奈。

总归付太后死了最好，但是不能让朝臣百姓看着晏英对自己的生身母亲见死不救。

“是，老臣遵旨！”心下快速地权衡利弊，郭首辅最终一咬牙，一瘸一拐地下了城楼，带着一众朝臣慢吞吞地撤回宫里。

秦菁满意一笑，收回目光看向晏英：“请陛下先行！”

“好！”晏英无奈地耸耸肩，当先一步下了城楼，挥手命令侍卫把宫门打开。

樊爵没有走，严防死守地跟着两人一起护送付太后出了宫门。晏英又命人把他的步辇送出来，灵歌和旋舞寸步不离地扶着付太后坐上去。其他人骑马尾随，一行人迎着缓缓降临的暮色，往西城门方向走去。

已经被提前清场的街道上，空无人烟，只有马蹄声回旋轻响。

一路上，所有人都保持沉默。

畅通无阻，眼见着前面就是西城门了，众人抬头，忽见前面一道黑压压的人墙壁垒，一骑快马疾驰而来。

第二十章　我心为尊，江山不悔

“末将房远，见过陛下！”

来人正是之前被宁王等人特意调开，去平暴民的禁卫军指挥使房远。

想来宁王和郭首辅一唱一和将计就计把他支走，却是将他作为另外一条防线，设置在外城，城内一旦有什么异动，他便可以带人再从外围包抄，来一个里应外合。

一个付太后，一个晏英，两人之间的算计当真是层出不穷。秦菁心里暗暗揣摩着这一天发生的事，也是唏嘘不已。好在付厉染没有那个野心，没有掺和进来，否则她要介人，就真是不知死活了。

而此刻，这大晏京城之内，只怕早已经血流成河。

“房爱卿辛苦了。”没有人下马，所有人都保持着戒备的姿态，晏英露齿一笑，却是扭过头去对付厉染道，“城外房爱卿已经帮忙探好了路，小舅舅若是放心，就让虎威大营暂且留在城内，由朕同你一起送荣安公主出城吧。”

“我自然是放心的。”付厉染遥遥看着他，语气不咸不淡，又低头扶了扶坐在他身前的楚融。

虎威大营和禁卫军同时聚于此处，只要其中任何一方有异动，战事一触即发，所以双方都很谨慎。

晏英眉毛一挑，对房远使了个眼色。房远会意，一挥手，城门处的守卫就快速移开路障。

秦菁这一方，除了跟在她身边的二十多名精英护卫，苏沐带来的其他暗卫已经集结于城外等候。

一行人出了城门，并没有马上停下来，而是继续前行，一直走出去十里开外，把付厉染和晏英双方的皇城守军远远地抛开。

秦菁收住缰绳，回头望去，也不知道是对付厉染还是对晏英道：“此事既然因本宫而起，同时也因本宫而止吧。横竖我已经恶名在外，今日晏皇陛下寿宴上的那一笔，只算在本宫头上也无妨！”

要把晏英和付厉染双方从刺杀事件里择出去，这是最好的办法。

横竖晏婉靖已经死无对证了，只说她记恨付太后掳劫楚融的事而寻衅报复，就十分合情合理，而至于名声这种东西，她从来就没在乎过。

晏英不置可否，微微一笑，往旁边错开视线。

付厉染打马上前，无限逼近，最后止步于她身侧。

两个人保持错肩的姿势，从侧面看像是侧脸相贴，有些暧昧，但谁都没有看谁一眼。

片刻之后，付厉染把楚融递到秦菁的马背上，又抬手抚了抚她脑后发丝。

楚融没有抗拒这个被送出去的动作，似乎没有参透动作背后的意义。

又过了半晌，付厉染突然唇角一弯，于黑暗中将表情调整到一个近乎不可能的柔和的极限，短促地吐出两个字：“保重！”声音极短，且轻缓！

言罢，一扯缰绳转身就走。

这两个字不知道是留给秦菁的，还是留给楚融的。

身边位置突然空了，楚融猛然抬头，完全不给任何人反应的机会，一撒手，自秦菁马背上滑了下去。

秦菁始料未及，眼见着她圆滚滚的小身子落下去，想要伸手去抓已经来不及。

楚融人小，从马背上一落，一屁股坐在地上。

“叔叔！”她也不哭，一直很显笨拙的身子在那一刻居然出奇灵敏，一骨碌从地上爬起来，毫不犹豫地向着内城的方向追去。

黑暗中，路十分不好走。她跑了两步就栽下去，然后不由分说爬起来再追。

所有人都愣在那里，看着那个小小胖胖的、却无比倔强的孩子蹒跚在夜色中。没来由地，秦菁心里突然一酸。

彼时付厉染也听到她的喊声，收住马缰，远远地一回头，两人眼前却同时一黑。

一道黑影从旁边一掠而过，下一刻樊爵手里已经多了一把短刀，抵在了怀里楚融的颈边。

“樊爵，你——”秦菁愕然，飞快跃下马背，往前奔了一步，又被那凛冽的刀锋逼迫着瞬间止步。

付厉染坐在马背上一时没动。

晏英闭上眼，不住吸着冷气。

樊爵一手挟着楚融，一边戒备着退到旁边一株大树下面，把后背露出的空位很好地保护起来。

“少主人，抱歉，不是老臣想要以下犯上，而是天命所归，大势所趋，今日的机会千载难逢，不容错失！”樊爵丝毫不以挟持一个女童为耻，凛然看向付厉染道，“老臣无意伤害荣安长公主和安阳郡主其中任何一人，只要您将那窃取我晏氏江山的逆贼斩于马下，老臣即刻就归还安阳郡主，并且自刎谢罪！”

“放开我家郡主！”辇车之上，灵歌和旋舞本来正预备下来，此时惊闻如此变故，恼羞成怒之下，就提了付太后下车，把她往人前一推，也是一把雪亮的凝光刃抵在她颈边。

所有人的目光都集于付厉染和晏英身上，有人懵懂，有人愤恨，亦有人苦涩。

因为重伤而导致精神不济，付太后闭目养神良久，这会儿终于慢慢睁开眼，目光雪亮而平静，没有一丝波澜。

她只是看着，不表态也不说话。

付厉染在远处，夜色很深，看不到他的表情。

近处的晏英苦涩一笑，从马背上跃下。

他不对樊爵，却是望定了付太后，平静地开口道：“母后，既然你一定要论个输赢胜负，儿子任由你处置便是，何必累及他人，又何苦为难小舅舅？今天要是逼着他做了这样不仁不义的事情，你心里想必也不会舒服的，不是吗？”

付太后对付厉染的期望太高，所以希望他完美无瑕。

曾经的付厉染，是一个没有弱点和缺憾的存在，只是不肯屈从于她，而现在——

他终于有了弱点，让她有办法完全将他控于手掌之下。

可是付太后突然觉得，她似乎也不是那般喜悦，因为，这样的付厉染不是她一直费尽心力缔造的那一个！

没有办法，这就是他们姐弟生来的宿命。

“与仁义道德无关，这是他的命！”心里惋惜一叹，付太后终于说了今晚第一句话，语气不重，却字字珠玑，不容拒绝。

付厉染策马回来，一步一步，孤寂的马蹄声踩在夜色泥泞里，声声叩在心头。最后，他长出一口气，从马背上下来，在付太后面前站定。付太后并不回避他的目光，坦然与他对视。

付厉染面无表情地看着她，突然一摊手，眼中现出讥诮之色来。

“不是我的命，是姐姐你一直在试图掌控我的命，现在怎样？要把我的命拿去吗？”他笑得缓慢，每一个字都透着浓浓的讽刺。

“这不是你该说的话，这也不是你！”付太后冷然说道，不为所动，“你的身上有着最为尊贵的血统，那是至高无上的王者血脉，不是我强逼于你，而是你早该拿回属于你的一切，完成你自己立下的誓言，否则将来黄泉之下，你有何颜面去面对我大晏皇室的列祖列宗？”

“血脉吗？”付厉染不以为然地摇头，冷冷一声叹息，无限苍凉，“姐姐你和我一脉相承，你的儿子身上延续的也是最为正统的晏氏血脉，如今你要置他于死地，将来黄泉之下，真的可以无愧于心，去对你一直尊崇的列祖列宗交代吗？”

关于血脉之亲，晏英从来不曾对自己的母亲讨要过，而付太后也避而不提。

如今这个隐晦的话题被付厉染挑起，付太后心中的隐秘被挖了出来，脸色不由一变。

“他算什么晏氏血脉？他的血统早就被晏麟那乱臣贼子的后裔所辱，不配做我大晏皇室正统的子孙。普天之下，只有少主你，才是真正的皇朝后裔，天尊之命。”樊爵见付太后现出动摇之色，立刻大声打断。

三百年前，大晏皇室的嫡系血脉太子晏翔在大位之争里被襄王晏麟所灭，他身下最后一支嫡系骨血被忠于皇朝的付氏家族秘密保护起来，并且假托于付氏之名繁衍传承下来。

三百年间，太子晏翔留下的这最后一支血脉在付氏家主的默许之下逐渐取代了付氏主支的地位，成了今日大晏朝中只手遮天的外戚一族，也就是付太后和付厉染这一支。

但在骨子里，这一支历经九死一生才得以保存的尊贵皇室血脉，也同时传承了匡复晏氏正统的责任。

他们每一代嫡系子孙都会在先祖晏翔的灵位前以血起誓，代代传承，延续这个复国的使命，但事与愿违，三百年来，却一直没有出现一个能担此重任的天之王者。

何其幸运，这一代里出了一个惊才绝艳、注定成为人上之人的付厉染。

可又何其不幸，三百年来晏氏一直尊崇的血统使命，竟然不被付厉染看在眼里。

三百年间，他是唯一有希望做成这件事的人，可偏偏不想被这个使命束缚。

而付太后的执念又如此之深，为了给他铺路，助他上位，不惜以一介弱质女流之身深入宫中，步步为营，控后宫，掌朝政，只为了有朝一日，可以翻云覆雨，助他一臂之力。

为了三百年前的灭族之仇，她不惜葬送自己的终身，毁弃亲生儿子，抛开一切也要完成这神圣的使命。

此时箭在弦上，绝对容不得丝毫退缩。

付太后刚刚略一晃动的神思瞬间清明起来，不看晏英，也不看付厉染，而是垂眸俯视苍茫大地：“事到如今，该做的不该做的我都做了，而我能做的也只到这一步，要怎么选，全都凭你。要么我死，带着这个孩子一起去给我们的父母族亲做个交代，要么你就去实现你当初的承诺，拿回你应得的一切。而至于你要怪我恨我也都随你，这是命数，谁也不能改变。”

她语气平淡，说出来的话却句句悲怆。

付厉染面沉如水，一直静默地看着她。

以秦菁对付厉染的了解，他是个永远不会听信天命的人，而他此时犹豫——

全然是因为楚融。

“何为命数？要本宫来说，三百年前太子晏翔自己无能，为襄王所杀也是命数！”强压下心里恼恨的情绪，秦菁深吸一口气上前，侧身站于付太后和付厉染中间，冷涩一笑。

“不准你侮辱主上圣明！”樊爵目眦欲裂，一声暴喝。

“成王败寇，不过尔耳，难道本宫说错了吗？”秦菁反问，眉尾一挑，笑意晏晏，“当年太子晏翔为襄王所败，皇城葬于火海，这算他时运不济，然而皇权更替，江山易主，哪朝哪代没有过？也许太后娘娘您觉得，上天在这样的无妄之灾下还让你们这一脉得以在风雨飘摇之中存留下来，就是恩赐，是天赐良机，就是要给你们卷土重来的机会，可您为何不想想，这虽说是天意，或许更可以算作人为的福祉。晏翔太子被满门剿灭之时，本应人走茶凉，被天下人辜负，可你们这一脉得付氏不离不弃的庇护，有五洲纪家举家迁徙守得龙脉所在，后来还有樊将军这样忠心不悔的幕僚支持，桩桩件件算下来，哪一件不是人情多于天意？如今大晏朝中盛世升平，您却选在这个节骨眼上对自己的亲骨肉悍然操刀，朝臣不明真相也便罢了，可今日一旦晏皇陛下丧命于付国舅之手，您觉得朝臣百官会怎么看？天下臣民会怎么看？就算您以匡复正统皇室血脉自居，就算有人迫于现状而承认你们这一脉的存在，也终究改变不了你们为夺皇位残杀至亲的事实。到时候臣子非议，百姓心凉。您觉得当初襄王残杀太子一门是不义之举天理不容，而今日一旦你们事成，又焉能保证，被您强推上位的国舅大人，不会落入后人这般口舌之中？您要的到底是这一支正统皇室血脉的尊荣，还是只要这一个高高在上的皇位去自欺欺人？”

秦菁字字铿然，半分余地也不留。

付太后始终低垂着眼眸，不说话，也不肯让情绪外露被旁人瞅见。

因为秦菁隔在当中，稍远的樊爵看不到她的反应，不觉微微有些心焦，脚下步子幅度极小地往旁侧挪了半步。

秦菁用眼角余光扫见，心里慢慢有了安定，继而又多几分信心，继续道：“三百年了，死者已矣，即使当初的境况再怎么惨烈，时至今日，大浪淘沙，无数腐旧的东西被荡涤洗清，就连曾经一度荒废的五洲城都得以重建，你们心间的这份恨与执念又为何迟迟不灭？太后娘娘真的觉得这是您被冠以晏姓的使命，可您如何不问问国舅大人是怎么想的？只怕从头到尾，他都将您强加于他的这份神圣视为枷锁吧！”

“你想说服我？”付太后低声道，语气依旧淡然，“你跟阿染认识多久？你觉得你了解他？”

“不了解！”秦菁干脆地回道，说完不等任何人反应，又话锋一转，“可是我知道他都做了什么！”

付厉染眉头皱了皱，似是想说什么，最终死抿唇角沉默下去，只是藏于广袖之下的手指慢慢收紧，指甲用力掐进掌心里。

秦菁稍稍侧目看他一眼。

两个人目光略略一撞，又各自不动声色地调开。

秦菁见他没有强烈的反对之意，继续说道：“早在六年之前，付太后你就打定了主意，要借龙脉之说起事，以便完成你们洗涤皇室血统的使命，于是两次将婗靖公主遣往大秦，试图从我大皇姐身上着手，查找线索。殊不知你们姐弟心意相通，国舅大人早已料到你会走这一步棋，早在你出手之前，他已经让人灭了纪氏家族最后一人的口，并且由他的人取而代之，无限风光地把声名传扬在外，塑造了一个天之骄子的纪云霄出来。后来太后娘娘你左右寻访龙脉下落而不得的时候，一定想不到，这会是国舅大人阻挠，进而引你走上弯路的一步棋吧？”

付厉染先一步把龙脉秘密抢在手里，继而让樊泽假扮纪云霄吸引了付太后的视线，从头到尾，这都不过是他借以脱离付太后掌控的一步棋而已。

曾经秦菁将这个问题琢磨了许多年都不得解释，直至今日，她在凤鸣宫的后室里隐约洞悉了付厉染和付太后身世的秘密。

付太后闻言，单薄的身子明显一震。

这似乎是几十年间她头一次不可自制地失控，因为愤怒而全身颤抖。

“阿染！”平缓温和的嗓音瞬间转为凄惶，她不可置信地瞪大了眼抬头看向付厉染。

她不问他秦菁的话是不是真的，因为心里已经笃定，这就是付厉染能做的事！

听她这一声嘶吼，樊爵心下剧烈一抖，往旁侧动了动，似乎很想立刻分辨出她此刻的表情和接下来可能会有的动作。

“姐姐！”付厉染迎着付太后的目光再开口，反而有种如释重负的味道，“我不知道到底是不是匡复皇权血脉的使命左右了你，可是从头到尾，我看到的都是你不惜一切地试图掌控我。你知道，我这一生，最恨的就是这种感觉！”

他是天生的强者，无可比拟的王者，所以不接受任何人以任何理由任何方式意图操控他的人生。

或许如果不是付太后一意孤行逼他太紧，他对她所做的事也不会那般抵触，事实上他不介意站在皇城之巅俯视一切，却不能接受，当他站在那个制高点的时候，还有一双手从背后掌控他！

付太后身子震了震，满目都是不可置信。

半晌，她抿抿唇，以坚定的姿态重新开口道：“不，已经到了今天这一步，我不容许你退缩，即使你恨我也好，怎么都好，这是我的誓言，也是你的，你必须去做！”

“抱歉，太后娘娘，即使您再怎么设计周全，总归败在一点，算不透人情和人心！”付厉染还未曾答话，却是秦菁接口说道，“如果本宫没有猜错，在樊将军回京参加陛下寿宴的同时，您应当也给了他密令，要他将大秦边境屯集的四十万大军调出三十万，分散赶往京城这里，作为您困死皇城、釜底抽薪，逼迫国舅大人和晏皇陛下各自就范的筹码，对不对？”

秦菁此言一出，付太后和樊爵不由得齐齐变色。

原来也不过是揣测，这会儿看两人的反应，秦菁心里却是了然，失笑道：“只是很可惜，这三十万大军不能准时抵达了。”

“你不要在这里信口雌黄，人马是我亲自调动的，此刻他们的驻地距离这里绝对不会超过二十里。”樊爵坚定说道，信心满满。

秦菁扭头去看付厉染，付厉染嘴角扯了一下，负手而立，继续沉默。

“本宫曾经听过一个传言，说是樊将军统率三军，在军中声望极高。您要调兵，从来无须携带虎符，只凭一句话，必将三军俯首，莫敢不从是不是？”秦菁转了个方向，终于移步走到樊爵面前站定。

“这是——”樊爵眼中颇有得意之色，一挑眉毛刚要承认，却突然想起来什么，一张脸瞬间黑成了锅底灰，惶惶不可置信地呢喃道，“不、不可能，这不可能，我的虎符没有人——”

“别人不可以，但是樊大公子可以！”秦菁毫不容情地截断他的话，幸灾乐祸道，“樊爵将军，你可以对太后娘娘有多忠心，樊大公子和国舅大人之间就可以有多兄弟情深。怪只怪你们父子所求，也是云泥之别。所以，和太后娘娘一样，樊将军，你也是一败涂地！”

樊泽是他寄予厚望的长子，怎么可能？怎么会？

秦菁也知道樊爵不会轻易相信，于是趁热打铁：“樊大公子一定不曾告诉你，早在他自称游学在外的那几年，也曾经化名纪云霄到过大秦的朝堂之上，凭他超绝的才华得我父皇赏识，并以长女长宁公主许配，是不是？还有那日在你军中意图掩护本宫身份的女子，后来本宫走后，樊大公子可曾对您坦言她的身份，纠正您得到的讯息有误？可有告诉您，那女子的真实户籍并非落于边城祈宁，而是落于大秦云都皇家玉牒之上？难道樊将军没有觉得，那人在身形和侧影上与本宫很有几分相似？不过您向来对樊大公子抱以厚望，想不到他会临阵背叛也是正常。”

秦菁娓娓道来，尤其一连串几个问句，极尽嘲讽之能事，直逼得樊爵血脉逆行，气血上涌，头脑发热。

“不，不可能，这不可能！”樊爵几乎暴跳如雷，怒然抬头朝付厉染看去。

由于三番五次情绪失控，彼时他的身形已经从那大树前面的死角里挪出来一半！

就是这个时机！

秦菁目光略略一转，早就不动声色地移到樊爵侧后方的苏沐闪电出手，足尖一挑直踢樊爵持刀的右手后肘处的麻穴。

樊爵正在愤怒的当口，根本无暇顾及身后，被他一脚踢中，顿时手臂发麻，手腕一晃，锋利的刀锋在楚融颈边蹭破一点血口子，短刀脱手落在了地上。

到底也是久经沙场的老将，猛然意识到自己着了对方的道儿，樊爵的反应也是极快，他不是抢着去捡那短刀，而是直接曲手为爪，就要去锁楚融的喉头。

灵歌和旋舞一直防备着，在他短刀落下的瞬间就往前抢去。

但是因为之前他戒备太严，两人距他比较远，这一扑之下也有些难度。

眼见着楚融就要再度落入樊爵之手，天空中由上而下从那茂盛的枝叶丛中倒挂下来一条素白的影子，身形迅捷地直扑樊爵面门。

樊爵哪里想到上方还有后手，下意识抬手一挡。

却不想那东西并非是个人，而是灵巧轻便的一道狐影。

空中一纵的同时，绒团儿前面两爪变换方位用力一挠，顿时就将樊爵举过去护脸的手臂衣衫抓裂，并在他手臂上留下一片密集的网状伤口，血水奔涌。

而就在绒团儿跃下分散了樊爵注意力的空当儿，灵歌和旋舞已经从两侧包抄过来。樊爵一只手，哪里是她们的对手？

下一刻，楚融却是落入最后起步却迎面第一个赶到的付厉染怀里。付厉染抢了人就急速退开，并于第一时间去摸了摸楚融颈边的伤口。好在只是一点轻微的皮外伤，就是皮肤被刺破，一直在冒血。

楚融一把牢牢抱住他，紧抿着唇角，自始至终一声不吭。

那边樊爵手里骤然失了楚融，恼羞成怒，被苏沐接下来一脚踢在腿弯，跪下的同时，他一把抢了地上的短刀，整个人以惊人的爆发力暴起，一刀劈向付厉染后心。

诚然这也只是他怒极之下本能的反应，根本来不及分辨眼前他要下手的那人究竟是谁。

"小心——"几声短促的惊呼声骤然在夜色中蹿起，又飞快湮没。

黑色的袍角张狂地舞在风里，付厉染疾走之中身形不变，从樊爵的刀网之下脱离。

遍地讶然的目光中，他一个旋身绕到秦菁面前，二话不说，只把楚融塞给她，同时声音微哑道："走吧！"

言罢转身，仍以他惯常藐视一切的姿态，先于其他人往内城的方向走去。

不回头，也没有眷恋。

楚融落在秦菁怀里，有了之前坠马事件的前车之鉴，秦菁这一次抱她很紧。

骤然换了怀抱，楚融下意识转身追寻，一双小手探出去，但这个挽留的动作只堪堪做了一半，她的身子剧烈一抖，就那么打住了动作。

指尖上有种陌生而黏腻的液体灼烧着她细嫩的皮肤，孩子的眼中闪着惶惑恐惧的光芒。

那个人，以那般强悍决绝的姿态在远离。

黑色的袍角，洒一地落寞的芳华，而浓烈的黑暗之中，只有他留在孩子指尖的那些殷红的液体滚热。

楚融眼睛里蓄了泪，想要开口唤住他，却比任何时候都坚韧地用力抿紧了唇角，最后一头扎进了秦菁的怀里，沉默下去。

"走吧！"秦菁摸摸她的头发，一声叹息卡在喉头，转身朝自己的马走去。

灵歌等人戒备着，簇拥着母女二人上马离去，谁都不再理会被留在这凄凉夜色之中的晏氏皇族至高无上的几个人。

看着付厉染的背影逐渐脱离视线，付太后僵硬地立在那里，好半天才一个激灵回过神来。

"阿染，那是你曾经对祖宗血脉发下的誓言，不容背弃。"她凄声嚷道，强撑着身子往前追出去两步，肩胛骨下的伤口崩裂，鲜血染透了衣衫。

樊爵手里握着染血的刀，茫然站在夜风里，萧瑟不已。

晏英沉默地看着，这个素来爽朗乐观的少年的眼睛，于这一夜被遍地的风霜掩埋。

旷野之中，马蹄声响成一片，秦菁等人马不停蹄地奔着西楚国界的方向而去。

那里，有等着她的人，也有酝酿已久的另一场血雨腥风！

不容回避！

快马加鞭，马不停蹄地赶路。

五日之后，秦菁一行抵达大晏和大秦两国交界的草原边境。

正午烈日之下，边境线的另一侧有蟒袍玉冠的少年浅笑翩然。

"皇帝舅舅！"兀自沉默了整整五日的楚融，在看到那少年明澈眉眼的时候终于发出了五日来的第一个声音，带点小小喜悦，淡淡委屈。

"融丫头！"秦宣策马迎上来，第一时间把她接着擎过头顶，朗朗一笑，"又长胖了！"

楚融咯咯笑着，从高处落下的同时两只小短手就势一攀，灵巧地挂在了他的脖子上。

秦宣笑着，任由她八爪鱼一样抱着自己，掉转马头和秦菁并肩往回走。

"怎么样，一切都还顺利吗？"秦宣问，脸上有如释重负的轻松感觉。

"还好，总算有惊无险。"秦菁笑道，一边走一边把这几日大晏发生的事情大致与他说了，最后嗔道，"你也这么大的人了，而且现在身份特殊，不是说过不用你特意来接我了吗？这里是边境荒蛮之地，万一有点什么——"

"好了皇姐！"秦宣咧嘴一笑，打断她的话，调侃道，"我若是不来，就没人听你唠叨了，而且难得有机会见你一次，你就当是我最近处理国事劳苦功高，对我网开一面吧。而且你想想，满朝文武都还隔三岔五有个休沐之日可以消遣消遣，我这个皇帝当真是半点自由也没，苦不堪言呢！"

"油嘴滑舌，这毛病什么时候能改！"秦菁脸上笑容宠溺地赏了他好大一个白眼。

"我已经改了。"秦宣立刻摆正了神色，一本正经道，"皇姐你现在是很久没见我上朝了，母后都一直夸我现在很有人君之风呢，只是在你面前难得清闲嘛！"

"就你嘴巧，我承认说不过你！"秦菁莞尔，突然想到之前应过秦薇的事，又微微收敛了笑容道，"对了，有件事要跟你商量一下。"

"什么事？皇姐尽管说了就是！"秦宣一边低头逗着楚融玩，一边漫不经心道。

"是大皇姐。"秦菁道，提到秦薇，她的神色间忽而添了几分寂寥，苦笑道，"安绮那里最近怎么样了？如果可能，就找个机会，把她送去大晏吧。"

"嗯？"秦宣闻言，微微诧异，心下略一思忖便是了然，"他们想要把安绮接到身边？"

"他们到底也是她的亲生父母。"秦菁点头，"虽然我已经答应了，不过这事儿还得看安绮自己，回头你问问吧，如果安绮愿意的话。"

"好，我记得了，这一次，她总算是帮了你不少的，等回头我问过了安绮再给你答复。"

秦宣爽快应下，随即笑容之中就带了几分寂寥，扭头看向秦菁道，“这一路下来，我倒是庆幸一直都有皇姐你在身边，否则当真是要应了那句话——孤家寡人。”

“平白无故的，说这种伤感的话做什么！”秦菁瞪他一眼，眼角眉梢慢慢凝了笑容道，“不仅仅是咱们生在帝王之家，即使是普通的山野农家，能遇到真心相待的亲人朋友的又有几个？遇到了就去珍惜。好端端，做这样的感慨干什么？”

“只是许久不见皇姐，见到你就难免有感而发，你别被我影响了。”秦宣露齿一笑，顿了顿才又突然说道：“秦洛那里，我不想再找了。”

秦菁倒是没有想到他会提起这茬儿。

“也许早就该放弃了。”略一愣怔之后，秦菁侧目回他一个笑容，“我倒是一直觉得蓝玉衡那人根本就是故弄玄虚，而且现在你的皇位也慢慢坐稳了，与其浪费心力在这些莫须有的事情上面，不如多考察民情，好好研习治国之道。还有啊，以后宫中的大小宴会上，多把眼睛往各家闺秀身上瞧瞧，你这年纪也是时候选妃立后了，免得让母后着急。”

“这事儿，总是急不得的。”秦宣掩嘴轻咳一声，脸上微微带了几分窘迫和不自在。

“有中意的人了？”秦菁略微诧异，递给他一个询问的眼神。

“还没！不过总归是到我大婚之时，一定送帖子去西楚，请皇姐和姐夫回来主持喜宴就是了。”秦宣面皮有点涨红，想了想，眸光流转，添了几分狡黠，“皇姐，你与其在这里和我计较这八字没一撇的无聊事儿，不如好好打算着，早点给我们融丫头添个伴儿实际些。”

楚奕承袭了西楚的储君之位，总得膝下有子才能稳定朝纲，安定人心。

秦菁略一失神，目光却是下意识下移，抬手抚上自己的小腹。半晌，莞尔一笑：“或许，快了！”

姐弟俩说说笑笑一起回了驿馆。

当天下午，秦菁没有再继续赶路，直接在驿馆歇下，更换了马匹和干粮，次日一早才和秦宣告别，分道扬镳。

岔路口上，目送秦宣一行离开，秦菁微微吐了口气敛起唇边的一抹笑容。

苏沐打马跟上前来，禀报道：“就在六日之前，帝京传出陛下突发恶疾的消息，并且有人八百里加急传书太子殿下和七皇子，让他们双方各自收兵，回京侍疾。”

“这样看来，帝京果然是落入叶阳氏之手了。”秦菁抿抿唇，眯起眼睛看了看远处地平线上刚起的旭日。

楚明帝那样的人，如若真的精明起来，根本不可能让叶阳氏有机可乘的，可是现在，叶阳氏竟然这么顺利地接管了帝京，看来极有可能是他的一招请君入瓮了。

“目前看来是这样的，头两天好像太子殿下和七皇子都无动静，但是这两日又像是有了消息，说是双方达成协定，暂时休战。”苏沐道，眉宇之间一片凝重之色，“按照计划，殿下这几日可能就会回朝了。”

“这样时间把握正好，也能给我们时间赶回去。”秦菁点头，“大晏那边，英帝答应过本宫，会暂时封锁消息，让叶阳氏这里推迟知道付太后那里的真实情况，这样一来，她的警惕性应该会低一些。”

“那咱们现在就启程吧，快马加鞭的话，再有五天左右就能折返了。”苏沐粗略估算了一下。

“不，我们暂时不回帝京。”秦菁略一抬手，否决了他的提议。

几个人一愣，面面相觑。旋舞忍不住先开口询问：“公主的意思……是我们先行和太子殿下会合，然后一起回京吗？”

楚奕如果定了主意，此时就应该已经在回京的路上了，他们现在赶去会合也来不及了。

“不！”秦菁摇头，回眸神秘一笑，凛然道，“我们先去翔阳。”

“翔阳？”苏沐心思周密，马上就有所意会，“公主是要先去——”

“这么大一个隐患，赶早不赶晚，不能继续留着他了。”秦菁坦然承认，眼中有幽暗凛冽的光芒一闪而逝。

“可是翔阳侯统管三十万兵权，尤其是继当年颜大小姐的事情之后，他的行事就更加谨慎小心，哪怕在府中活动，都安插了人手贴身保护，要行刺他怕是不容易的。”苏沐和灵歌对看一眼，都从彼此眼中看到了浓厚的担忧之色。

“百密一疏，本宫自然会有让他单刀赴会的办法！”秦菁语气坚定，不容拒绝，神色森然。

其实她原是不准备亲自对颜玮下手的，可怪只怪，他跟错了主人！

“公——”灵歌还想再说什么，却被苏沐一把拉住。

自家公主的性子，他最是清楚不过，一旦下定决心要去做，就不会有转圜的余地。

“这样也好，反正在人手上我们现在绝对没有问题。”心下飞快权衡一遍，苏沐果断点头应下，说话间却是有些不太放心地回头看了一眼被灵歌抱在怀里的楚融。

“现在是多事之秋，融丫头跟在本宫身边，难免节外生枝。”秦菁明白他的意思，略一忖度就定了主意，回头对灵歌道，“正好旋舞之前受了伤还需要调养，就把融丫头留给她带着，你再选几个妥实的人配给她们，让她们另选一条路绕道慢慢往回走吧，最好在京中大事定下之后回去。”

“这样也好。”灵歌赞同道，回头把楚融交到旋舞手上，又多嘱咐了两句，“我把最好的暗卫都挑出来留给你，谨慎着些。虽然叶阳皇后手中未必能有付太后手下那种级别的杀手，也要多加防范，你们乔装再走，千万保护好郡主。”

“姐姐放心吧，我明白的。”旋舞慎重地点头应下。

灵歌把顶尖的十八名高手留下，又备足了银钱马匹，并且大致给她指了一条安全的线路，这才放心和秦菁、苏沐一行改道先走。

一行人依旧快马加鞭赶路，稍微绕了一段路，百里之外的翔阳，踩在马蹄之下，不过就是一天的路程。

是年，酝酿数年之久，西楚帝京于风声鹤唳的皇城之巅爆发了一场鲜为人知的大动乱。

皇后叶阳氏趁楚明帝病重之机，软禁明帝，并且密旨传召远在封地的大皇子和二皇子携带家眷回京侍疾，同时又密令自己的党羽调兵围困京城的各王府。

她以明帝龙体抱恙为由，将所有的后妃皇储连夜传唤进宫，却在众人齐聚之时突然于明帝寝宫之前发难，以勾结七皇子毒害明帝、图谋不轨为由，将卢妃当场拿下。

千钧一发之际，失踪多日的太子妃秦菁带人强闯入宫，抢下了卢妃。

叶阳皇后挟持大皇子等人，双方人马于明帝寝宫门前对峙，太子妃抛出一物，恰是翔阳侯颜玮的人头，并且当众罗列叶阳皇后勾结翔阳侯，私自调兵，挟持明帝，甚至拉拢大晏付氏，意图里应外合、颠覆皇权的数条罪状。

叶阳皇后反诬太子妃为秦国细作，谋害楚氏重臣，是兴兵伐楚的不祥之兆。

宫中御林军尽数被叶阳皇后蒙蔽，蠢蠢欲动，眼见着一场血洗皇城的逼宫之战一触即发，太子楚奕携皇帝金箭令牌，神兵天降，带着从北疆杀回来的骑兵两万从外围将叶阳皇后一党围困。

双方各执一词，互不相让。

关键时刻，变故又起，身后寝宫之中，四皇子楚华陪同“重病”当中的明帝一同现身，当场揭发了叶阳皇后威逼利诱他意图毒害楚明帝、发起宫变逼宫夺位的大阴谋。

数方证词，都直指叶阳皇后，一场本以为势均力敌、惊险万分的皇权之争，最后居然是以一场蓄谋已久、请君入瓮的闹剧草草收场。

叶阳皇后大势已去，乱党被太子楚奕带兵控制，明帝下令废黜叶阳氏皇后之位，打入天牢候审。不想就在侍卫押解叶阳氏走出寝宫大门时，伪装潜入侍卫营的三皇子楚原突然冲出，趁乱将叶阳氏刺成重伤。

三皇子受了刺激，已成疯癫之态，明帝顾念父子之情，下令将其移回三皇子府旧址软禁，命人悉心照料，此生不得出。

与此同时，七皇子楚越带人千里奔袭，假借回京夺位做幌子，成功蒙蔽了叶阳氏的党羽，军队长驱直入，于半途转道直取翔阳，将因为颜玮之死而混乱恐慌的翔阳守军安抚收编，指挥权重新移交皇帝手中。

这一夜之间，虽然没有经历刀锋染血尸横遍野的惨烈，却在潜移默化之下，西楚皇权的势力格局被全面洗牌重置。

平乱之后，楚越回宫复命，只留了一晚，又马不停蹄重返北疆军中坐镇。

朝野上下，楚明帝并没有大肆追究叶阳氏的谋逆之罪，也对那一夜宫里惊天动地的大阴谋绝口不提，却在两个月之内，更新撤换了中央和地方的大小官员上百名。

两个月后，楚明帝以圣体违和需要静养为名退位，移居城外行宫，成了隐居幕后的太上皇。

太子楚奕登基为帝，改年号承和。

太子妃登临后位，母仪天下。

西楚皇朝的历史，就此翻开崭新的一页。

八月金秋，这一年的暑热似乎去得特别晚，到了这个季节，白日里还是烈日如火，烤得地面上几乎烫脚。

傍晚时分，御书房的殿门从里面打开，张惠廷跟在楚明帝身后，两人一前一后地走出来。

自从楚奕登基之后，楚明帝已经久不理政，可是最近因为楚奕带着秦菁远行，还提前连个招呼都没打，不得已，他才回宫来收拾这个烂摊子。

两个人一路慢慢往他临时居住的永和宫方向走。

心里斟酌了好一会儿，张惠廷才试着开口道："太上皇，冷宫那里传来消息，说是叶阳氏这阵子不时就叫人递信儿出来，嚷着要见皇后娘娘。"

楚明帝脚步微顿，又往前走了两步才不悦地开口问道："那两个孩子的行踪查到了没有？奕儿也是太胡闹，都做了皇帝了还没个定性，两个人说走就走的。"

他说这话是带了三分怒气，其实更多也只是无奈罢了。

楚奕做了太多他身为帝王时想都不敢想的事，这时候，他心情着实有几分复杂，不知道该是嫉妒，还是该老怀安慰，毕竟有人把他年轻时候的缺憾给补上了。

"已经查到了，说是七国舅病了，两人赶去翔阳探望。"张惠廷低着头道。

楚明帝皱了皱眉头，还是不高兴："那个丫头有孕在身，怎么还这样胡闹？"

"有皇上跟着呢，又带了大批御林军护驾随行，太上皇宽心，应该不会有事的。"张惠廷劝道。

楚明帝眯了眯眼，过了一会儿才又开口："翔阳那里的兵力，已经分出去了吗？"

叶阳氏利用颜璟轩的死做了文章，煽动颜玮配合她起兵作乱，事发之后，楚明帝连叶阳氏的罪责都没明着追问，至于翔阳那里，颜家本来除了颜玮那一脉，就再没有旁支了，所以他也没宣扬，只是隔了半个月，说颜玮病逝了。毕竟一场谋逆大案追查下来，少不得大动干戈，惹得民心不安，能私底下捂着办了，就没必要声张。

"听说那里的屯兵被皇上打散，分了几处遣开了。"张惠廷回道，想了想又补充，"好像往东南海域那边分派的人数要多上一些。"

翔阳侯拥兵自重，由来已久，军队里不乏忠于他的死忠之士。翔阳地处内陆，楚奕把他所属的兵力发配海域，便可以暂时将他们限制住，然后再趁他们适应的这段时间，把里面包藏祸心的人清除掉，倒是十分妥帖的。

“那里的确是个好去处。”楚明帝略一颔首，语气却是平淡，言辞间褒贬莫辨，突然想起了什么就道，“融丫头呢？”说着，又是愤愤翘了胡子，怒斥，“那个混账！都当了爹的人了，居然把闺女也丢在宫里不管了。”

“这太上皇可是错怪皇上了，是小公主自己嫌弃山高路远，推辞不肯跟着去的。”张惠廷却是笑了，“几位太妃娘娘都移去了行宫别院，咱们皇上的后宫更是干净得只有皇后娘娘一个人，小公主可不就是看中了这一点，才不肯跟着出宫的吗？小公主那边奴才叫人盯着呢，没事！”

楚融的性子与她这个年纪的孩童倒是不甚相符，有时候可爱活泼，有时候很有些荒诞古怪，但不管怎样，却是个不肯吃亏的主儿。

对于这个孙女儿，楚明帝还是打从心底喜欢的，脸上表情就缓和了几分，过了一会儿又道：“今晚咱们宫中不必传膳了，朕去瞧瞧安阳那丫头。”

“是！”张惠廷赔了个笑脸。

主仆一行直接去了楚融的寝宫，楚融倒是给这个皇祖父面子，很乖巧地和他一起用了晚膳，饭后又让人把苏沐新近为她打造的一把小型弓弩取出来，拽着楚明帝一起去练功房里，由他手把手教着练靶子。

楚明帝少年时也曾南征北战，纵横沙场，小丫头投其所好，祖孙两个一待就是两个时辰，直到楚融哈欠连天，楚明帝才带了张惠廷往回走。

“陛下，夜深了，奴才给您叫步辇来吧，别被夜露寒了身子。”张惠廷试着问道。

彼时已经二更过半，御花园里分外寂静，除了偶有值夜的侍卫匆匆行过，很难看到别的人影。

楚明帝却是摆摆手道：“打发他们先回永和宫吧，难得晚上出来一趟，朕自己走回去就行了。”

“是，陛下！”张惠廷垂首应下，回头从一个内侍手里取了披风给他披上，然后挥退左右。

一众随从寻了近路匆匆离去，楚明帝则带着张惠廷取道御花园慢慢地走。

如此漫不经心地走了小半个时辰，周边的景物就慢慢萧条下来。

三更更鼓远远传来，张惠廷抬头，斜前方赫然在目，半掩映在夜色中一座深色的建筑。

天牢重地。

楚明帝负手而立，眼底眸色深沉，不知道在想什么。

张惠廷小声道：“按理说叶阳氏意图弑君夺位，其罪当诛，可是皇后娘娘宽厚，说她毕竟是太上皇的发妻，前太子殿下的生母，所以就请求皇上在天牢中单独辟出一间密牢将其收押，并且一直以来都不曾苛待，每日里命人锦衣玉食地供着，不过就是……”说着就顿了一下，侧目稍稍打量了一下楚明帝的脸色，见对方神色无异，这才继续说道，“就是特意命人将那牢房设置得密不透光，牢门外面也特意加铸了一道厚铁门板，并且叮嘱牢房看守，一天十二个时辰都不准透一丝光亮进去。”

依照秦菁的为人，是断不该心慈手软的。

楚明帝眸色不觉更深，眼中透出几分玩味。

张惠廷见他不语，又再补充：“不过奴才听闻叶阳氏自从被打入天牢之后就心神不宁，日夜哀号，一直嚷着，说是……说是见到前太子殿下的冤魂不散！”

涉及鬼神之说，是这宫里的大忌，张惠廷说完就赶紧跪下了。

前太子？是前太子楚风？

楚明帝微微沉吟，讽刺道：“她梦的不是三皇儿，不是颜玮、颜璟轩，也不是这些年死在她手上的朝臣后妃太监宫女，却是前太子吗？”

叶阳氏被打入天牢已有数月，这段时间他都不闻不问，张惠廷也从不在他面前提及这个女人，今天既然主动提了，楚明帝也就心里有数了——

八成得到了确切消息，那个女人命不久矣。

“走吧！”缓缓嘘出一口气，楚明帝重新举步向前走去。

天牢重地，只用于关押皇帝钦点的重犯，位置就处于皇宫西北角，与冷宫毗邻。

远远地看到楚明帝前来，负责看守牢门的皇家密卫连忙迎上前来行礼：“见过太上皇！”

张惠廷使了个眼色：“开门！”

这里现在关着的人，有资格见楚明帝的也就叶阳氏一个了，密卫赶紧开门把人让了进去。

楚明帝面无表情，跟着引路的密卫，穿过很长的一条密道，连过了几道暗门才在最里面单独的一间密室前停了下来。

张惠廷挥挥手，那人就自觉退下了。

张惠廷上前，用钥匙打开了牢门。

那里面的空间不是特别拘谨，只是全部密闭，以厚厚的石壁铸成，完全和外面孤立开，连一个透气的小窗也没有，只在墙壁的背光面，极其靠上的地方开了些气孔，孔洞也是极小，哪怕外面的阳光再烈，也断然透不进来一丝一毫。

这几个月，叶阳氏就被单独关押在这里，每天守卫前来送饭和换洗的衣物，也只是拉开铁门最下面的一道小门把东西塞进去，不让她有机会与任何人接触。

纵使叶阳氏此人性情再阴鸷冷酷，在这样人世隔绝的环境中也被逼得快要发狂。

这日牢门突然打开，外面火光一闪，一直缩在墙根底下叫骂的她却是愣住，当即被这火光刺得眼睛生疼，然后下一刻反应过来直扑上前，扒着重铁的栏杆大声道：“那个贱人来了吗？是她终于舍得来见本宫了吗？”

几个月不见天光，此时纵使只是柔和的火光，也让她闭眼反应了好一会儿才适应过来，待到看清眼前的楚明帝，原本张牙舞爪的狠厉表情就在那一瞬间烟消云散，整个僵硬下来。

这段时间，秦菁的确丝毫没有在饮食起居上亏待了她，御膳房做的每一餐都有人定时往这里送，锦衣华服也是每日有人送了换洗的过来，但不见天日关了这么久，很显然，纵使给她提供的东西再精细周到，叶阳氏也无心打理，一身锦绣牡丹的华服胡乱穿在身上，头发披散着，大概因为夜不能寐的关系，整张脸迅速消瘦，眼窝凹陷，容颜枯槁，表情狰狞的时候犹如坟墓里爬出来的恶鬼。

“皇上？”怔怔地看了楚明帝半晌，叶阳氏冷笑出声，“陛下不是早就不耐烦见到我了吗？怎么还会来这里？以陛下那般豁达的心胸和为人，总不是为了特意来看臣妾如今身陷囹圄的惨状吧？”

“诚然，朕过来也没指望听你一句忏悔。”楚明帝说道，被这里陈腐的气息呛了一下，就从袖子里掏出帕子来掩住嘴。

张惠廷心里一慌，往前走了一步，最后却又没动。

楚明帝和叶阳氏隔着那道牢门相望。

默然观察了他一会儿，叶阳氏戚戚地笑了一声道：“看来自从上次病好之后，皇上的身体也是大不如前了。”

楚明帝却未理会她的话，目光四下里慢慢打量着这间简单的密牢，道：“朕听闻你一直嚷着要见那个丫头，刚好这几日她人不在宫中，你有什么话就交代给朕吧，回头朕会替你转达的。”

叶阳氏闻言怔了怔。

她和楚明帝都太了解彼此的行为和语言上的习惯，他来见她，不会是无缘无故，所以说难道是自己将要不久于人世了吗?

前两天晚上她梦魇晕了过去，太医过来看过，这么巧楚明帝就在这个时候来了?

叶阳氏心头一凉，再转身看一眼身后不见天光的牢房，心里反而释然。

不过只在一瞬，她眼底堆满层层疑惑，满面阴霾地对楚明帝道：“她出宫了？去了哪里？”

她对秦菁这样非比寻常的关心态度让楚明帝觉得十分反常，不过他今日倒是心情平和得很，并不和叶阳氏一般见识，想了想道：“说是你们家老七抱恙，去了翔阳探病了。”

“翔阳？”叶阳氏脚下踉跄着后退两步，目光连闪，忽而疑惑忽而恐慌又忽而呆滞，显得十分不安。

自打楚奕从大秦回朝以后，莫如风就人间蒸发一般完全失去了消息，好几年音讯全无，起初她也曾派人暗中打听过，但都如同石沉大海，没有找到任何线索，即便是在叶阳晖身边也无任何发现。

眼见着当年大夫预言的二十年期限已过，渐渐地，她也就不再去想，毕竟莫如风的存在，对她而言永远都是威胁多于益处。

这个孩子无时无刻不在提醒她，她曾舍弃亲儿混淆皇室血脉的滔天罪行，现在是身陷囹圄了无生机，但一旦事情被揭穿，以她对楚明帝的了解，等着她的将是比死亡更可怕千百倍的事情，更何况莫如风知道她曾几次三番暗中追杀叶阳敏的事，这才是楚明帝的死穴。

所以，她宁肯那个孩子就是彻彻底底消失在这世上，死无对证，那么她曾经做过的那件天理不容的丑事，也就跟着他一起归于尘土了。

可是莫如风生死不明，她的心里就永远都横着一根刺，尤其在这段与世隔绝的日子里，总会想起相见寥寥数面的那少年苍白得近乎透明的俊逸容貌，冷漠到近乎深入骨髓的冰凉的声音。

他对自己，连恨都不屑，可偏偏这些天置身黑暗，她开始无止境地想起那张脸，那种温和从容的表情。

那双沉静如水又毫无温度的黑色眸子，恍如一场无休无止的噩梦，不管是睁眼和闭眼都高悬于她的眼前，挥之不散。

他不质问她什么，也不索要寻求什么，就那么一直一直沉默而冷漠地看着她。

那薄凉的目光，每每折磨得她几欲发狂，想要冲出摆脱那个可怕的影子，可是整个人陷在黑暗中，没日没夜叫她片刻也不得逃离。

突然又想起记忆中的那张脸，叶阳氏冷不防打了个寒战，飞快扑到栏杆前，尽量把自己从后面无休止的黑暗中脱离出来："那个小贱人呢？叫她来见我，我要见她！"

她嚷着要见秦菁，不过就是想要追问莫如风的生死。

楚明帝眼见着她脸上表情一时惶恐又一时茫然，他其实是了解这个女人的，手腕和胆识都有，而且又并非输不起的个性，这时候心里更是起了疑虑。

"那个丫头去了翔阳，一时半刻回不来，如果你没有话需要朕转达，那朕就先走了。"深吸一口气，楚明帝转身往外走。

"我果然是命不久矣！"叶阳氏颓然一叹，这时候却又想起了生平恨事，不由得目光一厉，盯着楚明帝的背影狞然道，"不过就是几日的光景罢了，这么多年都挨过去了，臣妾也不在乎了。不过看太上皇倒还精神得很，如若臣妾有幸先走一步，太上皇可有什么话需要臣妾代为转达给姐姐的？"

张惠廷心里一惊，楚明帝却是眉心一跳。

他的脚步顿住。

叶阳氏心里越发畅快，一直笑到泪花四溅。她手扶着栏杆，死死盯着楚明帝的背影，表情带着一种报复的快感，大声道："姐姐当年离宫远走，就是因为不想再见到你，怕是等到他日太上皇驾鹤西游之时，黄泉路上，她也不会等你的！认命吧，姐姐就是你这一生里躲也躲不开的心魔和劫数。”

当年叶阳敏假死离宫一走了之，这件事始终是楚明帝心中隐痛。

果不其然，楚明帝闻言，脸色瞬间惨变。

他用力捏着拳头，手背上青筋暴起，转回身来，阴鸷地盯着叶阳氏，腮边的肌肉也有些痉挛似的微微抖动。

叶阳氏笑得越发得意，继续火上浇油道：“皇上你真的爱她吗？至少这样的话，臣妾从来不曾听您说过。即使她走后，你为她断绝六欲从此冷落后宫，那是因为爱吗？难道不是遗憾悔恨的成分居多？”

楚明帝站在牢房的出口处，面无表情地冷冷道：“朕和她之间的事，用不着你一个外人来置喙！而且你也不配说爱！”

“就算是臣妾不配说爱，那就说皇上对姐姐的爱好了，皇上你到底爱她什么？是她的心狠手辣还是冷酷无情？”叶阳氏却不管他，兴味反而越发浓厚起来，一边拧眉沉思，一边兴奋地说道，“不对，都不对！皇上最爱姐姐的一点就是她的不爱！因为她自始至终都没有爱过你，思而不得，才是皇上最难忘情的宠爱啊！”

“你说什么？”楚明帝眼底有寒芒乍现，一个字一个字从牙缝里挤出来。

“难道我说错了吗？皇上你苦心孤诣做了那么多事，到最后仍然得不到姐姐的爱，您跟我又有什么区别？”见他动了怒气，叶阳氏反而觉得快意，声色俱厉地大声质问道，“当年因为莫翟的死，卢妃曾经跑去质问过我，那件事里的确有我的手笔不错，可难道不是皇上您授意的吗？最不济您也是默许的不是吗？”

提及当年，楚明帝思绪恍惚了一下，却未辩解，面无表情地看着她。

他天生王者威严极盛，再加上叶阳敏离宫之后养成的对凡事都冷漠以对的性情，让他的目光看上去有如无形的利刃，寸寸割裂皮肉，如有实质。

叶阳氏虽是豁出去了，也还是被他盯得发毛。

楚明帝沉默良久，一个字一个字地开口说道：“你记着，无论阿敏她是心狠手辣也好，冷酷无情也罢，你都没有资格和她相提并论。因为，你不配！而且无论朕和她之间有过什么，也只是朕和她两个人之间的事，与你无关。”

每一个字都掷地有声，是言之凿凿的警告。

“哈哈哈——”叶阳氏愣怔了一瞬，随即紧紧抓着牢门上的栅栏狂笑不止，泪花四溅，指着楚明帝怨毒道，“我不配？我不配是吗？可就是因为她，就是为了压过她，我处心积虑斗了一辈子，到头来还是一场空，最后得到的也不过是不配二字。”叶阳氏叫嚷着，语调不觉提高，最后变成歇斯底里的嘶吼，“我不甘心，我到死都不甘心！从小到大，为什么我事事都要被她盖过？她凭什么？待字闺中的时候，我费尽心机巴结讨好，父亲眼里只有她；入了宫，虽然我是一国之母，可皇上你的眼里更是除了她就再没能容下任何人，我到底哪一点比她差了？

要让我一辈子都受她挟制，被她死死压在身下！”

“事到如今，你还是不肯醒悟！”楚明帝冷冷说道，隔着栏杆看着叶阳氏目光里充满了厌恶和冷漠，语气却刻薄尖锐而不留余地，“扪心自问，她真的是你的敌人吗？你口口声声与她斗了一生，可事实上她早已退场，这二十多年来，你一直在心心念念争斗抢夺的不过是至高无上的权力地位而已。无论是当初想要得你父亲的青睐也好，还是后来处心积虑入宫在朕身边蛰伏了二十余年也罢，阿敏都只是你自欺欺人的一个挡箭牌，你最大的敌人不是她，而是你自己，是你永远也无法满足的争权夺利之心。朕已经给了你皇后之位，也册封了你的儿子做太子，给了你全天下所有女人梦寐以求的最大荣耀，可你依旧不满足，处心积虑谋划了二十年，最后想要完全掌控朕的江山！这些年，朕睁一只眼闭一只眼，对你一忍再忍，可你就是不思己过不知悔改，即便到了这一刻，还这般大言不惭，把一切责任推到你姐姐身上，你简直，无药可救！”

这个女人，处心积虑嫁入宫门时，目的就不单纯。

他知道，但是不想点破，因为他心里已经容不下女人，所以不在乎她们在他身边到底是因为倾慕还是贪恋权贵，只要她们安守本分，别触了他的底线，无论她们做什么，他都可以视而不见。

可这叶阳氏，最后竟然疯狂到想要谋朝篡位！

楚明帝是个不到万不得已连表情都懒得浪费的人，这时却被她完全激出了脾气。

“侍卫说你被关在这里连日噩梦，说风儿他冤魂不散？”楚明帝道，站在高高的台阶上遥指叶阳氏的方向，声色俱厉，“你是该做噩梦！如果不是你不肯安守本分，不是你意图掌控兵权，并想要染指大秦的疆土，他如今还该在这太平盛世里安稳地继续做他的太子，做他的皇帝！你恨他是为奕儿所杀？你口口声声恨了多少人，可你真正该恨的那个人其实就是你自己！是你的野心害了他，就是你一手将他葬送！以后不要再找这样那样的借口来自欺欺人了，有那份精力，不如趁着现下还有时间，好好忏悔反思，想着来日到了黄泉路上要如何对你的儿子乞求补偿！”

楚明帝说完一撩袍角，头也不回地大步离开了。

叶阳氏被他骂得脑子里嗡嗡作响，这么多年她处心积虑谋划一切，却一败涂地，她恨自己时运不济，更恨遇到楚奕和秦菁这样辣手无情的对手，今日一朝被楚明帝揭破心里隐秘，忽而恐惧起来。

即使楚风的死她可以归咎于楚奕的挟私报复，可是莫如风，那才是她的亲生儿子，那个孩子从一开始就被她视为染指皇权的一块绊脚石，并且不留余地地一脚踢开了。

“不是的！不是的！”一直到楚明帝走出去很久，叶阳氏才猛地回过神来，用力扒着铁栏，对着空荡荡的密道大声嘶吼。

然则四周寂静，唯有她自己的声音回响不绝。

很快密卫就进来重新将外面的铁门闭合。

眼前短暂呈现的光线慢慢隐去，无边的黑暗再度侵袭卷来，叶阳氏身子瘫软，扶着栏杆一寸一寸跪倒下去。

夜幕中，又是那张俊逸脱俗的脸孔呈现。

“啊——”她惊恐地闭眼，使劲抱住脑袋大声地嘶吼，可闭上眼，那影像依旧清晰呈现，仿佛一个久久不止的噩梦。

楚明帝带着张惠廷从天牢出来，表情阴沉，抿唇不语。

走了一阵，张惠廷实在忍不住了，往他身边凑了一步，开口劝道：“陛下，您和贵妃娘娘之间的事情，如人饮水，其中是非曲直，只要娘娘心里洞若观火也就是了，您莫要为其他不相干的人闲话伤神。”

“如人饮水？两个人的冷暖自知！”楚明帝目光幽深地看着远处苍茫一片的夜色，自嘲似的笑了笑，“可是她从来不让朕知道她心中所想，朕看她，是水中倒影，梦里烟花，而她看朕，才是洞若观火。有时候朕是真的宁肯她不知，那么或许她就还能继续留在朕的身边。”

“陛下！”张惠廷叹一口气，“奴才是个阉人，不懂什么男女之情，可奴才从五岁起就跟在陛下的身边了，跟了您几十年，对陛下的心思多少还是了解一点的，一直以来，陛下最为钦佩和喜欢娘娘的一点，不就是她的爱憎分明和杀伐果断吗？换言之，如若娘娘的性子变了，许是就不再是皇上心心念念惦记着的那个娘娘了。”

“在朕身边久了，你这张嘴却是越发会哄朕开心了。”楚明帝摇头一笑，却是不置可否，过了一会儿，敛了神色对张惠廷道，“张惠廷，你说真是朕生不逢时吗？”

他是最爱她那样爱憎分明果敢狠辣的脾气，可更恨，恨那些阴错阳差和世事无常。

有一句话叶阳珊还是说对了，终究是他耿耿于怀，终究是他放不下，终究是他思而不得啊！

“陛下！”见他眼中神色落寞，张惠廷张了张嘴，想要说什么，还是作罢，只替他裹了裹身上的披风道：“夜深了，回吧！”

“是啊，夜深了！”楚明帝喃喃说道，从远处收回目光，主仆两个一前一后往永和宫的方向走去。

夜深了，起风了，可是数十年相思寸寸成灰，他爱的那个人，永远不肯入梦相随……

她爱过他吗？没有吧？她内心冷暖，他又焉能得知？

一片竹林，两袖清风。

楚奕和秦菁携手于那一新一旧两座坟前立了许久，直至烈日西沉，楚奕才稍稍用力握住她的手，轻声道：“走吧！再晚天就要黑了，路上难走，我们出谷就不方便了。”

“好！”秦菁闻言，方才收拾了散乱的思绪，冲他微微一笑。

楚奕抬手理顺她耳畔被风吹乱的碎发，又垂眸轻抚了下她隆起的腹部，然后才回了她一个笑容，扶着她的手，沿着林间小径往竹林外头走去。

星星点点的阳光洒落下来，打在两人走过的路面上，光影斑驳，像是什么人曾经遗落了一地的辉煌人生，那么璀璨夺目，余留在这深深竹林之间的一切却都归于平静祥和。

这里，终究还是成了那如玉少年最后的归宿。

一处幽静的山谷，一处清雅的竹林。

只是欣慰，终究他还是守在了那个他曾许诺唯一“爱”过的女子身边，陪着她一起远离世间繁华，过上了最为自由洒脱的日子。

“这样的结果，其实我曾想过千次万次，但是这一刻真的见到，终究还是觉得如繁华美梦的尽头，一切那样的不真实。”秦菁垂眸看着脚下的路，语气寂寥。

许久不见莫如风，其实她早就想到了，等着她的或许、也应当就是这样的结局，可是在内心深处也总有一线执念，是怀着希望和憧憬的，想着——

或许有一日还会重逢。

“舅舅说他不叫人告诉我们，便是不想让我们见到他最后的时刻，这样我们就可以把他最完美的样子永远存留于记忆里。”楚奕唇角露出一个笑容，宽慰地握牢她的指尖，“他这一生，所持的执念太深，为了母亲和我做了太多太多，却唯独没有把最真实的自己留下，或许唯有回到母亲身边，才能让他真的把这一生所背负的枷锁和责任放下。只愿下一世，莫要生在帝王家，他与母亲才可以不用再走上这样艰辛的一条路。”

初见时候的莫如风，干净、平和，恍若坠入凡尘的谪仙，叫人惊为天人，哪怕是后来人情世故几经转变，他始终持那一张淡泊而宁静的面孔。

那真的不是一个拥有七情六欲的凡人所能保持的风骨，其实哪怕于秦菁而言，与他一起经历了许多，但真的回忆起来，有关那少年的一切都如梦似幻，那般不真实。

他真的存在过吗？那个美貌倾城、举止优雅的白衣少年，曾经于灯火阑珊处那般猝不及防地出现在她的世界里，但是转身，连一个背影都没叫她看到！

“不用安慰我，我都明白。”秦菁笑笑。

至少现在闭上眼，她会记得人生初见那一幕的美好。

夜色微凉，灯影摇曳，宽袍缓带的绝美少年，绽一抹清雅宁静的笑颜，永远驻留在祈宁城里的街景中，经年不变。

两人携了手，渐行渐远，待到背影在山路尽头模糊成两个隐约的黑点，身后的竹林里才又有轻缓平静的脚步声响起，却是两个面容清俊的素袍男子一前一后从他们之前走过的小径上款步而来，最后立于路口，俯视脚下连绵一片、一望无际的白色小花。

“如风，有一句话我已经与你说了许多次了，在你母亲心里，你和阿奕不分彼此，都是一样的。”看着楚奕和秦菁的背影消失在山脚下，叶阳晖方才开口说道，“即使你无意于皇权富贵，或许总该叫陛下知道你的存在，他终究也是你的亲生父亲。”

“舅舅，上天也许给了我一双可以翻覆天下的手，但没有给我一副足以驾驭它的身体。无关阿奕，也和荣安公主没有关系，这就是安排给我的命运。既然一切已成定局，我又何必去给旁人徒增困扰？让阿奕和荣安因为我的事而心存愧疚，本就已经不应该。陛下他英雄迟暮，难得现在阿奕能够替他担下这天下江山的担子，又何必叫他在一得一失之间再遗憾一次。当初为了母亲，他伤得太重，我想这也不是母亲愿意看到的。”莫如风淡淡说道，神情和语气一如往昔般平和宁静。

温润如玉的模样。

容颜如旧。

只是发已沧桑。

素白如雪，衬得他的肤色近乎透明。

“用了这服药，虽然暂时保住了我的性命，可是连我自己也不知道，下一次尽头会在哪里。”莫如风道，语气里面无喜无悲，尽是平和，“与其让他们跟着一起随时陷在恐慌和忧虑里，不如就让他们相信我已经离开，这样他们就不用再回头，可以一直去走前面的路。”

他的心悸之症是从娘胎里带出来的，是不治之症。那一次拼尽全力替楚奕解毒之后，他的身子便如强弩之末，彻底垮了下来。

后来那一阵子，因为楚奕回归，西楚国中整个朝局重新洗牌乱成一片，他便跟随叶阳晖一起回到了翔阳静养，其间虽然想出了法子，用药镇住了旧疾，但因为其中几味药的效力相克，终叫他一夜白头，成了如今这般模样。

生命的尽头在哪里，于他而言已经不重要，知道楚奕和秦菁安好，即使是走，他也终于可以释怀，可以问心无愧去和母亲团聚了。

“你像你母亲！”叶阳晖叹息一声，目光深远地看着眼前男子温润如初的眉眼。

莫如风闻言，侧目过来，与他相视一笑。

多年相依为命，他们舅甥之间已然十分深厚，那是一种超乎血缘和爱恨牵绊的亦亲亦友的感情。

而显然更多的时候，叶阳晖是通过这双眼睛在看另一个人——

那个带着他走出人生低谷，给他机会教导他如何堂堂正正做一个人的女子。

虽然莫如风会觉得，秦菁在行事风格上像极了已故的叶阳敏，只有叶阳晖最清楚，其实无论从性格还是处事手段上看，只有眼前这个素颜白发的少年与曾经的叶阳敏才真的如出一辙。

“其实你当时可以不杀颜汐的，颜玮那个人有勇无谋好冲动，要策动他还有别的法子。”叶阳晖说道，深深地看了莫如风一眼，径自往旁边走了两步，面对远处夕阳西下的山头静默地站立。

“你这样逼迫自己，只是为了楚河汉界，在荣安公主面前划出一个泾渭分明的分界点。你了解她的性子，知道她的底线，颜汐一死，你在她面前的一切就要退回原位，从零开始。”他说，“如风，其实在你心里，对那些尘世繁华也曾有过留恋的吧？否则以你的性子，又何必如此决绝而不留余地地去做那些事？”

莫如风的一生，无爱无心，所做的一切都是为了叶阳敏和楚奕，而唯独在与秦菁相关的事情上，作为局外人的叶阳晖看出了一线端倪——

哪怕只是因为她神似叶阳敏，叫这个素来淡漠的外甥心里生出了别样的情愫，也不是没有可能的。

莫如风自然明白他话里的意思，闻言却迎着他的目光坦然一笑道：“舅舅你错了，我这一生，所做的任何一个决定都不后悔。不是为了阿奕，而是我知道应该走一条怎样的路。走一条，对我对旁人都好的路。”

他的身体已经注定他与任何人的交集只能止于萍水相逢，无论是作为他生身父亲的楚明帝，还是作为狠心抛弃并意图杀害他的生母叶阳珊，更或者是楚奕和秦菁，他不需要与任何人有所牵绊，不需要记恨谁，也不需要从谁那里索取什么，只要这样安稳平静地走自己的路，哪怕曾经置身繁华，也终有一日归于自己的轨迹，一步一步回到这尘世之外，回到他日夜思念的母亲身边，替她过完她最为渴望的那段人生。

“所以我才说，你和你母亲在骨子里真的很像。”叶阳晖无奈地叹息一声，神色凝重地重新扭头看向他。

莫如风一愣，诧异地回头递给他一个询问的眼神。

“有些话于她心间埋藏一生，至死都不曾对人讲，可我知道，她那一生走来，虽然无憾无悔，终究还是对一人抱愧的。”叶阳晖说道，缓缓一声叹息。

曾经，所有人都以为她和莫翟未能结成夫妻，而成就了她那一生憾恨的理由，而到头来最为了解她的叶阳晖却是给出了这样的评价。

很显然，叶阳敏若是会对什么人抱愧，那人便不可能是莫翟。

“舅舅说的，是楚皇陛下吗？”莫如风微微抽了口气，试着问道。

叶阳晖闭上眼，不置可否，像是陷进了一些久远的回忆里，良久之后才慢慢睁开眼，自嘲地笑了笑道：“在那件事情里，几乎所有知情人都以为她深爱莫翟，进而才会在他死后郁郁一生而终，却不曾有人知道，她这一生都与你现在的心态雷同，无情无爱，从来不曾爱过任何人。”

“可是那为什么……”莫如风不可置信地皱眉。

如果不是深爱，如果不是悲恸，她又何至于在莫翟死后被瞬间击溃，再也没能完全地站立起来？

“在武烈侯府的尔虞我诈中长大，阿姐一生唯一的愿望就是从那个牢笼里挣脱出来，可是这世间哪有真的净土？她拒绝了陛下，从一开始就泾渭分明地划出了一条界线，带着我远走。

后来遇到与她际遇相同、同是厌倦了豪门大户之间明争暗斗的莫家公子，原以为是找到了容心之所，不承想中途又是横生枝节。"叶阳晖道，每一个字都似是感喟良多，"当年他们成婚之际，叶阳氏的确是买通了莫家人，在莫翟饮用的药汤里下了药，就是因为这样，还曾有人怀疑过，这件事会是陛下授意做的。而事实上，莫翟的死却与之无关。莫家号称岭南首富，是当之无愧的豪门大户，他们府宅之内的明争暗斗又岂会比武烈侯府少？莫翟身子不好，原就是年少时被他的嫡母莫夫人毒害所致，当年阿姐千般防备，没有叫叶阳氏的人得手，却不承想，两人疏忽之下终是没能躲过莫夫人随后跟进的一道催命符。"

这件事便是叶阳珊都不知道，一直以来她都以为，自己所做的一切万无一失，是她一手击垮了叶阳敏，叫她一败涂地。

殊不知，莫翟的真实死因却是与她无关的。

"其实那个时候阿姐和莫翟就已经商量好了，也在翔阳这里找到了这片山谷，原是准备成婚之后两人隐居于此，过平凡宁静的生活。可那莫夫人心胸狭窄，终是恐留后患，再次下了毒手。莫翟的死，相当于将阿姐执着多年为自己铺就的前路彻底摧毁，大受打击之下，她方才醒悟，即使她不想争，不想斗，也终究无法完全置身事外。"叶阳晖说道，每每想到那日在喜堂之上，叶阳敏和莫翟双双吐血的情形都是不寒而栗。

那条路，是那女子耗尽毕生心力争取来的，却只在终要成就圆满的那一瞬灰飞烟灭。

自那一日起，她的所有信念就被全数击溃，再没能从这肮脏龌龊的世道之间摆脱出来。

"那么母亲后来入宫是……"莫如风是头次听到那些往事的真相，震惊之余心里更是千头万绪。

"她要灭了莫家！"叶阳晖说道，一字一顿，那神情恍若当年那女子于绝望之间声声泣血的悲诉，"可是莫家贵为岭南第一大户，苦心经营了上百年，也是根深蒂固的大族，要凭她一己之力不是做不到，却需要大量的时间和精力。而那时候她的精神和身子都已经垮了，唯有选一条捷径。"

所以因着当初楚明帝对她的承诺，他再来寻她的时候，她便昧着良心转身，入了他的宫廷，借了他的手。

那便是她此生唯一一次不择手段地利用了一个人的感情。

原以为是银货两讫的交易罢了，但是后来才偶然获悉，楚明帝对她入宫的意图一早便是洞若观火。

他是甘心被她利用，甘心被用作她报复莫家的棋子，被她拿捏于股掌之间的。

"陛下那样心高气傲的一个人，能为她做到如此，无疑将他自己的尊严骄傲都置于尘埃了。"叶阳晖叹息一声，"可是阿姐始终没有爱过他，而在知晓了一切真相之后，更无法再心安理得地留在他身边了。"

"舅舅说，母亲终是因为不爱，才假死遁世离开了陛下身边的吗？"莫如风问道，说着也不等叶阳晖回答又径自摇头，“我恰恰觉得，她是因为终于懂得了何为情爱，所以才无法坦然留下。如若她对陛下始终都是无情，走便走了，又何故要冒着生命危险，生下了阿奕又带走了我？我记得你曾对我说过，母亲那时候的身子已经相当虚弱，根本不适合孕育孩子，她却还是一意孤行，强行受孕，生下了阿奕。再者说了，如果始终不爱，那么漠然以待便是，横竖不过是自欺欺人，如若不爱，母亲又何苦颠沛流离，再次弃开那安稳的日子回到这里？舅舅，所谓情之为物，并不是我们眼前所看到的，一切的一切都分明清晰，有些事，若不是亲身经历，谁也参详不透。”

叶阳晖怔了一怔。

他的前半生都是伴着叶阳敏海角天涯，后面又和莫如风相依为命，不曾对一个女子动过情，反而是对这其中种种无措茫然得很。

他只知道叶阳敏困于此处半生，终究没能将心里埋葬多年的阴霾驱散，却一直以为她是秉承着最初的理想而执着至此，却从未想过，她的寂寞，会不会也是因了对某个人的无法忘情。

但是无论如何，她的一生都是无怨无悔走着自己选择的路，只要有这份担当，便也够了！

“罢了，人都去了，我们还在这里议论这些过往作甚？”沉默半晌，叶阳晖便是朗朗一笑，抬手拍了下莫如风的肩膀，“一会儿天该黑了，回去吧！”

“好！”莫如风点头，微微一笑。

晚风徐徐而来，吹着漫山遍野的白色小花，恍若置身卷着白色浪花的海洋之中。

这些小花，是韭菜花。

所谓菁者，被誉为华丽异常最纯粹美好的东西，却是极少有人知道，这些漫山遍野极不起眼的小花也称之为菁。

无怨！无愧！无悔！

他这一生虽不见波澜壮阔，但已经足够！

番外　心若骄阳，倾城无悔

秦氏和晏氏交界的草原地带，由于两国游牧民族不通教化连番械斗生事，终于引发了大规模的战争。

大秦长乾十六年，晏氏以镇西大将军樊泽为主帅，屯兵三十万，在边境桓城建成一座铁血壁垒。

大秦方面，则命骠骑将军萧羽率军迎敌，同是三十万大军压境，与大晏人对垒不下。

战争在除夕之夜爆发，打得如火如荼，漫漫草原之上，血流成河横尸遍野。

四月，这场战争已进入白热化阶段。

白水河边，大晏人以三千铁骑践踏秦军将士万人尸骨，士气大振，正在兴致勃勃打扫战场搜刮战利品的时候，另一侧的矮山上突然一支响箭破空而出。

雪亮的箭锋刺破苍穹，以一个诡异的角度，在众目睽睽之下将对方骑兵主帅冯岩扫落马下。

“将军！”

“保护将军！”

“有埋伏！”

“快，旁边的山上有埋伏！”

士兵们顿时阵脚大乱，仓促聚拢过来。

冯岩倒在泥泞里，手脚抽搐了两下，似是想说什么，最终不可置信地瞪着对面的山头咽了气。

对面半山腰上，一骑黑马踟蹰于苍翠的树木之间，马背上高坐的少女穿一身利落的白色骑装，锦缎般黑亮的长发以金冠束成利落的马尾，发丝飞扬，舞动在弥散着血腥味的苍风里。

虽然看不到她的表情，但只就那一人一马站在那里，明明不过一点模糊的剪影，却仍给人强悍到不容忽视的震慑力。

彼时她手上还握着一把特制的小型弓弩，以搭箭拉弓的姿势，满是挑衅意味地看着脚下乱糟糟闹成一片的大晏士兵。

“在那里！”有人从最初的震惊情绪里回过神来，指着对面的山头惊慌大叫。

无数道视线齐齐地扫射过去。

他们原以为是秦军设下的伏兵，此时惊见那里只有少女，便是齐齐怔住。

那女子却不恋战，从容收了弓弩往马背上一挂，然后利落地掉转马头，扬长而去。

白水河上过来的风带着湿冷的气息，拂过她耳畔发丝，黑色的披风划出一道冷厉的弧度舞在身后。

三千大晏士兵眼睁睁看着，半山上那一抹剪影如惊雷骤起带来的一道闪电，以惊艳之姿现世，又这般不可思议地迅速消失。

马背上的少女伏低了身形，身下骏马如飞，沿着山间小径，绕过整条山麓驶入草场，往大秦驻军所在的方向疾驰而去。

四月草场返绿，一片生机勃勃的景象。

少女迎着风，一张巴掌大的小脸微微发红，鼻翼随着呼吸而轻微抖动，唇角自始至终飞扬着一个弧度，带一点俏皮的模样，整张脸上的光彩尽数集于那双墨黑如玉的眼睛里。

那是一双十分奇异美丽的眸子，仿佛浩瀚如海，沉稳内敛之中，隐隐含着震撼人心的惊艳光芒。

只一眼，可让天地万物为之失色。

她马跑得极快，转瞬已经把绵延不绝的矮山彻底甩在了身后。

大秦军营驻扎在离此十五里外，远远地看着军营在望，对面林立的军帐中突然有一骑快马飞越路障奔驰而出。

马背上，是个白袍坦荡的少年，容颜俊俏如玉，凤目妩媚、顾盼生姿。

“吁——”少女嘴角略一抽搐，手挽住缰绳用力一收。

身下战马嘶鸣而起，狠狠地甩了一下头才稳住步伐，剧烈的冲击力下，生生把脚下草皮给踏毁了一小片。

“安阳，怎么没直接来军营，表舅舅正担心你呢，你再不来，我就要回头去找你了！”对面那人迎上来，挑眉一笑，眉目华丽，竟比女人还多几分妖娆之态。

“娘娘腔！”楚融心里暗骂一声，没好气地白他一眼，“要你管我？”

话音未落，马背上突然从他身后探头露出一张粉雕玉琢的小脸来。

未满三岁的毛头小子，显摆着几颗米牙，冲她笑得眼睛都看不见了。

“皇姐！”楚云辰笑得极尽巴结讨好之意，同时又死扒着那少年的腰带，不敢完全现身。

“楚云辰！”果不其然，楚融的脸瞬时就黑成了锅底灰，一抽马股上前，不由分说抓着自家小弟的后领口一提。

圆嘟嘟的小胖子楚云辰虽然做了十足的防备，还是小野猫一样被她提在了手里。

“谁让你到处乱跑了？”楚融横眉怒目瞪着他，“下回想要我跟对待老三一样把你关起来吗？这里是什么地方，你也跟着来？就不怕父皇和母后担心？”

“父皇就只担心母后，才不管我呢。”楚云辰没脸没皮，一边挣扎着手脚乱踢，一边笑嘻嘻道，“母后肚子里又有小弟弟了，也不管我！”

那少年闻言，却是忍不住噗的一声笑了出来，冲他一抬下巴：“喂，你怎么断言皇后娘娘肚子里的又是小皇子而不是小公主？”

“父皇不喜欢！”楚云辰扁扁嘴，一副你看看我就知道了的表情，然后紧跟着又马上笑得见牙不见眼，讨好地看向楚融道，“他说有皇姐就够了，其他的都是儿子，省心！”

楚融之后，楚奕和秦菁又再生了三个儿子。

继时年十一岁的太子楚云锦之后，还有五岁的三皇子楚云宁和如今还不满三岁的楚云辰。

这三个小子，除了楚云锦在性格上和母亲秦菁一样沉稳冷静，另外两个完全就是楚奕小时候的翻版，调皮捣蛋、不学无术。

楚奕本就孩子气，用他自己的话说，做了皇帝之后，天天在前朝那些臣子们面前摆着一张苦瓜脸演戏，已经让他减寿十年了，所以为了活得滋润，一下朝回来就原形毕露，除了孜孜不倦地哄媳妇开心十几年如一日之外，对这些孩子完全撒手不管，一副放养的架势。

好在小太子云锦自己争气，不用他们夫妻费心。

剩下的楚云宁和楚云辰俨然一对混世魔王，把宫里折腾得天翻地覆。

前几个月去太上皇居住的行宫过年的时候，俩人半夜溜进下人房，把所有内侍的裤子和宫女的裙子都偷出来塞进泔水桶里运出了行宫，结果第二天整个行宫鸡飞狗跳，所有人都裹着被子四处找遮羞布，不得已，下人们被迫集体罢工，险些连年夜饭都吃不上。

秦菁动了怒，楚奕就一本正经板起脸来嚷嚷着要关要罚，但偏偏当着楚明帝的面，直接就被楚明帝拦下作罢。

两个小子都有点怕秦菁，而楚奕又万事以秦菁为先，久而久之，俩鬼灵精都发现了一个秘密——

纵观西楚宫廷上下，母后最大，而在这个最大的权威之下也有例外，他们唯一的大皇姐楚融集万千宠爱于一身，是不在任何人的管束范围内的当之无愧的第一皇女！

无论是父皇母后还是皇爷爷，哪怕对任何人都冷冰冰的卢太妃，或者更远的，他们远在大秦的皇帝舅舅，都对这个皇姐百依百顺。

而偏偏他们这位皇姐自幼就性子乖张古怪，喜欢标新立异独树一帜。如此一来，俩小子就找到了挡箭牌，抱上了楚融的大腿。

有事没事就黏着她，闯了祸，也好蹭个安全。

这一次楚融要来大秦，楚云宁老早就得了消息，死皮赖脸想要缠着来。

楚融不答应，也不知道是谁支的招，他一哭二闹三上吊，当晚抱着一堆白绫、匕首和毒药罐子赖在楚融床上撒泼。

楚融二话没说，直接灌了他一碗蒙汗药，然后用白绫把手脚绑了塞到床底下，连夜就走人了，却不承想，跋涉千里之外，甩了一个，另一个竟然又牛皮糖似的跟上了。

看着眼前张牙舞爪的弟弟，楚融分外头疼，但转念想想，马上有些心惊肉跳起来。

梁锦风是梁明岳的儿子，随他父母一直驻守在大秦和西楚交界处的边城，即使他一路带着楚云辰过来这里，那么从西楚帝京到祈宁那么远的距离，楚云辰这个吃喝拉撒都不能自理的奶娃娃又是怎么过去的？

把楚云辰往马背上一放，她霍地抬头看向对面马背上的少年，不悦道："帝京和祈宁城相距数百里，他怎么会跟你在一起？"

"我一路上帮你照顾四殿下，怎么也算你半个恩人，你就是这么跟恩人说话的吗？"梁锦风嘴一扁，分外委屈的模样。

"是啊，是啊，是锦风哥哥照顾我的。"楚云辰知恩图报，连忙挥舞着一双小胖手主动坦白，"八皇婶去祈宁接小皇叔，她带我去的。锦风哥哥是好人，皇姐你要替我感谢他！"

"我感谢他？"楚融嗤之以鼻。

八皇婶以前是自己母后的婢女，似乎沿袭了那时候的习惯，即便现在做了王妃，还是对他们姐弟宠爱得紧，几乎要把他们个个捧上天。

与其说是她去接小皇叔顺便，不如说是楚云辰自己没脸没皮找上门去耍赖的。

"不用不用，举手之劳而已，安阳公主不必客气。"梁锦风嘿嘿一笑，忙转移话题道，"时候不早了，先入营吧，有什么话，一会儿再说，表舅舅他们都等急了。"

楚融斜睨他一眼，掉转马头继续往前走。

梁锦风和楚云辰心照不宣地眨眨眼，打马跟上，走了两步才不解地开口道："这个地方两国交战，正是如火如荼的时候，你跑到这里来做什么？"

"没什么，在帝京久了，无聊，出来走走。"楚融漫不经心地回道，顿了一顿，唇角才微微扬起一个笑容道，"从小到大，父皇和母后都把我保护得太好了，正好趁着这个机会，我也随表舅舅历练历练。"

"嗯？"梁锦风一愣，随即皱起了眉头，"怎么历练？你要跟着上战场吗？"

"不可以吗？"楚融反问，微微侧目扫了他一眼。

她的眼睛生得很特别，哪怕是不经意一个眼波飘出去，都给人眼前一亮的感觉。

梁锦风耳后不觉扫过一层薄红，忙咧嘴笑了掩饰："当然不是，上一次跟你比箭未能分出胜负，不如我们就在战场上再决一胜负好了。"

“无聊。”楚融撇撇嘴，不再理会他，继续打马前行。

梁锦风也不尴尬，屁颠屁颠地打马跟着，不时喜滋滋地往前凑凑，不知不觉就并驾齐驱了。

“年后就是你十五岁寿辰的及笄礼，我听父亲说，陛下把大秦境内，包括他现在驻地在内的五座城池从版图里移出来了，要送给你做寿礼。”梁锦风突然问道。

“那又怎么样？”楚融漫不经心地反问。

“是你要求的吧？”梁锦风侧目看她。

楚融扭头打量他一眼，又收回了视线，并不回答。

梁锦风见她这副表情，心里突然荡漾起来，颇为自得地继续道：“当年的祈宁城就是陛下有意送给长公主做嫁妆的，所以事后才一直没有兴兵夺回来。据闻这些年，楚皇陛下一直把祈宁交给他的外祖父武烈侯在管制，那座城池，应该一早就是他留给你的。现在从祈宁往西南大秦境内再取五座城池，同时在西楚一方，沿着两国边境划出相应的四座，这一整片拼接起来，正好和这里的桑青草原接壤，进而再关联起来的，就是大晏修建在秦、晏两国边境的桓城。”

梁锦风说完，意有所指，深深地看了楚融一眼。

楚融倒是为他惊人的分析力和判断力略有几分刮目相看的感觉，只不过心思被他拆穿，她也不觉得恼怒，反而唇角一扬，轻轻笑了起来：“对啊，我就是为了桓城来的。父皇已经许诺，会把秦楚交界处包括祈宁城在内的五座城池划归我的封地，圣旨已经拟好了，只等着明年我及笄礼毕，就会昭告天下送给我。舅舅那里，他看在母后的面子上对我也是有求必应。可是我这一生，过得太顺风顺水，不能事事都靠他们的赠予，如果我能拿下桓城，那么到时候，这边境沿线包括整个桑青草原的领地就将尽数归我所有。十一座城池虽然不过一隅之地，但会成为连接西楚、大秦和大晏三国的中枢地带，想一想，却是很有价值的。”

“你倒是真敢想。”梁锦风翻了个白眼，同时口是心非，为眼前少女眉目间飞扬的光彩所折服。

安阳公主，西楚金尊玉贵的皇长女，又得大秦宣帝百般纵容宠爱，是当之无愧的天之骄女。拥立三国交界的核心地带，自成一系，这普天之下，也唯有楚融才敢生出这样逆天的心思和想法。

“为什么不敢想？”楚融不甚在意地微微一笑，“普天之下，只许是我不想要的，一定没有我得不到的。”

梁锦风看着她光彩照人的半边脸颊，心里无比愉悦起来。

其实不在乎她站得有多高，即使以仰视的角度这样看着她，他都会打从心底里觉得快意和满足。

这个少女于他似乎有一种与生俱来的魔力，从他见她的第一眼起，就已经牢牢记在了心里。

哪怕是任性、骄纵，甚至此刻这般狂放不羁。

“等到十一座城池集齐了，你就是当之无愧的桑青城主，从此以后独霸一方了。”梁锦风一笑，凤目斜挑，扬起一个飞扬的角度，嘻嘻哈哈的语气中带了几分浓厚的玩笑味道。

楚融看他一眼，并不理会他的调侃。

夕阳余晖铺洒下来，把三人两骑的影子拖得很长。

有混着夜色的冷风迎面扑来，楚融偏头一捋耳畔杂乱的一丝鬓发，不经意间目光就在身后的某个方向定格。

万里迢迢，她来到这里。

时隔多年，记忆里总会有那么深刻而清晰的一个梦，梦见轮廓清晰的一个人。

这一场梦，或是延续，或是清醒，总该有这么一天的。

付厉染，你和我，好久不见！

晏军大将冯岩在白水河边被刺身亡之后，隔日两军再度开战，战场上，秦军中的两员小将付安阳和梁锦风横空出世，一战成名，秦军大获全胜，晏军中颇具盛名的老将冯广当场吐血坠马，命悬一线。

七日之后，桓城之地出自樊泽之手的战报被八百里加急递送回京。

早朝过后的御书房里，付厉染独坐品茶。

“小舅舅！”不多时，外间步履匆匆，一袭黄袍加身的晏英走了进来，一边解释，“方才临时有事去了趟皇后宫中，让你久等了。”

付厉染端着茶碗，并未起身行礼，只是稍稍抬眸看了他一眼，弯起唇角笑了笑：“听说皇后有喜了，储君之位空悬了这么久，那些老臣总算可以消停了。”

早些年，付太后把持朝政后宫，晏英游戏人间，对女色一事都不上心，等到他亲政以后，虽然先纳了两名妃子以定朝臣之心，但正宫皇后的位子一直拖到三年前才定下来，如今对这皇后的第一胎，自然是看得重。

“是男是女还不一定呢。”想到那些循规蹈矩的老臣，晏英叹了口气。

他走到案前取过一份折子，然后转身在付厉染旁边的椅子上坐下，把折子推过去道：“镇西将军新近递送进宫的折子，桓城那里的事，小舅舅应该已经得了消息吧？”

付厉染放下茶碗，接过那折子粗略扫了眼，就重新扔回桌上，神色淡淡，不置可否。

晏英重新捡起来，在掌心里拍了拍，玩味笑道：“十日之前，她刚到桑青草原就先射杀铁骑军主将冯岩，爱子被杀，再加上战场上又损兵折将，冯广气得临阵吐血，这会儿还卧床不起。紧跟着，她又用三千弓箭手于桓城南城郊外屡次拦截咱们军中粮草，这个丫头敢想敢做，是生生把樊泽逼到弃城为止。当真是楚皇那两口子把她宠坏了，朕瞧着她这架势，比她娘当年有过之而无不及。还偏偏她是那么个身份，别说樊夫子了，朕这么想着都觉得头疼。”

“由着她在军中挂帅，这萧羽什么时候也跟着改脾气了？”付厉染似笑非笑，眼神微微闪动，不知道在想什么。

“事关三国，不知道这丫头到底打的什么主意，如果只为玩闹，就太过分了！付安阳？这名字用得也是发人深省。”晏英怅惘一叹，同时拿眼角余光偷偷看他。

“当年之事你与我都欠着——”大家都是明白人，付厉染懒得跟他兜圈子，说着顿了一下，才若无其事继续道，“楚皇后一个人情，既然安阳公主看上了桓城，我们也别小气，就作为当年之事的谢礼，送了她吧。明年年关之后就是她十五岁生辰，也算是个合适的契机。皇后有孕，你不宜离京，桓城那里，我会替你走一趟交代清楚的。”

“她不就是想要桓城吗？给她原也是应该的。”晏英思忖片刻点了点头，只是颇有几分古怪地看着付厉染，迟疑了一下，最终正色道，“小舅舅，你不是个拖泥带水的人，当年既然你已经狠心舍弃了，我原以为你是放下了，可是这十多年你始终孑然一身——她对你而言，真就这般深刻，而无法取代吗？”

秦菁与他，从萍水相逢到陌路永别，这其中情意能有多深？

只是无可取代，却是真的。

“都过去了！”付厉染却未回答，径自抖了抖袍子站起身来，“递交楚皇的国书你自己思量着写吧，我那里兵部还有事情要处理，可能要推迟两日启程。”

“小舅舅！”晏英蹙眉，忙起身叫住他。

付厉染止步，却不回头。

晏英也未往前去追，只在他背后问道：“如果重来一次，会不会就不是这样的结果了？”

“不！”付厉染毫不迟疑，答得异常肯定，“重来一次还是这样的结果，我就是我，她就是她！”说完，不等晏英再问，决然举步离开。

他与秦菁，即使曾经被吸引被打动，但他不会是她需要的那种人。他这一生只做他自己，桀骜凌驾于万人之上、我行我素的付厉染。而她，亦是如此！

不仅是晏英，甚至被他视为知己的樊泽都以为，当初那般放弃秦菁而不去争取，他必将憾悔一生。但事实上只有他自己最清楚。他这一生，可憾，而不悔！

山雨欲来，虽然是正午时分，桓城之境的天地还是黯然失色。乌云盖顶，冷风侵袭。十万秦军围困城下，队列整齐地一字排开，雪亮的铠甲泛着森寒的冷气，在脚下困成一方铜墙铁壁的壁垒。

城楼上的守军严阵以待。

秦、晏两军开战，势同水火，正是打得如火如荼的时候，大秦军中所有战事突然被一名横空出世的女帅付安阳接手。

三千弓箭手，狙击暗杀步步紧逼，甚至截断晏军粮草，将晏军阻于桓城之内，多日不得出。

为了振奋军心，大晏皇帝晏英有意御驾亲临往边城督战，却因为皇后有孕而不得不取消行程，由手握三方兵权、权倾天下的付国舅改任监军一职，前往桓城坐镇。

双方对峙了整个下午，却都各自按兵不动。

傍晚时分，城楼上燃起了一列火把。

“从行程上看，也该差不多了。”樊泽一身墨色战甲负手立在楼头，薄唇微抿，紧绷成一条线，沉声问身边的下属，“国舅大人那里还没有消息吗？”

“另外两处城门都加了专人守候，暂时还没有得到国舅大人进城的消息。”下属毕恭毕敬地回道，顿了顿，又试着道，“京城离着此处甚远，许是路上有什么事情耽搁了也不一定。”

“嗯！”樊泽心不在焉地应一声，目光紧紧锁在城外大面积铺开的秦军阵营当中。

楚融身份特殊，大秦和西楚两国皇帝都将她视若珍宝，虽然现在晏秦两国正在战事当中，西楚却并未插手进来，如果他真叫楚融在战场上有个什么闪失，到时候秦楚两国同时发难，事情就收不了场了。

所以这场仗，格外不好打。

思虑半晌，樊泽沉吟：“再叫几个得力的人沿路出去迎一迎吧，眼下天寒地冻的，一会儿天就黑了，国舅爷第一次过来此处，别是走岔了路。”

就在桓城西城门外两军对垒严阵以待的时候，南城门外离城十里的古道沿线，上演的却是一场异常惊险的暗杀戏码。

因为只是来这里走个过场，所以付厉染这一次出京并没有大张旗鼓，只由晏英像模像样地指派了一支三千人的钦差仪仗护卫。

而他行至半路，得知因为顾忌楚融的身份，樊泽这里不敢妄动，以至于粮草被掐陷入困境，不得已只能加快行程，暂时弃了钦差仪仗，只带了几名心腹随从，快马加鞭先一步往桓城方向赶。

一路策马疾驰，日夜兼程，眼见着桓城在望，不想在这个地方突然遇袭。

这一带已经接近桑青草原，地处开阔，只是不似草原之地那般平缓，略有些连绵起伏的沟壑。

眼下不过四月底，边塞之地的气候还没有完全回暖，上一季秋日里枯黄的大片深草伏于不甚明显的道路两侧，若是白日，有什么异动必定一目了然，而此时入夜，再加上众人的心思都放在赶路上，一时疏忽，直至一支响箭破空而来，直袭走在第一位的付厉染面门，所有人才俱是一惊。

“不好！有伏兵！”付厉染的近卫杨义一声低吼，“快下马！”

这样的夜里，又是阴天，再好的弓箭手都目力难及，只能听声辨位。

马蹄声响动的确太大，几名侍卫得令，俱是动作迅捷地一把捞过武器滚落马下。

而早在他们有所动作之前，付厉染已经迎着那支直击他面门的短箭，身子往后一仰，抬手稳稳握住尾羽，将那短箭当空截断，然后就势翻下马背。

黑暗中他也不费事去辨认，只随手一捞，心里已经有数——

这箭经过特殊工艺改良，无论是在射程还是在精准度上，都大大上了一个台阶。

以前秦菁就擅长在这上面做文章，因为她是女子，在臂力和体力上都逊于男儿，便借用改造弓弩和箭来弥补这部分的缺憾。

此时不言而喻，对于来人的身份，他心中了然。

“国舅爷！”杨义于草丛中一个翻滚蹿到他身边，低声道，“周围暂时听不出什么动静，但是弓箭手肯定暗藏在附近。而且此处向前，五里之内有不低于千人的队伍潜伏，怕是来者不善，要不我们还是先行折返，到后面的驿馆歇息一晚，等明日天亮之后再继续前行吧，这样的情况，于我们实在是不利得很。”

付厉染对他的提议置若罔闻，只伸手到他面前：“弓弩给我！”

他身边近卫，各有所长，并未如宫中禁军一样使用规制统一的兵器，贴身的这几个里头，正好也有善于驭弓的好手。

这一会儿工夫，七名近卫已经迅速聚拢到他身边，严阵以待加以保护。

闻言，马上就有一名近卫解下腰间携带的弓弩递过去。

“你们全在这里，无论发生什么事都不许插手！”付厉染提了弓箭在手，下一刻身子已经迅猛如鹰地蹿出去老远。

“国舅大人！”杨义低唤一声，却不敢强跟，只能蛰伏原地戒备。

冰冷的夜风中，付厉染动作极快，虽然一身黑色蟒袍正好成为遮掩身份的绝佳保护色，但身形晃动中，广袖间带起的风声堪堪暴露了他此时的所在。

虚空中，间或有冷箭发射的鸣镝之音响起。付厉染藏身于深可及腰的枯草丛中，身姿灵活地不住避让。虽然目力不及，但那些箭的准头极佳。

弓箭手几乎能料准他每一次潜伏在地的姿势，箭箭都能直逼要害。付厉染凝神静气，半分也不敢松懈，全神贯注闪避的同时再不厌其烦一一将那些要命的短箭截下，暂且收入袖中，同时默默计数。

一……二……三……四……五……

等到袖中的箭收到五支的时候，他突然腰杆一挺，翻身跃起。彼时迎面又是一箭射来，他从容而迅捷地取弓搭箭，迎着破空的风声反射一箭。

先后而起两道风声呼啸，在这格外凄冷荒凉的野地里，几乎生生冻出一地的冰碴来。埋伏在草丛里的杨义等人个个绷紧心弦，捏了把冷汗。然后下一刻，铿然一声，金属的碰撞声夹杂着细碎的火花在空气里爆开。

一瞬间的光芒明灭，隐约照见远处的草地上一个单薄的人影悍然拉弓的飒爽英姿。

火光陨落极快，不过一闪，夜色就重归于寂。然则不等人缓过一口气来，紧跟着又是一声箭离弦时的破空声。黑暗中，付厉染目光一闪，再次取了袖中箭弯弓迎上。

锵！锵！锵！迅雷不及掩耳之势，又是连着三声清脆的碰撞声入耳。

当迎面的弓弩再向他拉开的时候，付厉染抽箭的动作微不可察有了一瞬的凝滞。

咻的一声！有凄厉的风声从他手底滑出。这一次出手，他刻意将手下力道加重了三分。不出意料，火星四溅。一明一灭的火光中，对面楚融眉头微微一皱，紧跟着动作迅捷地又搭了一支箭。

伤不了付厉染是她意料之中的事，她原来的目的不过是逼这个男人现身，可是明明近在咫尺，这个男人却用这种方式反击拒绝，坚决不肯询问一声，也不肯主动迈前一步走到她的面前来。

所以最后这一箭，她已经隐隐动了几分怒气，不承想，前两支箭虽然毫无悬念地撞在一起，付厉染却暗暗运了内力在里头，竟是生生将她的那一支迎刃劈开。

而唯一的影响就是，经过她那支箭的冲击阻挠，箭头在没入她肩下皮肉的时候力道缓了不少。

接连两声利器刺透皮肉的声音，被阴冷的夜风吞噬得无影无踪。

同样，楚融的这一支箭付厉染也没有避，任由它稳稳刺入自己的腰肋一侧，几乎整个贯穿。

“咝——”黑暗中有女子细微的抽气声短促响起。

付厉染抬手一扯披风，把腰际的伤处掩住，一抬脚，快步朝夜色中看似虚无的方向大步走去。

“闹够了没有？”他声音微冷，没有平仄起伏，却于无形中渲染上一层威严之意。

楚融压着肩头伤口站在那里，一动不动地等着他。

却不知是不是为了庆贺多年以后两人的重逢，原本阴云翻卷的天际突然从云团之间裂开一道微弱的缝隙，把些许清冷的月光洒下来。

虽然付厉染刻意控制了力道，但到底也是箭头整个入肉，这伤势也是不轻的。

楚融额上起了一层细汗，用力抿紧的嘴唇也于一瞬间褪了血色，一身简单利落的白色衣裙猎猎舞在风中，肩头血色点点晕染开，不管怎么看，都和付厉染身上无懈可击的黑色显得格格不入。

月光下，她目光一分不离地胶着于男人的面孔之上。

时间，似乎并没有在他的脸上留下太过明显的痕迹，记忆里的那张脸，有着刀雕般俊朗鲜明的轮廓，此时紧抿成一条线的唇似乎也昭示了他此时不很愉悦的心境。

可是她处心积虑设计的这一场重逢戏码，他却用这般决绝而冷酷的方式迎接了她。

眉心短暂地起了一点褶皱，随即楚融脸上的表情再度舒展开，露出一个笑容道："国舅大人，好久不见！"

如同当年的秦菁一般，再相逢时，她已然改了称呼。

犹记得年幼时，她常唤他叔叔，但这些年，随着这个男人的影像在脑海里日日加固明朗，不知不觉中她就无意识摒弃了那个称呼。

其实她并不十分明了自己对这个男人所持的是一种怎样的感情，只是有时候突然就很想任性妄为地试一试！

"是啊，的确是好久不见！"付厉染应着，款步上前，在她面前三步之遥的地方站定，视线却只在她清丽倔强的脸庞上匆匆一掠就迅速移开。

听着他的声音，楚融心里一酸。

她下意识想要上前一步，想要像小时候那样去扯住他的一片衣角，诉说自己的委屈和不满。看着眼前丰神俊朗，如同一尊神祇，冷漠而不可侵犯的男人，她脚下步子略一挪动，生生忍住了。

没来由地，那是一种发自于内心的动作。

曾经无数次，她都在心里告诉自己，只要是他，她都可以屈就，可以忍让，哪怕须得放弃自尊。见惯了父皇对母后不遗余力的追随和付出，她以为她有这样的决心来面对付厉染，所以她对他的感情是不一样的。可是这一刻，当他以她熟悉的姿态站在面前的时候，她想要跨出那一步——

终究，还是退缩了。不是害怕舍弃自尊，而是——

冥冥之中，心里就是有那种感觉，这个男人拒人于千里之外，哪怕她不顾后果一步上前，他也会毫不容情地后退，堪堪将这点距离拉回原点。

在她的心目中，真正亲密的爱人就应该像父皇和母后那样，真心相许，诚挚以待，任何时间任何地点，哪怕在无限窘迫的困境之下，都不该患得患失。

对面站着的这个男人，她琢磨不透，满心满眼都是茫然和恐惧。

所以在跨出去那一步的时候，她迟疑了。

"许多年不见，你看起来还是原来的样子。"她让自己保持微笑，以最合适的姿态站在他面前，说话间，神色再度带了几分黯然道，"连着两次不辞而别，你向来说到做到，说了不出现，就一定不再主动走到我面前来，可是对我来说，缺少一个道别的仪式，就怎么都不完整也不圆满。所以，既然你不肯来找我，那么就让我来找你，怎么样，这些年过得可好？"

她竭力让自己的声音平和而安定，语气云淡风轻。

但这十一年的沧海桑田，哪里是用一两句话就能涵盖的。

“你长大了，不应该再这般任性妄为。”付厉染却不回她的话，嘴角勾了勾，一个笑容绽开在唇边，不绚烂，却依旧深刻而清晰，让楚融眼圈跟着一红。

这个男人，摆在人前的面孔，仿佛永远都是没有感情的冰雕，儿时她见他的时候，他也是这般，每一个表情都极淡，让人琢磨不透他真实的心思。

“我的任性，是源自父皇和母后的纵容宠爱，可是对你，我不是。”楚融莞尔，微微偏了头看他。她说着顿了一顿，像是努力鼓足了勇气才重新开口道，“只要你愿意，我都可以改！”楚融一个字一个字，说得缓慢且认真。算是含蓄的表白，入耳的字字句句又带了那么点忐忑的酸涩。

付厉染听着，脸上始终是浅淡含笑的表情。他看着她，少女的目光明亮而坚毅，带着恍若隔世的鲜明。那双眼睛，就那么坦然而直接地看着他。

半晌，付厉染低低一笑，往旁偏过头去，慢慢道：“不觉得委屈吗？”

“委屈吗？什么是委屈？”楚融反问，微微一笑，“父皇说，我这一生都应该遵从自己的意志去生活，而我觉得，只要是我想做的事，即使过程再艰难，都不叫委屈！”

“你父皇——”付厉染沉吟，眸色不觉深了深。

楚奕本就是随性不羁的一个人，可是为了秦菁，他自始至终敛起锋芒，为她生，为她死，为她不惜一切不计后果去守护！

他从不认为，自己比起楚奕会有欠缺，但无可否认，这样的人，他无法企及。

收拾了散乱的思绪，付厉染回过神来，从袖子里掏出一封烫金的帖子递过去。

楚融不解，狐疑地抬手接了：“是什么？”

“当年的事，陛下自觉承了你母后的情，既然你喜欢这座桓城，他已经做主，递了国书去给楚皇陛下，将这座桓城作为来年你及笄的贺礼。”付厉染道，眉目之间平和而安静。

楚融手里抓着那封帖子，良久却未打开，因为用力，指关节隐隐泛白。

半晌，她忽而笑了，抬头看向付厉染，用笃定的语气道：“这其实是你的主意是吧？”

“总归是你想要的，不是吗？”付厉染不置可否。

“所以呢？因为是我想要的，所以你就像我父皇那样无条件纵容我，满足我？”楚融唇边依旧挂着笑，眸子里光影灼灼，逼视他的脸孔，笑容却一寸比一寸冰冷。

“不是！”付厉染答得肯定，目光深了深。

楚融看着他，等他进一步的解释，片刻之后他却默然负手走到一边。

过往的风声似乎更大了些，间或有冰冷的雨丝在风里飘洒下来。

楚融站在原地，侧目看着风雨之中那挺拔如山的男子，了然道：“这世上只有一个父皇，的确，无论是对我母后，还是对我，你都不可能是他。这座桓城的确是我想要的，可是我宁愿你毫不懂我，来日与我在城楼下竭尽全力地厮杀一场，也不愿意——”楚融说着一顿，垂眸看向手里的帖子，唇角笑容就带了讽刺，一个字一个字从牙缝里挤出来，“这样处心积虑，有备而来的成全！”

他知道她此行的目的并不单纯，看似为了这座桓城，实则也是为了他。所以便用这种方式，鲜明地拒绝，把一切封杀在千里之外。

用晏英的名义把这座城池送出去，以此划清彼此的界限——

鲜明而决绝！再不给她一丝一毫的惦念。

这个男人，当真如她多年前所见的时候一样。无论何时何地，不会为任何人退步或谦让。他就是他，可以在你面前肆意出现，再一次次不辞而别，却无论如何都不接受别人蓄谋已久的靠近。

付厉染静默地立在风中，紧绷着唇角，不置一词。楚融站在他身后，神色恍惚地低头看着脚下的枯草。沉默了好半天，她突然用力咬了下嘴唇，抬头朝着付厉染的背影看去，艰难而短促地问道：“在你心里，是不是还是放不下我母后？”

这个问题，其实她原本是想忽略的，不去责问出口。此时问了，反而觉得心里积压多年的一块大石终于落了下去。

少女目光灼灼，盯着他，哪怕只是背影，付厉染依旧能感觉到那两道视线的穿透力。他微微闭目，缓和了片刻情绪，然后弯唇一笑，淡淡道：“没有放不下，只是，她存在过的痕迹，永远也无法抹杀！”

楚融心头一震，有种豁然开朗的感觉。因为他的心里曾经存在过秦菁，所以，便不会再容下楚融了。

爱一个人，如果不能给她最完整最纯粹的，那么宁肯放手，让她去别处追寻更好的，哪怕其实不是爱，只是喜欢——也应当如此！

这才是他，一直以来我行我素、果断决绝的大晏国舅。这个人也才是她所熟悉认知的付厉染！同样，他也是了解她的。骄傲如她，即使现在付厉染坦言放下，她的心里也终究会因为这件事而耿耿于怀。

这些年，她一直不可自拔地陷入对这个男人的回忆中，但更多时候，那回忆里夹带着太多的不快乐。因为她隐隐知道，这个男人与她母后之间那些不轻不重的过往。

“我明白了！”楚融牵动嘴角，慢慢说道，“谢谢你！谢谢你曾经对我的庇佑和保护，也谢谢你，没有那般矫情地让我放弃你或是忘记你，不管这一次，我们还会不会不辞而别，但如果有一天，即使天涯永隔，不再见面，我也依然会用自己的方式——记住你！”

有些人在你的生命里来过，你在沿途将他无牵无挂地放下，那么也会如付厉染所言，他存在过的痕迹不会改变。

最后一个字出口，楚融的声音已经飞扬而起。

少女脚步决绝，头也不回地大步离开。她的手压着肩上的伤口，每走一步，都有温热的血从指缝间滚落，洒了一路。可是她背影笔直，步子更是稳健异常，连一丝迟疑都没有。

付厉染负手而立，一动不动地站在风里，半晌后，在她脱离自己视线之前无声无息地转身，目光无比沉郁地瞧了一眼她的背影。

一如多年前，在大晏京城外的那一夜，他的背影决绝淡出她的视线，从此海角天涯，成了那孩子眼中不能磨灭的神祇。

而这一刻，她给他的，同样是一道清冷孤傲的背影。